狄仁杰之

铁尸迷案

上册

轩胖儿 著

辽宁人民出版社

图书在版编目（CIP）数据

狄仁杰之铁尸迷案 / 轩胖儿著. —沈阳：辽宁人民
出版社，2021.8
（狄仁杰地支传奇系列）
ISBN 978-7-205-10209-8

Ⅰ.①狄… Ⅱ.①轩… Ⅲ.①推理小说—中国—当代
Ⅳ.①I247.5

中国版本图书馆CIP数据核字（2021）第118231号

出版发行：辽宁人民出版社
　　　　　地址：沈阳市和平区十一纬路25号　邮编：110003
　　　　　电话：024-23284321（邮　购）　024-23284324（发行部）
　　　　　传真：024-23284191（发行部）　024-23284304（办公室）
　　　　　http://www.lnpph.com.cn
印　　　刷：北京长宁印刷有限公司天津分公司
幅面尺寸：170mm×240mm
印　　张：34
字　　数：566千字
出版时间：2021年8月第1版
印刷时间：2021年8月第1次印刷
特约编辑：李　飞
责任编辑：祁雪芬
封面设计：乐　翁
版式设计：鼎籍文化创意　徐春迎
责任校对：吴艳杰
书　　号：ISBN 978-7-205-10209-8

定　　价：99.80元（上、下册）

目录

楔子1——横财

阴兵借道在民间有很多传说，其中一种说法是军队败亡后生出大量亡魂，它们凭借强大的怨念徘徊在战场附近，保持着战斗状态以维护神圣的军人荣誉。它们往往出现在一些偏远的极阴之地，在荒无人烟的路上来回冲杀，尤其在雷雨天气出现较多。

还有一种说法，说大灾难发生后会死很多人，诸多冤魂舍不得离开阳间，它们不但对人类产生威胁，更影响正常轮回转世，于是地府便会派出勾魂使者来拘魂，阴差带着大量的冤魂回地府，就形成了阴兵借道。

阴兵借道玄之又玄，传说人们要是走霉运遇到，就会被阴差一并带走，一旦某个地域发生过阴兵借道事件，人们便绝不会在夜间走这条路。

凡事总会有例外，有的是胆大包天，有的是迫不得已才壮着胆子夜闯阴路。无论是斗气也好，求财也罢，结果都是有去无回，不是失踪就是死在了这条路上。

张三、李四这种名字在民间再常见不过了，因为父母没文化，也没钱请先生起名，就按照姓加排行的顺序起名。

这两人是彭泽不务正业的街头混子，除了靠父母和兄弟姐妹的救济，就只好做些偷鸡摸狗的事情来糊口，至今没娶妻生子。父母去世后，兄弟姐妹逐渐对其失去信心，索性不再管他们，他们的生活日渐窘迫。偶尔偷来些值钱的物件到当铺当了钱，两人就到青楼及时行乐，用他们的话说，得过一天快乐一天。

青楼、酒家这些地方是看钱认人的，有钱时便称张三爷、李四爷，没钱就叫瘪三儿、屁四儿，反正没个好称呼。两人也无所谓，有钱就挥霍，没钱了就躲在家里窝着，夏天还好说些，冬天便只好躲在被窝里靠着哆嗦取暖。

这天早上，太阳刚刚露出山头，一贯懒惰的张三却穿好了衣裳，哼着从青楼学来的小曲在街道上走着，脸上那得意的神情就好像他变成了地主员外一般。

人们不以为意，早已看惯了他小人得志的这副模样，但众人心中都在盘算着：又不知是哪家遭了殃。

张三晃荡着来到李四的家门口，双手一推那两扇破木门，结果没推动。

"切！穷得跟洪水冲过似的，还把大门锁上了。"张三把叼着的狗尾草连同黄痰吐在木门上，随即飞起一脚踹在门上。本就不太结实的木门应声而开，细窄的门闩断成两截。刚想抬脚迈进门槛，就听见房子里面传来李四的咒骂声，张三歪了歪嘴，左眼眉一挑，耸着肩膀大摇大摆地走了进去。

张三走到正房门口，就见房门猛地打开，一张怒气冲冲的脸现了出来。只见李四拿着一根长门闩，一副要与人拼命的样子，要不是看到张三那张痞气十足的脸，恐怕那门闩会狠狠地砸下去。

"老三，你个狗东西不在家里好好睡觉，跑我家来做啥，有肉吃咋的？"李四摸了摸瘪瘪的肚子。挨着饿已让他心烦意乱，被打搅了好梦更是让他怒火中烧，要不是两人一直是臭味相投，这一次就得人脑袋打出狗脑袋来。

"四孙子，三爷找你自然是有好事，要不这时候我也睡着呢！"张三从来都是嘴上不吃亏，脸上的痞气更盛。

"要是没好事，你看我不打断你的狗腿。"李四朝地上吐了一口痰转身进了屋。

房间极为简陋，床榻是几块破木板拼凑而成的，墙壁破烂不堪，几乎每个墙角都有老鼠洞。

张三刚一进房间，就被一股刺鼻的酸臭味儿熏得差点吐出来，急忙"呸呸"两声，讽刺道："这没有婆娘的日子真是难挨呀！"

李四往床榻上一躺，将那床破得不能再破的棉被裹在身上，哼哼着说道："少废话，直接说事儿！"

张三没理他的茬儿，慢悠悠地走到桌边，从怀里掏出一个东西，用两根粗糙的手指夹着。那东西有小手指肚般大小，在一缕阳光下黄灿灿明晃晃，散发出迷人的光彩。

李四满是菜色的脸上陡然闪过一丝光芒，惊叫一声："金子！"

他把被子一扔，从床榻上蹦下来，冲到桌子旁直愣愣地盯着金豆子，表情是既羡慕又嫉妒。

"一共两颗，昨天用了一颗……鸳鸯楼过的夜！"张三说得很随意，却把"鸳鸯楼"三个字说得很重，脸上尽是暧昧，意思再明显不过。

李四舔了舔干裂的嘴唇，伸手把金豆子抢在手中把玩："横财，这是横财呀！"

"想娶孙寡妇不？"张三笑着问道。

"狗日的不想，快说，咋弄的？"李四的眼睛一直没离开金豆子。

李四已经穷到底了，穷怕了就什么都敢做，只要能弄到钱，可以不择手段，可以没有底线，甚至可以冒生命危险。

张三嘿嘿一笑："鸳鸯楼这帮女人，把三爷累得不轻。来，捶捶背，三爷慢慢和你说！"

"去你的，快说！"李四推了一把张三。

"通往山里的那条小道，知道吧，在那儿捡的，啊……它们在月光下面散发着迷人的光，迷人呐。"张三眯着眼睛比画着，好像诗人一般抒发着情感。

"啊……那……那是阴兵常走的路啊，都说……"李四手一哆嗦，险些将金豆子扔到地上。

张三见状急忙将金豆子抢了过来，说道："那都是老人吓唬孙子的，你也能信？"

"咱就白天去行不行？"李四虽说脑子笨却格外惜命。

"啪！"李四被张三狠狠地打了一巴掌，顿时眼冒金星，脸涨得像一块新媳妇的红盖头，一股怒气蹿上脑袋，"腾"的一下站起来，想了想，嘴动了动，最终还是坐了下来。要是换做平日，两人一定会大动干戈，可今天张三有金豆子在手，底气自然足了些。

"傻啊，那条道是进出大山唯一的路，进山出山的人比你家的耗子都多，咱们白天蹲在地上找金豆子，一天之后，找金豆子的就不只咱俩了。"张三抖了抖有些疼痛发麻的手。

"对啊，我怎么没想到呢？"李四自己也拍了一下脑袋，又露出了龌龊的笑容和满是牙垢的两排大黄牙。

"就你那脑子，也就屎壳郎还能感兴趣。"

"哎，我听你这话可不是啥好话呀，啥意思你直说，别欺负我脑子不好使！"李四瞪着小眼睛说道。

见李四认了真，张三嘿嘿一笑，立刻转移话题小声说道："你去不去？"

楔子一——横财

李四低着头咬着嘴唇犹豫着，过了一阵，猛地抬起头一拍桌子，说道："去！"

……

大山中的夜静极了，一轮圆月像一只银盘挂在天边，月光四散而出，洒在松软的山间和那条蜿蜒曲折的小路上。阵阵清风，吹动了秋日的败草，吹过粗糙的树干，带来了一股股泥土气息。

两条人影潜伏在小路旁边的小树林中，虽把家里厚一点的衣裳都穿了来，可透骨的秋风吹过，两人还是不由自主地打着哆嗦。

"早知道就多穿些来了。"李四后悔没把破棉被带来，将身上的破衣服又使劲地裹了裹，挪动着脚步向张三的方向靠了过去。

张三皱着眉头捂住鼻子小声骂道："四孙子，你多少年没洗澡了，臭得跟头猪似的。去，靠……靠一边去。"说罢还用手推了推李四。

李四白了一眼张三，只好又挪回到原处，心道：老子这样还不是没钱？等捡到了金豆子，就找孙寡妇做一床像样点儿的棉被和一身衣裳，再美美地洗个澡……

想到了孙寡妇那丰腴的身体，李四又乐了，瞟了一眼聚精会神盯着小路的张三。

天上的云朵顽皮地将月亮遮住，天开始变得阴沉，小路两旁的树木在黑夜中摇摆着"沙沙"地响，那条本还算正常的小路在暮色下越来越窄，渐渐消失在漆黑的尽头。

"老三，月亮都被遮住了，黑乎乎的也看不见啥，我看还是撤了吧，你手里那粒金豆子够咱俩花上一阵的了。"李四有些害怕，但心里还是惦记着张三的金豆子。

"那是我的金豆子，还够咱俩花一阵？你想得美。得了，知道你得厉，给，整口酒！"张三递给了李四一个酒葫芦。

李四见张三没有要走的意思，也不敢独自离开，只好接过酒葫芦，打开葫芦塞"咕嘟咕嘟"猛灌了几口，酒一下肚，一股浓浓的酒香气已然钻进鼻腔里。

李四"咦"了一声，把酒葫芦放到鼻子下面闻闻，却听见张三又骂了一句粗口。

张三将酒葫芦从李四的手中抢了过来，骂道："二十年的女儿红，就你这种喝法，都糟蹋了。"说罢忙向自己的口中灌了一口，吧唧吧唧嘴品着酒香。

李四不敢吱声，只好吧唧吧唧嘴，咽了两口吐沫。

张三哈出一口酒气："喝这种高档酒得像品姑娘一样，得慢品才能品出味道。"

俗话说得好，酒壮尿人胆。几口酒下肚，李四的胆子的确大了些，浑身血液沸腾，一股热气从胃部散遍全身。同时张三的话让他一阵欣喜，二十年的女儿红，那得多少银子啊，看来他手中绝不止两颗金豆子。

过了一阵，酒精开始发挥作用，原本还感觉山里的风有些凉，此时却嫌风来得有些慢。

"老三，咱们还等什么啊，找金豆子去啊。"李四焦急地问道。

"哪有那么多的金豆子给你捡，得等机会。"张三说罢还扬起手，吓得李四向后一闪。

"什么机会呀，大晚上的，还有人在路上撒金豆子不成？"李四借着酒劲胆子也渐渐大了起来。

"嘘！来了！"张三将身子趴得更低了，几乎是贴着地皮。

李四见状也忙照着样子趴下来，一双牛般大的眼睛瞪得溜圆："在哪？我怎么看不见？"

楔子2——人为财死

山间的夜是极其安静的，一阵吱扭扭的车轮转动的声音破坏了和谐，与此同时还传来整齐的脚步声，声音由小变大，由模糊变得清晰。

李四扒开半枯的草向山里面望着，不时地揉揉眼睛。

偶尔露出脸的月亮洒下一丝丝银光，只见一队穿着整齐的兵士迈着整齐的步伐从山里面走出来，队伍中还有几辆马车，车轮轧过小路发出"吱扭吱扭"的声音。

"老三，这些人怕不是阴兵吧……"李四小声地问道，身体也跟着微微地颤抖，显得是既紧张又兴奋。

"别说话，不敢看就把眼睛闭上。"张三反手一巴掌打在李四脸上。

李四的内心充满恐惧，之前对金豆子的渴望和兴奋早就飞到九霄云外了，这巴掌打得他一个激灵，却连个屁也不敢放，把头撇到一边微闭着双眼。

随着脚步声和车轮的吱扭声越来越近，李四的好奇心逐渐替代了之前的恐惧。他悄悄地扭过头，睁开眼睛看向下面的小路，这一细看不要紧，险些将他的三魂七魄吓出来。

明光铠最主要的特征是胸前、背后有大的圆形或椭圆形甲板，这种甲板经过打磨，在阳光下有耀眼的反光，就好像一面镜子。在战场上穿这种铠甲，由于太阳的照射，将会发出耀眼的"明光"，故名明光铠。

而札甲是由长方形或正方形铁甲片组成的，前后有甲裙，无肩无袖，又称为两当铠，在汉初时期很流行，而自西汉后，这种铠甲因为防护有缺陷，就被淘汰不再使用。

他看得清清楚楚，这队士兵穿的盔甲不是现在军中流行的明光铠，而是汉朝流行的札甲，那就说明这队士兵正是传说中的阴兵！

"阴兵！"李四心里咯噔一下，身子随之一抖，嗓子里发出一声极怪的声音，连他自己都不敢相信那是他发出的。夜深人静的山间，莫说是人发出的声音，便是一只小虫飞起的声音都会传出很远。

张三抬手将李四的嘴死死地捂住，另一只手掐住他的脖子，眼冒凶光压低声音说道："想活命就别出声！"

李四拼命地点头，眼中充满了恐惧，张三一向都比他厉害，但李四从未想到他居然有这么大的力气，要是自己再挣扎，怕是真会被他掐死。

阴兵们似乎并未受到张三李四争执的影响，迈着整齐的步伐，伴随着车轮"吱扭吱扭"的声音渐渐远去……

"四孙子，你差点闯大祸！"张三松开手，他有些后悔带李四来，刚才万一被阴兵发现，小命就保不住了。

"你个瘪三，这种阴财岂是咱们能发的？"李四早知道张三撒谎，也预感会遇到阴兵借道，但这一刻他是真的怕了。

"管它什么兵，金子可是货真价实的金子。走！"张三一骨碌站了起来，从半山坡跑向小路。

"咱还是回去吧，这阴兵邪门得很，弄不好会没命的。"李四怕死，但也不甘心，一边跟着跑一边劝。

"我前几天捡到了几粒金豆子，不也没事儿吗？凭咱俩那点能耐活下去都费劲，你还想不想碰城西的孙寡妇了？"张三连滚带爬地冲下山坡，山坡上的碎石头随着他的身体哗啦哗啦地滚落下去。

孙寡妇是李四几年前勾搭上的，那时候李四的家境还不错，因为家里反对，两人的婚事一直拖着。孙寡妇还算有情有义，在李四困难时，明里暗里还接济他。李四虽说是混子，但毕竟是个男人，不愿落个吃软饭的名儿，发财迎娶孙寡妇就成了他唯一的也是最大的梦想。人性是贪婪的，尤其是穷怕了的人更是如此，一旦见了利益，就会忽略了眼前的危险。

李四深吸了一口气定了定神，加快脚步追了下去。

云仿佛累了，顺着风慢慢飘着，月亮露出了磨盘一般的脸，银光洒向了大地，两条身影在幽静的山间小路上不停地摸索着。

"这段山路的路况不好，过往车辆免不了掉些货物下来，之前我捡到的金豆子就是从马车上颠下来的，说不定我们今晚上的运气会更好。"张三一面说着一面蹲下来借着月光仔细地寻找着。

李四见阴兵已经远去，也顾不得刚才的恐惧，急忙蹲下来找，生怕动作慢了被张三都抢了去，边找边问张三："这坑该不会是你挖的吧？我记得这条路挺平整的呀。"

张三根本没理会李四，在地上不停地摸索着，突然他的动作停下来，小声说道："四孙子，你看三爷手里的是什么？"

每逢张三得意或是兴奋，他都会叫李四为四孙子，而尊称自己为三爷。李四的语气有些不满："你大爷的！"

他定睛瞧过去，只见张三粗糙的手指上捏着的果然是一粒金豆子，在月光下散发出迷人的光晕。

"真的是金豆子！"此时的李四已经顾不得称呼，急忙低下头在地上不停地摸索着，他知道，只有找到了金豆子那才是真真正正的爷，否则，永远抬不起头做人。

不大会儿的工夫，两人先后找到了四粒金豆子，高兴得差点没跳进旁边的山谷。

"发了，我这是要发呀！"李四手里紧紧地攥着三粒金豆子跪在地上喃喃自语，脑海里想象着拿着金豆子送给孙寡妇当聘礼的场景。

"再找，一定还有！"张三仍然在地上摸索着，渐渐地便远离了李四。

云朵遮住了月亮，黑暗再一次笼罩了大地。李四沿着路不停地摸索着，他知道金豆子是冰凉的，和石头不一样，就算没有月光，凭着手感一样能摸得出来。

终于，一股冰凉的感觉传到了李四手上，他兴奋得叫了出来，急忙用另一只手捂住嘴，想笑又不敢笑，怕引起张三的注意，只好偷偷地乐着。

他摸到的要比金豆子大得多，很可能是金块。它质地光滑带着些许的凉意，等月亮出来时，还会散发出迷人光晕。

李四突然停住动作："咦？"

他感觉有些不对劲，便顺着摸到的东西向上看去。

月光透过云朵的缝隙洒向大地，借着微弱的月光，李四看清了他摸到的是一柄有着长长的金属把柄的巨大铁锤，一个人站在那柄大锤的旁边面无表情地看着他。

"哎呀妈呀，老三，老三！"李四差点吓出尿来，一屁股坐到地上，手脚并用急速地向后退，边退边喊着："老三，你死哪里去啦？"

他的叫声并未得到张三的回应，双手突然感到地面有异状，黏糊糊带着些温暖，低头一看，一摊红黑色的液体在月光下显得那么扎眼。

"血!"李四狂跳着的心险些蹦出来，裤裆被一股热流冲击着。他外表看起来凶神恶煞，却天生胆子小。

那人拖着大锤走到李四面前，表情没有丝毫波动，缓慢地向李四伸出手。李四继续后退着，他的手突然摸到了一把匕首，那是张三平时用来吓唬人的匕首，一向不离身的。

他意识到张三已经死了，那一瞬间，他心里不知是什么滋味，张三是地地道道的损友，总喜欢占他的便宜，可有好处时，也没落下他，也算是患难之交。

那人拎着大铁锤来到李四面前，再次伸出手。

李四虽害怕却未失去理智，他抓起匕首，打算刺中那人的大腿后就跑向城里，进了城也就安全了。李四突然出手，狠狠地朝那人的大腿一刺，这一刺用足了力气，就算是一块木板，怕也得被戳个窟窿。

实际情况却出乎人意料，匕首刺到那人的大腿上，却像刺到一根木桩子上一样，把李四的手震得生疼，匕首当啷一声落在地上。

"阴兵!"李四心中惊恐万分，想跑却发现双腿根本不听使唤，一软，便跪在那人面前。

他从未想过死，哪怕穷困潦倒，哪怕饥肠辘辘，可他感觉此时距离死亡只有很短的距离，短到他已闻到了死亡的味道。

阴兵再次向他伸出手。

李四终于明白了阴兵的意思，连忙将金豆子放到阴兵手中，一脸企盼地望着眼前可以决定他生死的阴兵。

"金豆子是你们的，还给你。"李四求生欲望已经达到极致。

"吼!唔!"阴兵发出了吼声。

与此同时，李四感觉到身后也有同样的声音传来，回过头看了看，果然还有一个同样装扮的阴兵站在张三的尸首旁。

收好金豆子，两名阴兵迈着整齐的步伐一步一步地向着山外走去。

人只有经历生死后，才知道生命的宝贵，就算用世间最珍贵的财宝来换也不行，可经历生死这个过程往往不可控，一不小心就会丢了性命。

李四张嘴吐出一颗金豆子在手上，看着金豆子叹了一口气，心想着自己以后要勤劳些，就会不愁吃穿，再也不做这些偷鸡摸狗的事了。他开始筹划如何找一份工来做，攒些钱，娶房媳妇，美美地过小日子。又回头看了看张三的尸首，那已经不是一具完整的尸首，头碎了，红红白白地流了一地，惨不忍睹。

正想着如何安置张三的尸首，却觉得脑后一阵恶风袭来，"啪"，李四的脑袋突然开了花，白花花的脑浆混合着喷涌而出的血水流到地上。

阴兵脸上的表情没有任何变化，仿佛李四如同蝼蚁一般，甚至连脚步都没有停下，拎着大铁锤向山外走去……

第一章　死里逃生

狄仁杰是乐观的，无论遇到何事，都能以一颗最平常的心去对待，这也是他能活到今天的原因。否则，光是官场上的钩心斗角，他早早就得被奸诈的小人给气死了。

他并不急着赶路，一路欣赏着沿途的风景，吃着各地的特色小吃，不亦乐乎，偶尔触景生情，吟出一两首小诗助兴，就连不懂诗情画意的管家狄福也一阵阵地拍掌称赞。

"老爷，您从正三品的宰相降到正七品的县令，却不见您有任何不快，这等胸怀天下谁人能及！"狄福的话惹得随行的妻子小莲一个劲儿地使眼色。

"小莲啊，不要紧，官都被免了，还能在乎狄福一句话吗？免了也好，正好到彭泽来休息休息。这几年光是忙于政务，的确有些累了。你们看，咱们一路走过山山水水有多惬意，神都那些活在恐惧中的官员怕是看不到吧。"狄仁杰呵呵一笑，完全没把降职当回事儿。

"老爷，小的说句不该说的，我总觉得这事儿还没完，那魏王武承嗣和来俊臣岂是将您罢免后就能罢手的主儿？一定还有后手等着，咱们还是小心些。"狄福说道。

"嗯。"狄仁杰点了点头，望着不远处的彭泽，叹了一口气，回想起之前的经历。

在"幽魂凶"一案中，狄仁杰破了来俊臣和蛮族勾结造反的勾当，让来俊臣陷入生死危机。来俊臣先下手为强，立刻找到魏王武承嗣，告知狄仁杰是他当太子的最大阻力。武承嗣早就视狄仁杰为眼中钉肉中刺，便指使来俊臣诬陷狄仁杰。狄仁杰刚一回朝，便被来俊臣等人逮捕下狱。

大周律法规定，一经审问即承认谋反的人可以减免死罪。狄仁杰下狱后，知道如果不承认罪行，一定会死于来俊臣的酷刑，所以便立刻认罪："大周革命，万物惟新，唐室旧臣，甘从诛戮，反是实！"

来俊臣得到满意的口供，知道武则天定不会放过狄仁杰，所以并未对其施用酷刑，只是将他收监，待来日下旨行刑。狄仁杰曾做过大理寺丞，在任期间断案无数，狱吏们对他十分钦佩，在牢中将他照顾得无微不至。狄仁杰借此机会向狱吏借来笔墨，从被子上撕下一块帛，在上面写了自己的冤情，塞在棉衣里，让人送回家去。

狄仁杰的儿子狄光远也在朝中任职，得到帛书后，当朝持书上告。武则天看了帛书，便质问来俊臣。来俊臣解释道："狄仁杰等入狱后，我并未用刑，假如没有事实，怎么肯承认谋反！"

武则天便命人前往查看，来俊臣威胁前往天牢查看狄仁杰的官员，并伪造了狄仁杰等的谢死表，让官员带着回朝上奏武则天。

武则天觉得事情有异，便召见狄仁杰，问道："你为什么承认造反？"狄仁杰回道："我如果不承认造反，早已死于酷刑，哪来的机会向陛下申辩。"

武则天又问："那你为什么作谢死表？"狄仁杰回道："臣从未写过谢死表。"

于是武则天令人拿出谢死表当场对质，才知道谢死表是伪造的，便当场免了狄仁杰的死罪，因此事牵连，按照律法，狄仁杰不能再在洛阳为官，只好贬到彭泽为县令。而来俊臣却并未受到任何处罚，武则天只是训斥了几句了事。

狄仁杰用智慧救了自己一命，可其他被诬陷的大臣就没那么幸运了，不是屈死在大刑之下，就是招认罪行后被满门抄斩。来俊臣等佞臣越发猖狂，每天聚在一起，把大臣的名字写在石头上竖起来，在十丈开外用石子投掷，砸到的那块石头上的大臣就要遭殃。

一时间朝中大臣人人自危，无心打理朝政。

"大人，彭泽到了。"狄福小声地提醒着。

"哦，到了！"狄仁杰从回忆中脱离出来，缓缓睁开眼睛。

看了看狄福一家，狄仁杰心中感触颇多，本来狄福可以留在洛阳城狄府伺候夫人，可他却坚持带着小莲和孩子陪狄仁杰来到偏远的彭泽县。

"小莲呀，委屈你了！"狄仁杰感叹了一声说道。

狄福和狄仁杰是主仆关系，但实际上亲如父子，小莲更是天性直爽，不拿狄仁杰当外人："老爷这话实在不中听，罚您今天中午请客。"

狄福急忙接道："请客可以，不吃面条啊！"

小莲和狄福的话惹得狄仁杰一阵大笑，心中刚刚升起的阴霾随之挥散而去，说道："请客，而且不吃面条，哈哈哈！"

狄福接着说道："要是汪大哥能一起来就好了，这一路上也不算太平，要不是您声名远扬，怕是几拨匪徒就让咱们折在路上了。"

汪远洋是在"幽灵船"一案中与狄仁杰结缘的，后来便一直追随狄仁杰。此次狄仁杰被贬彭泽，汪远洋本欲追随，可狄仁杰却安排汪远洋留在洛阳，在狄府中充任卫队长一职。

原本打算和狄仁杰一并前往彭泽的齐灵芷、袁客师这对欢喜冤家，则是绕路前往洛阳南部的深山，袁客师打算看望父亲齐东郡顺便提亲，然后再到彭泽与狄仁杰会合。在此过程中袁齐二人还有一番奇遇，居然与狄仁杰此行目的有着千丝万缕的联系，此为后话。

县官到任是要迎接一番的，不但县衙的人全部到场，彭泽有头有脸的人也都来了，迎接这位从宰相位置上退下来的县令大老爷。有的人是为了目睹大周宰相的风采，有的是为了沾一沾位极人臣的官气，虽说被贬做县令，可这年头的事儿谁又能说得准呢！也许明天圣旨一到，就立刻官复原职。也有人纯是为了看热闹，看看身份地位的落差会对狄仁杰造成什么样的打击。

一番礼数后，县衙的官吏们请狄仁杰到彭泽最大的酒楼接风洗尘。狄仁杰正不知如何拒绝，却见一名女子跌跌撞撞地跑进县衙。

"狄大人，青天大老爷，民女前来申冤！"一名女子疾走几步绕过衙役，径直来到狄仁杰的面前跪下来。

仔细看那女子，只见她乌黑的秀发绾成如意髻，仅插了一支梅花白玉簪，虽然简洁，却显得清新优雅，身着白色的长裙，上配一件素淡的白纱衣，乃是极为淡雅的装束。一阵风吹过大堂，女子在风中稍显单薄，有一丝悲凉之意，那张清秀的脸上隐含着忧伤，让人不由得心中一疼。

捕头周琮连忙上前将女子扶起，小声说道："雀雀，今天狄大人刚刚就任，你就不能让他消停一天吗？"说罢便欲将女子架离县衙。

女子挣扎着，可哪里敌得过常年习武的周琮，无奈之下只好随着他向外走去。

"等等，周捕头，你先将她放开。"狄仁杰摆了摆手阻止周琮。

"可是……唉。"周琮还是放开了手。

女子疾走几步，再次跪倒在狄仁杰的脚下。

"快起来，有什么冤屈尽管向本官说。"狄仁杰将女子搀扶了起来。

原来女子便是前一任县令的女儿，名为黄梦曦，小名雀雀，打小就跟随父亲生活，今年十八岁了，县衙的人都叫她的小名雀雀，真名反而很少有人知道。

雀雀认为父亲黄光行死于非命，便多次到县衙来找捕头周琮，请其重新查案。周琮将此案重新查过，结果却仍是一样，黄县令暴毙而亡，纯属意外，未发现任何谋杀的线索。

狄仁杰听完叙述后点了点头，正要转身问周琮，却见周琮立刻回答道："回大人，黄县令去世半年，早就入土为安了，验尸记录有，在后堂。"

周琮的聪明出乎狄仁杰的意料，他的确想问尸体的事儿。他沉吟一阵后冲着雀雀说道："姑娘，你先回去休息，容我先看看案件相关的卷宗，然后再做定夺如何？"

"狄大人名扬天下，雀雀哪有不信之理，既然您这样说了，我父亲的案子便托付给您了，小女子告退。"雀雀不再纠缠，干净利索地行礼后退出了县衙。

狄仁杰望着雀雀离去的身影心中暗赞着，看她行事干净利落，没有一丝一毫的拖泥带水，一定是父亲教导有方。

"狄大人，这件案子都过去半年了，也结了案，虽有些怪异，可黄县令死于意外这是铁定的事实，县衙很多人都看见了。"周琮苦着脸，很明显，这件案子对他造成了很大的困扰。

"周捕头，等我安顿好，你来书房，详细说说黄县令的案子。"狄仁杰说道。

周琮一脸为难之色，但看着狄仁杰坚定的眼神，还是点了点头。周围的官吏们见周琮将事儿揽到身上便松了一口气，纷纷向狄仁杰告辞离开。

众官吏的反应让狄仁杰心生奇怪，心道：县令在任上出了意外，和众官吏们又没什么关系，为什么他们那么紧张？

狄福端着茶杯走过来，小声说道："老爷，吃不下饭就喝口茶提提神吧。"

"哦，狄福啊。"狄仁杰接过茶杯，抿了一口茶水，抬起头问道，"你感觉到这彭泽县的异常没有？"

"老爷，我觉得挺好啊。难道您是说前任黄县令的千金雀雀小姐？"狄福瞪大眼睛答道。

"不单是她，刚才提到黄县令案子时，在场所有官吏的反应都不太对劲，后来周捕头说案子有些怪异，如果真是意外，又有什么怪异之处呢?"狄仁杰问道。

"老爷，这动脑筋的事情还是您来吧，问我还不是白问?不如将周捕头请来，问个明白不就好了，省得您在这里瞎猜，饭吃不下觉睡不香的。"狄福的脑袋摇晃得像一只拨浪鼓。

"你看我，真的是老糊涂了，光想着案子，忘了大伙都还没吃饭。快去将周琮周捕头请来，咱们边吃东西边说案子。"狄仁杰笑着说道。

"是，老爷。"狄福的肚子咕噜咕噜叫了两声，他咧着嘴笑了笑，转身向厨房跑去。

第二章　的卢马

府衙的客厅不大，但家具和摆设应有尽有。随着一阵轻盈的脚步声，周琮走了进来，向狄仁杰施礼后却并未坐下，只是和狄福站在一旁。

捕快是一个相对低贱的职业，在县衙中属于杂役，除了一点可怜的薪酬外，主要经济来源是吃拿卡要，百姓表面上敬重捕快，但心里却瞧不起他们。为避免"有辱斯文"，朝廷下令禁止捕快后代子孙参加科举考试，这一法令等于断了所有捕快的希望，也彻底把这个职业打入社会最底层。

在县衙这种等级森严的地方，捕快哪敢和县令老爷同桌吃饭！

"周捕头，快坐快坐。"狄仁杰笑着向周琮招了招手。

周琮犹豫了一下，最终挑了靠近门口的位置，半个屁股坐在椅子上，小心翼翼地望着狄仁杰。

"周捕头，咱们边吃边聊啊！"狄仁杰见周琮没动筷子，伸出去的筷子又缩回来，望着饭菜叹了口气。

在洛阳时，到了开饭时狄府的客厅便热闹起来，满满的一大桌子人，有老有少、有说有笑，可如今自己背井离乡孤家寡人，身边也只剩下狄福和小莲陪着。

狄福跟随狄仁杰多年，立刻想到他是触景生情，会意一笑，转身向外走去，过了一会儿，奶声奶气的声音和咯咯的笑声从院子里传来。

"爷爷，爷爷。"虎头虎脑的小狄福扭着屁股跑了过来，边跑着边将两只肉乎乎的小手张开着，脸上的小嫩肉不停地颤着。

"跑慢点，别摔了，跟你爹一样，莽莽撞撞的。"小莲则是跟在后面追着。

狄福看了一眼狄仁杰，小声嘀咕："说孩子就说孩子，怎么还带上我了！"

狄仁杰哈哈一笑，将小孩一把抱在怀里："哟！快来，让爷爷抱抱！"

在小孩儿的眼里，没有官大一级压死人的概念，一上桌子，一会儿抓抓这个，一会儿要要那个，很快，小狄福变成了整个饭桌上的中心，欢乐的气氛充满了整间屋子。

狄仁杰心情好了不少，为了不破坏气氛，并未向周琮询问黄县令案子的事儿。周琮小心翼翼地吃完饭，见狄仁杰放下筷子，他才松了一口气，又起身站在一旁。

狄仁杰起身摸了摸肚子，笑着说道："饭吃得太饱了，周琮啊，你陪我到后花园走走。"

县衙的后花园面积不大，花草假山水塘等虽然应有尽有，但完全是强行堆砌在一起，布置得毫无美感。好在狄仁杰并不在意，在彭泽这等偏远小县，能有个花园就算不错了。

周琮跟在狄仁杰半个身位之后，他双手攥拳，抿着嘴，眼神飘摆不定，显然是有难言之隐，走了好一阵，他才叹了一口气，说道："狄大人，那件案子怪得很，卑职怕说了您也不信。"

狄仁杰呵呵一笑："说来听听！"

黄光行是八年前来到彭泽任职的，新官上任三把火，他着手大力整饬彭泽官场风气，虽说经验欠缺，可一身正气和执着劲儿却令人敬佩。彭泽县衙虽小，官吏之间的关系却错综复杂，一个小官吏背后可能隐藏着一张巨大的关系网，因此整饬官场并不简单，不但要将下属官员镇住，还要顶住来自上级官员的压力。

黄光行不但做到了，而且做得很好，官吏该罢免的罢免，该惩罚的惩罚。彭泽地区的经济和民生在他的整饬下慢慢复苏，政令畅通，百姓安居乐业。黄光行在百姓眼里千好万好，却不讨上司的好，因而屡次失去晋升的机会，一直在任上做了八年。其间下属的官员换了一茬又一茬，有的甚至已经高升做了他的上级，他仍在县令的位置上原地踏步。他倒也不着急，好像升官晋爵和他完全无关，在彭泽县令的位置上干得不亦乐乎。

为了更好地体察民情，他每年开春都会到治下的村落去走访，尤其是大山里面的几个小村落，相对封闭且生活贫困，历年来都是救济物资的重点发放对象。

春雨是缠绵的，敲打着大地的声音却有点争先恐后的意味，好像是天空的倾诉，想融入大地的怀抱。风不大，雨中的树看起来很美，像一幅画，静立着，畅快地接纳着不断的雨丝。树枝弯曲的角度恰到好处，向四周伸展，嫩黄和浅红的树叶相间，还有刚刚开始萌发的乳白色小花，使这洁净的树成了雨中的风景，孤独而美丽。

黄光行的雷厉风行是出了名的，莫说是绵绵的春雨，就是瓢泼大雨，也一样要按时出发，县衙众僚没人敢阻拦，只是象征性地关心一下，让他注意避雨，注意路上安全，等等。县令出行原本是要坐轿子的，黄光行为了节省人力便骑了马，一是可以加快速度，二是他不愿意摆那么大的排场。

一行人三更天准时出发，目的就是为了当天去当天回。当黄光行等人来到通往大山中唯一的那条小路时，还不到四更天。山路上安静极了，除了人们手中的火把发出的"噼啪"声，只剩下规律的马蹄声。

一阵风吹过，走在最后的衙役不由自主地打了个寒战，停住脚步向四周望了望。

小路环着半山腰，上方是茂密的树林，下方是深达数十丈的悬崖，路面不宽却很平整，刚好容下一辆马车通过。

衙役并未发现异常，嘘出一口气，紧走了几步向前追着，同时小声嘀咕道："这风来得有点邪门！"

黄光行耳朵很灵，听到衙役的自言自语后回过头看了看衙役，见衙役低下头不敢对视，这才哼了一声，继续策马前行。

他骑乘的是一匹宝马良驹，据说是一位养马人在野马群中驯服而来，见彭泽百姓在黄光行的带领下安居乐业，便将这匹马送给他。此马不同于普通家畜，虽被驯服却还保留着一丝野性，只见那马浑身上下的黑毛油亮油亮，身体匀称，浑身的肌肉都显示出爆炸性的力量，宽宽的额头两边有两处白点，眼下的泪槽很明显，与传说中三国蜀主刘备的的卢马拥有相同属性：妨主！

对于此说，黄光行并不在意："此马比不了的卢，我更比不了雄主刘备。马就是马，和人的命运无关！"

天公不作美，雨渐渐大了起来。黄光行等人穿起蓑衣戴上斗笠，继续驱马前行。山间小路除了春雨绵绵敲打树叶的声音，就剩下马蹄落地的声音。

突然，从远处传来一阵整齐的脚步声，声音由小渐大越来越清晰，听起来像是训练有素的军队在行军，每迈出一步都像是敲在人的心坎上。

所有的马立刻停止前行，任凭骑乘者的鞭子落在身上也不肯前进半步，一部分马匹甚至不断地倒退着。一时间，皮鞭声、喝骂声、马的嘶鸣声连成一片，使得本来安静的小路嘈杂起来。

动物的感知能力往往都是高于人类的，在一些特定的灾难面前，动物会表现出异常行为，不是为了向人类示警，而是一种与生俱来的本能反应。

"黄大人，您看看这些马，一个劲儿地向后退……拉都拉不住，太奇怪了！不如我们退回县衙稍事休息，等天亮后再进山。"一名官吏说道。

黄光行回头看众僚，除了他的马原地没动，其他的马匹已经开始由后退变成转身逃跑。随从们只得用鞭子狠狠地抽在马身上，一道道血淋淋的伤口触目惊心，到最后众人都不忍心再扬起手中的皮鞭了。

一阵风携着寒意吹来，令人们不由自主地打了个哆嗦，这股寒意仿佛来自地狱一般，让人打心里往外冷。

"咔……咔……咔……咔……"整齐的脚步声越来越近，同时传来的还有车轮转动发出的"吱扭吱扭"的声音。众人的心中不约而同地冒出一个词——阴兵借道。

黄光行的马同主人一样，胆子大得出奇，眼中不但没有一丝惧怕，反而充满了渴望，它打了两声响鼻后，载着主人一步一步向前走去。

"黄大人，去不得！"一名官吏鼓起勇气小声地喊着。

黄光行根本不相信鬼神之说，鼻子发出冷哼声，轻蔑地瞥了一眼身后众僚们，最后目光盯在捕头周琼身上。

周琼仿佛被诡异的声音吓住，不敢抬头与黄光行对视。

"众僚勿慌，尔等原地待命，本官前去探查一番再做定夺！"黄光行说罢将手中的火把向前探了探。

雨虽不大，却令人的视线受到极大的阻碍。

众官吏的马终于不再后退，人们拉着马在路上向黄县令去的方向观望着，眼见着他的火把发出的光越来越小、越来越弱，最后消失在黑暗中。

又一阵阴风吹来，众官吏手中的火把全都灭了，松油烟混合着恐惧钻进人们的鼻孔，众人皆是一惊。

火把由枣木、麻布、松节油制成，除非碰上大风大雨，否则绝不会熄灭。

"这是阴风！快叫黄县令回来！"一名官吏急着喊道。

在众人的意识里，只有来自地狱的阴风才能将火把吹灭。可官吏们你看看我，我看看你，却没一个人动。

"我去看看。"周琼抽出腰刀摸着黑向前走去，他常年习武，目力要比常人好上一些，虽然失去了火把，缓了一阵后，眼睛也渐渐适应了黑暗。

"黄大人！"周琼小声喊着。他盼望得到黄光行的回应，可回应他的只是整齐的脚步声和车轮声。

突然，周琼感到前方一股阴气袭来，隐隐约约掺杂着杀气。

第三章　好奇害死猫

人在紧张的时候神经会异常敏感，任何异动都会引发人的警觉。

"谁?"周琼的声音仿佛暴雷一般响起。这一声暴喝并不是要吓唬人，而是壮自己的胆子，毕竟眼前的事情过于诡异，已超出了他想象的极限。

"吼!"低吼声传来。

当周琼瞪大眼睛看清声音的来源时，他一下子惊呆了。

站在他面前的是一队整齐的士兵，每人手中都拎着一柄无比巨大的铁锤，泛着黑色的脸上毫无表情，眼神空洞，仿佛世间的一切都与其无关。

队伍中央几辆马车晃晃悠悠地行驶着，马夫坐在车辕上，他面无表情，眼睛直勾勾地盯着前方，一手持着缰绳，一手拿着鞭子，有种说不出的怪异。不但如此，就连拉车的马也不寻常。山中寒气十足，却看不到马匹呼吸时鼻孔中冒出的白气!

"当啷!"周琼手中的腰刀落在地上，身体急速地退了几步，撞到路边的一棵小树才停下来，他脸色煞白浑身抖动，靠在树干上一动不动。

众官吏的马匹再次倒退，拉得众人不由自主地跟着走，最后马儿转过身来，再也不顾主人的鞭笞，四蹄翻飞地奔跑起来。反应快的人立刻松开缰绳，任由马匹跑掉。反应慢一些的被马拉倒在地，翻滚了几下后落入道旁，要不是有人及时拉住，就会掉下悬崖。

"咔……咔……咔……"阴兵越来越近，众僚们吓得浑身筛糠似的蜷缩在小道旁，有的紧紧地闭上了眼睛，口中念叨着"阿弥陀佛"，有的人已尿湿了裤子，丑态百出。

老人们常说，如果遇到阴兵借道，只要不看不问不说不跑，就不会发生任何祸事，这种说法在当地非常流行。周琼虽然害怕，但还未丧失理智，缓过神来后立刻将双眼捂住。

果然，整齐的脚步声越来越远，但没有任何恶事发生，众人都松了一口气，瘫软在地上，却没一个人敢睁开眼睛。

好奇害死猫。周琮毕竟年轻，好奇心很强，遇到了这样的怪事，他又如何能把持住自己。他将眼睛慢慢睁开，从手指缝向外观察着。

走在最后的两名阴兵像是感到了周琮的目光，停住脚步慢慢地转过头，颈骨转动发出的"咯咯"声令人毛骨悚然。

周琮看得清楚，阴兵脸上泛着死气，目光呆滞，嘴里发出低吼声，仿佛来自十八层地狱，让人不寒而栗。他们走路的姿势很怪，全身关节像被冻住了一般，走起路来一上一下地颠着，浑身上下散发出一股死亡的味道。

"他们应该不是在看我吧！"周琮心里犯着嘀咕，立刻把手指并拢，只留一条很窄的缝隙。

没想到的是，一名阴兵突然转过身，竟然迈着僵硬的步伐向周琮走来，巨大的铁锤拖在地上，不时地碰撞到石头，发出刺耳的摩擦声。

等阴兵走近了，周琮这才发觉之前对大铁锤的判断大错特错。他原本以为阴兵手上拎着的铁锤不大，大约和江湖人常用的铁锤相仿，虽然需要很大力气，但能舞得动的人不在少数。可眼前这柄大锤简直和小磨盘一般大小，算起来至少有三百斤的重量，别说是常人，就算是江湖上练习外家功夫的高手怕是也拿不起来。

距离越近，阴兵身上的死气就越发强烈，甚至令周围的空气都凝结起来。这一刻，周琮感觉到他距离死亡很近，甚至闻到了死亡的味道，他本能地向后退去，可身体却像被抽干了力气一般，一动也不能动。

"吼！"阴兵走到周琮的面前，将铁锤慢慢地举起。

"完了。"周琮丧气至极，脑海中闪出很多念头——还没向暗恋的雀雀表白，还有几件悬案未破，甚至还想到了邻家三婶的房子还等着修补……

周琮手攥成拳头把眼睛紧紧地遮住，长叹一口气，此刻他只有一个念头，希望大铁锤能给他来个痛快。恍惚间，他看到了已经去世的父母正向他招手，黄县令冲着他呵呵地笑……突然，那股来自阴兵的杀气渐渐淡去，取而代之的是令人无比舒坦的祥和……

"周捕头，周捕头！"牛书吏的声音传了过来。

周琮又回到现实，睁开眼睛的一瞬间，他感到头部像炸裂一般，心脏每一次跳动都会令头部剧痛，阴冷刺骨的风让他不停地哆嗦着。

"我还活着，我真的活过来了！"周琼暗自庆幸着。

"周捕头，你在哪？"牛书吏小心翼翼地喊着。

"我在这儿！"周琼边应着边站起身，拍了拍身上的土，捡起腰刀，揉了揉僵硬的脸，深呼吸了几次，这才恢复了镇定。

书吏颤颤巍巍地走过来，看到了仍英姿飒爽的周捕头，那张饱经沧桑的老脸不禁一红，随后也学着周琼的样子站直了身子。

周琼朝着书吏挥了挥手。

"周捕头，刚才你看到什么了吗？"书吏尽量让声音听起来平静些。

"没有，什么都没看到。"周琼的回答很坚决。

牛书吏自诩文化人，一向瞧不起周琼，这种怪事就算是说出来他也不会相信，说不定还会趁机嘲笑一番。

"哦，那就好，那就好，刚才……"书吏喉咙里"咕噜"了几声，最终还是将话咽了回去。

"糟了，黄大人！"周琼缓过神来，立刻想起了黄县令，他加快脚步向前疾走了一阵，看到黄县令的那匹马远远地站着。

奇怪的是，那马在不停地四蹄刨地，既不前进也不后退，马上坐着的黄县令跟着马儿上下晃动着，脑袋低垂，双手紧紧地握着缰绳，双脚死死地蹬在马镫上。

"黄大人！"周琼感觉有些不对，几乎奔跑着来到马前。黄光行的模样让他倒吸了一口凉气，整个人仿佛掉进冰窖一般，霎时间僵在了那里。

牛书吏紧追过来，抬头看了看端坐在马上的黄光行，这一看吓得他连续倒退了几步，双腿一软，一屁股坐到了地上。

"黄……黄大人他……"牛书吏嘴唇哆嗦着，直勾勾地盯着黄光行。

"黄大人，你没事吧？"周琼上前拉马的缰绳，手刚碰到缰绳，黄光行的手突然松开了缰绳，一把抓向周琼的手。

周琼的武功不算高强，但三五个壮汉也近不了身，但黄光行这一抓他却没躲开，周琼感到一股寒意从黄县令的手上传来，他下意识地一抖手，摆脱了黄光行后又闪身后撤一步。

黄光行被周琼一抖一带，从马背上栽了下来，整个人扑到了牛书吏身上。牛书吏身单力薄，和黄光行两人一同摔倒在地。

牛书吏还未来得及喊痛，只见黄光行铁青的脸上突然露出诡异的笑容，咧开嘴时，嘶哑而怪异的声音从喉头传来："阴兵借道，淮南……"

黄光行吐出了最后一口气，身上散发着只有死人才有的气息，他的双眼死死地盯着压在身下的牛书吏。

"啊……"书吏被眼前的情景吓得大叫一声，胡乱地推开黄光行的尸体，踉跄着爬起来准备向远处跑，没想到双腿一软，一头拱在地上，脑袋正好撞在一块石头上，顿时晕了过去。

绵绵细雨仍在不停地下着，落在了周琮的帽子上，攒成了水流后便顺着帽子流下来，流到了他的脸上，流进了嘴里，可他却仍然愣在那里一动不动，甚至连眼睛都没眨一下，眼前的一切已经远超他的接受范围，让他的头脑无法立时反应过来。

"咔！"一记清脆的雷声从半空中响起，惊得周琮一个激灵，他顾不得牛书吏，赶忙上前察看黄县令，没想到黄县令居然一伸手抓住了他的手。

周琮吓了一跳，他用力抖着手，企图甩开黄光行，可这次黄光行握得很紧，甩了几下都没有甩掉。

"咔！"又一道闪电划破夜空。

借着光亮，周琮看到黄光行那张带着诡异笑容的脸，那双已经毫无活力的眼睛仿佛地狱恶鬼的眼睛一样，直勾勾地望着他。

人无论受过多少教育，在情急之下都会做出许多意想不到的事，甚至不惜违背做人的原则。有人说他就不会，那是因为"情急之下"还没达到所能承受的极限，一旦达到了，就没什么区别了。

周琮已处于疯狂的边缘，在掰断了黄县令的三根手指后，他的手才得以抽出来，后退了数步后才停住脚步，抖了抖被握得发麻的手，从身上解下一个酒葫芦，拔下葫芦塞，向口中倒酒。

烈酒一下肚，火辣辣的感觉从口中传到了胃里，鼻涕和眼泪一同流了下来，他用衣袖胡乱地抹了一把之后，将酒葫芦摔在了旁边。

酒的作用逐渐显现出来，他感到身上涌出了一股暖意，深吸了一口气，环顾四周，发现原本站在路旁的那匹马不见了踪影，地面湿软的泥土上居然连马蹄印也消失不见。

周琮的头皮又是一麻，一个不祥的念头在脑海里渐渐地升起："难道那匹马是传说中的阴马幻化而成？"

"唔！呃！嘿嘿嘿……嘿嘿嘿……"一阵诡异的声音从他的身后响起。

周琮喝了酒令心跳加快到极限，诡异的声音使那跳到极限的心脏再次加速，他慢慢地扭动着脖子向后看，一只冰凉的手却摸上了他的后脖颈……

第四章 阴兵借道

出现在周琮面前的是一张完全扭曲的脸，咧着嘴嘿嘿地笑着，口水顺着嘴角不停地流下来，空洞的双眼直勾勾地望着他。

周琮本已是惊弓之鸟，突如其来的这张脸险些将他的三魂七魄吓散，他本能地倒退一步，同时抬脚一踹。

"啊！"

那人惨叫一声飞了出去，又重重地落在地面上，捂着肚子边呻吟边咳嗽，眼见鲜血从嘴角流了下来。

"牛书吏……你……"周琮长长地舒了一口气，白了他一眼，来到牛书吏面前蹲了下来，问道，"你没事吧?"

牛书吏嘿嘿笑，又表情痛苦："啊……嘿嘿……啊……"

周琮感觉牛书吏的状态有些不对劲儿，便喝道："哎，你怎么样?"

"死了，都死了！"书吏的口水顺着嘴角流下来，眼睛直勾勾地望着周琮，眼神带着一股强大而不可抗拒的恐惧。

"喂！"周琮抓着牛书吏的肩膀用力摇晃着。

"别杀我，我什么都没有！"牛书吏手脚并用向后退，直到靠在一棵树上才停下来。

失心疯！

山路却很安静，安静得让人想发疯。

看到书吏傻傻呆呆的样子，周琮的心里顿时生出了一股怜悯，叹了一口气，慢慢地挪到牛书吏身前，将手轻轻地放在他的肩膀上，准备好言安慰一番。

"啊……救命啊，救命，阴兵借道……阴兵来啦……"书吏不断挥舞双手并撕心裂肺地号叫着，盯着周琮身后悬崖的眼球不断地左右摇摆。

周琮转过身，看到的只是小路旁的悬崖，他摇了摇头，正要扶起牛书吏，却听见一阵细碎的脚步声从不远处传来，混合着随从们小心翼翼的声音："黄大人，周捕头，牛书吏……"

十几名官吏和随从蹑手蹑脚地来到了跟前，每个人脸上都写满了惊恐。

"黄大人他……他……"一名官吏看到了躺在地上的黄光行，指着尸体说不出话来。

周琮叹气："黄大人去世了，你们少安毋躁。"

众人定神仔细看向尸体，心中皆是一惊。黄光行的尸体就在地上，脸上表情诡异，眼睛盯着众人的方向，嘴唇发紫、脸色铁青，伸向前方的手有三根手指向后倒着。

牛书吏缩成一团，叫喊着："阴兵来了，你们都得死，谁都跑不了……啊……"

黄县令和牛书吏一死一疯，众人哪见过如此场面，都愣愣地站在原地不知所措，一行人中除了黄县令就属县丞谷钧成官位最高，但谷钧成却望向周琮。

周琮向谷钧成抱拳道："谷大人，卑职建议先将黄县令的尸首和牛书吏送回彭泽县衙，而后再行商议。"

"好，好，就按你说的来！"谷钧成强作镇静地说道。虽说他是县衙的主要管事之一，却很少参与决策，只是在县衙混日子，得过且过。

众人找回了马匹，七手八脚地把黄县令的尸首担在马背上，又将疯疯癫癫的书吏也连哄带架地弄上了马，跌跌撞撞地向彭泽县衙走去。

众人把黄光行的尸首和书吏运回彭泽后，便各自回到家中闭门不出，以至于县衙无人打理。

三天后，外出办案的县尉章旷发回到县衙，听值守的衙役说了此事，这才召集众僚，督促着谷钧成将黄县令遇难之事写成公文，上报给州府衙门。

事儿就是那么个事儿，却难以动笔，毕竟遇到"阴兵借道"太过诡异，就这么报到州府衙门，谷钧成免不了要受到责罚，最后还是仵作出了主意，以"暴毙而亡"上报州府。

此时大周官场已被酷吏来俊臣等人搅成一潭浑水，朝中大臣人人自危，一名七品县令的死，未能引起州府衙门的注意，只是将此事报到吏部备案，最终草草了事。

……

讲述到这儿，周琮一脸愧疚地跪在狄仁杰面前，一个头磕下去便没再抬起头："狄大人，卑职有愧，现在请求大人将卑职革职查办。"

狄仁杰叹了一口气，俯身将周琮扶了起来："周捕头，人对于未知的事产生恐惧是常态。但你记住一点，只要保持一颗正义之心，就不会被歪风邪气所吓倒。"

"大人，您不嫌弃我？"周琮原以为狄仁杰会降罪于他，将他罢免甚至投入大牢，却想不到是这个结果。

"人非圣贤，孰能无过。你有勇气将这段经历说出来已属不易，继续做你的捕头吧。哦，对了，其他人对这件事有什么看法？"狄仁杰问道。

周琮松了一口气，对着狄仁杰连拜了三拜，随后正色道："把黄大人尸体安顿好后，卑职向他们询问当时的情形，竟然没一个人承认遇到过阴兵，都说当时阴风阵阵刮得飞沙走石，连眼睛都睁不开，加上天黑，什么都没看到。只有疯疯癫癫的牛书吏，不时地喊上几句关于阴兵的话来。"

周琮的表情有些愤怒，显然对这些人的表现不满。作为捕头，他希望所有的当事人都能站出来，将事情讲明白，再合力查个清楚，众人的表现却让他失望透顶，但他只是一名小小的捕头，对于官吏们的反应无可奈何。

"你进行的调查有收获吗？"狄仁杰问道。

"大人，卑职冷静下来后，仔细地回想了当晚的情形，感觉那些……那些……"周琮说到这里挠了挠脑袋，因为担心狄仁杰无法理解，"阴兵"这个词他难以说出口。

狄仁杰笑了笑，语气轻松地说道："你放开说，别有什么顾虑。"

周琮略舒缓了一下情绪，说道："那些人身上不但没有一丝活人的气息，一举一动都像僵尸一样，另外，他们所穿铠甲不是大周军队配备的铠甲。"

"你详细说说。"狄仁杰隐约感到盔甲可能是一条重要的线索。

"大人，据卑职了解，本朝军队配备的是防护较为全面的明光铠，而阴兵身上穿的盔甲是最老式的札甲，制造简单防护较弱，早已被军队弃用。"周琮终于说出了"阴兵"两个字。

"札甲是汉朝初期常用盔甲，现在的军队不可能再用。再说，朝廷对盔甲的管控非常严格，一旦发现私造或私藏盔甲，轻则杀头，重则夷三族，民间的铁匠和皮匠不太可能冒这么大的风险造盔甲。"狄仁杰说道。

周琮说道："卑职读书少，只是练了一身的蛮力气，侥幸当了捕头一职，对侦破不甚擅长，目前能提供的线索也就这么多。"

周琮说得实在，狄仁杰也并未在意，略加思索后，问道："以暴毙而亡作为死因的确草率了，仵作验尸没得到黄县令的死因吗？"

每个人都会面临死亡，死亡的原因千万种，但总有一个死因。用"暴毙而亡"这种模棱两可的语言结案，实为对死者的不尊重，尤其是死者还是本县的县令。

"仵作也觉得奇怪，黄县令体表无致命伤，五脏六腑未见损伤，排除了因受伤而死的可能。要说中毒吧，以银针刺入身体各个部位，均未发现中毒的迹象。后来一位老仵作说，看黄县令脸色铁青，满脸恐惧之色，可能是被阴气侵体，伤了元神而亡。虽然这种说法无法令人信服，但也没有更好的结论。黄县令的千金雀雀不相信神鬼之说，一直不依不饶，要卑职重新调查此案。"周琮说到雀雀，脸上露出了一丝难以明喻的神情。

"以前发生过这种事吗？"狄仁杰问道。

周琮露出难为之色："卑职在任期间未曾见过，以前如果有，应该记录在县志上。牛书吏倒是熟读过县志，可惜……"

"你去把所有的县志和案件卷宗搬到二堂，再把县丞谷大人请来。"狄仁杰想到了黄县令临死前说的那句话"阴兵借道，淮南……"。彭泽地区早在秦汉时期就属于淮南区域，既然说到了淮南，就只能从县志和卷宗上着手。

周琮属于行动派，立刻向狄仁杰告辞，安排县志和卷宗等事宜。

狄仁杰打心眼里喜欢这名性情直爽的小伙子，玉不琢不成器，只要假以时日，周琮必可成为一名优秀的捕头。

狄福走到狄仁杰身边，轻声问道："老爷，周捕头所说有多少可信度？"

狄仁杰向狄福笑了笑，说道："看来你心中有疑惑。"

狄福立刻答道："完整经历过整个阴兵借道事件的有三人，黄县令、周琮、牛书吏，现在黄县令和牛书吏一死一疯，周琮的话已无法证实。"

狄仁杰捋着花白的胡子笑而不语，弄得狄福不知所以。过了一阵之后，他才缓缓说道："周琮的确是个讲故事的高手，不过，阴兵借道事件虽怪异，却也有线索可循。"

"啊，老爷您快说说。"狄福兴冲冲地等着狄仁杰的说法。

狄仁杰呵呵一笑，说道："想不到已为人父的狄福还是那么好奇。好奇会激起人的求知欲望，才能进步，很好，那我就和你说说。"

第五章　命不久矣

好奇之心人皆有之，是人类社会进步的主要驱动力。

对于身边人的提问，狄仁杰一向有问必答。"首先是阴兵出现的时间和地点。按照民间的说法，白天阳气太重，阴兵只能在夜间出现。至于地点，需要常年不见太阳的至阴之地，既然是借道，也就意味着地点一定是道路，彭泽辖地内，只有进山小路的某些路段符合这个条件。"

狄福点了点头表示赞同。

"其次是声音。若阴兵是鬼魂，应该来去无声，但据周琮所说，他们听见了整齐的脚步声，由此判断那不是鬼魂。"

"那是什么？"狄福瞪大眼睛问道。

狄仁杰笑了笑，但并未回答问题。

狄福思索片刻，若有所思地说道："又或者说周捕头等人出现了视听幻觉，听到和看到的都是假的！"

"分析得很好，的确有这种可能。"狄仁杰赞许道。

狄福得到狄仁杰的赞许，有些不好意思地挠挠脑袋，憨憨一笑："老爷，还是您接着分析。"

"周琮的故事里还出现了马车，当天下着小雨，地面湿软，如果当时周琮足够冷静，应该能发现车辙和马蹄印。"狄仁杰分析道。

"经老爷一分析，还真是那么回事。"狄福呵呵一笑。

"再者就是阴兵本身。按照周琮的说法，它们浑身散发出死亡气息，动作僵硬但整齐划一，力大无比，能够轻易舞动三百斤的大铁锤。"狄仁杰比画着铁锤的大小。

"这等大小的铁锤常人连拎都拎不动，江湖一等一的外家高手倒是能勉强举起来，但也只能举起来一下半下，做常规兵器却不可能。"狄福说道。

铁锤三百斤，加上所穿的铁质札甲五十斤左右，除非是天生神力，否则没人能够承受。

"先放下兵器这个话题，咱们说说黄光行临死前说的那句话，'阴兵借道，淮南……'这句话是什么意思，他想表达什么？"狄仁杰问道。

狄福思索了一阵，却得不出结论，只好苦着脸摇了摇头，看向狄仁杰。

"别看我，我也不知道。"狄仁杰摊了摊手，随后又说道，"最后一点是关于书吏的，你还记得周琮的陈述吧，当书吏找到他时，说了一句非常奇怪的话。"

"是'哦，那就好，那就好，刚才……'这句话，书吏说了句半截话。"狄福说道。

"疑点虽多，但条件是基于周琮没撒谎的前提下，否则，一切可能只是一个故事。"狄仁杰捋着胡子说道。

"看周捕头的模样，不太像是撒谎的人啊！"狄福说道。

"皮相是外表，内心才是核心，人心隔肚皮呀！"狄仁杰叹道。

狄仁杰经历丰富、阅人无数，尤其在朝堂上，更是尔虞我诈，表面看和气一团，实则背在身后的手上都拿着刀子，稍有不慎便会人头落地。

狄福跟随狄仁杰数年，自然知道狄仁杰所说的含义，跟着叹了口气，做出一副老气横秋的模样来。

狄仁杰看得一笑，拍了一下狄福的脑袋，说道："好的不学，光学我这些。"

狄福嘻嘻一笑，吐了吐舌头，正要说话，听到二堂传来窸窸窣窣的声音，面色一喜，说道："老爷，应该是县志搬来了。"

狄仁杰点点头，说道："黄光行一案疑点甚多，还得细查才行，咱们先去看看县志，也许会有些收获。"狄仁杰说罢便转身向二堂走去。

二堂是县令办公期间暂时休息以及和众官僚议事所在，房间不算宽敞，其设计与大堂相仿，但规格略低一筹，堂外挂着一副对联：与百姓有缘才来到此，期寸心无愧不负斯民。

一些杂役不停地把县志和卷宗搬进来，堆放在地面上。官吏们不知狄仁杰为何要这些陈年县志和卷宗，只是低声议论着，见狄仁杰走进来，众人纷纷施礼。

一番礼数之后，狄仁杰开始翻看卷宗和县志。众官吏不敢呆站着，只好拿起一卷假装看着。狄仁杰看书的速度很快，过了一阵，他脸上露出笑容，说道："有意思，有意思。"

众人听狄仁杰这么一说，纷纷停下手来，看向狄仁杰。

狄仁杰感到众人关注的目光，放下简牍说道："彭泽自打西汉以来一直隶属于淮南地区，是淮南王统治的地界，历朝历代被封淮南王的诸侯和皇室宗亲很多，但几乎都不得善终。唉……淮南虽好，却不养官。"

狄仁杰虽说不是淮南王，但被贬彭泽令，说起来也是官，他这一语双关，官吏们怎能听不出来，但众人又不敢搭茬，只好装作没听见。

狄仁杰有些尴尬，清了清嗓子又快速地挑了一些卷宗和县志，对县丞谷钧成说道："谷大人，你让人将这些未结案的卷宗和县志送到书房，本官闲来无事慢慢看。周捕头，你陪本官去看看牛书吏。"

谷钧成犹豫了一下，有意无意地看向周琮，两人目光相交后迅速收回，他应了一声，这才指挥着众杂役搬县志和卷宗。

狄仁杰装作没看到，背着手慢慢悠悠地向县衙外走去。

县衙外是一条宽敞道路，道路两旁树木成荫，行人或坐在树下休息，或三三两两悠闲地散着步。狄仁杰新官上任，还没来得及穿官服，但有周琮恭恭敬敬地陪着，人们自然也猜到了他的身份，路过时纷纷向狄仁杰点头致意。

为了避免尴尬，周琮向狄仁杰介绍了县衙主要官吏的基本情况。

县丞谷钧成是举人出身，本无入仕资格，但谷家是彭泽大户，硬生生用银两把他安置在县丞这个位置上，因官职非正道而来，所以为人比较低调，与前任黄县令和其他官吏关系融洽。谷钧成能力有限，但碍于他家族的势力，众官吏也不敢轻看。

县尉章旷发是周琮的顶头上司，负责三班衙役和捕快，平日里话很少，对下属比较和善，不但拥有一身好武功，还精通医术，谁要是有个头疼脑热的，不消两服药，保证药到病除。他为人正直，嫉恶如仇，常为一些案子和黄光行争吵，更是看不起买官的谷钧成，和其他官吏的关系也非常紧张。

牛书吏名叫牛陌田，是彭泽本地人，今年四十岁整，父亲是上一任的书吏，离任后便推荐了牛陌田，属于子承父业。

至于前来告状的雀雀，是前任县令黄光行的女儿，本名叫黄梦曦，一个似幻似梦的名字。她从小便没了娘，跟着黄光行走南闯北，来到彭泽后才定居下来。她天生好学，除了每天必学的诗书外，还缠着谷钧成学书法，又向章旷发学习武功。

黄光行对此也看得开，不但不管不问，反而支持她多向其他人学习本领。在黄光行的支持下，雀雀拜师章旷发，成为他的第一位女弟子。

黄梦曦天生活泼，县衙的官吏们都喜欢叫她雀雀，时间久了，反而把她的本名淡忘了。

周琮说到这儿脸上一红，虽说只是一瞬间，却很难逃过狄仁杰的眼睛，狄福也是过来人，自然看得明白。两人知道，周琮对这位黄大小姐一定是爱慕已久。

彭泽是个多水的小城，一条不大不小的河流贯穿整个彭泽城。具有特色的鹅卵石铺成的路面，显得干净整洁，晨露洒过，让小路更加光滑、闪亮。路旁流淌着一条小河，同样是长长的，瘦瘦的，曲曲又弯弯。水面活溜溜儿的，风一吹，荡漾着轻柔的涟漪，就像碧绿的绸子。

三人边观看风景边聊天，不知不觉地来到了一间民宅前，周琮用手一指："狄大人，这就是牛书吏家。"

小院四周围着足有一人高的围墙，围墙外排着几棵樟树，枯黄的樟树叶已完成了今年的使命，纷纷飘下来，落在潮湿寒冷的鹅卵石地面上，形成了一道美丽的风景。

周琮疾走几步来到门前，拍了拍门上的铁环，得到了一名妇女的应声后便推开门。

院子很大，面对大门是四间红砖青瓦的正房，两边各两间偏房，正房两侧有两个月亮门。穿过月亮门，颇为宽敞的后院种满了各种蔬菜。

偏房中一名女人正忙着做饭，她身穿一件灰色的衣服，虽有些破旧却干净整洁。头发看上去有点凌乱，皮肤灰暗，常年累积下的风霜在她的脸上留下深刻的痕迹，一双眼睛满是沧桑和无奈，仿佛早已习惯了苦难。

她放下铲子走了出来，看了看周琮，又瞥了一眼狄仁杰，勉强露出礼节性的笑容，将双手在围裙上抹了抹，冲着周琮说道："周捕头，这两位是……"

"牛大嫂，这位是新上任的县令狄大人。"周琮介绍道。

女人连忙走上前准备跪下来行大礼，却被狄仁杰一把拦住。

"牛大嫂，我是来探望牛书吏的，他的病情好些了没有？"狄仁杰轻声问道。

牛夫人的年纪小了他很多，可他仍旧礼貌性地称呼其为"大嫂"，自称"我"，而不是本官。女人并没有应声，用手轻轻地掩住嘴，那双黯淡的眼睛突然涌出了一些泪花。

"大人，牛书吏在正房，咱们进去说吧。"周琮指了指正房，又给牛夫人使了一个眼色。

牛夫人抹了抹眼睛，这才转身向正房走去。

"牛书吏的两个孩子都已成家，单独出去住了，他父亲两年前过世，现在就剩下他们两口子。"周琮小声介绍道。

正房很宽敞，家具布置应有尽有，房间中弥漫着一股高档木材的香气。牛陌田蜷缩在床榻上，浑身颤抖地缩成一团，他蓬头历齿、鸠形鹄面，双眼空洞洞地望着前方，与之前判若两人。

"大嫂，牛大哥怎么会变成如此模样！"周琮看了牛陌田的模样吓了一跳。

牛夫人听罢啜泣了一阵才稳定了情绪，说道："自打那次他回来，就变得不言不语，更不见他吃喝，就这样傻呆呆地瞪着眼睛，要不是勉强喂下一些米粥，怕是早就饿死了。"

狄仁杰上前仔细观察了牛陌田一阵，说道："周琮、狄福，你二人帮我按住他，我替他把脉。"

周琮和狄福立刻上前，抓住牛陌田的胳膊轻轻拉向床榻边缘，开始时牛陌田还挣扎，被控制住后便不再动弹，双眼也不曾眨一下，直勾勾地望着对面的墙壁。

狄仁杰精通医术，虽比不上华佗、扁鹊，但也有其独到之处，为牛书吏把脉后，又向牛夫人询问了一些问题，这才缓缓起身，不声不响地转身出了房间，来到了院子中。

"大人，牛书吏到底怎样了？"周琮语气略带焦急。

狄仁杰并未回答周琮的问题，反而转向狄福，轻声说道："狄福，给牛大嫂留些银子。"

周琮听出狄仁杰这话不是好话，心中暗自惊讶，稳了稳心神后，又问道："大人，他……"

狄仁杰摆了摆手，说道："失心疯以至精神不振，长期水米不进造成身体极度虚弱，精气匮乏已令其处于濒死状态，命不久矣。"狄仁杰说完便径直离开牛家，留下了愣在当场的二人。

第六章　回光返照

人老多情。

随着年岁的增长，经历了生生死死，狄仁杰的感情丰富了许多，当他看到垂死状态的牛陌田时，他忽然感觉到心很累，从未有过的累。

死者已矣，不再感受人间的欢乐与痛苦，生者还要继续承受失去至爱的痛苦，日复一日年复一年。就像牛夫人，眼见丈夫病入膏肓却束手无策，这究竟是即死者的庆幸还是生者的悲哀呢？

狄仁杰不愿再多想，疾走几步出了院子，欲离开这个让他心里难受的地方，却听狄福在身后喊着。

他急忙用宽大的衣袖抹了抹眼中的潮气，这才转过身，勉强笑了笑。

狄福匆匆奔了过来，边走边说道："老爷，牛书吏清醒过来了，您快去看看吧！"

"醒过来了？"狄仁杰一惊，心中升起一股不祥的预感。

失心疯易得不易治，若非机缘巧合，很难再清醒过来。牛陌田已病入膏肓，这个时候要是清醒过来，就只有一种可能——回光返照。回光返照是指人在临死前突然恢复健康状态，所有不良症状全部消失，回光返照的时间长短不一，短则一盏茶的工夫，长则几个时辰。

"快回去。"狄仁杰脸色一变，急忙向院子里一路小跑。

再次看到牛陌田时，他仿佛换了一个人，虽身体枯瘦如柴，但精神状态极佳，整个人神采奕奕，双眼不停地放出精光。

"狄大人，您看他，没事了！"周琮不明所以。

正常状态下的人如果双目炯炯有神，则说明精力充沛、气血充足，五脏六腑运作良好，但牛陌田已行将就木，不可能出现这种状态。

"牛书吏，你……"

狄仁杰的话未说完，便被牛陌田摆手阻止："狄大人是新任县令吧，我刚听夫人说了，您曾经是当朝宰相，号称神断，您来了就好了。我知道我的状况，没多少时间了，所以还请大人只听别问。夫人，你去书房把第三个柜子暗格里的东西拿来。"

牛陌田知道狄仁杰的身份，却波澜不惊，毕竟是临死之人，已将世间的金钱权势看得很淡；无论你是多大的官儿，有多少财富，即将和他没有任何关系。

狄仁杰脸色凝重地点了点头。

牛陌田一笑，从怀中掏出了一把钥匙递给了牛夫人。

牛夫人含着眼泪颤抖着双手接过钥匙，依依不舍地走出房间。

"狄大人，内人去拿的是我的手记，是根据县志记载的内容和民间传说整理出来的，记载的是淮南王英布反叛的故事，很重要，您一定要仔细看。"牛陌田把"很重要"三个字说得很重。

狄仁杰郑重地点了点头。

牛陌田舔了舔嘴唇，端起一旁的水碗"咕嘟咕嘟"喝了几大口，又说道："关于那晚的事，我依稀记得有个人在我身上摸了几下，他的手很硬、很凉，却有种熟悉的感觉……"话音未落，就见他眼睛突然瞪得很大，仿佛死鱼一般，上下动着的喉结也停止了，手上的碗落到床榻上并滚落在地。

"他们来了，他们来了！"

随着清脆的响声，水碗摔成了碎片，牛陌田整个人像是泄了气的皮球，转瞬间瘫了下来，双眼再次变得黯淡无光。

"牛书吏，牛书吏！"事情发展太过突然，周琮有些不知所措。

狄仁杰急忙上前给牛陌田把脉，又察看了一阵，这才摇了摇头："他已经去世了。"

牛夫人刚走进门便听到了狄仁杰这句话，脸色由红润变得煞白，双眼噙满泪水，嘴唇不停地颤抖着，手里的钥匙"当啷"一声掉在地上。

"当家的……"牛夫人终于哭了出来，疯了般扑了上去，紧紧地将牛陌田搂在怀里。

失去亲人的滋味难以表述，对于一个女人来说，当她深爱着的男人凄惨死去，整个世界亦随之崩塌。

狄仁杰长叹一声，给周琮和狄福使了个眼色，转身出了屋子。周琮和狄福追了出来，脸上尽是疑惑之色。

"大人，牛书吏刚才还好好的，怎么一下子人就没了?"周琮问着。

"是回光返照。"狄仁杰说道。

"原来是这样。"周琮低下头不再说话。

"狄福，从我的俸禄里支些银子出来，办好牛书吏的丧事。"狄仁杰说道。

狄福犹豫了一下，才应声道："是，老爷。"

狄仁杰是七品县令，俸禄本来就不高，还要顾着远在洛阳的狄府，经济上已经捉襟见肘，再支出银两，怕是这几个月要喝西北风了。

牛书吏的去世令人心情沉重，三人不知说些什么，只好沉默着。

"大人，卑职刚才看牛大嫂手中只有一把钥匙，没看到手记啊!"周琮终于打破沉默。

"咱们先在院中等一阵，等牛夫人缓过神来再说。周琮啊，牛书吏是县衙的人，他的丧事你帮着搭把手。"狄仁杰说道。

"是，我先去把牛书吏的子女都请来。"周琮叹着气走出了院子。

过不多时，牛书吏的子女们带着孩子急匆匆赶来，原本还算是宽敞的院子拥挤了不少，整个宅院中满是悲戚的哭声。

狄仁杰在院子中站了很久，见牛夫人未出来，便准备转身离去。

"狄大人。"牛夫人红肿着眼睛从房间走出来，一双儿女在一旁搀扶着她。

"牛夫人节哀，丧事我已安排周琮帮忙，如无他事，先行告辞。"狄仁杰低声说道。

"刚才相公走得急，民妇有些慌乱，怠慢了大人，还请见谅。"牛夫人说道。

狄仁杰摆了摆手，叹了一口气。

"民妇有事求大人，如果大人答应，民妇就将手记拿出来，如果大人不答应，手记便没了意义，就让它与夫君一同去了吧。"牛夫人抽泣着。

"只要不违背律法，本官没有不答应的道理。"狄仁杰说道。

牛夫人深吸了几口气，稳了稳情绪说道："他生前喜欢收集一些古古怪怪的事，并记录下来，没想到和黄县令一行却真遇到了怪事，也成了害死他的源头。大人，您一定要还给民妇一个真相。"

"您是对牛书吏的死有所怀疑?"狄仁杰直截了当地问道。

"请大人给个说法!"牛夫人未直接回答问题，反而将此事推到狄仁杰身上。

周琮皱了皱眉头："牛大嫂，你……"

狄仁杰朝周琮摆了摆手，表情严肃地看向牛夫人："牛书吏是县衙的官吏，陪黄县令民间走访过程中遭遇怪事，就算你不说，本官也会查个水落石出。"

得到了肯定的答复，牛夫人抹了抹眼泪，朝着狄仁杰拜了三拜，这才从怀中掏出一本线装书递了过去。一本书的重量很轻，但狄仁杰拿在手里却沉甸甸的，它是牛书吏一生心血，也代表着一条枉死的人命。

"牛夫人节哀。"狄仁杰不忍心再看到牛夫人悲伤的神情，拿着手记转身离去。

对于牛夫人所说的话，狄福心中疑惑颇多，但见狄仁杰情绪低落，也不敢问此事，只得一路闷着。

狄仁杰看到狄福欲言又止的模样，便停住脚步："狄福，你是不是对牛夫人的做法有疑惑？"

狄福点了点头："老爷，刚才我见您心情不好，便没敢问。"

周琮虽然没说话，但也眼巴巴地望着狄仁杰。

"牛夫人是很厉害的女子，行事极为缜密，对于丈夫的死，虽然悲伤万分，却还没乱了分寸，做起事来条理分明，很难得呀。"狄仁杰说道。

牛夫人的行为处事甚至能看到武则天的影子，好在牛书吏仅仅是一名书吏而已。

"没太明白！"狄福挠了挠脑袋。

"嗯……"狄仁杰正要解释，却见衙役三愣子从衙门里慌慌张张地奔了出来，一脸焦急的模样。

"狄大人，您可回来了，通往山里的小路发生了命案，是一名卖山货的新月村村民报的案，章县尉带着兄弟们去现场了。"三愣子说道。

"通往山里的小路？"狄仁杰问道。

三愣子点点头："对，就是经常发生那个……那个……"说到这里，他止住话头，向周围看了看。

"有什么尽管说。"

三愣子干咳两声："那条小路经常发生阴兵借道事件，上次黄县令出事就是在那条小路。"

"报案人在哪里？"狄仁杰心中一惊。

"跟着章大人一块去现场了。"三愣子回道。

"我都糊涂了，赶快备马，咱们立刻去现场。"狄仁杰吩咐道。

周琮冲着三愣子使了个眼色，三愣子愣了一下后，转身去马厩备马。

"大人，我感觉这起命案可能与黄县令的死有关。"周琮说道。

"咱们是一样的感觉，不过我来的时间太短，有些事了解得不深，现在凭的只是直觉。"狄仁杰说道。

狄仁杰心中感慨着，为官一任，无论官职大小，只要心中还有"责任"二字，就会忙个不停，嫌时间不够用。而那些混迹于官场的官吏们，反而每天无所事事，享尽荣华富贵，将大把的时间用于阿谀奉承、吃喝享乐。

三愣子虽说有些愣，办事却麻利，很快将三匹马牵过来，扶着狄仁杰上马，随后翻身上马，在头前带路，向大山小路的方向策马而去。

位于半山腰的小路崎岖蜿蜒，大部分路段勉强能容下两辆马车通过，靠近山头一侧满是常青的树木，下方是悬崖断壁，看起来颇为险峻，一股股风不时地从悬崖下吹上来，携带着山间的寒气，令人不由自主地打寒战。

道路两头已被捕快们临时封闭，聚集了不少过往的山客，他们时而踮着脚向现场看，时而小声议论。

血腥味道充斥着整个现场，两具尸体几乎是并着躺在一起，上半身已被血液全部染红，血迹随着时间的推移变成了暗红色，一群群苍蝇不停地围绕着尸体飞着，一些不知名的小虫子不停地爬来爬去，吞噬着残碎的肉和血块。沾满了脑浆和血迹的头部已经不能再称为头，而是一张软塌塌的皮，碎裂成块的头骨粘在头皮上，两只眼珠一只挂在血淋淋的皮上，另一只和头皮之间只有颤巍巍的肉丝连着，滚落在一旁的地上，沾满了泥土、血迹和脑浆。

"又是一起碎头案！"一名围观的民众小声嘀咕着。

听到围观民众话语中的"又"字，狄仁杰不禁皱了皱眉……

第七章　碎头凶案

一件案子发生后，很多线索会随着时间推移而消失，如果能在第一时间赶到现场，便可以最大程度地获取线索，这也是狄仁杰着急的原因。

章旷发的性格乖张，一向只敬重能力，而不在乎官职，哪怕是顶头上司狄仁杰来了，他也只是抱拳施礼以示尊重。

"章县尉，情况怎么样？"狄仁杰翻身下马。

"仵作正在验尸，从现场情况看，两人是被重物击碎头部当场死亡。"章旷发不咸不淡地答着。

彭泽是小县城，只设一名县尉，主管司法捕盗、审理案件、判决文书、征收赋税等，权力非常大，如果有很强的背景，甚至可以架空县令。

章旷发不在乎权力和金钱，但他在乎名声，审案是他的职责所在，现在号称神探的狄仁杰来查案，章旷发自然而然地将其作为假想敌。

狄仁杰感觉到章旷发的敌意，但他未动声色，走到尸首前缓缓地蹲下来，仔细地观察着其中一具尸体。

周琮虽是捕头，但经历过的案子很少，尤其像眼前这样惨烈的案子，他看了一眼尸体，一股尸臭和血腥味儿冲鼻而来，顿时胃里一阵涌动，酸水上蹿到嗓子眼，险些吐出来，他连忙使劲儿咳嗽了几下，弄得眼泪和鼻涕一起流了下来，借着咳嗽的劲儿，胃里的酸水也一同钻进嗓子里，呛得他好一阵难受，脸涨得通红。

仵作已验尸完毕，正收拾着器具，见狄仁杰也蹲在身边，便准备起身跪拜："不知狄大人前来，仵作杨老实失礼了。"

狄仁杰伸手一扶，温和地说道："礼数免了，还是查案要紧，说说验尸结果吧。"

仵作杨老实脸上显出感激之情，重重地点了点头，说道："两名死者同为男性，年纪大约在三十岁上下，骨架很大但身体瘦弱，应是长期饥饿造成的，身上所穿衣物破旧。两者皆系重物击打头部导致碎裂而死，身体其他部位均无外伤。以银针探喉、腹等部位，并未发现中毒迹象。"

狄仁杰见仵作不再说话，接着说道："根据尸体的僵硬程度和蛆虫生长的程度，可以推断出死亡时间大约是在昨晚三更左右。头颅碎片上未发现异物，说明击打头部的重物非石头和木棒之类，能将头颅击打碎裂，说明凶器很重。"

仵作杨老实是子从父业，自小就跟着父亲出现场，经验极为丰富，但对于判定死者死亡时间也无法精确到狄仁杰所说这般。

他瞪大了眼睛，满脸惊讶："传闻狄大人是神断，卑职原本不信，如今一看，大人绝对是名副其实啊！"

狄仁杰干咳一声，继续说道："再看死者头部，并无多次击打过的痕迹，说明是一击碎头，你看这个位置。"

仵作看向狄仁杰所指，死者头颅果然只有一个敲击点，他倒吸一口冷气："一击碎头，那不是和之前的……"

章旷发咳嗽几声打断了仵作的话："老杨，还是说眼前的案子吧。"

仵作应了一声，犹豫后点了点头。

狄仁杰也看出仵作和章旷发的异常，遂话锋一转，向周琮问道："周琮，你是习武之人，能看出作案的凶器吗？"

周琮抹了抹嘴角残留的黏液，用手比画出一个圆球状，说道："大人，从碎裂头颅的形状来看，凶器可能是一柄大铁锤，如果卑职所料不错，至少能有三百斤重。"

一旁的几名捕快显出惊讶表情，其中一人小声嘀咕："三百斤的大铁锤，连听都没听过，人怎么能拿得动，除非是阴兵！"

另一名捕快急忙捅了捅说话的捕快，说话的捕快瞥了一眼狄仁杰，立刻低下头不再说话。

狄仁杰轻咳了一声。

周琮又补充道："将领用铁锤当作兵器的不少，其中最大的当属李元霸所用大铁锤，一只锤四百斤，神勇无敌。不过李元霸是千年不遇的人才，当今世上无人可比，能将三百斤重的大铁锤当作兵器，怕是天生神力才能做到。"

章旷发冷哼一声，把头撇向一旁。

"大人，现场还发现一把匕首，木质手柄上面刻着一个'张'字，不过匕首上没粘到血迹。最奇怪的是，这两人的舌头下面居然藏着这个。"仵作将地面上一块白色麻布打开，里面有一柄匕首和两粒沾着血迹的金黄色圆豆。

狄仁杰拿起匕首，用手指摸着刀刃部分，放下匕首后又拿起浑圆的豆子仔细端详。

"是金的！"仵作说道。

"这两人穷困潦倒，怎么可能把金豆子含在口中，这……太过诡异了！"周琮惊道。

狄仁杰举起金豆子，借着阳光看着："金豆子可能是赃物，还有这把匕首，并未开刃。"

周琮拿起匕首，用手指荡了荡刀刃部分，点了点头。

"章大人，还有其他线索吗？"狄仁杰将金豆子递给仵作。

章旷发撇了撇嘴，说道："回禀大人，今天是彭泽的集市，山里人起大早赶到城里卖山货，经过此路的人很多，昨晚又下了雨，路面湿软，现场破坏严重，所以……没了。"

"可惜可惜。"狄仁杰心中暗道。案发现场的信息对于破案起着至关重要的作用，如今现场被破坏，肯定会影响办案进度。

"小路旁边的树林勘查过了吗？"狄仁杰望着小路旁山间的树林。

"勘察过了，没什么有价值的线索，只是在路边的草丛里发现了这个。"章县尉懒洋洋地说道，随后拿出了一颗同样大小的金豆子，在阳光下散发着迷人的光晕，金豆子的中央有一个细细的通透小孔。

"奇怪！"狄仁杰嘀咕着接过金豆子，与之前那两粒带血的金豆子放在一起，比对之后才发现带血的金豆子之所以看不到细孔，是因为凝结的血块将小孔堵住了。

狄仁杰看过后便将金豆子收了起来："劳烦章县尉将尸首抬回衙门，发出布告认尸，确定身份后，再查他们的社会关系，看看是否有仇家。周捕头，你命人清理现场，解除封锁，让百姓们正常通过。"

章旷发看了一眼狄仁杰手中的金豆子，脸上显出鄙视的神情，从鼻子里哼出一股气，拱手抱拳后离去。

周琮有些过意不去，解释道："大人勿怪，章县尉就是这么个脾气，其实他人挺好。"

狄仁杰摆了摆手，毫不在意地说道："不碍事，不碍事。哎，周琮，昨天是十五吧？"

周琮迟疑了一下："大人，昨天是十五。"

"十五……十五……"狄仁杰若有所思地愣了一会儿，这才牵着马向彭泽方向走去。

周琮立刻牵马同行，走了好长一段路也不见狄仁杰和他说话，他耐不住性子，问道："大人，这件凶案和十五有关系吗？"

"只是灵光一现，与案子有没有关现在还不好说。周琮，你认为凶手是一个什么样的人？"狄仁杰反问道。

周琮略加沉吟后，说道："第一，凶手力大无比。能拿得动那么大的一柄铁锤，要么是天生神力，要么就是外家功夫练到了极致。"

狄仁杰将着胡子点了点头："接着说下去！"

"第二，凶手决绝果断。一击将死者头颅击碎，没有一丝拖泥带水的痕迹，这说明死者没有任何准备，凶手也是直接冲着死者的命来的！卑职认为，杀人动机大体分四种：一是情人，二为仇杀，三为谋财，四为激情杀人，每种杀人动机都会留下不同的特点，但这起碎头案却都不太符合。"周琮说道。

狄仁杰赞许道："有道理，还有吗？"

周琮摇摇头："没了。不过卑职感觉现场还缺了点什么。"

狄仁杰说道："你说的是火把吧？"

周琮恍然大悟，立刻应声："正是。"

"蒙蒙细雨，漆黑一片，两个穷困潦倒的人带着未开刃的匕首来到进山小路，没带火把，身上也没有火折子，口中还藏着两粒金豆子，你不觉得这些都很奇怪吗？"狄仁杰问道。

"难不成两名死者是为了金豆子？"周琮问道。

"有这种可能，周琮，你说那三粒金豆子是做什么用的？"狄仁杰说道。

周琮思索了一阵，摇摇头："金银之物颇为贵重，多用于打造首饰，市面上鲜有做货币流通，将金子做成豆状物可谓是稀罕至极了，如果非要说做什么用的，卑职可不可以说是项链的一部分？"

金豆子中央有一个细孔，若是多个金豆子用细线穿成一串，不就是一条项链嘛！

周琮说到这里，手下意识地向怀中摸了摸，那是一条珍珠项链，托人从

城里花大价钱买来的，三十六颗一般大小的上品珍珠，是准备送给雀雀的定情信物。

狄仁杰停住脚步低头不语，过了一阵才说道："项链……还是有些不对劲儿。咱们还是先回县衙，让仵作做详细验尸，看看能不能找到一些线索。另外，此案中两名死者头颅碎裂，无法分辨身份，对于破案是大忌，所以目前最主要就是确认死者的身份。"

远离了血腥味儿十足的现场，空气中弥漫着一股雨后泥土和青草芳香的味道，周围的花草上面还保留着晶莹的露珠，在阳光的照耀下，仿佛一颗颗耀眼的钻石。大山中的秋天比外面来得晚一些，可花草们还是闻到了秋天的味道，叶子开始泛黄，有的花儿好像不知道秋天已经来了，依旧竞相开放，用它那迷人的芳香吸引着只只蜜蜂。

动物的逻辑很简单，渴了就喝，饿了就吃，累了休息，喜欢就在一起，不喜欢就分开。人类因为有了情感导致行为变得极其复杂，明明恨之入骨，却要笑脸相迎。明明喜欢，偏要装作很冷淡。

周琮对雀雀的感情便是如此，他看着狄仁杰渐渐远去的背影叹了一口气，跳上马背策马追了过去。

第八章　叛乱

黄昏时分，天边的晚霞渐渐失去了光泽。终于，最后一抹霞光消失在天际。夜幕降临，喧闹了一天的彭泽安静下来，像一个熟睡的婴儿，带着甜美的微笑。

月亮更高了，淡淡的云朵为月亮罩上了一层柔曼的轻纱，月色一片朦胧。狭长的街道、突出的屋檐以及精凿细刻的砖雕的缝隙里，皆被冷冷的月光覆盖着，整个小城都沐浴在银色中。横穿彭泽的河水流淌着，轻吻着坚固的堤岸，月光下的河水倒映着岸边的景色，倒影随着微风在波光中摇曳着。

与民宅的一片黑暗截然相反，县衙灯火通明，很多官吏和衙役们都还在忙碌着。

狄仁杰无暇欣赏小城的美景，更无心对着月亮吟诗作对，他拿着从牛书吏处得来的线装书，在烛光下认真地读着。

书中有些内容是他所知道的，也有一部分是他不知道的。他很好奇，牛陌田身为一名普通小城的书吏，怎么会收集这么多稀奇古怪的资料。

不得不说，牛书吏的故事开头很有吸引力，刚看了几页便引发狄仁杰的兴致，此时的他并未意识到书中所写居然与日后的诡异事件发生关联。

故事发生在汉朝建立初期，当时天下局势刚刚稳定，身为统治者的刘邦却如坐针毡，因为他感到了来自功高盖主的诸侯们的威胁，尤其是英勇善战的淮南王英布。

也许是感受到韩信、彭越被杀的恐惧，也许是受到贲赫诬陷事件的影响，英布稀里糊涂地造了反，稀里糊涂地与刘邦大军打了几场硬仗，战略上的重大失误以及师出无名导致的士气低落，令其原本雄厚的兵力消耗得七七八八，如果无法补充兵力，必定落个兵败被诛的下场。

英布军队一路攻城略寨，没粮草就纵容兵士到百姓家抢夺，没钱征兵就抓壮丁，淮南地区的壮丁抓得差不多了，大面积的土地无人种植，制造业、商业萎靡不振，百姓流离失所。

英布心里明白，他英勇善战的基础是拥有大量的军队，否则与莽夫无异。征不上来兵，他便发了狠，无论年纪、无论性别，只要能动的都要应征入伍。

新兵牛泰林就是这样进入军营的，他从军需官处领了一副破旧的布甲后，还未来得及穿上，便被撵出帐篷，一名老兵连推带搡地把他送到一群人附近，扔下一句"他是你们的了"，随后头也没回地离开了。

几名老兵围坐成一个圈，中间是一堆篝火，他们伸着长满老茧和伤痕的手烤火，甚至连眼皮都没抬一下。他们并非冷漠，这些天他们迎来送往很多新兵，来了，死了，又来，又死，周而复始，侥幸活下来的便成了老兵。

战场法则残酷，刀枪无眼，一次两次能活下来可能有运气的成分，但眼前的这些老兵们都身经百战，靠得更多的是他们身上的铁甲和战场生存能力。

"几位大哥，我是新来的，叫牛泰林，请多多关照。"牛泰林的声音有些稚嫩，眼神飘摆不定，几根柔软的半黄色胡须不听话地在下巴上冒出了头。

老兵们没动也没说话，自顾着拨弄着篝火。牛泰林有些生气，脸色瞬间变得通红。牛家是方圆百里内的首富，经历了改朝换代的大动乱后依然富足，可见牛家的实力有多强悍。牛泰林是堂堂的大少爷，说一句话就会有十几个人围着转，吃喝不愁、衣食无忧，哪受过今天这样的气。

但他心里也明白，这儿是一个即将参加一场旷世大战的军营，每个人都可能死在战场上，无论是穷是富、是丑是俊、是瘦是胖，战死后都会变成一具冰冷的尸体。战胜的一方还有人来收尸，战败的一方怕是连个安身的地方都没有，只能任由风吹日晒雨淋，成为秃鹫和野狗们的餐食。

夜，很静，只剩下风声和木柴燃烧的"噼啪"声。

终于，一个老兵挪动了下屁股，勉强让出一个狭小的位置，用拨火的木棍点了点地面。好在牛泰林不算是太胖，抱着布甲勉强坐了进去。

坐在牛泰林对面的老兵看了一眼他的布甲，脸上的肌肉一缩，冷哼一声，挤出了一个嘲讽式的笑容。

"大……大哥，为什么你们穿的都是铁甲，只有我的是布甲？"牛泰林看着老兵们身上黑黝黝的铁甲问道。

老兵们仍然低头不语，各自低着头，好像没听到牛泰林的话。

"穿布甲和皮甲的人都死了，你穿的这件布甲曾经被十一个人穿过，你是第十二个。"一名老兵指了指布甲上的记号，语气中流露着无奈。

牛泰林听得浑身一哆嗦，看了看手中伤痕累累的布甲，心中不由得一阵硌硬。想了一阵，他眼珠一转，从怀里掏出一锭金元宝，冲着对面的老兵说道："大哥，我用金元宝换你身上的铁甲，行不行？"

老兵们纷纷抬起头，看到金子后眼睛陡然一亮，随即又迅速消散。

一锭金子价值不菲，足够一大户人家生活一年。金子虽好，也得有命花才行，否则只能成为敌军的战利品。

"我有很多金子！"这是牛泰林头一次遇见对金子不动心的人。

老兵们怕禁不住诱惑，急忙将头撇过去，不再看牛泰林和那锭金子。

"十锭，十锭金子。"牛泰林语气很随意。

"你有那么多的钱为什么还来这里送死？拿钱给那些官们打点打点不就得了。"给他让位置的老兵终于看不下去，开始搭茬。

"钱是给了，可大将军说，兵还得当，杀敌立功，提拔我做将军。"牛泰林有些得意。看得出来，他家里一定给了大将军不少好处，所以才得到了这个承诺。可老兵们心里清楚，这哪里是承诺，是完全不能实现的谎言。

"十锭金子，三间房子再加十亩地！"牛泰林开出了惊人的条件。这些足够让一个穷人变成为大财主，几辈子都吃不完喝不完。

士兵到军中服役本就是为了赚钱养家糊口，眼见有一笔巨额财富，怎能不动心。

身旁的老兵有些心动了，转过身问道："怎么兑现？"

"就凭着牛家的名头，会为了这点小钱失去信誉？"牛泰林说话间充满自信。

牛泰林身旁的老兵叫周庆伍，彭泽人，家境一般，自打淮南王组建军队便参军，身经百战，他清楚牛家的实力和声誉，只要答应过的承诺就一定会兑现。他不再犹豫，"蹭"的一下站起身，开始脱身上的铁甲。

另一名老兵皱着眉头，边用木棍拨弄着火堆边说道："老周，为了那点钱，连命都不要了？"

"我叫周庆伍，住在彭泽最西头，门口有棵大榕树，我媳妇快要生娃了，我希望……"周庆伍把铁甲扔给牛泰林。

"你一百个放心。"牛泰林得意地拍了拍铁甲，随手将破烂不堪的布甲递给周庆伍。

"希望牛家能够兑现承诺,也请在座的兄弟们给我做个见证,要是你敢骗我……"周庆伍把布甲推了回去,径直回到营帐中,留下一群发愣的老兵。

牛泰林把沉重的铁甲穿在身上,心里感觉无比踏实,看了看手上的布甲,又看了看冷漠的老兵们。

其中一名老兵把一根木棍投向牛泰林:"看什么看,还不赶紧把布甲给老周送去!"

很快,周庆伍家里传来消息,牛家派人将承诺的财物送到周家,二十锭金子、十亩地以及三间房子的地契。

消息一传来,那些没有当回事的老兵们心里痒痒起来,悔恨当初为什么没把铁甲换给他,就算在战场上丢了性命,至少还能让家人过上好生活。

周庆伍心中却是一阵迷惑,原来说好的十锭金子怎么变成了二十锭?

牛泰林及时地给了他解释,另外十锭金子是让周庆伍在战场上保护他,不能让他送命,如果成功周庆伍还可以再得到二十锭金子。

这就意味着,只要能够让牛泰林活下来,一共会得到四十锭金子!四十锭金子,周家就算几辈人不吃不喝也赚不到这么多。

牛泰林虽说是娇贵大少爷,为人处世却没的说,没几天工夫,就和周庆伍处成了哥们,就算没有后面的二十锭金子,周庆伍也一样会保护他。

战争不可避免地开始了,英布大军和刘邦大军各有胜负。在周庆伍的保护下,牛泰林总算有惊无险,同时也学会了如何在战场上保护好自己。

淮南王英布英勇善战是人所周知的,可无论口号喊得多响,武功韬略多厉害,他的军队仍然是叛军,刘邦的军队才是正义之师。

一支缺少民众基础的军队能走多远?

在正义光环的笼罩下,刘邦的军队士气大增,庸城一战令英布丧失了大部分优势。英布军队开始节节败退,最后他率领一万残余之众退到了彭泽,准备进入大山中休养生息、招兵买马,以备东山再起。

刘邦早已看破英布的战略布局,主力大军步步逼近,同时命一队人马轻装前进,提前赶到唯一的进山小路进行布防。

此时的英布还不知道,他的最终之战就要开始了。

对于从小娇生惯养的牛泰林来说,长途的行军跋涉已超出他的极限,加上连日饥渴，磨碎了他大部分的求生欲望。

周庆伍是当初围坐一圈的老兵中唯一的幸存者，在他而言，承诺就是承诺，他拼命地拉着牛泰林奔跑着，甚至扔了跟随多年的武器和盾牌。牛泰林始终不肯脱下铁甲，他认为铁甲是他的保护神、幸运之神，作用绝不比周庆伍差。

周庆伍的体力也到了极限，可强烈的求生欲望驱使他艰难地迈着腿，拉着半死不活的牛泰林跟着前面骑马的军官。

进山小路蜿蜒曲折延伸进了山里，仿佛一条长蛇般盘踞着，靠近山下一侧是几十丈深的悬崖，小路前方不远处的上方一侧原本是茂密的树林，可奇怪的是，整片树林像是被刚刚砍伐，只留下还算新鲜的树根。

"不好！"周庆伍心中暗道。常年的征战让他的警惕性很强，当他看到树林的异状后便心中一惊，稳住神后向小路前方看了一眼，又探着身体向悬崖下方看了看。前方小路的路面很干净，未发现有拖拽树木留下的枝叶等物，悬崖下方怪石嶙峋，山上的流水不停地在石头间流淌着，却并未看到一根被砍伐的树木，这说明这片被砍伐的树干都运到了山坡上面。

很明显，被砍伐的树木是作为滚木礌石用的，一旦英布大军进入埋伏圈，后果将不堪设想。可惜的是，英布急着逃入山中，虽看到了异状，却并未在意。

"哎哟！"周庆伍捂着肚子蹲下。

几乎已经丧失意识的牛泰林被拉得坐到地上，眼神呆滞地望着一脸痛苦的周庆伍。

"终于可以歇歇了。"牛泰林靠在路边的一棵树上，眼睛缓缓地闭上。

"别睡！快扶着我去树林方便一下，我的肚子好痛，走不动路了。"周庆伍反手给了牛泰林一巴掌，他的脸上满是痛苦，五官紧紧地扭曲在一起。

"我睡一会儿，就一会儿。"牛泰林压根不想动弹，赖在地上一动不动。

周庆伍掏出匕首抵着牛泰林大腿，手上稍微一用力，匕首刺进了牛泰林的肉里，同时他发出嘶哑的声音，低沉而凶狠："不行！"

第九章　绝境

人都是有感情的，周庆伍保护牛泰林的初衷是为了金子，但时间久了，他觉得牛泰林更像是他的弟弟，就算没有金子，他也会义无反顾地保护他。

牛泰林疼得一下子蹦了起来，瞪着眼睛正要发火儿，又被周庆伍一巴掌打蒙，迷迷糊糊地被拽进了山坡上方的小树林。好在众军在败退中慌乱不堪，并未顾及两名钻进林子里方便的士兵！

进入密林后，周庆伍筋疲力尽，手一松，两人一起摔倒在地。

牛泰林这才缓过神来，摸着腿上渗出来的鲜血，怪叫着："周大哥，你干吗呀！"

周庆伍翻身而起，一把掐住牛泰林的脖子，表情凶狠："想活命就别出声！"

牛泰林挣扎了几下，却发现周庆伍的力气很大，绝不是他能够抗争的，只好顺从地点了点头。

周庆伍立刻恢复了正常神态，小声对牛泰林说："前面有埋伏，这次大将军怕是难逃一劫了。咱们先在密林藏着，等战事过后，再想办法逃出去。"

牛泰林刚想张口问话，却见周庆伍眼中闪出一丝凶狠，看样子只要他一开口，那双有力的大手就会毫不犹豫地掐断他的脖子，吓得他急忙将话憋了回去。

山里的天气变化无常，原本还是晴空万里，转眼间便乌云密布。灰黑色的云朵不断碰撞，发出一条条令人触目惊心的闪电，"轰隆隆"的雷声开始响起，乌云越压越低，最低处仿佛与山峰结合在一起。风渐渐地大了起来，淅沥沥的雨点随着风飘落下来。

周庆伍带着牛泰林向密林深处走去，走了没多远，就听见远处的半山腰传来呐喊和咒骂声，随即而来的是滚木礌石滚下山坡的声音、军马的嘶鸣声和人们的惨叫声。

牛泰林感激地望了一眼周庆伍，心想：要不是周大哥拼死拉着，自己现在已经是石头下面的一摊肉泥了。

两人停住脚步，从树木的缝隙中向山路方向看去，隐约可以看到滚木礌石从山坡源源不断地滚下来，把英布大军前行道路和后路堵得严严实实，一部分滚木落入大军中，兵士不是被压死就是被撞下悬崖。

一部分兵士立刻上前清理滚木礌石，他们把长枪插入地面，配合着盾牌组成一道防线，抵挡着源源不断滚落下来的木石。

"不要慌，听本将指挥，大家……"将领的话说了一半便停住了，他疑惑地抽了抽鼻子，脸上表情大变，急忙掉转马头，惊叫道："木头上有火油，快撤！"

话音未落，数支火箭从山坡上飞来，准确无误地射在木堆上，树木立刻燃起大火，很多正在清理障碍的兵士瞬间淹没在火焰当中，顿时哀号声一片。

山路两端被大火封锁，下方一侧是悬崖，上方一侧的山坡上不时有滚木礌石下来，山间小路已成了绝境，留在小路上必死无疑。恐惧在兵士间迅速传播着，驱使着他们一窝蜂似的朝着山坡跑去，虽然山坡上不断地滚下滚木礌石，但那是唯一生路。

刘邦军队费了大力气埋伏在此，将三个方向做成绝境，怎么可能还留一条生路出来？唯一的生路定是绝命路！

领头儿的一名将领预感事情不妙，便高喊着："山坡上有埋伏，所有人原地防御，不要妄动！"

兵败如山倒，落败只是一瞬间的事儿。英布的军队要是能冷静处理，也许还有一线生机，如今遇到了绝境，慌乱中竟如同一盘散沙溃散而去，哪还顾得了军令。

"不战而退者杀无赦！"英布挥着长枪挑穿了一个溃逃士兵，将尸体抛入悬崖下。

对溃逃的大军而言，英布的行为无异于火上浇油，兵士们纷纷远离英布，更加疯狂地向山坡逃窜。而此时，从山坡上滚下来的滚木礌石数量逐渐减少，山间小路上的滚木却烧成一片，要是停留在小路上，早晚会被大火吞噬。

"敌军没有滚木了，冲过去！"一名兵士喊着。他们意识到只有翻过这座山，才可能逃进深山中，躲避刘邦军队的追杀。

人类在生命受到威胁时，会极大激发自身潜能，反应速度、体能大大增加。兵士们以不可思议的速度冲到半山腰，眼见就要进入未砍伐的密林。

突然，密林中冒出了很多士兵，他们穿着明晃晃的盔甲，手持铁胎弓，随着一名汉朝将军一声令下，弓箭手们搭弓射箭，羽箭仿佛雨点般向山下飞去。

"嗖嗖嗖嗖嗖！"羽箭带着破空之声射到了树木上、地面上，更多的则是射进了士兵们的身体里。

有些士兵甚至来不及惨叫就被射中要害丢了性命，不过这些士兵还算幸运的。被射中腹部的士兵哀号着，有的忍着疼痛拔出羽箭，肠子被带出来流到地上，又将肠子捡回来塞回肚子。不忍拔出来的，跑了几步后便扑倒在地上呻吟着，而后被冲上来的士兵们踩在脚下，鲜血从伤口、七窍等处流出来，眼见没了气息。

鲜血染红了地面的黄色树叶，如同魔鬼在地上作画一般，红红黄黄。疼痛和恐惧侵袭着疲惫不堪的将士们，他们哀号着、躲闪着，可人的速度如何抵得过羽箭？

"兄弟们，给我冲，和他们短兵相接！"一名将军模样的人喊着。

周庆伍看了这名将军一眼，叹了一口气。射人先射马，擒贼先擒王，在残酷的战争中，这种法则更是体现得淋漓尽致。

果然，一支羽箭准确无误地插进了那名将军的右眼。周庆伍听得清楚，羽箭是锯齿狼牙箭，穿透力极强，最可怕的是它的结构，箭尖上面满是倒刺，要想拔出来，一定会带着一块巨大的、足够喂饱一只狐狸的肉才行。

将军号叫着，用手紧紧地捏住箭尾，使劲地向外一拔，整个眼珠子活生生地被羽箭带了出来。剧痛令将军晕了过去，冲上来的士兵毫无顾忌地将其踩在脚下，不一会儿将军便被踩得七窍流血，眼见没了性命。

终于，一名士兵举着钢刀冲到弓箭手身旁，却被隐藏在弓箭手身后的刀斧手一刀砍断了胳膊，又一刀斩断了脖子，头颅随着一腔热血飞上天空。

更多的刀斧手冒了出来，和冲上来的英布大军厮杀着。刀斧手养精蓄锐，体力和士气都处于巅峰，而英布的兵士们为了冲上山坡耗尽了力气，两方实力相差悬殊。刀斧手们像是入了羊群的虎狼，每次出手都会有一名英布大军的士兵死亡。

刀斧手虽勇猛，却抵不过英布军队数量上的优势，随着冲上山坡的士兵数量的增加，本来一边倒的局面渐渐发生变化。

"兄弟们，把他们全杀了，要不咱们也活不了！"英布大军中一名老兵嘶吼着。

哀兵必胜。

英布大军处于绝境，必须玩命才能突出重围，这一点就不是刘邦军队可比的。英布的兵士们凶狠地砍杀着，却听见从山上再次传来了呐喊声。

汉朝的援军及时赶到，一轮无差别弓箭射击后，汉朝援军操起钢刀加入肉搏战中，本已占尽了优势的英布军队再次被压制。

短兵相接是最残忍的，喊杀声、刀斧相交声、伤者的呻吟声混合在一起，没人能分辨出究竟谁是将军谁是士兵，只是机械地挥舞着钢刀，不断地收割着一条又一条人命。

钢刀卷刃，便从地上捡起另一柄钢刀，继续挥舞着冲向对方。长枪折断，便当作两截棍子继续战斗，石头、木棍、双手、牙齿，都成了致命的武器。

雨越下越大，豆大的雨点不停地敲打在众人身上，鲜血混合着雨水顺着山坡流到山间小路，滚木燃烧的火焰并未受到雨水影响，反而越烧越旺。同样未受到影响的还有交战的双方，他们知道，狭路相逢勇者胜，一旦露出颓势就会被另一方毫不留情地吃掉。

大将军英布是赫赫有名的战神，曾经是，现在也是。他身前堆满了尸体，手中的长枪已断成两截，原本精良的盔甲被钢刀砍得满是刀痕，很多连接铁甲片的牛皮绳和铁环被砍断，甲片勉强连在一起。英布浑身被鲜血染成了红色，愤怒的双眼散射出骇人光芒，让人不寒而栗。他不知疲倦地挥动着两截长枪，击杀着冲到他身前的汉朝士兵。

汉朝的将士心中清楚，只要能将英布击倒，不但这场所谓的"战争"会结束，自己也会因此而加官晋爵。所以刘邦大军不但不害怕，反而成批地向他拥来。

"来得好！"英布杀红了眼，大喝一声，抛出两截断掉的长枪。

长枪带着呼啸刺穿了两名汉朝士兵的身体，又带着去势再次刺穿了两人的身体，最后将四人活活地钉死在树干上。

英布躲过两名士兵的攻击，一拳一脚将两名士兵打得喷血而死，顺手夺过两把钢刀，向蜂拥而来的士兵们冲去，霎时间，刀光漫天、血肉横飞。士兵们被英布惊世骇俗的刀法和泰山压顶的气势所震慑，攻势顿了顿，竟然生出了退意。

　　周庆伍蹲在树林中，连大气都不敢喘一下，看着两军人马不停地厮杀。胆小的牛泰林更是夸张，浑身不停地颤抖着，脸色煞白，要不是这几天急行军很少喝到水，恐已尿湿了裤子。

第十章　战神英布

战争永远都不属于一个人，英布再神勇，也抵挡不住如潮大军。

战场上的形势越来越明显，刘邦的援军源源不断地加入战场，不但人数上占据了绝对优势，而且由上至下冲锋，也占尽地利优势。

"奉皇帝口谕，缴械投降者一概不杀。"刘邦大军中一名将领大喊着。

英布大军遭受重创后士气低落，听到招降的诏令后，很多人停了下来，愣了一阵后，放下手中武器跪在地上。

看着所属的士兵不是投降就是惨死在羽箭之下，英布清楚大势已去，但他也知道，缴械不杀可以针对他的士兵，但绝对不适用于他！按照刘邦对付其他重臣的手段，五马分尸都算是仁慈的了。

他目光流露出悲愤，咬破舌尖喷出一口血，疼痛激发了他的潜能，他抢开双刀，使出那套惊天地泣鬼神的自创刀法。他如同专门负责收割魂魄的死神，无论对手是谁，一个回合便会死在其刀下。

英布勇猛但不失理智，刘邦的用兵他最清楚，大山深处一定还有更多的陷阱和军队等着他，于是他掉转方向，沿着树林向彭泽方向冲去。

"嗖！"一支羽箭钉在了周庆伍两人身旁的树干上，羽箭尾部颤抖发出了"咄"的一声，将两人从入神的观战中惊醒。

"不好，被发现了。"周庆伍小声喊着。

英布大步流星地穿梭在树林中，不时地挥舞钢刀击打着身后射来的箭矢，把汉朝士兵远远地甩在后面，追上来的一名士兵也被他一刀削去了半颗脑袋，吓得其他追兵只敢远远地放箭。

"逃兵！"英布大步流星地来到周庆伍面前，大吼一声，正要举起钢刀斩杀二人，却听得羽箭破空的声音在身后响起。

他正想转身挥刀将羽箭格挡，突然感到后背一痛，一股无力的感觉从身体的各个部位传来，脑中变得一片空白。随着摄人心魄的呼啸声结束，又一阵剧痛冲击着他的后背。他向前跟跄了几步，扑倒在周庆伍二人身前。

剧烈的疼痛使英布再次睁开眼睛，看着眼前两张不同的脸，他没有再挥动钢刀，而是冲着两人笑了，这一笑饱含了对人世间诸多的不舍和无奈，他心里清楚，他强大的生命力随着时间在一点点地流逝。

周庆伍愣了一下，随即将英布扶了起来，这是他第一次近距离接触大将军。英布在士兵们的心中是那么伟岸，以至于周庆伍根本不敢相信他扶着的真是英布。

"牛犊子，掩护我！"周庆伍踢了牛泰林一脚。

牛泰林立刻站起身，拿起英布丢下的钢刀，跟着周庆伍朝彭泽的方向跑去。

汉朝士兵们眼见英布连中了两箭，纷纷欢呼着，却没人愿意上前追杀。第一箭是一名普通的士兵射出的，无论如何都不可能射中英布。此时，一名神箭手将军射出了锯齿狼牙箭，狼牙箭破空的声音是与众不同的，带着一股摄人心魄的声音飞向英布。

英布感觉到了来自狼牙箭的威胁，却疏忽了第一支羽箭。第一支羽箭稳稳地穿过札甲铁片之间的缝隙，深深地插进了他的后背。随即飞来的狼牙箭将第一支羽箭从中破开，更深地插进了他伟岸的身躯中。

当神箭手将军看到英布一个跟跄扑倒时，他知道英布一定活不了，锯齿狼牙箭的威力他最清楚了，别说是一个人，就算是一匹强壮的马，也会被这一箭射死。

也许是上天对英布的下场感到惋惜，雨再次变大起来，密林中本就看不太清楚，这一下使得远处的景色变得更加难以辨识。

神箭手将军原本是猎户出身，一旦射中猎物，就会让猎犬不急不缓地跟着，直到猎物倒地死亡，绝不会让猎物有再有发飙的机会。

他命令士兵沿着脚印追踪即可，免得英布临死前还有逞英雄的机会。可惜的是，滂沱大雨遮掩了周庆伍二人的身影，让神箭手将军不知道英布身边竟然还有人在。

随着英布的逃走，战场变成了一边倒的屠杀。汉朝士兵肆意地屠杀着英布军队，就算有些士兵已放下武器投降，仍被一刀砍掉了脑袋，脖腔子蹿出来的鲜血混进了雨水中。

汉朝士兵并不嗜杀，可刘邦的命令无人敢违抗：一个不留！

周庆伍、牛泰林架着半昏迷的英布逃了出来，身后的砍杀声越来越小，剩下的只有雷雨声以及急促的喘息声。

终于，体力不支的牛泰林脚下一个趔趄，摔了一个跟头，把周庆伍和英布也拉得重心不稳摔倒在地。英布趴在地上一动不动，后背涌出的鲜血也越来越少。

人们在雨中走投无路时，总会出现一座破旧不堪的屋子或是荒废已久的小庙，这次也不例外。

当三人被冰凉的雨水淋得浑身打哆嗦时，一座破旧的小庙出现在他们面前，从残破的外墙看，小庙好久没人住了，作为避难所再合适不过。

周庆伍连拖带拽地把两人拖进小庙，筋疲力尽地躺在地上喘息着，歇了一阵后，周庆伍才坐了起来，看向英布。

英布趴在地上，后背上插着两支羽箭，锯齿狼牙箭把普通羽箭劈成两半，深深地插进他的胸腔里。牛泰林伸手碰了碰那支锯齿狼牙箭，正准备将其拔出来，却被周庆伍喝止。

"别动，一拔出来，大将军会立刻死掉。"周庆伍知道羽箭的威力，尤其是锯齿狼牙箭，几乎将身体穿透，如果强行拔出，会严重损害内脏，令人立刻死亡。

周庆武扔下一句"不要乱动"后，便冲出小庙。常年的军旅生涯让他掌握了一些处理刀伤箭伤的本领，他出去是为了找止血药，为拔出羽箭做准备。

英布突然动了动，头扭向牛泰林，他的眼睛勉强睁开一条缝，用尽全身力气侧躺着，已经发白的嘴唇抖动着，发出一阵嘶哑的声音。

牛泰林小心翼翼地问着："大将军，您有什么吩咐？"

英布的嘴唇动着，发出极其细微的声音。

牛泰林趴在英布的身前，将耳朵凑了过去……

"我刚才说的话，你都记住了吗？"英布仿佛用尽了所有的力气，再次恢复成趴着的状态，缓缓地将眼睛闭上。

"记住了，都记住了。大将军，您……您会没事儿的，周大哥马上就回来，他什么都会，一定能救活您。"牛泰林说话间带着哭腔。这些天他在战场上出生入死，已经看惯了生生死死，却还是受不了有人死在眼前。

英布嘴角微微上翘，笑了笑，此时的他脑海中不断闪现着整个人生，由年幼到成年，由茫然无知的少年蜕变成一名威风凛凛的大将军，由一贫如洗变得富可敌国，可这一切都随着生命的终结而终结，一切化作泡影而去，看似拥有了一切，实际上只是人间的一个过客，最终变得一无所有。

明白了这些，他亦悟透了人生的终极含义，所以他笑了。

人生终是一场空！

牛泰林自然看不懂英布的表情，正当他疑惑时，周庆武落汤鸡般跑了进来，看见英布的脸上居然出现了笑容，急忙跪到他身前，用手指探了探他的鼻息。

"你快去找些柴火来，点起火给大将军取暖。"周庆伍吩咐道。

"好。"牛泰林第一次这么听话，连一丝犹豫都没有。

出了小庙，牛泰林才知道这场雨下得有多大，倾盆大雨瞬间将他淋透，视线顿时变得模糊起来，所穿铁甲加上浸了水的内衬异常沉重，甚至连迈步都感到困难，犹豫了一下，他咬咬牙将铁甲脱下来，扔进小庙内的一口井中。

牛泰林站在大雨中有些迷茫，下着这么大的雨，到哪里去找干爽的木柴呢！他从未有过这种失落，曾经是大少爷时没有，甚至刚入军营时也不曾有，可现在他却茫然无措。

他是个倔脾气，咬着牙在雨中寻找着，连日的饥饿和疲劳加上冰冷雨水的冲刷，使他感觉有些眩晕，又坚持着走了一段距离，便觉得眼前一黑，扑倒在地上昏了过去。

人昏迷时是没有时间概念的，无论多久，对于昏迷中的人来说都只是一瞬间。牛泰林再次醒来时，他发现自己在一张温暖的床榻上，浑身上下暖洋洋的，身上的酸痛感完全消失。他一骨碌坐了起来，却发现自己还光着身体，"哎哟"一声又钻进被窝。

他定睛观察着房间，房间不算大，但布置非常温馨，一个大大的几乎新鲜的红色喜字贴在墙上，显然是不久前才办的喜事。

床榻旁放着一叠整整齐齐的衣服，床榻下方放着一双布靴。衣服是普通布料做的，散发着阳光的味道。他小心翼翼地穿上衣袍和靴子，慢慢地走出房间，来到院子中。

太阳暖烘烘地照着大地，空气有些干燥，没有一点雨后的湿润。

一名年轻妇女在院子中晾晒着衣服，听到门响后便转过头，她相貌虽不算出众却也耐看。

"你醒啦！"女人轻声问候着。

"大姐，这是哪？我睡了几天了？"牛泰林还有些发蒙，眯着眼睛尽量地适应着太阳光芒。

"你这哪里是睡啊，昏迷整整四天了，烧得浑身那个烫哟，直说胡话。咱这地方缺医少药的，我只好……只好用热毛巾给你全身都敷着……"女人说话间脸上透出两朵红云。

"糟了！"牛泰林想起了破庙中的大将军和周庆伍，顾不得向女人致谢拔腿就跑，虽说昏迷了四天，其间女人一直用米糊喂他，他的身体并不虚弱。

牛泰林一口气跑到了那座小庙，周庆伍和大将军英布早已不知去向，只留下空荡荡的小庙，要不是地面上一摊乌黑色的血迹提醒着，他甚至会觉得之前的经历只是一场噩梦。

"周大哥，大将军！"这是牛泰林第一次为别人哭，他心里觉得对不起他们，也许是因为没有及时地将柴火弄回来，两人被冻僵，随后又被刘邦大军抓走杀头。

年轻的女人气喘吁吁地赶了过来，看到跪在地面上哭泣的牛泰林，默默地走到他身边，轻轻地抱着他……

女人的身世也是可怜的，在新婚当晚，丈夫便被英布强行拉走服兵役，不久后便传回阵亡的消息，她成了寡妇。

世事难预料。

随后的事态发展更是出乎牛泰林的意料，牛家因为帮助过英布叛军，被刘邦派来的大将军没收了全部家产，全家一共一百三十二口人尽数被杀。

……

好的故事意犹未尽。虽不情愿，翻到了最后一页的狄仁杰还是叹了一口气，把书轻轻地合上。

英布的反叛有着诸多的原因，有必然的，有偶然的，有想到的，也有想不到的，加之英布的性格谨小慎微却多变，与刘邦之间产生了诸多误会，最终导致叛乱发生。

无论是正史还是野史，关于英布的故事很多，狄仁杰还是头一次通过两名士兵的视角来看英布叛乱。无论从故事上还是行文上都难以分辨真假，可惜的是，书并未写完，从最后几页的墨迹来看，应是不久前才写上去的。

　　陪在一旁的狄福看见狄仁杰的脸色有时阴沉，有时忧愁，有时叹气，有时喜悦，认为定是书中内容曲折非凡，见狄仁杰慢慢地抬起了头，眉头也舒展开来，便好奇地问道："老爷，书中写的究竟是什么?"

第十一章　淮南王的秘密

狄仁杰将书递给狄福："狄福，你先看看这本书，然后咱们再讨论。"

"我哪看得懂啊！"狄福嘴上说着，手却接过书，翻开一页认真地看着。他似乎被书中所描述的内容所打动，表情如狄仁杰一般不时地变化着。

狄仁杰坐在桌子旁品着茶水，想着关于县令黄光行和牛书吏遇到的诡异事件。也不知过了多久，狄福长出了一口气，将书轻轻合上，抬头看向正在冥思中的狄仁杰。

狄仁杰感到了狄福的目光，缓缓睁开眼睛，笑着问道："有什么收获？"

"老爷，牛书吏的文笔是真不错，把战争场面描述得如同身临其境一般。"狄福赞叹道。

"嗯，的确是不错，文学功底不低，可惜只当了一个书吏。"狄仁杰惋惜道。

"这本书似乎没写完，新兵牛泰林、淮南王英布和老兵周庆伍最终结局没有交代，另外，根据书中所述，发生战争的场景应该就是发生凶案的进山小路。"狄福分析道。

"嗯，狄福，你推理分析的能力进步很快嘛。"狄仁杰赞道。

狄福挠了挠脑袋憨憨地笑着。

"书中还有一些线索，不知你注意到没有。"狄仁杰喝了一口茶水。

狄福摇摇头："这个……可能是小的读得不认真。"

狄仁杰哈哈一笑，说道："第一，这本书是以新入营的士兵牛泰林为主视角的，书尾没有淮南王和周庆伍的结局并不是真的没有结局，而是牛泰林再也没有见过淮南王英布和老兵周庆伍，所以结局在他的书中便没了。"

狄福思索一下，点了点头："有道理！"

"第二，我隐约觉得牛书吏应该和书中的牛泰林有一定的联系，两人都姓牛，而且牛书吏又知道这么多隐秘之事，如果说书中所写为真，那么他很有可能就是牛泰林的子孙后裔。"狄仁杰分析道。

"经您这么一说，还真是那么回事。"狄福说道。

狄仁杰微微一笑，抚着胡子说道："第三，书上最后几页的墨迹是不久前写上去的，而前面的部分应该有些年头了。问题来了，为什么牛书吏不把所知道的早早写在书上，偏等着近期才写上去？更巧的是，书还未写完，便发生了阴兵借道事件，而他正是事件中的受害者！"

狄福倒吸了一口冷气，皱着眉头思索着。

"最后一点，书中提到淮南王英布在小庙中对牛泰林耳语，内容是什么？"狄仁杰神秘一笑。

"英布在临死前所说的一定是个惊天秘密，绝不可能平淡无奇，这个……难道老爷破解了这个谜不成？"狄福无法回答狄仁杰的问题，只是感到此事的确很怪。

狄仁杰摇摇头："英布和周庆伍不知所踪，牛泰林在书中也是只字未提，我又不是神仙，怎能知道英布说了什么话！不过，英布身上的确有很多无法解开的秘密。"

狄福哈哈一笑："我还以为老爷知道了。"

狄仁杰摆摆手："好了，暂且将这些问题放下不说，为官一任，不能光想着破案，进山小路杀人案就让周琮负责，咱们得向前任黄县令学习，先到彭泽下辖的各个村落走访，看看有什么需要处理的事儿。人员从简，让县丞谷大人和县尉章大人跟着，三更天出发！"狄仁杰说道。

狄福一脸不解："大人，把县丞和县尉都带上，那县衙……"

狄仁杰笑而不语。

狄福又道："难道老爷是故意这样安排？"

狄仁杰笑着说道："不可说，不可说，到时候你就知道了。"

狄福心里明白，狄仁杰不单单要体察民情，更重要的是，要看看能否碰到传说中的阴兵借道。

花开两朵，各表一枝。

洛阳城南官道的早晨带着一丝浪漫的气息，一层如烟的薄雾笼在枫叶林上，经过雾的洗刷，叶子黄得发亮。慢慢地，雾散尽了，太阳散发出温柔的光，洒在叶子上，照得叶子变成了金黄色。远远望去，枫林在太阳的照射下像一颗硕大的黄宝石。

身着一黄一青的一对情侣悠闲地走着，男人清新俊逸、品貌非凡，女子丽质天成、风姿卓绝，两人手牵着手，身体挨着身体，似有说不尽的甜蜜悄悄话。情侣的绝世风采引得周围的人们注目，有的甚至一路跟随，看看这两人究竟是哪家的，竟有如此相貌气质。

两人正是袁客师和齐灵芷，在"亢龙有悔"一案中，袁客师为保护齐灵芷受了重伤，随齐灵芷回到白鸽门疗伤，疗伤期间两人感情急剧升温，到了谈婚论嫁的程度。他们是江湖人物，也是自由恋爱，但按照旧时的规矩，还是需要袁客师提亲。

齐灵芷的父亲齐东郡在"不死人"一案中有过一番奇遇，身体返老还童，变成了二十多岁的模样，同时看破红尘，出家清修，清修地点在洛阳南部的朱雀山道观。

准女婿见老丈人，袁客师本来就有些打怵，再加上齐东郡曾经威名远扬，黑白两道无不景仰，袁客师感到压力倍增，但为了能和齐灵芷在一起，咬着牙也得去。

袁客师一手拉着齐灵芷的手，一手牵着马，马车上装着大大小小的礼盒。礼盒是袁客师买来提亲的，虽说清修的齐东郡用不上，但礼数却不能少，管他用到用不到，一股脑都买了来。幸好父亲袁天罡还留了些积蓄，否则凭他二两银子的月俸，绝对买不起这一马车的礼品。

朱雀山险峻而美丽。太阳暖暖地照着静谧的山脉，天边的云儿飘过，像是在追随同伴的脚步。环山河水缓缓地流着，河边斜着几尾小舟，隐约有几名渔人在撒网捕鱼。抬头远望，在一层层的薄雾氤氲中，一座道观立在主峰上。在巍峨蜿蜒的高山面前，一切都显得那么渺小，如果不细看，还以为道观只是悬崖上突出的一块石头。

建设道观的大部分材料取自朱雀山，但朱雀山高达千米，道观又建在主峰的一座悬崖峭壁上，运输物料和建造异常艰难，耗费自然也非常大。

袁客师望着悬空的道观不禁咂舌，心中暗道：传闻齐东郡当年是凉州首富，如今出了家，财力仍不可小觑。

他哪里知道，道观是原本就存在的，因地势险要被遗弃。齐东郡入住后斥资将之修缮，将原本已经很险恶的道路改成了难度更大的登云梯，莫说是普通的百姓，轻功不佳者都很难登上道观。

齐灵芷有意无意地瞥了瞥身后的马车，她知道袁客师心疼银子，却硬生生地装作无所谓，想到这儿，她斜了一眼袁客师，看到他一副假装满不在乎的样子，忍不住心中暗笑。

袁客师感觉到齐灵芷笑中带着俏皮，便趁她不注意，将她一下子抱住，肆意地吸着她身上的香气。

"喂，你干吗！"

……

两人腻歪了一阵，拉车的马儿吃光了身边的草，便开始不停地四蹄刨地，打着响鼻，惹得袁客师一阵白眼。

袁客师拍了一下马颈："不老实就杀你吃肉！"

马儿似乎听懂了袁客师的威胁，摇了摇大脑袋，扭过头用鼻子蹭了蹭袁客师的手，然后安安静静地站着不动了。

"你看那边。"齐灵芷趁机从袁客师怀里挣脱出来，指着山脚下的河边。

河中央有两艘渔船打鱼，河边也停着几艘稍大一些的渔船，一阵阵欢快的号子不时传来。河边的炉灶升起炊烟，一名妇女在灶台边忙乎着，两个小孩儿在河边玩着石头。

"山脚下住着几户渔民，平日里对我很照顾，咱把这些礼品送给他们！"齐灵芷笑着说道。

"啊？送……送给他们？"袁客师失声地叫出来。

齐灵芷歪着头盯着袁客师："嗯？"

袁客师反应过来，讨好地笑着："啊，我是说……这个主意太好了，受人滴水之恩当涌泉相报，你的恩人就是我的恩人，给！"

"真心话？"齐灵芷问道。

"当然，千真万确的真心话。"袁客师一本正经地说道。

齐灵芷盯了袁客师一阵，见他表情并未有变化，这才满意地点点头。

袁客师憨憨一笑，可内心却在哭泣。想当年，齐东郡是凉州首富，齐灵芷从小生活富足，现在又成了白鸽门的门主，钱多得花不完，所以对银子没有概念。袁客师则不同，他只是靠着二两月俸勉强生活的普通人，这一车礼花了几十两银子，随随便便送给毫不相干的渔民，心中不疼才怪。

"王大嫂！"齐灵芷蹦蹦跳跳地来到河边的临时灶台，和做饭的妇女打着招呼。

王大嫂转过身来，看到齐灵芷后一愣，缓过神来后眼圈一下子红了："灵芷，你回来啦！"

齐灵芷点了点头，握住王大嫂的手，向几艘渔船的方向喊着："六叔六婶！三舅！王大哥！灵芷回来了！"

袁客师拉着马车来到河边，冲着王大嫂微笑点头。

齐灵芷的声音在山间来回荡漾着，余音未尽，其中一艘渔船船舱中钻出一人，他已年近垂暮，花白的头发在风中乱舞着。

"六叔！"齐灵芷扔下袁客师一个闪身便蹿上了渔船，握着苍老渔民的手。

"小灵芷，真的是你回来了。"六叔险些流下眼泪来，看齐灵芷的眼神像是看待多年未归的女儿一样。

齐东郡带着齐灵芷隐居在朱雀山道观的那几年，几乎过着与世隔绝的日子。齐灵芷这个年纪哪能挨得住这种苦，她便经常下山玩耍，看到有渔霸欺负这几家渔民后，她果断出手，把渔霸们打得落荒而逃。作为报答，渔民们经常送给齐灵芷鱼虾蔬菜，时间久了，便和这几家渔民建立起深厚的感情。

"三麻子，小王，小灵芷回来了！"六叔朝着另外几条船激动地喊着。

"六婶呢？"齐灵芷问道。

"去市集卖鱼了，也快回来了。"六叔眯着眼睛看了看太阳，心里估算着时间。

另两条船冒出了几条身影，向这边张望着，看到一身鹅黄的齐灵芷后，便大叫着跳上岸向六叔的船赶来……

袁客师生长在洛阳，接触的不是王公大臣、商贾，就是狡猾凶恶之徒，人与人之间充斥着尔虞我诈，一不小心就会人头落地，哪见过山里百姓这样淳朴的人。

齐灵芷朝着袁客师招了招手。袁客师安顿好马车，走上前，正要拉齐灵芷的手，却被她一下荡开。

"灵芷，这位是姑爷吧！这小伙子长得是真俊，就是……"六叔眼睛有些花，走到袁客师近前仔细打量着，话说到一半便停住了。

六叔的欲言又止弄得袁客师心里一紧，村民朴实，还不知道会说出什么样的"大实话"来。

"这身体确实有些单薄，看着柔弱，以后免不了要受你的气呀。"赶过来的三舅口无遮拦。

众人都知道齐灵芷的武功极高，那些五大三粗的渔霸在她手中都过不了两个回合，便被她打得满地找牙，袁客师相貌英俊，身体却还不如年迈的六叔壮实。他们是靠力气为生的，在他们眼里，男人瘦弱到如此程度，力量和能耐都不会太大。

袁客师刚想张口辩解，却瞧得齐灵芷一脸得意，便将到了嘴边的话硬生生地咽了回去，心想：看灵芷高兴的样子，还是不要辩解了，反正也打不过她，还不如卖个面子给她。

想到这里，袁客师露出了憨憨的笑容。

第十二章　长生不老人

生老病死是自然规律，没人可以抗拒。人类向往长生不老的历史已久，最为著名的还数秦始皇，至于是否成功，无从考究。

"灵芝姑娘，你哥哥有段时间没有下山了，我们这些凡夫俗子又上不了登云梯，也不知道上面是什么情况。"六叔说道。

"哥哥？"袁客师带着疑问看向齐灵芝。

齐灵芝的父亲齐东郡在"不死人"一案中服食了一种药物，不但功力大增，还返老还童，变成了一名二十多岁的青年。齐东郡服食不死药后身体发生了很大变化，几乎不食人间烟火，若是饿了，就到山上采些野果子或是草药等充饥，一段时间不下山亦属正常。

从外表看，齐东郡与齐灵芝年纪相仿，相貌也极为相似，若以父女相称，定会惊世骇俗，所以两人对外便以兄妹相称。

齐灵芝和袁客师说过齐东郡的经历，却没提两人以兄妹相称的事儿。

袁客师聪明绝顶，立刻知道其中玄妙，随后清了清嗓子，说道："我去把车拉过来。"

"还算你聪明。"齐灵芝看着袁客师的背影心道，随后又对六叔等人说道，"灵芝谢谢各位长辈的照顾，这次我回来看望哥哥，顺便带了些礼品给你们，算是一点心意吧。"

六叔等人淳朴，原本不会收这些礼物，但见齐灵芝说得诚恳，推辞一番后便来到马车前，各自取了袁客师分好的礼物。

袁客师看了一眼空空的马车，不由自主地叹了一口气，无意中看到齐灵芝在偷偷观察他，神情一变，装作毫不在意的模样，冲着齐灵芝一笑。

在"凶宅"一案中，袁客师得到了父亲袁天罡留下的大量遗产，本可以成为富甲一方的大富豪，却出乎意料地将其全部捐出来救济灾民，平时省吃俭用，好不容易攒了一些钱买聘礼，就这样被齐灵芷轻飘飘地送了出去，心不疼才怪。

"走吧，去见我'哥哥'。"齐灵芷嘻嘻笑着，故意把"哥哥"两个字说得很重，随后悄悄地挽住了他的胳膊，头轻轻地靠在那并不厚实的肩膀上。

看到齐灵芷小鸟依人般的模样，袁客师突然间获得了极大的满足，心疼的劲儿一下子飞到了九霄云外。

与珍贵的爱情相比，银子算得了什么。

"哈哈！"袁客师的心结解开，不由得笑出声来，他抓起齐灵芷柔若无骨的手，向登云梯飞奔而去。

"你还笑呢，要是我父亲不同意咱俩的婚事怎么办？"齐灵芷问道。

袁客师一下就听出这是一道致命题，眼珠一转，说道："那我就一直求他，求到海枯石烂也不放弃！"

齐灵芷脸上满是笑意，甩开袁客师的手，施展轻功向登云梯飞纵而去："贫嘴！"

袁客师笑着施展出轻功随后追了上去。

登云梯果如其名，窄小的石阶随悬崖走势而逐一设置，石阶宽度勉强能容下一个人站立，每级石阶的高度约一丈有余，几乎是垂直着上下，险峻异常，要么攀爬而上，要么利用极高强的轻功一口气登顶。

齐灵芷早年便可以上下自如，下山后，跟随狄仁杰第一任卫队长李元芳练习了绝世轻功灵蝠五式，更是身轻如燕，上登云梯如履平地。

袁客师武功和内功逊色了些，可在练习轻功上却天赋异禀，将汪远洋教的倒乱七星步练得炉火纯青，脚尖一点便蹿上一个台阶，丝毫不逊于齐灵芷。

山脚下的六叔等人看得目瞪口呆，直到两人消失在云雾当中，这才松了一口气，纷纷竖起大拇指表示赞叹。

道观建在悬崖半腰突出来的一块巨石上，因为山势较高的缘故，几乎常年隐藏在云雾中，如同仙境楼阁一般。

浓浓的雾气随着风儿不停地掠过，除了偶尔一声鸟兽叫声外，道观极为安静，静得有些可怕。两人站在道馆入口的小广场上，向四周望着。

"有些不对，我父亲的武功不在你我之下，咱们进入道观他如何不出来看看？"齐灵芷有种不祥的预感。

"可能外出云游四方了吧。"袁客师急忙安慰着,但他心里清楚,武功极高的人警觉性相应也非常高,哪怕是睡觉,也会被两人的说话声惊醒。

齐灵芷摇了摇头:"我父亲不可能离开道观,分头找找。"

说罢,齐灵芷转身离去。

雾突然浓厚起来,将整个道观吞入腹中,就算是面对面站着也未必能看得见。袁客师对道观不熟悉,每走一步都小心翼翼,生怕一个不小心坠入悬崖,他正探索着,突然听到齐灵芷一声尖叫,连忙循着声音快速地来到一个房间。

房间由青石砌成,石条打磨得并不平整,看起来颇为粗犷古朴。房间中陈设简单,正中间摆着一个书案,笔墨纸砚一应俱全,角落里放着一张床榻,除此之外别无他物。

齐灵芷站在桌案前,整个人一动不动。

袁客师急忙走过去,轻轻地触碰着她的肩膀。齐灵芷显然不知道身后来了人,吓得身体一抖。她武功极高,眼观四路耳听八方,莫说是袁客师这等身手,就算江湖一流高手也很难不知不觉地接近她。

袁客师顺着齐灵芷的目光看去,只见桌案后面的椅子倒在地上,地面的青条石上有数滴干枯的黑色血迹,青石墙上有一处很明显的划痕。

袁客师摸了摸血迹,发现血迹早已干枯,又走到青石墙处,用手摸着划痕,随后说道:"姐姐,你快过来。"

齐灵芷缓过神来,急忙来到袁客师身边,看着他指的青石墙上的划痕,划痕很深,一些青石粉末散落在墙角。

"青石质地坚实,普通的刀剑也只能留下一道浅痕,而此处却有一道深深的刻痕,刻痕的深浅、厚薄与金钱镖有些相似。"袁客师拿出一枚铜钱比画着。

"我爹行走江湖时,以擅用暗器著称,但从未使用过金钱镖。"齐灵芷说道。

"你仔细看看青石墙上的刻痕,最里面很窄。"袁客师把铜钱从刻痕中取出来。

齐灵芷凑近,发现刻痕底部比外面窄很多:"的确!"

"为了增加金钱镖的威力,有人将钱的边缘磨得锋利,若对手用手接镖,就会被伤到。一般来说,内家高手不屑这样做,可也有不避讳的,将其开刃甚至是淬毒。"袁客师说道。

齐灵芷听后脸色凝重起来。

袁客师走到藤椅旁，蹲下来仔细地看了一阵，说道："你看这儿，也验证了咱们的推断。"

藤椅靠背边缘的一根藤条被切断，断口很整齐。

"藤条没有青石坚硬，但韧性非常好，能用暗器射断并不容易，这说明暗器不但是开了刃的金钱镖，而且使用者定是内家高手。"齐灵芷用手摸了摸藤条断口处说道。

袁客师点点头，用匕首将地面上的血迹刮下来一些，用手捻了捻，放在鼻尖上闻，这才说道："血液没有异味，附近未发现昆虫尸体，说明齐伯父只是受了外伤，并未中毒。"

齐灵芷松了一口气。

"血液呈滴落状，而非喷溅状，说明受伤并不严重，应该是皮肉伤。"袁客师分析道。

齐灵芷听后也冷静下来，环顾四周后，说道："现场并未发现剧烈打斗的痕迹，说明来袭者和我父亲只是点到为止，并未生死相搏。"

袁客师走到窗户处，发现窗纸上有三处破损，呈"品"字形。看破损的痕迹，正应了刚才对金钱镖的分析，是开过刃的金钱镖造成的。他又回到了书案后，将藤椅扶起，坐在上面，眼睛盯着窗纸破损的方向。

袁客师指着窗户："来袭者在窗外同时发出三枚金钱镖，呈'品'字形打了进来，其中两枚被齐伯父接住，却导致手指受伤。发觉金钱镖不同寻常后，他选择了躲开第三枚金钱镖，因此第三枚金钱镖割断了椅子上的藤条并在青石上留下痕迹。"

"手指流下的血便滴在地面上。"齐灵芷说道。

"正是如此。"袁客师走到门窗处，拨弄了几下窗栓，发现窗户是一直关着的，窗栓、窗棂等并未损坏。

"这房间是做什么用的？"袁客师没头没脑地问。随后他来到房门前观察，门闩磨损严重，但没有被破坏的痕迹，上面有一个淡淡的血印。

"父亲打坐练功、练习书法绘画都在这个房间，和书房差不多。"齐灵芷回答道。

袁客师问道："齐伯父练功或绘画时可有锁门的习惯？"

齐灵芷瞪大眼睛："你怎么知道的？"

"门窗紧锁，房门和窗户未见破坏痕迹，门框上的血印正是齐伯父受伤后留下的，这说明是齐伯父亲自打开房门，把来袭者放了进来。"袁客师分析道。

　　"有些道理!"齐灵芷点点头。

　　"来袭者认识齐伯父。"袁客师说道。

　　"这不可能!"齐灵芷惊道。

第十三章　失踪

世间之事一切皆有可能，但人们往往只关注事物表面，因此无法洞悉事物的本质。

"爹爹隐居在朱雀山的事只有狄大人和汪远洋大哥知道，凭他们的为人，绝不可能将此事传出去。再说，爹爹服用长生不老药后，相貌发生很大变化，隐居后从未下山，哪有人会认得他！"齐灵芷说道。

袁客师说道："天下没有不透风的墙，也许知道你们隐居地点的不只狄大人和汪大哥。"

齐灵芷思索了好一阵，才说道："你说得也有道理，我掌管白鸽门已久，若是想得到某人的信息，是一定能得到的，只是代价大小的问题。江湖上也有和白鸽门一样的帮派，朝廷也有一帮人专门做这种事，这些人无孔不入。"

齐灵芷所说的朝廷的那帮人指的是来俊臣手下的密探，他们遍布在大周境内的每一个角落，收集一切能收集的资料，以备栽赃之用。

"不太可能，要是江湖帮派和朝廷密探知道齐伯父是长生不老人，道观早就被踏破门槛了，不可能等到现在呀。"袁客师分析道。

齐灵芷似有所悟地应了一声。

"既然齐伯父主动把来袭者迎了进来，又主动与来袭者离开，说明他老人家动了凡心。"袁客师说道。

齐灵芷摇摇头："父亲清修数年，早已淡泊名利，没什么能令他动心！"

袁客师盯着齐灵芷一阵，才说道："你疏忽了一样！"

齐灵芷有些疑惑："什么？"

"你！"

"我？"

袁客师拉着齐灵芷的手："齐伯父唯一的牵挂就是你，所以这件事一定与你有关!"

齐灵芷低头不语。

"好啦，咱们再勘察一下现场，看看还有什么收获。"袁客师说道。

"也好。"齐灵芷心乱如麻，思绪飘摆不定，就算再怎么想，也捋不出头绪来。

袁客师走到桌案前，用手指在桌面上划了一下，"你看，桌案上的灰尘很厚，说明齐伯父离开道观的时间至少在一个月以上。"

齐灵芷接道："有道理。"

"咱们再仔细找找，看看有没有其他的线索。"袁客师建议道。

若论追踪技能，身为白鸽门门主的齐灵芷堪称第一，袁客师虽比不上齐灵芷，却也是数一数二的高手，他贵在认真，毕竟是在寻找未来岳父的踪迹，一点都马虎不得，就连齐灵芷找过的地方，他也要再看一遍，确保没有遗漏。

遗憾的是，此次搜索并无收获。他们默默地坐在床榻上，静静地听着风吹过道观的声音。

也不知过了多久，袁客师叹了一口气，打破了沉默："姐姐，道观就这么大地方，该勘察的地方都勘察了，再耗下去亦毫无意义，不如咱们再去问问山脚下的渔民。"

齐灵芷点了点头。

两人趁着天未黑下了山，再次来到河边。六叔哼哼着小曲喂着马，见两条身影从山上飞纵而下，便打着招呼："你俩这么快就下来了，没见到你哥哥吗？"

"六叔，最近山上有没有发生不寻常的事儿？"齐灵芷问道。

六叔似乎感觉到有些不妙，瞪大了眼睛望着齐灵芷："齐道长出事了？"

"现在还不是解释的时候。"齐灵芷语气中有些焦急，脸上也写满急躁，莫说是六叔这样饱经沧桑的老人，就是小孩子也能看得出定是出了事。

"你先别急，让我想想！"六叔可能是年岁大了，记忆力明显衰退。

袁客师拉了一下齐灵芷衣袖，随后温和地问道："六叔，最近有没有陌生人来过这里？"

六叔皱着眉头苦想了好一阵，摇了摇头，使劲拍了拍脑袋，向三艘渔船走去。

"三麻子，王二愣，快点出来，有事找你们！"六叔索性不再去想。

这三家渔民长久居住在一起，相互照应，虽不是一家人但胜似一家人，一听六叔的声音，三舅和王大哥急忙从渔船上跳上岸。

"灵芷姑娘问，近段时间有没有怪事发生或是生人来过，我这年岁大了，脑子不太好使，你们帮着想一想。"六叔说道。

"哦，这样啊，让我们想想！"两人看了一眼有些焦急的齐灵芷，知道一定发生了不好的事儿。

太阳快落山了，几抹晚霞给河水两岸镀上了金边，清澈的水面泛起了细碎金光。河水平静而又缓慢地流着，偶尔遇上大石头溅起水花，这才稍稍打破了水面的平静。至此深秋，飒飒秋风把树叶吹落，如同一只只彩蝶在空中飞舞。水声、风声、落叶声交织在一起，融汇成了一首大自然的旋律。

景美、人美，但众人的心思却非常沉重。

终于，三舅抬起头磕磕巴巴地说道："别……别说，还真有件事比较怪，不过……嘿嘿……"

齐灵芷和袁客师一听便来了精神，眼巴巴地望着三舅，距离近得几乎可以看清三舅脸上的麻子。

"快说嘛，怪急人的！"六叔性子急，见三舅结结巴巴的，更是急上加急。

"那是一个月前的事，具体是哪天我记不住了。那天晚上，我半夜醒来小解，借着月光我看见了朱雀山上有两条身影在飞舞，从道观一直飞到了山顶，就像你们俩用轻功在登云梯上飞纵那般。"

袁客师和齐灵芷对视一眼，心中一喜。

"我当时睡得迷迷糊糊的，以为是做梦，就使劲揉了揉眼睛，等再次看清时，却发现影子不见了。"三舅费了好大的劲才将事情说明白。

王大哥听得一愣："这么玄乎的事，你咋没说呢？"

"说了你也能信啊！"三舅咧着嘴。

"之后呢？"齐灵芷问道。

"没有之后了，如果你今天不问，我真的以为就是一个梦。"三舅说道。

袁客师与齐灵芷对视一眼。两人聪明绝顶，几乎已达到可以用心灵交流的地步，不约而同地想着一个词：山顶！

道观并非建在山顶，而是距山顶还有段距离。那两条身影应该是齐东郡和来袭者，两人不但没从云梯下山，反而利用轻功上了山顶。

这其中一定有古怪！

当年隐居在此时，齐灵芷曾经到山顶上玩耍过，上面除了树木再无其他，为何齐东郡与来袭者在大半夜纵上山顶呢？

"确认没见过生人来过吗?"袁客师又问道。

六叔等人齐齐地摇头，说道："想要去登云梯，必须要经过我们这里，要是有生人来，我们一定能知道。"

"好，谢谢你们，我们告辞了!"袁客师一抱拳，转身离开，向登云梯飞纵而去。齐灵芷勉强对着三人笑了笑，也跟了上去。

六叔等人再次目睹了神仙一般的功夫，只见在夕阳余晖的照耀下，两个身影发出金色的光芒，几个纵身便消失在山崖的云雾中。

深秋的洛阳是充满了凉意的，尤其是深山中，比大城市要凉很多。

袁客师将窗户轻轻地关上，回到齐灵芷的身边，两人坐在一张桌子旁边手握着手，对着一盏油灯愣着神。

"客师，你说我爹会不会有事?"齐灵芷有些沮丧。

齐灵芷是江湖奇人青玄师太的关门弟子，江湖上大名鼎鼎的白鸽门门主，曾经的凉州首富家的千金大小姐，在遇到不可预测的事情时也变得束手无策，和平常的女人没什么两样。

"不会有事的，我发誓，一定会帮你找到他。"袁客师安慰着。

"可为什么我心里总觉得不安?"女人的直觉一向很准，齐灵芷深信这一点，以往经历的事也证明了这一点。

"那是因为这件事牵扯到你至亲的人，所以你的心才静不下来，就像在'幽魂凶'一案中，以狄大人强悍无比的逻辑推理能力，还是在判断上出了错误，原因就是李元芳大哥在他心中占据了极重要的位置。"袁客师劝道。

齐灵芷看着油灯叹了一口气："关心则乱!"

袁客师点头说道："事情越糟，就越需要冷静，只有冷静下来，再加以应对，才能化解困难。"

"你平时就鬼点子多，快点想想，下一步应该怎么办?"齐灵芷能够成为白鸽门门主，自然有她的独到之处，也明白其中的道理，却无论如何也冷静不下来，心里总是乱乱的。

"姐姐，我对齐伯父了解不多，只知道他吃了长生不老药而返老还童，所以我无法将整件事分析得透彻，若姐姐相信客师，还须将齐伯父的经历如实

第十三章　失踪

075

讲述出来。"袁客师说话时带着少有的一本正经。

齐灵芷犹豫了一阵，咬了咬嘴唇，最终还是摇了摇头："不是我不肯说，我一旦说了，你也会被牵连其中，也会有生命危险。"

袁客师叹了一口气："没关系，那就我所知道的情况先分析一下吧。"

听到袁客师不再追问，齐灵芷终于松了一口气。

齐东郡早年是江洋大盗出身，做过很多轰轰烈烈的大事，但对遵纪守法的大理寺捕快袁客师而言，那些都是违法行为，更何况，齐东郡身上还牵扯到长生不老药的秘密。匹夫无罪，怀璧其罪，无论谁知道了齐东郡的事，都会成为众矢之的。

袁客师问道："我还有一个问题要问，齐伯父吃了长生不老药之后是无论遇到什么伤害都不会死，还是……"

齐灵芷拍了一下袁客师的手："我爹又不是变成了神仙，怎么可能不畏惧伤害？他只是在身体上发生变化，变得年轻，依然会受到伤害。有一次我和他练习武功，一不小心内力没收住，打得他内伤吐血，休养了半个月才复原。"

"我明白了。其一，齐伯父的人身安全应该没问题。正所谓明枪易躲暗箭难防，如果来袭者的目的是刺杀齐伯父，那在金钱镖上淬毒，或者是出杀招突袭，就算齐伯父武功高明，也难逃一劫。"袁客师分析道。

齐灵芷点了点头："这一点我也想到了，来袭者的目的不是要杀死我爹，而是另有企图。"

"其二，来袭者既然是能找到这儿，就说明他已知道了齐伯父的身份，如此隐秘之事是如何被来袭者知道的呢？可以肯定的是，出卖齐伯父身份的人绝不是狄大人和汪大哥，如果要出卖也不用等到现在，而且他们的为人……"袁客师未说完便被齐灵芷打断。

"这一点无须置疑，狄大人和汪大哥绝对值得信任。"在齐灵芷心中，狄仁杰和汪远洋的地位已经不输于父亲。

"其三，就是咱们白天在勘查现场时分析的，来袭者应与齐伯父认识，如果所料不错，那三枚金钱镖就应该是来人的独特标识。"袁客师说道。

"江湖上使用金钱镖的人实在是太多了，飞刀与金钱镖是江湖人常用的暗器，开了刃的金钱镖也很常见。"齐灵芷提出了不同的意见。

"但使用开刃金钱镖的内家高手就不多了，你想想，能够上得了登云梯，还能逃过你爹爹的耳力，在窗外发射三枚暗器偷袭，这样的高手在江湖上并

第十四章　凌空飞渡

黎明前的黑暗是难以言喻的，有人为之喜，有人为之忧。道观安安静静地躺在云雾里，仿佛在黑暗中酣睡的孩子。

袁客师躺在床榻上辗转反侧，始终处于半睡半醒的状态，脑海中时而闪现齐灵芷焦急的模样，时而闪现在书房发现的零星线索，醒又醒不过来，睡也睡不着。

齐灵芷和衣躺在自己房间的床榻上也是睡不着，最后索性不睡了，坐在床榻上打坐运气，可无论如何都沉不下心来，内力不按照既定的经脉运转，竟然有了走火入魔的征兆，最后她只得停了下来，呆坐在床榻上，透过打开的窗户望着黑洞洞的天空。

当第一丝光亮出现在山头时，齐灵芷起身来到了大殿，发现袁客师已在此等候。袁客师看到齐灵芷两眼红肿，心里一疼，走上前拉住她的手。

"走吧，咱们上山去看看。"袁客师心里不是滋味，仿佛后背被砍上了一刀再撒上细细的盐面儿，又疼又痒说不出地难受。

齐灵芷看到袁客师的眼睛充满血丝，料定他也是一夜未睡，眼圈一红，眼泪差点儿流下来，深深地吸了一口气，拉着他向大殿外奔去。

道观通往山顶的登云梯更加险峻，不但两阶之间的距离增加了，青石阶也变得更窄，加上露水打湿了石阶，上山难度增加了不少。

齐灵芷当初在此隐居时还没有这些台阶，每次上山顶玩耍都要冒着很大的危险攀爬上去。

人生就是这样，无论想或是不想，万事万物都会随着时间推移而发展，物是人非说的就是这个意思。齐灵芷离开了几年，朱雀山道观发生了很大的变化，甚至令她感到有些陌生，这怎能不让她感慨万千？

登云梯虽险，却难不倒两人。让齐灵芷想不到的是，袁客师竟然一改以往跟风的习惯，抢着登上了登云梯。

武功差一些也是男人，怎么肯让女人冲在前面冒险！

齐灵芷明白袁客师心意，因此并未阻止。袁客师登上山峰后，向齐灵芷招了招手。齐灵芷登上山顶后发现袁客师已不见踪影，急忙到树林中寻找，并小声地呼喊着。

山顶的雾气很浓密，两个人面对面地站着，也只是依稀可见，整个山顶仿佛仙宫一般，身形一动，雾气也随着飘动。危险也来自这浓浓的雾气，山顶四面都是悬崖峭壁，一个不慎就会跌落，再高强的轻功也会落个粉身碎骨的下场。

"姐姐，我在这里，你慢慢走过来，不要施展轻功。"袁客师的声音从不远处传来。

齐灵芷应了一声，小心翼翼地循着声音走去，走到近前，才看到袁客师蹲在一棵大树下面摸着树干。

"有什么发现吗?"齐灵芷问道。

"快来看这里!"袁客师语气中透着兴奋。

齐灵芷蹲下来仔细看着袁客师所指之处，只见树干上有一处新划出来的伤痕，与书房青条石上的痕迹很相似。

"应该是金钱镖划过的痕迹，这里还有一处。"袁客师指着树干的另一处。

袁客师用手中的匕首在划痕上试探着，之后便说道："划痕很深，如果是金钱镖造成的，整个金钱镖大部分会嵌在其中，那么问题来了，来袭者是如何将金钱镖取出的呢?"

"你这样说，我倒是想起了一个人，他所用的金钱镖与一般的江湖客不同，不但金钱镖的边缘要开刃，还要用金蝉丝将金钱镖拴住，一头缠在护腕上，发射金钱镖之后，随时可以将其收回。"齐灵芷说道。

"谁?"袁客师问道。

"这人和我父亲是同一辈分的，武功还可以，但没闯出名气，据白鸽门的记载，他应该在多年前就死了。"齐灵芷说道。

"白鸽门的记录不应该有差错吧。"袁客师说道。

"先不讨论他，等有空我和你详聊，还是先找找线索吧。"齐灵芷说道。

袁客师挠了挠脑袋，却不敢再询问。他知道，眼下寻找齐东郡才是正事，至于来袭者是谁，可以慢慢再研究。

东边天际露出鱼肚白，光线很柔和，一道红霞出现，红霞的范围逐渐扩大，给大地披上了一层红色的锦缎。太阳从地平线冉冉上升，光照云海，五彩纷披，灿若锦绣。一阵强劲的山风吹来，浓密的云雾竟然四下逃散。峰峦松石在彩色的云海中时隐时现，瞬息万变，犹如织锦上面的装饰图案一般。

齐灵芷站在一根巨大的树杈上，手搭着凉棚向远处眺望，在七彩光芒的照耀下，她仿佛一位仙子。袁客师望向齐灵芷的眼神迷离了，暗叹一口气之后，他飞身上了树杈，轻轻地握住齐灵芷的手。

雾散后，充沛的光线使两人的效率提高很多，不但找到了树干上留下的金钱镖的痕迹，也找到了齐东郡鹰爪功在树上的抓痕。

袁客师摸着树干上的爪痕惊叹："齐伯父的武功真高，这一爪要是抓在人身上，就算不死也得落下残疾，就凭这一爪之功，足以位列江湖顶级高手。"

齐灵芷有些得意："那是，我的功夫有一半是和爹爹学的。"

袁客师又问："那齐伯父和你师父青玄师太谁的功夫更高强?"

齐灵芷有些犹豫："这个……早年时，父亲的武功肯定不如师父高强。父亲服食不死药后隐居在此，武功进步神速，已经位列江湖一流高手。师父功力早就达到至臻境界，练功也从未懈怠，不好说，不好说。"

袁客师看着齐灵芷嘻嘻笑。

齐灵芷嗔怒道："你这人，问这些干什么?"

袁客师盯着齐灵芷的脸说道："我就喜欢听你说话的声音，所以就喜欢问你问题。"

齐灵芷伸手抓向袁客师的耳朵，一下抓个正着："你一点正经也没有!"

袁客师急忙求饶："有正经的，疼疼疼，你先放开!"

齐灵芷哼了一声，松开手，却瞪着他。

袁客师揉着耳朵："从目前的线索可以确定齐伯父与来袭者很熟，所以两人在观里第一次交手后便停手，再相约来到山顶比试，先是通过登云梯比试轻功，随后又在树林中比试武功。"

"嗯，这里虽然留下了诸多的打斗痕迹，却并未见到血迹，说明两人过招虽然激烈，却并未受伤。除了这些还有其他的吗?"齐灵芷问道。

"自然有，不过，我还有个问题。"

"你问吧。"

"齐伯父那儿还有没有多余的不死药，给咱俩来两颗，我要生生世世都和你做情侣!"袁客师笑嘻嘻地说着。

从齐灵芷的描述中可以得知,不死药不但可以令人长生不死,还能迅速提升功力,简直是求之不得的仙药一般。

齐灵芷盯着袁客师的脸,脸上先是露出甜蜜,随后又嘴角向下一撇,说道:"你以为不死药是牛黄丸吗?仅此一颗,仅此一颗明不明白?"

"明白,明白!"袁客师捂着耳朵赔笑着。

齐灵芷撇过脸去不再理会袁客师。

袁客师转到齐灵芷正面问道:"齐伯父吃了不死药后,除了不死之外,还有没有其他异于常人之处,比如说……那个……啥的……"

齐灵芷白了袁客师一眼,哼了一声,说道:"爹爹吃了不死药之后身体发生了巨大变化,人不但变得年轻,而且奇经八脉也畅通无比,内功有了很大的长进,其他方面倒没发现异常……你净问这些乱七八糟不相干的问题,快说说其他的线索,否则,我让你好看!"

"好好好,我说,我说。"袁客师急忙做投降状,随后立刻说道,"齐伯父和来袭者在此斗了很久,留下诸多痕迹中,大约一半是齐伯父鹰爪功留下的,还有一半是金钱镖造成的,两人有攻有守旗鼓相当,说明来袭者的武功并不输于齐伯父。你看这些痕迹,虽然很深,却未出现力道过度造成的破损痕迹,可以断定两人之间的交手应该属于切磋,而不是搏命,应了你前面的说法。"

齐灵芷武功高于袁客师,自然知道他分析得有理,于是点了点头,说道:"父亲有强迫症,房间中家具、物品的摆设都有固定位置。可书房倒了的藤椅却没扶起来,说明两人在山顶上切磋后就再也没回过道观,而是径直离开了朱雀山。"齐灵芷分析道。

袁客师点头:"断案之道还在于细节。姐姐,随我来。"

袁客师领着齐灵芷来到了悬崖的边上,指着悬崖边的一棵树:"你看那根树枝!"

事情往往是比较巧合才会发生,若非太阳刚刚升起,阳光恰好照到了树枝,也很难发现。齐灵芷定睛一看,发现悬崖边有一棵大树,大部分的树身都伸出悬崖很远,一根比较粗壮的树枝根部出现了裂痕。

"他们踩踏过这根树枝!"齐灵芷惊道。

袁客师点了点头,拉着齐灵芷来到登云梯边。

齐灵芷问道:"这登云梯有什么不妥吗?"

袁客师点头："上山容易下山难。姐姐仔细看，山上泥土多，咱们上来时留下了泥脚印，齐伯父和来袭者之前上来时亦留下了脚印，可奇怪的是，登云梯上却没有向下的脚印！山顶距离道观有几十丈高度，轻功再高也不可能一跃而下。"

齐灵芷盯着登云梯思索着。

"种种迹象表明，齐伯父和来袭者比武后未从登云梯下山，山顶除了登云梯外，四面都是悬崖峭壁，他们很有可能在比斗中落入悬崖……"袁客师话说了一半便停住，眼睛盯着悬崖的方向。

齐灵芷摇头："不会，既然两人并非生死决战，怎么可能落下悬崖同归于尽呢？你想想，要是咱们二人比武，会不会踩在那根树枝上失足落下山崖？"

袁客师摇摇头："当然不会，凭咱们的功夫，绝不可能坠落山崖。"

齐灵芷说道："父亲和神秘客的武功要高于你我，他们难道会掉下去吗？"

袁客师眼珠一转："那还有一种可能。"

"还有什么可能，难不成他们还隐藏在山顶？"齐灵芷向四周看了看。

山顶面积不算太大，没有山洞或密道之类的所在，刚才两人已经搜遍了整个山顶，并未发现任何藏匿痕迹。

"他们利用这根树枝的弹力跳到对面的山峰！"袁客师说得有些勉强，连自己都不愿相信这种说法。

两座山峰的距离何止百丈，连鹰隼等飞禽也要飞上一阵，人怎么可能跳过去呢？

"胡说。"齐灵芷白了袁客师一眼。

"返老还童这种离奇的事儿都出现了，还有什么事儿不能发生呢！"袁客师只得顺着自己的话圆下去，那一本正经的神情让齐灵芷都不得将信将疑。

"那你说说，他们是怎么跳过去的？"齐灵芷不依不饶。

袁客师用掌击打树干，树干只是微微摇晃，略加思索后说道："我曾经跟踪过一个民间的杂技团，要是他们在，利用一定的器具就能过去。"

"弄戏法的我见多了，大部分是障眼法，也有些有真功夫的，那也无法做到凌空飞渡啊！"齐灵芷反驳道。

袁客师摆了摆手，解释道："用绳子拴在两个山峰的树上，然后人踩着绳子走过去。以齐伯父的轻功来说，这种事轻而易举就可以做到。"

齐灵芷哼了一声："拴绳子走过去用不着太大的力道，不可能将这么粗的树枝踩裂吧?"

"那可能是空中飞人,就是利用荡秋千的原理把人荡过去,树枝需要承受很大的力量。"袁客师解释道。

齐灵芷摇摇头:"你看看这棵树,离悬崖壁这么近,怎么荡得起来?再说,他们武功那么高,山脚下六叔他们也拦不住,为什么不大大方方地离开,反而故弄玄虚,搞什么空中飞人!"

袁客师挠了挠脑袋:"这件事儿本身就很诡异,我也无法解释,也许只有狄大人才能破解这个谜。"

"到悬崖下和对面的山峰看看不就知道了,何必在这里胡乱猜疑!"

第十五章　两种可能

同一天的清晨，彭泽的静谧被马的嘶鸣声划破。三更的梆子刚刚响过，彭泽县衙院内便传出马的嘶鸣声。两名衙役将县衙大门打开，几人举着火把牵着马走出县衙，为首一人正是彭泽县令狄仁杰，身后跟着县丞谷钧成、县尉章旷发、狄福等人。

彭泽地理位置偏僻，人口相对较少，衙门的事务不多，官吏们大多都是天大亮后才慢悠悠地来到县衙。谷钧成本是富家子弟出身，起这么早哪受得了，他不停地打着哈欠，眼泪顺着脸颊流了下来，脸上尽是委屈之色。

章旷发则是精神抖擞，双眼聚神，看到谷钧成的模样，他不由得撇了撇嘴，冷哼一声。

"咱们出发吧!"狄仁杰清了清嗓子，随后从衙役手中接过缰绳，牵着马向城门走去。他们此行的目标是大山里的新月村，发生了碎头凶案的小路是必经之路。

圆月高挂在天空，将银光洒向大地，秋意渐浓，枯败的树叶不断从树枝上飘落下来，踩上去发出"沙沙"的响声。

也许几人还未从睡意中清醒过来，也许是章旷发和谷钧成相对尴尬的关系，众人一路无话，马蹄声有节奏地印在他们的心坎上，仿佛敲着催眠的曲子，令人昏昏沉沉。

彭泽城门又矮又单薄，经历了百年风雨的侵蚀，加上缺少维护，城墙外层的青砖已破败不堪，有的地方甚至露出了内层的褐色泥土。好在城楼还算结实，巨大的城门依然雄壮。

"守卫大哥在吗?"狄福冲着城门喊着。

"守卫大哥在吗?"狄福再次喊着，喊了好几遍也没见人出来。

"也怪不得守军，现在还没到开城门的时间，咱们在这儿等等吧。"狄仁杰说道。

除了战时，平日里为了防止流匪、马匪、强盗等掠夺偷盗，城门会在黎明时开启，天黑前关闭，如有特殊情况需要进出城门，需要提前向衙门申请才行，彭泽虽是小城，却也一直严格执行。

"就算没到时辰，有人来了，守军也不出来看看吗?"狄福看向章旷发。他跟随狄仁杰走南闯北，打过仗，守过城，对城楼守卫制度了如指掌，知道彭泽这等小城没有独立守军，守卫都归县尉管辖。

章旷发像是没看到狄福一般，自顾四下望着。

过了好一阵，守卫才从城楼的军备室里懒洋洋地走出来，脸上怒气十足，显然是被打扰了休息心中没好气："喊什么喊，现在还不到开城时间，在一边等着吧。"

狄福按下性子，冲着守卫一抱拳，说道："守卫大哥，我家老爷是……"

守卫打断狄福的话，同时不耐烦地挥了挥手："你家老爷是谁都没用，这是朝廷定的规矩!"

"哎……你……"狄福被噎得说不出话来。

章旷发瞥了一眼狄仁杰，哼了一声，嘴角向下撇了撇，在一旁冷眼看热闹。

谷钧成急忙走到守卫跟前，轻声说了几句话，随后又指了指狄仁杰的方向。守卫困意全无，脸上立刻露出敬意，向狄仁杰方向抱拳作揖，随后跑到城门前和另外几名守卫打开城门。

城门一开，守候在城门外的山民们也是一愣，疑惑着向城内走去，却被守卫拦住。

"这位兵哥，就让他们都进来吧。"狄仁杰牵着马路过城楼时说道。

守卫哪敢不从，立刻答应着，却还是等狄仁杰等人离开后才放人进城。

"上马，咱们得快马加鞭喽!"狄仁杰的情绪并未受到任何影响，翻身上马后，率先向新月村的方向策马而去。

狄仁杰是一方父母官，拥有很大程度的特权，在彭泽城中时却将马牵着走，以免扰民，单凭这一点就绝非一般官吏可比。

对于狄仁杰的做法，一向瞧不起狄仁杰的章旷发也另眼相看，心中肃然起敬。出了城门后，他便策马走在队伍的最前面带路，以免狄仁杰因为不熟悉道路而发生危险。

狄福跟在狄仁杰的一侧，与狄仁杰对视一眼，两人皆心道：章旷发人是张狂了一些，但对人对事还是值得称赞的。

笔直的官道旁有一条傍山小路，蜿蜒曲折，仿佛是一条匍匐在大山中的巨蟒。

章旷发骑马沿着小路飞奔了一阵，便将马停住，回过头对赶来的狄仁杰说道："狄大人，前面就是发生过命案的地方，还是小心些，卑职在前面探探路，您不要跟得太紧，如果遇到什么情况，也好有时间处理。"

狄仁杰微笑着点点头，他从章旷发的目光中感到了一丝关怀，心中亦多了一些宽慰。

大自然是宽容的，一切人为的痕迹都会随着时间的推移而烟消云散。案发现场已恢复如初，受害人张三、李四留下的两摊血迹也不见踪影，若非知情者，路人绝不会想到不久前这里发生过一件碎头血案。

"狄大人，小心些，路况不太好，坑坑洼洼的。"章旷发回头喊着。

路面很不平整，高高低低，马儿一脚深一脚浅地走着，小路下方的悬崖至少有几十丈深，若马失前蹄掉落悬崖，武功再高也很难幸免于难。

狄福催促马匹急速向前奔了一段距离，感到胯下的马匹脚步的确有些不稳，便立刻翻身下马，拉着狄仁杰的马匹小心翼翼地前行。

狄仁杰喊着："章县尉，你在前面小心些！狄福，扶我下马，咱们慢慢走过去！"

狄福立刻拉住马匹，扶着狄仁杰下了马，几人牵着马慢慢地向前走着。

"谷大人，此处是山民进城的必经之路，务必要组织人尽快修复。"狄仁杰边走边说道。

谷钧成立刻应声："回来后下官立刻安排！"

好容易挨过了这一段路，到了平整的地段后，狄仁杰停了下来，皱着眉头默不作声。好奇的谷钧成正要开口询问，见狄福做了一个嘘声的手势，便急忙收声。

过了一阵，狄仁杰才向谷钧成问道："谷大人，此路颠簸异常，骑马尚且如此，若赶车路过此地，车上的人和货物还不得被颠下来？"

"大人，这条路原本好好的，可能是近段时间下过大雨，山洪冲击所致。"谷钧成解释道。

"不对。"狄仁杰摇了摇头，把马缰绳递给狄福，往回走了一段距离，来到颠簸的路段，从怀中取出火折子照亮。

借着火折子的光芒，可以看到地面上坑坑洼洼高低不平。

狄仁杰蹲下身来仔细观察，不时地用手比画着，过了一阵便指着一处说道："谷大人你看，若因下雨山间大水冲击路面，定会将整条路损毁，不可能造成这种情况。"

谷钧成点点头，接着说道："大人所言甚是，小路是村民自行铺设的，山间都是黏度很高的黄泥，经过碾压之后夯得很实，彭泽已有很多年未暴发过山洪。"

狄福牵着马走了过来，接道："这样一说还真是有些奇怪，为何昨天白天咱们勘查现场时没发现？"

狄仁杰将了将胡子，满脸自责之意："案发现场过于惨烈，将我的注意力都引了过去，疏忽了这些细节。而且当时山路被封锁，两名死者倒在路中央，咱们都是贴着山根走过去的，没踩到这些坑，因此便未感到异常。现在不同，夜间行路，本来对路况就比较敏感，加上马匹走路时又很快，这些坑的威力便体现出来。"

"听大人这样一分析，难道这些土坑是人们故意挖出来的？"谷钧成疑惑道。

章旷发骑马走了回来，见众人都下马围着地面看，便翻身下马，看着地面上大大小小的土坑满脸疑惑。

"昨天那起碎头凶案大约的情形应该可以描绘出来了。"狄仁杰一脸正色地说道。

"都说狄大人是神断，看来所传一点也不假，卑职等还没明白怎么回事，您便将昨天案发的情况给还原出来了，神，神哪！"谷钧成说道。

俗话说千穿万穿马屁不穿，在场的人都能听出来谷钧成是阿谀奉承，却没人愿意点破。章旷发瞥了一眼谷钧成，嘴角露出了一丝轻蔑之意。

"事情应该是这样的，两名被害人生活贫苦，目前应该是单身，与父母和兄弟姐妹分居。"狄仁杰说道。

章旷发听后脸色有些凝重，暗自叹了一口气后才缓缓点了点头。

"听闻章大人对断案之道见解独特，不知你怎么看？"狄仁杰望向欲言又止的县尉章旷发。

章旷发并未推辞，向狄仁杰拱手抱拳，说道："大人赞誉。下官是这样看的，现已是深秋季节，两人身上衣着简陋，难以抵挡寒风，且衣袍上多补丁，可见其生活贫苦。至于单身，彭泽县城本就不大，此事早已传遍，可从案发至今仍无人认尸，可以推断两名死者应无家眷，或者说与家人少有瓜葛。"章旷发虽是一个县尉，却颇有些断案的经验，分析得条条有理。

"两人的手均无老茧，说明他们并未从事过耕种等体力活，要么靠祖上留下来的家产为生，要么偷鸡摸狗混日子。章大人是本地人，可以想一想符合条件的人。"狄仁杰分析道。

章旷发思索一阵，点了点头："如果狄大人分析得正确，查找被害人的身份就容易了许多。"

"另外，山脚下的那一名被害人应是主导者。"狄仁杰说道。

谷钧成瞪大眼睛："狄大人果然厉害，一眼便看出端倪。"

章旷发从鼻子里发出冷哼。

谷钧成干咳了两声，满脸好奇地问道："大人可否详细说说?"

"此人头颅被击碎，身体完好无缺，除了血腥气之外，身体和衣物还散发出一股低劣的香粉味儿，由此判断此人生前应该出入过青楼之类的场所。"狄仁杰分析道。

谷钧成伸出大拇指，脸上表情夸张："狄大人果然乃神人也，连青楼的胭脂水粉味儿都……"说到这里，他觉得话说得不太妥当，便住了口。

狄仁杰咳嗽两声："咱们想象一下，平日难以饱腹之人，如何去得起青楼?"

众人纷纷点头，又摇头。

狄仁杰继续说道："另一人身上冒着一股酸臭味道，据仵作讲，此人长期吃不饱饭，身体极差。这样的两个人，谁会是主导者?"

"起主导作用的死者去青楼的资本……是那粒金豆子!"章旷发已经明白狄仁杰想要说的是什么内容了。

"看来章大人已经明白了。"狄仁杰向章旷发点了点头。

谷钧成和狄福却一脸迷茫，没有明白两人究竟打的是什么哑谜。

"还记得藏在两名死者口中的金豆子吧，当时我们以为是两人打劫路人得来的，其实则不然。"狄仁杰说道。

"难不成还是他们在路上捡到的?"狄福冷不丁冒出一句话。

"正是他们捡到的!"狄仁杰语出惊人。

听了这句话，狄福和谷钧成惊讶地望着狄仁杰，只有章旷发的脸上波澜不惊。

"主导的这个人之前一定是有过奇遇，在这条路上得到了一些财物，尝到甜头后，便撺掇另外一名死者一起来发财。两人相约来到这里，将路面弄得坑坑洼洼，随后隐藏在上面的密林中，等待着机会。"狄仁杰指着山坡上的密林说道。

"他们等待的是一辆马车，或是一个车队，车上装载的，应该是类似于金银珠宝之类的财宝，其中就包括金豆子，经过坑洼路面时，马车剧烈颠簸，部分财物掉在路面上。"狄仁杰踱了两步，指着一处坑洼看着众人说道。

"等运载财物的马车过去之后，他们就来到这条路上，捡到了两粒金豆子。"谷钧成接道。

"他们捡到的绝不止两粒金豆子，否则也不会丧命。"狄仁杰着重强调了"两粒"这个词。

"大人，这话怎么说？"谷钧成脸上带着一脸谦虚，像勤学好问的学生一样。

"两名死者很狡猾，被马车主人发现后，在危急情况下他们将金豆子藏到口中。"狄仁杰叹了一口气。

人性的贪婪强悍无比，哪怕到了危及生命时，仍然可以主导着人的行为。

"马车主人感到这段路有异常，便停车回来查看，与两人起了冲突，最终将两人杀死。"县尉章旷发接着说道。

"嗯，死者应该与马车主人动过手，那把刻着'张'字的匕首就是证据。两名死者见事情败露，又不想将到手的钱财乖乖地吐回去，就想利用匕首吓唬对方。"狄仁杰说道。

狄福挠了挠脑袋问道："老爷，为什么是威胁，而不是抢夺？死者拿出匕首杀死马车主人不是能抢到更多财宝吗？"

狄仁杰摇摇头："那把匕首并未开刃，说明死者并无杀人之心，掏出匕首只是想吓退对方而已。"

谷钧成立刻接道："有道理！"

"可惜的是，死者没想到马车主人非常厉害，一击之下却未能得手，最后白白送了性命。"狄仁杰说道。

"老爷，据小的推断，凶手应该是天生神力，而不是内家高手。"狄福说道。

"这又是为何？"县尉章旷发也是一名练家子，却不太认同狄福的说法。

第十五章 两种可能

"能一击将头颅击碎，铁锤必定很大，这等重量的大锤属于重兵器，能够使得动的有两种人，一种是天生神力，另一种是通过练习拥有神力，也就是内家高手。大锤的威力很大，却不方便携带，内家高手过招讲究的是招式和技巧，绝不会靠着巨大兵器来取胜，杀这两人，只需要轻轻的两掌就可以了。"狄福有条不紊地说着。

章旷发反驳道："如果凶手是想隐藏身份呢？"

"章县尉说得也有道理，也不能排除这种可能。刚才所说的一切都是咱们在推理，还需要拿到了确切证据后才好下定论。"狄仁杰说道。

虽说有了一些收获，却还不足以将案子弄得水落石出，过早下结论只会将案子引入歧途。

一阵风吹过，谷钧成缩了缩脖子，眼睛望向四周，随后吸了一口凉气，"狄大人断得有理，可这都是基于凶手是人的情况下，万一……凶手是所说的阴兵呢？"

狄仁杰从不相信神鬼之说，谷钧成却坚信不疑，连拍狄仁杰的马屁都顾不得了。当地流传很广的阴兵借道传说，加上黄县令下乡走访所遭遇的诡异事件，让他不得不相信阴兵借道的存在。

武官出身的章旷发就不同，不但一腔热血，强烈的好奇心更使他对各种奇事充斥着征服欲望，他瞥了瞥谷钧成，脸上露出轻蔑的神色，"哪里来的阴兵借道，都是空穴来风罢了，黄县令的死一定另有原因。"

章旷发为人心直口快，有想法就说，这样一来就不免要得罪人。黄县令出事时，章旷发并未在随行的队伍中，无法理解谷钧成当时的感受。

谷钧成的脸色变得难看，可当着狄仁杰的面又不愿与章旷发争吵，只得将情绪强压着，撇过脸去不再说话。

第十六章　清官难断

　　狄仁杰看出现场的气氛有些凝重，便急忙打圆场："好啦，好啦，咱们还是赶路吧，这里的风太硬，我这老头子的身体不如你们年轻人结实，怕是扛不住喽。"

　　谷钧成虽有些不悦，碍于狄仁杰的面子也不好再说什么，默默地跟在队伍的后面。章旷发依然走在队伍最前探路，不时地提醒着狄仁杰注意安全。

　　一路无话，一行人在天明前赶到了大山中的村庄——新月村。

　　新月村位于群山中，由于是丘陵地形，可以大面积种植的土地稀少，大多数村民靠采摘和贩卖山货为生。里正是名四十岁左右的男人，相貌普通却很善谈，不但向狄仁杰等人介绍着村里的情况，还把家腾出来，作为狄仁杰的临时衙门。

　　大山里民风淳朴，原本很少发生纠纷。没想到狄仁杰来村里的消息刚传出去，便有两人相互揪打着前来喊冤。

　　矮个子男人脸上出现数条血道子，高个男子的脸上一大块淤青，两人的衣裳已被撕破，均是一脸怒气。

　　"大人，我有冤！"高个子的男人喊着，眼睛却一直盯着矮个子男人。

　　矮个子男人也不落后，瞪了一眼高个子男人，说道："大人，我也有冤！"

　　里正瞥了二人一眼，咂了一下嘴，小声嘀咕着："县令大人好不容易来一次，你们来捣什么乱啊！"

　　谷钧成是个出了名的好脾气，只要不涉及他的利益，便不会过于深究。章旷发却是个暴躁脾气，眼见两名村民在公堂上撕扯，丝毫不尊重县令狄仁杰，心中一股火上蹿，正欲发作，却见狄仁杰向他摆了摆手。

　　狄仁杰看了一眼里正，见他眼神躲闪，便断定这是一起难断的案件，稳了稳情绪："你二人先放手，再各自说说纠纷的来龙去脉，本官才好断定是非。"

人在情绪比较激动时，最好的办法便是冷处理。因为在这时，无论你是谁，跑过去劝架或是帮忙都不会落得好下场。

房间中安静极了，撕扯中的两人这才知道这是临时的县衙大堂，要是县令老爷发起火来，他们就要受皮肉之苦了。两人下意识地松开手，先后跪到了狄仁杰的面前。

里正从柜子中拿出一张泛黄的纸，双手递到狄仁杰的面前，说道："狄大人，这是状纸。卑职本想这几天到县衙报案，一直苦于农忙采摘没时间，还请大人责罚。"

狄仁杰接过状纸看着，轻轻挥了挥手："无须自责。"

高个子男人本欲开口说话，却被章旷发恶狠狠地瞪了一眼，吓得他急忙将头低了下去。

原来这两人是兄弟俩，个子矮的是哥哥高大富，高的是弟弟高大贵，因为家产分配不均，兄弟反目成仇，最终闹上公堂。里正对于断案之事并不擅长，出面多次调解，均无功而返。

兄弟俩越闹越凶，开始只是相互谩骂，渐渐发展成动手，还有一次险些动了刀子，眼见着就要闹出人命。

高家是新月村的大户，已经扎根多年，祖辈上积攒了一些财富。父亲去世前老大高大富成了家，父亲便将家产全部交给了老大，并当着兄弟俩的面将家产分配说得明明白白。

高家共有房屋十二间，山间土地三十亩，现银三千两，等弟弟高大贵成婚后，分出一半给他。

两年后，弟弟高大贵成家立业，哥哥高大富将房产和土地均分，对于三千两银子的事却只字不提。弟弟以为哥哥将此事给忘了，倒也没急着催他。可随着孩子的出世，加上天灾造成山货歉收，弟弟的生活变得窘迫起来。

弟弟高大贵性格软弱，不敢找哥哥说银子的事儿。哥哥高大富性格大大咧咧，也就当没有这回事，时不时地拿出一些积蓄救济生活窘迫的弟弟。

好景不长，弟媳妇从弟弟的口中得知三千两纹银的事儿，便开始牢骚满腹，不断地撺掇弟弟去找哥哥要银子。生活的窘迫加上来自媳妇的压力，使高大贵的心情极其烦躁，一次在媳妇喋喋不休的牢骚后，高大贵喝了闷酒，借着酒劲找到了哥哥，索要属于自己的那份银两。

哥哥、嫂子却借口高大贵喝多了，等明日酒醒时再说。高大贵见哥哥心意坚决，便没有再坚持。

事情的发展并未遂高大贵的心意。此后，哥哥、嫂子好像把银子的事儿忘得干干净净，绝口不提。而且只要弟弟准备提起此事时，哥哥总会找个借口将其支开。更令人心寒的是，哥哥再也没有救济过高大贵，两家虽然在一个大宅子里生活，却形同陌路。

狗急了还能跳墙。

生活窘迫的高大贵带着一股狠劲儿将哥哥堵在屋里，非要他将银子拿出来分了，否则，谁都别想好。

哥哥高大富的反应出乎意料，他死活不承认有这笔银子的存在。高大贵认定哥哥想独吞这笔银两，于是兄弟俩反目成仇，最后不得不闹到里正那里。

清官难断家务事。因为高家老爷去世时只有高大富夫妇和高大贵三人在场，没有其他人可以做证，里正也是干着急没办法，只好采用调解的办法，却收效甚微。

弟弟高大贵一怒之下便请村里的秀才帮着写了状纸，欲状告哥哥高大富。状纸到了里正手里，里正担心证据不足，就算到了衙门也不能判明是非，还弄得满城风雨，弄不好还会引来觊觎这笔财富的山贼，所以便一直压着状纸，并未上报衙门。

狄仁杰看过状纸，紧皱着的眉头渐渐舒展，抬起头说道："此案虽说有难点，不过本官却有把握在三天内见分晓。"

哥哥高大富神情略微有了些变化，却转瞬即逝，弟弟高大贵则是一脸的喜气，连忙叩头，大呼："请青天大老爷狄大人为小人做主。"

"都起来说话。"狄仁杰语气严肃起来。

高氏兄弟对视一眼，缓缓站起身。

"血浓于水，解决了纠纷，你们兄弟依然还是兄弟。从今日起，不得再为此事斗殴滋事，否则，本官定不轻饶。"狄仁杰脸上怒气渐浓。

解决这种纠纷实际非常简单，只要把证据找到，就会迎刃而解，可高父已经去世，死无对证，哥嫂抵死不承认这笔银子，任谁也没有办法。

但看兄弟二人的表现，狄仁杰心里已有了数，他清了清嗓子，将目光投向里正。

里正反应很快，立刻向高氏兄弟说道："你们回去等消息吧。"

两兄弟走后，狄仁杰立刻向里正问道："里正，刚才你介绍村里近期发生的案件，其中有一件是蒙面山贼抢劫的案子，能不能详细说说？"

"卑职不敢，狄大人，这件案子很是棘手，山贼虽被抓住，却死不认罪，卑职无能，也未找到确凿证据，只得将这些人关在土牢中，让乡丁看着。"

章旷发冷哼一声："为何不及时上报衙门，难道你藏了私心不成？"

章旷发这一顶大帽子扣得里正胆寒，他立刻跪倒在狄仁杰面前："大人，卑职哪敢有私心，只是……只是……"

章旷发咄咄逼人："只是什么？别支支吾吾的！"

里正抹了一把冷汗："卑职想找回损失的财物，好在县令大人面前邀功而已！"

章旷发厉声喝道："一旦山贼找到机会串供，此案就会永沉水底，你这个糊涂的老里正。"

里正磕头不起，"卑职知道错了。"

狄仁杰捋着胡须，"至少你的动机是好的，此事就此罢了，里正，你起来说话。"

里正起身站在一旁，怯怯地看了一眼章旷发，咽了一口吐沫，苦着脸说道："关押山贼这事儿，我们也是苦不堪言，不但拿他们毫无办法，还要好生伺候着，吃得不好不行，牢里不暖和还不行！"

"这山贼还有点意思。"狄仁杰笑着说道。

"山贼已为害新月村很多年了，黄县令曾派人清剿过，可山贼狡猾异常，每次都安然逃脱，之后更是变本加厉，甚至有一次还杀了人，后来人们受了山贼的祸害也不敢上报。前段时间卑职得到一条密报，说山贼可能落脚在清风山的山坳里，就抱着试一试的态度，带了村里的青壮年到山坳外埋伏。果然，那些山贼就躲在山坳中，他们刚走出来，卑职一声令下，一番激战后便将他们拿下。"里正脸上的肥肉乱颤，吐沫星子乱飞，仿佛打了一场大胜仗的将军一般。

"人都拿下了，为何不立刻将其送到县衙定罪？"章旷发问道。

"俗话说得好，拿人拿赃，捉奸捉双。这些山贼太狡猾，拿下他们之后，卑职带人在山坳中的山寨搜查，并未搜到任何财物，要是硬说这些人是山贼怕牵强。抓回来后，卑职对这些山贼严加拷问，这些人却嘴硬得很，非但没招出任何罪行，还要诬告我们乱抓人动私刑。"里正说话时脸上充满了无奈。

章旷发冷哼一声，脸上露出一丝凶狠："要是他们落在章某手上，三个回合便会乖乖招供！"

狄仁杰早闻章旷发逼供的手段非常严厉，没有犯人能在他手上挺过一天。

"里正，山贼现在关押在何处？"狄仁杰问道。

"关在村里的土牢里，两名村民负责看守，脸上有刀疤的是头目。"里正回答道。

"你将他们分开关押，看管的地点安排在道路旁，要让山贼能看到路上的人，然后再将头目带到这里，本官亲自提审。"狄仁杰捋着胡子说道。

里正虽不明白狄仁杰葫芦里卖的是什么药，但看他胸有成竹的表情，知道此事十有八九有着落了。

第十七章　斩立决

相由心生。

山贼头目比常人高出一个头有余，几乎和章旷发身高相仿，身体魁梧异常，长相很是骇人，满是横肉的脸上尽是些大大小小的麻坑，一条长刀疤贯穿整张脸，浓密的眼眉高高地挑起，一口黄色的龅牙七歪八扭地龇在外面，小小的三角眼带着一股凶狠。

山贼头目一脸不屑地站在房间中央，虽然被绑着双手，却丝毫没有怯意。

"跪下！"里正冲着山贼头目暴喝一声，却并未起到任何效果，山贼头目冷哼一声，反而站得笔直，微微仰着头，把鼻孔朝着狄仁杰等人。

狄仁杰打量了一阵山贼头目，微微一笑，随后便自顾着和谷钧成吃点心、喝茶聊天。

山贼头目不知道狄仁杰身份，更不知道他葫芦里卖的是什么药，随着时间推移，他开始变得有些急躁，又过了一阵，山贼头目终于按捺不住，歪着头向狄仁杰喊道："那官儿，要审便审，不审就赶紧把老子放了。"

狄仁杰不急不慌地从一盘干果里捡出一些，递给一旁的章旷发。

章旷发无奈地叹了一口气，却并未接过。

谷钧成眼疾手快，急忙从狄仁杰手上接过干果化解尴尬，随后小声地问道："大人，不审吗？"

狄仁杰抿了一口茶水，笑眯眯地说道："你别说啊，这大山里原味儿的山珍着实不错！"

里正本想跟着问几句，见谷钧成碰了软钉子，最终把话咽了下去。

又过了一阵，山贼头目站着有些不舒服，又忍受不了章旷发的目光直视，准备转身向外走。两名村民出声喝止，一脚将其踹得跪下。

山贼头目叫喊："我管你是什么官，有证据就抓我进大牢，没证据就得放人，还得赔偿我所受的委屈钱。"

狄仁杰差点没把喝进嘴里的茶水喷出来："委屈钱?"

狄福也跟着笑出来："老爷，这些年您审案子无数，小的还是第一次听说委屈还能换钱!"

狄仁杰原本就强忍着笑，经狄福这么一说，再也忍不住，自顾着笑了起来，笑到最后眼泪都流了下来。

"你……你这是什么官，官没官样儿!"山贼头目气得冷哼一声，将头撇向一边。

狄仁杰又笑了好一阵，这才缓缓收住笑意，摆了摆手，说道："快……哈哈……快把他松开!"说罢便给身旁的章旷发使了个眼色。

"狄大人不可，此人武功很厉害，又狡猾，一旦放开，很难再控制他了!"里正语气有些焦急。

山贼头目力大无比、武功高强，要不是机缘巧合，加上突然袭击，几乎没有擒住他的可能。一听到狄仁杰要将其松绑，里正心中如何不急?

章旷发冷着脸走到山贼头目身前，伸手便将绳索扯断，顺手在他身上点了几下。

狄仁杰笑了笑："里正莫急，有本官在此，不碍事，不碍事!"

山贼头目本是一脸不服气，听见狄仁杰说将绳子松开，心中便是一喜。他对自己的功夫很有信心，只要将绳子松开，他便如同一只飞上天空的小鸟，没有人能够再控制住他。

他瞪了一眼里正，脸上肌肉抽了几下。

要不是他头天晚上喝多了酒，又突然遭遇里正的埋伏，现在怕是在另一处山寨过着逍遥快活的日子。里正为了套取口供，对他严刑逼供，让他吃尽了苦头，对里正他可谓是恨之入骨。

山贼头目的笑容随着绳子的掉落而凝住了，因为他看到章旷发手上没有任何利刃，只是轻轻一扯便将绳子破开。随后在他身上点的那几下更是不得了，他感觉像是被闪电击中了一般，身体一震，所有要逃走的念头都随着震动烟消云散。

"好厉害!"山贼头目的冷汗流了下来。

只是点了几下便将他的内力封住，这是何等的高手! 对于章旷发的这一手，他敬佩不已，就算让他再苦练一百年，也无法达到这种程度。更何况章旷发比山贼头目还要魁梧高大，单凭力气这一项，山贼头目就不是对手。

狄仁杰努力保持着平静的笑容，时不时地想笑几声："下面跪着的人可是山贼头目？"

山贼头目一听，心中一百个不愿意，这官儿可真有意思，哪有一上来就问人家是不是山贼的，人若不傻，谁会承认？

听狄仁杰这样一问，谷钧成站在一旁差点笑出来，急忙咳嗽几声掩饰着……

山贼头目碍于章旷发却也不敢顶撞："大人，小的冤枉啊，我只是带着些兄弟到山坳中去打猎，哪知道被里正等人埋伏，当作山贼抓来严加拷打，大人，小的冤枉啊！"

别看山贼头目长得凶恶，喊起冤枉来却不逊于真正受冤的人。

"里正，你可有此人是山贼的证据？"狄仁杰向里正问道。

里正犹豫后答道："启禀大人，目前还没有确凿证据，不过……"

狄仁杰摆了摆手阻止里正说话，随后轻描淡写地说道："本官看此人不像大凶大恶之人，你们之间可能是存在点误会。"

众人听得一愣。里正更是惊讶万分，愣在当场不知如何应答。

"既然没有证据，将他们放了吧。"狄仁杰说道。

"什么？！"里正惊道，同时心中暗想：狄仁杰号称神探，竟如此糊涂，虽然我没本领让山贼服法，至少不会轻易地就将这些人放走。

里正缓了缓神，冲着狄仁杰抱拳施礼说道："大人，此事不可，连审都没审过，怎能轻易放走这些贼人！"

谷钧成亦觉得狄仁杰的决定有些草率，小心翼翼地说道："大人，不如当众审问，若无证据，再放了他们，村民们也不好再说什么。"

狄仁杰点点头："谷大人所言甚是，就这么办。"

里正虽然内心气愤，却不知如何反驳。

"大胆里正，难道狄大人所说的话你没听到吗？还是你里正的官当腻歪了？"章旷发在一旁喝骂道，看样子他真的是动了怒。

章旷发虽说在断案上把狄仁杰当作假想敌，但狄仁杰毕竟是县令，代表县衙和权力，岂容一个小小的里正轻视。

里正冷笑一声："既然大人如此说法，这官我就不做了，告辞！"

说罢，他站起身气呼呼地离开了客厅，刚准备出门，却又转身回来："这里是我的家，要我上哪去？大人，既然草民已经辞官，还请另寻他处作临时衙门吧。"

章旷发正要发火儿，却被狄仁杰阻止。

"这案子审了一半，也不好到别处去，等本官将此案审完后，便立刻离开，如何？"狄仁杰笑着说道。

里正将大袖子一甩，气呼呼地离开客厅。

山贼头目听狄仁杰这样一说，又打量了一番那张已经衰老的脸，便断定狄仁杰很可能是名糊涂官，否则怎么可能轻易将他放走。

想到这里，山贼头目露出了笑容，虽然难看，可却发自内心，显得格外真诚。

"你也别高兴，未宣布最终结果前，你仍是嫌犯，还须将你按例看押。来人，将此人送回原处土牢看押，不要为难，好生伺候。"狄仁杰吩咐道。

村民满脸疑惑，向狄仁杰问道："还用不用将他捆绑起来？"

章旷发答道："不用，他不会跑的。"

山贼头目向章旷发点头哈腰："我绝对不会跑，否则不真成了山贼了？！"

山贼头目拱手道谢，跟着两名村民转身离开，一路上还哼着小曲，脸上尽显得意之色。村民明明知道此人就是山贼，却没有证据，更何况现在县令大人还罩着他，只好看着山贼头目向土牢走去。

另外两名被抓的山贼被分别看押，看押地点是道路旁的两间土坯房。两人一脸悠闲地看着窗外的风景，因为他们早就和山贼头目定好了攻守同盟，只要熬着刑一味抵赖，里正便无可奈何。

随着山贼头目嘻嘻笑的声音，他们看到路过的山贼头目不但没被捆绑，还一脸得意地和村民调侃着，负责看押的村民只是在两旁跟着，并未像以往那样严阵以待。

两名山贼心里立刻犯了嘀咕！

里正的审讯没有任何技巧，除了吓唬就是百般拷打，每次都被打得皮开肉绽，而受到刑讯后的山贼头目一向都是破口大骂，怎么可能像今天这般轻松自如！

两名山贼心中同时闪出一个念头：头目已招供，甚至可能将他们供为主谋。

还没来得及深想，便有村民进入临时关押他们的土坯房，将山贼甲五花大绑后带出，推搡着来到临时大堂。

山贼甲一进房间便感到气氛凝重，坐在上首位置的狄仁杰冷着脸，身旁的一人更是虎目圆睁、一脸杀气。

山贼甲虽害怕，却因为之前三人串通过，说好了咬死不说，于是便挺着脖颈子不肯下跪。两名村民用脚踹了半天，就是不见他跪，正准备下狠手，却被狄仁杰阻止。

"好了，不要为难他，人死为大。"狄仁杰脸上尽是笑意，可在他的笑中，山贼甲却感到了一股寒意。

"头目一定是将我给出卖了，这才得了逍遥。"山贼甲入行很晚，入伙后虽做了一些坏事，却从未杀过人，罪不至死，如今听狄仁杰的口气，他应是被判了死刑。

"草民乃是良民，大人此话是为何意？"山贼甲心里发虚，但气势依然不弱。

"刚才那个刀疤脸已经将你等所为全部招认，将赃物的藏匿地点如实告知，并指明你就是带头的贼人。根据大周律，刀疤脸属于从犯，且事后积极挽回损失，因此本官轻判发配，至于你……"狄仁杰说到这里，冲着章旷发点了点头。

章旷发抽出腰刀慢慢地走到山贼甲的身后。

"聚众滋事，强抢民财，蓄意伤人性命，案发后又死不悔改，当堂顶撞朝廷命官，罪大恶极，本官就判你个斩立决。"狄仁杰语气冰冷。

窗外来听审的村民听罢纷纷叫好，胆大的村民还把窗户推开一条缝，向里面望着。

"杀了他！"

"千刀万剐！"

山贼甲从来没想过死，更没想到山贼头目居然会出卖他。

也许是临死前的顿悟，也许是看得很淡，当人真正面临生死时，很多事都会被想得清清楚楚。世人都贪生怕死，更何况这种死法并非自己所愿。

"来世做个好人，推出去斩了！"狄仁杰下令。

"等等，等等大人，我有话要说！"山贼甲毕竟是一名小贼，本身就没什么主意，眼见山贼头目出卖他，哪还顾得上什么攻守同盟。

"事情不是他说的那样，他才是领头儿的，我是临时入伙的！"山贼甲已经词不达意。

狄仁杰一声冷笑："事实已经很清楚了，你再说也是狡辩！"

"大人，我冤枉，我真冤枉！"山贼甲吓得哭出来，腿一软，跪在地上不断地磕头。

章旷发向狄仁杰抱拳："大人，据卑职观察，此人确像有冤，不如听他说说，如果有一句不实，再杀了也不迟！"

狄仁杰略加犹豫后点点头："好吧，那你就说说，若有半句谎言，定斩不饶。"

山贼甲连连磕头道谢，随后将入伙后山贼团伙所做案件一一道来，听得众人一阵阵倒吸凉气。

杀人放火、强奸抢劫、绑架勒索，这伙人几乎是无恶不作，行径何止是令人愤慨，千刀万剐都不足以平民愤。

"你们近期做过什么案子?"狄仁杰盯着山贼甲问。

"不久前偷了一张姓的大户人家，一共得了银子五千多两，还有一些珠宝，都藏在……"山贼刚刚说到这里，便被狄仁杰摆了摆手阻止了。

章旷发与谷钧成对视一眼，心道：这案子已经审到关键了，狄大人为何阻止，难道……

两人虽说平日不和，可此时却想到了一处。

第十八章　栽赃

"好了，你说的这些我都知道了，不需要你再重复，还有没有别的事情交代的？如果没有……"狄仁杰又看了看章旷发。

"都知道了，都知道了，小的……"山贼甲鼻尖冒了汗，最终身体一软，瘫倒在地，喃喃自语道，"没了，小的知道的都说了，真的没了！"

看到现在，谷钧成似乎明白了狄仁杰的套路。狄仁杰是利用山贼之间的信息不对等，让他们产生误解，进而瓦解他们之间的攻守同盟，最终逐一击破，可眼见着山贼甲就要说出藏匿赃物的地点，却不知道为何要阻止。

谷钧成在狄仁杰耳边低声说道："大人，这……"

"来人，先将此人收押，以观后效！"狄仁杰一拍桌子，吓得一旁的谷钧成差点没跳起来。

收押以观后效的意思就是饶了他的性命，不让他当着众人说出金银财宝的下落，无非是想在其中落些好处。

山贼甲眼珠转了转，仿佛明白了狄仁杰的意思，立刻冲着狄仁杰磕了两个头："明白，小人明白！"

不单单山贼甲是这么想的，就连谷钧成也是这么想的，他是商业世家出身，脑子活得很，若连这点暗话都听不懂，县丞这个官儿算是白做了。

两名村民押着山贼甲回临时关押他的土坯房，山贼甲脸上尽是死后重生的惬意。当山贼乙透过窗户看到山贼甲的状态时，仿佛也明白了一些事。

当山贼乙规规矩矩地跪在狄仁杰面前时，狄福便知道计策成功了，与狄仁杰对视一眼，相视一笑。

甚至连审问都省了，山贼乙便将所知竹筒子倒豆子般说出来，细节比山贼甲说得更多，甚至还学着说书人的手法，添油加醋地加了很多情节。

这次狄仁杰并未阻止，只是边吃点心边喝茶水边听着。

当山贼乙将赃物的藏匿地点说出来时，谷钧成脸上露出惭愧——他太小看狄仁杰了。

将山贼乙收押后，狄仁杰便让谷钧成带人前往埋藏地点，将财物取回来，他和章旷发、狄福等人来到关押山贼甲的那户人家。

狄仁杰和章旷发进入柴房中，将众人留在院中等候。众人带着疑惑站在农院中，等了好一阵，才见两人走出柴房。

众人再次被狄仁杰的神秘行为弄糊涂了，按说山贼乙已将藏匿钱财的地点说出来，谷钧成前往起赃，一旦人赃并获便可宣判，何必再次提审山贼甲？

"章大人，你将山贼甲带到里正家中待审，再将高家两兄弟、姓张的大户人家和乡亲们请来。"狄仁杰吩咐道。

章旷发也是办案高手，却始终跟不上狄仁杰的步伐，也只好点点头，带着几名村民离去。

狄福走到狄仁杰身边，说道："老爷，里正在偏房生闷气呢。"

狄仁杰呵呵一笑，说道："走，咱们看看他去！"

里正虽官儿小，但骨子里满是山里人的倔强。狄仁杰被贬前是宰相，学生遍布朝野，绝不是他所能比拟的，可倔强的性格和骨气令他忍受不住屈辱，最终翻了脸。

妻子在一旁好言相劝，意思是不做里正就不做吧，却不应该当着众人让县令大人下不来台。

里正长叹一口气，他明白这样做非常不明智，要是狄大人不做计较倒也罢了，真计较起来，后果不堪设想。

要是主动去找狄仁杰认错，他感到面子上过不去；要是硬挺着，怕形势对他不利。

里正犹豫不决，却听见房间外一阵脚步声响起，敲门声随之响起。打开房门一看，狄仁杰一脸笑容地看着他，弄得他一时间竟然不知说什么好，只好愣在门口。

"我能进来说话吗？"狄仁杰没有一点官架子，连"本官"二字也换成了"我"。

"狄大人……"里正觉得心里愧疚，毕竟人家一个堂堂的县令主动找过来，而他还想着给人道歉是否丢了面子。

"山贼的案子和高家兄弟俩的纠纷已经解决，等高家兄弟和张大户一到，便当堂宣判，你可否陪我审完这两桩案子？"狄仁杰言辞诚恳，一脸严肃地看向里正。

"好，卑职这就陪大人去，卑职……卑职……"此时的里正已是愧疚难当，对狄仁杰更是充满了敬佩之情，尤其是那种平易近人的胸怀，颇让他感动。

"好啦，让你受委屈了，待案子结束，我摆上一桌酒席正式向你道歉。"狄仁杰半开玩笑地说道。

狄仁杰轻松的语气令里正心里一暖，急忙说道："应该是卑职向大人赔罪道歉，卑职的脾气……"

"好啦好啦，咱们都不道歉。"

"好，好，大人……"

狄仁杰和里正回到客厅，高家两兄弟已经站在大厅外候着。山贼甲跪在大厅中央，几名年轻村民恶狠狠地盯着他，章旷发更是满脸杀气。很多村民聚集在院子里、墙头上，小声议论着。

狄仁杰走到上首的位置坐下，看了一眼跪着的山贼甲，大喝一声："大胆山贼，刚才本官阻止你说出赃物藏匿地点是让你想清楚，不要乱说一气，耽误了破案时间。现在你可想清楚了，要与本官说了吗？"

狄仁杰这一嗓子不但吓得山贼一哆嗦，连身边的章旷发和里正两人也是浑身一颤。

里正有些迷茫地看着狄仁杰。刚才狄仁杰说山贼案子已经水落石出，而且已经提审山贼甲两次，山贼乙已经把赃物藏匿地点说出，该招的都招了，不知为何又要提审。

山贼甲吓得脸色大变，身体若筛糠般，连忙叩头："县令大老爷，偷来的银两实在太多了，我们三个人搬不过来，除了拿些珠宝外，银两我们就埋在高家大院了。"

话一出口，在场的人都是一惊，刚才明明山贼乙已说出了藏匿赃物的地点，且谷钧成已带人去起赃，怎么又出来个高家大院呢？

"章大人，里正，你二人带人到高家大院搜查，将赃银带回来。"狄仁杰冷冷地说道。

章旷发应了一声，抱拳施礼后，向里正使了个眼色，两人带着几名青年，径直奔往高家大院。

此时，在客厅外面候着的高家两兄弟更是丈二和尚摸不着头脑，见章旷发和里正带人离去，便想跟着回去看看究竟是怎么回事。

"高家兄弟！你们二人上堂来。"狄仁杰语气不容置疑。

"可是……"高老大有话要说却又不知怎么说好。

"可什么是？大人让你进来就进来。"狄福喝道。

高家两兄弟对视一眼，犹豫一番，还是走进客厅，跪到了狄仁杰的面前。

"山贼说将赃银藏在你家，这是怎么回事？"狄仁杰拿着官腔问道。

"这……这……"高老大惊得说不出话来。而弟弟却低着头思考着，之后抬起头冲着狄仁杰摇了摇头，意思是说他并不知情。

山贼把赃银藏在高家，那就只有一种可能，高家私通山贼，这种罪名一旦坐实，不但要坐牢，高家也会名誉扫地，在彭泽境内再无立足之地。

"冤枉，我冤枉啊！大人，我……"高老大想明白这点后立刻高喊着。

"把箱子抬进来！"随着章旷发的声音，里正指挥着几名村民将一个大木箱子抬进房间，村民抬得很吃力，抬箱子的两根扁担都被压弯了。

章旷发手起刀落，把箱子上的锁劈开，打开箱盖子，里面摆放的全都是亮闪闪的纹银。

村民们沸腾了，有的人甚至一辈子都没见过银子，更何况是这么多！

"那山贼，你看看这些是不是埋在高家的那部分赃银？"章旷发将山贼甲抓小鸡般地揪到箱子旁。

山贼甲浑身颤抖地跪到箱子旁，斜着眼睛看了看箱子："回大人，正是这个箱子。"

高大富气得差点跳起来："不可能，我家常年有人，你不可能神不知鬼不觉地把箱子埋到院子里，你这是栽赃陷害！"

狄福冷笑一声："是啊，没有你的配合，谁有本事把箱子埋在你家院子！"

高大富听得冷汗直流，暗中把山贼甲的祖宗十八代用最恶毒的语言骂了个遍，同时心理斗争激烈。

他一眼就看出这箱银子本是属于高家的，经过狄仁杰这一闹腾，却无缘无故地成了山贼的赃银。若承认是赃银，不但银子没了，自己也难脱干系。若不承认是赃银，那就得拿出证据来，证明银两是高家的。可之前为了不和弟弟分银子，已经说出遗产中并无银两。

高大富用余光看了看身边的高大贵，弟弟的眼神清清澈澈，丝毫不见一点慌乱，犹自暗叹一声。他现在是羞愧难当，对以往做过的事心生悔意。

可惜事情到了这一步，后悔又能怎样？

对于高大富的表现，狄仁杰看得清清楚楚，心里一笑，表面却没露出半点痕迹，仍旧冷着脸："高大富，一定是你眼红张大户的家世比你强，所以勾结山贼抢劫张大户，而后与山贼分赃。现在人赃并获，还是快快将你如何勾结山贼，祸害我治下百姓的事交代清楚！"

论扣高帽子，没有比朝廷的官们更厉害的了，欲加之罪，何患无辞。

"大……大人，小人真的冤枉啊！"高大富已无法用词语来形容内心的震惊，甚至连话都说不太清楚。

"冤枉！我看你不受些皮肉之苦也不会说实话，章县尉！"狄仁杰厉声喝道。

章旷发立刻会意，脸上现出煞气，低声吼着："来人，杖责五十！"

两名村民上前将高大富架起来，跪在一旁的高大贵连忙爬到哥哥面前拦着，冲着狄仁杰说道："大人，这些银两本是我高家的，这一点我可以证明！"

狄仁杰并未作声，静静地看着慌乱无助的高大富。

高大富终于从震惊之中反应过来，连忙点头道："对对，我弟弟可以证明，还有我媳妇也可以证明，这些银两是我爹爹留下的遗产。"

狄仁杰冷笑一声，摇了摇头："你二人因为遗产将官司打到县衙，你们的话不可信，另外，你们是兄弟，本官怎么知道你们不是串通一气，欲将这些赃银据为己有！"

众人一听心中皆是一惊，狄仁杰的话说得不错，银两的来源的确是个问题，按高家弟弟的说辞，当时高老爷去世时只有他们三人在场，没留下遗嘱，也没有证人，光凭着两张嘴说，确实缺少说服力。

"大人，可以将我嫂嫂叫来当面对质，她对此间的事一点也不知道，不可能与我们两个提前串供，看看她说的话是否与我二人一致。"弟弟高大贵说道。

狄仁杰仍是摇了摇头，他对高大贵的为人还算是赏识，可所出的主意却是个坏主意，他家嫂嫂对现场的情况根本不了解，虽然知道章旷发和里正带着人将银两挖走，却不知为何。一个妇道人家，又没见过世面，到了公堂上一定会一口咬定这银两是高老大自家赚的，到那时，高老大跳进黄河也说不清了。

事情到了这一步，现场除了高家两兄弟外，众人都已明白狄仁杰的良苦用心。

狄仁杰是想通过山贼的栽赃将高家的事情表面化，让高家的遗产浮出水面，高老二得到应得的遗产，也让贪心的高老大得到教训。

到了这时，章旷发心中暗暗竖起大拇指，短短的半天时间，难啃的山贼、清官难断的家务事便被狄仁杰弄得清清楚楚！

心中怀着愧疚之感的还有里正，从开始的不理解，到现在的仰慕，心中的滋味仿佛是打碎了五味瓶一般。

"里正，麻烦你将村中的乡亲们都请来，该到结案的时候了。"狄仁杰并不理会高家两兄弟的说法。

此话一出，高家两兄弟的脸如同死灰一般难看，可看到不怒自威的章旷发盯着他们，不敢造次，只好老老实实地跪着。

里正召集乡亲们的期间，谷钧成带着几名村民回来，村民们抬着两个沾满了土的大箱子，放在客厅中。

原本就有部分村民在里正家听判，听说狄仁杰要请全村人来，不等里正行动，消息便迅速散开，村民们三三两两地向里正家赶来。

好在里正家的院子比较大，围墙边站满了人，墙头上趴着老老少少，就连邻居家的墙上和房顶也趴着人。众人已将桌椅搬到正房门口，将院子当作公堂，高家两兄弟和两名山贼跪在院子中。

里正走到狄仁杰身边，耳语几句。狄仁杰向章旷发微微点头。

章旷发清了清嗓子，大声喝道："将山贼头目带上来！"

四名年轻力壮的村民将山贼头目押进来。山贼头目凶神恶煞般的脸上还带着笑容，心里盘算着，若是出去后，将所抢的银两分些出来，感谢这位糊涂的县老爷。

当他看到摆放在院子里的两口大箱子时，灰色的瞳孔突然紧紧地缩在一起，由窃喜变得紧张起来，一种不祥的预感油然升起。

"跪下！"里正一脚踹在山贼头目的腿窝子上，山贼头目双腿一软，"噗通"一声跪在地上，脸变成土灰色。

山贼头目的暴行给人们留下了太多恐惧，围观的众村民只是静静地看着山贼头目，却没人敢出声，偶尔有一两个小孩咿咿呀呀地叫，也被身边的大人捂住了嘴，只能发出"呜呜"的声音。

山贼头目已不是第一次被抓了，抓了逃，再抓再逃，仿佛官府的大牢是山贼头目的家一样，想来便来，想走便走，而那些曾在山贼头目被抓时拍手叫好的村民们都已遭了毒手。

　　村民们的目光是复杂的，愤恨、惧怕、期盼……

第十九章　除害

在新月村有句流传已久的儿歌："富贵三代，金玉满仓，山贼一来，只剩门窗。儿孙绕膝，吃穿不慌，山贼一过，卖子下葬。"可见山贼对村民们的祸害有多狠。

"嘿嘿！"山贼头目阴笑着，目光扫过每一个到场的村民，像是要将他们的脸深深地刻在心里，以便将来报复。

"大胆山贼，到了公堂之上还敢放肆！来人，先将他杖责三十。"狄仁杰说罢便冲着章旷发使了个眼色。

"哎，大人，大人，山民无罪，不知大人为何要打山民？"山贼头目急忙求饶。他对狄仁杰的做法也是丈二和尚摸不着头脑，狄仁杰看似糊涂，行事却干净利落。

新月村自然比不得彭泽县衙，没有刑具，也没有执行刑罚的官差。

里正早已对山贼头目恨之入骨，听狄仁杰一说，立刻上前按他，却不料山贼头目身体强壮，按了几下他却纹丝未动。

里正怒道："趴下受刑！"

章旷发走上前，伸手捏住山贼头目的脖子，用力向下一按。

山贼头目只觉得一股不可抗拒的力量涌上来，浑身上下立时便没了力气，随后被里正和狄福两人一人一边抓住胳膊，按在地上趴下。

章旷发向村民要了一根木棍，舞了个棍花，一棍打下去虎虎生风！

章旷发做县尉已久，用起刑来游刃有余，三棍子落下去，便把山贼头目的屁股打开了花，鲜血瞬间洇湿了裤子。山贼头目号叫起来，那张本就难看的脸因疼痛变得更加丑陋，完全没有了刚才的嚣张气焰。

打板子是有讲究的，不是随随便便地抡起棍子就打，那样做很容易将犯人当堂打死。板子要打在肉比较厚实的屁股上，这样既不会伤了犯人的筋骨，又让犯人疼痛难当。

衙役们在打板子时讲究很多，有的是真打，有的是假打。假打就是提前买通衙役，配合着衙役的棍子大声号叫，板子只落到外皮上，看起来皮开肉绽，鲜血崩流，实际上只是些皮外伤，几天就会痊愈。要是没提前打点好衙役，动起真格的，那是要真的皮开肉绽、伤筋动骨，没有数个月怕是无法复原。

三十大板让山贼头目吃足了苦头，鲜血不断地从裤子渗出来，弄湿了一大片，而最后的几棍子下去，他已经喊不出声来，嗓子只发出"嘶嘶"的声音，浑身上下除了血迹就是汗水。

山贼甲、乙和高家兄弟在一旁看得是胆战心惊、冷汗直流。

村民们眼见狄仁杰真对山贼头目下手，本来安静的场面开始躁动起来，议论声仿佛是一滴水落进了滚开的油锅里一般。

"打死他，打死他！"

"把他剥皮！"

"千刀万剐！"

……

打完三十大板，章旷发用木棍在山贼头目的身上点了几下，轻咳了两声，随后便将沾满鲜血和碎肉的木棍交给一旁的村民。里正平常也看过行刑，可是将屁股上的肉打碎了粘在木棍上还是头一次见到，心中不由得一惊。

山贼头目高喊着冤枉，却暗运内力，发现章旷发在他身上点了几下后，自己的内力立刻运转如常，只需片刻之后，便可以恢复到巅峰状态。

章旷发在他身上点的那几下已经解开了他的穴道，也代表着狄仁杰授意释放他。

狄仁杰做过通判和大理寺丞，对大周律例非常熟悉，按照律例，山贼头目偷窃财物最多也就是充军边塞，不能彻底消除这个祸患。百姓们心存顾忌，都不会将山贼为害乡里的事情说出来，亦代表着无法真正惩戒山贼头目。

"冤枉啊大人，冤枉！"山贼头目依然喊着。

山贼甲和山贼乙眼见头目被打成如此惨状，早吓得缩成了一团，不断捣蒜般地磕着头，未等询问，便开始将山贼头目所犯罪行一件件地讲述出来。

"你们胡说八道！"山贼头目号叫着，眼中充满愤怒。

"山贼头目为恶乡里，谁家有冤情，尽可上前陈述，本官一定会为你们做主。"狄仁杰一脸郑重地说道。

山贼头目小声嘀咕着："这是怎么回事？这老头儿到底怎么回事！"

"大人，我有话说……"一名村民壮着胆子走上前，随后开始陈述起自家的经历。

"我家也被这群畜生祸害过……"

俗话说得好，人性无常。人便是这样，若没人开头，便相互观望，都不愿意当出头鸟，若有人出面讨伐，便会形成墙倒众人推的局面。

"山贼头目恶行累累，抢劫财物，报复民众，导致多户村民家破人亡，可谓是罪行累累，根据大周律，本官判处山贼头目死刑，待明日午时村口问斩。"狄仁杰大声说道，说话间眼神瞥了瞥山贼头目。

山贼头目号叫着："要想杀我，还须经州府衙门上报刑部，你说杀就杀呀！"

"来人，将此贼戴上枷锁，关进土牢中严加看守。"章旷发吩咐道。

村民们见狄仁杰动了真格，纷纷跪下叩头，有人流着眼泪高喊着"青天大老爷"，有的泣不成声，可见村民深受其害。

里正冷笑着走到山贼头目身前，准备给他套上枷锁，见山贼头目脸上居然也露出诡异笑容，心中暗道不好。

只见山贼头目暴喝一声，突然发难将里正一拳打倒，抢过枷锁边抢着边朝人群冲了过去。人们惊叫着散开，一名妇女被吓得愣在当场，眼见就要被枷锁砸中。

"滚！"山贼头目大吼一声，任谁也想不到挨了三十大板的人还能发出如此洪亮的吼声。

"拦住他，别让他跑了！"里正从地上爬起来，顾不得脸上的疼痛大声喊道。

他心里清楚得很，一旦山贼头目逃走，势必会对所有人进行报复，新月村将永无宁日。

对于山贼头目而言，这是唯一一次可以逃命的机会，哪有不拼命的道理。众百姓却不敢撄其锋芒，唯恐避之不及。

狄仁杰和章旷发对视一眼，章旷发心领神会，像只鹰隼般飞身而起，轻飘飘地落到山贼头目面前，将呆愣的妇女挡在身后。

山贼头目眼见就要冲出院子，到那时便是天高任鸟飞，心中正喜着，突然看见一条黑影落在面前，未等反应过来，就觉得脖颈上微微一痛，手上的枷锁"当啷"一声落在地上……

山贼头目有些不甘心，转过头来看狄仁杰，只见那胖胖的脸上满是笑意，仿佛是在嘲笑他的幼稚无知，可惜的是，他转过来的只有头颅，身体却丝毫未动。

他知道上当了，但他已不能发出任何声音，血沫子从口鼻慢慢地冒出来，眼前的景象变得模糊起来，人们惊讶的表情也变得诡异起来，那些普通的脸慢慢变形，像鬼怪，像面团，像野兽，像……

人们都瞪大眼睛盯着山贼头目，大气都不敢喘。当山贼头目转过头去看狄仁杰时，人们的震惊已经无法用语言来形容。他们看到了有生以来最诡异的事情，山贼头目的头竟然可以毫不费力地向后面的狄仁杰看去，而身子却不用任何角度的扭动来配合。

一条红色的细线出现在山贼头目的脖子上，随着头再次扭回来，那条红线变得越来越大，"刺"的一声，鲜血喷溅而出，一颗偌大的人头也随着滚落在地，那双凶神恶煞般的眼睛失去了骇人的光芒。

人们依然愣着，不敢相信眼前发生的一切。章旷发的动作太快，对于一辈子都没走出过大山的村民来说，他所展露的功夫无异于仙术。

章旷发早在山贼头目的鲜血飞溅之前就回到狄仁杰身边，大声地宣布着："山贼头目负罪逃跑并意图伤人，本官不得已将其当场正法，以儆效尤。"

山贼头目进出州府大牢自如，说明他背后势力定是州府实权官员，章旷发嫉恶如仇，从不惧权贵，别说是州府官员，就是王侯将相，他也会照做不误。狄仁杰却不同，人在明处不说，还有一大家子人在洛阳，加上学生满天下，绝不能出现任何闪失。

狄仁杰怎能不知章旷发意图，感激地看了他一眼，随后才吩咐道："里正，你带人将他葬了吧，人死为大，生前再多的罪恶，死了也就都了了。"

里正还算见过世面，首先缓过神来，连忙招呼几名村民收敛山贼头目的尸体。

狄仁杰对山贼头目的死没有过多的感慨，清了清嗓子，对着高家两兄弟说道："高家的纠纷皆因贪念而起，贪念引你兄弟二人反目成仇。听本官一句，钱财乃是身外之物，高大富，钱财会比你亲兄弟还重要吗？"

高大富愧疚得说不出话来，只是红着脸不断地搓着手跪在那里。

"谷大人！"狄仁杰向谷钧成示意。

谷钧成拍了拍手，几名村民把两个带泥土的大箱子从客厅抬出来。箱子打开后，各色的金银珠宝在阳光下散发出迷人的光晕，村民们先是惊呼，继而艳羡、嫉妒，咂舌之声不绝于耳。

"哪位是失主？请出来核对财物。"狄仁杰冲着站着的人群喊道。

只见人群中走出一人，此人长相平平，身上所穿衣物也并不出众，却精神得很，奇怪的是，他的左手居然戴着一只手套，材质非布、非皮、非铜铁金银，甚是怪异。他走到了箱子前，看了一眼里面的金银珠宝便说道："回大人，这些正是我家丢失之物。"

狄仁杰对谷钧成说道："谷大人，劳烦你与里正将这些金银珠宝登记好，然后让失主领回去。"

高家两兄弟在一旁听得清清楚楚，既然这两箱子的财物是张大户所有，那么从高家起出来的箱子就不是张大户家的了，顿时两人脸上现出了喜色。

"高家两兄弟，现在事实已清楚，这箱银两的确就是高家老爷留下的遗产，现在我就将箱子还给你们，至于如何分配……"狄仁杰笑着说道。

"大人，草民知错了，回去后定与弟弟将银两分清楚，绝不会再有贪婪之念。"高老大诚惶诚恐地说道。对于这名走访的县老爷，他打心里佩服得五体投地，哪还有一丝贪念。

"那俩山贼，你等与山贼头目沆瀣一气、作恶多端，按律当斩。"狄仁杰说道。

山贼甲急忙磕头："大人，大人，小的知错了，这一切都是他要挟我做的，要是不做，小的全家老小都要遭其毒手！"

山贼乙亦磕头，大声喊着："饶命啊大人！"

狄仁杰沉思片刻才说道："念你等有悔过之心，认罪态度较好，又能够配合本官断案，根据大周律，从轻将你二人流放至崖州，永不得再回中原，可服？"

"服，口服心服！多谢大人不杀之恩！"两人异口同声地回答道，因为惊吓声音颤抖着，边说边鸡啄米似的磕头。

"章县尉，将两人一同押解回彭泽，再上报州府衙门，安排流放的事情。"狄仁杰说道。

此时所有围观的百姓们都纷纷跪了下来，冲狄仁杰磕着头，再次大声喊着：

"青天大老爷……"

狄仁杰急忙站起身，大声地说道："大伙儿快起来，本官还会在新月村待上两天，如果还有冤情疾苦，尽来倾诉。"

第二十章　解惑

夜很静，月光照在大地上，仿佛一层轻纱，又仿佛一层浓霜。静夜虽美好，却也透露出一点凄凉之意，让人不禁感到哀伤。

狄仁杰望着忽闪的油灯愣了好一阵，这才想起来该修剪灯芯了，拿起剪子将灯芯的上端剪下来，油灯又散发出稳定的光芒。

一阵敲门声响起，县尉章旷发的声音传来："大人，卑职章旷发。"

狄仁杰打开门把章旷发迎了进来，笑着说道："旷发，快进来喝杯热茶。"

同行是冤家。

章旷发对狄仁杰的敌意仅仅是出于两人都擅长断案，担心狄仁杰会削弱自己在彭泽的名声，但经历过高家遗产纠纷和山贼一案后，章旷发已对狄仁杰没有半点不敬，心中对这位年迈的长者充满敬佩。

"狄大人，卑职是来请罪的。"章旷发语气诚恳地说道。

狄仁杰微微一笑，摆了摆手。

"传言您早年在大理寺当寺丞时，断案无数，但从无错假冤案，我以前不服，现在服了。"章旷发脸上尽是仰慕之色。

"都是些虚名罢了，以民为本才是为官之道！"狄仁杰说道。

章旷发点了点头，正要说话，却见谷钧成也走了进来，冲着狄仁杰拱手抱拳，脸上却满是疑惑之色。

狄仁杰倒了两杯茶，与二人分别落座后，这才说道："谷大人，你心中一定有很多疑问吧！"

谷钧成急忙把手中茶杯放下，说道："大人断案如神，但下官是愚钝之人，的确有很多疑惑。比如您是如何判定高家兄弟纠纷的？另外，那山贼头目受了杖责重伤后为何还能伤人逃跑？"

"就知道你会问这个。好，咱们先说高家两兄弟的事情。"狄仁杰话音未落，就见狄福端着一些干果走了进来。

"狄福，你来得正好，有些问题需要章大人解答，有些是需要你解答的。"狄仁杰说道。

"只要谷大人愿意听，小人定当知无不言。"狄福向章旷发和谷钧成拱手施礼。

"断案之道不仅仅是推理，推理是基础，求证是过程，定论是结果，三者缺一不可。无论哪个阶段，都要保持头脑灵活，手段多样化，不能一味地采用暴力。"狄仁杰盯着章旷发说道。

章旷发立刻心领神会，惭愧道："卑职受教了！"

狄仁杰点点头，继续说道："先说高家的纠纷。首先，从高老二的状纸大约可以分辨出是高老大有问题。"

"状纸只是陈述了案情，有什么问题？"谷钧成问道。

"试想一下，如果高家老爷没留下三千两纹银，高老二为什么要无中生有？硬是编出三千两纹银对他只有坏处没有好处！"狄仁杰说道。

"如果三千两银子的事儿是胡编乱造，不但会僵化两兄弟的关系，还可能引起贼人的窥视，新月村位于大山中，防卫比不了彭泽，一旦贼人上门，那就只有挨宰的份儿。"章旷发分析道。

狄仁杰点头赞许，又接着说道："看高老二的面相并不是痴傻之人，怎会做出如此愚蠢之事。再者是高老大，从他的表情看得出来，他心中是有愧的，可贪婪之意却多于愧疚，这才导致兄弟俩闹上公堂。本来这种纠纷很难定夺，恰好此时有山贼的案子待审，我就知道，高家的案子有着落了。"

"您利用了山贼之间的猜忌，成功地瓦解了他们的攻守同盟，最终诱导两名小山贼招供，说出赃物的藏匿地点。"章旷发心里对狄仁杰更加佩服，这种方法看起来很简单，却很难运用得当。

狄仁杰点头，又道："我还做了一件事，就是与山贼甲私下协议，如果他将高家的三千两纹银硬是说成赃物，我就会对他轻判，这才引出了高家三千两纹银。纹银自然是高家的，可山贼一口咬住说是赃银，牵扯到高老大，逼迫他不得不说实话，这样一来，高家的纠纷便得到了解决。"

"大人威武，这样一件难断的家务事让您轻易就解决了，不过下官还有一个疑问。"

"知无不言！"狄仁杰说道。

"您是怎么知道高家银子的藏处的？"谷钧成说道。

狄仁杰笑了笑，看着章旷发说道："这件事就要请章大人说说了。"

章旷发原本看不上谷钧成，尤其是看不上他拍马屁的样子，但碍于狄仁杰的面子，这才说道："是狄大人给我的提示。三千两银子不是小数目，要是藏在普通的地方，高老二很容易发现，所以我断定高老大定会放在一处高老二想不到又安全的地方。"

谷钧成露出了疑惑的表情，摇了摇头。

"我到高家后，发现高老二房间外的狗窝是新盖的，便向他家中的小孩问，小孩说下雨狗窝塌了，高老大重新盖了狗窝，又询问高老二媳妇，得知那时高老二带着一家子正好回他媳妇的娘家去了。把银子藏在高老二门口的狗窝下面，还有比这更完美的地点吗！"章旷发说道。

"妙啊，章大人断案仅次于狄大人了。"谷钧成一句话拍了两个人的马屁。

狄仁杰将话茬儿接了过来："再说说山贼一案。里正曾经说过，这山贼头目已不是第一次被抓，每次被抓后不是逃出州府牢房就是被释放，由此推断他背后定有一名甚至多名州府级别的官员为其撑腰，说不定是官匪勾结，掠取财物。"

章旷发冷哼一声，"大周的官场就是被这些人败坏了！"

"看山贼头目嚣张的模样，就算将他送至州府审判，他还是会有办法逃出生天。我不再是大周宰相，只是一名被贬的七品县令，很多事力不从心。"狄仁杰的话中流露出悲凉之意。

"大人！"章旷发听了狄仁杰的话心中亦是一阵悲凉。

狄仁杰摆了摆手，继续说道："所以我便与章大人商量对策，章大人给山贼头目用刑时使了些技巧，看起来打得特别狠，其实却未伤到筋骨，山贼头目颇为机灵，立刻看出了门道，号叫着配合章大人……下面的事情就由章大人来说吧。"

"狄大人让我给山贼头目松绑时，我点了他的穴道，以防止他逃跑。杖责三十后，我将那两处穴道解开，让其恢复功力。山贼头目能看得出来，凭他的武功，只要我不加拦截，在场的没人可以追上他，于是他趁着里正给他戴枷锁时，挣脱并逃跑，他为人凶狠，逃跑时定会伤人性命，我便趁着这个机会杀之。"章旷发说道。

"原来是这样，我还纳闷呢。不过，狄大人就不怕山贼头目背后的势力再报复您吗？"谷钧成语气中夹杂着关心，让狄仁杰颇为感动。

"大丈夫有所为有所不为，再说，毕竟我曾是宰相，学生遍布朝廷各部，一个小小的山贼，应该不会让他背后势力动我。"狄仁杰说道。

"大人，卑职一直仰慕您的断案手法，不知可否与大人讨教一二？"章旷发试探着说道。他的意思很明显，是想拜在狄仁杰的门下，成为他的徒弟。

狄仁杰未立刻回答问题，对于耿直的章旷发，他是打心眼里喜欢，甚至通过他看到了得意门生秦国泰（"雷神叹"一案中殉职）的身影，那种刚正不阿、勇于追求真相的无畏精神令人动容。可现在他仅是一名七品县令，朝中那几位心怀不轨的重臣还一直打着他的主意，一个不慎，就可能万劫不复，收他做了门生，就会牵连他。

"章大人，咱们是忘年之交，自然可以切磋断案手法！"狄仁杰缓缓地说道。

章旷发直爽却不愚钝，立刻明白了狄仁杰的良苦用心。

"章大人，你去将里正请过来，我有事要问他。"狄仁杰说道。

待章旷发离开房间后，谷钧成一脸好奇地问道："大人，难道案中还有隐情不成？"

狄仁杰笑了笑："你呀，好奇心太重。一会儿你就知道了，是不是隐情不知道，我也是好奇！"

好奇是人类进步的动力，对于狄仁杰来说，好奇却是破案线索的来源，正是强烈的好奇心才能一步步地推着他走向真相。

很快，章旷发和里正来到房间。里正带着一脸的仰慕向狄仁杰拜了又拜，这才坐在下首位置。

一番寒暄后，狄仁杰开门见山地问道："里正，我对张大户很有兴趣，你能不能详细说说。"

"大人，是张大户被抢的案子还是张大户本人？"里正脸上露出了复杂的表情。

"张大户本人吧。"狄仁杰喝了一口茶水。

"说起张大户，那真是说来话长了。"里正眼眉一挑。

狄仁杰给里正倒了一杯茶，又抓了一把扒好的干果递了过去，笑着说道："山里的夜同样长。"

里正哈哈一笑，接过茶杯喝了一口，说道："他是五年前来新月村的，一大家子人，包括护院家丁、杂役、厨师，除了购买生活必需品之外，张家很少与村民们接触，神神秘秘的。"

章旷发分析道："看张大户对两箱金银财物满不在乎的模样，他应该很富有。"

"富，富得流油啊！张大户刚来时，他家宅院那儿是一片洼地，每逢大雨，都会变成一个巨大的水洼子，村里的孩子们常去水洼玩耍。张大户却独独看好这片洼地，雇人从山上挖来很多石头将洼地填平，又在上面盖的宅子。"里正说道。

"这样一来不是多花了很多银子？"章旷发惊讶地问道。

"谁说不是呢？放着大片平整的土地不用，偏偏要低洼地，说那块地是风水宝地，能让他继续发达，哦……都是村民们听风听雨得来的，当不得真。"里正说道。

谷钧成一笑："越是富贵的人就越信这个。"

"当年他们盖宅子用的都是自己人，一个村里人也没用，宅子盖好没多久，张家就请全村人吃流水席，在村中央的广场上，鸡鸭鱼肉应有尽有，大吃三天哪。"里正露出心疼的表情。

新月村虽小，也有一百多户人家，老老少少算起来也有千把人，三天的流水席的确需要很多银两，一般村民就算办喜事也不可能这么大排场。

"还有奇怪的事呢。一般人家盖房子都是先盖好房子，再砌围墙，可他家却将高大的围墙先砌好，只留了一个正门运送各种材料，连后门都没有，您说奇怪不奇怪！"里正说道。

"奇怪，真是奇怪！"狄仁杰脸上出现难以捉摸的表情，略加思索后又问道："张大户手上怎么戴着手套？难道有隐疾不成？"

里正眨巴着眼睛："您说来领取财物的那人？"

狄仁杰点点头。

里正摇了摇头："那人不是张大户，从来没人见过张大户。我上门拜访过几次都没见到，倒是他的管家我见过很多次，就是将财物领回去的那位，具体叫什么名字也不知道，都叫他张管家。张家的粮草供给都是由村里的刘四负责购买，送到张家大门，再由张家的杂役抬进去！"

张大户越是神秘，狄仁杰的好奇心就越强。

"据刘四说，有一次他趁着杂役抬东西的工夫，通过门房进入前院，刚进去就被巡逻的家丁发现，要不是张管家及时赶到，怕是要挨一顿毒打。张管家把他狠狠训了一顿，险些将这桩生意丢了，打那以后就再也没敢进去过。"里正眼睛里亦充满渴望和羡慕。

第二十一章　钱财如粪土

人人都有好奇心，而且越神秘的就越好奇，哪怕付出极大代价也要知道真相，可一旦知道真相，便索然无味了。

刘四无疑是幸运的，好奇心并未让他付出巨大代价，是因为他仍未触及真相！

"两箱金银珠宝价值不菲，竟只派一名管家来取，都没进行查验便领走了，有意思。"狄仁杰说道。他曾位居宰相，见过的地主土豪很多，却没人能像张大户这样视钱财如粪土。

"传说张大户家富可敌国，倒也不是虚言，他时常放些粮食救济村民，大伙儿都叫他张大善人。"里正脸上一红，显然之前也接受过张大户的救济。

靠山吃山靠水吃水，新月村主要靠的是采山货，靠老天吃饭就要看老天爷的脸，一旦老天爷翻脸，日子就不好过了。

"张家大宅高墙大院，只有一个正门，守卫森严，那山贼是怎样将财物盗出来的呢？"狄仁杰问道。

里正摇了摇头："要说这事离奇呢！据刘四说，张家的护院家丁个个人高马大，每天都进行操练，武功高着呢，宅子内有固定的岗哨，也有巡逻的，他刚进去就被人抓到了。"

狄福憨憨一笑，说道："老爷，家丁护院再厉害也比不了江湖高手，看那山贼头目，虽说武功平常了些，可下盘扎实、轻功不错，定是受过名家指点，进入张家是有可能的。"

章旷发摇了摇头："你只看其一未看其二。两大箱金银珠宝颇为沉重，六七名村民轮流抬着还嫌费劲，就算山贼头目轻功了得，也无法一次性搬动这么多的金银吧。若分为数次盗出来，张大户又怎能不知？"

狄仁杰点点头："章县尉分析得有道理。此盗窃案虽已结案，疑点却不少，咱们暂不推测。"

"大人，与其猜测，不如去拜访张家。"章旷发说道。

"越简单的办法就越有效，章大人的建议很好。里正，你安排一下，明天本官去拜访张大户。"狄仁杰笑着说道。

"是，大人。不过……"里正脸上露出为难之色，又接着说道，"您亲自前去也未必能见到张大户本人，而且也只能在他家的前院会客厅见面，这样会不会怠慢了您?"

张家有钱有势，且行事怪异，一旦不买狄仁杰的账，会很尴尬，所以里正并不希望狄仁杰去拜访张家。

"不要紧，你尽管安排，将我的名帖送去，明天吃完早饭出发。"狄仁杰看出了里正的为难之处，却并未放在心上。

几人又聊了一会儿新月村的风土人情，其间，狄仁杰一个劲儿地打哈欠。章旷发和里正心知肚明，他旅途劳顿，白天又处理政务、断案，已是疲劳至极。

章旷发、谷钧成和里正告辞离开后，房间中冷清了不少，狄福给狄仁杰倒了一杯水："老爷，茶就别喝了，省得您又精神起来。"

狄仁杰点点头，端起茶杯又放下，一副若有所思的模样。

狄福立刻问道："看您的模样，是对张大户家有所怀疑吗?"

"你这小厮! 闲着没事儿猜我的心思!"狄仁杰喝了一口水，将扒好的坚果递给狄福。

狄福虽说是管家，但和狄仁杰走南闯北多年，感情亲如父子，他也没客气，接过来嘎巴嘎巴地吃着。

"也谈不上怀疑，只是觉得有些奇怪罢了。我粗略地看过那两箱金银珠宝，若只是金银也还好，但其中的珠宝首饰看着有些年头了，属于古董级别，制作精美，价值连城，如果你丢了这些财宝，当失物复得时，你会怎么做?"狄仁杰问道。

狄福挠了挠脑袋："那我肯定得一件一件地查，少了一样可不行。"

狄仁杰笑着说道："一般人家丢失了财物，找到后查了再查，对县衙诸人也会感恩戴德地感谢一番，可你看张管家的表现，他看两箱珠宝的眼神和看一块石头有什么区别!"

狄福一拍大腿："对呀老爷，经过您这一说，还真是那么回事，拿到珠宝后，那张管家甚至连个谢字都没说，而且这人左手上还戴着一只手套，手套哪有戴一只的！"

狄仁杰起身踱步："从进入新月村开始，我就隐约觉得此地并不寻常，也许后面还有更不寻常的事情发生呢！"

狄福现出兴奋之色："小人倒是很期待这个不寻常！"

"你怎么和老爷一样，期待这个期待那个的，你有那本事吗？"狄福夫人走了进来，手中端着一个木托盘，上面放着两碗热气腾腾的手擀面。

新月村虽说带一个"新"字，却有着几百年的历史。新月村原本就几户人家，主要以打猎为生，秦朝末年，山外的人们为躲避战乱迁居于此，这才形成了较大的村落。由于山势险峻，外人不容易进来，村里的人亦很少出去，新月村便成了人们心中的桃花源。因与外界交流少，村里的建筑仍保持着古朴的风格，民房大都比较陈旧。

世间总会有另类出现。

一幢巨人的宅院坐落在山脚下，宅子围墙周边有很长的一段空地。

宅院的建筑风格是当时最流行的尖顶白墙黑瓦房，宅院分前、中、后三大部分，前院包括客房、厨房、杂役房、护院房等，中院很大，是张大户及家人生活的地方，两道院之间有一道巨大的朱红色大门。

后院是一个巨大的花园，种植着种类繁多的奇花异草。中后院之间的围墙要比前院的围墙高大，每隔十丈距离，设有一个观察哨塔，哨塔很大，能容下三四个人活动。墙上面镶嵌着陶瓷的碎片，还放置了野山枣的树枝，以防止有人从墙头进来。

张家大门总是处于关闭状态，只有运送粮草和生活物资时才会打开。

虽说已提前送过名帖，狄仁杰等人仍在大门外等了一个多时辰。谷钧成和里正脾气柔和，只是在一旁陪着说话。章旷发却有些气不过，要不是狄福拦着，几次都欲一脚踹开大门闯进去。

里正为了缓解尴尬，便把新月村的情况再次介绍一遍，最后甚至连寡妇的风流韵事也讲出来，听得狄仁杰不时地苦笑一声。

章旷发铁青着脸在一旁踢着石子，偶尔一颗石子打在墙上，立刻变成粉末。

终于，随着一阵"吱吱嘎嘎"的响声，大门打开一条缝，一名下人从门缝露出头，冲着里正招了招手。

章旷发没好气地瞪了下人一眼，却没引起他的任何反应，甚至连一个表情都没有。

下人将三人领进前院的会客厅后便径自离开。客厅外不时地有一队护院走过去，手中清一色持的都是水火棍，看走路的模样都是经过良好的训练，绝不是普通的家丁。

狄仁杰曾经位居宰相，经常进出皇宫，仅次于皇宫的梁王武三思家他见过，以奢靡为风的张易之两兄弟的家他亦登门拜访过，可对比外表朴实无华的张家大宅，之前看过的那些都算不得什么了。

整个客厅很大、屋顶很高，足以与皇宫中的小型宫殿媲美，客厅中的摆设更是令人咋舌。一进门便是两排色泽古朴的椅子，是由名贵的极品黄花梨制作而成，使得整间客厅飘着一股淡淡的香气。

上首的位置放着一张巨大的椅子，椅子的做工虽说一般，用料却让狄仁杰大吃一惊，居然是异常罕见的极品蛇纹木。蛇纹木大多数都是由外邦进贡而来，也有商人从海外贩售到大周，不但数量稀少，且它的木质坚硬，制作难度极高，一年时间才能制造出这样一把椅子。

两侧的墙壁上挂着各式各样的名人字画，粗看一眼，古香古色，便知价值不菲。狄仁杰是字画的大行家，仔细观看后发现只有少数的字画是真品，其他的都是赝品。虽说是赝品，却模仿得很逼真，要不是碰到狄仁杰这样的大行家，很难分辨出真伪。

章旷发和里正虽然看不懂，不过从狄仁杰惊讶的表情上，也看得出这间客厅的不凡之处。谷钧成似懂非懂，跟在狄仁杰身边假装欣赏着字画。

又过了近半个时辰，随着一阵轻快的脚步声响起，一人进入客厅，此人虽身上穿着高贵华丽，却长了一张大众脸，左手上戴着那只古怪的手套。

张管家向狄仁杰抱拳施礼，脸上却无半点表情："管家张又问向县令狄大人施礼了。"

章旷发看到张又问一副半死不活的模样气就不打一处来，堂堂的一名七品县令见一名村民，在门外等了一个多时辰，又在客厅中等了半个时辰，结果仍见不到本人，就连一个小小的管家也是爱搭不理。他越想越气，正欲上前训斥几句，却被狄仁杰拦在身后。

"管家多礼了，本官正是狄仁杰，不知贵主人为何不出来相见？"狄仁杰笑呵呵地说道。

"回县令大人，我家主人身患重疾，不方便见客，刚才我就是在为主人治疗，这才耽搁了见狄大人的时间，还请您见谅才是。"张管家的态度依旧是不冷不热。

狄仁杰打量着张管家："哦，没关系，既然你家主人身体不便，不见也罢。"

张又问没说话，只是象征性地拱了拱手。

"本官此次前来主要是为了盗窃案，因为涉及的财物数目巨大……"

张又问非常不礼貌地打断狄仁杰的话，但语言间有些推搪，眼神闪烁："大人，财宝已物归原主，这件事过去了。"

里正急忙接过话头："这案子还有疑点，还未结案。"

张又问看向里正，却并不说话。

里正有些尴尬，清了清嗓子："张家大宅的院墙厚实，墙头上有锋利的瓷器碎片和野山枣树枝作掩护，只有一扇正门可进出，有哨塔作为警戒，还有巡逻的家丁。那么问题来了，山贼是如何进入大宅，又是如何将财宝盗走的？"

张又问冷冷地盯着里正，眼神中竟然有了杀气："你身为里正，不想着如何维护乡里治安，却来探听张家大宅的深浅，你有何居心？"

"这……"里正被说得不知如何回答。

房间内一下子安静下来，气氛变得尴尬起来。

过了一阵，张又问才冷哼一声，说道："巡逻的家丁是发生过劫案后才聘请的，张家大宅防卫做得再好，也只针对君子，对小人是不起作用的。贼人毕竟是贼人，俗话说得好，不怕贼偷就怕贼惦记呀。彭泽治下，这贼多了，不是县衙的责任嘛！"

张又问几句话便将责任推到县衙一方，可见其口才了得。

章旷发一脸不快，立刻反驳道："张家家财万贯，却不见生意来源，也着实可疑，需要详细核查才行。"

章旷发身材高大，眼神凌厉，给人以压迫感，一般人都不敢与其眼神交锋，但张又问听了章旷发的话后，反而迎着章旷发的眼神看了过去，丝毫没有畏惧之色。

谷钧成立刻打圆场道："张管家，丢失的两箱珠宝重量不轻，贼人是如何带着离开的？"

张又问脸上肌肉一抖："进来容易，出去就更容易了，只消打开大门便可以离开，贼人就是从大门把财物拿走的，拿回失物后，我特意查看了一番，发现箱子朱红色的漆被蹭掉一块，而大门处的青石狮子上正好有这样一处漆的痕迹，你们进门的时候难道没发现吗？"

众人说话间，狄仁杰一直在暗中观察张又问，见他态度冷傲，加上所说的话漏洞百出却处处遮掩，心道：盗窃案漏洞百出，其中定有玄机。

第二十二章　神秘的玉简

　　不知是何原因，从张又问的态度来看，他对狄仁杰等人的问话大多都带着对抗的情绪，就算狄仁杰亲自来问，除了碰个钉子之外，绝不会再有其他的收获。

　　"好吧，今天本官多有打扰，就此告辞。"狄仁杰立刻告辞，随后转身向外走去。

　　狄仁杰的突然举动令张又问一愣，这才知道之前的行为可能冒犯了县令大人，他立刻抱拳施礼，说道："狄大人，请留步。我家主人为表谢意，特意将两箱金银珠宝放在门房，还请您随便挑选几样作为感谢之礼。"

　　两箱珠宝中有很多价值连城的古董，张又问这么随意地送出，让本不相关的里正都跟着一阵心疼。

　　狄仁杰略加犹豫，随即哈哈一笑："你家主人真是有心，好，那咱们就去看看！"

　　狄仁杰的话出乎了谷钧成、章旷发等人的意料，一向不和的章旷发和谷钧成两人居然对视一眼，脸上都显出不可思议的表情。

　　狄仁杰廉政在整个大周是出了名的，别说是送他价值连城的珠宝，哪怕是一袋米、一些鸡蛋，他收下之后都会让管家把钱给人送过去。

　　张又问领着众人来到门房处，两口箱子并列放在地上，由八名家丁看守着。

　　张又问挥了挥手，家丁立刻把箱子打开，金银珠宝迷人的光晕便四散出来。

　　里正虽说见过这两箱珠宝，但那时他一心只在案子上，没在意珠宝本身的价值，现在看到后，他的眼中亦散发出贪婪的光芒。

　　狄仁杰眼神仍是一片清明，并无半点贪婪，身体站得笔直，完全没有要拿珠宝的意思。这使得张又问露出了失望的神情，却一闪即逝，瞬间恢复了平静。

狄福跟随狄仁杰多年，知道他的心意并不在于珠宝本身的价值，而是想在这两箱珠宝中寻找一些线索出来，但他碍于县令的身份，不可能蹲在地上翻看珠宝。狄福立刻上前，蹲在珠宝箱前伸手随意地拨弄着。

狄仁杰看到一枚玉简出现后眼睛一亮，走上前将玉简拿了起来，反复地摩挲着。

"狄大人好眼光。这玉简乃是古物，看起来朴实无华，却暗藏玄机，小人鉴赏了很久也未能破解，今天看来，这玉简是与狄大人有缘。"张又问说道。

"那本官就不客气了，告辞！"狄仁杰和众人离开了张府。此时的他还不知道，这枚玉简虽然在本案之中只起到了些许的作用，却是另外一起诡异案件的关键所在。

看着狄仁杰三人远去的背影，张又问长长地叹了一口气，转身进了大门，一脚踢在箱子上，冲着家丁低吼着："看什么看，还不赶紧收起来。"

新月村的秋天很美，连空气中都充满了成熟的喜悦。

章旷发和谷钧成两人一言不发地跟着，里正的眼睛却一直盯着狄仁杰手中的玉简，只有狄福毫无心机，不时地从路边采一些野果子拿给狄仁杰。

走了一段路，狄仁杰停住脚步，冲着满脸疑惑的章旷发和谷钧成问道："章大人和谷大人一定有一肚子的疑问吧？"

章旷发没有太大的反应，只是微微点点头。倒是谷钧成满脸好奇地问道："大人，都说您清廉如水，您决定要财物时，已出乎下官意料，这……"

狄福在一旁说道："谷大人，这就是您不懂我家老爷了，他并不在意这些财物，而是在寻找线索。"

"这枚玉简是线索？"谷钧成问道。

狄仁杰哈哈一笑，说道："我选择这枚玉简只是觉得它有种熟悉的感觉，而且我隐隐觉得这枚玉简并不简单。你们想象一下，一箱子的金银珠宝随便一件都是价值不菲，单单是这枚玉简最不值钱，它却偏偏出现在箱子里！"

"也许是他们不识货吧。"狄福笑着说道。

狄仁杰看了看手中的玉简笑着摇了摇头。

刚刚回到里正家门口，便见一名县衙捕快从院子里走出，迎了上来，抱

第二十二章　神秘的玉简

拳施礼道："大人，小路凶杀案的死者找到苦主了，被害者一人叫张三，另外一人叫李四，他们本是彭泽地头的小混混，原来家人还不时地接济他们，后来他们的父母都去世了，其他亲戚见他们整天不务正业，便渐渐地疏远他们。这两人却并未悔改，靠着偷鸡摸狗来混日子。"

"那匕首上的'张'字！"章旷发突然想起了现场那把刻有'张'字的匕首。

狄仁杰点了点头："苦主们有没有提供线索？"

"哪有线索。张三、李四是出了名的混子，两家人家原本对两人的死并不在意，死了便死了，可死者收敛和下葬都要银子，苦主没有愿意出银子的，所以两家便以死者属被人谋害，未抓到凶手为由拒不收尸，现在尸体还停在县衙后院。这几日天气回暖，尸体都有些臭了。最可气的是，苦主们赖在县衙不走，非要讨个说法。"捕快仿佛闻到尸臭，额头拧成一个麻花，紧咬着嘴唇。

"要什么说法？"章旷发有些生气。

捕快有些惧怕章旷发，怯生生地说道："说……说咱们县衙破案不力，只会吃拿卡要……"

"放屁！才发生的案子，我又不是神仙，哪有那么快破案的？等我回去当面和他们对质。"章旷发几乎怒吼着。

章旷发自打任县尉以来，一直负责彭泽区域的治安、缉捕等，捕快也是由他负责管理的，几乎没人敢吃拿卡要，章旷发虽说在执行律例上严厉了些，但也使得彭泽的治安非常好，很少发生斗殴伤人抢劫等恶性案件。章旷发脾气又不好，还没人敢和他拍板儿较硬。

狄仁杰清了清嗓子，提醒章旷发要控制怒气，随后又向捕快问道："案子可有进展？"

"周捕头命我禀报狄大人、章大人，张三在被害前一天曾去过青楼，使用的是银锭子，不是金豆子，应该是把金豆子当了，这才得了银子。"捕快说道。

狄仁杰心中暗暗称赞周琮，能够在纷杂的线索中，一眼便看出金豆子是重点，若假以时日，他定会成为一名出色的捕头。

"新月村的事情了了，咱们立刻回彭泽。里正，可否单独和你说几句话？"狄仁杰转向里正。

里正有些惶恐，立刻点点头，前头引路来到正房中。

"你还愿意继续做里正吗？"狄仁杰一脸严肃地问道。

"这……"

"为官一任要造福一方，不能为了个人得失而意气用事，你身为里正，代表的不仅仅是个人，而是县衙，甚至是大周朝廷，你明白了吗？"狄仁杰教诲着里正，他希望里正通过这件事变得更加成熟。

"小人知错了，若大人肯原谅，小人愿意肝脑涂地。"里正说罢便跪下，说话间一脸诚意。

狄仁杰把里正扶了起来，凑到里正跟前，小声地说道："本官有事需要你的协助，是关于张大户……"

山中秋意渐浓，太阳懒散地挂在天空，让人感觉不到一丝暖意。

狄仁杰要离开新月村的消息还是被村民们知道了，狄仁杰等人刚走到村口，早已在此等候的全村百姓纷纷跪下叩头，高喊着"青天大老爷"。

山贼为害乡里多年，虽说上任县令黄光行一直在整治此事，因为种种原因并未将这伙山贼绳之以法，山贼如附骨之疽般令百姓既痛恨又无奈。狄仁杰巧用计谋将山贼头目斩杀，彻底清除了匪患，令百姓感激涕零。

"乡亲们，快快请起！"狄仁杰费力地翻身下马，连忙走到为首的一名老人身边，将他扶了起来。

人老多情，此时的狄仁杰眼睛有些湿润了，略微平静后道："乡亲们，都起来吧。感谢你们来送我，谢谢了！"

为首的老人转过身，大声地喊着："狄大人让咱们起来就起来吧！"

众人你看看我，我看看你，纷纷站起身围了过来。为首的老人从地上拿起一个篮子，双手端着颤巍巍地递向狄仁杰。

"狄大人，我们知道您清正廉洁，就没准备其他的东西，这些是新下来的云雾茶，山里人的一点心意，请您收下。"老人语速很慢，却十分坚决，看样子要是不收下，就不会让狄仁杰离开。

狄仁杰双手接过篮子，望着眼前的老人点了点头："我收下，我收下。谢谢老人家，谢谢乡亲们。"

村民们又送了狄仁杰将近五里的路程，最后在里正和为首老者的劝说下，这才依依不舍地停住了脚步，直到狄仁杰一行人的身影消失在弯曲的山路尽头。

深秋的冷风把树叶吹成了淡黄色，又无情地把它吹离枝头。枯黄的叶子发出哗哗声，似乎在哭诉着谁也改变不了的轮回命运。有的树已经没了叶子，失去昔日的光彩，让人感觉到那种孤独和哀伤，可树干却依然挺拔，孤傲而坚强。

彭泽境内的河水也不一样了，没有了夏季的欢快，仿佛一名文静的小姑娘。河边的青草已枯黄，即使寒霜为它装点上白色的冰晶，还是掩饰不住它现在的忧郁。

秋天是干燥的，哪怕是多水的彭泽也是一样，人更不例外，干巴巴的风将人们心中的浮躁吹了出来。

县衙被张三、李四的家眷占领两天了，两家的七大姑八大姨共五十几口人，白天来到县衙，坐在大堂之上等着要说法。光坐着等还不说，几十口人的吃吃喝喝还得由县衙来负责，可没有狄仁杰的吩咐，县衙的银两又不能随便动用，周琼只好将俸银拿出来，两天下来，本就微薄的俸银便见了底。

好在张家和李家的人只是等着，还没有过激行为，就算这样，也将县衙弄得乌烟瘴气，根本无法正常运作。

无奈之下，周琼和捕快衙役们来到县衙院子里，在大墙边坐成一排晒太阳。太阳暖暖的，将人晒得有些慵懒，让周琼等人昏昏欲睡。

当他看到狄仁杰时，几乎兴奋地跳了起来，三步并作两步地向前奔跑着，要不是狄仁杰及时地将马停住，恐怕会撞到他身上。

"大人，您要是再不回来，县衙就变成张家和李家的了。"周琼见到狄仁杰就像见到大慈大悲的观世音菩萨一般。

"怎么搞的！大人几天不在，县衙弄成这个样子！"章旷发训斥道。

周琼不敢应声，只得低下头去。

"好了，好了，让你受委屈了，接下来的事交给本官吧。"狄仁杰下了马，向大堂看了看，无奈一笑，将马交给一名捕快，带着几人向大堂走去。

刚一进大堂，便看见横七竖八聚集了老老少少五十几口人，有人甚至还坐到了本属于他的位置上，弄得狄仁杰等人哭笑不得。

第二十三章　鸠占鹊巢

欺软怕硬也是人类卑劣本性之一，是懦弱的外在表现。

章旷发看到有人贸然坐在县令的位置上，顿时怒火中烧。在那个年代，官是官，民是民，官威绝不容侵犯，擅闯县衙的行为等同于造反，轻则杀头，重则灭九族。

"大胆，擅闯大堂，还敢坐在县令大人的位置上，你们可是要造反？"章旷发怒道。

周琮虽是捕头，但为人和善，一向不与人为难。苦主们却利用了这点，见县衙的官吏们不在位，便得寸进尺，鸠占鹊巢。但章旷发是出了名的执法严厉，加上脾气暴躁，一嗓子吓得众人胆破，纷纷走到大堂当中，向章旷发施礼求饶。

章旷发冷哼一声，随后说道："这位是新上任的县令狄大人，还不快快请罪！"

众人又急忙向狄仁杰施礼。

苦主们承受着失去亲人的痛苦，凶手没有落网，自然心中有些怒气。狄仁杰破案无数，自然理解苦主们的心情，他摆了摆手，心平气和地说道："众位，本官能力有限，无法倾听众声，能不能请一位德高望重之人，咱们到二堂说话。"

众人议论了起来，最后两名上了年纪的老者拄着拐棍走了出来，看样子是分别代表张三、李四两个家庭，其中一人说道："我俩可以代表两个家族说话。"

狄仁杰向两名颤巍巍的老人抱拳施礼，"两位老人家，请二堂说话。"随后又转向狄福，吩咐道，"狄福，去集市上买些水果，好生招待苦主们。"说罢便带着两名老人向二堂走去，章旷发、谷钧成和周琮也跟着走了进去。

少了众人的七嘴八舌，狄仁杰很快弄清楚了问题的症结所在。

张三、李四的父母已不在人世，加上二人生前已经臭名昭著，欠了亲戚们不少钱，亲戚们都不愿出钱买棺木下葬。虽说在出钱上众人相互推脱，可在两人被害的问题上却不依不饶，一定要衙门给个说法。他们的目的很简单，若抓到杀人凶手，不但解决了安葬费，苦主们亦会或多或少地得到一些实惠。

两位老人将意图讲明后便离开二堂。

"大人，这些人简直就是胡闹，哪有这样的苦主，宁可让亲人的尸体发臭也不愿安葬。"章旷发有些气愤。

谷钧成急忙上前，拉了一下章旷发的衣袖，劝阻道："章大人，您小点声，让他们听见，会引起不必要的麻烦。"

谷钧成的好意提醒未能平息章旷发的怒火，只见他一拍桌案，恶狠狠地说道："他们再敢胡闹，我带人将他们乱棍轰出县衙！"

谷钧成正待劝阻，却见狄仁杰摆了摆手，说道："章大人，少安毋躁，若本官无法解决此事，你再带人轰走他们。"

章旷发哼了一声，将脸别过去不再说话。他就是这样一号人，上来暴脾气六亲不认，莫说是狄仁杰，就连州府的刺史大人他也不买账。

狄仁杰捋着胡子："事情并不复杂，问题的关键就在于钱和感情，这二人生前祸害过他们的亲属，这才导致二人人缘极差。苦主虽是苦主，却与张三、李四并无感情，又无利益可言，所以才在下葬的问题上相互推脱。"

周琮接道："若是无主野尸，县衙还可以出钱安葬，可他们……"

谷钧成摆了摆手："此事绝不可破例，否则，村民死后下葬还不都得由县衙承担！彭泽那点税收，上缴州府后所剩无几，这几年衙役、捕快也是一减再减，再缩减就没人干活了。"

周琮微微点点头，表示赞同谷钧成的说法。

彭泽地区以山地为主，农业并不发达，以贩卖山货为主要营生，加上地理位置不佳，很少有走商前来贩售，山货除了上缴州府之外，大部分都属于坐商内销，所收赋税并不多。

"周琮，张三、李四在城中有没有房产？"狄仁杰问道。

"回大人，两人在彭泽城有房产，虽说宅子都不大，但所在地段还是不错的。"周琮说道。

谷钧成急忙接过话头："大人的意思下官明白，可按照大周律例，若无三代以内血亲继承遗产，经过公示后充公。方法虽好，但这个过程短则一年，长则数年，怕是等不起呀。"

周琮皱了皱眉头："这两人还真就没有三代以内的血亲。"

"这事好办，两人无父母及妻儿，死后的房产由谁来继承，丧葬就由谁来负责，如果没人愿意继承房产，那就由衙门接管，将房产卖出后安葬两人。至于缉拿凶手，这是衙门分内的事，定会给苦主们一个说法。章县尉，知道如何处理这件事情了吧？"狄仁杰简简单单几句话便将整件事情的要害点了出来。

谷钧成小声地问着："大人，这可有悖大周律法呀！"

狄仁杰一笑："律法是死的，人是活的。在不违反原则的前提下要灵活处理，放心吧，出了事由本官一人承担。"

章旷发略加思索后点了点头，他不得不佩服狄仁杰的老练，几句话便将此事的要害部分抓住，那两间房产用于丧葬绝对是绰绰有余，这笔账苦主们不会不清楚，而狄仁杰敢独身一人承担责任更是令他钦佩不已。

"下官也愿意替大人承担责任！"章旷发说罢立刻转身离去。

谷钧成吧唧吧唧嘴，想说和章旷发同样的话却没敢说出来。

"周琮啊，别总皱着眉头了，有什么发现，说说吧。"狄仁杰看他一副欲言又止的样子，便猜出一定是还有别的线索。

周琮眉头舒展开，呵呵一笑，心道：看来什么事情都瞒不过狄大人，要说聪慧，狄大人可比章大人强了许多。

"狄大人，卑职的确有发现，和张三、李四的死有关！"周琮神神秘秘地说道。

狄仁杰笑眯眯地看着周琮，将手伸向他。周琮会意，急忙从怀中掏出一个丝帕，递到了他手上。

"这是卑职从当铺弄出来的，是张三当的。"周琮说道。

狄仁杰打开丝帕，看到一颗金豆子，用手捏起来后在阳光下仔细端详。

过了一阵，周琮凑了过来问道："大人，看出什么来了吗？"

狄仁杰将金豆子放回丝帕递给周琮，笑呵呵地说道："与案发现场的三粒金豆子一模一样。"

"既然是一模一样，就说明这粒金豆子和死者口中的金豆子来源相同，张三典当金豆子的时间是七天前。换句话说，张三已不是第一次捡到金豆子了，李四却是第一次，还要了他的命。这些证据验证了您的推断。"周琮说道。

狄仁杰点了点头，心中对周琮的分析还是赞同的，示意他继续说下去。

周琮见狄仁杰点头赞许便有些兴奋："金子本身价值很高，一般都会做成金锭、金条或是金砖之类，用作金银首饰，大多都是做成金戒指、金耳环等，从没听说做成金豆子的。这颗金豆子质地纯正、形状浑圆，一看就是精心制作而成，制作过程不但难度大，也会有很多浪费，最重要的是，圆形不易储存，更不易于清点。"

"金子虽说也是流通货币，却多用于军饷、军粮以及民间大宗货物交易，做成这种金豆子的形状究竟是为何呢？"狄仁杰也不明白这其中的道理。

周琮将金豆子拿起来放在阳光下，眯上一只眼睛看着豆子上细细的小孔，看了一阵也没能弄懂，便摇了摇头。

"有可能是做首饰用的，比如说项链之类的。"周琮补充道。

狄仁杰微微摇头："有这种可能，但这些金豆子穿在一起俗不可耐，常人做不起，能做得起的不会做。周琮，你请彭泽最好的金银匠来看看这四粒金豆子，看看他们怎么说。"

"是，大人。另外，我对张三、李四凶杀案还有一些想法。"周琮说道。

"说说！"狄仁杰知道周琮不是一个甘于被动的人。

"是这样的大人，卑职让铁匠铺按照凶器大锤的尺寸仿造了一柄大锤。"周琮说道。

狄仁杰微微点头："我明白你的意思，如果有人能够使得动大锤，至少和凶手是有关联的。"

"可结果却令人失望，没人能使得动如此重量的大锤，甚至都不相信有人能够拿起此锤。若凶器大锤是实心的，怕是要有三五百斤的重量！"周琮说道。

"武功内外兼修，练到极致也许可以拿得动，这样的人可谓是凤毛麟角，还有一种就是天生神力……"狄仁杰捋了捋胡子，皱着眉头思索着。

周琮立刻说道："卑职对彭泽地区还算熟悉，没听过有天生神力之人，这条线索算是断了。"

"没关系，哪能一试便会得到有用的线索，那岂不是成了神仙！不过经你这样一说，我倒是想起一件事。"狄仁杰说道。

周琮眼睛一亮，竖着耳朵听着狄仁杰的下文。

"早年我曾破获过一个案子，凶犯叫臧霸，练的是一种邪门功夫，叫铁尸功，练成后会刀枪不入力大无穷，当年汪远洋、齐灵芷和千牛卫八大军头等人合力，竟被他一人打败，最终是李元芳和如燕使出'合气一击'，破了他的功夫，这才将其绳之以法。"狄仁杰想起了当年不可一世的臧霸，那霸气无比的武功、无穷无尽的力量到现在还记忆犹新。

"大人，我还耳闻过您破获过的一件案子，大内御医李秋平炼制出神仙药，能让人的功力大增很多倍，也能令人拿起这柄大锤。"周琮说道。

对于狄仁杰所断的案件，他不敢说件件都知道，但至少知道那几件惊天动地的大案，都是通过江湖上的各种渠道得知，甚至是花了银两买的，可以说周琮是狄仁杰的铁杆迷。

狄仁杰点点头，说道："'雷神叹'一案中，李秋平所炼制的丹药的确可以让人的力气变大，但丹药极其难炼，除了必要时，不会轻易服用，不太可能浪费在打死张三、李四这样的小角色身上。"

"难道臧霸有传人或者是李秋平的丹药被人炼制成功？"周琮瞪大眼睛。

狄仁杰摇摇头："臧霸的神功极难练成，而神仙药的配方已随着李秋平的死失传，不可能是他们……"

两人正说着，听见外面一阵脚步声，应该是县尉章旷发回来了。

"大人！"章旷发走进房间，脸上尽露喜色。

周琮一看便知道是张三、李四尸首安置的事情有了着落。果然不出所料，章旷发按照狄仁杰的意思把处理方法做了转达。众家眷商量了一阵，便有两位叔辈的亲属站了出来，说可以处理好两人的尸首，随后，众家眷竟然争抢着抬尸首离去。

"这些人，不顾亲情，却因为一点利益恬不知耻！"章旷发有些不屑地说道。

"人性本如此，不必太过在意。"狄仁杰劝道。

章旷发应了一声，却不再说话，但也未离开。

周琮瞥了一眼章旷发，知道他定有事要单独禀报，便向二人告退。章旷发是正九品官员，官职虽低却有朝廷的正式任命，周琮只是县衙私设编制，无品秩，有些事情自然需要回避。

章旷发待周琮离开房间，便将房门关上，走到狄仁杰的跟前，小声说道："大人，有件事我得向您禀报，因为关系到咱县衙的人，所以……"

"旷发，这可不像是你一贯的作风啊！"狄仁杰笑着说道。

章旷发神色一怔，随即叹口气："大人取笑了，下官性子急，吃了不少暗亏……"

狄仁杰摆了摆手："开个玩笑，莫介意，你说吧。"

"下官说的是张大户的事情，我记得有一次在与谷大人喝酒时，他提起过，听他的意思，应该认识张大户本人。不过那天我喝酒喝得太多，具体的话我记不住了。"章旷发说道。

章旷发和谷钧成毕竟在一个衙门共事，像这种级别的小吏，有可能一辈子都会在一起共事，不会轻易地去评述对方的是非。

"这件事我会多加留意，也会守口如瓶。"狄仁杰郑重地说道。

章旷发见狄仁杰态度如此郑重，且承诺将此事保密，心中便松了一口气，连声应允着，又聊了一会儿关于新月村的事情，便起身告辞。

"旷发，黄县令的案件，我想看看仵作的验尸记录，你将他叫来，有些细节我要当面问他。"狄仁杰吩咐道。

第二十四章　没有死因

　　仵作在古代是一个不可或缺的职业，但社会地位非常低贱，大周律法规定，仵作以及仵作的后代永远不能参加科举考试，等于断了当官之道，所以不到万不得已，没人会选择这样一个职业，一旦选择了，只能子承父业地一代代传下去。

　　仵作杨老实人如其名，为人老实本分，随父亲学了验尸的本领，悟性虽差了些，但好在认真，做得中规中矩。他中等身材，厚厚的嘴唇，一副憨头憨脑的样子，可能是常年在停尸房等阴暗的地方工作，脸色显得有些惨白。他毕恭毕敬地向狄仁杰施礼后，把一个泛黄的册子交给了狄仁杰。

　　"大人，这是今年的验尸记录，张三、李四的在最后，折好的那页是黄大人的。"杨老实指了指册子。

　　仵作的字不算好看，但书写非常工整，其中有一页纸折叠起来，正是黄光行的验尸记录。验尸记录与周琮等人的介绍没有大的出入，黄光行除了手指骨折之外，全身无任何外伤，无中毒迹象，无任何病变特征，死亡原因为"不明"。

　　彭泽是一个小县城，仵作杨老实子承父业，并未经过系统学习，也没有高明的师傅传授，再加上案子少，很少有实践的机会，水平也会因此而偏低。像黄县令这般诡异的死法，查不出原因亦在意料之中。

　　"杨老实，本官看过你的记录了，做得很好。"狄仁杰说道。

　　杨老实眼中闪出异彩，立刻跪倒在地，说道："小人不敢，都说您才是此道第一，小人……小人……"

　　狄仁杰摆了摆手，连忙扶起杨老实，说道："都是些虚名罢了，你在本职岗位上勤勤恳恳，本官要向你学习才是。"

　　杨老实双手连摆，说道："不敢不敢，折煞小人了。"

"除了记录的内容，你还有其他线索吗?"狄仁杰拿着验尸记录本问道。

仵作误会了狄仁杰的意思，以为狄仁杰怪罪他未将黄县令的死因弄清楚，这才将他唤来问话，忙跪到地上，磕了一个头："小的可没有隐瞒之处，请大人明鉴啊!"

狄仁杰再次将他扶了起来，柔声说道："杨老实，你莫慌张，本官不是怪你，只是想问问还有没有其他的线索。"

杨老实眼神躲闪，双手不断地搓着衣角，一副欲言又止的模样。

狄仁杰又缓缓说道："黄县令勤政为民，廉洁奉公，是名好官，咱们不能让他死得不明不白，他女儿雀雀提出重审，本官想给死者一个说法，给生者一个交代。"

仵作听了狄仁杰的话，狠狠地点了点头："大人，有您这句话就够了，小的一定知无不言。不过黄县令的死因怪异，小人从事仵作多年，从来未遇到过这种怪事。"

狄仁杰将一碗茶递给仵作："你坐下来，咱们慢慢说。"

仵作连忙双手接了过来，连道"不敢"，一番谦让之后，谨慎地坐在狄仁杰下首的位置，说道："大人，不瞒您说，关于黄县令的死小人的确有些疑问，却又不知道从何说起。"

狄仁杰呵呵一笑，喝了一口茶水："不要紧，想从哪里说就从哪里说!"

"黄大人的案子充满怪异，小的心中虽有疑问却不敢说，若信口开河，不但没人信我，反而还会被扣上一顶妖言惑众的大帽子。"仵作见狄仁杰如此平易近人，便渐渐地消除了紧张情绪。

狄仁杰并未说话，只是自顾喝着茶水。

仵作向房门看了看，随后小声说道："小人所说的诡异之处便是黄大人的死因没有死因!"

仵作的这句话乍一听起来很别扭，也不叫话，这要是说给章旷发听，一定会遭来喝骂。狄仁杰却不同，他明白仵作所说的意思。

狄仁杰向仵作投去鼓励的眼神，示意他继续说下去。

仵作深深地吸了一口气，看样子应是下了很大决心，"大人，小人这样说是有些过分，人死了，就不可能没有死因，只是因为小人水平不行查不出来。"

狄仁杰点了点头，说道："这怪不得你。死者都是有死因的，无论死得多诡异，只要有足够的能力和线索，定能将他死亡的真正原因查出来。"

"大人不愧为神断，小的早有耳闻，今日一见小的佩服得五体投地！"仵作学着谷钧成的语气拍着马屁，但听着格外别扭。

狄仁杰微微点头，示意仵作继续说。

"黄大人的尸体给了小人一些线索。"仵作喝了一口水。

"好，你快说说。"狄仁杰一听便知道仵作肯定查到了一些线索，只是因为某种原因不愿说出来罢了。

"小人检验黄大人尸体时，他脸色铁青，除了手指折断外，其他身体部位无外伤，排除死者受伤而死。指甲、眼睑下方、嘴唇等处未出现青黑现象，用银针刺探死者喉咙、胃部、腹部以及各大穴位，未发现变黑，这就说明死者并非死于中毒。将胸腹剖开后，发现死者的五脏六腑无任何破损及出血迹象，亦排除死者死于内伤。小的又将死者脑壳打开，发现头骨内亦无损伤。"仵作说到这里叹了一口气，内心充满无奈。

狄仁杰应了一声："的确有些怪异，非外伤、非内伤、非中毒，头部亦完好无损。"

"小的从来不信邪，便又将死者的五脏六腑检查一遍，发现心脏有些异常，好像失去了应有的弹性，小心翼翼地将心脏剖开，您猜怎么样？"仵作好像说书人一样，丢个包袱出来让狄仁杰猜。

狄仁杰呵呵一笑："我又不是神仙，怎么能知道当时的情况！"

杨老实讨了个没趣，接着说道："这一刀下去后，在切口处喷出一股气来，又腥又臭，熏得我险些吐出来，我急忙跑开，使劲咳嗽了一阵，才将那种感觉驱逐出体外。大人您想，小人一个仵作，多臭的尸体没见过，从来就没吐过，可那股气真是怪异得很，一闻就……"

杨老实说到此处，干咳了两声，急忙喝了一口水缓了缓，这才说道："您说，那会不会真是阴气？"

"光天化日之下哪里来的阴气。"狄仁杰笑道。

仵作见狄仁杰不信，便咳嗽几声以掩饰尴尬，又说道："更奇怪的事儿还在后头，那股气体从心脏出来后，原本硬邦邦的心脏就变得软乎了，我再仔细检查心脏，发现里面居然没有淤血，干干净净的，什么都没有！"仵作说道。

"按说人死后心脏停止跳动，血液停止运作，心脏内应该有淤血才是，为何偏偏变成了一股腥臭的气体？"狄仁杰也不明白其中究竟。

"怪就怪在这里，您说，这种话要是说给章大人和周捕头听，他们能信？"

仵作说完两个嘴角使劲往下撇着，就好像已知道章旷发和周琮的态度一般。

"嗯，这事确实怪异。那还有没有其他的异状？"狄仁杰呵呵一笑。

"其他的就没有了，因为无法确定死因，只好定论为暴毙而亡。"杨老实仿佛一只斗败的公鸡蔫了下来。

对于一名仵作，给死者这种结论是对职业最大的侮辱，也是对死者的大不敬，杨老实为人本分踏实，自然感到愧疚万分。

"黄县令的案子古怪颇多，怨不得你，无须自责。你先回去，若有需要，本官再传你。"狄仁杰安慰着。

仵作急忙放下茶杯，双手抱拳："多谢大人，多谢大人。"

仵作离去后，狄仁杰在屋子里踱来踱去，琢磨着黄县令案件和张三、李四碎头案的诡异之处，想了好一阵，心中仍是一团乱麻，感到气闷便来到院中。

张三、李四碎头案有很多种可能，两人是街头混子，肯定有不少仇家，被人下黑手杀死亦属正常。也可能是谋财害命，按照张三的性格，得到金豆子后，定是一副小人得志的模样，到处炫耀财富，觊觎他钱财的大有人在。第三种可能在案发现场推断过，张三、李四谋取他人钱财时被人发现，双方冲突后，两人遇害。

但无论是哪种可能，都因现场破坏严重而失去了关键线索。

对于黄光行一案，杨老实的验尸结论他并不满意，因技术有限，可能会疏忽一些细节，这些细节会令整个案子偏离方向，甚至会被引入幽冥。

黄光行案和碎头案表面上看没有必然联系，但两者的发生地点却都在进山小路，而且都和一个传说联系在一起——阴兵借道！

狄仁杰突然冒出一个大胆的决定——并案侦查、开棺验尸。

"轰!"一声巨响从一间房间传来，是狄福所在的房间。

狄仁杰疑惑着走出房间，来到狄福房间门口，看见他正在努力拎起一柄巨大的铁锤，周琮和另外一名捕快站在一旁。

"狄福，快停手，别闪了腰!"狄仁杰阻止道。

狄福已经把大铁锤拎了起来，却再无法动弹，听到狄仁杰的声音后，他卸了内力，手一松，大锤砸在地面上，砸出一个大坑，发出"轰"的一声，他抹了抹额头上的汗，冲着狄仁杰说道："老爷，这是周捕头按照碎头案大铁锤仿制出来的，这实在是太重了，我虽能够拎动，却无法挥舞。要是硬生生地拎着走上十里路，一身功力必然消耗干净。”

狄福跟随狄仁杰多年，亦管家亦护卫，他身材魁梧，和汪远洋、袁客师等人学了不少功夫，虽说比不了江湖高手，但三五个普通壮汉也近不了身。

狄仁杰看向周琮。周琮连连摆手，说道：“大人，我连拎起来都费劲，还不如狄福！”

“你们哪，年轻气盛，拿不动就不要拿，别伤了身体，大锤的事情先放一放，你俩陪我去一趟黄大人家。”狄仁杰说道。

狄福看了看地上的大锤，犹豫后还是将其拎起来，踉踉跄跄地跟在狄仁杰后面。

黄家离县衙不远，一炷香的时间后，已看到那间不大不小的宅院。门是敞开的，远远地就能看到一个纤弱的身影在院中劳作。

黄梦曦听见脚步声，便停下手上的活儿，当她看见狄仁杰的一刹那，眼神中流露出一丝期盼之色。

“狄大人！”黄梦曦向门口疾走了几步，正准备施礼，却被狄仁杰阻止。

“雀雀，难为你了。”狄仁杰见一个千金大小姐为生活所迫，竟然亲自种地，心里便是一阵难受。

“大人，我父亲的案子有了眉目？”黄梦曦一脸盼望地看着狄仁杰，生怕他说出一个“不”字来。

“黄大人的案子只有周琮和牛书吏亲眼见过，牛书吏死了，周捕头的证词又将事情引入幽冥，因此还没有实质性的进展。我看过验尸记录，与仵作谈了很久，我担心验尸时会有些细节被疏忽，此次前来就是想……”狄仁杰话刚刚说到这儿便顿住了，“开棺验尸”这句话听起来简单，可对于死者的家眷来说，却是天大的事情。

人死为大，入土为安。若无必要，苦主定不会同意开棺验尸。

“我同意开棺验尸。”黄梦曦是个聪慧的女孩子，既听出了话中的意思，又听出了为难之处，所以便先将意见说出来。

第二十五章　开棺验尸

狄仁杰与狄福对视了一眼，心中暗道：好个聪慧的女子，话还未说完便知道结果，若是身为男儿，考取功名亦是轻而易举的事儿。

黄梦曦这句话一说出，将狄仁杰本来想劝说的词都憋了回去，一时间竟不知说什么好。幸好周琼看出了尴尬，急忙说道："雀雀，这件事儿是为了调查黄县令一案，实属无奈之举，如果你还有什么要求，尽管提。"

黄梦曦用手背抹了抹额头上的汗："也没什么，只恳请大人断案时将我带着。"说罢便将目光望向狄仁杰，意思是说要求提出来了，能不能实现就看你的了。

周琼没有想到黄梦曦会提出这个要求，顿时一愣，支吾着说不出话来。

一旁的狄仁杰却点点头："好，我答应你，从今日起，你就是县衙捕快，听命于周捕头，月俸按照普通捕快的来算，每月一两二钱。"

狄仁杰见黄梦曦楚楚可怜的样子有些于心不忍，要是直接给她银两，倔强的她定不会答应，便想通过这种形式给她一些补贴。

黄梦曦一听立刻露出了笑容，急忙跪倒在地磕了一个头："谢谢大人！"话语间绝不是敷衍了事的感谢，而是带有一种难以抗拒的真诚。

"好，快起来。宜早不宜迟，既然决定了，咱们立刻前往墓地，开棺验尸。周琼，你马上回县衙带捕快、衙役到墓地，让仵作杨老实把验尸所用器具准备好。"狄仁杰吩咐道。

周琼应声而去。

狄福见狄仁杰和黄梦曦离开，本想把大铁锤放下，想了想，咬牙拎着大锤跟了上去。

蔚蓝色的天空，在深秋时节显得一尘不染。朵朵云霞照映在清澈的彭泽河上。鱼鳞似的微波，碧绿的河水，增添了浮云的色彩，使它分外绚丽。

彭泽郊外的一座山上，枯草已渐渐地占领了大半个山头，像是给山头染上了黄色头发，一阵凄凉的风吹过，黄得发红的树叶纷纷飘下，落在一座座孤零零的坟墓上。

无论主人生前是富是贫、是官是民，到了这里便没了区别，唯一能区别的，就是墓地的新旧、规模的大小和墓碑上面的名字。

黄梦曦跪在一座墓前叩拜着，眼睛噙着泪水没流下来，冰凉的墓碑让她悲伤，理智却告诉她，要坚强。

到了寿命的树叶落在地上，很快它们便会化成腐土，再次变成大树的养分，滋养着新的树叶。大自然便是如此，周而复始，生生不息。

狄仁杰只是站在一旁，默不作声。黄梦曦开明，可此时的心情一定极差。

不知过了多久，一阵沙沙的脚步声将迷茫中的黄梦曦惊醒，回头一看，只见捕快、衙役们拿着铁铲、杠木和绳索站在墓前，她急忙将头扭了回来，用衣袖在眼睛上抹了几下，随后站起身，冲着狄仁杰点了点头。

狄仁杰在墓前给黄光行上了一炷香，等着香燃尽了，便下了命令："开始吧！"

墓地除了铁铲与泥土、石块碰撞以及人们的喘息声外，就只剩下悲鸣的风声，没人愿意在这样的环境下出声说话，干活的人挥洒着汗水，没有干活的人在一旁默默地注视着。

半个时辰后，暗红色的棺椁被众人抬了出来，轻轻地放在旁边的空地上，棺椁的木材很薄，已经有部分漆面开始剥落。

周琮将目光投向狄仁杰。狄仁杰轻轻地点了点头。

周琮向衙役们吩咐道："开棺！"

当棺盖被打开的一瞬间，一股恶臭的味道瞬间从棺材中散发出来，处在上风处的人还好，刚好处在下风处的人，脸色一变，若不是怕玷污了死者，当场就要吐出来。

狄仁杰盯着尸体看着，小声嘀咕着："不应该呀！"

几名老衙役配合着仵作将尸体慢慢抬出来，放在提前准备好的门板上，狄仁杰戴好验尸专用的手套和蒙脸布，用小刀将包裹尸体的衣服慢慢割开。

半个时辰对于繁杂的验尸而言很短，可对于在一旁闻着恶臭味道的衙役们却好像过了一个世纪，但县令大人亲自验尸，谁敢擅自离开？

直到狄仁杰站起身，将小刀用醋洗干净放回工具袋，再将手套摘了下来，众人才暗自松了一口气。

"周捕头，你带人将黄县令安葬了吧。"狄仁杰冲着尸首拜了一拜，便转身离开了墓地，向彭泽走去。

黄梦曦本想跟着狄仁杰，问问究竟验出了什么结果，却又不忍心就这样离开父亲的尸首，犹豫后还是留了下来。

狄福拎着大锤默默地跟在狄仁杰的身后，他知道狄仁杰在思考问题，这个时候无论有多少疑问，最好是憋在肚子里。两人就这样一直沉默着走到彭泽县衙，狄仁杰坐到书房的椅子上，喝了一口茶水，这才长长地喘了一口气。

"老爷，验尸过程中我见您一言不发，方才见您长出了一口气，想是有了结果？"狄福活动着胳膊、揉着腰，脸上露出了如释重负的表情。

狄仁杰没有回答他的问题，而是将目光投向了大锤，问道："你这小厮，叫你不要逞强，你非要逞。你先别问我，拎了这么长时间的大锤可有收获？"

"老爷，我虽然没有高明的内功，单凭力气，江湖上没几个人能超过我，我拎着这家伙走了这段时间，真的是吃尽了苦头，现在再让我把大锤拎起来挥舞，怕是绝无可能了。"狄福说道。

"你拎着都费劲，那么有谁能挥舞自如呢？"狄仁杰自言自语道。

"天外有天，人外有人，高人多着呢！汪大哥和齐灵芷虽说力气不如我，但两人内功深厚，只要内力不尽，也能舞动大锤。江湖上还有很多大力士，武功不高，但力气惊人。反正我觉得这起碎头案不是阴兵作祟。"狄福说道。

"阴兵作祟只是迷惑人的外表。"狄仁杰说道。

狄福再次问道："老爷，您别光问我，看您的样子，开棺验尸应该有所收获吧！"

狄仁杰话锋一转："你这小厮，什么都瞒不过你。没错，黄大人并非死于阴兵借道，而是被人下了毒，但这种毒药我从未见过。"

原来，将黄县令的衣物割开露出遗体的一瞬间，狄仁杰就感觉到了异样。黄县令春天下葬，经过半年时间，尸体应已完全腐烂才对，但实际上尸体并未完全腐烂液化，棺材内甚至未发现任何蛆虫的痕迹。

"尸体未白骨化，这才导致奇臭无比。另外，棺材内没有蛆虫是因为黄大人尸体有毒，毒性令蛆虫无法侵蚀尸体，这才导致不腐！"狄福惊道。

"民间常见的毒药都是以砒霜为基础配制的，遇到银针便会令其发黑，一定瞒不过仵作的验尸手法，所以我才断定黄县令所中的毒不常见。也幸好是开棺验尸，要是当初验尸的是我，我也验不出来！"狄仁杰说道。

　　"我见您在尸体上取了一小部分……"狄福满脸疑惑。

　　"有个人熟知天下各种奇毒，我取的这部分就是为他准备的。"狄仁杰笑着看向狄福。

　　"我知道，能破解任何毒药的毒郎中徐莫愁。"狄福说道。

　　"仵作提供的线索很重要，心脏内没有凝结的血块，而是一股腥臭难闻的气体。我写封信，连同尸体样本一并送给徐莫愁，相信很快便会有结果。"狄仁杰说罢便来到了桌子前。

　　狄福连忙帮着铺纸研墨。

　　……

　　黄梦曦从小没有母亲，跟着父亲走南闯北，养成了独立自主的性格，但她毕竟是女孩子，开棺验尸让她情绪再次落到冰点。安葬了父亲后，她一路浑浑噩噩，不知不觉地来到了县衙。

　　狄福拿着书信和装着尸体样本的盒子走出县衙大门，正好遇到黄梦曦，见她脸上泪痕未消，心中一酸，打了个招呼便急忙离开，怕看久了跟着一起难受。

　　"狄大人！"黄梦曦走进书房向狄仁杰施礼。

　　"雀雀，快坐下，容我慢慢地和你说验尸的情况。"狄仁杰递给她一碗茶水。

　　黄梦曦缓缓接过茶杯，举在嘴边又放了下来。

　　狄仁杰叹了一口气，说道："你父亲很可能是中毒而亡，这种毒药极为罕见，我无法确认，已经写信给一位好友，他是用毒解毒的大行家，相信不久便会回信。"

　　"小女子恳请狄大人为我父做主。"黄梦曦听说父亲死于中毒，眼泪便又掉下来。

　　"我定会将凶手缉拿，还黄大人一个公道。"狄仁杰劝道。言语间，他坚定的语气、郑重的神情，让黄梦曦得到了不少抚慰。

　　"狄大人，我有一件事要向您禀报。本来这件事我没在意，可经过您这样一说，我觉得它和父亲的死有一定的联系。"黄梦曦抹了抹眼泪。

　　"哦，快和我说说。"狄仁杰忙道。

原来黄梦曦自小就没有了母亲，黄光行并未续弦，既当爹又当妈，独自将她拉扯大，无论公务多繁忙，黄光行都要陪她吃晚饭，从未缺席。

一件事做一次两次并不稀罕，可黄光行一坚持就是十几年，从未改变过。

就在黄光行死前不久，也不知为何，他不但没回家吃饭，回家后也没去看她，径直进入书房，告诉衙役不允许任何人打扰。

据县衙值守的衙役说，黄县令回来时脸色不好，几乎没与人说话。

黄梦曦已是一名懂事的大姑娘了，知道父亲为官不容易，便悄悄地来到书房外的窗下，竖着耳朵听父亲在做什么。

奇怪的是，黄光行在书房中说话，声音很小，在窗外根本听不清。后来他的声音越来越小，最后没了动静。

黄县令在书房睡觉的习惯众人皆知，有时候他看书看得累了，就会躺在书房临时的床榻上睡觉，黄梦曦亦习以为常。

第二天，一向勤政的黄光行睡到中午才走出房间，衙门众人已候在书房外面多时。

他见众人等在门外，脸上现出愧疚之意，道歉后让众人继续工作，单单将牛书吏留了下来，把他叫进书房。两人这一谈又是一下午，直到吃晚饭才先后离开。

奇怪的是，并不是牛书吏先离开书房，而是黄县令先走出来。牛书吏大约在一个时辰后才一脸疲惫地从书房中出来。

过了不久，就发生了黄县令在走访过程中遭遇阴兵借道一事。

"牛书吏一个人在黄大人的书房中待了一个时辰！"狄仁杰隐隐感到此事定有蹊跷。

黄梦曦又想起了去世的父亲，眼泪在眼窝里直转，遂扭过头去。

狄仁杰暗叹一声，同时心中升起数个疑问。

从黄梦曦的叙述来分析，有三点值得推敲。第一是黄县令的习惯，一个人若养成习惯，就会按照这种习惯去做，否则便不能称之为习惯，偶尔违反习惯，也是因为发生了无法控制的事，像黄县令十年如一日地陪着女儿吃饭便是一种习惯，突然哪天不陪，一定是黄县令有了不可抗拒的原因。

第二是黄县令在书房中待到第二天中午，出门的第一件事不是向众官吏了解公务，而是将书吏叫进书房，密谈了一下午。

第三点最为怪异，两人谈完话，要么一起离开，要么牛书吏离开，黄县令却将牛书吏单独留在书房，他却先行出来了。那牛书吏单独在书房的一个时辰究竟在做什么？

"黄县令还有没有其他的怪异行为，或是说过奇怪的话？"狄仁杰又问道。

黄梦曦认真地思索了一阵，摇了摇头。

"没关系，等你想到的时候，随时来找我。天色已晚，就留下吃晚饭吧，吃过饭我让周琮送你回家。"狄仁杰的语气像一名慈祥的父亲。

黄梦曦心里一酸。

家！父亲在的时候还是一个家，现在唯一的亲人已去，只留下一座房子和孤零零的她，这还算是一个家吗？

第二十六章　女人的坚强

朝霞下的朱雀山极为美丽，朝它望去，一片缭乱的云山厮缠在一起。雾重得像山，远处的山又淡得像朦胧的雾，是雾还是山难以分辨。有时一阵清风吹来，雾便像一群顽皮的孩子四散而开，于是满山的千百种杂树便起伏摇摆，卷起一阵滚滚滔滔的黑浪，拍击着断崖绝壁。

齐灵芷与袁客师坐了六叔的船前往朱雀山对面的山脚下。六叔告诉他们，要想上朱雀山对面的这座山就只有这一条路，曾经有采药人坐过他的船从这里上去过，山路险峻，说是一条路，实际并没有路，平常也只有采药人上过这座山。

两人坐在船头望着群山，感觉景色又截然不同。只见一座座山峰像无数把剑刺向青天，低山逶迤，滚滚滔滔。各种奇峰异石，千姿百态，有的如金蛇狂舞，有的似烈马腾空。在陡峻危立的绝壁上，一棵棵倔强的青松穿过乳白色的雾，在微风中婆娑起舞，好像有意炫耀它那挺拔的英姿。

"好美！"齐灵芷托着下巴出神地望着群山感慨道。

"的确很美！"袁客师在一旁痴痴地望着齐灵芷，肆意地闻着从她身上散出来的清新体香。两人所关注的对象不同，但都得到了一致的意见，听得一旁摇船的六叔一阵窃笑。

渔船沿着河水平稳地行进着，哗哗的流水声让人听得有些醉了，不时有顽皮的鱼儿跃出水面，让平缓的河水荡起层层涟漪。

"这座山的另一头有个小村子，几乎与世隔绝，过了村子再翻过一座大山就是镇子了，沿河两岸的村民去小镇赶集，都是坐船沿着河绕很大一圈过去。"六叔介绍道。对于那个小镇他很熟悉，每次打了鱼都会运到小镇去卖，有时候打不到鱼，便在两岸载一些村民去赶集，也可以有一些收入。

"姐姐，咱们应该直接到小镇去。"袁客师说道。

"为什么？"

"既然是与世隔绝的村子，那就意味着神秘人不知道它的存在，行走路线就不可能包括它。"袁客师分析道。

袁客师分析得很有道理，可齐灵芷仍想到那个村子看看，万一有父亲的线索却错过了，岂不是可惜？于是说道："我大约算了一下，坐船直接去小镇要半天时间，而从朱雀山对面的山峰翻过去到那座小村子也是半天时间，若无线索，再用半天时间翻过村子南面的那座山便可以到达小镇，只是多了半天时间，却能让我心里踏实。"

"好吧，宁可耽误一点时间，也不放过任何可能，我听你的！"袁客师抓住齐灵芷的手，紧紧地握住，仿佛世界上没有力量可以将之分开。

时间对于恋人而言总是太快，船很快到了山脚下，两人向六叔告别下了船。也许是年老多情，六叔满是沟壑的脸上竟然流满了泪水，这一下惹得齐灵芷感情爆发，要不是被袁客师拉着手，恐怕会回去抱着六叔大哭一场。

她依依不舍地回过头看了一眼年迈的六叔，她知道，六叔这么大年纪了，也许这是最后一次见面了。

六叔一直在船上望着两个人，仿佛是送儿女离开的老人一般，直到两人的身影消失在林海中，这才叹了一口气，回到船上，慢慢地摇起了那支陪了他几十年的船桨。

袁客师和齐灵芷轻功卓绝，在荒无人烟的树林中施展起来也毫不费力，林子中的动物刚有警觉，两道身影便已飞掠而去。

从山脚一直到山峰，两人并未发现任何线索，当他们登上朱雀山对面的山峰时，太阳正高高地挂在天空，配合着风，把顽皮的云雾们驱逐开来。

深山中的花草树木还不知道已至深秋，仍然葱郁着，花朵依然鲜艳。山峰的尽头是一块平整的巨大岩石，只有寥寥几棵小草顽强地生存在岩石缝中。

两人站在巨大的岩石平台上，望向对面的朱雀山，愣了一阵后，袁客师率先打破了沉默。

"姐姐，找找线索吧！"袁客师小声地提醒着。

他心里很清楚，岩石附近的树林已查找过，根本没有线索可言，两座山峰这么远的距离，无论用什么方法过来，都会因为惯性撞到树林里面，而树林中的土是树叶落下来腐烂后变成的，很松软，只要踩上去，轻功再高也得留下痕迹。

“好吧，再找找。”齐灵芷不甘心就这样放弃。

两人再次寻找线索，并扩大了搜寻范围。不能说两人搜得不细致，大到一棵树小到一只叼着食物回巢的蚂蚁都没放过，从晌午一直搜到太阳快落山，这才回到巨大的岩石平台上。

“客师，你平日的鬼主意最多，要是让你从对面的山峰过来，你怎么办？”齐灵芷觉得之前的思路有些不对劲，但一时间还找不到问题的根源，便采用了断案常用的反推法，将结果先设定为可能，再向回推寻找线索。

“让我想想！”袁客师将目光望向对面的山峰，托着下巴思考着。

岩石平台上很静，只剩下风吹过呼啸的声音，空中偶尔传来鹰隼尖锐的鸣叫声。过了好一阵，当太阳的半张脸藏在山峰后，袁客师突然睁开眼睛，很严肃地面向齐灵芷，说道：“姐姐，这个问题我答不上来！”

此话一出，齐灵芷先是一愣，随后便是一脸怒容，刚想扬起手，又想起了父亲，鼻子一酸，眼泪像是断了线的珍珠般落下，扬起的胳膊一软，垂了下来。

袁客师过于乐观地估计了齐灵芷的心情，以至于让她伤心落泪。

“都是我的不好，都怪我这张嘴，都这个时候了，还开玩笑。”袁客师急忙说好话哄着，并掏出丝帕递给他。

任谁也想不到，江湖中令人闻风丧胆的“女罗刹”会哭鼻子。

袁客师这一哄不但没起作用，反而让齐灵芷哭得更加厉害，一下子将丝帕打落在地，转过身去，不理会袁客师。

“对不起，我刚才真的是开玩笑，我得到你的启示，觉得咱们的思路的确有问题。”袁客师说罢便小步走到齐灵芷的身后，歪着脸看她的反应。

果然，听到这句话后齐灵芷停止哭泣，转过身来红着眼睛问道：“你有想法就快点说出来，让姐姐我开开心，要不我让你好看！”说罢便转过身将手伸出来，袁客师急忙伸出手想握住那双柔若无骨的手。

“啪！”

“哎哟！”

齐灵芷手腕一翻打在袁客师的手背上，他的手背上立刻红了一大片，随后她用手一指地上的丝帕。袁客师这才明白，刚才她伸手并不是想让他握住，而是要丝帕擦眼泪，急忙俯身将丝帕捡起，抖了抖上面的土，双手递给了齐灵芷，口中学着唱戏的口吻：“娘子，请用！”

齐灵芷一把将丝帕抢了过来，脸上的愁容被驱散了一些，好似浓雾中透射出来的一丝阳光，口中却并不饶他，骂道："真不要脸，谁是你娘子，快说！"

要是寻常关系的两个人这么说话，遇到脾气暴的，一定是要打一架的，可如果是正在热恋的两个人说，就变成了打情骂俏，成了恋人之间的黏合剂。

"好，我说，我说！"袁客师上前一步，伸手拉住齐灵芷的手。

这次她没有拒绝，将手轻轻地蜷在那双大手里，仿佛是蜷在母亲怀里的婴儿一般。

"我们最开始的思路有问题，人力有限，齐伯父和神秘人不可能从对面跳过来，得从另外的方向分析这件事。"袁客师说道。

"继续！"齐灵芷擦了擦还挂在脸上的眼泪。

"我之前说过，齐伯父不食人间烟火，来袭者却做不到，因此他们一定会去镇甸补给……"袁客师停住话头，等着齐灵芷反应过来。

"你的意思是咱们不该在这儿浪费时间，而应该去山里的小村子。"齐灵芷说道。论反应，她并不比袁客师慢，只是心思不放在断案上而已。

"对，也不对。"袁客师又卖了一个关子。

齐灵芷一瞪眼睛，口中哼了一声，吓得袁客师急忙一缩脖子，双手闪电般捂住了那双大耳朵。

"姐姐，你看看那边。"袁客师把眼光望向了西方的那座山。

远处的山峰层峦叠嶂，太阳将大半个脸沉到山下，晚霞绚烂，模糊间，群山都被镀上了一片金黄色。晚风吹来，树木摇响黄昏的抒情曲，像仙境一般精致，又像梦境一样美丽。

再看夕阳边的云彩，好似得到了夕阳的赏赐，变得欣喜异常，随着晚风时而围坐一团，倾诉衷肠；时而围着夕阳跳起了舞蹈。渐渐地，夕阳收敛起它最后的光芒，还来不及说一声再见，便垂下头去，合上了双眼静静地睡去。再看那群追随者也收敛起兴致，变幻成暗云，等待夕阳的再次到来。

"姐姐！"袁客师轻轻地唤着齐灵芷，将她从夕阳的陶醉中唤了回来。

"客师。"齐灵芷眼中的陶醉立刻消失不见，取而代之的是一种让人看了心碎的忧郁，甚至还有一丝悲伤。

袁客师看着齐灵芷的样子心中一疼。本来好好的生活，先是家庭剧变，两个哥哥相继殒命，妹妹又变成了别人的女儿，父亲成了出家的隐士。好不容易稳定下来，突然又被迫成了江湖大门派白鸽门的门主，面临的是繁杂的帮派事务，在提亲之际父亲离奇失踪。对于一名正值青春年华，应该还在父母的关爱下撒娇的大小姐来说，这是多么大的磨难。

可在她的身体里，却流淌着一股让人难以想象的力量，让她变得越发坚强。

"放心吧，齐伯父一定不会有事。"袁客师的语气坚定。他有种预感，神秘人劫走齐东郡只是为了达到一个目的，并非绑架或是复仇，这一点与之前的分析正好吻合。

齐灵芷没有回应，只是将身体轻轻地靠在袁客师身上。

过了一阵，一阵窸窸窣窣的声音从树林中传来。袁客师定睛望去，心中一喜，小声说道："今天晚上有野味吃了。"

齐灵芷抬起头望去，发现一只野兔出现在远处的草丛里，它一身雪白，远远看去像一团棉花。一双红眼睛被白毛包住了，嵌在眼窝里，仿佛是两颗红宝石，嘴唇不停地翕动着，两只长长的耳朵，足有二寸半，不时地抖着。

"看我的!"袁客师活动了一下身体。

第二十七章　世外桃源

由于社会分工不同，男人和女人对待同一件事的反应可能截然不同。同样都是野兔，袁客师想的是吃，烧烤或是红烧。齐灵芷想到的是可爱，要养着它，让它繁育出更多可爱的小兔子。

齐灵芷冲着袁客师摇了摇头，意思是不想伤害它。袁客师会意一笑，施展轻功向前一蹿，瞬间便到了野兔的身边，野兔反应飞快，后腿一用力蹿了出去。袁客师早已料到，施展倒乱七星步，身体一转截住野兔，一抄手便将它擒住。

袁客师有些不舍地把野兔递给齐灵芷，心中暗道着可惜。

齐灵芷接过野兔，小心翼翼地抚摸着它光溜溜的长毛，生怕动作大了会将它吓到。野兔大概是感受到齐灵芷的善良，挣扎几下后竟不可思议地安静下来。

袁客师摇了摇头，身形一闪，再次消失在树林中。过了一阵，他提了两只野鸡回来，放在了岩石平台上。

"喂，小袁神探，这两只野鸡蛮好看的……"

"它们已经死了，只能吃掉。"

"你这狠心贼，看我不扭掉你的耳朵……"

"我去拾柴啦……"

一堆篝火在平台中心燃烧起来，跳动的火焰很快使温度升上来，驱赶着黑夜带来的寒冷，两只野鸡在袁客师的料理下变成美味，烤成金黄色的鸡肉散发着诱人的香气。

齐灵芷出神地盯着跳动的火苗，心思不知道又飞到了哪里，直到袁客师将烤熟了的插着松树枝的野鸡放在她手中，她才缓过神来。

温暖和饱胀会使人格外发困，吃完一只野鸡后，两人倦意萌生。齐灵芷无论心理还是身体都累到了极点，抱着小兔子蜷在地面上沉沉地睡去。

袁客师看着已睡去的齐灵芷，心中不由得一痛，忙将外衣脱下来，轻轻地盖到了她的身上。齐灵芷的身体微动了一下，口中轻哼了两声，虽然眉头微蹙，但嘴角多了一丝甜蜜。

夜里的秋风散发出透骨的凉意，虽说袁客师内功强大，却还是感到寒冷。他向火堆添加了一些树枝，火焰在噼噼啪啪的声中变大，一股股的暖意让他打起了瞌睡。

小兔子在齐灵芷的怀里蜷缩着，很暖和，却不是它心甘情愿之处，趁着齐灵芷搂着它的手有些松懈，便后腿发力，离开了让它感到既暖和又害怕的怀抱，向树林深处奔去。

当一缕阳光照到袁客师脸上时，他一个激灵醒了过来，发现原本盖在齐灵芷身上的外袍又回到他身上，用力抽了抽鼻子，衣服上那股熟悉的淡淡香气钻进鼻孔，令他精神一振。

齐灵芷站在岩石平台的边缘，出神地望着对面的朱雀山，那一身鹅黄随着微风飘摆着，加上修长苗条的身材衬托，仿佛一名下凡的仙女。

"美!"袁客师心里赞叹着，将外袍穿在身上，走向齐灵芷。

齐灵芷听到脚步声便转过身来，脸上的泪痕犹在，却努力地挤出了一丝笑容："你醒啦，咱们走吧。"

她的声音细软温柔，眼神中带着关心。

袁客师本想说些安慰的话，可话到嘴边却又说不出口。他感觉无论说什么，都不会起作用，只好走上前，拉着齐灵芷的手，默默地向山下走去。

此时无声胜有声!

山路崎岖，却没难住两人，一青一黄两道身影在高低不平的地面上跳跃着，仿佛矫健的豹子、敏捷的梅花鹿。

两人虽说都疲惫至极，却尽量隐藏自身的感受，免得让对方担心。可时间一久便分出了高低，袁客师的轻功虽不差，内力却大大不如，加上疲劳，使得他很快地落后于齐灵芷。

齐灵芷感觉到袁客师内力不支，身法便慢了下来，两人的手再次牵到了一起。两人在实力上虽有差距，却不会影响感情，因为心是在一起的。

……

村落之所以被称为世外桃源，是因为它与世隔绝，没有战争、没有政治、没有纷争，人们过着与外界完全不同的生活。可人性本就是复杂的，人性有积极向上的一面，比如勇敢、善良、慈爱、积极、理智、公正、诚信等。人性也有恶的一面，比如贪婪、冲动、自私、懒惰、欺骗、暴戾等。只要有人在的地方就会存在人性，所以真正的世外桃源并不存在，它只能存在于人的理想中。

眼前的村落便是其中一例。

太阳高挂，高耸入云的群山，虽经历了风雨，却依然苍翠。一条小河横穿整个山谷，河边星星点点地坐落着各式各样的民宅，每座民宅都被绿色包围着，看起来更加幽雅别致。村里的地面是整洁的青石路，每条青石路都直通小河，河水清可见底，几只美丽的白鹅畅游着。小河上架着一座古朴的小木桥，典雅、质朴。

几名妇女坐在河边的大青石上说笑着，手中的木质棒槌不断地捶洗着衣服，一只黄色的土狗趴在一名妇女身旁，不时地抬起眼睛向远处望去，耷拉着的耳朵偶尔抖动一下，警惕地听着声音。几名顽童拿着棍子在小河里不停地敲打着，溅得水花四起，弄湿了身上的衣服，却玩得开心，稚嫩的笑声惹得洗衣服的几名妇女不停地向他们张望。

"好一幅世外桃源的景象，生活虽平淡却平静安逸。"袁客师被眼前的场景迷住了。

两人刚进村落，便被几名洗衣服的妇女看见。妇女们本就喜爱谈论，一见来了外人，便叽叽喳喳地议论了起来，尤其来者还是顶级的俊男美女，更是让妇女们羡慕不已。

为了避免引起更多关注，他们未施展轻功，牵着手慢慢地走到妇女身前。袁客师便向她们询问近来有没有生人来过村子，几名妇女想了想纷纷摇了摇头，其中一名年轻女人却又皱起眉头，好像是想起了什么，一副欲言又止的样子。

袁客师正想细问，却听见从村子里传来一阵激烈的争吵声。

齐灵芷意味深长地看了看袁客师，意思是说世外桃源并非没有纠纷，只是不为外界所知，让人感觉世外桃源是完美的、令人向往之所在。

世外桃源依然是一个小型社会，有爱有恨，有暖有冷，真正的世外桃源只存在于人的心中！

年轻的女人听到争吵声后脸色一变，急忙扔下衣服和棒槌，跑向声音传来的方向。几名妇女也将衣物等放置到大青石上，边在身上擦手边跟着年轻女人跑开。河中玩闹的孩子们并未受到任何影响，仿佛大人之间的纠纷与之没有任何关系。

袁客师二人对视一眼，展开身法追了过去。

村中央有一块宽敞的平地，两名男子相互争吵并撕扯着，脸上均已见了血，身上的衣物也被撕破。周围的人们劝着架，可看两人的架势，并没有罢休的意思，反而更加起劲地纠缠在一起。

一名老太太手中拎着一只大鹅，另一只手拽着年长男子的衣袖，眼泪汪汪地哀求两人停手。

一阵咳嗽声引起了众人的注意，人们自觉地让开一条路。一位年长的老者在两名年轻人的搀扶下拄着拐棍走了过来，边走边咳嗽。

看到老人来到近前，两名男子停止了撕扯，却仍然不肯松手，相互用力抓着，红着眼睛望着对方，一副不死不休的模样。

"放开！"老人边咳嗽着边喊着，虽然显得有些病态，威严和气势却十足，看样子应该是村子的族长或是长辈。在与世隔绝的世外桃源，一般都是推选出一名长者主事，用所谓的族规来管理人们，并不遵从外面世界的律法。

两名男子犹豫片刻，还是在老人的威压之下松开手，各自退后一步，眼睛却仍死死地盯着对方。

"怎么回事？好好的邻居说打起来就打起来，难道你们就不怕受到族规惩罚吗？"老人用拐杖使劲地敲了敲地面，语气中带着严厉。

两名男子刚刚还像上场的斗鸡，听了老人的话后，顿时蔫了下来，各自低下头看着地面，脸上仍写满了不服。

见两人谁也不说话，长者冲着那名拿着大鹅的妇女说道："四婆，你来说说吧。"

被称为四婆的人是年长男人的母亲，是一名老实巴交的妇女，见长者冲着她说话，浑身便是一哆嗦，急忙说道："三叔公，我也不知道怎么回事，就知道事情是由这只鹅引起的。我刚刚从山里采些野果子回来，便遇到我儿子和冯老大打起来，我这不一直拉着我儿子呢嘛！"

四婆生怕三叔公怪罪，急忙将自己洗脱出来。在这种地方，三叔公就是法律，要是得罪了他，以后的日子就不会好过了。

三叔公冷哼一声："你们俩谁来说，要是没人说，就五五分责！"

"我来说！"年长男人抬起了头，眼神怯怯地望向三叔公，开始讲述纠纷的源头。

年长男人姓季，父母没读过书，就没给他起名字，因为从小长得虎头虎脑的，被人给起了外号叫季虎子。季虎子和冯老大两家是邻居，多少年都相安无事，好得和一家人似的。两家都养了鹅，两群鹅都是早上就被放出鹅圈，到河里寻些鱼虾吃，晚上就会自己回来。

昨晚，季虎子清点鹅的数量发现少了一只，便出门寻找，却怎么也没找到，第二天一大早又开始寻找，最后发现那只鹅居然在邻居冯老大的家中。

本来两家多年的邻居，一只鹅也算不得什么，季虎子本欲就这样算了，可冯老大对季虎子的眼神却很敏感，从中感到一丝轻蔑，冯老大眼睛里容不得沙子，便问他究竟何事。

季虎子摇了摇头，白了他一眼后便回到家中。这一下可刺激到了冯老大，他诚恳老实，对人对事都很讲究，哪点都好，就是受不得委屈，便带着一股气来到季虎子家理论。

季虎子也是出了名的倔脾气，便将丢鹅的事情说了出来，指认出那只鹅是他家的，并将其从冯老大家抓了出来。冯老大一看便不干了，两人从口角变成了撕扯，最后竟然动了手，要不是季虎子的母亲从山里回来及时劝阻，怕是两人得动刀子。

公说公有理，婆说婆有理，两人谁也说不过谁，季虎子便要请三叔公出来分辨此事，冯老大却不愿意。于是两人便撕扯着来到了村落的中心，吵闹声引来了众多的村民和三叔公。

"你们说说这只鹅都有什么特征？"三叔公听了后便向两人问道。

两人都张了张嘴，却没说出一句话来，脸红着低下了头。本来男人心就比较粗，季虎子说这只鹅是自己家的，凭的就是感觉，较真要他说鹅有什么特征，哪能说得出来。冯老大也好不到哪去，自然也说不出来。

沉默一阵后，三叔公清了清嗓子："既然说不上来，就都不用争了，将这只鹅杀了，炖了肉吃，听说村里面来了客人，正好用来招待他们。"说罢便将眼光望向站在人群外围的齐灵芷二人，众人的眼光跟着纷纷投了过去。

这一看不要紧，众人只觉得眼前一亮。这一男一女实在是天作之合，不但人生得俊俏，而且形象气质非常高贵，一看就是大户人家出身。

村民们开始纷纷议论起来，不时地还指指点点一番，弄得袁客师二人很是不自在。

"好啦，指指点点成何体统，岂不是让外人笑话我们桃源村没见过世面！"随着三叔公一声大喝，众人的议论声渐渐地小了下去。

看到四婆手中的大鹅，袁客师眼珠一转，笑着走到了人群中，抱拳说道："众位乡亲，关于这只鹅归属的问题，我可以断个明白，将事情断清楚了，再吃也不迟。若是不清不楚地就将它吃掉，怕两位当事人会心有不甘，以后还会生出事端来。"

三叔公将着胡子点点头："客人所言极是，这二人看着憨厚老实，脾气却倔得很。"

齐灵芷一个劲儿地给袁客师使眼色，不想他在这件事上多事。目前寻找父亲齐东郡为要，一只大鹅的事怎可相提并论。

袁客师却对她的眼色置若罔闻，话已出口，便不能再收回。齐灵芷眼见如此，也只好作罢。

"这位小哥说的是真的?"季虎子一听来了精神。

"当然！本人天生便有与动物说话沟通的能力，破此案易如反掌！"袁客师语出惊人。

第二十八章　特异功能

人的认知水平越低，想法就会越单一，缺乏判断力，就会表现得越固执。

能与动物沟通这件事儿别说没见过，连说书人都不敢说，桃源村的人们自然不肯相信，袁客师的话一出，人们的议论声顿起，如同沸腾的水一般。

"能和大鹅说话？从来没听过这种事啊！"

"这是通灵者，和去世的六奶奶差不多！"

"嘴上没毛，说话不牢！"

"这么年轻，不会是胡说八道吧！"

……

"众位，众位！"袁客师高喊着。

人们带着质疑渐渐停止了议论，看向袁客师。

"你说你能和它沟通，那现在就问它，到底是谁家的！"一名看上去四十岁左右的男人问道。

男人的话引起了众人的附和。

"忘了告诉众位乡亲，我这项能力必须得在夜间才好用。待我夜审大鹅，它会告诉我一切。"袁客师说话间眉毛扬起，一副江湖术士的模样，看得齐灵芷直龇牙。

"好，那就这样说定了，你一定要还我一个公道。"季虎子高兴得不得了。

一旁站着的冯老大也点了点头，冲着袁客师一抱拳，说道："拜托了。"

"三叔公，在下还有个请求。"袁客师在人群之中扫了一眼，察觉到了一丝难以捉摸的目光。

"这位小哥请讲。"三叔公看出来袁客师气质非凡，所以在语气上格外谨慎。

"我需要一间独门独院的宅院，不能有生人接近，否则我的能力便发挥不出来。"袁客师将目光收回来。

齐灵芷听得稀里糊涂，断案就断案吧，有手段尽管使出来，何必弄那么多条件。

其实袁客师是另有目的，一是为了给齐灵芷找一个比较安静的住所，让她能够好好地休息。二是为了断案的需要，这一点直到案子有了眉目后，她才明白是怎么回事。

三叔公看了看袁客师，略加犹豫："没问题，金瘸子一家刚好去小镇卖山货去了，三五天内都不能回来，两位贵客就住在他家好了。"

山里人淳朴，离开家时一向不锁门，谁家要是来个亲戚朋友，地方不够用便可以住到别人家中。

"谢谢三叔公！"袁客师从四婆的手中接过大鹅。大鹅不认识他，扑腾了两下，险些从他的手中逃走。

在一名青年的引领下，两人来到了金瘸子家里。金家的宅子不大，但干净整洁，看样子主人应是勤劳之人，青年将二人送到便离去。

"我说小袁神探，你不去查我父亲的线索，却在这里浪费时间，断什么大鹅的案子，你居心何在？"齐灵芷说出了心中的不满。

"姐姐！"袁客师笑呵呵地拉着齐灵芷的手，又轻声说道，"我知道齐伯父的事情很急，可这件事情咱们要是不帮助村民弄清楚，怕这两家以后的矛盾不会少了，看那季虎子和冯老大都是倔强之人，弄不好会出人命的。"

齐灵芷自然明白这个道理，却因为父亲的事情变得失去冷静，听袁客师这样一讲，心里好过了很多。她没想到的是，袁客师的一个无心之举，却给寻找齐东郡提供了一条重要线索。

夜，本就是安静的，世外桃源的夜更是格外安静。

与其他人家不同的是，金瘸子家的正房一直亮着灯，房间中不时地传出一个男人的说话声和一只鹅的叫声，至于对话的内容，怕只有当事人才能知晓。

一道身影悄悄地接近了金家大院，从门缝侧着身子小心地挤了进去，蹑手蹑脚地来到正房的窗户外，蹲在围墙下听着屋里的动静。

屋中传出来的声音却是稀奇古怪，是从喉咙和鼻子挤出来的声音。来人听了一阵，觉得完全听不懂，再听下去也不会有收获，便欲站起身来离开大院。

还未等起身，听见身后有破空的声音传来，身子一麻，便再也动弹不得。

一道黄色的身影从屋顶上飘下来，敲了敲窗户。屋中的袁客师停止了说话，打开房门拿着油灯走出来，借着微弱的光亮，看清了来人的脸。

袁客师并没有惊讶，轻轻地笑了笑："就知道是你！"

来人突然身子动弹不得已是大吃一惊，见从天而降的齐灵芷和从屋中走出来的袁客师，更是让他大惊失色。

"我只是好奇，所以就来看看你是不是说谎。"来人从慌张中镇静下来，一副赖皮的样子摆了出来。

"我还什么都没说，你却先否认了，这是不是说明你心里有鬼？"袁客师哈哈一笑，若论起诡辩，这个与世隔绝之人哪是他的对手。

果然，那人涨红了脸结结巴巴半天都没说出话来，最后像泄了气的皮球一样。

"三叔公，您可以出来了。"袁客师拍了拍手。

这句话一出口，来人浑身一颤，要不是齐灵芷用飞石点住了他的穴道，恐怕他会跳起来立刻逃走。三叔公的严厉在桃花村是出了名的，如果知道大鹅的事是他搞出来的，不要了他的命也要打断一条腿。

偏房的房门"咯吱"一声打开了，两名青年扶着三叔公走出来，同时出来的还有季虎子和冯老大两人。三叔公的眼神不好，走到窗前才看清来人的长相，气得他下颌的胡子差点翘起来。

"关麻子，你说，我们桃花村多久没有动过族刑了？"三叔公气极之后反而平静下来，缓缓地对着蹲着的来人说道，在场的人都听得出语气中的杀意。

关麻子听到"族刑"这两个字，身体立刻像筛糠一样不停地颤抖着。齐灵芷二人并不知道族刑是什么概念，桃源村中却无人不知。

"三叔公，听说男客人能和动物沟通，我就起了好奇之心，这才偷偷地跑到这儿偷听，其他的什么都没做呀。"关麻子虽吓得够呛却并未输口，仍然狡辩着。

袁客师走到关麻子的身后，伸手在他的后背上戳了两下。关麻子只觉得一股冷飕飕的风钻进身体，随即身体一个激灵，猛地站了起来，这才发现他已能够活动自如了。

"有件事情我要向众位说明，我并没有与动物沟通的能力，当时这样说只是诱当事人暴露的一种手段。说过这句话后，我仔细地观察围观的百姓，一般人听说我有这种能力，都会露出惊讶的表情，有些人则是一副不相信的模样，唯独你不同，你的神色中露出一丝慌张和惊恐，由此判断，就算你不是这件事儿的挑起者，也是知情者。所以我便设计了这么一出戏，等着你来上钩。"袁客师说罢便将目光望向三叔公。

"这位公子说的事我知道，在这位公子的提醒下，当时我也注意到关麻子的确有些不正常，就是不知公子用的什么方法，在嘴不动的情况下让我听到声音。"三叔公说道。

对于当时耳边响起的袁客师说话的声音，他感到不可思议，但毕竟年长稳重，并未表现出过度的异常。早就听说外面的世界之中有这种卖艺的江湖人，能够使用腹语，却始终没有见过，他哪里知道，袁客师用的是千里传音的内家功夫，比江湖人士所用的腹语不知要强多少。

关麻子眼神飘摆不定，只得低下头："三叔公，我只是来探听虚实，其他什么都没干。"

三叔公气得胡子一抖，用拐杖敲着地面："你闭嘴。"

袁客师微微一笑，接着说道："三叔公趁着夜色来到这里与在下会合，聊天中说起桃源村已很久未发生过纠纷，可近段时间却纠纷不断，起因是很多人家丢了东西。村民淳朴，以为是哪家的孩子捣鬼，并未过多地计较，只是找到三叔公说说也就罢了，直到今天遇到了倔脾气的冯老大和季虎子，要不是我及时点破其中的破绽，恐怕受到族刑的不是关麻子，而是他们二人了。"袁客师的一席话神神秘秘，让人难以捉摸，其中的原因只有站着的关麻子知道。

季虎子和冯老大冲着关麻子直瞪眼，若非三叔公在场，两人早就冲过去暴揍他一顿了。

"实际上冯季两家一共丢了两只鹅，其中一只趁着偷窃者不注意跑了出来，却因为偷窃者一路追赶而慌不择路，原本属于季虎子家的大鹅，跑进了冯家，偷鹅贼仍想将鹅偷出来，却不敢直接到冯老大家去偷。因为鹅见了生人一定会大声叫唤，甚至会攻击，这样便会惊动主人。如果偷鹅这件事和关麻子没关系，为什么全村那么多人，偏偏他要到这里偷听？单从这一点上，就能断定他定与此事有关联，所以我便请灵芷姐姐潜到你家查找线索。"袁客师将目光投向了齐灵芷。

三叔公等人狠狠地瞪了关麻子一眼，随后将目光投向齐灵芷。

"我受三叔公的委托，潜入关麻子家，果然发现了一些线索，就是这些鹅毛。"齐灵芷说着便将手上的丝帕展开，在微弱的油灯灯光下，几根带血的鹅毛显得有些诡异。

"原本鹅毛应是被放进炉灶中烧掉的，可能是嫌犯行动仓促，这才漏掉了这几根，掉在灶膛旁的柴火中，从鹅毛的颜色上来看，和冯老大家的鹅几乎一致。"齐灵芷说道。

此时的关麻子脸如死灰，浑身冒着冷汗。

"冯季两家的事非常清楚，那只有争议的大鹅是季虎子家的，冯家的鹅是关麻子偷的。"袁客师说道。

"关麻子，你还有什么可说的？"三叔公怒喝道。

关麻子低头不语。

"在与三叔公聊天过程中，我得知关麻子还有一个弟弟，半年前失踪，又听说近段时间关麻子总是去山里捡山货，却总是空手而归，据上山玩的孩子们说，关麻子经常去的那个地方有一个险峻的山洞，我就想，是不是关麻子的弟弟又回来了，而且就藏在山洞中？"袁客师猜测着，不过却不是完全没根据的猜测。

关麻子是出了名的老实人，从来没和人红过脸，由于脑筋死板不懂变通，生活上有些拮据，全家的生计都靠着弟弟一个人撑起来。弟弟失踪后，家境变得更加困难。若这件事情真与关麻子有关，可能是他的生活突然发生变化，是他所不能应付的，这才动了偷盗的念头。

关麻子瞪大了眼睛望着袁客师，眼神仿佛是遇到了妖魔鬼怪，甚至还要惊讶。毕竟山里人没见过世面，也不善于隐藏自己，单单从表情上就能够看得出忠奸。

"来人，组织村里的青壮年，拿着镐头木棒，上山去抓人！"三叔公似乎被关麻子气坏了，连想都不想便命令道。

三叔公身边的一名青年刚想走，便被袁客师拦住了。

"三叔公请息怒，现已至深夜，山路险峻，这样贸然上去，可能会对村民造成伤害，还不如审关麻子来得快。"袁客师之所以这样说，是因为有几件事情还没弄清楚。

"我让他给气糊涂了！"三叔公点了点头，冲着一名年轻人说道，"去将族刑的刑具取来。"

青年应声而去。关麻子吓得不轻,脸色异常难看,眼珠来回转动,应该是做着激烈的心理斗争。

三叔公口中所谓的族刑其实是桃源村私刑,与大周律法没有任何关联,族刑很残酷,关麻子虽没杀人放火,却道德败坏,要受到十指连心的酷刑。

所谓的十指连心酷刑,其实就是用烧红了的铁针扎入手指甲和脚指甲里,三叔公排行老三,往往施刑的次数都是三次,刑罚不是一次性完成,而是等第一次的伤势好了以后再动第二次刑罚,这样对人意志力的摧残更加严重。有甚者,第二次还没有挨到便因为受不了精神上的折磨而自杀。

人的手指部位敏感,尤其是指甲部分,别说是用烧红了的铁钎子插进去,就连扎一根木刺进去也要疼上好久。

齐灵芷听罢心中暗道:这幸好是三叔公主政,要是六叔公七叔公之类的,每次私刑都执行六七次,恐怕没有几个人能熬得过去。

关麻子长出了一口气,心中定了主意,也顾不上颜面,跪倒在三叔公面前,不停地磕着头,大声求饶,看样子非常可怜。

"到了这个时候还想求饶,等着受刑吧。"季虎子痛恨偷鹅的关麻子,便大声痛斥。

一旁的冯老大也瞪着眼睛附和着。

"你俩就不要起哄了,要不是你们之间的不信任,导致相互猜疑,哪会闹到今天这种局面。"三叔公边咳嗽边训斥着身边的二人。

冯、季二人被训得脸红脖子粗,忙退到了一旁不再作声。

"你老实交代,说不定三叔公会免了你的刑罚。"袁客师在一旁说道。

关麻子抬起头,望向袁客师,颤抖着声音说道:"贵客,要是能免了刑罚,我就如实招来,否则,我宁愿死也不会说。"

袁客师与三叔公对视一眼,互相点了点头。

"关麻子,只要你说出事情的真相,看在贵客的面子上,我就免了你的刑罚。"三叔公说道。

关麻子一听见三叔公放出话来,便立刻来了精神,连声说"好",之后便开始讲述他弟弟关老二的事情。

半年前,关老二去小镇的集市卖山货,却一直未回家。最初时,关麻子以为他遇到了劫财的山匪，带着乡邻们寻找了几天也没找到，最后不了了之，山里人本就没有律法的概念，并未报官，只好自认倒霉。

关老二的失踪对关家影响很大，关麻子为人老实却有些懒，一家的生活都是靠着老二维持，老二这一失踪，关麻子不得不担起全家生活这副重担，家里常常是吃了上顿没下顿，生活很是拮据。

一个月前，一个漆黑的夜晚，关老二却突然回到桃源村。

第二十九章　食人魔

关麻子借着油灯看关老二，他倒吸了一口冷气，吓得油灯险些掉在地上。

关老二的脸色铁青，两个原本黑色的眼珠变成了灰白色，整张脸肌肉僵硬，给人死气沉沉的感觉。幸运的是，关老二通过手势和部分发音仍有交流的能力。两人交流了好一阵，关麻子也没弄清楚在关老二身上到底发生了什么。

关麻子想叫父母妻子来，好一起商量对策。关老二却怕吓到家人，连忙拒绝关麻子的提议。

关老二吃饱喝足后，告诉关老大他藏在两人小时候经常玩耍的山洞，并让他弄些吃的送去，最好是肉，不需要任何加工，送来就好，临走时特意嘱咐关麻子，满月的日子千万不能来。

关家一向都是关老二做主，关麻子是个不折不扣的执行者，对于关老二的话，关麻子执行得丝毫不差。但关家本就困难，生活已是捉襟见肘，关老二食量大得惊人，几乎是常人的十倍，而且不吃素只吃肉。

关麻子养的鸡鸭鹅很快就被吃个干净，无奈之下只好将手伸向富足的季虎子和冯老大家，偷了他们家两只鹅，这才引发了冯、季两家的不和。

"关老二吃生肉?"三叔公惊道。

在人们的印象中，只有豺狼虎豹等猛兽才会吃生肉，人早已过了饮血茹毛的阶段，怎么可能吃生肉?

关麻子说道:"我也好奇，但每次他都让我把肉放在洞口，等我走了之后，他才会把肉拿进去。"

"你从没见过他吃东西吗?"齐灵芷问道。

关麻子摇摇头。

"满月的日子不能去，这句话是什么意思?"袁客师问道。

关麻子咽了一口吐沫，眼神中满是恐惧，说道："您这是问到点子上了。有一天我忍不住好奇，趁着十五月圆之时去山洞看他，刚进了洞便遇见他。当时他只看了我一眼，然后就好像不认识我了，掐住我的脖子将我抓得离地而起，我拼命挣扎，用脚踢在他身上，感觉他的身体像石头一样硬，而且力大无比，轻轻一甩就将我甩出洞外，洞外不远处是悬崖峭壁，要不是我侥幸抓住了一根树藤，早就被摔死了。"

"你都是晚上去的?"袁客师问道。

关麻子点了点头。

"白天见过他没有?"袁客师问道。

"白天没有。为了维持生计，我白天到林子里去打猎、采山货，哪有时间去管他……哎，他曾经说过，他害怕见光，见了光就浑身不舒服。"关麻子回答道。

袁客师想了一阵，对三叔公说道："按照关麻子所说，关老二在满月时可能无法控制住自己，这才千叮咛万嘱咐，不让关麻子在满月时送食物给他。另外，关麻子身高力壮，关老二却能轻松将其擒住，任由踢打也无法撼动，说明其力量很大，一旦失控，会变得极其危险。"

关麻子急忙点头附和着。

"那就不要管他，任由他饿死，免得为害桃源村!"冯老大说道。

"这……三叔公……"关麻子毕竟和关老二血浓于水，一脸焦急地看向三叔公。

三叔公摇了摇头，说道："万一关老二饿得发起疯来，趁着夜色冲出山洞，来到村里，那就大大不妙了。贵客，此事可有高见?"

"为了安全起见，明天天明后去那处山洞，关麻子带路。"袁客师说道。

三叔公抬头看了看天上圆圆的月亮，点了点头："那今天就这样吧，小武，你把关麻子关到我家的柴房中锁起来，明天天亮召集村民跟着贵客去山洞。"

袁客师心中隐隐觉得有些不安，却说不出哪里不对劲儿。

送走众人后，袁客师和齐灵芷回到房间，各自坐在桌子两侧默不作声。齐灵芷心中所想与袁客师一致，隐隐地觉得此事并不简单，但却说不上来。

"姐姐，你是不是也觉得这件事有蹊跷?"袁客师看出了齐灵芷的疑惑。

"我觉得哪个地方不对劲儿，却说不上来，心里一直惴惴不安。直觉告诉我，今晚可能还会出事儿。"齐灵芷边说边凝神看向窗外。

第二十九章 食人魔

"今晚？没那么严重吧！"袁客师小声嘀咕着。

"你刚才分析案情时，我听到院墙外面有人在偷听。"齐灵芷说道。

袁客师呵呵一笑："好奇之心人皆有之，村民们都知道我夜审大鹅这件事，来听听也不算奇怪。"

"但愿吧，反正也没什么能做的了，先休息吧，明天天亮还要去山洞。"齐灵芷打了个哈欠。

袁客师点了点头，本想再和齐灵芷黏一会儿，但看她满脸疲惫之色，心中不忍再打扰，转身回到偏房，刚想躺下，突然想起了什么，一下子又坐起来，本欲与齐灵芷商量，可想了想，又躺了下来。

与此同时，一个人蹒跚着从村里出来，趁着月光跌跌撞撞地向山洞方向走去，走一段路就停下来歇歇脚，歇够了再接着走。

此人已不年轻，不能在岩石上跳跃，只好手脚并用地爬过崎岖的山石，一边爬一边小声地喊着。

终于，黑黢黢的山洞呈现在她眼前，一股阴风从洞口吹出，虽然她已是满头大汗，可仍被这股阴风吹得打了一个寒战。

"老二……老二……"苍老的声音传进山洞，声音中带着些许的兴奋和激动，也带着一丝丝不安。

喊了一阵也没见动静，年迈妇女试探着向山洞中走去。突然，慈祥的喊声被一声惊叫代替，随即山洞内传出一声惨叫，响彻群山。又一阵低吼声传出，之后便没有了声音，大山再次恢复了平静。

桃源村虽说是与世隔绝，但村民们仍然保留着早起劳作的习惯。公鸡刚刚打鸣，村民们便纷纷起床，开始一天的劳作。

袁客师与齐灵芷因为心中有事，也早早地起了床，正准备出门，却见季虎子慌慌张张地跑了进来，险些撞到袁客师的怀里。

"季虎子，不是让你看着关麻子嘛，怎么跑到这儿来了？"袁客师看到季虎子的样子，就知道一定出了事儿。

"二位贵客，今天一大早，关麻子的爹找到了三叔公，说关麻子他娘昨晚上跟着关麻子出了门，却始终没回去，开始还以为是陪着关麻子，直到今天早上三叔公派人将关麻子爹找来，这才知道关麻子娘没和关麻子在一起，她失踪了！"季虎子甚至顾不上抹汗，一口气把话说完，虽然听起来有些拗口，袁客师却明白了个大概。

"糟了！昨晚上在墙外偷听的是关麻子他娘！"袁客师终于想起昨晚上究竟哪里不对劲儿。

儿行千里母担忧。家里的变化瞒不过关母，关麻子行为异常哪能逃过母亲的眼睛，当关麻子夜里偷着到金瘸子家时，关母害怕袁客师夜审会审出真相来，便跟着来偷听，得知关老二已经回到桃源村，这才连夜前往山洞找二儿子。

可关麻子说过，关老二仿佛是变了一个人，尤其在满月时，几乎是六亲不认，而昨夜恰恰是满月。

想到这里，袁客师与齐灵芷对视一眼，两人心有灵犀，一人拉着季虎子一只手，齐声说道："快带我们去山洞！"

话音未落，季虎子只感觉整个人像是腾云驾雾一般飞起来。

"等……"季虎子一个字还未说完，便被迎面的风吹得上不来气，双手又被二人拉着，连掩口都做不到。

"等下！"季虎子终于喊了出来。

齐灵芷二人将速度慢下来，回过头看着咳嗽的季虎子。

"情况危急，关大娘随时会有危险。"齐灵芷有些着急，语气免不了生硬一些。

"方向错了，在另外那边，关麻子和冯老大等人已经抬着三叔公去了。"季虎子使劲地将手从齐灵芷的手中抽了出来，指着另外一个方向，却被惯性带得险些摔了个大跟头，好在袁客师眼疾手快，及时将他扶住。

袁客师听后一惊，暗道：普通村民遇到力大无穷六亲不认的关老二，说不定会有性命之忧。

袁客师、齐灵芷再次抓着季虎子的手，朝着另外一个方向飞奔，两人全力施展轻功，生怕慢了一步关母和村民们会惨遭毒手。

季虎子从来没有见过奔跑速度如此之快的人，现在他反倒相信袁客师能和动物交流是真的，因为这件事只有神仙才能做到，而眼前的两位几乎是带着他在飞，打抓住他手的那一刻起，他的脚就没再沾过地面，眼前的景色几乎都是模糊的，风呼啸着从耳边吹过，从领口裤腿等处钻进去，肆意地掠夺着他的体温。

山脚下，两名青年抬着一个简易的担子，上面坐着的正是三叔公，身旁还跟着几名拿着镐头和木棒的年轻人。

"三叔公!"齐灵芷和袁客师几乎是同时出声,话音未落,人便到了三叔公的面前。

三叔公等人听到声音便转过头,却没有看到人,正疑惑着转过头来,却发现齐灵芷和袁客师拉着季虎子出现在面前。

三人的突然出现差点儿将三叔公那颗本已年老不堪的心脏吓得跳出胸膛,好不容易稳定下来,这才指着半山腰的一处说道:"贵客,山洞就在那儿,快去!"

齐灵芷、袁客师顾不上村民们,放开季虎子,身形一闪便消失不见,惊得众人不由得愣在当场,过了好久才缓过劲来,急急忙忙抬着三叔公向半山腰的山洞跑去。

山洞位于大山的半山腰,齐灵芷、袁客师因为有轻功傍身,可以忽略险峻的山势,对于普通的村民们来说,这一趟无异于一次大冒险了。

当他们二人站在洞口时,抬着三叔公的人们才刚刚走了不到五分之一的路程。

洞口狭小,加上附近的地势险峻,来此地的人并不多。洞里面黑黢黢的,什么也看不见。还未走进洞口,就觉得一股透骨阴风迎面扑来,仿佛是从十八层地狱吹上来的一样,让人不由自主地打寒战。更让人心颤的是,从洞口吹出来的阴风还掺杂着一股血腥的味道。

这种味道对作为仵作出身的袁客师来说再熟悉不过了。

"有血腥气!"袁客师抽出腰刀并从怀里掏出了火折子,用力一晃,火折子冒着烟燃烧起来,随即一马当先向洞中走去。

齐灵芷也不敢怠慢,抽出长剑,跟在袁客师的左后方做策应。

洞中比想象的要黑得多,刚一进洞,就觉得一股黑暗迎面扑来,整个世界变成一片黑暗,火折子微弱的光芒被阵阵阴风吹得摇来晃去,随时可能熄灭。

"姐姐小心!"袁客师在前面走着,却提醒着走在后面的齐灵芷。齐灵芷心中一暖,应了一声,将内功运转得飞快,使第六感更加敏锐,时刻警惕着来自侧面和后面的危险。

山洞外窄内宽,越是向里走就越宽敞,阴气随着深入越来越重,血腥气也越来越浓。突然,袁客师停住了脚步,瞪大眼睛望着眼前惊人的一幕。

只见洞中一块宽敞的地方，一个人双膝跪在地上，双手不停地向口中塞着什么东西，口中发出"咯吱咯吱"的磨牙声，让人听得汗毛都竖起来。

"谁？！"袁客师将腰刀向前一指。

火折子的光芒虽然微弱，却足够让二人看清楚眼前的景象。

一个脸色铁青的人直直地跪在地上，下颌和上身沾满鲜血，手中拿着的是一截肠子，肠子不停地滴着血，散发着腥臭的味道。肠子的主人躺在了冰凉的地上，仔细一看，是一名年老的妇女，看身上所穿着的衣物，正是桃源村妇女常穿的款式。

"哇！"齐灵芷转过身呕吐起来。

袁客师虽然见过众多的血腥场面，却从来没有遇过如此恶心的场面，强压着一口气才没吐出来，内力运转之下，暴喝一声："住手，畜生！"

尸体是关母，关老二正在吃着的，也正是他母亲的肉！

食人魔，丧尽天良的食人魔！

第三十章　无敌铁尸

袁客师从事捕快多年，遇到恶人无数，却从未见过如今这种情况。

他怒气冲天，长啸一声，钢刀一颤，五朵刀花便闪现而出，随着刀身发出了嗡嗡的响声，直冲着关老二砍去。刀法由汪远洋的蝉翼刀法演化而来，本以轻盈灵动为长，袁客师将其变化以适应他的钢刀，竟出现另外一种效果。

想不到的是，关老二连反应都没有，眼见钢刀到了身前，却仍在咀嚼着肠子，丝毫没有受到刀势的影响，甚至连眼睛都没眨一下。

"噗噗噗噗噗!"钢刀毫无悬念地砍扎在关老二的四肢和丹田处。

"中了!"袁客师一阵暗喜。

虽说袁客师气愤至极，却碍于捕快的身份，还是留了后劲儿。如果对手是普通的练家子，这五刀会使之立刻丧失战斗力。

可袁客师的刀刺中关老二身体时，就觉得不对劲儿。钢刀好像刺中了一截枯朽的木头，让他完全使不出力量，甚至连招式都有些黏滞，而被刺中的关老二却像是什么事都没有发生过，仍跪在原地咀嚼着。

"有些不对劲儿!"袁客师见一击未成，急忙收势撤退，给齐灵芷让出空间。

齐灵芷挺剑而上，回风雪舞剑法赫然出手。只见她使一招"寒芳留照魂应驻"，手中长剑化为一道疾光刺向关老二的咽喉。

刚才袁客师出手时她看得明明白白，心中对关老二的武功大约做了个评估。关老二所练的功夫应属于横练硬功，练这种功夫的人灵活度不足，而且有罩门存在，只要打在了罩门上，就可以破了横练的功夫。

令人疑惑的是，桃源村非常封闭，民众并无习武之风，关老二如何练就的这身硬本领! 尤其是横练功夫，需要从小练起的童子功才行，或是像大周第一高手李元芳，练的是内外双修，大成后也会有这种效果，但缺点是想达到横练状态需用大量内力支撑，内力减弱后便会失去横练的效果。

横练功夫的罩门大部分在咽喉、双眼或是裆部，因为这些部位非常脆弱，没有相应的肌肉来保护，就算是横练一口气，因为经脉不通畅，也很难练到这些地方。

齐灵芷便选择咽喉作为攻击点，可当剑尖接触到关老二咽喉时，她发现自己错了。

齐灵芷得到李元芳的指点后功力大增，原本灵活的回风雪舞剑法多出一丝霸气。令她意想不到的是，本来气势磅礴的一剑却像是刺到了木头桩子，所有的力量瞬间被化解。而关老二却纹丝不动，依然在咀嚼着那段肠子。

"不可能!"齐灵芷带着惊讶收剑回撤，同时与袁客师对视一眼。

二人虽年轻，却行走江湖多年，大小恶仗打了无数，从未见过强横如此的高手，"阴阳变"一案中的铁尸门门主臧霸也只是勉强能抵挡住，却无法像关老二这般毫不在意!

袁客师从她身边蹿了出来，双腿一用力便腾在空中，将刀刃朝上，用尽全身功力将一招简单的"力劈华山"使了出去，将腰刀当作长棍使用，用厚实的刀背敲击关老二的脑袋。

一力降十会!

从刚才的情形可以看出关老二不畏惧刀剑的锋利，要是他反应过来出手反击，说不定二人就要殒命于此，此时的袁客师也顾不了许多，一心想杀死关老二。

齐灵芷见关老二仍没反应，便知道袁客师这一击定是无功而返。关老二对他们的攻击完全没兴趣，反而一直盯着眼前的尸体。

正如齐灵芷所料，袁客师全力一击也未能奏效，正当袁客师准备再进攻时，齐灵芷一把拉住他，轻声说道："别打了!"

袁客师停止出手，站在齐灵芷身边警惕地看着关老二。

"他好像丢了魂魄一般，对咱们的攻击没有半点反应。"齐灵芷说罢便收起长剑，慢慢地向关老二走去。

"姐姐!"袁客师一惊，急忙闪到齐灵芷的面前，用身体拦着。

"你让开!"齐灵芷欲将袁客师拨开，可袁客师却没有躲开的意思，反手一把抓住了那只柔若无骨的手，并排站着向前走去。

关老二盯着眼前的尸体，嘴不断地咀嚼着，一大截的肠子被他吃得只剩下了一小段，他眼神空洞洞的，仿佛是被吸走了魂魄。

"看样子他已失去神智，现在是靠着本能在活动。"齐灵芷说道。

她听师傅青玄师太说过，有一门江湖异术叫铁尸功，功力大成后刀枪不入百毒不侵，而且力大无穷，同时还可以将刚刚死去的人练成铁尸傀儡。与青玄师太同年代的神秘客最高纪录是控制了四十八具铁尸傀儡，打遍天下无敌手。不过铁尸傀儡的弱点是需要主人操纵，一旦离开主人操控便无法动弹。这本异书落在臧霸手上，令臧霸进入顶尖高手行列，并成立了铁尸门，臧霸死后，这本书也消失于人间。

但仔细观察关老二，却又不像是被操控的铁尸傀儡，铁尸傀儡如果失去控制便不会动弹，也不能主动进食，关老二却大大不同，按照关麻子所说，他非满月时是有自主意识的，昨夜恰好是满月，导致关母被关老二杀死并且吞食其尸体。

"这是怎么回事？"袁客师对眼前的景象有些不解，虽说他闯荡江湖年头较多，却没有青玄师太这样的师父。

"先看看关母的状况吧！"齐灵芷慢慢地蹲到了那具女尸的面前，向女尸的脸伸出了手，手还没有碰到女尸，便听到关老二的口中发出一阵低吼，身体随着吼声转向齐灵芷，眼睛冒着骇人的光芒。

"退后！"袁客师一面提醒，一面做好与关老二硬碰硬的准备。

齐灵芷没有立即撤回来，而是慢慢地将手远离尸体。令人惊讶的是，关老二的低吼声渐渐地平息了，眼睛散发出的骇人光芒逐渐散去，眼珠子又恢复成灰色，就像刚才什么都没有发生过。

"原来是这样！"袁客师终于松了一口气。

"你也知道了？"齐灵芷知道袁客师的知识渊博，却不认为他真的知晓关老二的情况。

"关老二的身体有什么变化我不知道，可对于刚才那一幕却让我想起了狗护食。关老二成了行尸走肉，剩下的只是人的原始本能，进食并活下去，所以会护食。可怕的是关老二没有恐惧、没有痛觉，刀枪不入。"袁客师说道。

"你还记得铁尸臧霸吧，一身铁尸功炉火纯青，杀死黄鸣谱和牟平后将其制成铁尸傀儡，我觉得这两者之间有相似之处。"齐灵芷看着关老二说道。

"有区别。牟平、黄鸣谱再厉害也做不到刀枪不入，臧霸本人刚达到大成的境界，勉强能抗住元芳大哥的链子刀。你看这关老二，才多大的年纪，就算他从娘胎里开始练习铁尸功，现在也到不了大成的境界呀。"袁客师反驳道。

说到了娘胎，他和齐灵芷的目光同时集中到躺在地上的妇女身上，心中不由得一酸。

俗话说得好，儿行千里母担忧，这话一点儿也不假，昨夜关母听说二儿子回来了，就隐藏在附近的山洞时，没有一丝的犹豫，更不考虑危险，连夜前往山洞找儿子，以至于白白丧失了性命。

"所以，他一定是有了奇遇，这才成了这番模样！"齐灵芷说道。

"贵客！"三叔公的声音从洞口传来。

袁客师一个闪身就来到了洞口，做了一个噤声的手势。

袁客师将山洞里面的情况简单地和三叔公讲述一番，好让他们有个心理准备。就算这样，三叔公等人见到关母尸体还是大吃一惊，反应比齐灵芷还要强烈。一行人跑到洞口外一阵呕吐，几乎将昨夜吃的东西都吐出来，过了好一阵才回到洞中。

只有关麻子的反应不同，一看见地上躺着的是他娘，便如同被闪电击中一般，呆立不动，反应过来后就哭着扑上去。幸好袁客师眼疾手快将他拦住，否则关老二定会将他撕个粉身碎骨。

袁客师、齐灵芷这样的阅历都承受不住，更何况是与世隔绝的桃源村众人。三叔公一见到眼前的情景就傻了眼，不知所措地望向袁客师。

"三叔公，关老二的情况很特殊，我俩拿他一点办法也没有，如果关麻子说的是真的，我们有再多的人也困不住他。关老二现在只剩下最原始的本能——吃，而且护食。"齐灵芷刚刚说到这里便被三叔公打断。

"什么？关老二竟然吃他的娘亲？"三叔公有些不敢相信自己的眼睛，手中的拐棍使劲地戳着地面。

关老二将最后一截肠子放进口中咀嚼着，发出"咯吱咯吱"的磨牙声，听得人直打寒战，随后又从尸体腹腔掏出一块肝脏，放在嘴里嚼着。

齐灵芷没再过多解释，慢慢蹲下来，手一点点地接近关母的尸体。关老二再次转向她，双眼中冒出骇人光芒，喉咙发出低吼声，双腿微弯曲，身体朝前倾斜着，仿佛一头准备猎食的豹子，看样子只要齐灵芷的手接触到关母尸体，他就会毫不犹豫地扑上去与齐灵芷搏命。

齐灵芷慢慢地缩回手，起身向后退了几步，关老二这才渐渐地停止吼声，双眼的骇人之色也渐渐地消退。

三叔公等人早就被关老二的气势吓得魂不附体，若非齐灵芷一直在前面没动弹，恐怕一行人早就跑得无影无踪了。

"这……这可如何是好？"三叔公完全没了主意，用求助的眼神看着齐灵芷和袁客师。

"逝者已矣，我们得把关母的尸体抢回来入土为安。三叔公，麻烦你们去准备一头牲畜，要活的，弄上山来，再准备一些绳子，要结实柔软的麻绳。"齐灵芷说道。

三叔公点了点头，随后吩咐身边的冯老大下山去准备。要说山里的村民淳朴一点也不假，虽然这件事应该由关家来负责，可冯老大听到三叔公的吩咐后没有丝毫犹豫，立刻转身下山去准备。

"咱们还是退出洞外吧，洞里的阴气十足，好人待得久了也得生病。"齐灵芷说罢便慢慢地向洞外退去。

其他人也跟着一起向外退，脚步很轻，生怕惊动了正在进食的关老二。

关老二变成食人魔的消息迅速传开，让这个多年波澜不惊的小村落炸开了锅。自打桃源村建立以来，村子平静祥和，从未发生过恶性案件，光听食人魔这个名字就把村民们吓得不轻，再加上个别百姓添油加醋地一说，村民们顿时都慌了神。人们四处奔走，甚至有人开始收拾细软和行李，准备搬离桃源村。

幸好下山来准备牲畜的冯老大及时地阻止了众人，说两位贵客能够降服食人魔，现在就是来准备降服食人魔的东西，不出三天就会有个结果。

冯老大是出了名的倔驴子，为人却忠厚，一言九鼎。人们一听到冯老大这话，便安静下来，躲进家中不再出门。本来还算热闹的桃源村变得冷冷清清，人们连饭也不做了，生怕家里冒出的饭菜香气和炊烟会引来食人魔。

三叔公平时威风八面，此时他仿佛一名无助的孩子一样，完全没有了以往的威严。

"两位贵客，你们真的能够降服这个妖怪吗？"在三叔公眼中，只有妖怪才是吃人的，所以他才将妖怪的称呼安到关老二身上。

"三叔公，关老二是不是妖怪我们也不好说，现在的关键是把关母的尸体弄出来，然后再把关老二困在山洞中，等想到破解的办法时再将他收服。"齐灵芷和袁客师武功上乘，可遇到了一个刀枪不入、不知疼痛的大力士，任你武功再高，怕也难撄其锋。

三叔公并不关心关母的尸体能不能抢回来，而是关心能否将食人魔困住，于是颤颤巍巍地问道："敢问二位贵客想用什么方法将其困住?"

"计划是这样的……"齐灵芷将计划说了出来。

三叔公听后松了一口气，说道："虽说冒险，却值得一试!"

第三十一章　意外

齐灵芷的计划很简单，就是利用关老二只知进食的原始本能，用毛驴来吸引关老二的注意，然后再趁机将关母的尸体抢出，等齐灵芷出了洞口后，再将大石头撬下来堵住洞口以完成计划。

等冯老大带着十几名青年人走了上来，齐灵芷便将众人聚拢到一起，又将计划详细地讲述给众人听，并分配好任务，众人将信将疑，但无奈之下也只得如此。

"客师，最重要的环节交给你，你带着几个人一起到洞口上方，当我下令时，你们就撬动那块岩石，令其落下来，正好挡住洞口，千万不要延了时辰，否则，一旦关老二追出洞来，后果不堪设想。"齐灵芷指了指洞口上方一块突出的岩石说道。

突出岩石经过多年的风雨洗礼，和山体连接处裂开一条很大的缝隙，缝隙中长着一棵小树，相信用不了多久，岩石就会被树木撑裂。

袁客师立刻飞身上了洞口上方，用脚试了试岩石，巨大的岩石微微动了动，他这才心里有了数，又飞身而下。

众人见袁客师飞上飞下很是轻松，皆大为惊叹，对齐灵芷的计划顿时有了信心。

齐灵芷看了看逐渐升高的太阳，说道："开始吧!"

袁客师不放心，又询问了众人，确定没问题后，这才让冯老大牵着毛驴向洞中走去，其他的人则拉着绳子的一头，做好拖拽绳子的准备。

袁客师把齐灵芷拉到一旁："姐姐，进山洞这件事应该由我去，虽说我武功没你厉害，轻功却不差。你内力比我深厚，撬动那块岩石最合适。"

齐灵芷一听心里一暖，她知道袁客师不想她去冒险："客师，我明白你的意思，不过还是我进洞比较稳妥，别忘了我是青玄师太的关门弟子，保命的手段多着呢，你可不行！"

袁客师原本想显示一下男子汉气概，但想了想，自己无论武功还是见识都不如齐灵芷，也不好再说什么，嘱咐了几句后，便飞身来到那块大岩石上方，随后招呼季虎子等人爬上来。

齐灵芷拿起绳子另一端走进山洞。冯老大原本有些害怕，见齐灵芷进入山洞而毫无惧意，心中生出一阵愧疚，深吸一口气后，壮着胆子牵着毛驴向山洞走去。

关麻子犹豫后，不顾众人阻拦冲了进去。

洞穴深处，关老二拿着关母的一块内脏不断地咀嚼着，咀嚼声和血腥的味道让人不寒而栗。

进了山洞，一阵阴风混合着血腥气息吹了出来，让冯老大不由自主地打了一个哆嗦。冯老大倒还好说，知道只要不碰到关母的尸体，关老二就不会狂躁，可毛驴凭借的却是与生俱来的本能，本来洞中的阴气十足，加上血腥味道以及关老二所散发出来的死气，使得毛驴磨磨蹭蹭不肯前行。

无奈之下，冯老大只好用尽全身力气拽着毛驴向前走，好不容易才将它拽到关母的附近。

此时齐灵芷也拿着绳子来到了现场，看着关老二将关母的内脏挖出来吃，心里又是一阵难受，强忍住情绪，冲着冯老大点了点头。

冯老大一刀刺进了毛驴的臀部，毛驴吃痛之下，也顾不得其他，吼叫一声便向前朝着关老二的方向冲去。

跪在地上的关老二似乎感觉到危险，他终于站起身，向后退开了两步，身体微向前倾，将剩余的内脏一把塞进了口中，双手迅速按在毛驴头上。

毛驴的冲势很猛，将关老二推得向后退着，眼见他的身体就要碰到洞壁，只见他使劲地向后一蹬，脚结结实实地蹬在洞壁上，低吼一声，活生生地将毛驴的冲势给遏制住了。此时的毛驴不但后臀部受了伤，头部更是被关老二双手捏得疼痛难忍，不断地嘶鸣着，使劲地摆着头，企图挣脱关老二的双手。

齐灵芷趁机会将绳子拴到关母尸体的双脚上，同时使劲拽了拽绳子。绳子另一头的人们立刻向外拉拽，血液和尸体残块落了一地。

跟着进来的关老大急忙捡起母亲遗体残缺部分，并快速向洞口撤出。齐灵芷正要转身而去，却发现关老二的眼中凶光大现，低吼声震耳欲聋，他双手一用力，硬生生地把毛驴的头给挤碎了。

可怜的毛驴甚至来不及惨叫就丢了性命，身体轰然倒地后不断抽搐着，鲜血从破碎的头部汩汩地流了出来。

"吼！"关老二看到关母的尸体被绳子拉出视线，也顾不得眼前的毛驴，双腿一用力，迅速地向尸体追去，甚至忽略了拦在中间的齐灵芷。

关老二刀枪不入、水火不侵、力大无穷，想不到的是，他奔跑的速度竟然比齐灵芷施展轻功还要快。虽说他惧怕阳光，但不代表阳光会伤害到他，一旦他冲出山洞，村民定会遭到屠戮！

"决不能让他离开山洞！"齐灵芷暗暗下了决心，将内力运到双掌，一记百花掌打出。只见她双唇紧闭，面色凝重，一招"此花开尽更无花"全力击向关老二的胸腹，意在将关老二拦住。可齐灵芷还是低估了关老二的实力，当她的双掌击中关老二胸腹时，那感觉就像是击中了一块无比坚硬的岩石，内力被反震回来，像巨锤一样击打着她的身体。

"噗！"一口鲜血喷了出来，正好喷在了关老二的脸上，齐灵芷借反震之势一个转身，施出全力向洞外飞奔而去，使出全力的她仿佛是一道影子，一转眼便消失不见。

关老二虽说没有痛觉，却被齐灵芷全力一掌阻挡了冲势，身形不由得慢了下来，那口喷在脸上的鲜血也起了作用，正好眯住了他的眼睛，他停下身形，双手胡乱地在脸上抹着，不时地将鲜血放在口中吸吮着。等他睁开眼睛时，却不见了齐灵芷和尸体。

"吼！"关老二低吼一声，双腿一用力再次向洞口冲去，其速度比刚才还要快上几分。

齐灵芷已到洞外，严重的内伤使得她发不出声音，只好给袁客师打了一个手势。袁客师与季虎子二人忙用力推动巨石，巨石一阵晃动，不敌二人合力，带着"轰轰"之声滚落下来。

巨石距离洞口还有一定的距离，可关老二的身影已经冲到洞口。

"好快的速度！"齐灵芷对自己的轻功很有信心，甚至敢与汪远洋等高手一较高低，可关老二的速度却比她还快，转瞬之间便跟了出来！

齐灵芷的计划没问题，出乎意料的是，关老二的速度奇快无比，而且对关母的遗体格外喜爱，甚至放弃了新鲜的毛驴不吃，径直向关母尸体追去。

她现在要做的就是争取时间，争取巨石滚落之前将关老二挡在洞中！

齐灵芷闪身来到洞口，顾不得自身的伤势，强行提起内力再次挺身而上，施出了百花掌，这一次仍是施出全力，双掌同步推向冲出来的关老二，再次打到了同样的位置。

"嘭！"双掌击中胸腹发出一声闷响，这次齐灵芷长了心眼，不等内力反震，双掌便撤了回来，身体向后翻去，将反震力降到最小，就算这样，她也不好过，只觉得胸腹间一阵翻腾，要不是强忍住，恐怕一口鲜血又要喷出来。

"姐姐！"袁客师在洞口上方看到了齐灵芷的险境，大声地喊着，随即便施展轻功向洞口跳下来，可任凭他的轻功再高，也不可能比坠落的大石头快。

关老二受到了阻拦，前进的身形便是一滞，正好停在洞口处，眼见就要抓到关母的尸体，却被齐灵芷拦住，便将愤怒的目光盯向了她，那双眼睛散发出的寒意仿佛来自十八层地狱。

齐灵芷并未被吓住，关老二的目光反而激起了她的倔强，稳住身形后再次猛身而上，向前冲的速度迅疾无比，众人只觉得眼睛一花，便见她来到了关老二的身前。

居然出现了两个齐灵芷！

要是李元芳在场，一定会拍手鼓掌，因为在最危急的情况下，齐灵芷将潜能全部发挥出来，施展出轻功"灵蝠五式"的绝技——移形换影！双掌打出的仍是刚才那招百花掌，可在气势上已有了不同，这是一种舍生忘死的境界，因为头顶万斤重的巨石很快便会落到洞口，躲避不及就会被砸成肉饼。

关老二虽说丢了魂魄，却还保留着人最原始的本能——趋利避害，听见头顶上一阵"轰隆隆"的响声，而前面齐灵芷使出了舍命一击，若仍然不退，就真的成了行尸走肉。说时迟那时快，只见关老二双腿一用劲，倏地向后退出数步，一下子闪出一大块空地。

齐灵芷本来就使出了全力，冲势猛烈，却不承想刚刚还傻愣愣的关老二却向后跳开，这一掌便没了着力的地方，身体也不由自主地向洞中冲去，为缓解前冲的力量，就地一个前滚翻卸力。

"轰隆隆！砰！"巨石终于落到了洞口，冲击地面时发出了巨大响声，将洞口的地面砸出一个深坑，巨石稳稳地落在洞口处，将山洞堵住。随着附带的碎石落下，尘土飞扬起来，顿时一片朦朦胧胧。

三叔公等人急忙向后退去，生怕巨石会向他们滚去。此时，袁客师的身影已落到了尘土中，大声地喊着齐灵芷的名字，尘土冲进了他的口中、肺中，使他剧烈地咳嗽，眼泪和鼻涕一起流下来，可他仍然在哑着嗓子喊着，手伸进巨石和洞口的缝隙里，用力地向外拉。

万斤的巨石岂是一个人所能搬得动的，这就好比是蚍蜉撼树一般自不量力。爱情的力量是伟大的，却和搬动万斤巨石是截然不同的两种概念。

"姐姐！"袁客师用力过猛，双手从岩石缝隙滑了出来，人也一下子摔倒在地。

尘埃落定后，三叔公等人慢慢走近巨石，看到了摔倒在地的袁客师，正想上前将其扶起，却见他一个鲤鱼打挺从地面上跃了起来，冲着三叔公等人就扑了过来。

"三叔公，你快点让大家帮我把石头搬开！快！"袁客师沾满了鲜血和尘土的手紧紧地握着三叔公的胳膊喊道。他的手指甲因为用力过猛已脱离原来的位置，却完全感觉不到疼痛！

三叔公被袁客师的双手握得生疼，急忙喊道："痛死我了，快放开！"话还未说完，一颗颗豆大的汗珠便从额头上淌了下来。冯老大和季虎子等人在一旁大喝着，并上前掰袁客师的双手。

看到三叔公痛苦的模样，袁客师自知失态，急忙将手松开。但他心急如焚，顾不得道歉，央求三叔公找人帮忙。

三叔公边揉着胳膊边说道："贵客，不是我不帮你，这洞口的万斤巨石并非几个人能搬动，村里人都来，没有几天的工夫也搬不开，我看那食人魔异常厉害，等咱们将石头挪开到那时，你娘子还不早就……"

袁客师一听到这话，立刻大喝一声，阻止三叔公继续说下去，低头想了一阵说道："还劳烦三叔公找人帮我将巨石搬开，至于食人魔，我拼了命也会将其制服。"说到这里，便将目光望向了山洞另一边的悬崖。

三叔公不禁叹了一口气，能看得出来，眼前的小两口非常恩爱，若让他们换命，彼此都不会皱一下眉头。而且食人魔是女贵客牺牲性命制服的，否则，桃源村还不知会遭遇怎样的厄运。可转念一想，两人的爱情再美好，也无法和全村百姓的性命相比。

三叔公摇了摇头，拒绝的话却无法说出口，犹豫了一阵后，他叹着气转身离开。季虎子一行人略加犹豫，最终还是跟着三叔公下了山。关麻子向袁客师鞠了一躬，和另外一名同族青年抬着关母的尸体默默离开了，只留下还站在原地发愣的袁客师。

堵在洞口的岩石过于巨大，他的聪明才智都已不起作用。

过了一阵儿，他默默地走到巨石旁，靠着巨石缓缓地瘫坐下来。齐灵芷虽武功高强，但食人魔刀枪不入、力大无穷，两者若是相斗，齐灵芷败落是迟早的事。想到这里，袁客师心里不禁一阵发酸，竟然抽泣着哭出声来。

他能够理解三叔公等人的做法，毕竟他都没见过食人魔，震惊的程度不亚于妖魔鬼怪，更何况是一群与世隔绝的山里人。

可袁客师失去的是爱人，已将生命和灵魂绑在一起的爱人！

可以理解但无法接受！

太阳高挂在半空，山上的小动物们显然不知道山洞的附近发生了什么，一只兔子蹦了过来，若在平时，袁客师定会将它抓过来，让齐灵芷把玩一阵再放走，可今天，无论怎么看，这只兔子都显不出可爱的劲儿来，他好像一尊雕塑般靠着巨石坐着……

第三十二章　天生神力

人对于陌生事物总是充满好奇。

狄仁杰不停地在房间里踱来踱去，努力让自己平静下来，却始终不得法，思绪乱成一团，最后只好走到院子中呼吸着新鲜空气，闭上眼睛尽量放空自己。

一阵窸窸窣窣的脚步声惊醒了狄仁杰，他睁眼一看，周琮匆匆地走了过来，脸上还带着一些喜气。

看着生龙活虎、朝气蓬勃的周琮，狄仁杰感叹着自己是真的老了，已不再是连续几天几夜不合眼还能断案的狄仁杰了，心中感慨万千，脸上却表现得很平静，笑着对周琮说道："看来周捕头是有好消息要告诉本官了。"

周琮听到狄仁杰的话一愣，心想：狄大人不愧为当朝的神断，话还未说出口，便知道了个大概，自己什么时候能够达到这个境界就好了。

狄仁杰之所以能够达到如此境界，并非天分，而是通过后天的学习和思考，再加上学以致用，更是用无数血的经验和教训换来的。

"大人，卑职觉得案子应从金豆子的出处和力大无穷这两点入手。"周琮说到这里便停下来望着狄仁杰，像是在征求他的意见。

狄仁杰点了点头，心想：还是年轻人心思活络，同样的事，考虑的角度却完全不同。

得到了狄仁杰的认可之后，周琮这才说下去："两者结合在一起，我认为走镖这个行业最合适。镖师押运金银财物，遇到地痞无赖便将其击杀。"

狄仁杰没有否认，鼓励着周琮："你继续说下去！"

"力气大这一项也和镖师相符，镖师走镖不但要懂江湖规矩，更要有一身好本事才行，否则失了镖没本事拿回来，镖局就开不下去了。至于带孔的金豆子，目前来看，最有可能的就是做项链、手串用，绝对是贵重之物，不是普通的百姓家所能拥有的。"周琮说道。

"分析得很好，现在很多线索都是未定之数，多分析出一种可能来，就会多一条路，你继续说。"狄仁杰见周琮意犹未尽，便鼓励他继续说下去。

"卑职认为应该分两方面来查探，一路打探江湖中能够使用巨锤的人，另外一路打探镖局和江湖帮派，看有没有接过押运贵重金银首饰的镖。"周琮说道。

狄仁杰没有立刻回答，他也在思考着。镖局因护镖杀人有些说不过去，而且还有阴兵的传说在前，硬和镖局联系在一起怕是牵强。

关于张三、李四的死，大概还能有个轮廓，可黄县令的死却让他摸不着头脑，只有一个将信将疑的传说和没有血块的心脏可以当作线索。他隐隐觉得黄县令的死和张三、李四案不是巧合，很可能有着千丝万缕的联系，但这种联系就好像是飘忽不定的风一样，能感觉得到，却看不见也摸不着。

周琮的分析不能说没道理，可用到这件案子上，怕不会有太好的效果。只是狄仁杰实在不忍心打消周琮的积极性，这才没有出言揭破。

想到这里，狄仁杰笑着说道："就按照你说的去办，不过要注意方法，千万不要和江湖帮派、镖局等起冲突。"

周琮得到了狄仁杰的认可非常高兴，露出欣喜之色，像是得到了糖葫芦的孩子一样。

"黄县令和牛书吏平时的关系怎样?"狄仁杰想起黄县令和牛书吏不寻常的见面。

"这……"周琮不知道该怎么说才好。人际关系最难描述，一个不慎就会得罪人，更何况除了正常的工作外，他很少和两人有接触。

从他的角度来看，黄县令和牛书吏是正常的上下级关系，牛书吏完全依附于黄县令，两人的关系从表面上看还可以，可也有传言说两人的关系不怎么样，说牛书吏掌握了黄县令很多不为人知的事，并不像表面上看到的那样融洽。

"有什么你尽可以大胆地说，不要紧。"狄仁杰看出了周琮的窘迫。

周琮微微点点头："其实也没什么，牛书吏和我们一样，很尊重黄县令。黄县令对人很好，谁家有困难他都会伸出援手，只是对下属严厉了些，要是犯了错，严惩不贷。"

"可惜，可惜！"狄仁杰感叹着，连说了两个可惜。

周琼可能是想起了黄县令心里难受，抿着嘴不再说话。

"两人的私交怎样？"狄仁杰再次问道。

"黄大人除了处理公务就是陪女儿雀雀，很少与人应酬。牛书吏也是一样，很顾家的一个男人。他们之间很少有应酬的事儿，不像谷大人，和商贾之间来往密切，应酬多得很！"周琼的回答很简单。

按照众人的说法，谷钧成是商业世家，和商人来往密切实属正常。

狄仁杰见周琼心事重重不愿说话，便不再追问。一时间，房间安静了下来。周琼感到气氛有些压抑，便识趣地起身告辞。

送走周琼后，狄仁杰感觉身体极为疲乏，深吸几口气，使劲儿咳了几声，却仍提不起精神来，便溜达着来到县衙后院，望着渐渐枯败的花草思索着。

根据黄梦曦提供的线索，黄县令与牛书吏那次会谈很可能与之后发生的阴兵借道案有关，牛书吏单独留在书房的那段时间，一定在写什么，具体内容却无人知晓，现在两个人都死了，死无对证，这条线索便彻底断了。

黄县令的死和牛书吏的失心疯都与遭遇阴兵借道有关，据周琼叙述，遭遇阴兵时，那些阴兵手里拿着的就是大铁锤，而张三、李四案的凶器也是大铁锤，在这点上两件事完全吻合。

至此，两件案子都与阴兵借道有了瓜葛，甚至说是由阴兵借道引发的，虽然起因不同，但结果却惊人一致——遭遇阴兵借道必死无疑！

阴兵借道本身就很诡异，加上涉案者陆续死亡，线索中断，要想有突破性进展，除非亲自遇到阴兵借道。

世间之事便是如此，越想遇到，偏偏越遇不到。

"张三、李四为财而死，留下的唯一物证便是金豆子，这金豆子却古怪得很。"想到这里，狄仁杰已打定主意，去拜访彭泽城中的金银匠。

彭泽民间并无习武的风气，周琼武功不高，但在彭泽也算是数一数二的高手了。更厉害的是县尉章旷发，打遍彭泽无敌手，他与人对敌从不使用武功套路，就是用拳头硬碰硬，无论是捉拿江洋大盗、还是上山剿匪，数年来从无败绩。

县衙寻找大力士的消息迅速传遍整个彭泽地区，百姓们并不知道其真正目的，传来传去便出现了众多版本，有的说县衙缺人，招募衙役和捕快，有的甚至说是为了对付力大无穷的阴兵。

其间，不少自认为是大力士的人来到县衙演示，为的是能加入公门，拿县衙的俸禄。不过大多数人都是假大力士，所谓的演示无非就是拎着不同大小的石锁练来练去，力气只是比寻常人大了一些而已，还没有人能够舞动那柄大铁锤。

天生神力就是天生神力，绝非后天练习的力气所能比拟。

两者究竟有什么不同，并没有数据来表明。不过在古代，要是有天生神力之人出现，必为当世英雄，像商朝纣王，三国时期的吕布、孙策，隋唐的李元霸，都是天生神力。

田大壮人如其名，看起来肌肉鼓鼓、威武雄壮，要是光看外表，绝对可以将人唬住，他这身肌肉是苦练出来的，力气是有，却没达到力大无穷的地步。

他还有个致命的缺陷，就是见到人之后会紧张。平时在家中练习时，使用两把一百斤的石锁就像是玩蒸馒头的面团一样，可一旦在人前表演就会出现种种不可思议的失误。

一张张渴望更多花样的面孔伴随着喝彩声出现在田大壮面前，他一如既往地紧张了。田大壮将一只石锁抛在空中，却被一阵突如其来的喝彩声惊到，脑袋里突然变成一片空白，浑身的力气仿佛被抽空了一般，另一只石锁脱开了手的控制，重重地砸到了地面上。

众人立刻看出事情有些不妙，但石锁很重，普通人莫说是将其抛高，就连拎起来都费劲，眼见着田大壮的情况危急，也只能眼巴巴地望着巨大的石锁从空中落下来，砸向他的脑袋。其他的大力士们虽说力气比常人大一些，但眼见如此，也没人敢上前救助。

一百斤的石锁从高处落下来的冲击力很大，此时就算是田大壮反应过来，也不可能将石锁接住，勉强躲开头部却躲不开身体被砸。

"嗨！"只听凭空之中一声暴喝，仿佛晴天霹雳般。

众人睁开眼睛，看到一名铁塔般的汉子站立在田大壮身边，单手高高举起，手中托着的正是那把石锁。

此人不是别人，正是章旷发。原本人们以为他的一身力气源自苦练，却料不到他正是周琮苦苦寻找的天生神力。看他接石锁的气势，哪怕是唐朝第一勇士李元霸重生，怕也有一争之力。

县衙的人都知道章旷发力气大，却没想到大到这种程度。

"好！"周围的人们纷纷喝好，同时向章旷发投去了仰慕的眼光。

周琼立刻来到田大壮的身边，拽着他向一旁闪去，脱离了石锁掉落的范围。

章旷发力量一泄，石锁重重地落到了地上，发出"咚"的一声，他拍了拍双手，冲着周琼摇了摇头，离开了县衙大院。

"天生神力！"人们纷纷议论着，仿佛看到了对付阴兵的希望。

周琼看着章旷发的背影深思着，想了一阵，径直向狄仁杰的房间走去，刚走到房间外，便听到黄梦曦说话的声音，不由得叹了一口气。

黄梦曦双眼含着泪，强忍住没流下来。她是一名要强的女子，从为父亲申冤就能看得出，若不是感情压抑到了极点，绝不会无缘无故地显露情感。

周琼看得心里一疼，却不知怎么安慰。

"周琼，快进来！"狄仁杰向周琼招了招手。

周琼向狄仁杰打了招呼，便站在一旁，偷偷地瞥着黄梦曦。

188

"雀雀怀疑黄县令和牛书吏在书房密谈的那天有问题，找遍遗物也没有任何线索，却发现……"狄仁杰说到这里便停了下来，不是他不能继续说下去，而是不知道怎么说才好。

周琼预感黄梦曦在黄县令的遗物中发现了什么，才令她如此伤心。

果然，黄梦曦长出一口气，将脸上的眼泪抹干，看了一眼周琼，才缓缓说道："是关于我身世的。"

周琼听后一惊，从她的表现看，她的身世定是充满悲情，对她的打击不会小于黄县令的死。

何为真相？在佛语中解释为本相、实相，在现实世界中指事物的本来面目或真实情况。每个人都渴望拥有真相，可真相并非都是美好的，有些真相不知道要比知道好。

见黄梦曦好半天没有说话，狄仁杰将话接了过来："雀雀的亲生父亲不是黄县令，线索只有一个她小时候用过的包裹，上面写着出生的时辰，同时还有一段话，是说她的生身父母因故不能养她，只好用木盆放到河中，恳请好心人收养，除了这些，再无其他线索了。"

周琼听罢，心中对黄梦曦的生身父母产生痛恨之意。既然有缘成为一家人，就算再难，也不能将孩子弃之不顾，这还是运气好遇到了黄县令，否则，怕早已夭折在冰冷的河水中了。

　　黄梦曦真是可怜，刚刚死了父亲，却发现父亲并非生身父亲。命运弄人，若不知道这件事倒也罢了，知道有亲生父母的存在，却无半点线索可寻，心里始终放不下。

　　"雀雀，如果你愿意，以后县衙就是你的家。"狄仁杰真诚地说道。

　　"真的吗?"黄梦曦眨了眨水汪汪的大眼睛问道。

　　"当然!"狄仁杰和周琮同时说道。

第三十三章　调虎离山

人都存在第六感，这一点在很多生物身上都能体现出来。比如一条家养的狗，当主人不高兴时，它便立刻能感觉出来，看到主人便会低眉俯首地讨好，绝不会摇头晃脑地与主人戏耍，否则得到的将是一顿怒喝，甚至是一顿暴打；如果看到主人很高兴，它就会扑上来尽情撒欢，绝不会在意弄脏主人的衣服等。

当一个人对另一个人喜爱或怨恨时，能从感觉上分辨出来，这就是人们常说的第六感。黄梦曦是个女孩子，第六感比男人更敏锐。她与狄仁杰相识不久，却对他无比信任，原因就在于狄仁杰真诚，这种真诚无法量化，却可以感知。

黄梦曦是带着一脸满足离开县衙的，心结解开之后，她觉得现在最重要的是找出黄县令与牛书吏在书房究竟谈了些什么，这件事很可能关系到黄县令案，至于生身父母，她学会了放下。

狄仁杰看着黄梦曦的背影感慨万千。

茫茫世界中，人只是沧海一粟。世间之事千千万，小部分人力可及，大部分人力不可及，但凡事尽人事听天命，正所谓谋事在人、成事在天。人力可及之事极尽能力去做，人力不可及之事要学会放下。

周琮见狄仁杰眉头紧锁，就知道他定是为了黄梦曦的事感叹，忙将话题转开："大人，经过选拔大力士一事，卑职发现县衙中就有一人是天生神力！"

狄仁杰一听就来了精神，问道："谁?"

"章大人！"周琮说道。

狄仁杰惊讶之余并未说话，思绪不停地转着："你详细说说。"

周琮便将刚才在县衙大院中所发生的事情讲述出来。

"想不到一个无心之举却真的找到了天生神力。"狄仁杰心中暗道。

在狄仁杰看来，章旷发直率，甚至有些鲁莽，人却没有城府，除非这种状态是装出来的，若如此，这人就可怕得多了。

"天生神力并不代表就是凶手，而且你也说过，在黄县令被害的案子里，阴兵也不止一个。"狄仁杰随即话锋一转继续说道，"不过，既然有了相符的条件，还得对其进行排查。但不要设定他就是阴兵，这样会犯了先入为主的错误。"

"卑职明白！"周琮点头说道。

很多事都是在多重巧合下才出现的，要是没有周琮招募大力士的主意，要是田大壮没有紧张的习惯，可能章旷发的天生神力会一直隐藏下去，可当各种因素都凑到一起时，巧合便发生了。

阴兵力大无穷，章旷发天生神力。阴兵与黄县令一行人巧遇，而章旷发掌握县衙众人出行规律。最重要的是，黄县令出行时章旷发并未跟随，很有可能假扮阴兵作案。

……

自打救田大壮一事后，章旷发隐隐地觉察出了一丝不对劲，周琮正大张旗鼓地寻找大力士，目的就是为了找到符合阴兵条件的人，他天生神力一暴露，便有了嫌疑！

而且在黄县令出行当天，他并未跟随，更重要的是，他知道黄县令出行的时间和路线。章旷发终于明白什么叫有冤难辩了。他属于心直口快的那种人，心中有事藏不住。本来他已经离开县衙，边走边琢磨，越想心里越别扭，索性又回到衙门，正赶上周琮走出狄仁杰的房间。

周琮刚刚和狄仁杰说完章旷发有天生神力的事儿，心中本就有愧，所以眼神刻意回避章旷发，低着头拱手抱拳道："章大人。"

章旷发抱拳回应，同时应了一声，眼睛却一直盯着周琮。虽说周琮刻意避免露出怀疑章旷发的神色，可人的第六感非常灵敏，章旷发还是感到了周琮的异样。

待周琮走后，章旷发敲门而入，一番礼数后，便开门见山地说起自己的心结。

这股直爽劲儿出乎狄仁杰的意料，在神都洛阳的官场，没有官儿会这么做事，哪怕受尽委屈、挨了刀子也会笑脸相迎，当作从未发生。章旷发好像对官场的潜规则并不了解，心里有委屈便立刻找上门来说，这样反而让狄仁杰不好再说什么。

"我从小就力气大，并不是传说中的天生神力，更没有做任何昧良心的事儿，所以下官和阴兵没有任何关系。"章旷发说道。

狄仁杰不知该怎么接章旷发的话，只好捋着胡子听着。

狄仁杰做事一贯讲究证据，没证据之前不会轻易做出判断。而章旷发来找狄仁杰表态就是为了得到信任，见狄仁杰的态度不明朗心里冒起一股火，目光如炬地盯着狄仁杰问道："大人，您不信任卑职?"

"章大人多虑了，本官断案一向凭证据，在没有实证之前，绝不会冤枉任何一个好人，既然你和阴兵案无关，那就做好本分之事，不要多心。"狄仁杰劝道。

章旷发还想再解释，可张了张嘴，最终还是没说出来，施礼后转身离开。他觉得无论怎么说狄仁杰都不会相信，只有将黄县令案和碎头案查清楚才能真正排除嫌疑。

等章旷发离开后，狄福端着茶水走进书房，见狄仁杰正在皱眉思索，便把茶水放在桌子上，正要离开，却听见狄仁杰说道："狄福，你的跟踪功夫怎样?"

自管家狄春、狄平之后，狄福跟随狄仁杰多年，他天生好学，除了打点日常生活之外，闲来无事时就和夫人小莲学一些防身功夫，也时不时向卫队长汪远洋、袁客师、齐灵芷等人请教切磋，以便应急保护狄仁杰，但平时很少展露武功。

"还好，比不上元芳大哥、汪大哥，比不上灵芷、客师和小莲，但对付一般江湖人物绰绰有余。"狄福说道。

"够用了。"狄仁杰颇有意味地笑着。

狄福歪着脑袋看向狄仁杰，问道："老爷不会让我去做什么坏事吧?"

"你这小厮，老爷像做坏事的人吗!"狄仁杰嗔道。

狄福嘿嘿一笑。

"我要你去跟踪一个人，绝不能让人发现，尤其是当事人。"狄仁杰说道。

狄福大咧咧一笑，说道："没问题，在彭泽地界，我不敢说武功第一，但比起轻功，怕是没人能超过我。"

狄仁杰微微点点头。

"老爷让我跟踪谁呀?"

"章旷发！"

章旷发在彭泽任县尉多年，虽说审案无数，或鸡毛蒜皮的小案，或案情简单，只要把刑具拿上来，大部分案子就告破了，小部分难一些的案子，只要稍微用点心也可以告破。但张三、李四碎头案和黄县令案属于真正的疑难杂案，除了诡异传说和毫无线索的验尸结果之外，再无线索可言，想要查清楚哪有那么容易。

他回到家就呆坐在椅子上琢磨案情，却越琢磨越不对劲儿，坐也不是、站也不是，这种状态一直持续到太阳渐渐地偏西。受不了这种压抑，他便在院子中转来转去直到天黑，想发泄却又怕影响到家人，最后一跺脚推开大门走了出去。

此时，一道身影从章旷发家院墙轻轻一纵便跳了进来，走到书房的窗户跟前，打开窗户，一个鱼跃翻了进去，又过了一阵，再次从窗户跳出来，消失在夜幕中。

章家大嫂听见外面有动静便从房间走出来，环顾后却什么也没看到，狐疑地望了望书房的方向，见房间还黑着，便摇着头转身进了屋。

章旷发的武功没有传说中那么厉害，在江湖上勉强算得上二流高手，却仗着天生神力，硬是没打过败仗，要是遇上真正的内家高手，三个回合便会败落。他是个极其顾家的男人，在街上溜达一阵后，来到附近的市场，给孩子们买些吃喝，心情也好了一些，便大步流星地向家中走去。

一个人要是养成了一种习惯，便会对习惯适应，一旦习惯被改动就会感知得到。

章旷发一进院子就觉得哪里不对劲儿，环顾四周后才发现书房的窗户没关严实。章旷发立下过规矩，无论是父母还是妻子、孩子，都不准去他的书房。书房中每一样东西的放置都是有规律的，甚至连窗户打开的角度都是固定的。每次离开书房后，他都会关好门窗，绝不会遗漏。

"有人进入过书房！"章旷发放下手里的东西，疾步走进书房，四处查看着。

桌子上多了一个不属于他的纸包，纸是黄色的草纸，包得整整齐齐放在桌子正中央。

章旷发对书房中的摆设非常熟悉，桌子上除了必要的笔墨纸砚外什么都没有，所用的纸是宣纸，这种泛黄的草纸他从来没买过。他小心翼翼地打开纸包，发现包的是一些白色粉末，放在鼻子下面闻了闻，粉末发出一股微酸的味道。

"不会是哪个小崽子和我开的玩笑吧！"章旷发想起孩子们经常恶作剧便叹了一口气，不准进书房的规矩是他定下的，规矩对大人好用，却不适用于顽皮的孩子们。

他正想将纸团起来扔掉，却发现粉末下露出一个图案，把粉末拨到一旁后，露出一条蛇的图案，蛇形图案显然是印上去的，边缘非常整齐。

他正疑惑着，突然听见房顶传来微微响声，抬头一看，却见一片瓦片被揭开一条缝，露出了明亮的星空。

"谁！"他放下纸包立刻冲到院中，抬头向房顶看去，只见一道黑影"嗖"的一下跳下房顶，消失在夜幕中。

"想跑，没那么容易！"章旷发双腿一用力，飞奔起来，撞开大门后便向着黑影离去的方向追去。他身材高大壮实，跑起来却不慢，丝毫不亚于江湖人施展轻功奔跑的速度。

令章旷发泄气的是，他追了足足两条街，竟然连来人的影子都没有见到，无奈之下只好向家中走去，走着走着，他突然停住脚步，一拍脑袋："糟了，调虎离山！"

他有种感觉，刚才那人是冲着纸包来的。

当他气喘吁吁地冲进书房，看到泛黄的纸包还静静地放在桌子上时，这才长长地舒了一口气。可等他走到书桌跟前拿起纸包，他的脸瞬间涨红，露出不可思议的表情。

纸包里面的白色粉末少了一半！

章旷发将纸包包好，走到院子中，大声喊着妻子和孩子们的名字，声音异常急迫，好像是家中失火了一般，惊得连两位老人都跌跌撞撞地从房间中出来。

"你们有人进过书房吗？"章旷发眼神中满是凶狠。

众人面面相觑，纷纷摇了摇头。

"动过这包纸里面的东西吗？"章旷发瞪着眼睛大声问道，样子非常吓人，稍小一点的孩子被他骇人的模样吓得躲到母亲身后，只露出一张小脸儿偷偷地望着章旷发。

"到底怎么了嘛，纸包里是什么？"妻子不知道章旷发为什么突然发脾气。

"别问那么多，你们谁动过这纸包？"章旷发好像发了怒的雄狮，加上高大威猛的身材，让人不由自主地感到害怕。

众人你看看我我看看你，再次摇了摇头，藏在妻子身后的小儿子被吓得哭了起来。

"当家的，究竟发生了什么事？你说说。"妻子仍然不愠不火地问道。

看到妻子的态度和吓哭的小孩，章旷发这才知道自己的做法有些过分，忙将凶相收了起来，慢慢地走到妻子的前面蹲了下来，将手伸向躲在后面哭泣的小儿子。

"都是爹爹不好，吓到小宝了，快来，让爹爹抱抱！"章旷发柔声地说道。可小孩仍然死死地抱着母亲的大腿不肯离开，撇着嘴哼哼，眼泪噼里啪啦地落着。

"唉。"章旷发长叹了一声站起身，拖着脚步走进了书房，留下了面面相觑的家人……

第三十四章　玉当砖金做帘

狄福躲在章家附近的一棵大树上，默默地看着院中发生的一切，看着小孩哭泣的样子，他想起了他的儿子小狄福。

狄福隐藏在巨大的树冠中，极尽可能地观察着四周，却并未发现有人跟踪他，沉默了一阵，用丝帕把白色粉末包好，掖在腰带中。

对于行踪的暴露，他心里清楚得很，有人故意扔了一个石子在书房的房顶上，让章旷发看到有人盯着他，否则凭狄福的功夫是绝不可能被章旷发发现的。这说明他跟踪章旷发的事情有人知道，而且此人的轻功和隐身的功夫非常高明，竟然能够做到螳螂捕蝉黄雀在后，让他不知不觉地着了道。

好在那人只是让狄福暴露，而不是谋害，否则，怕是他已经落在章旷发手上了。虽说暴露了行踪，但还是有所收获，单从章旷发的紧张程度上就能看得出，那包粉末绝不是一般的东西。

"得赶紧回县衙。"狄福轻轻一纵，消失在夜幕中。

夜已深，人们结束了一天的劳作，就着夜幕进入梦乡。

虽已进入深秋，书房中却充满暖意，狄仁杰一边拨弄着火盆一边品尝着浓热的红茶，眼睛却盯着桌子上面的金豆子。

狄福夫人小莲端着一碗小米粥走了进来："老爷，吃点夜宵吧。这偏远山村也没什么像样的食材，不过小米还算正宗。"

"小莲，你说这金豆子究竟是做什么用的?"狄仁杰问道。

"这几天狄福也问我来着，城里的金银匠都不知道，小莲一介女子就更不知道了。"小莲从狄仁杰手中接过烧火棍，在火盆里拨弄了几下，炭火一下子旺了起来。

"老爷，这金豆子要是穿成一串，和夫人那串珍珠项链很像啊，会不会是做首饰用的?"小莲一边将烧成灰烬的炭灰弄出火盆,一边提醒道。

狄仁杰摇了摇头。

"也是,谁会戴这么难看的金豆子串,要是我有钱的话,就把它穿成一大串,然后挂在门上当门帘!"小莲说话间有些得意。

"有钱……穿成一串当门帘……"狄仁杰突然站了起来,走到房门前捏着金豆子比画了一阵,琢磨了一会儿后便转过身。

小莲见狄仁杰眉头间的疙瘩消失不见,取而代之的是满脸笑意,便问道:"老爷可是参透什么了?"

"多亏你的提醒。你来看!"狄仁杰将金豆子递给了小莲。

小莲看了半天,还是没有看出金豆子究竟是做什么用的,摇了摇头:"不会真是做门帘用的吧!"

"没错!"狄仁杰说道。

"啊,不会吧!"小莲对于这个结论有些惊讶,要是做帘子用没有个上万颗根本做不下来,那得多少金子啊。

小莲每年都要用皂角做几个门帘,每次让狄福穿的时候,他都是满脸愁容,对于一个男人来讲,做这种事情堪称酷刑,需要坐在凳子上不停地用钢针将线穿过一个个皂角,最后再一条条地组成一个门帘。

"就是帘子。要是做项链首饰用,这金豆子上的孔显得有些粗,而且金银匠们说过,用金豆子做首饰太过俗气,大户人家能做得起,却不会去做,一般人家又做不起。"狄仁杰说道。

"也是,要是我,肯定不会戴这么俗的首饰!"小莲在一旁附和道。

"刚才你说的话又给了我启发,如果有钱的话,就用它穿一个门帘。"狄仁杰分析道。

"可是谁有那么有钱呢?"小莲问道。

狄福的声音从房间外传来:"老爷,那天你读牛书更留下来的手记,里面好像有一句是关于金帘子的!"

"好个狄福,你回来得正好,他这脑子虽不太灵光,记性却不差,正是那一句!"狄仁杰大笑着说道。

"哪句呀?"小莲好奇地问道。

狄福走了进来,学着老学究的模样摇头晃脑地说道:"玉当砖,金做帘。"

"正是这一句!"狄仁杰解开心中疑惑,心情豁然开朗了不少。

"玉当砖，金做帘。太豪气了吧，谁家能这么有钱哪，怕是连皇宫也不可能吧。"小莲说道。

"是淮南王，淮南王英布，对吧老爷？"狄福嘻嘻笑着，得意地看向小莲。

"你这小厮，得到点知识就卖弄。"小莲白了狄福一眼，学着狄仁杰的口吻训斥狄福。

狄仁杰呵呵一笑，说道："这次狄福说得很对，就是淮南王英布，牛书吏手记中的淮南王。"

正聊得兴起，却见周琮行色匆匆地走进来，见屋内的气氛很好，便只是在一旁跟着笑，却不说话。狄仁杰是老江湖，一眼便看出他的脸色不是很好，心里一定是有事。

狄仁杰招了招手，示意周琮坐下来说话。

小莲给周琮倒了一碗茶后，便向狄仁杰告辞离开。

周琮看了看门外方向，小声说道："大人，最近卑职和同僚们在闲谈时听说一件事，好像与黄县令的死有关，也是关于县尉章大人的，不过没有证据，也不知道要不要向您禀报。"

狄仁杰听了一笑，回应道："既然来了，就说说吧。"

周琮点了点头，继续说道："听同僚们说，黄大人在出事的前一天晚上与章大人单独接触过，而且时间还很长，他们在书房中谈了很久，内容却没人知道。有人看到章大人出来过一次，回去时给黄大人端了一碗茶。"

"端了一碗茶？"狄福立刻想到章旷发书房的那包白色粉末。

章旷发若有害死黄县令之心，这一出一进就有了足够的时间下毒。作案时间具备了，可动机又是什么呢？

狄福刚想开口，却被狄仁杰用眼色阻止。他跟随狄仁杰多年，已达到心意相通境界，一个眼色便会知道如何去做。

"周捕头，黄县令和章大人有过节吗？"狄仁杰问道。

周琮低头想了想说道："黄大人在县衙诸事上虽然严厉，但生活中却平易近人，和章大人虽说有些磕磕碰碰，不过卑职觉得都不至于到将人毒死的份上。"

"嗯，周捕头，除了章大人是天生神力，你还有什么线索吗？"狄仁杰又问道。

"没有了，来人都是些江湖卖把式的，比卑职力气大些，根本无法舞动那柄大锤。江湖门派、镖局也都打听过了，没听说有谁是天生神力的，这条线索怕是要断了！"周琮回答道，脸上露出了惭愧之色，毕竟这是他出的主意，却没有任何的收效。田大壮的事儿要不是章旷发出手，很可能还会搭上一条人命。

"周捕头，辛苦你啦，天色已晚，你先回去休息吧。"狄仁杰安慰着周琮。

周琮见狄仁杰不再说话，便识趣地站起身，一番礼数之后退出了房间。

狄福脸色一正，向狄仁杰说道："老爷，我正要和您说跟踪章旷发的事儿。"

狄仁杰看着周琮的背影若有所思，听到狄福说话，便立刻回过神来，说道："从你刚进门时的神色，就知道你有收获。"

狄福从腰间拿出丝帕放在桌子上，展了开来，说道："在他的家中发现了这个。"

狄仁杰看了看，用手在白色粉末上空扇了扇，一股微酸的味道立刻冲进鼻子，他微微皱了皱眉头。

"我看不出这究竟是什么，但从章旷发的紧张状态来看，这粉末一定不简单。"狄福说道。

狄仁杰用剪刀挑了一些粉末，放在火盆中烧了一下，粉末冒出一股黑烟，他向黑烟一抓，随后把手放在鼻子下闻，随后摇了摇头："我也从未见过这种东西！"

两人正研究着，小莲又走了进来，她抽了抽鼻子皱着眉头说道："老爷，您这是烧什么了，这么大酸味！"

狄仁杰没有应声。直觉告诉他这包粉末一定有问题，所以他需要细节，看是否能通过细节找出破绽，于是向狄福说道："狄福，你把拿到粉末的整个过程详细说说，不要漏掉任何一个细节，小莲，你也听一下。"

狄福便将跟踪章旷发的过程详细说出来。

这是狄福第一次利用轻功跟踪人，所以他不确定是否被人发现，所以行动起来格外小心。

当时，狄福上了章旷发书房房顶，揭开一片瓦片，从缝隙里观察章旷发，看到章旷发正在查看那个纸包。想不到的是，一个石子不知从哪里飞了过来，正好落在房顶上。章旷发听到声响后，立刻发现有人在房顶偷窥，于是便追了出来。无奈之下，狄福只好利用轻功往远处跃去，隐匿在一棵大树上，却发现一个神秘人在不远处。

章旷发追出去后，恰好看到了躲在暗处的神秘人，并追了出去。狄福觉得机会难得，便利用这个时间来到书房拿到了白色粉末。

听到这里，狄仁杰和小莲同时"嗯"了一声，狄福停住话头，望向二人。

狄仁杰示意小莲先说出意见。小莲点了点头，说道："你个大笨蛋，你不觉得拿到粉末太顺利了吗？那个狗屁神秘人简直是在配合你。"

狄仁杰点了点头表示赞同。

见狄福还是有些迷惑，小莲接着说道："神秘人一定是尾随你而来，在章旷发将纸包刚打开时便用石子将房顶瓦片弄响，他知道你一定会找个地方隐藏起来，不会被章旷发发现，而他就躲在容易被章旷发发现的地方，引他离开，以便你拿到粉末。"

狄福皱着眉头说道："如此说来，神秘人希望咱们拿到粉末，查个究竟。这种粉末如果是毒药，就会加重章旷发谋害黄县令的嫌疑。"

狄福心里窝着一股火，他跟随狄仁杰断案多年，这是第一次领受任务出去查探，却被人利用。

狄福平稳了情绪后说道："照这样说，过程中还有件奇怪的事。"

"快说！"小莲急忙催促着。

小莲虽说是女子，武功和智慧都在狄福之上，狄府大大小小的事儿，也都是小莲在拿主意。

"当我拿白色粉末时，发现包粉末的纸上印着蛇的图案，正想细看，就听见章旷发的脚步声传来，我不及多想，抓起一些粉末从后窗户跳了出来。"狄福说道。

"你说那图案是一条蛇？"狄仁杰问道。

狄福点点头，用胳膊和手学着蛇立起来的状态，说道："很奇特的一条蛇。"

第三十五章　奇遇

不知从何时开始，江湖上出现了一支极其神秘的组织，成员都是其所涉猎行业的佼佼者，人数为十二，称谓由十二生肖所定，在江湖上被称为"地支"。数年来，发生在地支成员周围的诡异事件层出不穷，所涉及案件皆为惊天大案。

狄仁杰破获的数件大案中，地支成员不断出现，"阴阳变"一案中的铁尸门门主犀牛——臧霸、"鬼遮眼"一案中的仓鼠——舒生财、"幽魂凶"一案中的豪猪——释清、"雷神叹"一案中的白羊——李秋平（大内御医总管）、"凶宅"一案中的忠狗——郝晋鹏、"龙神怒"一案中的神龙——裘天聪等。

在黄县令一案中，无法获知的毒药，加上在章旷发家中出现的毒蛇图案的纸包，很可能是十二地支最难缠的毒蛇——任天翔在背后作祟。

狄福见多识广，也想到了毒蛇任天翔，却只是和狄仁杰对视一眼，并未言明。

狄仁杰说道："从你的叙述来看，神秘人不但要咱们获得粉末，也要章旷发知道有人盯着他。由此推理，白色粉末很可能是毒死黄县令的毒药，放在章旷发书房里就是为了栽赃陷害。"

狄福接着说道："老爷说得极是，如果白色粉末真为章旷发所有，他毒杀黄县令后一定会销毁或是藏在隐秘处。可我却看到粉末就放在桌子上，章旷发又闻又看，显然对此物不熟悉。"

"神秘人就是要把章旷发拉进这个案子里。"小莲说道。

狄仁杰接着说道："有了天生神力，就能锤杀张三、李四；有了毒死黄县令的毒药，那就自然是'阴兵'了。幕后人显然知道这两点，利用咱们的推理栽赃章县尉。"

狄福挠着脑袋想了又想，突然恍然大悟道："如此说来，那大力士田大壮的出现和失误也不是巧合！"

"正是这样！更严谨地说，是幕后黑手利用了田大壮力大又易紧张失手的特点，来引章旷发出手相救。"狄仁杰点了点头说道。

"那如果章旷发不在现场呢？"小莲想到了一件可怕的事儿。

如果章旷发当时不在场，田大壮一定会命丧当场。

三人沉默了一阵，都神色凝重地思索着。

小莲率先打破沉默，说道："征集大力士是周捕头提议的，要是按照此逻辑推理，他也有问题。"

狄仁杰摆了摆手："可以这样假设，却不能下定论。大铁锤的事人人皆知，周琮提出找大力士这条线索在动机上没有问题。"

"老爷，咱们现在应该怎么办？要不要将田大壮找到？"狄福问道。

"此事一出，章旷发已成为惊弓之鸟，一点风吹草动都可能导致他有异常举动，你平时只需要对他多加留意就好。神秘人的手段在咱们眼里破绽百出，可对付章旷发这种直率汉子却绰绰有余。"狄仁杰有些为章旷发担心，可在这个时候却什么都不能做，若打草惊蛇，定会引起幕后黑手的警觉，整个案件就会陷入僵局。

狄仁杰顿了一下，又说道："神秘人这么严密的计划，绝不可能允许在田大壮身上出现意外，由此推断，田大壮性命堪忧。狄福，一会儿你告知周琮，让他立刻寻找田大壮。"狄仁杰后悔没有早早识破这些阴谋，无端地又害了一人性命。

小莲应了一声，说道："你陪老爷聊着，我去找周捕头说这件事。"

狄福应了一声，随后说道："老爷，离开章旷发家后，我是用轻功回来的。"

此话一出，弄得狄仁杰一愣，心想：夜探而归不是用轻功回来难道还坐着轿子不成！

"我怕章旷发反跟踪，所以便到城郊绕了一个大圈子。"狄福说道。

狄仁杰说道："小心些也是对的！"

"人外有人天外有天，最小的事也要用最谨慎的方式来对待，这是您经常教导我的。"狄福一脸严肃地说道。

狄仁杰赞许地点了点头，示意他继续说下去。

"我在郊外遇到了一个巨宅，从格局上看，竟然和新月村张大户的宅子一模一样，只是在规模上更大，防守更加严密，于是我顺便潜入其中探查，算是有了一番奇遇。"狄福说道。

"到底怎样?"小莲人还未到,声音却从房门外传来。

"你回来得倒快!"狄福憨憨一笑。

"你倒是快点说呀,急死我了!"小莲伸手掐在狄福的胳膊上,用力一扭。狄福却硬生生地挺着不说疼,看着狄仁杰心里直发笑。

小莲在没嫁给狄福之前,在江湖上赫赫有名,行事亦正亦邪,被人利用劫了官银,幸好遇到狄仁杰,这才弃暗投明并嫁给狄福,虽做了母亲,可还是一副火急火燎的性格,要不是狄仁杰在场,怕早就动起手来。

"夫人莫急,我得从头说起,要是只将结果说出来,恐怕你会更着急。"狄福不知什么时候学的这一手,竟然可以将小莲的火气慢慢熬灭。

小莲见狄福一副不愠不火的样子,又看了看在一旁偷笑的狄仁杰,只好耸了耸肩,任他慢慢去讲。

原来,狄福离开了章旷发的家后,便绕了一个大圈子,来到郊区一处比较空旷的地方。这是反跟踪最好的一种手段,一旦有人跟踪,这种空旷地便会令跟踪者暴露,若跟踪者不愿暴露,就无法再跟踪。

狄福确认身后没有人跟踪后,便准备向县衙赶去。此时,他突然发现远处出现星星点点的火光,要不仔细看,还以为是几个赶夜路的人点的火把,可仔细一看,却发现并非如此。走夜路点的火把会不停移动,而眼前看到的火光却是固定不动的,就像是大户人家挂着的灯笼。

陪狄仁杰来彭泽的时日不短,却从未听说这一片郊外还有住家。

狄福虽说是管家身份,以稳重为主,但好奇之心却一点也不少,碰到稀奇古怪的事必然会探查一番,然后加以分析,这点是跟随狄仁杰时间久了,被他影响所致。

在夜间,离火光的距离看起来很近,真要是走起来却很远。幸运的是,正好有一条路通向火光处,而且还是一条不错的路。

狄福资质平平,夫人小莲虽说武功卓绝,却不愿意教他。狄福有股倔劲儿,但因为内力不济,便死缠硬磨着齐灵芷学习了轻功冷月凝香舞步,这种轻功可以用极少的内力催动,效果却极佳,狄福很少有机会使用,正好这条路宽敞平整,路上无人,于是便尽情施展轻功,一道黑色的影子快如闪电般在路上飞驰着。

"哇,轻功果然是个好东西呀,以后在夫人面前也可以长些威风!"他长长地嘘出一口气。

他在距离火光还有半里路的地方停下来，躲在路边的草丛中向火光处看去。如他判断，火光闪耀处是一座宅院，门口挂着一排灯笼，惨白的灯笼在月光的照映下显得很诡异，让人觉得是不是阴差阳错地来到了冥府鬼都。

"汪汪……"一阵低沉的狗叫声响起，两条狗用力地拖着家丁向狄福走来，狗的眼睛散发着骇人的绿光，仿佛是两头饥饿的狼一般。

"这么远的距离也能发现？"狄福非常惊讶。

狗的嗅觉和听觉超过人数倍，但也有极限，狄福距离大门处有半里路，一般的家狗很难发觉，可这两条狗却轻而易举地发现了他，可见此狗非同一般。

幸运的是，牵着两条狗的家丁并不想跑这么远的距离，走了几步之后便使劲拉住了狗，边踢打边咒骂着，两条狗虽凶恶，却很听家丁的话，咒骂之下立时没了动静，眼睛依然死死地盯着狄福藏身之处。

"行了，回去吧，肯定又是野兔、狐狸之类的。"一名家丁打着哈欠说道。

家丁用长刀在附近砍了砍枯草，见并没有什么异常，便牵着狗回到大门处。

"好厉害的畜生。"狄福心中暗道。他不知道的是，这两只狗并非中原的品种，而是来自扶桑的四国斗犬，此类犬对周围事物感觉敏锐且攻击性极强，所以才能在半里路的距离听见他的长嘘声。

狄福定下神来观察周围的情况。眼前是一片巨大宅院，大门很是雄伟，院墙高大，看样子是按照城墙的标准设计的，应该能经得住攻城器的攻击，墙头上面挂着不少的荆棘和瓷器碎片，不但可以将普通的百姓阻止，甚至可以让大部分江湖人物无法逾越。

两条狗嗅觉和听觉异常灵敏，一个不小心就会被发现，因此狄福不敢靠得太近。他围着宅院绕了一大圈，发现院墙附近没有可以驻脚的大树，绕到侧面的围墙处，竖着耳朵听了一阵，未见异常后才慢慢靠近院墙。

"也不知道院墙里有没有机关埋伏。"狄福捡起一块较大的石头，使着柔劲将其抛进院中，石头撞击地面发出"咚"的一声，低沉的狗叫声立刻传来。

"这死狗，也不知乱叫什么，害得老子睡不好觉。"一名家丁愤愤地说着。

"这两条狗也不会平白无故地乱叫，今天这是怎么了？！"另一名家丁说道。

"走吧，咱们还是回去眯一会儿，都困死了。"家丁打着哈欠将狗牵走。

"看来人狗结合的方式的确很难破解，我这点轻功可以躲人，却躲不过狗。俗话说得好，事不过三，狗虽然厉害，但是做主导的毕竟还是人！"狄福想通了之后嘴角露出一丝坏笑。

他绕到了另一处院墙，扔进了另一块石头。不一会儿，狗叫声和家丁的咒骂声再次响起。他接着又跑到另一处院墙外，再次扔进一块石头……

在重复多次后，家丁们依然没有任何发现，气愤之余把两条狗狠狠地揍了一顿。四国斗犬平时很少叫唤，连挨打也不出声，充分展现了它超强的忍耐力。

狗虽忠诚却不傻，尤其是像四国斗犬这样的犬种，本身体型比较小，要是再不聪明，就不能称之为斗犬了，挨了打之后，它们也知道要是再出现同样的动静，还是不要乱叫为妙，否则定会遭到暴打。

为了保险起见，狄福还是没立刻进宅子，在重复这种把戏几次之后，发现狗再也不叫，这才一纵身，跳上了墙头，脚尖轻点墙头上的荆棘，再一个翻身轻轻飘飘地落入了院中。

他脚刚一落地，便听到远处传来一阵整齐的脚步声，知道这是负责巡逻的一队家丁来了，急忙紧紧地贴到一处较隐蔽的墙角，屏住呼吸一动不动。

等巡逻家丁过去后，他再次闪动身形向宅院里面潜去。他跟随狄仁杰多年，见识不可谓不广，可眼前的巨宅依然让他咋舌，无论从建筑格局还是建筑用料上，都堪称顶级，虽在颜色上有着诸多避讳，可仍能看得出，整个宅院的设计一定是出于名家手笔。

路面上铺的竟然不是普通的青条石，而是发出淡淡荧光的玉石，整条路发出一种柔和的青色光芒，在漆黑的夜里可令人看得见道路。

"奢华！"要不是夜探此地，狄福一定会好好地研究一下地面玉石，看看是不是和牛书吏记述淮南王府那段一样"玉当砖，金做帘"。

无暇多想，他不断地游走在各个院落和廊亭，绕了半天，终于将整个宅院的格局弄清楚了。可碍于宅院中的巡逻和守卫，却只能探到此，若再仔细探究，怕会打草惊蛇。

"老爷，整个过程就是这样。"狄福把经历一口气说完，便端起茶碗喝了一大口茶水。

小莲白了狄福一眼，说道："你也够胆大的了，要是被人发现，老爷就得替你收尸去了。"

狄福没敢顶撞，只是咧嘴嘿嘿一笑。

狄仁杰正了正色，说道："看来这座宅院和新月村的张大户家有很多相同之处，不同的是，这间宅院比新月村的更大，防卫更加严密。"

"疑问也就在于此，就算他是一方土豪，也用不着弄这么严密的防卫吧。"狄福说道。

"老爷，您说此间宅院的主人会不会和牛书吏笔下的淮南王英布有关?"小莲在一旁问道。

"现在还不好说，我隐隐感觉，彭泽这几起凶杀案并不简单，其背后一定隐藏着什么，说不定真和淮南王英布有关联。"狄仁杰对这几件案子还没捋清楚，不敢妄下断言。

狄仁杰沉思了一阵，突然眼睛一亮，看着狄福问道："狄福，你说有人使你跟踪章旷发的事情败露，并令你得到了白色药粉，若你是章旷发会怎么办?"

"成了嫌疑犯，自然要去查个清楚来证明清白。"狄福说到这儿突然觉得有些不对劲，将目光望向狄仁杰，又说道："那名神秘人要的就是这个结果!"

"糟了! 章旷发有难!"狄仁杰惊声说道。

第三十六章　县尉之死

一更天的梆子刚刚响起，打更的老张头一边打着哈欠一边吆喝着，双眼无神地环顾着四周。一阵急促的马蹄声从身后响起，老张头吓得连更也不打了，忙跑到一边躲起来，生怕马匹在黑夜中将他撞倒。

急促的敲门声引得附近的狗狂吠不已，章旷发的夫人披着棉衣从屋里走出来，小声地询问着："谁呀？"

"大嫂，我是县衙的，来找章县尉有急事。"狄福的声音从门外传来。

"来了。"章夫人对半夜叫门的事早已适应。章旷发是县尉，整个彭泽地区的治安都由他来负责，半夜有急事找他属于家常便饭。

大门打开后，章夫人看到狄仁杰带着狄福和小莲穿戴整齐地站在门口，就觉得事情有些不妙。

"狄大人，我家相公他不在家呀。"章夫人睡意全无，眼睛瞪得老大。

"章大人什么时候离开家里的？"狄仁杰语气非常急迫。

"晚饭后就离开了，我以为他去县衙办事了。"章夫人说道。

"章大人在离开之前可有异常行为？"狄仁杰问道。

章夫人犹豫了一下，最后缓缓说道："也不知他怎么了，冲着我们发了一通火，问谁动过他书房里的东西。孩子们一直都在我身边，不可能有人去动。他就闷闷不乐地在书房中待着，晚饭也没吃，后来带着腰刀出了门，说是有重要事情要办。"

章夫人感到事情有些不对劲，说话间已有了哭腔。她心里清楚得很，章旷发从来不带腰刀，一般的人物也不需要他来动手，就算需要，几乎也是一两个回合就将人拿下，很少动用武器，这次拿了腰刀出门，说明此事非同小可。

"章夫人，你先不要着急，我们这就去寻找他。"狄仁杰说罢便转身上马，与狄福、小莲二人向城门策马赶去。

狄仁杰虽与章旷发接触的时间短，对他的性格却已摸透。此人性格刚烈、敏感，从事刑事多年，知道目前的两样证据已让他成为两件案子最大的嫌疑人，要是碰到糊涂官，说不定就被判个斩立决。他为了洗清嫌疑就只有一个办法——抓住"阴兵"。

章旷发的作风是县衙众官吏中最为硬朗的，这可能和他早年参过军有关，一件事要是定下来，会在第一时间去做，绝不拖沓。

"老爷，咱们去哪找他呀？"狄福问道。

"进山小路，就去张三、李四遇害的地方。"狄仁杰骑在马上答道。

"小莲，你陪着老爷在后面，我到前面开路！"狄福双腿用力一夹，马儿便发力狂奔出去，跑到了狄仁杰的前面。

……

星稀云淡的夜晚，惨淡的月色笼罩着大地，将群山和大地照得一片苍白。深秋的冷风迎面而来，配合着山中的夜色，让人一阵阵毛骨悚然，路边的树枝被风吹得"咯吱咯吱"响，折断的树枝摇摇欲坠，仿佛一个个吊死鬼般飘荡着。

"吁！"狄福突然勒住缰绳，马儿嘶鸣着人立而起，还未等马蹄落下，他一个纵身从马上跳下。

呈现在他眼前的是一具尸体，看身上的穿着和身材以及腰刀，此人正是县尉章旷发。尸体头部已碎裂，一大摊乌黑色的鲜血混合着脑浆流到地面上，在惨白的月光下散发出阵阵的血腥之气。

"还是来晚了！"狄福紧皱眉头，将双拳攥得紧紧的，指关节处已经变得发白。

"狄福，怎么样？"狄仁杰和小莲策马赶了过来。

"人已经死了，头颅碎裂，从衣着上看应该是章大人。"狄福边说着边走到狄仁杰的马前，将其扶下马来。

"火折子！"狄仁杰长叹一声后蹲了下来，接过火折子照向尸体。

狄仁杰长长地叹了一口气，眉头皱得紧紧的，脸上一股悲伤之色顿显，闭着眼睛缓了好一阵，才慢慢睁开眼睛，说道："狄福、小莲，你俩马上回县衙，叫些人来收敛尸体。"

狄福和小莲对视一眼，小莲二话不说飞身上马而去。他们知道狄仁杰不愿意让他们二人冒险，这才遣他们回县衙，可狄福早已把狄仁杰当作父亲一般，哪肯留他一个人在现场。

"老爷，我留下来陪您。"狄福说道。

狄仁杰犹豫了一下，又点点头："小莲她一个人……也好，狄福，咱们先勘查现场！"

狄仁杰蹲在尸首前看了一阵，才说道："血迹有些不对劲！"

狄福借着火折子的微弱光芒仔细看向地面上的血迹，却并未发现异常，随即便摇了摇头。

"人要是活着被砸碎头颅，鲜血会呈现出喷溅状，你看看这些血迹。"狄仁杰说道。

地面上有很大一摊血迹，血已经变成了红黑色，但范围只限于头颅附近，且无任何喷溅痕迹。

"这就说明章大人是死后被人一锤砸碎了头颅？"狄福惊道。

"如果所料不错，他应是中毒而死，所中之毒应与黄县令一样，你先看看现场附近可有搏斗过的痕迹。"狄仁杰说道。

狄福仔细地察看了现场，并未发现因搏斗而留下的痕迹，又看了看尸首的手、臂和腰刀，手和臂没有伤痕，腰刀虽被死者握在手中，却没卷刃和缺口。

"章旷发天生神力，若与人搏斗，现场肯定不是这个样子。老爷，您说有没有可能是死在其他地方，再移尸到此？"狄福问道。

"有这种可能，不过有件事我有些想不通。"狄仁杰思索着。

狄福立刻问道："现场还有其他疑点？"

狄仁杰点了点头，说道："既然神秘人把线索指向章旷发，为什么还要杀他，还用阴兵常用的手段将其杀死，这样一来不就等于帮章旷发澄清嫌疑了吗？这种互相矛盾的做法是为了什么？"

整件事看起来扑朔迷离，让人摸不着头脑。他隐隐地感到，此次的幕后真凶定是个极具智慧且又阴险狠辣之人。

"老爷所说有理，先是栽赃嫁祸，再将其杀掉，这不等于前功尽弃？"狄福说道。

狄仁杰不再说话，盯着地上的尸体思索着。

狄福趁着这个机会搜了搜尸体，结果在怀中发现了一个纸包，纸包正是当初在章旷发书房看到的那包。腰间还别着一块腰牌，腰牌上清晰地印了一个"章"字。

狄仁杰沉思了好一阵，才缓缓睁开双眼，说道："除非幕后有两伙人操纵这件事。一伙人设圈套栽赃章旷发，却没想到他性情如此刚烈，在得知被栽赃后立刻来查找线索。而另一伙人则是恰巧被章旷发发现了一些秘密，无奈之下只好将其杀死。"

"老爷，此种假设有一处说不通，就是另一伙人是如何知道章旷发今晚要来到这里，而提前给他下毒？"狄福问道。

狄仁杰点头表示赞同，说道："这一点的确难以解释，先将这个疑点放下，等以后有了线索再说。唉，看来我是真的老了，头脑有时候不够清醒。哦，刚才你勘查现场周围可有什么收获？"

"现场周边并未发现有用的线索，不过在尸体上搜到了这些。"狄福将纸包和腰牌递给了狄仁杰。

狄仁杰打开纸包，闻了闻粉末，味道和之前狄福得到的白色粉末一模一样，包着的纸上清晰地印着一条吐着芯子的蛇。腰牌是章旷发县尉的腰牌，一面刻着"章"字，一面刻着"捕"字。

"老爷，您出现判断失误是有原因的。"狄福说道。

狄仁杰来了精神："哦，说说，我有什么问题？"

狄福发觉自己的话说得有些重，但话已出口无法收回，只得硬着头皮说道："我发现一旦案子涉及您的身边人，您的判断就会出现大概率失误，比如之前的'幽魂凶'一案，涉及映雪小姐和齐灵芷的安危，您在判断上就出现了失误。还有再之前'雷神叹'一案，因案情涉及汪大哥，您的判断也出现了失误。"

事不关己高高挂起，事若关己心乱如麻。狄仁杰毕竟是人，人总是有感情的，有感情便会影响到判断，有失误之处在所难免。

"幽魂凶"一案中，若非黎映雪牺牲自己，让狄仁杰等人逃出生天，最终逆转败局，怕是大周朝已经不复存在了。"雷神叹"一案亦是同理，若非汪远洋及时点醒狄仁杰，整个大周朝廷早已更新换代。

由于人性的存在，狄仁杰的推理并非无懈可击。

见狄仁杰沉默着，狄福觉得话说得有些过分，指着地面一处车辙印转移话题："老爷您看，这儿好像有车辙印，却没有马蹄印，难道说……这是黄县令案出现的那匹幽冥马不成？"

狄仁杰没有应声，走到车辙印前蹲了下来，用手丈量着车辙印之间的距离，又用手指比了比车辙印的深度，起身向狄福说道："有马蹄印，只是不清晰罢了。"

狄福又蹲下来仔细地看了看，果然发现了一些淡淡的马蹄印。

"车辙印应是不久前留下的，山中雾气较大，令道路泥土松软，加上这辆车所载之物沉重，这才留下了车辙印。马匹虽体重很大，却比不了这车上的载重，而且大部分的马车装载时都是前轻后重，抵消了马匹一部分重量，使马匹踩在地面上的重量变轻，因此马蹄印便没那么深。"狄仁杰说道。

"难道车上装载的是黄金白银等贵重之物？"狄福问道。

"从张三、李四案中的线索来看，有这种可能。"狄仁杰回答道。

"也就是说，留下车辙印的马车和张三、李四案中的那辆马车很相似！"狄福终于明白狄仁杰的意思。

"甚至可能是同一辆马车！"狄仁杰一语惊人。

远处马蹄声响起，为首一人拿着火把，英姿飒爽，马上之人正是小莲，身后跟着的是捕头周琮等人。

周琮翻身下马，还未来得及向狄仁杰施礼，便看到尸体，他倒吸了一口冷气，再定睛看时，更是大惊失色，忙问道："此人……可是章大人？"

狄福把腰牌递给周琮。周琮颤抖着双手接过，确认是章旷发的腰牌后心中一阵难受。章旷发是他的上级，虽说性情有些直率，对人却不坏，更是一名廉洁的好官。人白天还好好的，到了晚上便成了冰凉的尸体，怎能不让人黯然心伤？

"马上将尸首抬回府衙，让仵作立刻验尸，一定要详细，另外安排章大人的家眷来认尸，狄福、小莲，你们随我查查这条车辙印，看它通往何处。"狄仁杰一眼便看出周琮的情绪异常悲伤，本想安慰他几句，却不知说什么好，只得借故离开。

狄福和小莲对视一眼，将马交给衙役，拿着火把跟了上去，路过周琮身边时，狄福拍了拍周琮的肩膀。

周琮呆立了很久，几名捕快也不敢作声，直到狄仁杰三人走出视线之后，周琮才长长地出了一口气，低沉着声音说道："大伙儿把章大哥请回去吧。"

周琮把章大人换成了章大哥，可见对章旷发的尊敬。

众捕快冲着尸首鞠躬致意后，这才抬着尸首向彭泽县衙走去。

......

狄仁杰沿着车辙印默默地走着，狄福和小莲紧跟在后面，三人谁都没说话，只有火把的噼啪声响个不停。

"老爷，您怎么知道马车是朝这个方向行进的？"狄福打破沉默问道。

"这个问题还用得着老爷来回答吗？我来说。"小莲见狄仁杰闷闷不乐便抢过话头。

狄仁杰示意小莲继续说下去。

"拉车的马也好，骑乘的马也罢，为了减少马蹄的磨损，都要给它钉上马掌，马掌的形状是和马蹄相吻合的半圆形，缺口朝后。"小莲看了狄福一眼，快走了几步来到狄仁杰身侧，帮着用火把照亮地面。

"原来是这样，钉马掌我知道，却没想到可以用来跟踪啊！"狄福拍了拍脑袋，紧赶几步追了上去。

论起追踪的功夫，狄仁杰精于此道，这是他多年断案所积累的经验，他甚至可以根据人的脚印分辨出嫌疑人的身高体重、身体状态、职业等，在他人看来简直是神乎其技。

车辙印一直很清晰，这点既出乎意料，又在意料之中。如果凶手杀了章旷发后，就这样不加掩饰地离去也太过张狂，有些说不通。可线索在这里摆着，又不能不去追查。

"老爷，这边有一条小路。"狄福在一个三岔路口说道。

三岔路口向左是通往彭泽的官道，右面是一条小路，路面刚好容下一辆马车通过，却比官道要平整，小路的旁边是一条河，河面不宽，河水却湍急。

车辙印向右面小路延伸而去，小路的路面很结实，马车只在最开始时留下了一些散碎泥土，后来便没了痕迹。

走了一阵，狄仁杰停下来，拐下小路走到小河边，蹲在河边观察了一阵，又向河水中扔了一块石头，水中发出"咚"的一声。河已变宽，水流变得缓慢，从石头落水的声音可以判定，河水至少有两三丈深。

狄福拉着小莲走到河边，问道："老爷，小路上再无车辙印，难道这马车还能上天？"

第三十七章　惩治恶奴

"上天自然不能，入水却很容易，你们看这里。"狄仁杰指着河边的草丛说着。

河边有很多杂乱的脚印，还有些小草被踩到泥土里，还有一些很深的车辙印。

"这些人真是聪明反被聪明误，做了如此蠢事，虽将马车扔进河中，却忘了这条道路是来不及清理的。"狄仁杰断案最擅长的就是抓住对手破绽，然后顺藤摸瓜，将其一举拿下。

狄福挠了挠脑袋："老爷，这线索太明显了，不会是圈套吧?"

"人都会犯错，尤其是遇到意外情况，很可能会做出错误的决定。"狄仁杰冷笑一声。

此情此景让狄仁杰又想起新月村张大户家的管家张又问，狄仁杰等人本来都要走了，张又问却提出了要狄仁杰选一两样珠宝作为酬谢，按照狄仁杰的习性是肯定不会接受的，相信张又问正是冲着这点才敢说出这样的话，令他想不到的是，狄仁杰竟然接受了，还真拿走了一样东西——玉简。

被拿走玉简吃了哑巴亏也就罢了，踢在珠宝箱子上的那一脚将张又问的愚蠢再次暴露出来，狄仁杰虽已经走了，眼睛看不到，却听到"咚"的一声。

"老爷，那边有一座宅子!"小莲指着小路的尽头方向。

狄福看了一眼便愣住了，此处不是别处，正是他夜探过的那处防守极为严密的巨宅："老爷，这就是我探查的那间大宅子。"

"走，过去看看!"狄仁杰回到小路向宅院的方向走去。

"老爷，看宅子的那两条斗犬非常敏感，我在半里外长嘘一声，它们都能听见，要不是护院懒散，我就暴露了。"狄福说话时一直盯着大门的方向。

狄仁杰停住脚步向东方看了看，天已蒙蒙亮，空气里却弥漫着破晓时的寒气，野草微微颤动着，枯黄的草叶上满是白霜，深邃微白的天空还散布着几颗星星，早起的一只云雀飞了起来，它越飞越高，仿佛和星星会合在一起了，在绝高的天际唱歌。

愣了一会儿神，狄仁杰感觉身体一阵疲惫，索性坐到一块石头上，朝东方的天际凝视着。

"狄福、小莲，你们也坐下来，陪我看看日出。"狄仁杰语气中充满沧桑，充满了疲惫。

"嗯！"狄福、小莲一左一右地坐了下来，面向太阳升起的方向静静地等待着日出。

天渐渐破晓，东方呈现鱼肚白，大地朦朦胧胧的，如同笼罩着银灰色的轻纱。不一会儿，大地渐渐亮起来，闪着橙色光芒的太阳露出地平线，缓缓升起。

"日出日落，天理循环。走吧，咱们去会会这户人家。"狄仁杰在两人的搀扶下站起身，缓缓地向宅院的大门走去。

离着大宅院还很远，那两只恶犬便开始狂吠不已，露出尖锐的犬齿向前冲击着，要不是有两名护院使劲地拉着，早就冲过来进行扑咬了。

"哪来的刁民，再敢靠前一步，大爷要放狗了！"其中一名护院看到慢慢走来的狄仁杰等人后脸上露出了痞气，俨然是一副地痞流氓的模样。

狄仁杰听得眉头一皱。本来经过一夜的疲劳，加上章旷发的死已让他难受到极点，听到了护院的喝骂后不由得心生怒意，正欲发作，却见小莲已快速走上前。

面对两只斗犬，小莲毫无惧意，大声呵斥道："大胆奴才，这是本县的县令狄仁杰狄大人，见了县令不跪便是大不敬，按照律法要杖责五十。"

"这里是私宅，没有我家主人同意，就算皇帝来了也不能进！"护院说话时嘴角一撇，连翻了两下白眼，说完后还在地上吐了一口浓痰表示不屑。

"好个皇帝来了也不能进，今天本官就治你个大不敬之罪。"狄仁杰不怒反笑。

"哎呀，你这老头儿……"护院正想解开拴狗的锁链，却感觉眼前一花，脸上便重重地挨上了一巴掌，他眼冒金星，身体不稳，一个趔趄险些摔倒在地，口中一咸，一口鲜血混合着四五颗牙齿一同喷了出来。

狄福这是第一次出手打人，愤怒之下施出一半功力，却想不到有如此威力！

"杀人啦……"被打的护院大声号叫着，话音未落又被狄福反手一个大巴掌搧在脸上，他被打得又一个趔趄，喷出一口鲜血，眼见着大黄牙跟着飞出来。

被打的护院摇晃了两下身子，终于支撑不住，身体一软躺在地上，两个腮帮子像是发起来的馒头一样肿了起来。

两只斗犬叫得更厉害了，把铁链子挣得哗啦哗啦直响，口水随着吼叫不断地喷出来。

恶奴便是恶奴，依仗着主人的财势为所欲为。另一名护院被这突然的一幕吓得呆住了，等缓过劲来，便露出凶狠之色，立刻将两只狗的铁链子松开："上，咬死他们！"

斗犬得到了命令，发疯般向狄福扑去。

小莲在一旁看得清清楚楚，却并不慌张，反而向狄福歪了歪头使了个眼色。

护院放开斗犬后，脸上露出幸灾乐祸的笑容，他知道斗犬的战斗力，斗犬个头虽然不大，却异常凶猛，莫说是一个人，就连狼见了都要避让三分。

令护院奇怪的是，站在后面观看的漂亮女人和胖老者像是看热闹的一样，不但没被斗犬的凶悍吓到，甚至连担心狄福的表情都没有。

狄福原本还有些慌张，但见小莲丝毫不乱，心中暗道惭愧，吸一口气静下神来，等两只斗犬身子腾空，身子一晃便躲过两张血盆大口，绕到了两只斗犬身后，挥出两掌拍在斗犬的屁股上。

"嗷！嗷！"两只斗犬惨叫几声，落地后打了个滚，后腿瘸着逃窜到护院身后，口中不停地哼哼着，却再也不敢进攻，甚至连看狄福一眼都不敢。

狗只相信实力，若实力比它强悍，它必然会低眉俯首。

"你居然敢打我的狗，你……"

护院一瞪眼睛，刚想咒骂狄福，却突然想起了另一名护院的下场，连忙闭上了嘴。

"告诉你家主人，让他马上出来。"狄福的语气像是三九天的冰窖一般，令护院打了一个冷战。

护院瞄了一眼小莲，觉得从她身上散发出的煞气甚至比狄福还厉害，这才知道今天是碰到钉子了，咒骂着连滚带爬地向大宅院中跑去。

狄福是管家，只要对方没有威胁到狄仁杰生命就不会施杀手。但小莲早年闯荡江湖，是有名的女侠，武功堪比江湖一流高手，哪会在乎两条斗犬。

护院还没跑出去几步，便见一人领着十几号人迎面走来，为首之人将护院拦住。

为首之人穿戴雍容华贵，左手戴着一只样式古怪的手套，站在他身后的人，每一个都是身材魁梧肌肉鼓鼓，有的太阳穴鼓出，一看就是内家高手。

"怎么回事？"为首之人向护院问道。

"张管家，外面来了三个人，一出手就把老贾给打倒了，两只狗也被打得不能动弹了。"护院哆哆嗦嗦地回答道。恶奴便是恶奴，告起恶状来一点也不脸红，已然忘了刚才逃跑时的狼狈相。

"没用的东西！"张管家一脚踹在了护院身上，随即一挥手，带着众人来到大门口。

狄福一见此人便是一惊，那人看到狄仁杰也是同样表情。

"张管家，这是我家老爷……"

张管家打断狄福的话："光天化日之下，你们在我家宅院门口出手伤人，这件事得给个说法吧！"

狄福被张管家的态度弄得有些发蒙，又问道："你不是新月村张大户家的管家张又问吗？"

张管家冷哼了一声："是又怎样，不是又怎样！"随后他挥了挥手，一群凶神恶煞的人呼啦一下围了上来。

狄仁杰已经很久没动过怒了，这一次先是恶奴恶语相加在先，放出恶犬伤人在后，不断地触碰着他的底线。今天这是碰到了他，要是平常百姓的话，就算是不被护院打死也要被狗活活地咬死。

狄福没遇到过这种阵仗，立刻向小莲发出求助的目光。

小莲眼中精芒四射，将丹田内劲提了起来布满全身，衣衫随着内劲竟然无风自起。小莲这是动了真怒，眼前这十几名打手看起来是江湖高手，但在小莲眼里却好比儿童耍棍，十个回合都不到就会丧命在她手中。

恶奴虽恶，却罪不至死。狄仁杰急忙走到小莲身前，将双方阻隔开来并大喊一声："住手！"

众打手们被这一嗓子唬得一愣神，立刻把凶煞的目光盯向狄仁杰，正要上前，却被张管家出声拦住，这才停住脚步怒目而视。

张管家还是老谋深算，看到小莲虽是一介女子，衣袍却无风自动，判断此人定是内家高手，而且是一等一的高手，再看白须老人气质超群，狄福能徒手制服斗犬，显然这三人来头绝不简单。

"他们是谁？"张管家眼见形势不对，便转身向刚才跑进来的那名护院问道。

"说是县令狄什么。"护院心神慌乱，记不清楚当初狄福报的名号。

"是彭泽县令狄仁杰大人！"狄福一字一句地喊道。

第三十八章　再遇张宅

有一类人是非常善变的。

"你们这一群蠢材，难道县令大人都不认识吗？！"张管家一改刚才的态度，发起怒来竟犹如一头愤怒的雄狮，吓得护院们浑身一抖，纷纷低下头去。

护院们以往都作威作福惯了，偶尔有些过分的行为，张管家也很少计较，反而利用财势为其摆平，发这么大的火还是头一次。

护院一脸冤屈地望着张管家，疑惑着张管家的态度为何来了个一百八十度的大转弯。

"看什么看，你还敢看我！"张管家突然大声地骂着护院，恨不得将护院的祖宗十八代都翻出来骂一遍，骂到兴头时，抬起脚狠狠地踹在护院身上，护院猝不及防一个屁股蹲儿摔到地上。

张管家并未就此罢休，又是一脚踹在护院脸上，顿时一个清晰的大脚印出现在那张冤屈的脸上，仅剩下的几颗牙也飞了出来，混着血液落到地上。

狄福和狄仁杰对视一眼，二人是老江湖，心里立刻都有了数。张管家明显是之前在新月村见过的张又问，定然知道狄仁杰的身份，却依然唆使家奴准备殴打三人，但听说狄仁杰的名号后，却立刻变了态度，当着狄仁杰的面教训起家丁护院，这分明是在做戏。

护院虽然一脸怒意却不敢发作，只好忍住疼痛闷哼着。大宅院中自成一个世界，完全不受外界律法的管控，一切全凭主人意愿，除了主人就属管家的权力最大。

张管家还不尽兴，上去一阵拳打脚踢，将护院打得鼻青脸肿，惨叫连连。狄仁杰见再打下去，怕是要闹出人命，只好出声阻止。

张管家脸不红气不喘，冲着狄仁杰一抱拳说道："狄大人，这件事皆因草民管教不严，大人要责罚，便责罚草民吧。"

张管家做事果然老到，先是暴打了一顿护院，再把皮球踢给狄仁杰，看看他究竟是什么态度。

狄仁杰笑了笑，看了一眼在地上呻吟翻滚的护院，说道："不要紧，不要紧，也不是什么大事，既然张管家出手了，这件事就算过去了，不过我看你倒是有些眼熟，张管家真的不认识本官了？"

狄仁杰说罢便盯着张管家左手上的手套。

张管家哈哈一笑，说道："狄大人误会了。您之前见的定是新月村大宅的管家张又问，草民是哥哥张又学，我们兄弟二人合起来是又学又问，我兄弟二人原本连体。"

张管家说到这里举了举左手，又接着说道："后来遇到一名神医做法分开，这才变成两人，莫说是您，就连我们的父母都分不清楚，有时候连我们自己也有些迷茫，哈哈哈哈！"

狄福很好奇地盯着张管家的左手，正要张口问，却被小莲阻止。

狄仁杰仔细打量着张又学，脑海里想象着张又问的模样，却无法分清楚两兄弟的模样。双胞胎他见过，可完全一样无法分辨出彼此的双胞胎却是第一次见。

"本官探访民情恰好路过这里，想登门拜访，不承想遇到这种事。"狄仁杰并没说是因为凶案的事情才查到这里。

张又学犹豫一下，随即笑着说道："对不住大人，我家主人常年不在家，大部分的事情都是由草民与弟弟两人打理，大人如果有事，就与草民说好了。"

"原来是这样，敢问贵主人的名号？"狄仁杰知道张又学说的是推辞的客套话，却又不好当面将脸撕破，这才如此问道。

"我家主人张大户，早年一直居住于此，不知怎的，近年来身体出了毛病，找了许多名医也没治好，后来在新月村建了宅子，搬了过去，那边的宅子安静，便于身体的调养。"张又学笑着解释道。

眼前这间大宅院周边环境优雅，亦不在闹市，如何不安静！

"张管家，相约不如偶遇，既然我们到了这里，好歹也算客人，总不能让我们一直在门口站着吧！"狄福冷着脸说道，说话间眼神中还带着煞气，吓得那几名原本还蠢蠢欲动的护院急忙后退了两步。

张又学呵呵一笑，并未理会狄福，反而冲着狄仁杰一抱拳，不急不缓地说道："狄大人有所不知，主人十分爱犬，宅子里面豢养了许多的大型犬只，刚才在门口的两只算是老实的，万一要是哪一条恶犬发了疯，咬伤了狄大人，那草民可就是万死难辞其咎了，不如等我请示主人，将恶犬送走后，我再亲自到县衙将大人接来如何？"

张又学的这一番话不可谓不妙，既没有卷了狄仁杰的面子，又把不让进宅子的责任推给了不知人事的恶犬。

狄福被噎得直翻白眼，正想说话，却被狄仁杰用眼色制止。

张又学圆滑世故，短短的几句话就将所有进入宅子的可能性封死，若想进去除了硬闯外再无他法。真的硬闯了进去，他定会反咬一口，将恶状告到州府衙门，说彭泽县令带人无缘无故私闯民宅，伤其家奴家犬，到时怕是有一百张嘴也说不清楚了。

"那就不打扰了。刚才那两只恶犬向本官扑过来时，还真把本官吓了一跳，若非有管家狄福夫妇在此，本官这把老骨头就要埋在门口了。"狄仁杰哈哈一笑，随后脸瞬间冷了下来，变脸之快令人咋舌。

张又学犹豫一下后，立刻摆出一副笑脸，急忙走上前拦住狄仁杰："狄大人且慢！恶犬令大人受惊的确是草民的责任，草民这就回去准备准备，明天一大早就亲自上县衙登门谢罪，还请县令大人应允。"

狄仁杰的脸色瞬间又充满笑意，意味深长地说道："本官明天就在县衙中备好午宴，等着张管家的诚意。"

在回县衙的路上，狄福很长时间都没说话，整个人气鼓鼓的，脸上充斥着愤怒，沉闷了一阵后终于还是忍不住，向狄仁杰问道："老爷，那些恶奴实在是太可恨了，若不给他们一些教训，以后还不知道要祸害多少百姓。"

狄仁杰呵呵一笑，说道："你呀，嫉恶如仇的脾气没错，不过这件事咱们是当事人，一旦伤了人，也要惹上官司，小不忍则乱大谋，你说对不对？"

"而且章旷发案又与这间宅院有了联系，咱们因为这些小事与恶奴发生冲突，容易把矛盾表面化，对断案没任何好处。"小莲说道。

狄仁杰点了点头，说道："小莲若是男子，定能中举当官，狄福，你得好好和小莲学学。"

得到狄仁杰的夸赞，小莲满脸得意地看着狄福。

狄福哼了一声，却不敢直视小莲，只好将头歪到一边。

"张大户在新月村和彭泽县郊都有大宅子，新月村的张家咱们已经见识过了，单是一个前院，不但面积大得惊人，其中的摆设更是奢华到极致，看这间宅院的规模，应该比新月村的还要大一些，从这一点来看，这个张大户就不简单。"

小莲一脸凝重地说道："老爷，刚才张又学出来后，我运起内功散出杀气，要是一般高手感应到，定会紧张万分，随时做好对敌准备，可张又学一点反应都没有。"

"我也没有反应啊！"狄福说道。

小莲白了狄福一眼，接着说道："世上只有两种人可以达到这种境界。一种是心中毫无城府之人，无法感受杀气带来的压力，比如狄福。"

狄福嘴里"唔"了一声，眼睛向上翻了翻。

"另一种是武功境界比我还高的人，能忽视我散出去的杀气。"小莲说道。

"你觉得张管家是哪种人？"狄仁杰颇有兴趣地问道。

小莲略加思索："应该是后面那种，武功高于我，正所谓天外有天人外有人。"

狄仁杰并未说话，头脑中不断思索着。

"还有，彭泽治安很好，张大户一个普通的宅院为什么会有如此严密的防卫？"小莲问道。

狄福立刻接道："宅子里面一定有猫腻，说不定是在做一些见不得人的事儿。"

"你们说的有道理，不过在没有证据之前，不能轻举妄动。咱们还是先回县衙看看章大人吧。"狄仁杰想到了章旷发的惨死心里便是一阵难受。

章旷发的死不但让章家老小伤心欲绝，跟随他多年的三班衙役们也十分难过，在他们的心里，章旷发算不上大官，却是名好官，在衙门里对他们照应有加，在生活中也是能帮就帮。

从离衙门很远的地方，就能听见县衙里伤心欲绝的哭喊声，有女人的，有老人的，也有小孩的。县衙大门外围了很多人，翘首向里面看着，见狄仁杰来了，这才让出一条道来。

刚迈进县衙大门，三人便感到了那股令人悲愤欲绝的气氛，不由得心中一酸。章夫人一见狄仁杰，就跪着爬到他身前，使劲地磕了三个响头，大声哭着让他帮助查找真凶，帮章旷发报仇雪恨，抬起头时额头上已经见了血。

小莲急忙上前将章夫人挽了起来，扶着她坐到了椅子上。

狄仁杰长叹了一口气："章夫人请节哀，这件案子狄某定会查个水落石出，还章大人一个公道。"

第三十九章　刻意隐瞒

俗话说得好，"人老多情"，虽说狄仁杰生生死死看得多了，可看到身边人离去，心中还是很不好受，再加上家眷这一哭，也要跟着当场流泪。

安抚了章夫人一阵后，小莲留下来陪着章夫人等人，狄仁杰和狄福则来到后堂。仵作已完成验尸，正准备摘手套记录，见狄仁杰进来，便急忙走上前拱手施礼。

狄仁杰说道："免礼，快说说验尸的结果。"

死者为男性，年纪约四十岁左右，身体强壮，头部遭到重物击打而碎裂，破碎处的皮肤有轻微淤肿，身体其他部位并未发现伤痕，无中毒迹象，死者的心脏硬而无韧性，划开后未发现淤血，有腥臭气体喷出。

尸体的僵硬程度很高，腰背部、臀部和四肢后部出现大量紫红色尸斑，下眼睑和指甲、嘴唇等部位出现紫绀现象，从而推断死者的死亡时间大约是昨夜戌时，心脏因某种原因停止跳动而死亡。

"黄县令也是这般死法！"狄仁杰喃喃地说道。

仵作一副欲言又止的模样，左脚在地面上蹭了又蹭。

狄仁杰见仵作状态不对，便问道："有什么话直说，别有顾忌。"

仵作像是下了很大决心，最后把脚在地面上一跺，说道："狄大人，这件事说来也怪。之前的几年里，彭泽地区出现了多起碎头案，因为死因太明显，并未对死者进行更加详细的验尸，不知道心脏内是否正常。受害者都是单身汉，因没有告状的苦主，县衙走完例行流程后便不再追查，而且……"

狄仁杰缓缓点点头，安抚道："你今天所言，天知地知你知我知，绝不会再有人知道。"

仵作听完此话后，脸上显出轻松的表情，冲着狄仁杰拱了拱手，说道："这些碎头案都和阴兵借道挂钩，最终都成了破解不了的悬案。"

狄仁杰倒吸了一口冷气，自打他来到彭泽后，就已经把案卷都看了一遍，却并未发现杨老实所说的碎头悬案，章旷发和周琮等人为什么要刻意隐瞒这些案件？

多起碎头案——张三、李四碎头案——阴兵借道——黄县令案——章旷发案，这些案子从表面看起来各不相同，或碎头或心脏充满毒气，但都与阴兵借道传说相关联！

想到这里，狄仁杰心中已经有了定数，问道："碎头悬案的发生地点都是在进山小路吗？"

"不全是，一部分死在这条路上，还有一部分人死在其他地方，有的在荒郊野外，有的死在城中偏僻之处，这些在卷宗中都有记载。我还记得牛书吏当时还嘀咕，说什么'阴兵杀死的都是该死的人'。"杨老实答道。

仵作杨老实和牛书吏共事很长时间，关系非常不错，按照牛书吏的性格不应该说出这种话，所以他对这句话印象深刻。

案件卷宗基本上都是出自牛书吏之手，那句"阴兵杀死的都是该死的人"却蹊跷得很，从表面上看，碎头悬案的受害者并无关联，为何被牛书吏说成是"该死的人"！在结合牛书吏那本手记，可以分析出牛书吏定是知道了一些案子的内幕。

"牛书吏为什么会说这种奇怪的话？"狄仁杰问道。

杨老实憋了好一阵，才说道："这个小人也不知，牛书吏与小人平时来往较多，但都是聊一些家长里短的事儿，基本与查案无关。"

"从你的角度来看，那些碎头悬案还有其他线索吗？"狄仁杰问道。

杨老实想了想，摇了摇头，说道："没有了，只是每一个案发现场都非常惨烈，头颅破碎脑浆迸裂，甚至都看不出死者生前模样。"

"既然看不出模样，是如何确定受害者是单身这件事儿的？"狄仁杰问道。

杨老实被问得噎了一下，随后才说道："县衙在各个村落都张贴了告示，也没见苦主报案和认尸，这才断定是单身，县衙出了钱，给下的葬。"

"你提供的这条线索很有用。对了，章家大嫂见没见过尸体？"狄仁杰看着章旷发的尸体问道。

"章大嫂来时我正在验尸，场面比较惨烈，不能让她看，待我将尸首恢复得差不多才能让苦主见面认尸。"杨老实说道。

"你想得很周到，剩下的事儿就交给你了。"狄仁杰说罢便转身离去。

回到书房后，狄仁杰瘫坐在椅子上，不知为何，他感到心很累，也许是章旷发的死令他心情不悦，也许……他真的老了！

自打来彭泽上任，不可思议的事情一件接着一件，来得又快又突然，令他疲于奔命，根本没时间冷静思索。

思考才是狄仁杰最厉害的武器，它好比是汪远洋的蝉翼刀、齐灵芷的青霜剑，好比是徐莫愁的毒药，可他现在却将最厉害的武器弃之不用！

想到这里，狄仁杰终于打开心结，睁开眼睛长长地嘘出一口气，脸上僵硬的表情渐渐化开，听到门外脚步声响起，便知道是狄福来了。

与狄福同来的还有几名衙役，他们抱着一些满是尘土的卷宗，卷宗用火漆封存着，上面盖着章旷发的印章。

"老爷，这些是您说的那些碎头悬案，一直放在仓库最里面，我把整个府库又翻了一遍，确认只有这些，才把它们拿来。周捕头说这些案卷记载的都是悬案，封存起来是章大人的意思。"

狄仁杰听后眉头一皱。

章旷发主管治安捕盗，凶案发生后，应竭尽全力破案并缉捕凶手，为何把二十多起杀人案的卷宗束之高阁？这件事随着章旷发的遇害，再无答案。

狄福安排衙役把卷宗放在桌案上，便让他们离去，随后他边用干抹布擦着卷宗边说道："老爷，我一进门就看您脸上有喜色，定是有了收获。"

"算不上收获，但我想明白一件事，心结解开了。"狄仁杰说道。

"老爷能不能和小的说说？"狄福好奇地问道。

狄仁杰捋了捋胡子："咱们来彭泽后，我感觉一直是被人牵着鼻子走，总是被动地去做事，比如张三、李四案，章旷发案等，长此以往，势必会被歹人所利用，陷入彀中。"

"我明白了，您的意思是说咱们要主动出击，不能按照幕后真凶设定好的路线走。"狄福说道。

"正是如此，所以咱们要从头梳理线索，看看有没有其他的突破方向，比如，这些被封存的碎头悬案。"狄仁杰拿起一卷卷宗看了起来。

卷宗上记载的是彭泽境内发生过的碎头悬案，包括报案人、目击者证词、仵作验尸记录等，信息很全面。

天授二年三月，死者男性，三十五岁，死于通往新月村的进山小路，头颅遭到重物击碎。

天授二年五月，死者男性，三十一岁，死于通往新月村的进山小路，头颅遭到重物击碎。

天授二年八月，死者女性，二十八岁，死于彭泽城内废弃城隍庙，头颅遭到重物击碎。

天授三年一月，死者男性，二十九岁，死于新月村村口旁荒地，头颅遭到重物击碎而死。

……

长寿元年十月，死者男性，三十三岁，死于彭泽城郊小树林，数日之后被发现，尸体高度腐烂，头颅遭到重物击碎死亡。

……

长寿二年十月，死者男性，三十三岁，死于彭泽租屋内，头颅遭到重击碎裂而死。

……

狄仁杰迅速地把所有卷宗看完，发现三年内悬而未破的碎头案竟然多达二十一起，加上张三、李四和章旷发的案子一共是二十三起，死亡人数二十四人，这还不算同样遇害但未被击碎头颅的黄县令。

"触目惊心啊！"狄仁杰将最后一卷卷宗重重地放在桌上，咬着牙说道。

"怎么会有这么多碎头案？"狄福内心异常震惊。

"遇到阴兵借道就会被阴兵砸碎头颅，不过这些案件里却出现了两个例外，一是黄县令，同样是遇到阴兵，却未被大锤碎头；二就是张三、李四，这两人为本地人，其他的受害者都是独居的外地人。如果说阴兵杀人是有人蓄谋而为，被害者一定是既定目标，张三、李四纯属于意外介入此事件中，原本不会出现在阴兵杀人的名单上。"狄仁杰说罢便提笔在纸上写下"黄光行""张三李四"这几个字。

衙役三愣子的声音从房外传来，敲门进入书房，只见他浑身湿淋淋的，头发上还粘着一棵水草。

三愣子憨憨一笑，禀报道："大人，小人找了一些水性好的渔民将马车捞了上来，车上以及河底没发现其他东西，马车我已叫人拉了回来，停放在县衙后院。"

狄仁杰点了点头，说道："辛苦你了，一会儿去洗个热水澡，别着凉。"

三愣子猛地点头，脸上笑容不断。衙役、捕快等社会地位极低，莫说是县衙官吏等，就连寻常百姓也不待见他们，狄仁杰的出言关怀着实令三愣子感动。

"河水把马车冲刷得很干净，所有线索都随着河水消失不见，手段低劣却非常好用，不简单，不简单啊。"狄仁杰捋着胡子说道。

三愣子听不懂狄仁杰的话，只好点头应着。

"狄福，从我的俸禄中支三两银子，赏给那些渔民，让他们买些酒驱驱寒气。"狄仁杰说道。

狄福应了一声。

"谢谢大人！"三愣子虽得了赏赐，却未显示出应有的兴奋。他虽然很愣，却感情丰富，上司章旷发身死，就算有酒喝也高兴不起来。

第四十章　少女的烦恼

女子的房间大多采用暖色系装饰，并自带着一股幽幽的香气。环看四周，处处显示着属于女儿家的细腻温婉。靠近竹窗边，梨木桌上摆放着几张宣纸，砚台旁搁着一支毛笔，宣纸上画的是几株含苞待放的菊花，细腻的笔法，似乎在宣示着闺阁主人的多愁善感。

黄梦曦托着下巴发愣，精致的脸上看不出一丝欢乐。

章旷发的死讯给她带来巨大的冲击，尤其是得知其死因与父亲一样时，她的心里仿佛打碎了五味瓶。

章旷发利用闲暇之余教授黄梦曦武艺，虽未正式拜师却胜似师父。章夫人知道她从小就没有母亲，经常邀请她到家中做客，对她更是像对女儿一样照顾有加。

这也是她知道章旷发的死讯后，不敢去章家的原因，她害怕见到章夫人悲伤欲绝的样子，更不忍心看到章旷发不成人形的尸体，她只有在家中等着，等着周琮去打探消息。

等待的滋味无法言喻。

周琮更不想心爱的人等待，所以他迅速地把分内的事情处理妥当，与县丞谷钧成打了招呼，便离开了县衙，前往黄家。

他是地地道道的彭泽人，家境富裕，但从小便没了父母，是在家中一名下人的照顾下长大成人的，家境虽好，人却有骨气，不愿意坐吃山空，凭借自身能力当了捕快，数年后又当上了捕头，他与黄梦曦算是郎才女貌，两人亦一见钟情，遗憾的是，周琮自认为与黄家门不当户不对，配不上黄梦曦，便一直未敢上门提亲。

此事怪不得周琮，在当时，捕快这种职业给人的印象就是吃拿卡要，属于低贱的职业，与黄梦曦的出身门不当户不对。黄梦曦虽不在乎门当户对，却碍于女子的矜持，不敢轻易地表露感情。

两人彼此爱慕，却都把感情藏得很深，从未向对方表露过。

衙门距黄家有一里地左右，路过三条街道、一个菜市场。周琮刚走到第二个街口，无意中瞥到一个熟悉的身影，心中感觉有些异样，犹豫一下后提起脚步追了过去。

那人戴着斗笠，身上穿着极为朴素的衣袍，把整个人笼罩在其中，他仿佛也感到周琮的关注，立刻加快脚步，在人群中左晃右晃，速度极快，看样子是要摆脱周琮的追踪。

此人的行为反而引起了周琮的兴趣，周琮展开身法追了过去。周琮身为彭泽捕头，对每一条街道、每一户人家都了如指掌，在城中想摆脱他的追踪是绝不可能的。

事情往往会出乎人意料，周琮追踪了好一阵，最终还是追丢了目标，在目标消失的街口寻找了一阵，却一无所获。

"真是怪了。"周琮心里有些窝火，堂堂的彭泽县衙捕头居然把人给追丢了，这要是传出去，还不得让人笑话？

"这人究竟是谁，为什么感觉这么熟悉？"周琮想不通这件事情，在街头站了一阵，突然笑了一下，心想：无论熟还是不熟，追到追不到又有什么关系，还是去找黄梦曦要紧。

想到黄梦曦，周琮的心便是一痛。

章旷发夫妇和黄梦曦的感情好整个县衙的人都知道，本来黄县令的死对黄梦曦造成了很大打击，现在章旷发也被人谋害，她的心里怎么好受得了？作为捕快，周琮无疑是很优秀的，可在感情方面，他就像一名没长大的孩子，扭扭捏捏、半遮半掩。

周琮站在黄家的大门口，双手紧紧地握成了拳头，嘴唇抿得紧紧的，向心爱的人表白这件事，使他变得激动、紧张，将所有的可能性都演算了一遍后，又经过一番激烈的思想斗争，握成拳头的双手慢慢松开，在衣袍上蹭了蹭手心上的汗，而后双手用力地在脸上揉搓了几下，努力地挤出了一个连自己都不满意的微笑来，长长地嘘出一口气后，狂跳着的心开始平静下来。

"没事，不用紧张。"周琮口中喃喃地念叨着，整理了衣衫后敲了敲大门。

"当当当！"随着敲门声的响起，黄梦曦悦耳的声音随即传了出来，声音仿佛是苏式糕点一般，甜甜柔柔的，让人听后很是舒心，可声音中仿佛又有一种悲伤之意，让准备应声的周琮的心像一根被拨动的琴弦，不断地震动着、共鸣着。

"是我，周琮。"周琮轻轻地推开大门。

一身素白的黄梦曦走出房间，虽说那张精致的脸上露出一丝笑容，可笑容之下却是两行未擦拭干净的泪痕。

"周大哥，快进来吧。"黄梦曦说话间已没有了以往的活泼劲儿。

周琮看着一身素装、楚楚可怜的黄梦曦便是一愣，一股比蜂蜜还甜的感觉突然灌进他的心房。她居然叫他周大哥，这是他一直梦想却始终未得到的称呼。以往黄梦曦都是叫周捕头，有的时候叫老周，也有时直呼其姓名周琮，属于好哥们式的亲密却毫无忌惮的叫法。

"周大哥"这三个字的分量，是一个女孩儿不再将他当作一个玩伴，而是要将全身心都托付给他的一种暗示的叫法，聪明的他怎么会不明白！

"梦曦……"周琮叫出口后觉得有些别扭，这不但需要很大的勇气，更需要的是适应。

显然，黄梦曦更不适应这种叫法，她愣了好久，随后原本还有些悲伤的脸上一下子笑得像一朵花，在阳光和雨水的滋润下灿烂开放的一朵花。

周琮的脸一下子红了，双手紧紧地握在了一起不断地搓着，头低了下去，恨不得埋进衣领里。他不知道黄梦曦的笑究竟隐藏着什么，这种不确定性让他有些心神不安。

周琮来黄家数次，不过也仅限于到客厅，进入黄梦曦的闺房还是第一次，刚进房间，便闻到一股只属于女人的香气。两人在桌案旁坐了下来，沉默了一阵，最终还是黄梦曦打破沉默，倒了一杯茶递了过来，说道："你有事就说吧……"

周琮望着伸过来的那双手，真想将它们抓过来，捧在手心里，可他的手抽动了几下后还是没敢动。

两人小时候，周琮经常拉着她的手出去玩，那时候两个人非常纯洁，没有成年男女间的杂念，手拉手并未感到异常。自打黄梦曦变成大姑娘后，两人都有了顾忌，别说手拉手，就连说句话也要避着人。

"梦曦，我……我……"周琮猛地站了起来，通红的脸变得煞白，支支吾吾说不出话来。虽然他在门外演练了很多遍，可是真到了黄梦曦面前，他还是紧张了。

"你是想说章大人的案子吗?"黄梦曦看出了周琮的窘态，急忙将话题引了出去。

"哦，我差点将正事给忘了。仵作的验尸结果出来了，根据现场血液喷溅的痕迹和出血量来判断，章大人是死后再被击碎头颅，心脏被一股腥臭的气体充斥着，与黄……黄大人的情况完全一致。"周琮终于松了一口气，比起谈情说爱，叙述案情简直如同滔滔江水般连绵不绝。

"不可能是巧合。"黄梦曦思索一阵后问道，"狄大人有结论了吗?"

虽然知道黄光行是她的养父，可在她的心中，养父和生身父亲没有任何区别。对于父亲黄光行的死，她心中充满疑问，如今章旷发与父亲死因相同，这其中肯定相关联，给黄光行案翻案带来了希望。

"狄大人正在查看之前所有碎头案的宗卷，应该怀疑碎头案与黄大人、章大人的案子有关，我之前也曾怀疑过碎头悬案，却找不到线索。"周琮说道。

狄仁杰现在所做的，他与章旷发也做过，对于每件案子他们都尽心尽力去查，可最终的结果却令人失望，不但未能破案，甚至连有用的线索都没找到，这也是章旷发把碎头悬案的卷宗封存的原因之一。

"婶婶还好吧?"黄梦曦的声音带着颤抖，眼泪在眼圈里打转儿。

"还好，还好。小莲姐在县衙陪着她呢，你不用担心。倒是你……"周琮不断出言安慰着，生怕她心情不好哭出来。

"你不用安慰我……我没事……"黄梦曦说到此处再也控制不住感情，"嘤咛"一声哭了出来，眼泪像是断了线的珍珠般落了下来，将前胸的衣襟打湿。

她本是乐天派，从小到大周琮只见她哭过两次，一次是黄光行出事，另一次是现在。周琮是个毛头小伙子，哪里见过这种场面，被黄梦曦突如其来的悲戚给弄得束手无策，也不知道如何安慰，只好在一旁傻傻地看着她。

乐天派并不代表没有悲伤，只是感情隐藏得更深些，神经更加坚韧些而已，可一旦到了临界点，感情爆发出来时，会变得更难控制。

这一次她足足哭了半个多时辰，再次证明了"女人是水做的"这句话。周琮哪懂得女人的心思，只好在一旁给黄梦曦倒水、递手帕等，没事做时便在一旁观察着她流下的眼泪。

黄梦曦被周琮的目光盯得有些不自在，渐渐收住了哭声，疑惑地看着他。

"你在看什么?"黄梦曦说话间抽抽搭搭，白皙的脸上却飞起了一片红云，如同雨后彩虹般，美艳极了，看得周琮一阵心神迷离。

"周大哥。"黄梦曦见周琮没了反应，又小声地提醒着。

"哦，我在看你的眼泪会不会盛满一碗……唔……"周琮被黄梦曦突然一叫，下意识地将心中所想说了出来，可话一出口，便觉得有些不对，想收回来却晚了，只好红着脸看着她的反应。

"你！"黄梦曦被周琮气得哭笑不得，可看他傻傻的样子，心里却是一笑。

"对不起。"周琮的话一出口，彻底让她笑了起来。

此时的她好像一只无忧无虑的云雀，由悲伤到高兴的极致转变使周琮对女人的看法有了巨大改变。

"嘿嘿……"周琮跟着傻笑附和着，甚至忘了他应该向黄梦曦表白的事。

过了好一阵，黄梦曦看着周琮的眼神有些迷离，那双手慢慢地向周琮的方向移动着……

周琮瞪大了眼睛，大气也不敢喘一口，生怕自己多喘一口气都会将她的手吹走，他听见了自己怦怦有力的心跳声，甚至听见了她急促的心跳声，他那双粗糙大手颤抖着向前方移去……

"周捕头在吗？周捕头！"正当两人的手要抓在一起时，一个不太和谐的粗嗓门从门外传来，听声音应该是捕快三愣子。

三愣子本姓包，家里排行老三，就叫包三儿。包三儿为人爽直没有心眼，在为人处世上显得有些愣，这一点却深得同样为人的章旷发欣赏，才得以在县衙生存下来。

三愣子这个外号的由来，那还得从两年前的一天说起。

这天，章旷发家来了客人，包三儿帮忙去买一些卤肉，买好后便哼哼呀呀地送到了章家，进了章家的大院后，发现客人都已经按座次坐好，章旷发正准备敬酒。

"老大，肉买回来了。"包三儿笑嘻嘻地说着，说罢便向厨房走去。捕快便是捕快，不但腰刀玩得好，菜刀也一样耍得当当响，只听得一阵刀响后，很快一大盘子卤肉被端了出来。

"我兄弟包三儿。"章旷发介绍道，因为来的客人都是有头有脸的人物，所以他没有打算留包三儿吃饭。

包三儿冲着一桌子的人点了点头，众人礼节性地回应着。

章旷发与三班衙役感情很融洽，经常邀请他们来家里吃饭，包三儿并不见外，他准备到厨房随便吃点东西就回县衙。

要是世界上有后悔药的话，章旷发一定第一个吃下去，因为他在包三儿即将转身时，为了体现自己与他关系的密切，说了一句话。

"要不你就在这儿吃得了，厨房烟熏火燎的。"章旷发说的是客套话，换作别的衙役，一看桌子上压根没留空位，就会立刻拒绝。

可包三儿的一句话却令人们险些将口中的酒喷出来，也成为笑话章旷发和他手下衙役的笑料。

"行！"包三儿回答得相当斩钉截铁，使劲地点了点头，将已经转过去的半边身子硬生生地扭了回来，那一脸认真的表情让所有人险些笑出声来。

要是章旷发此时圆场，让夫人再加一张椅子也就罢了，可章旷发也被这一幕弄得脑袋短了路，又说了一句让他更加后悔的话。

第四十一章　消失的尸体

人的智慧不同，导致认知不同。

"要不你先坐我的位置，我再去搬一张椅子。"章旷发其实是想提醒包三儿去搬椅子。

"好!"包三儿非常认真地给章旷发腾出一块地方来，意思是让他赶紧去屋里搬椅子。

刚才包三儿的"直爽"已让众人爆笑不止，这一幕就使众人彻底将口中的酒喷出来。

"噗!"一位客人终于忍不住喷了出来，若非及时地歪过头去，怕会白瞎了一桌子的好菜。

众人看着章旷发的窘相都强忍着不笑出来，却憋得脸通红肚子直疼，那位喷出酒来的客人借着机会躲到了桌子底下偷偷地笑着。

章旷发只好点了点头，心中暗叹了一口气，走到屋里搬了一张椅子，勉强挤在了包三儿的旁边……

自此以后，包三儿便被人起了一个响亮的外号——三愣子。

三愣子虽然愣了点，却有一个厉害之处，就是脚程快，虽说未经过名师指点，也不知道轻功为何物，却天生地快。

"周捕头! 我的头儿啊!"声音还未消散，房门便被他推开，正好到了两只手就要握在一起的那一刻。

三愣子早就知道黄梦曦和周琮的事，见到这种情况，也没觉得尴尬，反而"嘿嘿"地笑了两声，随后便用期待的眼光盯着两人的手。

黄梦曦急忙将手缩了回来，脸上再次飞起了红云，小声地念叨着："这个三愣子。"说罢还狠狠地白了他 眼。

周琮缩回了手，清了清嗓子，背着手装作一副正经的样子问道："啥事儿？说！"

三愣子一见好戏看不成，只好"唔"了一声，突然脸色一变，一拍脑门说道："老大，县衙又出事了！"

听了三愣子的话，周琼脸色一变，心里"咯噔"一下，急忙冲着三愣子使了个眼色。三愣子还算识相，转身向外走去。

周琼深情地看了一眼黄梦曦，说道："等我回来。"

黄梦曦眼中有些不舍，却还是点点头。

原来在周琼离开县衙后不久，巡视的衙役发现仵作在后堂昏迷不醒，章旷发的尸体也不翼而飞。

经过一番救治，仵作已没了性命之忧，却始终昏迷不醒，狄福以为仵作是被点了穴道昏迷，尝试了各种解穴，却依然没有任何效果。小莲说他是被高手以封穴的手法制住，并陈述点穴和封穴的不同之处。

点穴一般只针对人体的一个穴道，以手指灌注内力点击，让人体经脉淤塞，进而失去相应的功能，一段时间后，穴位和经脉受到人体内气血不断冲击，内劲会慢慢消融，穴道会自动解开，功能亦恢复正常。

封穴则不同，人体有七百二十个主要穴位，其中一百零八个是要穴，封穴的手法就是封住其中数个穴位，封住穴位的先后顺序不同、个数不同，造成的结果就会不同，导致人体会出现各种各样的症状，由于封穴时，各个穴道之间相互关联，解穴时以需要以一定的顺序一次性解开，一旦解错，就永远不能复原，因此解除封穴只有施术者才能做到。

看仵作的情况，行凶之人封住了他的数个穴道令他长期昏迷，却又不至于死亡，若没有施术者为仵作解穴，他就会永远昏迷下去。

封穴手法不但复杂，而且施术过程比点穴要长得多，在实战中作用不大，加之学习起来相当困难，所以江湖上懂得封穴的人少之又少，大部分学习封穴的都是擅长医术的高手。

"封穴，偷尸体，为什么？"周琼有些不能理解。

三愣子立刻接道："狄大人也是这么说的，可他说有些事儿弄不明白，这才让我来找你。"说罢他暧昧地一笑，又冒出一句，"我就知道你一定在雀雀这儿。"

周琼白了三愣子一眼，回手在他肩膀上捶了一拳，骂道："你三愣子就是干不出好事来，快走。"

周琼想起三愣子撞破了他与雀雀的好事就有些生气，眼见两人的手就要抓到一起了，万恶的三愣子竟然在关键时刻冲了进来。不过听到狄大人有些事弄不明白，让三愣子来找他商量，心里又高兴起来。

三愣子见周琼的脸色一变，知道他又要对自己下手，便"嘿嘿"一笑，脚下一使劲，"噌"的一下蹿了出去，发力甩开了周琼，率先向县衙赶去，这三愣子的轻功果然高明，转眼便不见了踪影。

周琼用尽全力追了过去，却始终没看到三愣子的影子，心道：这愣人也有愣人的好处，心思少，练功心无旁骛，这才将轻功练得这么高强。

他苦笑了一声走进县衙，原本啜泣的声音此时已变成哀号，让人听后产生一种悲观的念头。站在大院里的衙役见周琼走来，便急忙领着他来到了后堂。

狄仁杰和狄福在后堂中勘查现场，小莲在一旁安慰着哀号中的章夫人。

"唔……"周琼张了张嘴，却不知道说什么好，只好叹了一口气，进入后堂随狄仁杰一同勘查现场。

原本放着章旷发尸体的木床空空荡荡，除了木板上有些发黑的血迹外，连盖着尸体的白布也一并消失。

仵作后背靠着墙，双眼紧闭、脸色发白、一动不动，若不是胸口微微起伏，还以为是一具死尸。他的脸上看不出任何紧张和惊恐的情绪，现场亦没有搏斗过的痕迹，应该是在不知情的情况下被一击打昏，然后再被封穴。

周琼拿过一根点燃的蜡烛，在地面上仔细地照着，想找出疑犯的脚印，经过一番对比后，现场的脚印有狄仁杰、狄福、仵作、周琼、章旷发的，还有一部分是衙役的，另外的脚印是小莲和章夫人的，除此外就再也没有陌生的脚印出现。

狄仁杰、章旷发、周琼、仵作、狄福、小莲等人为了工作经常出入后堂，章夫人是为了认尸而来。

"奇怪，后堂中的脚印没有外人的，难道说偷尸体的疑犯是飞进来的，然后又带着尸体飞出去不成？又或说贼人就在这些人当中！"周琼小声嘀咕着，脸上露出了疑惑的表情，又偷着环顾众人。

狄仁杰见周琼嘀咕一声，便问道："周捕头，你有什么看法？"

"大人，我感到有些线索就在眼前，若隐若现的，却抓不住它。"周琼说得有些模棱两可。

狄仁杰断案无数，经验丰富，周琼在他面前哪敢随意张口说话，更何况周琼还怀疑是自己人作案，这种观点怎能轻易出口？

"小莲，县衙中数你轻功最好，要是让你来盗尸，能不能做到不留痕迹？"狄仁杰问道。

小莲看了看后堂，摇了摇头说道："人死后，尸体会很重，要是只有我一人，怕是很难不留痕迹地把尸体带走，但人多了，更容易留下痕迹，只能说事后抹除痕迹才有可能，这点小莲怕是很难做到。"

"好吧，先说说我的推断吧。"狄仁杰将着胡子接着说道，"凶犯偷走章旷发的尸体原因可能有二，一是尸体上有与案件相关联的线索，凶手杀死章旷发后未来得及处理，一旦查出，可能会威胁到凶手。二是尸体与章旷发有关，也可以说死者可能不是章旷发，凶手担心仵作给尸体恢复遗容后，章夫人前来认尸发现端倪，这才偷走尸体。"

"这……第一点还好说，第二点也太离奇了吧！"周琼惊道。

"这只是我的推断，还没有证据。"狄仁杰蹲在仵作身前，替他把了把脉，脸上露出释怀的神情，又接着说道："关于凶犯的推断有两点，一是凶犯不愿意杀害仵作，这才费尽周折将其弄晕。二是本官和周捕头都勘察过现场，除了县衙众人和章夫人的脚印外，再无其他脚印，贼人背着那么重的尸体却能不留下脚印，要么凶手武功极为高明，要么具备反侦察能力，事后把他来过的痕迹抹除。"

周琼等人听后纷纷表示赞同。

"凶手盗尸的目的正是整个事件的关键所在，只要弄清楚了，此案便会迎刃而解。"狄仁杰说道。

章夫人听到此处又开始低声啜泣，惹得众人跟着一阵叹息。

狄福给小莲使了个眼色。小莲会意，劝着章夫人离开后堂。

狄仁杰和狄福等人讨论了一番，却对凶手未留下脚印等痕迹一事始终疑惑。周琼却在旁一言不发，看样子像是在琢磨着什么。

"周捕头！"狄福轻轻地叫了他一声。

"哦，大人说得很全面，分析得很透彻，卑职没有什么可补充的。"周琼说了句官样话，同时抬起头望向狄仁杰。

狄仁杰看出周琼有心事，却并未点破，说道："天色已晚，你们各自忙去吧。"

周琮拱了拱手，犹豫了一下才离开后堂。

狄福把后堂大门关上，回到狄仁杰身边，说道："老爷，您没发现周捕头有些不对劲吗？"

狄仁杰捋着胡子："他一定有事瞒着咱们。"

"要不，我跟着他看看？"狄福询问道。

狄仁杰微微摇头："你也累了一天，休息去吧，他想明白了，自然就会说的。"

见狄仁杰主意已定，狄福也不好再说什么，向狄仁杰抱拳施礼后离开。偌大的后堂只剩下狄仁杰一人，他走到停放尸体的那张木床前，盯着发黑的血迹思考着。

深秋的夜来得格外快，一转眼工夫整个彭泽县便陷入黑暗，县城内星星点点的光亮仿佛萤火虫般。周琮走在大街上，木偶一般机械地走动着，任凭透骨的寒风打着身体。

对于偷尸案，就像是在黑暗中一处模糊的光亮，走又走不到近前，抓又抓不到，却能感觉到它的存在。

"是什么让我有这种感觉？"周琮回忆着今天所发生的事情，试图在其中找出答案。

不经意间，周琮看到了不远处的一户人家，门口挂着白色的灯笼，灯笼上面黑色的"奠"字非常刺眼，偶尔还传出啼哭声。

"怎么走到了这里？"周琮不知不觉地走到章旷发家所在的那条街。

看着在风中摆动的白色灯笼，周琮突然站住不动，圆睁着眼睛，张大了嘴巴，任凭冷风灌进口中。

"是他，就是他！为什么我现在才想到！"周琮终于找到了若有若无的感觉，此时他又想起了早上曾经有一个熟悉的身影擦肩而过，现在他知道此人是谁了。

章旷发！

他开始有些害怕，他宁愿这件事不是真的，宁愿相信那是他的错觉。

看着章家大门，周琮犹豫是不是该进去看看章家嫂子，现在他们一家正处于极度悲戚中，若真进去了，也不知道说什么才好。想到章家嫂子，便又想起来孤苦伶仃的黄梦曦，两名同样命运的女人，一个失去丈夫，一个失去父亲，人生之悲莫过于此。

此时的黄梦曦一定没睡，依然在孤灯下等着他，也许应该借着这个机会向她表白，把该说的话说出来。这么乱的局势，谁会知道意外和明天哪个先来！

想到这儿，周琮不再犹豫，迈开大步向黄梦曦家走去，他下定决心，今晚无论如何都要给她一个交代，给自己一个交代。

眼见就要到了黄梦曦家，周琮的心又开始狂跳起来，既盼望着见到她又害怕被拒绝。正琢磨着，突然发现胡同中有一个人走出来，他身材高大，身上披着一个带帽子的斗篷，帽子压得很低，几乎将面部全部遮住，加上天色已黑，完全看不清来人的相貌。

周琮惊呼了一声，先是退后两步，随后急忙迎了上去。

再看那人，一听到周琮的声音后，急忙转身沿着来路迅速地转进胡同，一眨眼的工夫便消失不见。

看着黑洞洞的胡同，仿佛怪兽的大口一般，周琮有了一种不祥的感觉，只要他走进这个胡同就永远不会再出来，若不走进去，就难解心中的疑惑，身为一名捕头，这是他所不能接受的。

踌躇了一阵，周琮还是鼓足勇气走了进去，却听得胡同中一声幽幽的叹息声传来，那声音带着寒意，仿佛来自十八层地狱，让人听后不寒而栗。

"你不该进来，和她安安稳稳地过日子不好吗？"神秘人的声音阴森森地传来。

"我……我必须走进来，因为我是捕头，职责所在，明知不可为也要为之。"周琮的声音传了出来。

"从现在起，你不再是捕头了。"神秘人的声音更加冰冷。

"等等！"周琮意识到他犯了一个严重的错误，而且绝对致命，他感到了对方的杀气，这股杀气要比寒冷的风更加刺骨，几乎可以让人瞬间冻僵。

人到了这个时候往往会想自己在世间还有没有未了之事，周琮第一时间就想到了黄梦曦，他还没有正式向她表白，而她还在那间冷冷清清的房子中苦等着他。

第四十二章　生死绝恋

周琮有些后悔刚才的决定，若是不理会，他现在已经在黄梦曦的房间，两人一直压抑着的感情也会在今晚有个结果。

可惜世间没有后悔药，时间也不会倒流。

"等等，我有话要说。"周琮想拖延时间，以图有人经过时好将他救出去。

不过这只是他的一厢情愿，他心里清楚对方的实力，就算是有人来，也不可能将他救出去，只是再多搭上一条性命而已，可濒死之人哪管得了这些。

"嘿嘿嘿……"阴笑的声音越发低沉，像敲响一面大鼓般，随着周琮的心跳重重地落在他的心头。

周琮终于感知到了恐惧的味道，他甚至不知道自己是否还活着，他感觉如同掉进千年冰窟里，五脏六腑被极寒之气反复刺穿，狂跳的心脏突然间停止搏动，一股窒息的感觉从胸部瞬间蔓延到全身。

他努力地张大嘴巴，将寒冷的空气使劲吸进胸腔中以保证身体所需。周琮用力地咳嗽着，胸腔的剧烈起伏令心脏也再次搏动起来。

"唔！"周琮艰难地完成了转身动作，用尽力气抬起腿向胡同外面跑去。他感到原本充沛的生命力正一点点地离开身体，凭借坚强的意志力与死神做着最后的搏斗。原本近在咫尺的目的地却仿佛变成了千万里一般，走起来遥不可及。

他的目标是黄梦曦家！

一股寒气从周琮的心脏部位逐渐向全身扩散，心脏跳动越来越吃力，身体再次变得僵硬起来。

"坚持住。"周琮佝偻着身体向前走着。

人都有一缕执念，哪怕是即将死去的人也会有，若执念不去，人就会保住一口气，直到执念完成。

庆幸的是，阴鸷声音的主人并未追击他，若那人追来，只需要轻轻一掌或者是随手一推，他就会倒地不起。但他已到了岌岌可危的地步，视线开始变得模糊，每迈出一步都会令他耗费大量力气，眼皮也如同千斤坠般，他只能凭着感觉向那个让他向往的家走去。

　　这个寒凉的秋日对于小莲来说是个十分特别的日子，曾经的江湖女侠，无数次的生生死死，却从未有过今天这样的感觉。以往与人对决或者行侠仗义时，只管出手便可，从不管后面的事儿，更未见过死者亲属的悲伤欲绝，今天她实实在在地见到了，章夫人那悲戚的哭声到现在还在她的心头缠绕着。

　　吃过晚饭后，小莲心情烦闷，便将小狄福托付给府上的下人照管，一个人来到大街上，迎着寒凉的风散步，边走边感慨着人的生死轮回，心中更是为章旷发以及他全家的不幸而难过，不知不觉就走到黄梦曦家附近。

　　"咣咣咣！"小莲犹豫了片刻，还是敲了大门。

　　"来了，来了！"熟悉的声音伴随着一串急促而轻快的脚步来到大门处，大门打开，一张充满了期盼的脸出现在小莲面前。

　　黄梦曦看到来人是小莲，原本一脸的期盼立刻消失，取而代之的则是礼貌性的笑意。看得出来，黄梦曦脸上的期盼是少女对情郎的期盼，作为过来人的小莲怎能看不出。

　　"我闲着没事，刚好经过这里，就想看看你。"小莲笑着说道。

　　"小莲姐，快进来，正好我也有事要找你说说。"黄梦曦上前挽住了小莲的胳膊，将她迎了进来。

　　黄梦曦的茶艺出乎小莲的意料，泡茶的器具和茶水的色泽、香气都与众不同，茶碗还带着淡淡的少女体香。

　　"要是有人能娶了你，那可是天大的福分。"小莲夸赞道。

　　"小莲姐，要是有个人一直喜欢你，同时你也喜欢这个人，可两人谁都不愿意说破这件事，应该怎么办？"黄梦曦说罢便低下了头，脸上飞起了一缕红霞。

　　小莲听了她的话，立刻知道是怎么回事，"扑哧"一笑，说道："说出来不就好了？"

　　小莲是敢爱敢恨的江湖女子，想法比较简单直接，当初能嫁给狄福也缘于此，远不是黄梦曦这种大家闺秀能比得了的，所以话一出口便遭到了她的反对。

"那怎么行? 再说啦, 我也说不出口啊!" 黄梦曦一下子没反应过来, 说漏嘴出卖了自己, 随即反应过来, 脸变成了一块红布, 尴尬地垂下眼帘。

"你这小丫头, 就知道是你和周琮的事儿, 县衙里谁看不出来, 要不是黄……"

话一出口小莲便有些后悔, 无论如何不应该提及黄县令, 于是又急忙圆场说道: "你们要是真的相互爱慕, 那就由我来牵线。"

黄梦曦长叹一口气, 眼睛里一阵湿气闪现, 使劲地抿着嘴, 低头一语不发。

"都怪我, 不该提起黄县令, 对不起了妹子。" 小莲性子直来直去, 说错了便道歉, 绝不会因为碍着面子不做。

"没事, 都过去了。周琮说今晚上要我等他, 可到现在还没来, 天都黑了。" 黄梦曦将目光望向了桌子上的四个菜和一壶烧酒。

"倒是挺有情调, 反正今晚我没什么事做, 就陪你在这里等他, 他来了之后我替你们牵线, 一定把这件事办成!" 小莲从这一桌子酒菜看出两人之间的感情, 仿佛看到了当年的她与狄福, 心中不由得一阵感动。

黄梦曦没答应, 也没拒绝, 只是低着头不说话。

"男女之间的爱情, 就像一层窗户纸, 捅破了就好了, 谁先说还不都是一样, 女人要是因为羞怯没抓住应该属于她的机会, 以后一定会后悔的。" 小莲的话有些糙却合情合理。

黄梦曦听了小莲的话脸上一红, 想了一阵才说道: "小莲姐, 你说得很对, 我知道该怎么做了。"

小莲再看她时, 发现她的眼神中多出了一分坚定, 心中暗暗高兴。

两人正说着话, 就听见大门突然"咯吱"一声响, 一阵窸窸窣窣的声音从院里传来, 小莲脸色一变, 急忙将蜡烛吹灭, "噌"地将匕首抽了出来。

"动静不对劲儿, 你别动, 我去看看!" 小莲自打嫁给狄福以后好久没动过武器了, 可她的功夫倒是一点也没落下, 只见她一闪身出了房间, 以匕首护胸, 目光如炬地望向声音传来的方向。

黑暗中, 一个人手脚并用地向前匍匐着, 每动一下口中都会发出"嗬嗬"声, 显然不能对她造成任何威胁。向大门外望去, 街道上空无一人, 也感应不到杀气。

狄仁杰之 [铁尸迷案]

黄梦曦怯生生地走了出来，在门后观察着院中的情况，虽说她也和章旷发学过武艺，可哪比得上小莲这样一等一的高手，在黑夜之下无法看清来人，只好瞪大眼睛努力地分辨着，用耳朵听着声音。

　　"是周捕头吗?"小莲看出了来人是谁，却又不敢确认，只好试探地问着。

　　黄梦曦一听这话，急忙从门后闪出身来，大声叫着周琮的名字向他跑去。

　　"雀……"周琮无法说出一句完整的话，甚至连名字都不能叫全，向前伸出的手猛地一垂，重重地落到地上，人不再向前移动，在原地不停地蠕动着。

　　"周琮，你……你这是怎么了?"黄梦曦扑到周琮的面前，将他抱到了怀里，不停地摇晃着，泪水簌簌地掉下来，落到了他的脸上，落到了他的口中。

　　"咸!"周琮努力地睁开眼睛，无神地望着哭成泪人一般的黄梦曦，自诩幽默地说了一句。

　　"都什么时候了，还耍嘴皮子!"小莲收起匕首，掏出了火折子晃了晃。

　　火折子的光照在周琮苍白的脸上，看得小莲、黄梦曦二人心惊肉跳。这是一张应该属于死人的脸，一点血色也没有，好像在冰窖中雪藏了多年，透着寒气，要不是微微张合的嘴和不时眨动的眼睛，没人会认为这是一张活人的脸。

　　"你怎么了? 怎么了?"黄梦曦不知所措地抱着周琮哭喊着，声音沙哑颤抖且带着一股穿透黑夜的苍凉。

　　哭声引来了周围的邻居，人们很淳朴，无论哪家有事都会看看能不能帮上忙，尤其是黄梦曦，是他们最尊敬的黄县令千金。人们提着灯笼陆续推门走进来，看见坐在地上的黄梦曦和躺在她怀中奄奄一息的周琮。

　　"是县衙的周捕头!"邻居们惊道。

　　周琮在众人心中算是一名好捕头，从不吃拿卡要，对人对事有耐心，帮助过不少村民。

　　"快去县衙请狄大人来。"小莲冲着一名年轻人说道。

　　"好。"年轻人应了一声急速向县衙跑去。

　　"快，大家帮忙将周捕头抬进房间。"小莲说道。

　　众人小心翼翼地抬着周琮进入房间，放到床榻上。

　　看到周琮的样子，众人不禁倒吸了一口冷气，虽然都不是大夫，可从面相上也能看得出，他已经没多少时间了，便纷纷摇着头离开，以便给黄梦曦留点时间与他说话。

小莲上前给周琮把脉，刚一搭上，眉头就皱了起来。

她与狄仁杰学习医术多年，虽达不到顶级，却也是一流的大夫。周琮的脉象很古怪，时而在筋肉间连连数急，三五不调，止而复作；时而如漏屋残滴，久而不滴。

这两种脉象皆预示着人的精气神已经涣散，为即将亡故之兆。

小莲让黄梦曦把周琮扶起来，又将双掌贴住他的灵台穴，将内力缓缓地注入其中。

过了一阵，周琮的脸色稍有缓和，缓缓地睁开眼睛，勉强抬起手摆了摆，示意小莲不要再注入内力了。

小莲见状便撤回内力，协助黄梦曦扶着周琮躺了下来。

"别哭，一哭就不好看了。"周琮费力地将手伸向她满是泪痕的脸。

"别说话，保留一口元气，等老爷来了一定会有办法救你。"小莲急忙劝道。

周琮摇了摇头，将已经涣散的目光望向黄梦曦，缓缓地说道："我不能再照顾你了，你得好好活着……"说到这里，他流出了几滴眼泪，俗话说男儿有泪不轻弹，此时他的眼泪是不能兑现与她厮守终身的不舍之泪。

"不！你不能死，我不让你死……"黄梦曦已泣不成声。

周琮惨惨地一笑，颤抖着双手从怀中掏出一块玉佩递给了黄梦曦，说道："玉佩……老屋……钥匙……聘礼。"勉强说出这几个字后，他仿佛是用尽了所有力气，睁大了眼睛，张大嘴巴急促地呼吸着。

"大人……毒……恐惧……是我……是他……"周琮好容易平静下来，又说了一连串莫名其妙的话。

"大人……毒……恐惧……是我……是他！"小莲知道周琮是想要告诉她什么，可惜他已无法完整地表述。

"曦……我……爱……"黄梦曦和小莲都知道他想要说的是什么，可周琮却像是突然被抽干了力气，身体一软，伸向黄梦曦的手立刻垂了下来，脸上的表情永远定格，带着对黄梦曦的无限爱恋，对今后生活的无限向往，也带有一丝丝的悔意，永远定格。

"周琮！"黄梦曦使劲地摇着他已经垂下来的胳膊，却没得到任何回应。

小莲不忍再看到周琮和黄梦曦两人的样子，将头扭了过去，不停地用袖子抹着眼泪。

……

当狄仁杰和狄福冲进房间时，黄梦曦已哭晕过去，小莲正在为她推血过宫。

"怎么会这样，离开县衙的时候还好好的。"狄仁杰走到周琮的身前，伸出手搭了搭脉，苍老的脸上露出了悲伤的表情。

"取针。"狄仁杰抹了抹脸上的眼泪。

"老爷，他已经死了。"狄福看得明明白白，周琮已断了气，没了呼吸和心跳。

"取针！"狄仁杰大声地命令着，语气不容置疑。

"是！"狄福急忙从药箱中掏出银针包展了开来，他知道狄仁杰是要施展绝技"银针渡命术"。

狄仁杰迅速地将银针按照一种怪异的顺序插在周琮身体上，动作一气呵成。连狄福也感到惊讶，按说狄仁杰到了这个年纪，不可能有这种速度！

施术完成后，狄仁杰浑身上下已被汗水浸透，脸色苍白，身体一阵摇晃，吓得狄福急忙将其扶住。

"狄福，把他抬回县衙。"狄仁杰吩咐道。

"是。"经过刚才取银针的事，狄福不再多问，立刻执行了狄仁杰的命令。

"小莲，把雀雀一同带到县衙安顿下来。"狄仁杰说罢便将目光望向了周琮，长长地叹了一口气。

第四十三章　神秘老宅

不知何时，天上开始飘起了雪花，风，也渐渐地刮了起来，带着低沉的嘶吼声，雪花像扯破了的棉絮一样在空中飞舞，漫无目的地四处飘落。

雪花越落越多，白茫茫地布满天地间，地上一会儿就白了，房顶上都被铺上了一层厚厚的白色毛毯，树木也换上了蓬松松、亮晶晶的银装，虽说在漆黑的夜间，还是能看得到整个彭泽已变成了素白的世界，长寿二年的第一场雪仿佛是在为刚刚逝去的周琮祭奠。

狄仁杰抖了抖身上的雪花，坐到了狄福刚刚送过来的火盆旁边，烤着手取暖。

"老爷，都已经安顿好了。"小莲披着一身的雪花走了进来。

"哦，都过来坐吧，小莲，你和我详细说说，究竟发生了什么？"狄仁杰说道。

小莲开始讲述晚上发生的事，尤其是周琮临死前所说的那几句话，重点讲述出来。

"大人……毒……恐惧……是我……是他？"狄仁杰不断地重复着这句话。

"老爷，当时周琮的情况非常不好，我用内力给他续命的时候，他说的这句话。"小莲说道。

狄仁杰点了点头，说道："你做得很对。他对雀雀说的那句话还好说些，意思应该是说在周琮家的老宅子里面藏有给雀雀的聘礼，而那块玉佩就是打开存放聘礼之处的钥匙，存放聘礼的也许是一只箱子，也许是一个房间，也许只是一个盒子。"

狄仁杰缓了一缓，又说道："可他给我的这句话却很难明白。"

"是不是说他中毒后濒死，死亡令他产生恐惧？"狄福问道。

"从字面上可以这样理解，另外他所说的'是他'中的'他'是谁？为什么会提到这个'他'？有没有可能是周琮发现了什么，这才惨遭'他'的毒手？还有就是他提到的'是我'，这代表着什么？"狄仁杰皱着眉头自言自语。

狄福和小莲对视一眼，都微微摇了摇头。

狄仁杰搓了搓已经热乎起来的手，走到房门前推开门，一股新鲜的冷气刮了进来，一片片雪花飘入。他望着天空中飘落的鹅毛大雪，深感世间无常的变化，感慨着人的生命如此脆弱，就如同一片飘落在他脸上的雪花，转瞬间便会化成水消失不见。

周琮死在黄家的消息很快便传遍了彭泽的大街小巷，人们不断地猜测着这位任劳任怨的捕头究竟是怎么死的，更多的人猜测是死于阴兵之手，是阴气侵蚀了他的元神。

黄梦曦醒来后便一言不发地倚在床榻上发愣，一年内连续失去了三位至亲的人，莫说是一名未经人世的女子，便是如同狄仁杰这般饱经沧桑之人，怕也很难接受。

小莲几乎一直陪着她，连眼睛也不敢眨一下，生怕她一时间想不开自寻短见。

此时黄梦曦的心中后悔万分，后悔为什么没主动一些，将她和周琮的关系挑明，说不定周琮就不会离开，也就不会发生后面的事儿。

眼泪顺着她的脸颊流下来，打湿了衣裳，打湿了盖着的被子，她却始终没出声。

无声的哭泣才是最大的悲伤！

直到小莲把周琮送给她的玉佩放在她眼前时，她的眼睛一下子亮了，忙接过玉佩用手摩挲着。

"小莲姐，我想去看看。"黄梦曦眼神中充满了期盼，原本死气沉沉的眼睛竟然有了生机。

小莲见状急忙点头："好，我去收拾一下，马上来接你，你也梳洗一下吧。"

她能看得出来，黄梦曦不是一名贪图金钱的女孩子，她想看的是周琮给她准备的聘礼究竟是什么，正所谓睹物思人便是如此。

小莲立刻向狄仁杰禀报了这件事情。狄仁杰对此事并未在意，以为就是两个小情侣之间的事儿，却没料到此事居然与阴兵借道一案有着莫大关联。

小莲在院子中等着，她知道黄梦曦定会好好地打扮一下，装扮得像新娘子一样再去看那些聘礼。

过了一阵，房门慢慢打开，黄梦曦走到院中，只见她青螺眉黛长，弃了珠花流苏，三千青丝仅用一支雕工细致的梅簪绾起，淡上铅华。淡绿色的长裙，袖口上绣着淡蓝色的牡丹，银丝线勾出了几片祥云，下摆密密麻麻一排蓝色的海水云图，胸前是宽片淡黄色锦缎裹胸，身子轻轻转动，长裙便散开。

可精致的脸上却带着一丝悲伤、一丝愁苦、一丝彷徨，让人看得心疼。

小莲看得呆住了，女人最美的时候便是作为新娘子的时刻，虽说黄梦曦一脸悲哀之色，却更加凸显了她楚楚可怜的美，若是周琮在场，一定会冲上去将她抱在怀里，永远不离开。

"真美！"小莲夸赞道，她想将话题岔开，免得黄梦曦心中不快。

"谢谢你，小莲姐。"黄梦曦抿着嘴说道，言语间眼睛又有了潮气。

小莲一见，心中便是一阵难受，急忙说道："走吧，我还不知道周家的老屋在哪呢！"

黄梦曦强忍住眼泪点了点头，挽着小莲的手臂向外走去。

彭泽地区曾经发过一次大水，老城区因为地势低洼，就遭了水淹，很多人不愿修缮老屋，便在彭泽一处高地建了新房子，时间久了，人们便纷纷搬到新城区，老城区渐渐地废弃了。

旧址在离县城不远的地方，远远望去，一间间残破不堪的房屋仍矗立着，断壁残垣上还残留着水淹的痕迹。

走进旧址，虽已物是人非，可从成群的建筑上还能感受到曾经的繁华。走了一阵，一间巨大的宅院出现在二人面前，宅院中的房子都是建在高出地面一大截的地基上，院子里长满了一人多高的枯草，有数个长满苔藓的花坛隐藏在其中，坛边立着两三个破旧的紫泥花盆，里面乱蓬蓬长着些矮小的野草。角落有一口遮满浮萍的废井，已成了各种水生物最好的居所。

虽经过数年的风吹日晒，门窗和房屋的主梁却未发生太大损坏，可以看出用料扎实。

"就是这里了。"黄梦曦指着巨大的宅院说道。

"周家曾是大户人家呀。"小莲感叹着。

"周家祖上很富有，是彭泽的大户，不过周琮的爹娘去世早，家里的生意无人照料，再加上彭泽遭遇了一场百年不遇的大水，周家才开始败落。"黄梦曦说到这儿又想起死去的周琮，心中不禁一阵难过。

"我们进去看看吧。"小莲见她又变得悲伤起来，便拉着她的手走向宅院的大门。走到门前，单手轻轻地一推，只听得"咯吱咯吱"一阵响动，大门应声而开。

离开人的打理，野生植物和动物很快就会成为世界的新主人。拨开高大的枯草，几只田鼠四散而去，躲在草丛中警惕地看着两人。二人小心翼翼地进了正房，房间满是灰尘，墙壁上全都是一块块因为发霉所形成的污迹。

小莲抽出匕首在四周的墙壁上敲了敲，并未发现异常，于是说道："这房间没有能藏东西的地方，周琼应该不会把聘礼放在这里。"

黄梦曦在房间里转了转，点了点头，说道："应该不是这里。"

两人把所有还完好的房间都寻找了一遍，依然没发现任何线索。

"周琼没理由说谎呀！"小莲嘀咕着。

"一定不会的，周琼从来不说谎！"黄梦曦语气非常坚定。

小莲环顾四周，想了想说道："这么大的宅子，会不会有密室？"

黄梦曦摇摇头，思索一阵才说道："没听周琼说过，不过他倒是提过一间书房，说那里总有怪事发生。在他小时候，他爷爷经常待在书房里，有时候他进去找爷爷，却发现人不在，不久后却突然从书房中走出来。"

"就是那里了，书房在哪？去看看。"小莲心中一喜。

黄梦曦拉着小莲走出正房向后院走去。

一般人家的宅院，都会把书房设在正房附近，以方便主人看书或是休息。而周家老宅却把书房建在后花园，这与正常的建筑格局有所不同。

"果然古怪。"小莲推了推书房的门，却纹丝未动，只好飞起一脚向房门踹去，"哐当"一声，房门应声而开，积年的灰尘迎面扑来，吓得两人急忙向后躲去。

过了好一阵，烟尘终于落地，她们这才小心翼翼地走了进去。书房布满了灰尘和蜘蛛网，两个巨大的书架靠墙立着，上面没有藏书。环顾四周，除了书架外再没有其他家具。

看到如此景象，小莲心中有了数，走到书架前边用刀敲击书架边仔细观察。

"有了！"小莲指着靠书架边缘的墙角，墙角的两块青砖之间有一处不显眼的缝隙，她用匕首将缝隙中的灰尘清理干净。

"这是……"黄梦曦有些吃惊。

"玉佩！"小莲说道。

黄梦曦急忙从怀中掏出玉佩，那双纤细而柔嫩的手抚摸着玉佩，仿佛母亲抚摸刚出生的孩子一般，过了一阵，才依依不舍地递给了小莲。

"你呀！"小莲心里明白黄梦曦这是睹物思人，所以并未着急。

小莲比对了玉佩与缝隙的大小，试着将玉佩放进去，果然如她所料，两者严丝合缝，用力地按进去后，只听"咔嚓"一声，两个书架后发出"咯咯"的声音，灰尘随着书架的移动簌簌地落了下来。

书架移开后，露出一间不大的密室。

小莲掏出火折子，摇晃了几下，火折子立时燃烧起来，借着微弱的光芒，两人向里面望去，不约而同地发出了一声惊呼……

第四十四章　新生

秋意渐浓，落叶随着风儿满天飞着，像是蝴蝶在飞舞。

袁客师伸手捏住一片叶子，眼睛直直地看着叶子上清晰的脉络，过了好一阵，他的眼睛突然有了灵气，站起身扶着那块巨大的石头。

缘起缘尽、缘生缘灭，这一切源于一个缘字，就像秋天的树叶一样，该落的时候就会落。

"灵芷，我现在还不能陪你去，你还有心愿未了，我会去替你完成，然后再回到这儿，永远陪着你。"袁客师用长刀将手指划破，鲜血顺着指尖流了下来，滴在巨石上。

他收起了腰刀，正准备转身下山，却听见从山下传来一阵吵闹声。不大一会儿，只见冯老大、季虎子、关麻子三人带着一群年轻人冲了上来，他们手中拿着铁质的撬棍、大锤、铁镐等物。

"贵客，我们不会扔下你们不管，就算桃源村被这妖魔毁了，也要帮助你救出女客人。"冯老大把手里的撬棍挥舞了两下，随后走到巨石旁，准备用撬棍撬开巨石。

众人跟着纷纷表态，撸胳膊挽袖子上前帮忙。

"众位乡亲，人之生死听天由命，灵芷命该如此，你们别白浪费力气了。"袁客师说道。

单凭这些人很难撬动巨石，况且巨石的后面还有一个刀枪不入力大无穷的食人魔，一旦释放出来，整个桃源村都会覆灭。

"女贵客还在里面呢，总不能放弃呀！我看她的武功高强，说不定可以逃过我家老二的追杀。"关麻子觉得愧对齐灵芷和袁客师，毕竟这件事是因为他家老二才引起的，总要做些事来补偿。

经过关麻子这样一说，众村民们也纷纷响应着，原本已绝望的袁客师又燃起了一丝希望，从开始的反对变得默不作声，紧皱眉头思索着。

"贵客，别再想了，再耽搁时间，怕就来不及了。"季虎子是个急性子，见袁客师这个时候还在犹豫不决，便有些着急。

袁客师智慧超人，这一点没人否认，就连狄仁杰也对其称赞有加，可智慧高不代表解决事情的能力强，尤其是遇上危急险难时，要是没有一份沉着冷静，再聪明也没用。

袁客师因为整颗心都牵挂在齐灵芷身上，所以失去了应有的理智，加上关老二无敌的状态和万斤巨石，这才将他的信心打垮。

想到这里，袁客师的脸上冒出了密密麻麻的汗水，脸陡然红了起来，看了看一群关注着他的汉子们，心道：都怪自己的心思太多，否则像眼前的这群村民们一样，想做便做，哪怕救不出灵芷，至少也不会后悔。

"哈哈，好！咱们今天就与天斗，与魔斗！"袁客师的斗志大涨，随后又接着说道，"不过咱们也不能蛮干，得先看看这块巨石的纹路，从各个部位逐一击破。"说罢便围着巨石走上了一圈，终于看到靠近洞口的位置有一处裂痕，裂纹虽然不大，却环绕着整个巨石，要是用重锤敲击，定会将巨石震成两块。

"就是这里，大锤！"袁客师兴奋地指着那处裂痕。

村民们顺着袁客师所指看去，冯老大上前伸手摸了摸，随后点点头，说道："贵客果然见多识广，这块巨石质地坚硬，重达万斤，若用蛮力，没个两三天绝对无法撼动分毫，可要是找对了纹路，便可运用四两拨千斤之力，将巨石化为两块或者更多，这样便可大大缩减时间。"

冯老大曾经当过石匠，对石头有很深的认识，看到袁客师仅仅是转了一圈，便找到了巨石的破绽，不由得打心里赞叹。

"让我来。"关麻子从一名村民手中夺过大锤，抢圆了不断地砸向巨石。

只听得"砰砰啪啪"声不断响起，几十下后，关麻子终于力竭，虎口被震开了一个口子，鲜血从手上流了下来。还没等袁客师上前，冯老大、季虎子等人便纷纷抢上前，轮流砸着巨石。

二十几个年轻小伙子轮下来后，只听得"咔嚓"一声，巨石裂开了一道缝隙，大约可以伸进一个拳头。

众人吓得立刻向后退去，生怕半片巨石脱落下来。再看人们的手，全都因为震动受伤流血，却没有一个人喊痛，更没人退缩，见巨石稳定后便又欲上前。

袁客师被这群淳朴的村民感动了，将那根沾着血迹的铁钎子拿到手中，缓缓地走到巨石旁，将铁钎子插进了缝隙。

"请各位兄弟让开一段距离。"袁客师凝神运气，双手把住了铁钎子，双脚蹬在山壁上。

"开！"袁客师将全身内力用了上去。众人的目光集中到那块巨石上，盼着巨石能随着他的喊声脱落下来。

令人失望的是，巨石纹丝未动，裂开的缝隙仿佛是一张咧开的大嘴，嘲笑着用尽力气的袁客师。众人见状急忙一拥而上，几双大手同时握住了铁钎子。

"嗨！嗨！嗨！"几人开始一齐用力。

果然，在众人的努力下巨石微微动了起来，幅度越来越大，最后只听得"轰"的一声，半片巨石轰然倒地，众人失去了平衡，一起倒在了地上。

"开了，开了！"村民们比袁客师还要高兴，纷纷站起身叫喊着。

袁客师起身后却并未欢呼，皱着眉头看了看另一半巨石。

冯老大走了过来，拍了拍袁客师的肩膀说道："贵客，你别急，这一半巨石倒下了，另一半巨石也不在话下，走，咱们再看看巨石还有没有破绽。"

两人仔细地看着巨石与洞口的连接处，并未发现缝隙，剩下的一半巨石几乎是完整一块，再无破绽可言。众人围了过来，七嘴八舌地出着主意，可没有一样办法能解决剩下的巨石。

正讨论着，就听见洞内传出了"咚咚"的声音，周琮急忙做了一个噤声的手势，现场立刻安静下来。

"客师，你在外面吗？"齐灵芷的声音传了出来。

袁客师的眼泪立刻涌了出来，脸上的表情不知是哭是笑，哽咽着半天没说出话来。

"贵客，她问你话呢！"季虎子用胳膊肘碰了碰袁客师小声地提醒着。

袁客师急忙擦了擦眼泪，大声高呼着："灵芷！我在，我还在！"他边喊边走到巨石与洞口连接处，用钎子使劲地在洞壁上戳了一个洞。

这是他第一次叫她灵芷，是经历过生死离别之后发自内心的一种呼唤！

"你没事吧？"袁客师喊道。

"你这呆子，我当然没事，快从这个孔送条绳子和结实的棍子进来，我拴好以后你们在外面拉，我们在里面推，看看能不能将其弄开。"齐灵芷并不知

右侧竖排
第四十四章　新生

道外面发生了什么。

"你们？那食人魔……"袁客师惊道。

"他在这儿，不过……放心吧，他没事，我也没事，具体的等出去以后再和你细说。"齐灵芷语气中有些焦急。

袁客师对洞内的情况完全不知，但绝不能让食人魔在齐灵芷身边多待一秒钟。好在之前的麻绳还在，众人急忙捡起麻绳，连同铁钎子一同送进了洞中。

不多时，铁钎子与绳子从另一头洞壁与巨石的连接处被送了出来，众人急忙将绳子拉出来，两股拧成一股，向拔河一般地拉住绳子，只等着齐灵芷在里面发出命令。

袁客师大声地喊着："外面准备好了。"

"好了，我数三个数，你在外面拉绳子。"齐灵芷在洞内回应着。

众人们都挨个排好紧紧地攥住绳子，屏住呼吸，等着洞内的指令。

"三！"

"二！"

"一！"

随着一声令下，众人脚下发力，像纤夫一般向后拉动绳子，原本以为巨石会纹丝不动，却不想从洞内传来了一股巨大的力量，竟然将巨石推得一晃。

"是关老二。"袁客师惊道。

"快，大家伙加把劲儿！"冯老大喊着。

……

随着"轰"的一阵响，巨石终于倒了下来，与先前的半片巨石撞在一起，石头碎屑四溅而起。众人的力量没了落点，一个重心不稳，再次摔倒在地上。

等人们站起来时，齐灵芷已从洞中走出。袁客师愣了一下，随即便冲了过去，伸开双臂，结结实实地环抱着她，把她的头紧紧地贴在胸膛上，闭上了眼睛，深深地吸了口气，嗅着那熟悉的味道。

在他心中，世界上任何珍宝也没有现在怀里的人重要。

齐灵芷看到袁客师满手是血，虎口处裂开一个大口子，浑身上下蒙着一层灰尘，便立刻明白袁客师的经历，心中不由得一疼。

她两手环着袁客师的腰，紧紧地闭着眼睛，一声"小袁"话没喊完，两行泪水潸然而下，把头深深地埋在袁客师的怀抱里。千种委屈，万般不舍，都化作泪水，在爱人的胸口肆意横流。生离死别失而复得，没什么比生命更重要了，此刻愿时间永远定格……

随着一声低吼，关老二慢慢地从洞中走出来。众人吓得大叫一声，立刻四散而逃。

"乡亲们不用怕，他暂时恢复了神智，绝不会伤害你们。"齐灵芷喊着。

齐灵芷的话给众人吃了一颗定心丸，这才半信半疑地走了回来，却仍然保持着警惕，带着狐疑盯着关老二。

"大哥！"满脸是血的关老二冲着关麻子招了招手。

"老二，你真醒过来了？"关麻子不敢接近他，母亲的遭遇使他不敢再信关老二。

"大哥，我杀害了娘亲，我该死！"关老二一下跪倒在地上哭着，双手不断地捶打着脑袋，发出"砰砰"声，光听着声音就知道他的力量有多可怕，要是打在普通人的脑袋上，怕早就脑浆迸裂了，可关老二却像没事一样，不断地捶着。

"老二，你先别这样，我知道你在外面一定遇到了古怪才变得如此，趁着两位见多识广的贵客在，你快说说，也许有解决的办法。"关麻子虽痛恨关老二杀了母亲，和关老二的亲情却是血浓于水。

"我什么都想不起来了……吼！"关老二使劲地捶着自己的脑袋，一副痛苦不堪的模样。

第四十五章 巨鸟

一滴晶亮的液体滴落到齐灵芷的脸上，那是袁客师的泪水，俗话说，男儿有泪不轻弹，可袁客师的泪由心而发，喜极而泣。此时的齐灵芷已不再是威风凛凛的白鸽门门主，而是拥有甜蜜爱情的幸福小女人。

"快松开，好多人的。"齐灵芷回过神来低声说着，声音比蚊子大不了多少。

她是江湖人物，但也是名女子，当着这么多人的面搂搂抱抱哪能不害羞，她边说边推着他，两眼低垂，抿嘴一笑，脸颊上飘了两朵红云。

袁客师把齐灵芷紧紧地搂了搂，在她额头上深情地吻了一下，刚想放手，不由自主地又把她搂到怀里，生怕一放手就又要生死离别。

"我怕放开了就再也见不到你！"

"怎么会，傻瓜！"

齐灵芷斜着眼睛看了看大家，发现众人都在关注关老二，根本没有看他们，这才稍稍安稳了些。袁客师感到关老二对众人的威胁，这才放开怀里的人，只把齐灵芷的手牢牢地握在手里。

关老二双手抱头，表情狰狞，口中不停发出低吼声，像是一只受了伤的野兽。

齐灵芷见状急忙说道："关麻子，不要逼他，我只是勉强恢复了他一些神智，他不会主动伤人，至于他所经历的事，还是等他彻底恢复神智再说吧。"

齐灵芷劝慰着关麻子，同时心中也为关老二担忧，一旦她所使用的方法失效，在场的人都会在劫难逃。

"快进入洞中躲起来，外面阳气太足，一旦伤了元气，大罗金仙也救不了你。"齐灵芷冲着跪在地上的关老二说道。

说话间，只见关老二白皙的脸渐渐变成了青黑色，白色的眼珠部分蒙上了一层灰色。

"吼!"关老二身形一晃,迅速地向洞中退去,边退便喊着,"大哥,告诉村里人,千万不要再接近这个洞口,切记!"

关老二的行动迅速,几乎身形一闪便钻进山洞中。众人这才松了一口气,慢慢地围了过来。

"众位乡亲,袁客师在这儿谢谢大家了,要不是你们帮忙,我怕是再也见不到灵芷了。"袁客师说罢就要跪下给众人叩头。

季虎子急忙上前将袁客师扶住,说道:"贵客言重了,你们来与不来,关老二都在,要是没有你们的帮助,桃源村还不知要发生什么样的灾难,要是这样说,桃源村更应该感谢二位。"

季虎子的话得到了众人的认可,纷纷应和着。

"这段时间桃源村发生了不少怪事,看来,世外桃源也不再太平喽!"季虎子老气横秋地说着。

随着齐灵芷脱险,袁客师的理智恢复如初,听季虎子如此说,便问道:"季大哥,除了这件事,最近村里还有其他的怪事发生?"

齐灵芷立刻会意,补充道:"或是陌生人来过?"

"哦,最近除了二位贵客之外并没有陌生人来过。"季虎子挠了挠脑袋,说道,"不过,前几天还真有件怪事,不过看到的就只有三个人,另两人到城里去卖山货了,要不是问到我,怕就再也没有人知道了。"

一名村民立刻问道:"你嘴那么快,有怪事你能忍住不说?"

季虎子白了那人一眼,说道:"我就是说了,你们也不会信,所以就和他们约定好,绝不说出来。"

袁客师与齐灵芷对视一眼,几乎异口同声地说道:"能和我们说说吗?"

"贵客想听,自然没问题。"季虎子清了清嗓子。

众人们一听,也来了精神,纷纷坐在了季虎子的周围,竖着耳朵听着。季虎子眼睛一眯,轻咳了两声,手舞足蹈地讲述起来。

桃源村的村民们大多以采山货为生,采回来的山货需要在烈日下暴晒才不会腐烂,所以村民们在进山的头一天晚上需要观天象,要是第二天的天气不好,便不会进山。

茫茫大山中不但会有野兽出现,还会有各种各样的怪事发生,所以村民们常结伴而行,遇到突发事件也可以相互照应。

季虎子和两个要好的村民天还没亮就出发了,出发的时辰是有讲究的,主要是为了采回来的山货能在太阳最足的中午被晾晒，将大量的潮气晒干，要是下午或是晚上回来，山货放了一夜便会部分腐烂。

天蒙蒙亮时，季虎子等人已到了大山中，一路走着一路采，欢声笑语，歌声不断。唱歌并不是内心快乐，而是用声音吓走一些不该来的东西，同时也用作伙伴之间的联系。山中猛兽虽说以食肉为生，却不愿意与人类为敌，一般听见人的声音都会提前躲起来，避免冲突。

太阳露出半个脸的时候，他们肩头的袋子已装了一半，看起来沉甸甸的。

"哎，哎，前面有榛子树！"季虎子喊着。

榛子树一般都是成片生长的，榛子是城里富贵人家过年的必需品，价格自不必说，只要能采到自然会大赚一笔。

正当季虎子向树上爬去时，突然，一个巨大的黑影从天空中掠过，吓得他一缩脖子，险些从树上掉下来。抬头向上看去，发现巨鸟飞得很高，两扇巨大的翅膀能有十几丈，飞行速度不快却很稳。两只巨大的爪子上抓着两个人，看两人完全没有挣扎，应该是巨鸟已将其杀死了，准备带回巢穴中享用。

季虎子虽说年纪不大，在桃源村却属于老采山人了，每年进出深山上百趟，在山里看到鹰隼等猛禽属于正常，鹰隼虽是吃肉食的，却只会袭击兔子、狐狸等小型动物，绝不会主动招惹人类。

"巨鸟！"季虎子终于忍不住叫喊了一声，双手一松掉下树来，实实在在地摔了一个屁股蹲儿，要不是地面上厚厚的一层树叶，这一摔就得让他半个月下不了炕。

另外两名村民顾不上摔得四仰八叉的季虎子，立刻抬头向天上望去，顿时惊得说不出话来，只是用手指着天上的大鸟。

大鸟的翅膀并未扇动，只是靠着滑翔向前飞着，风吹过翅膀发出"呼呼啦啦"的声音。巨鸟飞得又稳又快，转瞬之间便消失在三人的视线里。

两名村民从震惊中缓过神来，这才将地上的季虎子扶起。三人坐在树下讨论着，他们认为那是一种神鸟，见到过它的人应该是幸运的。但这种经历说出来怕是没人会信，反而还会遭人嘲笑，三人便约定不和任何人说。

说到这里，季虎子用眼睛看了看身边的几名村民，果然看到了几束不相信的目光。

"我就说你们肯定不信。"季虎子一脸不屑地说道。

袁客师听完后心中一震，忙问道："你说巨鸟的爪子抓着两个人？确认是两个人吗？"

　　"从形状上看应该是人，当时巨鸟飞得很高，大约……也许……可能吧。"季虎子被袁客师较真一问有些迟疑。

　　"有戏！"袁客师看了一眼齐灵芷。两人心灵相通，想到的是同一件事。

　　"巨鸟往哪个方向飞了？"齐灵芷问道。

　　从季虎子的叙述中不难得出，齐东郡和神秘人很有可能是利用了一只巨大的鸟形风筝离开朱雀山，虽说这件事有些匪夷所思，可两人此行已遇到了很多怪事，连食人魔都出现了，能够做出这种载人风筝也算见怪不怪了。

　　"方向嘛，应该是飞向山那边的榆林镇，我们平时都是去那儿卖山货的。"季虎子答道。

　　"榆林镇怎么走？"袁客师问道。

　　"村里通往外界就两条路，一条你们走过，另外一条就是去榆林镇的路，不过不太好走。"季虎子手指着一个方向说道。

　　"终于找到线索了，我们现在就赶过去。"袁客师语气中满是兴奋。

　　齐灵芷拉着袁客师的手走到一旁，小声说道："客师，谢谢你，我知道你是在为我考虑。可桃源村的事还没解决完，咱们还得等一等，等关老二彻底清醒过来，咱们问清在他身上究竟发生了什么，帮桃源村解决了问题再走。"

　　袁客师深情地看着齐灵芷，缓缓点了点头："好，那咱们就等一晚再走。"

　　袁客师心里明白，齐灵芷这是在报恩，要是没有这些村民鼎力相助，她就算有再大的本事，也敌不过关老二，要是不解决关老二的事，整个桃源村还不知会面临什么样的灾难！

　　"季大哥，各位兄弟，今晚我买酒请各位一起畅饮如何？"袁客师转身向众人问道。

　　村民们一听非常高兴，开始议论谁家杀鸡，谁家出酒，谁家杀羊。季虎子机灵，看到齐灵芷和袁客师仍拉着手，便立刻会意："那我们就先下山去准备了，晚上村中央的空地见面。"说罢便与冯老大等人有说有笑地下山去了。

　　送走了众人，袁客师回身一把将齐灵芷抱住，任凭她如何挣扎也不肯放手。

　　"好啦，好啦，你不想听听我是怎么降服关老二的吗？"齐灵芷挣扎着。

　　袁客师趁机在那张嫩得出水的脸蛋上亲了一口，才依依不舍地放开她，两人跳到那块巨大的岩石上，冲着洞口的方向坐了下来。

"我当然想知道，换作是我，肯定丧命于关老二之手了。"袁客师说道。

"这件事还得从我师傅青玄师太说起，你得慢慢听……"齐灵芷想起教导她多年的师傅，不禁轻叹了一口气。

第四十六章　初生牛犊

那一年青玄师太还未出家，年龄二十出头，艺成下山后，凭借师门绝技回风雪舞剑法和月神心法行走江湖，罕有敌手，在江湖上闯出了一番名堂。行至江南西道吉州地区却遇到了一件怪事，一名新崛起的神秘江湖客居然在一个月内接连挑战吉州十八个帮派，令人震惊的是，前去应战的帮主和长老再也没回来。

据知情者称，十八个帮派前后一共派出了四十人，每个人的武功都非常高强，莫说是一个刚刚出道的小虾米，就算江湖一等一的高手也不可能将这些人悄无声息地干掉，所以这件事情成了吉州最热门的话题，甚至连从不过问江湖恩怨的官府也介入了调查。

失踪高手们的友人和帮众开始打探神秘江湖客的来历，奇怪的是，无论是江湖还是官方，都没有神秘江湖客的资料，这个人好像是凭空生出来的一样，而且神秘江湖客随着一众高手的失踪也不见了踪影。

有人说是与十八帮的高手们同归于尽了，也有人说江湖客在与高手对决中受了重伤，需要调养生息，有人还说他在秘密修炼一种武功，需要闭关修炼。

青玄师太年轻气盛，在江湖上是赫赫有名的侠女，又新入了白鸽门成了一名舵主，受到众帮派的请求后，便开始寻找江湖客的下落，正所谓"初生牛犊不怕虎"，几番周折之后，还真让她找到了线索，最终在一个山洞里找到了江湖客。

在众人的印象中，江湖客能有那么高的武功，必定年龄不会太小。可当青玄师太见到江湖客本人后大吃了一惊，他看起来很年轻，二十多岁的年纪，这种年纪就算从娘胎里开始练功，也无法达到能灭了吉州十八帮四十余名高手的地步，可眼前的人偏偏就做到了，因为十八帮的四十名高手就排列在洞里。

排列一般都是指相同的或者是不同的物品被人有规律地放置，看十八帮高手的样子不像死人，却被江湖客排列得非常整齐，像是军营中大将军排兵布阵一般。

除了十八帮的四十名高手和江湖客之外，青玄师太还看到了另外一人，光凭外表来说，此人不应该被称为人。

只见他笔直地站着，整个人仿佛是一杆长枪一样，气势如虹，脸部毫无表情，整个脸呈现青灰色，眼睑和嘴唇完全黑色，眼珠子大部分是灰白色，从青玄师太进洞看见这个人一直到现在，他的胸口没有起伏，这说明要么他是死人，要么就是内功极高的高手，可以长时间不呼吸，仅凭着一口内息维持生命。

"我知道你是谁，不过你不该来这里，趁着我还没反悔快走吧，就当什么都没看见，离开后也不要向别人说起。"江湖客冷冰冰地说道。对于找上门的青玄师太他没有太多的惊讶，毕竟人不是神仙，无论怎么神秘还是会留下一些线索。

青玄师太听后发出一声冷哼，慢慢地走到了江湖客的跟前。走近了一看，江湖客的相貌居然俊朗耐看，身材消瘦，远不像其他的江湖中人长相粗犷。

"你不该来。"江湖客叹了一口气站起身来。

当江湖客站起来的那一瞬间，一股难以撼动的气势喷薄而出，令清玄师太仿佛处于惊涛骇浪中的一叶小舟，随时会被掀翻。

"你……你……"青玄师太被压迫得说不出话来，只好一步一步地向后退去，可骨子里的那股倔强还是让她忍住了逃走的念头，将手缓缓地放在了腰间的剑柄上。

直到多年之后，青玄师太回想起当年的决定还是心有余悸，以江湖客的实力，杀死青玄师太和踩死一只蚂蚁没有任何区别。

"我不动用阴尸，空手与你过招，只要你熬得过三个回合，我就放你走。"江湖客背着手边走向青玄师太边说道，脸上表情没有一丝波动，眼神中没有任何人类的感情。

青玄师太第一次听说"阴尸"这个词，下意识地看了看四十名高手和那个满脸青灰色的人。

江湖客的话傲气冲天，他连续用了"空手""熬得过"这种带有轻蔑性的词语，若这话在没有遇到江湖客之前听到，青玄师太一定会哈哈大笑，可她现在怎么也笑不出来，因为还没有打，就知道自己一定会输。

对于江湖客所说的三个回合她还是有些信心能撑得过去，凭借一手炉火纯青的回风雪舞剑法、月神心法和绝顶轻功冷月凝香步，战三个回合不败落应该没有问题。

冷月凝香步不但要苦练，更需要天分，第一重境界在平地练习，练成后身轻体健。第二重境界就要转移到木桩上练习，练成后能够飞檐走壁，能与江湖一流高手对抗而无损。第三重境界需要在柔软的树梢上练习，练成后身法极快，可达到幻影无形的境界，若无天分或机缘，绝大部分人只能练到第三重境界。第四重境界极为难练，大成者能在荷叶上跳完一曲舞，荷叶随风动，却不因练习者而动，说进入半仙状态也不为过！

青玄师太天分过人，已经练习到第三重境界，虽说打不过江湖客，躲过三招却不成问题！

可惜江湖客并未率先出手，只是站在那里静静地看着青玄师太。青玄师太熬不住，道了一声"小心"，便将雪舞剑拔出来，内力灌注之下，剑尖一抖，使一招"寒芳留照魂应驻"，手中宝剑化为一道疾光刺向江湖客的咽喉。

回风雪舞剑法是走轻灵的路子，每一剑招只灌注很少内力，以快为主，旨在用宝剑本身伤敌。一旦回风雪舞剑法练到极致，在大雪中舞剑可以不让雪花沾到身体。

这一剑虽然没有太多技巧，却胜在快，配合着冷月凝香步，剑尖眼看着就要刺中江湖客的咽喉，却仍不见他出手格挡或是闪避，看得青玄师太心中一喜。

"成了！"

"雕虫小技。"江湖客冷哼一声，迅速地伸出两根手指将宝剑夹住，此时，剑尖已经贴在江湖客的咽喉上，却不能再前进分毫。

"啪！"随着一声清脆的响声，剑尖竟然被江湖客用手指硬生生夹断，手腕一抖，剑尖迅速射向青玄师太。

"不可能！"青玄师太急忙向一旁闪身，可剑尖的速度太快，已经到了她的胸前，她连想也不想，把长剑贴在胸前以格挡。

"当"的一声，长剑再次被剑尖打断，冲击力使青玄师太后退三步。

她脸色一变，却依然不服输："有点小本事。再看这招！"

话音未落，只见她身体几个急转，使出一招"晚凝深翠拂平沙"，一声娇喝中数道剑光冲天而起，以断剑当刀砍向江湖客。

"居然练出了剑气，不错！"江湖客夸道，语气中有了些意外，话音未落，江湖客动了，身形一晃便消失在青玄师太猛烈的攻势中。

等青玄师太一招用老，这才发现眼前的江湖客已消失不见，大惊之下急忙向前跃去，头也不回使出了师门的绝技回风雪舞剑法之"漫天飞雪"。

只见青玄师太轻叱一声，脚尖一点，身体急速上旋，在半空中一个折腰，同时手腕轻抖，剑光闪动幻作漫天飞雪般卷向江湖客。虽说宝剑失去了大半剑身，可剑气依然四射而出，此招威力仍不可小觑。

"好剑法。"江湖客赞叹了一声，整个人却一下子躺倒在地面上，向左方打滚而去，此法有些狼狈，却恰恰躲过了这招漫天飞雪。

青玄师太三招已出，知道仅凭剑法无法取胜，正想收起宝剑使出师门的徒手功夫百花掌对阵，却听得江湖客"哈哈哈"大笑三声，随即说道："好了，三个回合已过，你可以走了，不过你身上的这件东西得留给我做纪念。"

青玄师太听到这句话后心中一紧，心道：难不成他是要按照赌场的规矩，留下我的手脚或是五官之一吗？

正想着，却见江湖客扬起了手，原本挂在青玄师太身上的玉佩出现在他的手中。

青玄师太看得脸色一变，知道江湖客是在让着她，定是趁着两人身影交错时拿去的，要是他想取自己性命，九条命也没了。

"我不走，要走我也要带着十八帮的高手们一起走。"青玄师太并未被江湖客的武功和气势吓倒，侠女就是侠女，害怕归害怕，但咬着牙也要挺到底。

"这件事……有些难办。他们已经死了，你带不走。"江湖客有些为难地说道。

"什么？！"青玄师太一个闪身来到了其中一个高手身前，用手指探了探他的鼻息。果然，此人已经断了气。又连续探了数人，发现他们都已断气，只是看起来脸色还像个活人。

"你究竟想做什么？难道是想将他们做成阴尸！"青玄师太想起了江湖客最初的话。

"正是如此，否则凭借我一人的力量怎么可能在一个月内打败这么多的高手。"江湖客得意地说着，看那神情绝对不像一个老谋深算的阴谋家，仿佛是

狄仁杰之铁尸迷案

一名得到了糖果的小孩子。

　　看到这里，青玄师太明白了个大概。江湖客虽然年轻，却有一身好本事，还擅长用尸体做成所谓的阴尸，从他的叙述中得知，阴尸的厉害一定在他之上。

　　想到这里，青玄师太心中有了一个主意：跟着江湖客，寻找出他制造阴尸的目的和破解方法，以免他继续为害江湖。

　　当青玄师太提出跟着他混迹江湖的想法后，也不知道是另有目的，还是嫌一个人太寂寞，江湖客竟然答应了。

　　"你不怕我学了你的功夫，然后杀了你替江湖除害？"青玄师太很严肃地问着。

　　江湖客见青玄师太的表情严肃，也收起高傲神情，很认真地思考了一阵，才说道："至少在你没说这句话之前我没想过，现在想想，我不怕，因为你在进步，我也在进步。按照你的性格，绝不可能偷袭我，那就意味着你永远没有机会杀我。"

　　"也许哪天我会改变主意，偷袭你呢？"青玄师太又逼问道。

　　"你不会的！"江湖客笑得很轻松，也毫无心机。

第四十六章　初生牛犊

狄仁杰之

铁尸迷案

下册

轩胖儿 著

辽宁人民出版社

第四十七章　不死军团

人是一个被欲望充斥的个体，一旦被欲望掌控，人生就会发生巨大变化。

青玄师太有欲望——名和利，在江湖上得到名利是需要代价的，需要有高强的武功，需要有一番惊天动地的事业。

青玄师太的武功不可谓不高强，但自从遇到了神秘江湖客后，她终于明白了天外有天人外有人的道理，于是她成了他的学生，成了他的帮手，在洞穴中帮助他制造阴尸，缠着他教她武功。

随着时间的推移，青玄师太的功力大长，原本的武功和心法已练到极致，还向神秘江湖客学习了不少江湖绝学，这也是青玄师太最终能成为白鸽门门主的原因，更为白鸽门的崛起奠定了基础。

随着四十具阴尸的成功制造，江湖客的实力可以说横扫江湖，因为阴尸最大的特性是不怕疼痛、刀枪不入、力大无穷，而且只听从主人的命令，要是能够制造出这样一支不死军团，横扫天下便指日可待。

幸运的是江湖客心性极为散漫，只是应了兴趣才做的这件事。得知这点后，青玄师太终于松了一口气，她不再发愁如何除掉江湖客，反而与江湖客交心，最终成为挚友。

深交之下，才发觉江湖客毫无心机，不但教授青玄师太如何制造阴尸，同时也告知阴尸的致命弱点：阴尸没有自主意识，只是一具威力无比的杀器，只要将阴尸的主人杀死，阴尸就没了危害。

不知何时，江湖客制造阴尸的消息传到了江湖上。更多的江湖人蜂拥而至，他们争相讨伐江湖客，目的却不是为江湖除害，而是想拥有制造阴尸的技巧，想称霸江湖甚至一统天下。

可惜的是，阴尸强悍无比，加上江湖客武功卓绝，没有任何一方势力能够得逞，反而纷纷成了江湖客制造阴尸的材料。五年后，江湖客终于带着成群的铁尸消匿于江湖，才结束了这场风波。

跟随江湖客数年的青玄师太始终有两个疑问：江湖客这么年轻，为什么武功会这么高？制造阴尸的秘术又从何而来？

江湖客仿佛能读懂青玄师太的心思，把自己的武功来历和制造阴尸的方法来源如实告知。江湖上有一个门派以盗墓为生，名曰盗门。盗墓是杀头的罪名，所以门徒一向神龙见首不见尾，很少有人知道他们的存在。许多年前，门派中一个高手从某个神秘宝库中盗出了一个盒子，盒子里有一块竹简和五十颗药丸。

竹简上刻着药丸的制作方法和作用，由于年代已久，制作方法部分模糊不清，药丸也因为时间的摧残失去了大部分药效，盗门中人以盗为擅长，没人懂炼丹之术，盒子便被封存了起来，直到江湖客无意中得到了盒子。

江湖客天分极高，仅凭竹简上模糊的字迹便推断出丹药可以令人功力大增、身体强健，经过数次试验改进后，他竟然炼制出和那批丹药相差无几的药丸来。食用后果然功力大长，师门武功亦突破至大成，可惜的是，制作丹药的药材都是稀罕药材，很难凑齐。

武功高了，自然要闯荡江湖，要想有名气，就必须打败已经成名的江湖人物。于是江湖客开始了挑战之路，在一次势均力敌的争斗中，他利用师门绝学重伤了对手，在对手弥留之际，把一颗失效丹药喂给对手，以挽救其生命，意想不到的是，对手伤势复原如初，但神智混乱，出手攻击了江湖客。交手过程中，他发现对手对他的攻击无所畏惧，而且神力如牛、源源不断，江湖客不敌之下只得逃走。

江湖客仅用一天时间便研究出能够破解对手神功无敌状态的药水，再次找到对手并将其收服。

江湖客经过一番研究后，终于明白那五十颗丹药经过时间摧残后，部分药效变了性质，无法令人功力大长，却能令人刀枪不入、身体强健如牛，遗憾的是，副作用是令人丧失神智。

一个念头从江湖客的头脑中诞生——利用药丸制造强悍阴尸，连他都无法抵御的阴尸！

至于那名盗门高手究竟是从谁的墓葬中盗取的盒子，江湖客却始终不愿说出，最后经不住软磨硬泡，也只是透露出是在秦朝时期墓穴中盗出的。

后来的数年里，青玄师太便一直追随着江湖客，两人亦师亦友，半隐江湖，研究如何让阴尸产生自主意识，研究阴尸的其他弱点。

功夫不负有心人，在两人的不懈努力下，终于又找到了破解阴尸的另外一种方法。阴尸是靠着主人的意念来行动的，只要将阴尸仅存的原始灵智封住，自然也就断了主人对其的控制，阴尸就不攻自破。

齐灵芷是青玄师太的关门弟子，从师父那里得知了这种方法。至于那名神秘的江湖客，再也没有出现在江湖上，制作成的那些阴尸也不知去向。齐灵芷多次追问师父究竟是用了什么办法让其不再出江湖，青玄师太却只是笑着摇了摇头，不肯多说一句。

齐灵芷说到这儿，望着在一旁听得发愣的袁客师，问道："小袁神探，你猜猜我师父究竟是用什么方法让江湖客从此不再涉足江湖的？"

袁客师想了想，伸手抓住了齐灵芷的手说道："不知道你师父青玄师太相貌如何？有没有你漂亮？"

齐灵芷嘟着嘴将袁客师的手甩开，说道："师父她是一个绝色大美人。"

"哦，我想那江湖客一定是爱上了你师父，答案是爱！"袁客师厚着脸皮又把齐灵芷的手抓了过来，任凭她甩了两下也没有松开。

"这就是一个谜，只有师父和江湖客才能解答这个问题。"齐灵芷说话间眼神一片迷离。

"你就是利用了你师父的方法，封住了关老二的原始灵智？"袁客师问道。

"当然不是，我看关老二的情况与阴尸有些不同，阴尸完全没有自主的行动能力，只听从主人的指挥，让他向东便向东，让他向西便向西。可关老二却可以自主活动，甚至可以主动觅食。"齐灵芷解释道。

"那究竟是用的什么方法嘛！"袁客师摇着齐灵芷的手哼哼着，如同一名向母亲要糖果的小孩子，惹得齐灵芷呵呵直笑，还用手拍了拍他的大脑袋。

"我觉得关老二处于疯狂的状态下，是因为他被封住了灵智，只保留了动物最原始的本能，所以我就尝试着打开他的灵智，用的就是这种药物。"齐灵芷说罢便从怀中掏出一个小瓶子，递给袁客师。

袁客师依依不舍地松开齐灵芷的手，接过小瓶子，放在鼻子下面闻了闻，脸上露出了一股陶醉的表情，说道："香！"

"你这人，说正经事儿时也不正经！"

齐灵芷看得一阵脸红，欲伸手将小瓶子抢过来，袁客师却微微一转身，使得后背冲着她，让她无处下手。

"哈，和你在一起就是我的正经事儿！"袁客师笑着，随手将瓶塞子打开，放在鼻子下面闻着，"我看看这是什么东西。"

齐灵芷脸上露出揶揄之色，看着袁客师。

"阿嚏！阿嚏！这是什么啊？怎么这么刺激！"袁客师急忙将小瓶子盖上并移开，眼泪和鼻涕一起流了下来，看起来十分狼狈。

"是开启神智的药物，不过它是暂时性的，不会持久，我将它抹在手上，在与关老二搏斗中，用内力直接将其逼进他的百会穴和人中穴，使他变得清醒，这才躲过了一劫，就是这样。"齐灵芷一边笑一边说着，还将手放到袁客师的鼻子下面点在他的人中穴上。

袁客师不敢将那只柔若无骨的手拿开，只好屏住呼吸。

齐灵芷接过小瓶子放进怀里，手却仍然没有离开袁客师的鼻子，意思是袁客师要是不闻一下，她就这样一直放着，完全是一副顽皮小女孩的模样。

袁客师憋得脸通红，要不是害怕惹齐灵芷生气，早早就躲开了。又过了一阵，气息用尽，终于忍不住，只好做了一个长长的吸气动作。出乎他意料的是，齐灵芷那只柔若无骨的手上并没有刺鼻的气味，而是淡淡的沁人心脾的少女体香。

袁客师心中欢喜，噘起嘴向手亲去，却被齐灵芷一躲，亲了个空。

对于热恋之中的两个人来说，总是有说不完的话题，无论在哪，时间都会飞快地过去。

一转眼，太阳已变得有些暗红，依依不舍地从天空坠向群山。夕阳西下，美丽的晚霞渐渐从天边漫了过来，染红了天空，橘红色的霞光照在了大地每一个角落。苍绿色的群山被晚霞肆意地涂上了一层橘黄色的油彩，红色的、黄色的、绿色的，相互交映在一起，构成了一幅大自然的杰作。

"客师，咱们该下山了，天一黑，关老二身上的药性就会消失，他还会变成只有原始欲望的食人魔。"齐灵芷指着弯弯的月牙说着。

"好，咱们赶紧下山，我可不想再与这食人魔打斗。"袁客师说罢便站起身，拉着齐灵芷的手向山下走去。

洞穴中，那双原本看起来凶神恶煞的眼睛竟然流露出一丝羡慕，直到两道身影消失。

……

等待是漫长的，很折磨人，尤其是在等待的时间并不算短的情况下。虽有齐灵芷在身边陪着，却不能卿卿我我，因为同样等待着的还有关麻子一家人和三叔公等人，一群人在金瘸子的家中大眼瞪小眼地望着，加上山里人少言寡语，屋子里的气氛沉闷极了。

实在熬不住，袁客师便冲着齐灵芷使了个眼色，见她没有反应，只好独自走到院子里，远远地向关老二所在的山洞方向望去。

过了一阵，只听得身后一阵脚步声响起，袁客师回过头，看到走出来的是齐灵芷，急忙上前拉住了她的手，顺便放在嘴上亲了下，一脸爱意地望着她。

齐灵芷没挣扎，轻轻地靠在袁客师的身上依偎着。袁客师搂着那柔软的腰肢，久久不愿动弹。

过了好一阵，他才小声地问道："姐姐，如果非满月时，关老二真的能恢复神智吗？"

"关麻子和关老二两人都是这样说的，应该差不了，至于为什么会是在非满月的情况下才会恢复神智，我就不知道了，当年师父说起阴尸时没说过这件事。"齐灵芷说道。

"我觉得关老二的情况和那江湖客制造的阴尸应该有所不同，虽说大部分时间都处于失魂状态，但至少关老二是活人。"袁客师分析道。这是他闲着无聊的时候想到的，虽说没有根据，却也合情合理，否则一个好好的活人怎么可能变成令人恐惧的食人魔？

当黑暗降临大地时，原本在天上挂着的月牙也隐藏在云朵中。袁客师急忙招呼众人拿着准备好的火把铁链绳索等物品向山洞方向走去，因为涉及整个桃源村的安危，村里能够出动的年轻人全部拿起了武器，跟着队伍向山上走去，万一要是关老二再发起疯来，不惜付出生命也要将其擒获。

一行人拿着火把浩浩荡荡地走在山间的小路上，队伍蜿蜒曲折，仿佛是一条长长的火龙在游动，远远看去壮观极了。

洞口黑黢黢的，仿佛是怪兽的大口一般，洞中不时地吹出一股凉气，吓得人们忍不住后退着。

关麻子一马当先举着火把走进洞中，毕竟关老二是他弟弟，他若是不进去，其他人更不愿冒险进去。袁客师和齐灵芷对视一眼，跟着走了进去。

山洞中空荡荡的，关麻子叫喊着并四处寻找，却没见到关老二的影子。

"姐姐，你看那边！"袁客师指着一处洞壁说道。

两人急忙走了过去，举起火把照着洞壁，只见洞壁上有几个字，却不是写上去的，而是刻上去的，地上堆着些许石粉。

"好强的指力，若没猜错，应是不久前刻上去的。"齐灵芷惊道。声音未落，关麻子也凑了过来，却不认识墙壁上的字。关家很穷，勉强维持生计，关老二随着一位先生学过一些字，关麻子很小就成为家中的主要劳动力，没念过一天书。

"贵客，这是我家老二写的？写了什么？"关麻子一脸焦急地问道。

"大哥，照顾好父亲，我要去赎罪。"袁客师念完后与齐灵芷对视一眼，不约而同地说道，"关老二要寻死！"

"两位贵客，快想办法找到我弟弟，救救他吧。"关麻子带着哭腔说道，要不是袁客师拦着，差点跪在二人的脚下。

第四十八章　逃出棺材

关老二杀害了母亲实属无心而为，关麻子和他是兄弟，眼见他失踪，怎能不急！

袁客师在洞中环顾了一圈，并未发现其他线索，便托着下巴小声地嘀咕着："按说关老二一身钢筋铁骨，寻常武功、刀剑都无法伤他，而且他神智并未完全恢复，若要寻死……"

关麻子一听，心中更加着急，"扑通"一声跪在袁客师的脚下，哭着说道："我母亲已经因为老二惨死，若不能将老二带回家，很难向年迈的老父亲交代呀。"

齐灵芷急忙将关麻子扶了起来，安慰道："关大哥，你先别急，站起来说话。"

袁客师并未注意到关麻子的举动，思索一阵后，他猛地一拍脑袋，说道："关老二刀枪不入，却还是人，要是从悬崖上跳下去，就算是块铁也要粉身碎骨。"

"这座山南面是一个缓坡，北面就是万丈悬崖，悬崖下面是乱石岗，老二经常去悬崖上采药……"关麻子说到这里身体开始发抖。

"快，快，前面带路。"袁客师急忙催道。

关麻子应了一声，立刻向洞外冲去。洞外的众人不知道里面究竟发生了什么，却见到关麻子神色慌张地跑了出来，身后还跟着两位贵客，以为是关老二凶性大发，吓得纷纷四散而去。月黑风高，若是村民们慌不择路地逃跑，肯定会有人摔倒受伤。

"关老二不在洞里，大家切勿惊慌。"袁客师见状急忙运起内力喊道。声音在安静的大山中如晴空霹雳一般，将所有的人震得一愣。

……

深秋季节，深邃的星空衬托着山峰的苍凉。风时而呼啸而来，好像要生生从脸上剜下块肉来；时而慢慢飘来，轻柔地吹在人身上，好像是一种既冷严又悲悯的抚慰。悬崖注定是孤独的，周围的一切都是陪衬它灰色的阴霾。

再看那崖壁，如刀削般坚挺光滑，在夜间泛起一层青色的光芒。

一道人影孤零零地跪在悬崖旁，抬头望着漆黑的天空。过了好久，他终于站了起来，一声长长的低吼声仿佛来自十八层地狱，让人不寒而栗。

关老二看了看脚下的万丈深渊，闭上了眼睛，双腿微微颤抖。人都怕死，哪怕是去寻死的人依然怕死。

"老二！"关麻子的声音从缓坡的林子里传出。

关老二听见关麻子的声音后身体猛地一震，慢慢地回头望向声音传来的方向，他脸上的铁青色褪去大半，双眼恢复了黑白色，多出了一丝神韵。

"我大哥天性愚钝，不可能这么快找到这里，是那两位贵客吧？"关老二说道。

"世上还有很多值得你牵挂的人，还有很多你要做的事儿，为什么要走这条路？"齐灵芷声音未落，身影便出现在关老二面前，与她同来的还有袁客师。

关老二惨笑一声，说道："我母亲惨死在我手中，我没脸面再见家人，没脸面再回到村子。我半人半魔的，根本就不应该活在这个世上。"说罢便将头又转了回去。

"等等，我有几个问题要问你。"袁客师急忙说道，随后他紧张地看着关老二，生怕他会跳下去。

此时，关麻子气喘吁吁地跑到袁客师身后，看到关老二站在悬崖边，颤抖着声音喊道："老二！"

"贵客是想问我为什么会变成这样吧？"关老二头也不回，说罢又是一声惨笑。

袁客师心里一惊，他对关老二的印象只是力大无穷、神志不清，可现在他已改变了对他的印象。若非关老二出生在大山中，凭借他的智商，无论做哪个行业都会做到顶级！

关老二继续说道："也许这就叫命中注定。其实我也不知道为什么会变成现在这样，我记得，最后一次见到阳光是在镇里卖山货回来的路上，那次卖了不少钱，我坐在一块大石头上喝着从镇上打来的酒，没喝上两口，觉得身后有人，然后身体一麻，就什么都不知道了。"

袁客师和齐灵芷对视一眼，两人同时想到一起：是武林人士以点穴手法偷袭了关老二。

"然后呢？"齐灵芷问道。

"我第一次醒来时发现周围一片黑暗，我浑身冰冷，伸手向四周摸去，发现我被困在一个很小的空间里。我的动作很缓慢，慢到……"关老二嘿嘿笑了起来。

关麻子向前走了一步，又看向袁客师，见袁客师向他摇了摇头，这才停住脚步。

"慢到你们无法理解的程度，我记得很清楚，我用了半个时辰才弄清楚自己的处境，一副棺材，我居然躺在一副棺材里！"关老二说到此处又开始狂笑。

过了好一阵，他才停住笑声，继续说道："我尝试着喊人，却不能发出声音，又试着推了推棺材盖，幸运的是，棺盖动了动，此时，我的身体逐渐暖和起来，动作也变得正常。我挪开棺材盖，慢慢地坐了起来，周围仍旧是一片黑暗。我有些害怕，不敢弄出任何动静，我以为那就是阴间，十八层地狱！"关老二仿佛在讲一个鬼故事，加上他低沉的嗓音，让人不由自主地感到害怕。

"后来怎样?"齐灵芷急着问道。

"很快我便打消了这个念头，因为我还活着，我感觉到了心跳，虽然跳得很慢很慢，但是它的确在胸膛里跳着。借着微弱的光，我仔细地观察所在之处，那是一个房间，在旁边还有一具一模一样的棺材。我害怕极了，爬出棺材，小心翼翼地走到门口，听着外面的动静。"关老二说到这里脸色一变，语气变得激动起来。

袁客师和齐灵芷都知道这是到了关老二的命运转折点了。

"外面传来人走路的声音，还有狗'哈哧哈哧'的喘气声。你们不用质疑，我是桃源村最好的猎人。"关老二像是背后长了眼睛，一句话便将欲张口问问题的袁客师堵了回去。

袁客师看了一眼关麻子，关麻子冲他点了点头表示肯定。

"我感觉到过去的一队人绝不是等闲之辈，等这队人过去之后，我才轻轻地推开房门，迅速地跑到墙脚处，我本想爬上墙头，却在此时出现了意外。"关老二有些紧张地说道。

袁客师叹了一口气，他仍是赞叹关老二的智商，他不但通晓人意，更擅长讲故事，同样一件事，他可以讲得三起三落，令听者欲罢不能，至少这一点，与袁客师有一拼！

"意外来自那些狗，没想到我那么小心，还是被狗发现，情急下我倒退几步，奋力向墙头跳去，伸出双手准备扒住墙头，令我大吃一惊的是，我一下子就跳过了满是荆棘的墙头，落到了墙外。"关老二的语气又有了变化，由刚才的紧张变成了兴奋。不得不说，关老二要是再学些文化，不成状元也是个说故事的高手，绝对有成为说书先生的潜质。

"你是说你一下就跳到了墙外？那堵墙有多高？"袁客师问道。

"那堵墙应该有两三人高吧，上面还铺满了带刺的荆棘。"关老二很随意地说道。

"两三个人的高度！"袁客师看了看齐灵芷。齐灵芷也是一脸惊讶。

这种高度齐灵芷和袁客师这等轻功高手也就勉强一跃而过，关老二虽说是名出色的猎户，可他毕竟是普通人，没系统地学习过武功和轻功，怎么可能跳过两三人高的墙？

"我发现自己力量上有了很大提升，在速度上也提高了不少，跑起来快如奔马。我听到院子里很多人吆喝、咒骂，狗叫声连成一片。我知道那些人很危险，只好拼命地跑。风在耳边不断地刮了过去，眼睛所看到的景物都有些模糊。"关老二头扭了过来，对着袁客师嘿嘿一笑，吓得他不由得打了一个激灵。

"开始时，我还听得见狗叫声，应该是那些人带着狗追我，我只能凭着直觉不断地跑，目标是桃源村。"关老二又将头慢慢地扭了回去，甚至可以听到颈骨响动的声音。

"等等，这里有问题。你都不知道自己身处何地，怎么凭着直觉向桃源村跑去？"袁客师问道。

"是这座山，我看见了这座山，不，不，应该是我感应到了这座山，这种感觉说了你也不懂。"关老二指了指脚下的山解释道。

袁客师点了点头，示意关老二继续，却不知关老二背对着他，根本看不到他的动作。

沉默了一阵，关老二继续说道："我一口气跑到了这座山的山脚下，又来到小时候经常和哥哥一起玩耍的山洞。令我惊讶的是，我一点也感觉不到疲惫，而且极度兴奋，这种感觉是我从来没有过的，要知道我是最优秀的猎人，整天漫山遍野地打猎，体质虽好，却远远不及现在的状态。"

"你奔跑的速度有咱们打斗时那么快吗？"袁客师问道。

"没有，但也差不了多少！"关老二一语惊人。袁客师施展轻功跑得是快，却因为受制于内力无法持久。

"你跑了多久？"袁客师问道。他这样问不光出于好奇，更重要的是，他想通过关老二奔跑的速度和时间计算出关老二被关押的地点。

关老二摇了摇头，嘿嘿一笑："突然间得到了这么强大的能力，哪还顾得了其他，不过我可以肯定，我奔跑的时间都是在夜间，因为我不愿意见到阳光，只要到了白天，我的眼睛就变得白茫茫一片，什么都看不见。"

袁客师点了点头。

关老二长叹一声："兴奋没持续多久，天一亮我便感到头脑有些混沌，之后便什么都不知道了。"

"等等，我还有一个问题。"袁客师又将关老二的话打断。

"你的问题太多了，我没有时间了。"关老二抬头望了望远处的星空。

"好好，他不问了，你说吧。"齐灵芷伸手在袁客师的手背上掐了一下，疼得他直跺脚，却不敢出声。

"我知道你的问题是什么，不就是问我用什么方法逃过狗的追踪嘛！"关老二嘿嘿一笑，身体晃了两晃，吓得关麻子立刻屏住呼吸盯着他。

此话一出，袁客师心中更是对他佩服万分，这种智商和强大的逻辑能力，要是投靠到狄仁杰手下，不出两年，就会成为一名优秀的神捕，成就定会超过自己！

"贵人多忘事，我说过，我是一名优秀的猎人，狗是猎人的伙伴，猎人对狗的了解甚至超过自身。"关老二说道。

袁客师不敢相信地望着关老二，又看了看身边的关麻子。

"二弟与我不同，他从小就聪明，什么事一看就明白，村里的猎狗都是他训练出来的，他真的拥有和狗交流的能力。"关麻子解释道。

袁客师知道关麻子是在指桑骂槐，说他假装拥有和大鹅沟通的能力，却不好说什么。

"我利用了环山的那条河，只要跳进河里，顺着河水漂流一段距离，再找一处险峻的地方上岸，狗就无法追踪。你肯定会问为什么选择在险峻之处上岸对吧？"

袁客师与齐灵芷对视一眼，耸了耸肩。

"人人都以为我会在平缓的地方上岸，我偏偏选择在险峻的地方上岸，这样一来，就没人可以找到我了。"关老二语气中充满自豪。

"不错，不错，逆其道而行，你的智商果然非常人可比。"袁客师不得不佩服关老二，心想：就算自己也加入追踪队伍，也很难抓到他，能抓住他的估计也就只有狄仁杰了。

"再后来的事儿你们都知道了，我大哥为了我才偷村民们的家禽，这才使我母亲丧命我手。我成了人见人怕、人见人憎的食人魔。"关老二刚才的豪情万丈一下子消失，取而代之的是悲伤和凄凉。

因果循环，报应不爽。

"大哥，老二让你受委屈了！"关老二说到这里语气低沉下来。

关麻子欲言又止，只是叹了口气。

"一定是在你进入棺材之前发生了什么！"袁客师想了很多种可能，却还是想不明白，好好的一个人是如何变成没有神智的食人魔的？难不成当年的江湖客真的要重出江湖了吗？

"我不知道，真的不知道。昏迷之后和醒来之前的事我完全不记得。在白天，只要见到了太阳，我就会难受，两眼一片白光，神智也不清醒。到了晚上，我才会恢复部分理智，但在满月时，我会完全丧失理智。我也想过要恢复正常，可我只是山里的小猎户……"关老二说到这里回过头用不舍的眼光看着关麻子。

"兄弟，凡事咱们好商量，两位贵客本领大得很，说不定有解救你的办法。"关麻子急忙劝慰着。

"解救也好，不解救也罢，总之我是没脸活在这个世上了，告诉爹爹，老二对不起他，更对不起娘。我现在要到阴间去伺候娘了。"关老二的眼泪仿佛断线的珍珠般落下来，急忙将头扭了回去。

"老二！"关麻子急忙上前几步，伸手抓向关老二。

第四十九章　遗言

人的行为是由性格所决定的，关老二做事坚决果断，连寻死都是一样，只见他纵身一跳，跃出悬崖很远，身体已飘在半空。

"只有这样才能死！"

声音传来时，关老二已急速向下坠去，过了很久才听见悬崖下隐约传来一声闷响。此时，季虎子、冯老大等村民举着火把赶了上来，看到的却是跪在地上大哭的关麻子。

袁客师回过头，冲着村民们说道："世上不会再有食人魔了，诸位可以放心地在桃源村生活。"说罢，不顾众人的疑问，拉着齐灵芷的手穿过人群离开了山峰。

"咱们这是去哪？"齐灵芷问道。

"绕道去悬崖底部，看看关老二死了没有！"袁客师说道。

天很黑，山路很陡，可对于内力精湛的两人来说，仍然如履平地。当他们绕道来到悬崖底部时，东边天际已经露出了鱼肚白，光线很柔和，接着天边又出现了一道红霞，红霞的范围逐渐扩大，在山尖下呼之欲出。

"姐姐，你看那里。"袁客师指着一处大石说道。

"是关老二，他还在动！"齐灵芷险些没喊出声来。悬崖有几百丈高，莫说是一个人，就算是一块铁掉下来也会被摔成八瓣儿，关老二居然还没死！

"吼！"正说着，又听见那处传来熟悉的低吼声。

袁客师听见吼声后，急忙将长刀抽出，一闪身将齐灵芷护在身后，虽说他的武功比齐灵芷差，可是作为男人，遇到了危险第一反应仍是挺身而出，至于结果，那并不是要考虑的事。

齐灵芷用欣赏的眼光看了一眼袁客师，随即掏出对付关老二的小瓷瓶。二人慢慢地走到近前，这才看清了关老二的情况。

他整个身体瘫软成烂泥般地躺在乱石上，部分躯体偶尔还抽搐一两下，看样子全身的骨头已摔得粉碎，再也支撑不起身躯。身下流出的鲜血变成了紫黑色，部分已凝结成了血块，口中不断地吐着血沫子，眼神已开始涣散，眼见就要咽气，刚才那声吼应该是他用尽了全身的力气才喊出来的，是为了吸引二人的注意。

"关老二，有什么你尽管说！"袁客师蹲了下来，俯下身将耳朵贴了过去。

"彭……"关老二勉强蹦出一个字来，便两眼一闭，身体随即停止抽搐。

"他死了。"袁客师叹了一口气，站起了身。

"阴尸真是一个可怕的存在，这么高摔下来还能活着。"齐灵芷终于知道阴尸的威力竟是如此可怕，更加钦佩师傅青玄师太，当年也不知用了什么手段令江湖客退隐江湖。

"姐姐，此间的事情已了，咱们赶紧去山外的榆林镇吧。我分析那只大鸟应该就是载着齐伯父和神秘人的巨大风筝，借着风势朝着山外的方向飞去，按照我的推算，风筝不可能在空中飞太久，所以他们应该就在榆林镇歇脚。"袁客师说道。

齐灵芷点了点头，眼睛还是看着已经死透了的关老二，说道："客师，关老二临死前所说的'彭'字究竟是什么意思，难道是说我们赶过来看他最后一眼，便成了他的朋友了？"

袁客师略一思索便摇了摇头，说道："不一定是朋友的朋，也许是膨胀，也许是蓬莱，也许是鹏鸟，也许……太多也许了，不好说，不好说。"

"嗯，不想了，以后总会有解开这个谜的机会。关老二也是个可怜的受害者，不能暴尸荒野，咱们把他埋了吧。"齐灵芷边说边捡了个扁一些的石头找了块泥地掘起了坑。

袁客师一边应着，一边给关老二合上了凝着血的双眼，说道："好。这里地势险峻，关麻子不知道多久才能找到尸首，唉！"

对于关老二，除了早期的恐惧和惊讶之外，袁客师还多了一些敬佩之意。无论从身体还是头脑，高人一等的关老二都不应该埋没在桃源村，不应该有这样的下场。但华夏大地广袤，人才辈出，被埋没的人才不计其数，关老二也只是其中比较具有代表性的人物而已。

想到这里，袁客师又在坟前拜了拜，随后找了个大石头，用长刀在上面刻上"关老二之墓"，以给日后来寻的家人留个标记。

“咱们走吧。”齐灵芷望了一眼桃源村的方向，只见村庄上空升起了袅袅炊烟，那是令人向往的恬静的田园生活。

榆林镇是方圆百里最繁华最热闹的镇子，绚烂的阳光洒在街道的绿瓦红墙之间，身前身后是一张张或苍迈、或风雅、或清新、或世故的面孔，车声辚辚，人流如织。不远处隐隐传来商贩颇具穿透力的吆喝声，偶尔还有一两声马嘶，让人感觉犹如置身于一幅色彩斑斓的画卷中。

被商贩的吆喝声吸引的行人禁不住停下脚步，或是看，或是挑，或是讨价还价，成交了的，行人带着买来的商品满意地离去，商贩也高兴地看着手中的铜钱，想着晚上应该吃什么好。

袁客师拉着齐灵芷的手走在大街上，感慨万千。之前的山野田园生活与现在的繁华都市生活截然不同，一边是恬静，一边是繁华，对比起来才发现，两者是不尽相同、各有千秋。

顾不上琳琅满目的货物，也顾不上美味的各种特色小吃，两人一路打听着，径直走到这条街道的尽头。出现在眼前的是古香古色的二层建筑，大门外的空地上摆了七八张桌子，三教九流在此进进出出，络绎不绝，几个跑堂的小二来来回回招待着四方来客，看建筑的模样以及热闹程度就知道这是一间客栈。

抬头一看，只见大门上方的牌匾上写着苍劲的四个大字“清阳客栈”，在大门两旁的柱子上贴着一副对联，上联是“东斗有云来献瑞”，下联是“郡地无处不生香”。

“这老板还挺有情调的，一个俗气的客栈，竟然贴着这么有深意的对联。”齐灵芷看对联不太可能出自市侩商人之手，便感慨了一番。

袁客师一路与齐灵芷不停地嘻嘻哈哈，脑子里却一直想着大风筝的事，听了齐灵芷的感慨，看了一眼对联，虽感觉有些不对劲儿，却说不出个究竟来。

风筝常见，但载人风筝在那个年代绝对属于超时代产物，莫说是制作，就连想都不敢想。袁客师天生就爱琢磨，听闻风筝载人后，便想如何把风筝做出来，等再和齐灵芷出行时，直接乘风筝飞走就好，免得骑马受颠簸之苦。

“桃源村的人说方圆百里也就这里还像个镇子，其他的地方大都像桃源村一般的规模，要是我父亲留下信息给咱们，大概率会在这里吧。”齐灵芷说道。

“咱们一路走来，酒楼虽有好几家，但客栈却只有一家，要是在镇上留宿，只能住在这里。"袁客师分析道。

"也可能他们去其他的酒楼吃饭呢？"齐灵芷问道。

"按照劫走齐伯父的神秘人的性格，他肯定不愿意额外增加风险，所以一路上会尽可能减少与外界的接触，客栈也有吃喝，何必再到其他酒楼。"袁客师做了几年捕头，对人的心理研究也算是小有成就。

正说着，就见掌柜从客栈里面走了出来，只见他五短身材，一顶红黑相间绣着不知名花纹的圆布帽下罩着一个硕大的脑袋，帽檐下的镶边宽窄却极其匀称，一身绛红色的吉祥如意绸缎小褂罩着圆鼓鼓的肚皮，肚子好似倒扣的一口大锅。再看那张人畜无害的脸上，眯缝着的小眼睛，圆乎乎瘪塌塌的鼻子，半圆的下巴下面多出了两个肉褶子，一笑起来脸颊的两块肉团颤颤巍巍的，整个一个蹲踞版弥勒佛的形象。

人还未走到近前，胖掌柜便满脸堆笑地冲着两人一拱手说道："一看二位客官就是尊贵身份，请问是要住店还是吃饭？"

"住店，再给我们弄一些店里的特色菜。"袁客师从怀中掏出一锭银子递给了胖掌柜。

再看胖掌柜，两只小眼睛立刻散发出精光，急忙上前接住银子放进了袖口袋里，生怕袁客师会反悔将银子要了回去。

钱能通神。胖掌柜给二人安排了客房，又带着他们来到了大厅，安排了一个相对宽松的位置，随后便亲自跑到后厨去安排酒菜。借着这个机会，袁客师开始环顾一楼大厅，寻找着齐东郡可能留下信息的地方。

"客人请尝尝，这是我们掌柜送的，最好的云雾茶。"一名伙计用木盘子端着两碗茶走了过来。

袁客师拿起了茶碗，将茶水放在鼻子下闻了闻，笑着摇了摇头。齐灵芷见状也学着样子闻了闻，也是摇了摇头，向他投去了疑惑的目光。

"先喝着，等回客房时我再和你说。"袁客师只是微微一笑，随即对着准备离开的店伙计说道，"伙计，前些天你们这里有没有两个人来住过店？其中一人像我一样高，比我结实些，和她的相貌有些相似。"袁客师问道。

店伙计转过身，苦着脸挠了挠脑袋说道："客官，这个问题可不好回答，像您说的这样的客人实在是太多了，我哪能记得住。"

"也许它们会让你的记忆变得好起来。"袁客师说罢从怀里掏出一些散碎银子放到桌子上。

店伙计一见碎银子就知道袁客师是一个极其大方的主儿，只要回答好了问题，这些银子都会进入自己的口袋，于是连忙像小鸡啄米一般地点着头。

"换个问法，最近有没有两个行为比较怪异的客人来过？"袁客师问道。说话间两根手指捏住了一块银子，在桌子上敲了敲。

店伙计的眼睛一直就没有离开过那些银子，听见了敲桌子的声音才反应过来，回答道："啊……要说怪异的客人嘛，还真有两位。不过具体是哪一天我就想不起来了，其中年轻的那位和这位美丽的小姐有些神似。"

店伙计瞄了瞄齐灵芷，眼神中略带着一丝贪婪的目光。

"和我长得比较像的那人是不是穿着一身青灰色袍子？脚上穿的是软底布鞋？"齐灵芷急忙问道。

齐东郡出家修道之后，对于穿着并不在意，一直就是这身打扮。

店伙计想了想，然后狠狠地点了点头，说道："啊对，我当时还觉得奇怪，这人如此年轻，穿的衣服却老气横秋。"伙计说罢便将目光盯向了袁客师手指间的银子。

袁客师把银子抛给店伙计，笑着说道："你接着说！"

店伙计得了银子兴奋地搓着手，说道："他还写了一副对联，就是大门两旁的那副。"

袁客师呵呵一笑，又把一块碎银子扔给伙计，问道："他们离开客栈之后向哪个方向走了？"

"东南，他们向东南的方向去了。"店伙计急忙把银子收起来，下意识地看了看掌柜所在的方向。

袁客师捏起一块散碎银子问道："我怎么确认你说的是真的？"

"镇上只有两条路，一条向西北，一条向东南。两人穿着单薄，也没带随身行李，西北方向很冷，不可能向西北走。"伙计说完又看了看银子。

店伙计所说只针对普通人，对于齐东郡这样的高手来说，几乎不会受到气候影响，但从载人大风筝所飞行方向来看，齐东郡和神秘人去的应该是东南，店伙计只是歪打正着而已。

"给！一会儿将酒菜送到房间。"袁客师扔给了伙计一块银子，拉着齐灵芷向楼上客房走去。

客房摆设简单，要是在神都洛阳，这种档次的房间只能算下等客房。袁客师坐在所谓的红木桌案旁，悠闲地品着云雾茶。

齐灵芷在房间里走来走去："哎，小袁神探，看你悠闲的模样，一定是有了收获，快说，免得惹姐姐生气收拾你！"

袁客师喝了一口茶，得意地说道："线索已经有了，齐伯父和神秘人的确来过这里！"

齐灵芷立刻走到袁客师身旁，一把揪住他的耳朵，用力一扭，几乎把他的耳朵扭成麻花状："快说！"

"哎哎哎，轻点轻点！你松手，我说就是了！"

齐灵芷闷哼一声，慢慢松开手，眼睛中略现潮气，说道："我都快急死了，你还在卖关子！"

袁客师正要调侃几句，却见齐灵芷眼泪在眼圈里不停地转着，吓得他连声道歉，又哄了好一阵才算是让齐灵芷平静下来。他不敢再卖关子，说道："是门口的那副对联给了我线索！"

袁客师一拍手，脑子中想到了客栈大门口的那副由齐东郡写出来的对联。

"东斗有云来献瑞，郡地无处不生香"。

"什么意思？"齐灵芷有些不解。

第五十章　破解诗谜

中国古代诗词有其独特的创作规律，习作者多为文人墨客，武林人士大多讲究的是武力，能文武兼备的极少。

齐东郡早年曾是江湖上大名鼎鼎的侠盗，金盆洗手后开始信奉道教，对道家文化研究比较深，偶尔涉足诗词歌赋当作消遣，却登不上大雅之堂。

"齐伯父留下的是一句藏头诗和诗谜。东斗有云来献瑞，郡地无处不生香。开头的两个字连起来就是齐伯父的名字——东郡！"袁客师捂住耳朵嘻嘻一笑。

"还真让你蒙对了，接着说！"齐灵芷脸上露出笑容。

"咱们先看字面意思。东斗应该是指五斗星君中的东斗星君。五斗星君是道教敬奉的五位尊神，即北斗星君、南斗星君、东斗星君、西斗星君和中斗星君。其中东斗星君主掌纪算保命，共有五宫：第一苍灵延生星君，第二陵延护命星君，第三开天集福星君，第四大明和阳星君，第五尾极总监星君。齐伯父上联的意思是说东斗星君驾着祥云来这里献祥瑞，也是民间商人图吉利常用的一句话。"袁客师说道。

"好多星君，都不知道谁是谁！"齐灵芷噘着嘴说道。

袁客师无奈地摊了摊手，脸色黯淡下来，说道："第二句从表面上看是说客栈的厨艺好，做出的菜很香，至少在榆林镇首屈一指。不过……后面一句，我还有些地方没想明白。"

关于道教和古诗词的知识都是父亲袁天罡教给他的，当年袁客师年幼顽皮，学得不精，要是父亲健在，就不至于弄不懂其中的含义了。

齐灵芷立刻注意到袁客师脸色的变化，知道他定是想起了父亲袁天罡，于是赶忙岔开话题："小袁神捕，刚才在楼下你笑而不语，看样子是对掌柜的茶叶有其他看法，能不能和我说说？"

袁客师知道齐灵芷是为了引开话题，便顺着她说道："这件事姐姐还记在心上啊。说起茶道，我也是略知一二。刚才那掌柜的说他的茶叶是上好的云雾茶，实际上并不是。"

"就知道你所涉广泛，可惜就是功夫差了些。"齐灵芷嘴上并不放过袁客师。

"哈哈，功夫上不还有你嘛！我先说说这茶叶吧。"袁客师急忙咳嗽了两声，以掩饰尴尬。"关于云雾茶，不是掌柜被骗了，就是掌柜在骗咱俩。云雾茶以产自云雾山茶树的为最好，云雾山茶树所产的茶叶每年只有三百斤，是作为贡茶进献给皇帝的，别说普通百姓，就连达官贵人都很难尝到。普通云雾茶也分为三六九等，上等的云雾茶条索粗壮、青翠多毫、汤色明亮、叶嫩匀齐、香凛持久，醇厚味甘，差一些的便不会这样，你看这碗茶。"袁客师说到这里将茶碗推到了齐灵芷的面前。

"我这里有！"齐灵芷又将茶碗推了回去，看着自己茶碗里面的茶叶，果然，茶叶没有袁客师所说的那种状态。

袁客师见齐灵芷点了点头，便继续说道："关于云雾茶的泡法，也不同于其他茶叶，泡得不好，就白瞎了。"

"得了，还不就是用水冲进去，冲开了不就好了？"齐灵芷虽是富贵人家出身，却常年跟随师父青玄师太漂泊在外，并没真正享受过富贵的生活，所以对于茶道并不在行。

"不然。"袁客师好容易逮到了比齐灵芷强的方面，不愿意放弃卖弄一番的机会："沏云雾茶时，最好先倒半碗水、水温不能太凉也不能是开水，最好是烧开后放置一袋烟的工夫，让水快速冲入茶碗中，不加盖子。遇水后茶叶霎时舒展如剪，翠似新叶。须臾，再加二遍水，在清亮黄绿的茶液中，似有簇簇茶花，茵茵攒动。品之，滋味醇厚，清香爽神，沁人心脾。每次续水，都不要待喝干再续，而要当茶碗中的水剩下四分之一时就续，这样可以保证多次冲泡后仍旧醇香绵绵。"

"行啦，喝个茶哪有那么多规矩，喝了就完了，废话真多！"齐灵芷端起茶杯一饮而尽。

齐灵芷是江湖儿女，性情豪爽惯了，哪还管得了那么多。袁客师心情好了一些，遂哈哈一笑，也拿起茶碗一饮而尽，凑近她想说说只属于两个人的悄悄话，还未张口便听见一阵敲门声响起，随即店伙计的声音从门外传来。

袁客师心里把店伙计骂了几遍，气得直哼哼。

店伙计推门而入，他单手托着一个木盘子，上面放着四个看起来不错的菜，还有一壶烫着的老酒，放好后仍笑嘻嘻地站在袁客师身边不肯离去。

袁客师心领神会，白了伙计一眼，从怀中掏出一块散碎银子放到桌上。伙计一见，两眼立刻冒出精光。

这块散碎银子能让一个普通人家生活两个月有余，袁客师能舍得完全是为了寻找齐东郡的线索，齐灵芷对银子没有概念，要是为了些散碎的银子耽搁了事儿，恐怕会惹得她翻脸。

"我问你，镇子附近有没有什么地方叫郡地或是和郡地有关的？"袁客师问道。

"客官，您可是问对人了，要是问其他人，一定是说不上来的。"伙计说完还瞟了一眼袁客师手上的银子。

"说对了这银子就是你的了。"袁客师运用指力将银子生生地按进了桌板，这一手看得店伙计目瞪口呆。

"哦，是这样的。镇子附近原本没有郡地这个地方，不过咱这儿属于淮南地区，古时候是一个郡，要说郡地的话，在土话中是指淮南王所在的城池，也就是在东南方向的九江郡。"伙计说罢便将手伸向桌子上那块散碎银子，他用力抠了几下，却没抠动，只好苦着脸看袁客师。

袁客师用力一拍桌子，碎银从桌子里蹦出来，伙计眼疾手快，立刻把银子接住，连声道谢。

袁客师拿起酒壶轻轻喝了一口，觉得酒的味道有些发甜，与菜不太对口味，便将那壶烫好的酒也递给了他，说道："我们吃些饭菜就够了，这壶酒就赏给你了，快走吧！"

伙计的眼睛又是一亮，接了酒壶笑着离开房间，走到房门口时，冲着袁客师鞠了一躬，说道："若客官还有需要，请尽管叫我，小的没有名字，大伙都喊我小六子。"

小六子这句话说得很狡猾，他看出了眼前的两位主儿出手大方，便将自己的名字留了下来，要是客人叫人的话，第一时间便会想起有名字的伙计，那么大把的赏钱便会进入他的腰包了。

看伙计关门离去后，袁客师嘻嘻一笑，说道："齐伯父下半句诗谜也解开了。按照伙计小六子的说法，下联是告诉咱们，他前进的方向是郡地的方向，也就是东南方。"

"对，也验证了咱们在桃源村的推断。"齐灵芷说道。

"不过，我总感觉这店小二有些不对劲儿。"袁客师说罢便低头仔细想着从进店到现在与店伙计接触的全过程。

"他印堂发暗，嘴唇有些隐隐地发黑，看起来应该是中了毒，却看不出是什么毒。"齐灵芷在毒术方面有很深的造诣，虽比不上大周第一用毒高手毒郎中徐莫愁，可寻常的毒药还难不倒她。

"姐姐一语点醒梦中人，他是中毒了，而且下毒的人很可能是和齐伯父一起的神秘人，不过这件事也比较奇怪，为什么要给这个不起眼的人下毒？"袁客师问道。

齐灵芷摇了摇头，显然她也没想明白这件事。

"还有，小六子有问必答，就像已经想好了答案等着咱们一样。"袁客师说到这里又再次托着下巴沉思着。

"也许小六子就是知道呢？"齐灵芷反驳道。

"不可能那么巧！"

"哎呀呀，还是先吃些东西吧，看看店里的特色菜怎么样。"齐灵芷看着一桌子色香味俱全的菜有些垂涎欲滴，拿起筷子准备品尝一番。

"等等！"袁客师出手将齐灵芷的筷子拨开，吓得她急忙将手缩了回来，瞪着眼睛看着他。

"你干吗？"

"会不会神秘人给小六子下毒的目的就是为了逼他在咱们的酒菜里下毒？"袁客师看着齐灵芷问道。

"不会那么巧吧，神秘人又不是神仙，怎么会知道咱们一定会来这家客栈，又怎么知道咱们来寻找我父亲？"齐灵芷说到这里便停住了，若有所思。

"先说齐伯父的那副对联，如果你是客栈老板，请人写了一副对联之后会怎么办？"袁客师问道。

"当然是请木匠拓刻在两块木匾上，挂在大门两旁。"齐灵芷回答道。

"既然是拓刻就一定是和原本的字迹一样，你怎么认不出那副对联的字迹是你父亲的？"袁客师又问道。

"嗯……"

"你仔细想想！"

齐灵芷想了一阵后，眼神一亮："我明白了，你的意思是我父亲出了对联，本意是要留给我们作为线索，让我们一看到字迹就知道他来过。可神秘人看破这点，便让我父亲口述，由他代笔写出来，老板再找人将对联拓刻在木板上，却没想到我父亲将信息藏在了诗句中。"

"这是其中一种可能，算是对咱们比较有利的。还有一种可能，就是神秘人也看破了齐伯父的对联内容，却故意不说破，反而利用店小二给咱们设了一个局。"袁客师说道。

齐灵芷想了想，说道："要是这样，这个神秘人就太可怕了。"

两人正说着，听到客栈大厅中起了一阵骚动。袁客师急忙站起身走出房间，发现大厅中央躺着一个人，胖掌柜、众伙计和食客们围着指指点点。

"好好的一个人，怎么说倒就倒下了？"胖掌柜皱着眉头说道。

"掌柜，我刚才在后厨看到他正偷喝客人的酒，之后我看他走路有些摇晃的，本想过去问问他究竟怎么了，却因为太忙一直没腾出空儿，没想到就这么一会儿的工夫，他就变成这样了。"一名伙计抹着额头上的汗说道。

"喝了客人的酒？哪间房的客人？"胖掌柜问道。

"天字第三号房，我看见他从天字第三号房出来时拿的就是这壶酒。"伙计回答道。

另一名蹲在地上照看病人的伙计孙大偏头突然喊道："老板，不好了，小六子……死了！"

"愣着干什么，快去报官！"胖掌柜气急败坏地说道。店伙计小六子的生死并未让他产生一丝一毫的悲伤，却因影响他的生意而令他恼怒，眼见着食客们趁乱偷偷地溜出去，便又大喝一声："把客栈大门关上，一个人都不能走，说不定凶手就在这些人里面。"

两名伙计立刻跑到了大门处，将已经走出去的个别食客硬生生地拉了回来，同时将大门关闭。

袁客师转身看了一眼自己所在房间的门牌，正是天字第三号房！

第五十一章　身陷冤案

袁客师心里咯噔一下，升起一股不祥的预感。

小六子早不死晚不死，偏偏在喝下他给的那壶酒后死掉，这事儿要是传出去，他有一千张嘴也说不清楚。袁客师从一名县衙的小仵作做起，追随狄仁杰做到大理寺金牌捕快，对捕快系统了如指掌。大一些的衙门办案程序相对正规一些，小衙门的办案弹性很大，几乎不会按照勘察、验尸等程序调查，而是先把相关人等羁押起来，宁可错抓也绝不放过。

一旦被羁押，无论结果如何，都会影响追踪齐东郡的事。

"客师，什么事？"齐灵芷从房间走出来，与袁客师一同向下面看着。

"就是他们！"蹲着的那名伙计抬起头指着袁客师喊道。

胖掌柜的一听这话便立刻来了精神，冲着袁客师说道："二位，我家的伙计喝了你房中的酒死了，得给个说法吧？"

胖掌柜说话时那弥勒佛一般的笑容消失了，原本上翘的嘴角耷拉下来，眯缝着的眼睛顿时变成冷冰冰的三角眼，转眼间便换成了另一副嘴脸，虽然所说的话很客气，却让人感到语气中隐藏着阵阵寒意。

酒是客栈的酒，酒壶也是客栈的酒壶，却硬生生地被掌柜说成了袁客师的酒，避重就轻、移花接木的本领可见一斑！

齐灵芷是老江湖，听得明明白白，正要开口辩解，却被袁客师点了点手背，这才勉强忍住，张了张嘴却并未说话，只是白了掌柜的一眼。

袁客师和齐灵芷走到大厅，还未到近前，围观的人群便自动让开一个缺口。

"掌柜的，本人是来自神都洛阳的大理寺金牌捕快，这是我的腰牌，这人肯定不是我杀的，至于他是死于谋杀还是意外，本捕要先查看一番。"袁客师将腰牌拿出来，在掌柜面前晃了晃便收了起来。

胖掌柜被晃得眼前一花，没看清腰牌上究竟写的是什么字，只是凭着感觉认出腰牌的样式与清河县捕快的腰牌很像，可腰牌的颜色却是暗金色的。

胖掌柜撇了撇嘴，右侧脸上的肥肉抖了两下，阴阳怪气地说道："你涉嫌我家伙计的命案，我管你是神都来的还是鬼都来的。"又转身向几名伙计说道，"你们几个把这两人给我看好喽，要是跑了，我将你们送进官府。"

几名伙计急忙走到袁客师两人身边，撸胳膊挽袖子，虎视眈眈地望着他们。

袁客师苦笑了一声，心想：这掌柜的倒是见风使舵的好手，一见他们与凶案联系在一起，便立刻翻了脸。

几名伙计都是普通百姓，看样子没练过任何武功，真动起手来，根本拦不住袁客师二人。但袁客师身为捕快，不可能弃案逃跑。

"你这人毫不讲理，难不成是欺负我们人少不成？"齐灵芷本来因为父亲的事有些郁闷，正愁着无处发泄，胖掌柜却给了她机会。

"哎呀，你这个女人，害了人还想把我也给害了是怎么的！看你长得还有三分姿色，要是进了牢房，我还可以帮助你疏通一下……"胖掌柜的心思跑偏，脸上的笑容慢慢地变了味道。

要是胖掌柜知道齐灵芷在江湖上的事迹和名头，他绝对笑不出来，正所谓"无知者无畏"，正因为他不知道，才敢在言语上多次冒犯。

听了胖掌柜的话，齐灵芷的脸色变得冷峻而杀气十足，虽说还是那张精致的脸，却让人看了不由得产生畏惧。

袁客师捂着嘴笑了，因为他看得出来，齐灵芷一定会给他一些苦头，所以头脑中想象着胖子即将受到的折磨，脸上便乐开了花。

"你这无知的小毛驴，还在这里笑！"胖掌柜见袁客师笑中满是揶揄之意，心中顿时怒意横生。他以为两人就是刚刚出道的江湖新人，殊不知眼前的这两位武功高强，且身后都隐藏着大背景，哪是一个小客栈掌柜可比的？

齐灵芷冷着脸，伸手在旁边的桌子上抓起两粒花生米，用很隐蔽的手法弹了出去，花生米一前一后悄无声息地打在了胖掌柜的两个穴位上，一处是笑穴，另一处便是下腹的气海穴。

笑穴自不必多解释，打中后便会笑个不停，直到穴道被解。气海穴是要穴，练武之人被点中气海穴，轻则被封住内力，重则一身内功被废，齐灵芷使了个技巧，将阴柔的内劲灌注其中，内劲冲入气海穴后，会令其数月之内阳事不举。

"噗！噗！"花生米撞击到胖掌柜的身上之后竟然碎成了粉末，落到了地面上，可见使出的力道有多强悍。

"好劲道！"袁客师忍不住赞道。

暗器重量越大，打出去的威力越大，可以靠着腕力或是臂力甩出去。重量轻的暗器却必须用内力打出，手腕、手指只用于控制出手时的方向而已。像花生米这么轻的暗器，若非掌握得恰到好处，在内力灌注的一瞬间就会碎成粉末，更不用提伤人了。这一击不但体现出齐灵芷内力深厚，更显出她对内力的掌控已达到了炉火纯青的地步。

"咯咯咯咯咯咯……"一阵母鸡抱窝般的声音从肥胖的身体传了出来，随着笑声，整个人身上的肥肉都跟着一阵颤抖，尤其是腮部的那两块肥肉，恨不得颤抖着飞上天去。

听到这阵笑声，围着的人们都不知道发生了什么，以为掌柜在与袁客师二人的文斗上占了上风而沾沾自喜。过了一阵儿，众人才发现了不妥处，只见掌柜脸上原本的笑容，逐渐变成了一副哭丧脸，笑声却依然没有停止，最终也不知是哭还是笑，听得人一阵阵发毛。

"妖法，这两人会妖法！"胖掌柜从小在镇上长大，哪见过点穴这么高明的功夫。

齐灵芷冷笑一声，冲着蹲在地上守着小六子尸体的伙计喝道："让开！"

她的语气不容得对方有半点迟疑，吓得伙计一屁股坐在地上，手脚并用连连后退。众人见齐灵芷一副凶神恶煞的样子，都不敢再说话。

"客师！"齐灵芷小声地提醒着捂着肚子笑的袁客师，见喊了两声还没有反应，便偷偷地在他的胳膊上拧了一把。

"唔！"袁客师顾不上疼痛，强忍住笑蹲了下来，看到尸体后，他像是立刻变了一个人，收起笑容，一脸严肃地开始验尸。

小六子的尸体还带着体温，各个关节柔软，应是刚刚死去，指甲和嘴唇呈现青紫色，眼睑内有出血点，体表无任何外伤，以银针探喉、胸腹部，并未发现砒霜中毒迹象。令人奇怪的是，死者的嘴角居然是向上翘着的，带着一丝诡异的笑容。

袁客师回头看了看齐灵芷，见她摇了摇头，只好继续对尸体进行检验。

小六子手中的酒壶仍旧被他紧紧地攥着，甚至连酒都没有洒出来一滴，人倒地了，却仍将酒壶的口保持着向上，看样子很在意手中的酒。

袁客师站了起来，在齐灵芷的耳边说了两句话。齐灵芷随后走到脸已经扭成一团的肥掌柜面前，说道："我帮你治好病，但是你得保证管好你的嘴，别乱说话！"

"哈哈哈哈……呜呜呜呜呜……好……哈哈……"肥掌柜连忙使劲地点头，生怕齐灵芷看不懂。

齐灵芷冷哼一声，伸手在桌子上拿了两根筷子，在肥掌柜的身上猛地戳了两下，痛得肥掌柜的顿时杀猪般嚎叫起来，几名伙计急忙上前扶住掌柜的，连声地问着掌柜的有没有事儿。

肥掌柜长长地嘘出一口气，双手揉了揉那张因为扭曲而变得难看的脸，向齐灵芷连声道谢，却再也不敢抬眼看她。

"我问你，给我们天字三号房送的酒和其他的酒有什么不一样吗？"齐灵芷掂了掂手中的筷子说道，美丽的眼睛却闪着骇人的光芒，吓得肥掌柜一阵哆嗦。

"天字三号房的酒……让我想想。"肥掌柜连忙应声，随即便苦苦思索着。

过了一阵，只见他眼睛一亮，猛地拍了一下脑门说道："是一位客人留下的，那人将酒给了小六子，并耳语了一些内容，至于是什么内容我就不知道了，只有小六子知道，后来我还问了他，可他死活都不肯说。"

"可知道那位客人的名号？"齐灵芷问道。

胖掌柜急忙摇头，腮帮子上的肉来回乱晃："那两位客官给我们的印象很深，一个给我们出了对联，另外一个写，年轻的那人还拿钱让我们把对联拓在匾上挂起来。"

"继续说！"齐灵芷用内劲一甩筷子，竹筷子悄无声息地插进桌子。

胖掌柜看得心里一惊，咽了一口吐沫后连忙说道："对了，他们就住在天字三号房，只住了不到一天，大半夜的就走了。"

"小六子是什么时候喝下这壶酒的？"袁客师把酒壶从小六子的手中拿了出来，向众伙计们问道。

"这个我知道。"一个长得肥头大耳模样的人从人群中走了出来，身上穿着粗布的衣裳，腰间围着污迹斑驳的白色围裙，一看就知道是厨师。

厨师扭头看了看肥掌柜，见他并没阻拦，便继续说道："我看他将酒菜送进天字三号房后就来到后厨，手里就拿着这个酒壶。他喝了两大口，之后便是一脸高兴的样子，还不时地笑出来，我嘴馋，向他讨剩下的酒，他却没有理会。"

袁客师摇晃了一下手中的酒壶，发现壶中酒大约还剩下一半。

"他喝完之后就……唔……唔……"厨师胖胖的脸上居然显露出了红色，一个壮汉的脸上竟然出现了扭扭捏捏的模样。

"一个大老爷们，扭捏个啥劲儿，倒是说呀！"肥掌柜把一肚子的火儿都撒在厨师身上。

厨师像小老鼠一样看着肥掌柜，最终还是支支吾吾地说了出来："小六子平时对人很有礼貌的，从来没有不理人的时候，我见他没理我便对他多加了注意，结果发现……发现他那里撑起了帐篷！"

第五十二章　金牌神捕

大厅中有不少女客，听厨师这样一说，脸都红了起来，纷纷转过身去，但又偷偷地瞄向尸体。

"壮阳酒？"袁客师偷偷地瞄了一下自己的那个部位，并未发现异常。虽然他做得隐蔽，却没有逃过齐灵芷的眼睛，惹得他连声咳嗽，以掩饰心中的尴尬。

"请女客们回避一下，先到后厨吧，我要给尸体做个深度检查。"袁客师站了起来向客人们抱拳说道。

女客们像逃难一般离开大厅，却从厨房的帘子缝隙向外偷看。

在伙计们的帮助下，小六子很快便成了赤条条的裸体，众人有意无意地将目光集中在小六子已经一塌糊涂的裆部。

"果然不出我所料，小六子的真正死因便是精尽人亡。"袁客师说道。

"这怎么可能？"不但肥掌柜奇怪，所有在场的人都感到怪异。精尽人亡众人都听过，不过那都是床笫之间的事儿，怎么可能喝了一口酒便精尽人亡？

"啐！"齐灵芷白了一眼，转身离开了人群，径直走到一个角落里坐了下来，却没离开大厅，眼睛不看但耳朵却听着。

"怪！"袁客师让人将尸体翻了过来，在腰俞穴附近摸着，最后用两根手指捏起皮肤挤了挤，一滴暗红色的血出现在穴位上。

"原来是这样。"袁客师看了看站在一旁的店伙计。

此人正是发现小六子倒地不起的伙计孙大偏头，一直守在尸体旁。他立刻低下头，不愿意与袁客师的目光交会。

"你叫什么名字？"袁客师问道。

"我……"孙大偏头抬头瞥了一眼袁客师，又低下头去，说话间还有些颤抖。

"他叫孙大偏头，是我店里的伙计。"胖掌柜急忙上前说道。

　　袁客师站了起来，将酒壶在肥掌柜面前晃了晃，说道："这个是证物，我现在将它放在这张桌子上，也请众位帮助监督，不能让人碰着它。"说罢便将酒壶放到旁边一张空桌上，随即走到齐灵芷的身边耳语了几句。

　　"是这样！"齐灵芷转过头看了看迷茫中的人们，正欲起身，却听见客栈的大门被敲响。

　　"来了来了，一定是县衙的捕快到了。"肥掌柜异常兴奋，拨开人群，屁颠屁颠地小跑到门口将大门打开。

　　门外站着几名捕快，为首一人长相中庸，大约三十岁的模样，一脸冷峻。

　　"怎么回事？"为首之人问道，语气绝不带一丝一毫的感情。

　　"哦，冷捕头，我店里的一个伙计突然死了……"肥掌柜的态度恭敬，话还未说完便被为首之人推开。

　　"尸体在哪？凶犯在哪？"冷捕头硬邦邦地说了一句话，便朝着人群的方向走去。

　　肥掌柜跟着一起走了过来，犹豫了一下说道："凶犯……还没有凶犯。"他本来想说袁客师二人便是凶犯，却又害怕齐灵芷骇人的气势，更不愿意面对冷捕头那张拉长的脸，磕巴了一句后还是没有说出口。

　　"废物。"冷捕头看了看地下的尸体，说道："既然没有凶犯，那在场的人就都有嫌疑。来人，把所有人带回衙门严刑审问。"

　　围观众人听到这句话后立刻四散开去，有的人已经开始向大门外闯去，肥掌柜吓得六神无主冷汗直冒，不知所措地站在那里。

　　捕快们开始凶神恶煞般地抓人，门外的捕快将跑到门口的人拦了回来，口中还骂着人。

　　"住手！"随着"砰"的拍桌子声，一个霹雳般的声音在大厅的角落里响起，将所有人都震得愣住。

　　冷捕头慢慢地回过头，那双带着寒意的眼睛看到了一名俊秀的年轻人和一名一身鹅黄色衣裳的美丽少女。

　　袁客师满脸怒容地走到冷捕头面前，说道："你不分青红皂白就将人抓进衙门严刑审问，这是一名捕头应该做的吗？"

　　"混账！本捕头做事要你教吗！"冷捕头并未把袁客师放在眼里。

　　"我是来自神都洛阳的大理寺金牌捕快……"袁客师刚刚说出这句话，便见冷捕头的眼睛一下子闪出精光，望向他的脸。

"你不会就是传说中的小袁神捕吧？"冷捕头满脸兴奋地问道，又瞥见围观百姓脸上的诧异，便轻咳一声，收起兴奋神色，尽量用平静的声音问道，"有何为证？"

袁客师回头看了看在一旁偷笑的齐灵芷，慢悠悠地从怀中掏出暗金色腰牌。

"暗金色……唔……金牌捕快的最高等级……在……在下榆林镇小捕头冷峻，拜见小袁神捕。"冷捕头立刻换了一副嘴脸。

捕快们听闻后立刻放开客人纷纷走了过来，向袁客师拱手抱拳施礼。

在古代，捕快属于低等职业，主要从事看守门房、监狱，维持治安，捉拿盗贼，官员出行时还要鸣锣开道、举旗执伞，做的都是低级的杂务。

可一旦进了大理寺，又成了金牌捕快，就等于是鲤鱼跃了龙门。

大理寺的金牌捕快也分等级，初级为亮金色，中级为紫金色，高级为暗金色。很多手持暗金色腰牌的捕快都是皇帝御用神捕，手持腰牌犹如圣旨，拥有一定特权，比如可以查王侯将相，比如有直接面圣的机会，极少数金牌捕快还有先斩后奏的权力。

普通捕快都以成为大理寺金牌捕快为终生梦想。

这戏剧性的一幕，弄得袁客师哭笑不得，只好说道："冷捕头，案子已经破了，还请……"袁客师的话还未说完，便被冷峻打断。

"那是自然，小袁神捕出马，什么大案悬案，还不都是小案子？"冷峻几乎将马屁拍到了极致，那张原本是冰山一般的脸像是融化了的柿子饼。

正说着，却见齐灵芷身形一晃，闪到了门口，将一名正要出门的伙计拦了下来："孙大偏头，知道事情败露，想溜是吧？"

"我只是想回家看看我的母亲，哪想溜啊？"孙大偏头虽然有些紧张，却还努力地保持着微笑。

"冷捕头，各位乡亲，孙大偏头就是害死伙计小六子的凶手。"袁客师说道。

孙大偏头冷哼一声，心一横，拨开齐灵芷的手向外冲去。

不等齐灵芷动手，袁客师施展轻功一个闪身来到孙大偏头身侧，抓住他的手腕一抖一带，将孙大偏头一下子甩到小六子尸体旁。

"捕快打人啦，捕快打人啦！"孙大偏头躺在地上耍起了无赖，耍了一阵，见人们并未应声，也只好作罢，翻了翻白眼冲着袁客师说道："说人是我害死的，你……你有什么证据？"

"证据当然有，你就洗干净了脖子等着秋后问斩吧。"袁客师冷笑了几声说道，眼神中的自信让孙大偏头心里一紧。

齐灵芷走到放着酒壶的那张空桌子旁，拿起酒壶向碗中倒了一些酒，随即又从怀中拿出一个小瓶子，倒出一粒药丸放入碗中，仔细地看着其中的变化。过了一阵，便冲着袁客师点了点头。

袁客师心中有了数，走到小六子的尸体旁边，说道："现在我就来说说小六子是如何死的。"

众捕快一听都来了精神，望向袁客师，其余客人则抱着怀疑态度，三三两两地低声议论。

"不过，在这之前还有一件事要办。"袁客师随即转向肥掌柜，问道："掌柜的，你店里的伙计是在你这里住还是回家住？"

肥掌柜愣了一下，随即回答道："除了大厨外，其他的伙计都是管吃管住，每个月可以回家一晚。"

"嗯，冷捕头，麻烦你派两个人带着一名伙计到他们住的地方……"袁客师小声地在冷峻的耳旁说着。

两名捕快带着一名伙计离开了大厅，从后门进入客栈的后院，那里是伙计们居住的地方。过了一阵，三人便一同回到了大厅，将两个包袱放在桌上。

两个包袱都是用衣袍临时做成的，灰色包袱是小六子的，青色的是孙大偏头的。孙大偏头一看到熟悉的包袱，心里一紧，小腹一松，险些没尿出来。

袁客师走上前，将两个包袱打开，之后便清了清嗓子，开始讲起了案件的来龙去脉。

小六子这几天的心情非常好，却不是因为肥掌柜发了工钱，对他而言，一个月二钱银子只是勉强维持生计而已，吸引他的是那位神秘而豪爽的客人的赏赐，要是多一些这样的客人，用不了几年，他就可以独立开一个饭馆，当个小老板了。

"这么好的酒，为什么他们不喝呢？"小六子拿着天字三号的酒壶走了出来，慢悠悠地来到后厨。大厨憨厚老实，有什么事儿也不会向肥掌柜报告，所以伙计们会偶尔在后厨偷偷懒，弄点炒菜剩下的肉吃两口。

小六子喝了一口，觉得十两银子一壶的酒就是不一样，入口不辣，带着一股甜甜的味道，像这种档次的酒，要不是遇到天字三号房这样的客人，他永远没机会尝到。

大厨将炒好的菜放到窗口处，大声吆喝着菜名，随后就盯着小六子手中的酒壶。大厨的酒瘾众人都知道，经常在做菜的时候偷喝酒，要不是看他厨艺精湛，肥掌柜早就让他走人了。

看着小六子一脸享受的模样，大厨咂巴咂巴嘴儿，走上前笑嘻嘻地说道："六子，给哥一口呗！"

这要是在平时，小六子早就将酒壶递了过去。别忘了，大厨在后厨可是一把手，要想吃到一些剩下的余料，大厨不答应是万万不行的。

令大厨生气的是，小六子居然没应声，过了好久才睁开眼睛，看了酒壶一眼，随即又向口中灌下一口，又闭上眼睛，脸上一副陶醉的模样。

大厨只看见小六子睁开眼睛的那一刹那，那双还算明亮的眼睛有些迷离，本想上前将酒壶抢过来，却发现了异常。只见小六子的裤裆处支起一个小小的帐篷，作为一名男性，怎么会不知道发生了什么？

大厨朝地上"啐"了一口，骂道："这小子，喝了点酒跑到这儿做春梦来了。"

小六子对大厨的喝骂没有半点反应，身体靠在柱子上不住地摇晃着。大厨哼了一声，不再理会小六子，回到锅台前开始备菜。

小六子的确是在做春梦，因为酒里被人下了药，一种无色无味效力却很猛烈的药，这种药不是春药，是引发小六子体内已埋伏了很久的春药的引子，能让人产生一种欲罢不能的强烈快感。

春药对于像小六子这样没有经历过人事的少男来说，实在是太过剧烈，以至于一时间他都陷入其中不能自拔。所以他便一直靠在厨房的柱子上，享受着那股药劲带来的快感。

可他却不知道，危险正在向他慢慢逼近。

店伙计孙大偏头到厨房端菜时，发现了小六子的异样，他犹豫一下，还是端了菜走出了后厨。他现在的心情有些忐忑不安，不知道自己应该怎么做才是。

依然是那位写对联的神秘客人，在临走时给了他一大笔银子，并一再叮嘱只要小六子出现了这种状态，就用银针刺中他屁股上方的腰俞穴，之后便不用再管，保证不会牵连到他。他隐约觉得这件事没那么简单，可一大堆白花花的银子实在让他心动。

孙大偏头本来并不贪财，如今家中老母卧病在床，需要大量的银两来抓药看病。他是出了名的孝子。他不知道这一针意味着什么，也许是让小六子病倒一段时间，也许是让小六子吓一跳，也许只是有钱人的一次恶作剧而已。总之，无论如何一根银针都不可能让人丢了性命。甚至根本不用去刺小六子，反正神秘客已经离开，刺不刺还不是他自己说了算？

神秘客在把银两给孙大偏头时展示了一下手段，他用筷子轻轻点了点桌子，那桌子立刻便出现了几个深深浅浅的小坑，这一手看得孙大偏头目瞪口呆，知道遇到了传说中的江湖高手，要是自己不从，就不只把银子要回去那么简单，很可能还要搭上一家人的性命。

"只是用银针扎一下而已，又不是刀子。"孙大偏头不断地安慰着自己，将菜端出去后，再次返回厨房，口中假意骂着小六子偷懒，搀扶着他向外走去，趁着大厨不注意，那根银针便刺入小六子的腰俞穴。

小六子受到了针刺，立刻从那种状态清醒过来，看了一眼孙大偏头，本准备开口骂他一顿，却发现突如其来的快感更加猛烈而持续。未经过人事的小六子还不知道，他的一只脚已经踏入了鬼门关。终于，孙大偏头将银针拔了出去，松开小六子，转身走到锅台前端了一盘菜离开了厨房，回到大厅继续招呼客人。

随着银针的拔出，小六子觉得身体被抽出了精气一般，后背一凉，这种凉意一直沿着后背迅速地来到了他的头部。他的眼睛瞪得大大的，小腹却被一股热流包围着，疼痛中却掺杂着快乐，让他欲罢不能。他迷茫着摇摇晃晃地离开了厨房，本想回到房间继续享受，可刚走到大厅，便觉得心口一阵凉气袭来，眼前一黑，倒在地上。

第五十三章　以身试毒

袁客师走到尸体旁边蹲下来，指着腰俞穴上的黑紫色小点："这就是那处被刺的穴位——腰俞穴，平时被刺中，不会有任何异常，不过，小六子的情况却不一样。"

袁客师边说边走到孙大偏头身边，拍打着他的周身。过了一阵，只见袁客师脸色一喜，从孙大偏头大腿外侧的裤子上拔下一根银针，说道："这是什么，我需要你解释一下。"

再看孙大偏头，脸色突然变得犹如死灰一般难看，目光刚一接触到怒目而视的冷捕头便缩了回来，吓得浑身颤抖着。

"这……这……"孙大偏头紧张得说不出话来。

"现在正是用餐的时候，你用这根银针刺了小六子之后，就一直在忙乎店里的事儿，没时间销毁证据。只要用这根银针对一下小六子腰俞穴上的针眼便一清二楚。"袁客师说道。

"这种人就是欠打！来人，把这厮投入大牢中严刑拷打，不信你不招。"冷峻喝道。清河县谁人不知冷峻的手段？要是落在他手里，大刑之下不死也得残疾。

这一声暴喝差点把孙大偏头吓得背过气去。

"还不从实招来，免受皮肉之苦！"袁客师一字一句地说道。几个字像一把大锤一般敲击在孙大偏头的心上。

"嗬嗬嗬嗬……"孙大偏头突然倒在地上，口中发出沙哑的声音，眼睛直勾勾地望着房顶，张大了嘴努力地呼吸着，手放在脖子和胸口上，渐渐地，五指成抓，用力地在脖子上和胸口上抓着，一道道的血道子出现在脖子上，胸口的衣服也被抓得裂开。

孙大偏头的突然变化令在场众人目瞪口呆。

袁客师急忙上前，抓住他的手腕，替他诊脉，却发现脉象极为混乱且微弱。

"姐姐！"袁客师头上已经见了汗，急忙向齐灵芷求援。

齐灵芷立刻上前查看孙大偏头的情况，却见他两腿一伸，整个人软了下去。

"他死了！"袁客师说道。

人的生命实在太过脆弱，创造一个人需要怀胎十月，还要精心地照料才能成人，却在转瞬间灰飞烟灭。

齐灵芷仔细查看孙大偏头的身体，皱着眉头不语，过了好久才说道："可能是中毒死的，不过这种毒我还从来没见过，与小六子所中的毒不一样，应该是出自一名用毒的顶尖行家。"

袁客师站了起来，向胖掌柜问道："掌柜，你还记得那两个写对联的人吧？"

"记得，那两人很怪，一个出对联，另一个写。直接写不就完了？"胖掌柜苦着脸说道。

"一个说一个写这事儿是年长的人提出来的吧？"袁客师问道。

"您真是神了，的确是这样。"胖掌柜竖起了大拇指。虽说一连死了两名伙计，却不见他有一丝的悲伤之色。

"下毒的正是那名年长之人。"袁客师说道。

"小袁神捕，您是怎么破解这案子的？"冷捕头在一旁问道。

"当然是推理。如所料不错，小六子和孙大偏头早在写对联的两人还在时，就被人下了毒，下毒的手法很高明，需要特定的引子才会令毒药发作。"袁客师说道。

论毒药的毒性，要数鹤顶红最烈，只要喝下去一点，就会七窍流血而死，江湖上很多烈性毒药都是以鹤顶红为基础配制的。还有从一些生物体内提取出来的毒药，比如蛇毒、蜈蚣毒、蝎子毒等。这些毒药直接作用于人体，令人迅速死亡。

"毒药吃下去直接就死了，还需要引子？"冷峻知道有些药方需要药引子，没听过毒药也有需要引子的。

"没错。灵芷，看你的了。"袁客师说罢抽出手中腰刀，挑开了属于小六子的包袱，十几锭银子便散落出来。

"这么多银子！"众人惊叹着。

十几锭银子在大户人家看来算不得什么大钱，但在小六子这等人当中，可算是一笔巨额财富了。

袁客师手起刀落，斩下一锭银子的一角。齐灵芷用筷子将银子夹进一个空碗中，从怀中掏出一个药瓶，倒出了两粒药丸，随即又让伙计拿了一壶普通的酒，倒在碗里面，过了一阵，小药丸慢慢地化开，碗里的酒慢慢变了颜色，变成了紫红色。

"银子上有毒，但无法确认是什么毒。"齐灵芷说道。

袁客师点了点头，对着众人说道："冷捕头，你可以找一些用毒高手来验证我姐姐的话。"

冷峻连忙摆手道："这个不用了，青玄师太的关门弟子、白鸽门门主说的话哪里还会有假。若所猜不错，齐小姐所用的乃是白鸽门不传之秘的验毒丸吧？这种药丸我也只是听说过，今日总算是开了眼界。"

"两种毒药都是通过接触银子沾到了两人的手上，在吃东西时，他们并未洗手，毒药随着食物进入体内，导致中毒。"袁客师又把孙大偏头的银子斩下一块，放进另外一只碗里，示意齐灵芷验毒。

齐灵芷再次使用验毒丸，最终呈现的颜色是黑色。

"两种毒不同，孙大偏头所中的毒更烈一些！"齐灵芷得出结论。

"小六子和孙大偏头是穷苦人家出身，突然得了这么多银子自然是爱不释手，把玩之下便中了毒。小六子的毒类似于春药，这壶酒便是引子之一，还有银针刺穴，两者引发毒性，使药力加剧，导致小六子精尽人亡。"

"那孙大偏头呢？"冷峻问道。

袁客师和齐灵芷对视一眼，两人皆微微摇了摇头。

"孙大偏头所中之毒非常厉害，引子是什么却无法知晓。"袁客师说道。

众人一听，便开始议论起来，要说这种下毒的手法、时间的掐算以及这份狠毒的心思，若不是神仙下凡便是恶魔转世。

"如果我没猜错的话，这壶酒里面的药只会引起人的兴奋，却不会引起性欲。"说到这里，袁客师拿起酒壶向口中倒去，他这样做是想证明给冷峻看，虽然冷峻知道他一定不是凶手，可毕竟那么多的客人在，要是不弄清楚，以后怕是很难交代。

"小袁神捕……"冷峻急忙上前把将酒壶抢了过来，却发现酒壶中的酒已被袁客师喝干净。

"这……这……"冷峻看着袁客师有些渐渐发红的脸不知如何是好。

袁客师摆摆手："我说没事就没事，你们看！"只见他大咧咧地背着手站在众人的中间，除了脸上看起来有些潮红，并没有其他异常。

齐灵芷咳嗽两声。袁客师会意，立刻坐下来使用佛家的静心诀调息，很快药力便被如数化解，长长地出了一口气之后，才站起身。

此时，众人已被袁客师疯狂行为吓得呆住，万一酒里有毒，万一毒性并非他所预料，万一他无法把毒排出体外，那他现在就和小六子、孙大偏头一样了。

冷峻此时看袁客师的眼光又不一样了，他心里清楚，静心诀是佛家不传之秘，若非出家为僧，不可能学得到这门功夫，俗家人就算是学到了，也会因为心念太杂而无用，看袁客师使出这门功夫得心应手，片刻间便化解了酒中的药力，与佛家的缘分绝非一般。

袁客师冲冷峻一抱拳，继续说道："孙大偏头毒发却很奇怪，因为他是在冷捕头说要对他施酷刑之后才发作。当冷捕头说酷刑这两个字时，我从孙大偏头的脸上看到了一种恐惧，老鼠看见猫一般的恐惧，之后就发生了症状。"

"难道说引子是恐惧？"冷峻调侃着说道。

药引子在生活中比较常见，可能是人的眼泪，也可能是锅底灰，但都是有形的，恐惧是种情绪，看不到摸不着，要说它是一味毒药的引子，怕是任谁都不会相信。

袁客师听出冷峻有调侃之意，却并未辩驳，接着说道："从下毒的手法上看，我想起一位擅长用毒的江湖前辈——毒手药王。"

关于毒手药王，袁客师是早年从父亲袁天罡处得知的。袁天罡上知天文下知地理，对江湖奇闻更是如数家珍，给袁客师讲述了不少的奇闻逸事。齐灵芷是白鸽门门主，自然也知道毒手药王的事迹。

"那个写对联的神秘客人就是毒手药王，来人，把掌柜等人抓回衙门，让画师把毒手药王的画像画出来，上报州府衙门，通缉此人！"冷峻一本正经地说道。

掌柜等人一听又要抓他们回衙门，立刻点头哈腰地求饶。

齐灵芷和袁客师对视一眼，无奈地摇摇头，说道："冷捕头，要是毒手药王还活着，已经一百多岁了……"

"那么大年纪呀，的确很难办！"冷峻打断了齐灵芷的话，皱着眉头挠了挠脑袋。

袁客师暗自叹了一口气，说道："毒手药王早就驾鹤西去了，那神秘客是什么身份还不好说。"

冷峻并没有被揭穿后的尴尬，反而一副恍然大悟的样子："小袁捕头果然是神捕，凭借着强悍内功克服了药力，更在短短的时间内便破了案子，不过既然神秘客身份不定、行踪不明，此案也只能先告一段落，可惜可惜。"

袁客师却说道："请冷捕头和众位放心，我一定会将此人抓捕归案，还请各位在这里做一个见证。"

"好！"肥掌柜喊了一声，惹得众人纷纷喊好。

"冷捕头，这里的事儿就托付给你了，有了神秘客的消息，我一定会给你书信一封，助你破了此案。"袁客师抱拳说道。随后又凑近冷峻耳旁，小声说道，"别动不动就把人抓回衙门，小心翻船。"

在袁客师心中，真凶神秘客还没有抓到，这件案子就不算圆满。从此案看来，神秘客心思缜密、滴水不漏，对齐灵芷二人的行踪了如指掌，这才算好了时间，酝酿了这起连环杀人案来栽赃，目的便是拖住他们。

冷峻见案子已经破了，便立刻大手一挥遣散了众食客。胖掌柜想拦又不敢拦，只好苦着脸站在冷峻旁边。

袁客师从冷峻处得知榆林镇的东南方向是彭泽，听到这个地名，他精神一震，和齐灵芷对视一眼，心中同时想到了一个名字——狄仁杰。

"姐姐，你说关老二临死前口中所说的'彭'字，会不会指彭泽？"袁客师拉着齐灵芷走出客栈。

齐灵芷思索了一下，点了点头："从关老二的叙述中大致可以分析他逃跑的距离，如果按照距离计算，还真有可能是彭泽。"

"也该去看看大人了。"袁客师抬头看向东南方。

第五十四章　会说话的骨头

自古以来，彭泽地域出了不少大商人，早年的牛家、周家，现在的张大户家，都是富甲一方的存在。

黄梦曦虽是县令千金，但黄县令一向清廉如水，家中并无太多积蓄，见到财宝发出惊讶之声还说得过去。小莲当年闯荡江湖，见多识广，如今却发出惊呼声，可见周家祖屋的财宝数量多得惊人。

成堆的金砖随意地堆放在角落中，虽然蒙上了一层厚厚的灰尘，却依然挡不住迷人光彩。做工精美的箱子摆放在中央，整整二十个箱子，单看箱子上面镶嵌的珠宝就价值连城。

"周琮的祖上不是一般的富有啊！"小莲打开其中一个箱子，里面是价值连城的珠宝、玉器、古董等物。

黄梦曦惊讶过后便恢复了平静，对金银珠宝并未显出过多的兴奋，她缓缓走到打开的箱子前，挑出一只样式简朴的玉簪，轻轻地插在了头上。

小莲兴奋地把所有的箱子打开，发现除了珠宝玉器外，还有些古董和名人字画，并未发现她最感兴趣的神兵利器等物，兴致也慢慢地淡了下来。

"小莲姐，我只取这一支玉簪，其他的先放在这里吧，我一个弱小女子，家中藏了这么一大批珠宝，也会惹祸上身。"黄梦曦虽然悲伤却还没失去理智。

周家老宅所在地区已成为废墟，除了一些放牛羊的牧童外，几乎没人会来这里，珠宝放在这里会相对安全一些。

"好吧，这里的确比你家安全，要是强行打开，密室里面的机关埋伏就会启动，来人定殒命在此。"从小莲一进入密室，就发现了整个密室看似简单，实际上机关重重，一个不小心便会陷入万劫不复之地。

"嗯，这件事回具衙后我会向狄大人禀报，看看这批财物应该如何处理。"黄梦曦两眼无神地说道。

"这些可是你的财物，无须请示任何人。"小莲说道。

黄梦曦抿嘴笑了笑："小莲姐，这些对我来说已经不重要了，人都没了，珠宝要来何用？"

小莲看着黄梦曦憔悴的面容叹了一口气，没再说什么，拉着她走出密室，拔出玉佩，将玉佩挂在黄梦曦的腰间。

对于狄仁杰，无论是看书、写字还是思考问题，书房绝对是不二之选。

他盯着桌子上那张纸发愣，手边的茶水已经凉透了两个来回，却还是一口没动。狄福在一旁站着，看茶水凉了，便端起茶碗向外面走去。

"狄福，不用换茶了，你陪我待一会儿。"狄仁杰终于冒出一句话。

"老爷，我知道您因为周捕头的事心情不好，但这样熬下去，熬坏了身体，周捕头的案子可就没人破了。"狄福作为局外人看得明白，趁着机会提醒着。

"我不知怎么了，越老就越没出息了，总是想东想西的。狄福，你说得对，帮我弄些吃的来。"狄仁杰苦笑了一声。

"好咧！"狄福将狄仁杰劝通，心里无比高兴，急忙走出房间到厨房安排用餐。

不到一袋烟的工夫，就见狄福从厨房端出来一碗热气腾腾的爆炒刀削面，这一手还是狄福从鄞州一家面馆学的，见狄仁杰一天没吃饭，这才想办法凑了食材做出这道刀削面。

狄仁杰心情舒畅了不少，边吃着热气腾腾的刀削面，边夸赞狄福，正吃得高兴，却见三愣子匆匆地走了进来。

狄仁杰放下筷子，问道："包三兄弟，事情办得怎么样了？"

三愣子一愣，随后连连向狄仁杰拱手抱拳，说道："大人，您还是叫我三愣子吧，包三兄弟听着有点别扭。"

狄仁杰和狄福对视一眼，笑了起来，说道："好，就叫你三愣子。"

三愣子心满意足地咧嘴一笑，说道："我一大早就和县衙的兄弟们到乱坟岗，把所有的碎头悬案的尸骨挖了出来，已经抬回县衙的后堂了，一共是二十一具。"

"太好了，咱们现在就去看看。"狄仁杰站起来准备向外走。

三愣子看了看剩下的大半碗刀削面，咽了一口吐沫，直愣愣地说道："大人，早上和我一起去的兄弟们都还没吃饭，饿着肚子干不动活，不如吃了饭再去，反正那些尸骨已经到了后堂，跑不了。"

狄仁杰听罢，哈哈一笑，硬生生地走回来，坐到了椅子上说道："好，狄福，还得劳烦你们夫妻俩多做一些，给三愣子和兄弟们尝尝手艺。"说完便拿起筷子，大口地吃着。

狄福笑着点了点头，应了一声后便出去安排，不多时便又端上来一大碗，递给三愣子："兄弟们在前院吃上了。"

三愣子也不客气，拿起筷子狼吞虎咽地吃了起来。

狄仁杰呵呵一笑："三愣子，看你的样子，在挖掘的过程中应该是有什么发现吧？"

三愣子使劲咽下一口面，说道："大人，这您也能看出来？"

自打章旷发和周琼出事后，三愣子就成了县衙中资格最老的捕快，在没有更合适的人选之前，理所应当地成了捕头。三愣子做事一向亲力亲为，在他的带领下，捕快们加班加点，原本两天的活儿硬是一天就完成了。

三愣子除了愣，头脑却不笨。在挖掘的过程中，他也学着狄仁杰的法子查验尸骨，经过初步观察，发现碎尸案所涉及的尸骨普遍比较粗壮，个别尸骨在手指、手臂、肋骨处出现多处陈旧的骨折伤，普遍存在骨裂现象，由此分析，尸骨主人应该是习武之人，且武功不会太差。

同时发现二十一具骨骼亦存在差别，有的是手臂粗壮，有的是腿部粗壮，有的则是长着很粗的手指，这说明尸骨的主人所练习的武功不同，分上中下三路。

"福哥，真好吃！"三愣子说完所获后冲着狄福夸赞道。

狄福呵呵地憨笑着，说道："只要你好好帮老爷查案，啥时候想吃都会有。"

三愣子嘿嘿一笑，伸出舌头把碗舔了个干净。

狄仁杰收起笑脸，向狄福说道："狄福，三愣子提供的这条线索很重要，咱们去后堂看看，也许骨骸会告诉咱们些什么。"

狄仁杰立刻起身，与狄福向后堂走去，三愣子看了一眼狄仁杰剩下的刀削面，犹豫了一下后，咽下一口吐沫，追着狄仁杰跑了出去，边追边嘀咕："骨头还能说话？"

后堂幽暗，二十一具骨骸放在地面白布上，摆得满满的，只留下些许空间供人过往，在昏暗灯光的衬托下，显得十分诡异。

初看一眼，果然如三愣子所说，大部分骨骼都很粗壮，一看就知道是练武之人，头骨均已破碎，牙齿混合着骨头渣子横七竖八地留在后脑骨上面。其中两具骸骨不完整，一具缺了一只左手，一具缺了左脚。

"三愣子，这两具骸骨原本就有缺失吗？"狄仁杰指着两具骨骸问道。

"是的大人，我亲自在埋着它的土坑里找，最终未发现有残缺的骨头，卑职特意查看断处，应该是生前就已缺失了。"三愣子回答道。

狄仁杰拿起骨骸仔细地看着断处，随后点点头，又从牛皮包中拿出一个小罐子，打开后把药水洒在其中五具骨骼碎裂的头骨上，过了一阵，白骨上出现了星星点点的暗红色。

三愣子惊讶得瞪大眼睛，问道："大人，这……这是怎么回事？"

"这种药水可以让多年沉积的血迹现出，你看白骨上星星点点的暗红色便是死者的骨头中有淤血所致。"狄仁杰说道。

"骨头中的淤血？"三愣子有些疑惑。

"你们看，"狄仁杰拿起一块破碎的头骨，指着断茬的部分继续说道，"如果死者是被击碎头颅而死，那么大量的血液就会将破裂的头骨浸染，进入骨头里面，再用药水，血迹就会被药水从骨头里吸出来，在白骨上大面积显现，可白布上的血迹却是呈星点状的。"

"老爷，您的意思是说这些人都是被杀死之后再用重物击碎头颅，这样血液便不会大量地喷溅而出，只有少部分会沾到碎骨上，所以显露出的血迹便呈现了星星点点的状态。"狄福说道。

狄仁杰的本事他是知道的，却想不到尸体已入土这么久，居然还能从骨头上看出线索，这在之前的断案中是从未遇见过的。

"狄福，你有什么想法？"狄仁杰问道。

"老爷，我认为这可能是针对帮派的一场大清洗，也许是两个帮派之间的火拼。不过这样说又有些牵强，帮派火拼是为了争夺地盘和利益，将人杀了便了事，为什么还要大费周折地将尸体的头颅砸碎？"狄福设定了两种可能，却在最后将其推翻。

"你这下算是说到了重点上。这些骸骨骨骼粗壮，说明他们生前都是习武之人，而头颅在死后被砸碎，还有一种可能，就是凶手不想让人知道这些人的相貌。"狄仁杰分析道。

"砸碎头颅是为了破坏相貌？"狄福还是没有明白狄仁杰的话。

"是为了掩饰死者的真实身份！你俩还记得这些碎头悬案卷宗上记载的内

容吧，这二十一人死后都没有苦主出现，怎么可能这么巧合？"狄仁杰说罢便将目光投向地面上的骸骨。

"也就是说这些人可能是外地人，只身一人来到彭泽，而且家人也不知道他们来到了彭泽，否则一段时间没联系，家属一定会找来的。"狄福经过狄仁杰的引导终于明白。

三愣子若有所悟地点点头，两个嘴角却向下咧着，显然是没明白狄仁杰的逻辑。

"问题来了，他们究竟是什么人？来到彭泽究竟想做什么？为什么会被杀？身怀武功，单身，隐藏真实身份。"狄仁杰说道。

"大人果然是神探，经过您这一分析，事情清晰了很多，那下一步我们应该怎么办？"三愣子虽说听得云里雾里，但拍马屁的功夫和谷钧成学得却不差。

"这些人在死亡后没有随身物品，加上相貌被毁，身份无从查起。不过却不是绝对的悬案，因为还有一条线索可以追查下去。"狄仁杰说到这里，又想起了因为急着要澄清自己而惨死的章旷发，脸上又显出了一丝的悲伤。

"老爷说的是章县尉的案子吧。"狄福身为管家擅长察言观色，看到了狄仁杰脸上的悲伤，便立刻知道他口中所说的线索是什么。

"嗯，章县尉的案子一定与这些碎头悬案有关。至于章县尉案件本身也古怪得很，我总觉得还有哪里不对劲儿，却始终不得要领。"狄仁杰说罢便站在那里默默不语。

狄福不敢再接下去，三愣子按捺不住，准备开口说话，却被狄福阻止，两人只好在一旁默默地陪着。

过了一阵儿，只听得一阵急促的脚步声传来，狄福面色一喜，暗道：小莲回来了！

"老爷！"小莲离很远便喊着，又一路小跑着来到了狄仁杰身旁。

狄仁杰从沉思中缓过神来，看到小跑过来的小莲，无奈地摇摇头，说道："都是当母亲的人了，还这么火急火燎。"

当狄仁杰看到消瘦很多的黄梦曦脸上尽是悲伤时，心中又是一酸。

"老爷，周琮给梦曦的玉佩是开启周家老宅密室的钥匙，在密室中发现了一笔财物，数量惊人，虽说不至于富可敌国，富甲一方肯定是绰绰有余。梦曦不愿意私自动用这笔财富，这才赶过来向您禀报。"小莲说道。

黄梦曦并未说话，只是冲着狄仁杰作揖施礼。

狄仁杰心中一惊，一个疑问顿时产生。按小莲所说，周家老宅所藏的金银财宝的数量惊人，为什么周琮却甘于做月俸不足二钱银子的捕头？守着巨额财富却过着清贫生活，宁可和青梅竹马的黄梦曦苦苦相思，也不愿意拿出财宝上门提亲，却在临死前又拿出来做聘礼？

周琮身上隐藏着太多的谜团！

第五十五章　巧合

钱是生存之本，但在黄梦曦心中，周琮才是最重要的，对于一个心灰意冷的人来说，钱财已经失去了应有的意义。

"雀雀，这些财产是周琮留给你的，你有权做任何处理。"狄仁杰说道。

"人都不在了，要这些财宝又有什么用，我只是从其中取了一支玉簪，算是留个念想吧。"说罢黄梦曦豆大的眼泪落了下来。

狄仁杰叹了一口气，无意中向雀雀的头上看去，发现那根玉簪的样式很简朴，全然没有名贵珠宝的华丽炫目。

"咦？"狄仁杰看着玉簪心中起了疑惑，试探着问道，"雀雀，能不能将这枚玉簪给我看看？"

黄梦曦抹去眼泪，将玉簪拔下来递给狄仁杰，之后又转过身去抹着眼泪。

趁着小莲安慰黄梦曦，狄仁杰和狄福走出后堂，借着阳光仔细地观察玉簪，又从怀里拿出从张大户家得来的玉简对比一番。

"老爷，玉簪和玉简的玉好像是同一质地啊？"狄福看出了些门道。

"两块玉内部的纹路和质地几乎一模一样，应该是出自一块玉坯。"狄仁杰说道。

"太不可思议了吧！"狄福惊讶道。

"玉分软玉和硬玉，看这两块玉的质地，应是上好软玉。软玉又以颜色分为白玉、黄玉、青玉、碧玉、墨玉、花玉和糖玉。这两块玉里有些云雾状的东西，一团一团的，颜色剔透，像白色的棉絮一般，显然是软玉中的白玉，这种玉只有我大周西部的回纥汗国产出。这等高质量的玉器，只可能出现在皇家贡品中。"狄仁杰娓娓道来。

"这两件玉器属于皇家之物？"狄福立刻双手拿着玉簪，生怕把这件宝贝摔坏了。

"是皇家之物，却不是现朝的皇家之物，据我观察，这两件玉器应该是西汉之前的古董。"狄仁杰又比对了一下后便收起了玉简，随即转身进了后堂，将玉簪还给了黄梦曦。

"三愣子，除了断手和断脚的这两具尸骨留下，剩下的由你带人将其重新安葬。"狄仁杰说罢便转身离开。

思考是狄仁杰日常行为之一，是多年来断案所养成的习惯。

章旷发和周琼两起案件疑点重重，两人先后出事，从被害的手法上看并无关联。章旷发自认为陷入冤案，为了洗清冤情铤而走险，前往进山小路查案，过程中可能发现了一些线索，这才遭遇碎头而死。

周琼是在追查章旷发的案子时被害，也许他也发现了章旷发案的线索，这条线索又很关键，已经危及凶手，所以凶手这才痛下狠手，将周琼杀害。

可这两人究竟发现了什么，已无处可查。

巧合的是，黄梦曦从周家老屋得到了一笔财富，其中一枚玉簪居然和张大户家的玉简发生了联系，两件玉器居然出自同一块玉坯，又同样出现在彭泽，这绝不是巧合！

"周家、牛家、章家、黄家，它们之间究竟有什么联系？"狄仁杰想到这里突然想起牛书吏的手记，急忙从桌子上拿起来认真读了起来。

佛教将命运解释为因缘因果，是因前生而注定的，无法更改。而道教的命运之说是因天道而定，当然也无法更改。也有的说命运是无时无刻不在变化的，是可以改变的，但无论如何，人们都不能验证其说。因为无论是改变了还是没改变，都可以说是上天注定，反之也可以说是改变命运得来的。

但很多人的命运却不在自己手中，往往是远在千里之外的相关联的甚至是不相关联的人所决定的，这一点大多数人并不知道。

彭泽地区风波不断，却比不上神都洛阳的风大浪急。

冬季将临，洛阳城的人们已经穿上了厚厚的冬衣，达官贵人们躲在轿子中，只有轿夫们还在喘着粗气稳稳地行走着。

庄重威严的上阳宫中，被一股暖意包围着，大殿四周的炭炉内燃烧着木炭，两名太监不时蹑手蹑脚地走到炭炉旁，将一两块烧好的木炭放入其中。

皇帝武则天高高地坐在龙椅上，那张已满是皱纹的脸却带着笑意，看着站在下面的几名大臣，尤其是眼光扫到来俊臣时，还微微点了点头。

对于靠诬陷上位的他来说，察言观色是最基础的本领，虽说大部分当朝为官的人都会察言观色，却不是每个人都能做到极致。有人摸透了当权者的脾气，可以顺风顺水，若一个不慎触动了逆鳞，轻则一顿呵斥，重则会被贬甚至会丢了性命。

对于那些耿直而敢于直言进谏的官员也是一样，直言进谏也要分场合与时机，若当权者不高兴时，无论多有益于江山社稷的建议，都不会被采纳。

来俊臣是有些小聪明的，尤其是在看皇帝的脸色方面，有他的独到之处，所以官位才会扶摇直上，由一名布衣做到了左台御史中丞的位置。

他的秘诀是暗中买通了专门伺候武则天的女官，在朝上，女官会使用特定的暗号告诉来俊臣皇帝的心情。皇帝心情好，便上前参上几本，就算没成功，至少不会遭到训斥。要是皇帝不高兴，便老老实实地站着，绝不多说一个字。

来俊臣用余光看到了武则天的笑容，又看向她身边的女官，两人目光相交时，女官微微点点头，这是他们之间的暗号，代表着皇帝的心情非常好。他上前一步，行跪拜之礼后准备上奏。

"好了好了，有什么就站着说吧，何事令来卿家愁眉不展？"武则天虽然和颜悦色，可是声音中依然有种不可抗拒的威严。

"是关于狄仁杰的。"来俊臣的声音平静如水，脸上表情没有丝毫波动！

武则天却听得出来，来俊臣即将说出的内容绝不会简单，她脸色变了变，随即又恢复笑容："但说无妨！"

来俊臣清了清嗓子，说道："陛下，微臣听闻狄仁杰自彭泽上任以来，不顾皇恩浩荡、百姓疾苦，却翻出了几年前的案子进行审理，虽说审案也是职责所在，但为官一任还须以民生为主，替陛下安抚苍生，哪能整天光顾着破案？微臣还得到线报，说彭泽境内的百姓衣不蔽体、食不果腹，民愤极大。近段时间还因此发生了数起案件，衙门中两名官员丧命。由此可见，狄仁杰并未因为陛下的宽容而为天下社稷分忧，实在是有负圣恩。"

来俊臣扣高帽子的本领绝对要比身边的魏王武承嗣强上百倍，甚至前无古人后无来者。魏王武承嗣一直视狄仁杰为眼中钉肉中刺，却对狄仁杰无可奈何，见来俊臣如此说，脸上立刻现出得意的表情。

武则天只是笑呵呵地听着，并未像往常一样动怒，待来俊臣说完，便将目光望向武承嗣，轻声问道："魏王觉得此事该如何处理？"

来俊臣倒吸一口冷气，心中暗暗佩服着武则天的老到。

武则天未直接发表意见，反而先向武承嗣征求意见，将皮球踢给他，以

狄仁杰之铁尸迷案

免说出意见后遭到武承嗣的反对失了面子。

"唔，陛下……臣……"武承嗣被问了个正着，抬起头向上看了看，张了张嘴，没说出话来。他原本想借着机会火上浇油说上几句，却不料武则天直接问他如何处理，打了他一个措手不及。

"有话就说吧，不用支支吾吾的。"武则天脸上已露出不快。

武承嗣不学无术，对大周律法并不精通，明白若只是一味地扣帽子，就无法惩处狄仁杰，但武则天已经问到，也只好模棱两可地答道："陛下，臣认为……认为应该严惩。"

"陛下，狄仁杰目无国法，虽说侥幸逃脱一死，那也是天恩浩荡，可他不感恩戴德好生为官……"来俊臣说到这里便向上看了看武则天的脸，发现原本满面的春风不知道哪里去了，换来的是一脸的严肃，吓得他不敢再言语。

"既然你二人说不出如何处理，柬之，你就说说吧。"武则天不愿意再听到毫无根据的弹劾。

张柬之为人刚正不阿、雷厉风行，经狄仁杰、姚崇等人极力推荐，官拜中书侍郎、同平章事，一向看不起靠着裙带关系上位的武承嗣和诬陷他人上位的来俊臣，哪怕在武则天面前，也毫不掩饰对二人的轻蔑，不屑一顾地瞥了二人一眼，才说道："陛下，据臣所知，狄仁杰任彭泽县令，不辞辛苦到下辖村甸体察民情，惩治了一个困扰百姓多年的山贼团伙，又严查当地奸商，令赋税如期缴纳，百姓安居乐业，要说这样的官不是好官，那就请来大人和魏王也去做一个县令，看看如何为官才好！"

来俊臣虽是武则天面前红人，却也不敢与当朝宰相硬碰硬。贵为魏王的武承嗣一听这话，气得胡子差点没翘起来，转过脸冲着张柬之瞪了瞪眼睛，正想出言相讥，却听到武则天又问道："来俊臣，你说的这些可有根据？"

来俊臣急忙跪下，说道："陛下，此事千真万确。"

来俊臣并不直接回答武则天的问题，若回答"有"或是"无"，那么武则天一定还会继续问下去，总有他无法回答的时候，到那时，张柬之便会把欺君的罪名扣到他头上，这点利害他还是知道的。

来俊臣用余光看了看武承嗣，意思是说我该说的都已经说了，剩下的事情也无能为力，若真要他拿出证据，也不是一天半天就能完成的。

此时离狄仁杰上任还不足三月，就算来俊臣派门客去罗织一些莫须有的罪名，也不可能这么快。

"陛下，臣亦闻狄仁杰……"武承嗣的话还未说完便被武则天打断。

"好啦，关于狄仁杰的事就不要再说了，你们二人要将精力放在整肃朝政上，不要老是盯着那些李唐的老臣们，他从正三品降到正七品，已经够受的了。"武则天将话头打断，不再给二人机会。

大殿中虽然充满了暖意，可政治上的斗争却远比面对面地厮杀来得更加残酷和惨烈，有时候甚至连当事人都不知道怎么回事，就掉了脑袋。

来俊臣和武承嗣对望一眼，知道说再多的话也起不了作用，索性便低下了头不再说话，心中却打着另外的主意。

彭泽县衙原本是一个热闹的地方，有活蹦乱跳的黄梦曦，有深情的周琮，有耿直寡言的章旷发，有爱拍马屁的谷钧成，有爱民如子的黄光行，可随着几件事情的发生，如今已变成冷清之地。

狄仁杰望着一桌子的菜，拿起筷子迟迟没有动手，筷子悬在半空，最后还是被收了回来，轻轻地放在碗上。陪着的狄福和小莲两人也都沉默着，这个时候无论说什么，都不可能让狄仁杰高兴起来。

"老爷！"小莲轻轻地叫着他，看到他已经斑白的双鬓，心中一酸，险些掉下眼泪来。

"唔，你看我，都有些糊涂了，吃饭，吃饭。"狄仁杰勉强挤出笑容，又拿起筷子。

"大木头，你倒是说句话！"小莲冲着狄福一瞪眼，脚却在桌子下踩住了那双大脚。

"哦……老爷，今天的饭菜真香，真好吃！"狄福被小莲踩得一痛，冷不丁说起话来有些语无伦次。

要是往常，狄仁杰定会被两人的行为逗笑，但今天他却完全没有反应，脑子里想的都是周琮和章旷发的案子。

据黄梦曦说，周琮是从县衙直接赶到她家的，然后三愣子将他叫回县衙，为的是章旷发的偷尸案。再从县衙出来后应该还是去黄梦曦家。周琮被害就应该发生在这期间，从县衙到黄家这么短的路程，究竟发生了什么？

章旷发偷尸案更加诡异，后堂中没有外人来过的痕迹，尸体不可能自己离开后堂，尸体究竟是怎么被偷走的？

房间中很沉闷，正当小莲想找点话题打破沉默时，却听见县衙外传来一阵吵闹声。

"我们找狄大人。"一个熟悉的声音传来。

狄仁杰听后精神一震,放下筷子,脸上显出一阵欣喜。

"狄大人正在用餐,有事儿明天再来吧。"大门值守的衙役不耐烦的声音传了进来。

"是灵芷和客师二人,狄福,快去将他们接进来!"狄仁杰站了起来,向外面望去,却隔了几间房子,无法看到大门外的情景。

狄福也听出了袁客师的声音,应了一声后急忙向外面跑去。

狄仁杰按捺不住内心的激动,绕过桌子向外面走去,边走边说道:"小莲,咱们去迎迎他们。"

三人刚刚走到院子,便听见齐灵芷的声音远远传来,声音未落,就见一道黄色的影子和一道青色的影子出现在他们面前。

"好俊的功夫!"小莲出声赞道……

第五十六章　三愣子的赌局

人一旦经历过生死离别，就会把感情看得格外重。

"大人，您……您还好吗？"数月不见，袁客师突然看到狄仁杰竟然衰老至如此程度，说话间有些哽咽。

"好，都好！"狄仁杰伸出手握住了袁客师的双手。

齐灵芷悄悄地撇过头去，偷偷地用衣袖抹着眼泪。

"老爷，咱进屋聊吧。"小莲小声地提醒着。

"对，对，咱们进屋边吃边聊。"狄仁杰用宽大的衣袖抹了抹湿润的眼睛。

袁客师和齐灵芷一左一右地挽着狄仁杰向房间内走去，狄福麻利地在桌子上加了两副碗筷，开了一坛酒。

齐灵芷二人的到来，使得本来冷清的场面立刻热闹起来，狄仁杰不断地询问袁客师的近况，小莲和齐灵芷在一旁说起了悄悄话。

酒过三巡，袁客师脸色一正，对狄仁杰说道："大人，我们这次是遇到了难事，需要您指点迷津。"

见袁客师说得一本正经，狄仁杰放下酒杯，一脸正色说道："你们都是我的孩子，有什么难处就尽管说，只要我这把老骨头还能做的，一定会尽全力。"

袁客师听得心中一暖，开始向狄仁杰说起他们的经历。从二人上朱雀山提亲开始，一直到桃源村食人魔事件，最后又到榆林镇被栽赃陷害，最后沿着线索来到了彭泽。

听完袁客师的叙述后，众人交换了意见，尤其对桃源村食人魔的事情，讨论了很多细节问题，狄仁杰一直处于冥想状态，仿佛一尊雕像坐在椅子上一动不动。

众人知道狄仁杰的习惯，都默不作声地陪着。

半个时辰后，狄仁杰突然长长地嘘出一口气，睁开眼睛对众人说道："你们说桃源村的食人魔会不会与阴兵借道有关？"

这个问题一出，狄福和小莲还好些，却将齐灵芷二人问个不知所以然。

见袁客师二人一愣，狄仁杰立刻明白其中的原因，之前只听袁客师讲述他们的经历，却并未将彭泽所发生的事讲给他们，双方信息不对等。

"是我糊涂了，狄福，你代我将此间事情讲给他们。"狄仁杰尴尬地笑了笑。

袁客师看了一眼狄仁杰，见他脸色发暗，嘴唇发乌，双眼黯淡无神，不是极度疲乏就是身体有恙，便说道："大人，要不您先回房休息一阵，等缓过劲来，咱们再议如何？"

狄仁杰摆了摆手，说道："无妨，我在此闭目养神休息一阵就好，人老了，身体不如从前了。"

见狄仁杰坚持，袁客师等人也只好作罢。狄福开始讲述来到彭泽时发生的张三、李四碎头案，黄光行遇阴兵借道事件，章旷发被害案，周琮被害案，二十一起碎头悬案，神秘的张大户，等等，小莲不时地在一旁补充着。

听完狄福的叙述后，齐灵芷和袁客师几乎是异口同声："食人魔关老二定和阴兵有关，说不定就是阴兵之一！"

对于捕头周琮遇害一事，袁客师心中暗道可惜。他们两人无论从年纪上还是兴趣爱好上，都有许多相同之处，相处日久一定会成为好朋友，同时也为黄梦曦的命运感到惋惜，又对章旷发的死感到不可思议，二十一起碎头悬案和黄光行遇阴兵借路案更是引发了他极大兴趣，总之彭泽所发生的一切实在是太过离奇。

同时，袁客师的直觉告诉他，这些事很有可能与齐东郡的失踪有关联。

"客师，你是仵作出身，清阳客栈一案中，凶手孙大偏头死亡原因是什么？"小莲问道。

袁客师挠了挠脑袋，说道："因为我两着急寻找齐伯父的线索，并未等到验尸结果，但从孙大偏头死亡前后的状态看，他应该是中了毒，心脏停止跳动，无法呼吸，最终导致死亡。"

小莲和狄福对视一眼，立刻想到黄光行充满气体的心脏和周琮临死前的状态。

"毒死孙大偏头、黄光行、周琮的应该是同一种毒药，这种毒药非常奇特，需要一定条件才会起效，这是毒手药王典型的下毒手法。"小莲说道。小莲未归隐之前，行走江湖见多识广，对毒手药王的事迹多少有一些了解。

"我们也是这么认为的。"齐灵芷说道。

"按照毒手药王的年纪，应该早就仙逝了，不太可能……"袁客师连连摇头。

"那就是他的传人喽！"小莲不假思索地说道。

四人互相看了看，心中同时想到了一个人：毒郎中徐莫愁。

毒郎中徐莫愁本身即是一个神秘的存在，没人知道他师承何处，更没人知道他的出身和来历，只知道他用毒和解毒都已经达到了炉火纯青的地步，要说毒手药王有传人，最有可能的便是徐莫愁了。

狄福瞄了一眼袁客师，笑着说道："客师，老爷最近身体欠佳，彭泽又发生了这么多古怪的案件，现在县衙里主刑事的县尉和捕头都已空缺，你愿不愿意留下来当这个捕头？"

袁客师犹豫了一下，看了看齐灵芷，却没有得到任何回应，只好说道："狄福大哥，咱们都受过大人的恩惠，能为他做一些事自然义不容辞，不过我现在还有一件很重要的事要办，等办成后，才能来这里任职。"

狄福正要再次劝说，却见狄仁杰睁开眼睛，冲着他摆了摆手，说道："客师、灵芷，按辈分，齐东郡是我好友，他离奇失踪这件事我不会袖手旁观。按照你们的说法，齐东郡的线索消失在彭泽，太过巧合了，我隐约觉得他的失踪和眼前这些诡异事件有关，不如你们先在彭泽这里查，县衙所有的资源你们都可以用，若查不到，你们再继续南下如何？"

狄仁杰考虑得很周全，话也说得圆润，让狄福和小莲心中不由得竖起了大拇指，齐灵芷和袁客师二人亦难以拒绝。

不等袁客师说话，齐灵芷抱拳拱手说道："大人，若能找到家父，我答应您，让客师在彭泽做捕头，我也愿意在您麾下效力。"

齐灵芷不愧是女中豪杰，说话干净利落。如果她在狄仁杰的麾下效力，就代表着整个白鸽门的资源都可以利用，对彭泽这几桩奇案定会有很大帮助。

"好，那咱们一言为定。"狄仁杰的脸色变得红润起来。

彭泽说大不大说小不小，在没有任何线索的情况下，要寻找齐东郡的踪迹可谓大海捞针。

袁客师一大早便在狄福的引荐下，和衙役捕快们见了面，并大方地承认了自己即将成为彭泽的捕头。

三愣子已经习惯了众人叫他三捕头，官瘾还没过足，便来了一个袁客师抢位置，他心中自然不服。三愣子性格直爽，根本不管袁客师手中的大理寺金牌，提出比试脚力，要是袁客师能赢，就承认他捕头的身份，否则，任你金牌银牌，也只能做三愣子手下的一名捕快。

三愣子虽愣却不傻，他的武功不行，但脚力很好，看袁客师瘦弱的模样，只需要三里地便会分出胜负。

袁客师原本不想计较，但为了更快地追查齐东郡的下落，也只好答应下来。

三愣子哪里知道，袁客师武功虽说一般，但轻功卓绝，每天勤练汪远洋的倒乱七星步（一种轻功的名字，源于道家功夫七星步。倒，音 dào），已经列入江湖一流高手之列，哪是三愣子这等庸手可比？

比试结果毫无争议，袁客师轻松完成了比试路程回到县衙，和兄弟们喝了一盏茶后，才见三愣子气喘吁吁地跑回来。

三愣子说话算话，立刻拱手施礼，承认了袁客师的捕头身份。

袁客师开门见山地说出要寻找齐东郡的事儿，恳求众兄弟帮忙，询问之下，三愣子便站了出来，说他前段时间碰到了一件怪事，也许会与袁客师所说的神秘客和齐东郡有关。

袁客师一听，急忙给三愣子倒了一杯茶水，把他伺候得高高兴兴。三愣子装模作样地品了一口茶，这才娓娓道来。

傻人有傻命，傻人有傻福，三愣子便是其中之一。

前些天，三愣子和几名邻居喝酒，喝多了就打赌，比谁的胆子最大。有些人平时看起来斯文有礼，一旦沾了酒就会变成另外一个人，疯狂且行为不定。

第一位酒友抓住了一只老鼠将其一口咬住，硬生生地将老鼠头咬了下来，吐在了酒碗里。

这还不算什么，第二位酒友做了一件更大胆的事，他居然脱光了衣服，绕着彭泽县跑了一大圈后又回到三愣子家。那个年代人们的思想比较保守，要是让人知道，此人就会永远抬不起头做人，甚至连他的家人都难以生存。

更令人拍案叫绝的是第三位酒友，居然跑到城西孙寡妇的家中，将她的内衣裤偷了出来。孙寡妇是出了名的不好惹，一旦知道这件事，闹上门来，恐怕他这辈子都别想安生。

轮到三愣子时，他怎么也想不出能够证明自己比另外三位酒友更大胆的事儿，一气之下便红着眼睛喝下一坛酒，等酒劲儿上头时，他猛地一拍桌子。

随着"嘭"的一声巨响，那三位酒友顿时酒醒了一半，心想：这三愣子不会借着酒劲儿把我们都杀了，以表示他的胆子更大吧？

"城郊张大户家你们都没进去过吧？今天晚上我就要闯一闯。"三愣子感觉到舌头已有些不听使唤，可说出来的话还是让酒友们吓了一跳。

张大户是什么人，彭泽县没有多少人了解，不过就凭借着固若金汤的宅子和几十条凶恶的狼狗，莫说是一个人，就算一只猛虎进了张家宅子，也得被撕成碎片。

三人急忙劝说三愣子，说打赌也就是开开玩笑，当不得真。三愣子却不干，非要闯闯张大户家。

月亮的半张脸高高地挂在半空，向大地挥洒着朦胧的月光，周围那一圈风晕预示着明天即将有一场大风来临。深秋的夜是极其寒冷的，一路上除了风声外，再也没有了夏天的热闹，所有生灵都躲了起来，甚至连夜间出没的动物也害怕凛冽寒风，躲进温暖的巢穴中。

走了大半个时辰，寒风已将三愣子的衣裳吹透，那一坛子酒的劲儿过去大半。张大户家门口那两条狗低沉的吼叫声连绵不绝，不仔细听还以为是野狼在山岭间嚎叫。他打了一个哆嗦，后脖颈的汗毛竖了起来，努力地睁大眼睛向狗叫的方向望去。

他有些后悔自己的冲动，可话已说了出去，就不能再收回来，否则，以后就再也抬不起头来了，可面对狼狗和凶狠的护院，他也只能趴在距离大门很远的地方，将身体努力地藏在枯草丛中不敢靠近，甚至连动一下都不敢。

又过了半个时辰，酒劲儿完全过去，寒风夹杂着土腥味不断地钻进已经开始瑟瑟发抖的身体，他使劲裹了裹衣裳，却不能起到任何作用。

"他奶奶的，这哪里是比胆大，再比下去就没命了，我三愣子不成了三傻子？"三愣子知道性命和赌局哪个更重要。

他活动了一下身子，正准备起身回去，却看见那条通往张大户家的路上出现两道影子，在月光下一白一青，迅速地向灯火通明的大门处飘去。

三愣子一向不太相信鬼魂之说，这也是他胆大的原因，可道路上的两道影子的确是在飘着，不是鬼魂便是妖魔、神仙，人怎么可能在空中飘着呢？尤其是一白一青两条影子，使他想起了传说中的黑白无常。

第五十七章　记号

三愣子揉了揉眼睛，等再睁开时，那两道影子已到了大门前，速度很快，奇怪的是，不但两名看大门的护卫没反应，一向非常敏感的两条狗连动都没动。转瞬之间，人影从墙头飘入院中。

"鬼！"三愣子不相信鬼神之说，那是因为之前没见过，如今是他亲眼所见，两道影子行动迅疾，连护卫和狗都没有丝毫反应，这不是鬼还能是人吗？

越是大胆的人，碰到了令其恐惧的事，心理崩溃得就越快，越彻底。三愣子想到这儿只觉得脖子上冒起了凉气，汗毛"唰"的一下竖了起来，突然从草丛中蹦了起来，怪叫着向彭泽城中跑去。

等他从城墙的一个缺口处爬进城回到家中时，这才发现两只鞋不知什么时候丢失了，脚上被石头等硬物扎得伤痕累累。那三名酒友早已喝得烂醉如泥，趴在桌子上呼呼大睡。

"那三个家伙不信我，你们也不信我！"三愣子垂头丧气地说道。

"你说的是一青一白两道影子？"齐灵芷仿佛看到了希望，急忙问道。

三愣子见齐灵芷这样问，立刻又高兴起来，回道："正是，两道影子都飘在地面上，速度比他还快，不是鬼难道还是人？"

三愣子指了指袁客师。

袁客师呵呵一笑，向三愣子问道："三愣子，你说的那张大户家在哪里？"

"就在城南郊外不远处，有另外一条比官道还好的岔路，那就是通往张大户家的。不过张大户家在本地的势力很大，宅院防守又极其严密，就连狄大人也在那里碰了钉子。"三愣子缩了缩脖子小声说道，说罢还向狄仁杰的书房看了看，生怕他听见一般。

话音未落，就见齐灵芷一闪身，在众人的视线里消失，弄得衙役们目瞪口呆，不知道齐灵芷究竟是人还是神仙，随即把目光集中到了袁客师的身上，想问问究竟是怎么回事。袁客师却摇了摇头，苦笑了一声，身形一晃，使出倒乱七星步的功夫，急忙向外追去。

众衙役目瞪口呆，过了好久才缓过神来。三愣子结结巴巴地说道："就是这么快，太快了，几乎看不清，这回你们相信了吧！"

衙役们互相看了看，齐齐地点了点头。

袁客师听狄福说过夜间探查张大户的事，张宅防守极其严密，一旦惊动护院，必是一系列的连锁反应，闹到衙门还会惹来官司。齐灵芷是清玄师太的关门弟子，又与大周第一高手李元芳学习了轻功灵蝠五式，功力发挥到极致，甚至能达到瞬移状态，有强悍的武功傍身，这才动了念头探查张大户家。

等袁客师追出来时，已不见了齐灵芷的影子，他叹了口气，自言自语道："会功夫的女人哪！"

为了避免惊世骇俗，袁客师不愿使出轻功，只好向南城门跑去。出了城门后，行人渐渐地少了起来，袁客师立刻施展轻功向张家大宅疾奔而去。

大宅依然是那座气势恢宏的大宅，但护院们都已钢刀出鞘，眼冒凶光的狼狗不停地吼叫着，一副大敌当前的样子。

"糟了，姐姐一定是闯了进去。光是这些护院还好，但狼狗数量太多，难免被它们咬伤。"袁客师心中着急，几个晃身便来到了大门处。

几名护院见突然又出现了一个人，不由得大吃一惊，急忙摆好了架势，只见三名手持钢刀的护院呈三角而立，同时这一组人与另外两组人呈三角之势，形成阵外阵。

"阵中有阵的三才阵，厉害呀！"袁客师惊道。

三才阵法本是江湖上最普通的对敌阵法，对敌时三人呈三角之势，相互支援，威力远远大于三个人单兵作战。要是由三组人再次组成三才阵法，由于人数的增多，其中的变化也会相应增加，所以比起三个人的阵法来，多出更多演变，威力更强，可以困住比单兵强很多倍的高手，再加上数名牵着狼狗的护院在外围呼应，一旦被包围就很难再冲出阵来。

袁客师武功不差，但应对这种级别的阵法却没有任何把握，一旦陷进去，不但救不了齐灵芷，连自己也可能会殒命。

正当袁客师不知所措时，却见一道鹅黄色的身影从大门处飞奔而出，径直钻进三才阵中，几个闪身，竟在狼狗还未反应过来时，又钻出三才阵，来到袁客师身边。

"快走！"齐灵芷抓住袁客师的手，在众多护院的目瞪口呆和狼狗的狂叫声中，展开身法迅速离开了张家大门。

带着狗的护院正想去追，却被赶来的一人喝止。

"让他们去吧，你们以后要小心点，不能随便让人闯进来，否则，别怪我不客气。"此人散发出的气势惊人。几名护院连连点头，就连那几条四国斗犬也都吓得蹲在地上低眉俯首，不敢发出任何动静。

"是，大首领。"众护院唯唯诺诺地应道。

大首领转身而去，边走边嘀咕着："这两人行动好快，看来得将人转移才行。"说罢身形一晃，瞬间消失在众护院的眼中，速度竟然不亚于袁客师二人。

齐灵芷拉着袁客师不停地奔跑，跑到城中才停住脚步，找了一家茶馆，要了一壶云雾茶，坐下来边饮茶边叙话。

"你这样做很让人担心，以后可不能再这么冒失了，张大户是什么人家，连狄大人都要采取一些策略。"袁客师关心道，眼神中则是浓浓的怜爱。

"我知道啦。先不说这个，我得到了一条重要的线索，是关于我爹的。"齐灵芷并未将安危当回事，对于她而言，寻找父亲的事更为重要。

"什么？"袁客师看她兴奋的样子，就知道一定有了重大发现。

"我父亲留下的记号。"齐灵芷像是小孩子发现了极为隐蔽的好玩之处，脸上的笑容像一朵阳光下盛开的花朵。

"我硬生生地闯了进去，那两条蠢狗还没来得及反应过来，护院就更不用提了，要不是两条狗，恐怕他们都不知道我进去。要说李大哥的移形换影虽然费内力，却实实在在地好用。"齐灵芷说话间有些得意。

大周第一高手李元芳轻功绝佳，灵蝠五式练到极致后，就会产生移形换影的效果，虽会耗费大量的内力，可用作对敌绝对是大杀招，比起汪远洋的倒乱七星步更具有实用性。

"快说快说！"袁客师急忙问道。

齐灵芷对袁客师的反应很满意，要寻找的毕竟是她父亲，袁客师未来的岳父大人，若此时他不着急，就要被捏住大耳朵受刑了。

"我进去转了一圈，有几十条狼狗追我，最后我还是靠着后院和中院之间的院墙将狗阻拦了一下，这才得以逃脱。可突然在我面前出现了一个人，武功很高强，应该与我不相上下。"

说到这里齐灵芷将手从袁客师的手里抽出来，端起茶碗抿了一口茶，随即又慢慢说道："此人的轻功也不差，要不是我不惜内力接连使用移形换影，肯定被他黏住无法脱身。"

"好险！"袁客师听到这里时，不禁替她捏了一把汗。

齐灵芷却是一脸得意，将那张精致的脸扬了起来，又说道："也算不得什么，要不是寻找爹爹的踪迹，我一定会与他比试比试，看看究竟谁厉害。"此时的她又恢复了争强好胜的江湖习性，没有一点白鸽门门主的模样，惹得袁客师哭笑不得。

"再后来呢？快说快说。"

"本来是觉得不可能有收获，当我出来时，在大门处的柱子上发现了一只不太清晰的手印，要不仔细看，很难看得出来。"齐灵芷说道。

"一只手印又能说明什么？"袁客师不解。

"这只手印只有掌握一种江湖上极其罕见的功夫才能留下来。"齐灵芷学着袁客师的调调，每句话都是讲了一半就停住。

"是什么功夫？"袁客师听到这种功夫是江湖上极其罕见的功夫之后，立刻将两眼瞪得溜圆，恨不得立刻知道这种功夫的名字并将其学到手。

"是百花掌。"齐灵芷白了一眼袁客师说道。

"那不是你师门的功夫吗？怎么会出现在门柱子上，难道是齐伯父也和你学了百花掌不成？"袁客师知道百花掌是女性特有的掌法，需要阴柔内力作为基础，男人很难学好，就算招式会了，也发挥不出应有的威力。

"当年我与爹爹在洛阳南部的朱雀山隐居时，闲着没事便教了他这套掌法，掌法需要用阴柔的内劲做基础，可爹爹他却善于变化，竟然将掌法发挥得八九不离十。印在柱子上的那一掌便是百花掌的绝技'四季飞扬'中的一式，名为'百花迎春'，用的是阴柔之力，印在柱子上后，只会留下淡淡的手印，可手印的下方却会被内力震成粉末，不过在没遇到外力的情况下，还会一直保持着原来的状态，没有人能看得出来，我进门时速度太快，并未看清。"齐灵芷说道。

"原来是这样，这说明齐伯父就在这间大宅院里面了，不过凭着他的武功，不可能被困住呀，要想逃走，至少不会比你差吧。"袁客师不知道齐东郡的武功如何，可从齐灵芷平时的叙述中，推断他的武功应高于齐灵芷。

"这件事就只能等见到爹爹后才能知道了，我想今天晚上再去张大户家探查。"齐灵芷说话间语气坚定，仿佛一块万斤巨石般难以撼动。

"可是……"袁客师刚想劝阻，却被齐灵芷摆了摆手止住。

"你去不去？"齐灵芷白了一眼袁客师,那只灵巧而修长的手慢慢抬了起来,目标是那只大耳朵。

袁客师吓得急忙捂住了耳朵，生怕又要遭了殃。

"算了，这件事太冒险，还是我一个人去吧。"齐灵芷神色变得黯然。

通过白天的这一闹，张家大宅定会加强戒备,说不定还会请高手来坐镇。一旦被高手黏上，加上三才阵法，她有通天的本事也难逃一劫，可张家大宅有了父亲的踪迹，怎能不去追查呢！

袁客师看到齐灵芷神色黯然，心中油然升起了一阵怜爱，抿了抿嘴唇说道："就算是刀山火海，客师也愿意陪你去，不过得做好周密的计划才行。"

齐灵芷听到这里，眼睛一亮，伸出手将袁客师的手抓住，深情地望着对方。

第五十八章　浪荡山三公

齐灵芷是大户人家出身，从未碰过油盐酱醋，今晚她却格外勤快，亲自下厨做了四菜一汤，摆在房间里与袁客师共进晚餐。

狄仁杰等人也不清楚这两人搞的是哪一出，只是暗暗地替他们高兴。众人识趣，天黑后便躲进房间，没人在院里走动，省得打扰两人的雅兴。

袁客师一口酒一口菜地吃着，享受着这顿"很棒"的晚餐。齐灵芷的武功一流，厨艺却不敢恭维，四个菜有三个糊了，还有一个菜的盐放多了。可他硬生生忍住了，毕竟这是齐灵芷第一次下厨做饭，若不吃下去，以后就很难吃到她做的饭菜了。

齐灵芷在一旁托着下巴，静静地看着一脸幸福相的袁客师，见他吃了一口便会问道："好吃吗？"

袁客师口里含着一口菜，端着酒杯的手有些发抖，听见问话后说不出话来，只好连连点头，含糊不清地答着。

"就知道我做的菜好吃，快来喝一口汤。"齐灵芷笑着拿起碗盛了一碗汤，递给袁客师。

看到清汤，袁客师抢过来一饮而尽，令他高兴的是，汤不但不咸，而且很好喝，借着汤"咕噜"一口，将能咸死人的菜咽了下去。

"实在是太好喝了，再来一碗。"袁客师舒了一口气，将碗递了过去，趁着齐灵芷盛汤的机会，端起酒杯抿了一口酒，刚刚放下酒杯，就觉得头晕眼花，身体一阵乏力，眼皮如千斤重。

"唔！"他打了一个大哈欠，头一沉，趴到桌子上，转瞬后鼾声响起。

"客师，客师！"齐灵芷放下碗，推了推他，见其没反应，便拿起宝剑出了房间。

残月挂在空中，散发着微弱的光芒，给大地笼罩了一层朦胧的光晕。透骨的寒风吹得树木瑟瑟发抖，树枝上仅剩下的几片树叶也在寒风的威力下落到地上。

彭泽的城墙并不高，且常年缺少维修，部分区段出现了缺口，对于齐灵芷来说,利用轻功越过城墙再简单不过了。一道鹅黄色的身影飞快地掠过城墙，落到城墙外，甚至都未惊动守城的士兵。身形一落，齐灵芷便施展轻功，几乎是足不点地，就像三愣子描述中的一青一白两道影子一样飞奔起来。

经过白天的试探，张家大宅调整了守卫方案，不但加派了人手，还让几名武功高强的护卫首领参加轮值。

三名武功高强的首领来历很不一般，一名长得高高瘦瘦，人称"枯树叟"，他身形如枯树一般，两只手粗壮、关节突出，一看就知道是练习手指功夫的高手。

另一名叫魏子文，胖胖的，看起来憨态可掬，两只眼睛偶尔散发出骇人的精光，太阳穴微微鼓起，举手投足间身体柔软自然，动作如行云流水，一看就知道是内家高手。

站在两人中间的人十分矮小，名叫陈华生，此人的横向宽度和纵向长度几乎相等，冷不丁看一眼，看不到脖子，好像脑袋直接长在肩膀上，偶尔一阵风吹到衣袍上，勾出的轮廓显示出此人肌肉已经练到极致，整个人像是健壮的野猪一般，连老虎也要避让三分。

三人站在中院的中间，却并不说话，看样子是准备在这里一直站下去，直到齐灵芷出现。

此时的齐灵芷正藏在大宅院外一棵巨大的光秃秃的树冠上，看着院子中站着的三个人。

"浪荡山三公，想不到他们竟然躲在这里。"齐灵芷曾经听师傅青玄师太说过这三人，亦正亦邪，行事完全凭喜好，没有是非观念，做事毫无底线，官府曾多次发出追捕令，可他们的武功高强，追捕的人非死即伤，因此三人至今仍逍遥法外。

三人的武功虽然高强，但齐灵芷并没放在眼里，她真正忌讳的是白天遇到的那个人，如果按照一路追查的线索，此人很可能就是将齐东郡诱惑来到此地的神秘人。

又等了一阵，浪荡山三公丝毫没有活动的意思，仿佛三尊雕塑一般站在那里。

齐灵芷耐不住性子，纵身跳下树冠，绕到后院的院墙，从地上捡起一块石头，扔进墙内，屏住呼吸听了一阵，没听到任何动静，这才纵身跳上了墙头，脚尖在墙上的荆棘上一点，随即一个翻身便落在后院。

齐家当年是凉州首富，后花园规模自不必说，查案时与袁客师还偷偷进过皇帝面前的大红人张昌宗家的花园，甚至连皇宫的后花园她也去过，可这些都比不上眼前的后花园，虽说大小与皇宫花园还有些差距，可从设计到用料，却远不是皇家花园可比的。

花园中那条小路在微弱的月光下散发出朦胧的光芒，居然是用罕见的月光石铺设而成。

再看湖心亭，一看就知道是名家手笔，它的三面围着奇形怪状的假山石，怪石嶙峋的假山别具风格，却意外地与整个湖泊融合得自然，仿佛是浑然天成般，亭子顶部由琉璃瓦铺成，在边沿却微微地翘起了六个小角，整体由六根柱子支撑着，非常大气。柱子上隐约可以看到一些图案花纹，亭檐上有许多精美的图画。让人惊奇的是，这些图案花纹竟然也散发着荧光，朦朦胧胧的，仿佛是要跳出来一般。

光是看到这一个湖心亭就知道张家的排场，更不用说那座通往湖心亭的白玉桥了。

"此人的来头不小，定非无名之辈。"齐灵芷感慨着，刚走了几步，却发现浪荡山三公出现在后花园的大门处。

枯树叟嘿嘿一笑，声音嘶哑如破锣："等你很久了，朋友，现在给你一个机会，立刻从原处离开，我们不会再追究。"听他的语气，完全没将齐灵芷放在眼里。

枯树叟此话一出，齐灵芷的倔强劲儿被激发出来，慢慢走到三公面前，将长剑抽出，说道："我今天是来寻人的，不找到我绝不离开，还有你们三人，我会一并拿下送去官府。"

"嘿嘿嘿！"枯树叟的笑声在黑夜中传出很远，惊得远处的鸟儿四散飞去，"好吧，要是这样，你就是想走也不能让你走了。"

三人身形一动，呈三角之势将齐灵芷围在中间。沙沙的脚步声几乎同时响起，狼狗"哈哧哈哧"的呼吸声越来越近。很快，整个后花园被护院们围了个水泄不通，部分护院还手持着威力巨大的腰张弩。

腰张弩的弓力较强，单靠臂力无法张弦，必须运用全身力量才能拉动弓弦上机扣。在张弦前，弩手坐在地上，将弩平放身前，屈膝后用双脚踏住弩担，腰部套上腰钩后用腰钩两端钩住弓弦。张弦时，弩手两腿用力蹬直，身体向后倒，利用腰腿同时发力拉弦上机扣。此弩的威力巨大，要是被射中，人的身体会被洞穿一个大窟窿。

"为了留住我，你们真是下了血本了。"齐灵芷面对强悍阵势却并未惊慌，反而冷静地观察着周围的情况。

"我知道你不服，只要你不逃，弓弩手绝对不会向你射击，只由我们三人出手，生擒你。"枯树叟说道，脸上露出了淫笑。

"哼！"齐灵芷脸色一变，顾不得江湖规矩，手中长剑一晃再一抖，只见寒光点点，飘浮不定。这一招"篱筛破月锁玲珑"只看得三人眼花缭乱，哪还能招架，纷纷护住身上要害向后退去，却仍然保持着三角之势。让人意想不到的是，这三人的轻功竟出奇地高强，退却之势迅速，让齐灵芷的这招立刻落空。

剑招一老，三人便立刻又围拢上来，纷纷出招攻击。枯树叟果如所料，使的是江湖中偏门的鹰爪功，只见他五指如钩，向齐灵芷左臂抓来，这一爪抓实，左臂就会立时被废。陈华生则是大喝一声，从正面合身冲了过来，四平八稳攻出一拳，由于他身材矮小，这一拳带着呼啸之声打向齐灵芷的胸腹之间。胖子魏子文笑呵呵地向齐灵芷的胯部打出一掌，看似轻飘飘的并没有多少力道，远没有陈华生那一拳来得生猛。

"好！"齐灵芷叫了一声好，一个纵身跳了起来，躲开了魏子文的绵掌和陈华生正面虎虎生威的一拳，飞起一脚踢向枯树叟已经到了她脚踝的鹰爪，身体在空中微微一转，手中长剑一抖，使一招"寒芳留照魂应驻"，手中长剑竟然射出一道剑气刺向扑空的魏子文。

在齐灵芷的眼中，只有使用内家掌法绵掌的魏子文才是真正的威胁，那掌法一招一式皆夹杂着内力，而且掌势行云流水，应是浸淫多年，一旦中掌便会受到绵绵不绝的内力冲击。陈华生和枯树叟用的是外门功夫，只要多加留意闪避开不与之硬碰便可化解。

"咦！"魏子文脸上轻视的笑容收了起来，撤掌闪身后退，枯树叟却躲避不及，手爪被踢个正着，"哎哟"一声迅速后退。

陈华生一拳落空，却不见齐灵芷来攻，以为是害怕了自己的气势，脸上一笑，随即伸出手向齐灵芷半空中的脚抓去，想抓住脚踝，将其控制住。

逼退了二人之后，齐灵芷突然使出千斤坠，落到地面，腰肢一扭，左手为掌，使出百花掌的一招，只见她双唇紧闭，面色凝重，一招"此花开尽更无花"全力击向陈华生打来的拳头。

"砰！"拳掌相交发出一声巨大的响声，陈华生只觉得一股巨大的力量从拳头传进身体，胸口像是被一柄大锤击中一般，连续后退了三步才硬生生地停住脚步，脸色变成了紫色，嘴角流出了一缕鲜血。他却并未害怕，反而低吼一声，眼神像一头愤怒的野猪一样，死死地盯着齐灵芷。

"横练的功夫不错，不过在我这里还不够看。"齐灵芷刚才这一招三式逼退了二人，又将陈华生打伤，将武功运用得炉火纯青。

她看得出来，三人之中的弱点便是一身横练功夫的陈华生，所以便逼开了二人，使出全力用百花掌将陈华生震伤。

令齐灵芷想不到的是，陈华生的顽强和忍耐力远远超过了她的想象，虽说受了内伤，却仍然保持着旺盛的精力，身体也未受到太大的影响。

"老陈，三才阵法，别忘了杨老大的嘱咐。"胖乎乎的魏子文提醒道。

听到了杨老大这三个字，陈华生脸上的怒容立刻消失不见，取而代之的是宁静平和，仿佛整个人换了一张脸一般。

"三才阵法！"齐灵芷本瞧不起这个阵法，听魏子文这么一说，反而提高了警惕。自己一上手就占了上风，对方却提出了三才阵法来对敌，这说明三才阵法应该有特别之处。

齐灵芷完全可以趁机偷袭陈华生，就算魏子文和枯树叟二人想救援也来不及，只要将陈华生打倒，三才阵法便不攻自破，可她却没那么做，因为她好奇，一个普通的三才阵法到底能有多大的威力。

有些机会对一个人来讲，一生只会遇到一次，错过了，便会永远错过。就在齐灵芷犹豫时，浪荡山三公恢复了之前的掎角之势，三人心意相通，仿佛进入了另一种境界，三才阵法浑然天成，竟然给人以无懈可击的感觉。

"厉害，小小的三才阵法居然能练到这种程度，怪不得家丁护院也都是采用这种阵法，看来是有懂得阵法的高人在背后指点，很有可能就是他们口中所说的杨老大。"想到这里，齐灵芷左手并指，右手一捏剑诀，使出了回风雪舞剑法开始先手进攻。

只见她身体滴溜溜几个急转，使出一招"晚凝深翠拂平沙"，娇喝中一片剑光冲天而起，分别扫向三人，此招注重的是招式，并未灌注太多的内力，凭的是锋利的宝剑伤人，剑招轻盈灵动，意在快速伤敌，却不求一击毙敌。

"叮叮叮！"只听得三声响，三公居然不再托大，将自己的成名兵器拿了出来，枯树叟双手上戴着一副乌黑的铁手套，胖子魏子文手中拿着的是一支铁杆点穴笔，而陈华生手中拿着的是一根黑黝黝的镔铁短棍，三人用各自的兵器架开齐灵芷这一招剑法。

齐灵芷心中一惊，看着三人手中所持的兵器皆为江湖上不常见的兵器，一定有古怪的地方，出招更为小心谨慎。

一招未用老，齐灵芷避开另外两人，手中长剑一转，一式"霜印传神梦也空"幻出一片寒光罩向陈华生上身的各处要穴。

陈华生感到眼前一片寒光闪过，急忙胡乱挥起手中镔铁棍，欲格挡长剑。可齐灵芷的剑式轻盈，哪里能够挡得住，眼见就要刺中他的胸前膻中穴。膻中穴乃是人身体的大穴，如被刺中不死也要受重伤。

第五十九章　紧急救援

陈华生胡乱地挥舞着镔铁棍砸向齐灵芷,却未后退半步。魏子文身形一闪,向前突进了一大步,手中的点穴笔幽幽地点向齐灵芷后背的魂门穴,魂门穴虽不是致命的穴位,被点中人会变得神智混沌,也就只能束手就擒了。

枯树叟未趁机进攻,而是在一旁摆好架势蓄势待发。

寻常的三才阵法,攻之一角,另外两角势必要全力救援,长久战下去,早晚会露出破绽。可三公使出的三才阵却独具一格,一角被攻,只有一角救援,另一角掠阵,攻击力虽逊色一些,却可以保阵法稳定。

说时迟那时快,齐灵芷倏地一反身,原本刺向陈华生的长剑转而刺向魏子文,若魏子文不收势,在他的点穴笔戳中她之前,长剑就会准确无误地刺入他的咽喉。

魏子文没有退,手上的点穴笔仍旧朝着齐灵芷点去,只是点的部位变成了前胸大穴。此时掠阵的枯树叟动了,两只铁爪迅疾地抓向齐灵芷的胳膊和肋下。而陈华生也反应过来,却并不急着进攻,摆出架势准备随时救援。

齐灵芷叹了一声,长剑转而刺向救援而来的枯树叟,同时身体急速闪避,躲开了点向胸前的那支点穴笔,左手使出百花掌,只见她浅浅一笑,一招"自在飞花轻似梦"若有若无地拍向魏子文的前胸,此招仓促而出,目的不是为了伤敌,而是将魏子文击退。

枯树叟眼见长剑向他刺来,只好撤爪格挡长剑,魏子文暗道一声可惜,甚至来不及撤回点穴笔,身体便直直地向后退去,躲开了齐灵芷的这一掌。

数个回合下来,双方有攻有守,打成平手。三公的功力,要是单打独斗,三个回合之内必会丧命在齐灵芷剑下,就算三人同时攻击,不出二十个回合,也会败北。想不到一个小小的三才阵法,使得三人的攻击力和防御力大增,数个回合下来不但安然无恙,还对她造成了不小的威胁。

更震惊的是浪荡山三公，他们修习了改进的三才阵法后，曾经用阵法困住一名江湖一流高手，虽说双方属于切磋，却以平局为终，没想到这名柔弱女子竟能支撑下来，甚至还对他们造成了不小的威胁。

双方不再轻易进攻，而是试探着出手，慢慢从中寻找对方的破绽。齐灵芷想脱离三才阵需要付出代价，而三公想打败齐灵芷更加不可能，双方就这样耗着，盼着对方能够出现失误。

一转眼几百招过去，仍未分出胜负，齐灵芷依靠深厚内力苦苦支撑，三公依托阵法相互支援，节约了大量体力和内力。

对于眼前的局势，齐灵芷看得清清楚楚，就算打败浪荡山三公，也很难在众多弓弩手的包围下安然脱身，不由得心中焦急。

心急则乱，齐灵芷一溜号便出了岔子，三公借此机会立刻占据了上风，攻势渐渐地多了起来，逼得她左躲右闪险象环生，要不是关键时刻使出移形换影，怕是早就落败。

放眼向东望去，茫茫的天际弥漫着一层轻飘飘的白雾。白雾远处，挂着一片淡淡的、橘红色的云霞，不那么浓重，却不清淡，渐渐地将那层白雾都染成了红色。与之相对应的另一头天空，淡淡的弯弯的月牙还在山尖上挂着，与东边的红色遥相辉映，好一幅日月同辉的景象。

斗了大半夜，齐灵芷的心情越加浮躁，回风雪舞剑法完全发挥不出来，再加上经常使用移形换影的功夫，内力消耗严重，她已是强弩之末。

齐灵芷咬着牙，准备使出师门绝技——回风，此招一旦使出，会用尽全身内力，就算侥幸杀死三公，但面对诸多弓弩手和狼狗，逃出去的可能微乎其微。

袁客师感觉做了一个很长的梦，最后梦见他被人点中穴道，上半身无法动弹，下半身却依然在行走，眼看着分成了两截，吓得他一声大叫。

"唔，头好晕……是迷药！"袁客师努力地将脑袋从桌子上抬起来，汗水已浸透了他的衣裳。睁开眼睛后才发现他仍在房间中，刚才只是做了一场梦，不过因为长时间压着，两只胳膊已经麻木，活动了一阵之后，才慢慢恢复了知觉，看了看对面空空的座位和燃尽的蜡烛，又看看窗外，天边透出一丝光亮，鸡鸣声传了进来。

"糟了，灵芷一定独自去了张家大宅。"袁客师原本还有些迷糊，想到这儿陡然打了一个激灵，急忙冲出房门，跑到狄仁杰的房间前，急促地敲着房门。

敲门讲究的是三叩，也就是寓意"三叩九拜"，表示对屋中人的尊敬，袁客师的敲门却是连续而急促，完全没有一点规矩。

"哎，袁客师，你干什么呢！"狄福从一旁走了过来，见袁客师如此敲门非常不悦，皱着眉头喝止着。

"有急事，我要找大人。大人！"袁客师喊叫着并欲推门而入。

"我说袁客师，老爷正睡觉呢，昨晚他看卷宗看到快天亮了，你能不能让他再睡会儿？什么事儿啊，那么急？"狄福一把拽住了袁客师的胳膊，用力之下险些将衣服撕破。

两人正撕扯着，就听见房间里面传出来一个大大的哈欠声，随着轻柔的脚步声房间门被打开了，狄仁杰披着衣服满脸疲惫地出现在二人面前。

"拉拉扯扯让人看到成何体统？"狄仁杰训斥道，抬头看向袁客师时，发现他满脸焦急。遂明白了八九分，又急忙说道，"客师找我定然有急事，进屋说吧！"

"老爷……"狄福正想说话却被狄仁杰摆手阻止，狄福立即松开了手，心疼地望着一脸疲惫之色的狄仁杰。

"狄福，你去准备一些热粥，昨夜我好像受了凉，喝些粥暖暖胃。"狄仁杰知道狄福的好意，语气变得和蔼。

狄福俯首应了一声，叹了口气，转身向厨房走去。

"大人，灵芷不见了，很有可能去了张家大宅！"袁客师说话间一脸焦急。

"去了张家大宅？"狄仁杰也是一惊。

"这件事情都怪我。"袁客师将昨天与三愣子等衙役了解的情况一五一十地说了出来，最后他喝了齐灵芷做的汤便人事不省。

"定是灵芷不想让你跟着冒险，这才将你迷倒，这丫头。客师，快叫小莲，让狄福立刻备马，再带着三班衙役，咱们立刻前往张家大宅，去了半宿的时间，任何事都可能发生。"狄仁杰说罢便赶紧进屋换上了正七品的官服。

张大户家的门口站着数名护院，四条狼狗吐着舌头，警惕地望着周围。突然，一只狗叫唤了起来，另外三只也跟着叫唤着。

四名牵着狗的护院急忙向狗叫的方向望去，只见远处几匹马急速地向大门处奔来。

"什么人？给我站住！"一名护院大声地喝道。

来人没有停下的意思，径直奔到大门处才翻身下马。护院们看得清楚，最先下马的人正是教训过他们的狄福和小莲，几人急忙拉着狗向后退去。

"本官得到线报，说有贼人进入张家大宅，众衙役听令，把守张家大宅各个大门，其余人随本官进去擒拿贼人。"狄仁杰大手一挥，话说得正义凛然。

袁客师一挥手，众衙役便随着他向里面冲去。要是平时，衙役们无论如何也不敢擅自闯入张家大宅，可此时有县令狄仁杰坐镇，他们巴不得冲进去看看张家大宅的样子。

"哎！狄大人，我们守卫这么严，哪来的贼人……"

护院的话还未说完，小莲身形一闪，冲了进去。那四条狗好像知道小莲的厉害，竟然连叫也不敢，乖乖地蹲着。

狄福手持钢刀与袁客师一左一右护着狄仁杰向院内走去，护卫见拦也拦不住，只好一边冲着狄仁杰说好话，一边跟着走了进来。

袁客师眼睛一瞪，一股杀气油然而发，惊得那名护卫竟然脚步一僵，恐惧之意由心而发，再也不敢跟随。

小莲一路向后花园飞奔而去，巡逻的护院们还没来得及反应，她已经来到后花园。护院虽是受雇于张大户，欺负寻常百姓还可以，可见狄仁杰领着一班衙役气势汹汹地冲进来，没人敢贸然行事，更何况小莲之前还出手教训过他们，没人愿意得罪这位隐世高手。

三才阵中的齐灵芷远远地看到了小莲和众衙役的身影，心中暗暗地赞叹狄仁杰的老到之处。

狄仁杰带着衙役捕快以官方的名义闯进来，若齐灵芷无恙，便以贼人擅闯民宅将其抓起来带回县衙，若已遭遇不测，也好第一时间找到尸首，以便处理后事、惩治凶手。至于得到线报的事，随便找一个人安排一下便可以搪塞过去。

张大户的势力再大，也无可奈何，最多到州府衙门告狄仁杰一个鲁莽之罪，被州府训斥一顿了事。

"大人，他们是朝廷的通缉犯浪荡山三公，我奉命一路追查，他们走投无路，闯进张家大宅，护院们已经帮我将他们围住。"齐灵芷眼珠一转，瞬间便想出了脱身的主意，全力使出一招逼开三人冲狄仁杰喊着。

世上之事千变万化，谁都说不准下一刻将会发生什么。

狄仁杰心中一喜，想不到的是，他这鲁莽至极的计划不但使他见到了安然无恙的齐灵芷，而且还找到了一个让他们摆脱尴尬局面的借口——通缉犯浪荡山三公！

"来人，将这三名凶犯拿下。"狄仁杰喝道。

衙役们刚想上前，却被小莲拦住，只见她身形一晃，便钻进三人组成的阵法中，与齐灵芷并肩作战。

此时只听得一阵急促的脚步声响起，管家张又学的声音从中院传来。

"狄大人，草民不知大人驾到，有失远迎啊！"张又学人还未见到，声音便传了过来。

狄仁杰不忙说话，等张又学走到近前，施过礼后，这才慢慢地看了看他，说道："张管家来得可真是时候。"

张又学脸上一红，急忙解释道："昨天草民去了一趟新月村，拜见了主人，今早上才回来，却不想发生了这么大的事。"

狄仁杰冷笑一声，看了一眼露出鱼肚白的天边，暗暗地捏着手指算了算时间，又上下打量了张又学，眼睛无意中看到他手上戴的怪异手套。

张又学的衣服和鞋是干的，并无赶急路的迹象。

第六十章　三公之死

看破是一种能力，看破不说破是一种胸襟，也可能是一种策略。

狄仁杰明知道张又学说谎，却并未点破，只是笑了笑，说道："没关系，没关系，还是先擒住这三个贼人再说，免得他们跑了以后再来找你麻烦。"

张又学急忙点头称是，随即又将眼光望向了打斗中的几人。

此时，局面已有了巨大的变化，虽说三公的阵法奇妙，可遇到的却是隐居的高手小莲和齐灵芷联手。

小莲虽下嫁给狄福，隐居在狄仁杰身边，功夫却从未落下，轻功鬼影迷踪步配合江湖绝学惊魂掌，绝对可以位列江湖超一流高手之列。尤其是鬼影迷踪步，迅疾且飘忽不定，与李元芳的移形换影有异曲同工之妙。

"仔细看我的步法，也许会对你的轻功有帮助。"小莲见齐灵芷已是强弩之末，身上数处伤痕，衣袍也有几处破损露出了肌肤，顿时怒火中烧。

小莲闯荡江湖时，就与青玄师太有过数次交往，归隐江湖后，又通过狄仁杰认识了齐灵芷，两人年纪相差不大，性格又极为相似，很快便成为知己。狄仁杰身边有汪远洋、李元芳等高手坐镇，小莲从未出手，甚至连狄福都不知道小莲的武功有多高。狄仁杰被贬彭泽，李元芳夫妻重伤，汪远洋辞官守卫洛阳狄府，狄仁杰身边已无人保护，不得已之下，小莲这才答应狄福，在危难时刻会出手保护狄仁杰。

对于齐灵芷而言，从辈分来说，小莲属于江湖前辈；从武功来说，小莲要略高于齐灵芷。但碍于齐灵芷师承青玄师太，且李元芳也教授其轻功绝学灵蝠五式，小莲自忖武功无法超越两位重量级师父，所以从未和齐灵芷切磋过武功。

齐灵芷武功本高于浪荡山三公，却被三才阵法所困，慌乱之下，频繁使用李元芳教授的移形换影功夫，耗费了巨大内力，这明显是临敌经验不足，小莲这才起了教授之心。

　　只见小莲使出鬼影迷踪步，转瞬间来到陈华生面前，向他打去一掌，虽说呈阴柔之势，威力却不容小觑，就算他一身的铜皮铁骨，中了掌也得趴下。

　　齐灵芷聪慧，立刻明白小莲想借机启发她，于是以长剑护身，认真观察着小莲的每一个动作。

　　三公与齐灵芷耗了一宿，功力大减，却并未慌张，枯树叟和魏子文一个掠阵，一个拿着点穴笔上前攻击小莲。

　　小莲嘿嘿一笑，身形一晃，突然由一条身影变成了两道，一道身影向掠阵的枯树叟背后冲去，一道身影突然身形一矮，躲过了魏子文的点穴笔，绕到了他的后背。

　　只听得"啪啪"两声，枯树叟和魏子文同时后背中掌，两人皆是踉跄着向前跌去，同时口中喷着鲜血。

　　"好厉害，居然幻化出两道影子，这份功力绝不比李大哥差！"齐灵芷见小莲的鬼影迷踪步快到如此程度，不禁咋舌，同时也看出小莲智慧更是高人一等，袭击陈华生是幌子，真正的目的却是魏子文和枯树叟。

　　陈华生一身横练，但动作和反应都不及另外二人。如果是普通高手来破阵，定以他为突破口，这样一来就会陷入魏子文和枯树叟连绵不绝的攻击中，迟早会败落。小莲早年经历大小生死战无数，一眼便看出阵法的突破点不在陈华生身上，而是魏子文和枯树叟。

　　"不可能！"魏子文不敢相信自己的眼睛，但身受重伤已是事实。

　　三公闯荡江湖多年，遇到大小恶战无数，被一个无名女子一招击败，自然不服气，魏子文和枯树叟强行运气疗伤，咬着牙重新回到原来的位置，与陈华生再次组成三才阵。

　　"武功境界无极限，李大哥已将灵蝠五式练到至极，这才悟出移形换影，不过，他以煞天气功为底，内功霸烈且深不可测，外功刀枪不入、水火不侵，绝非你我可比，我的鬼影迷踪步和元芳大哥的灵蝠五式差不多，不过因我是女子，只练到了第三重，无法做到移形换影的境界，但对付浪荡山三公这等低手却也绰绰有余，而且鬼影迷踪步内力消耗极少，适合内力不充沛的女子，你借鉴一下。"小莲就像是一名教授徒弟的师父，把三公当成了教具，完全不放在眼里。

　　小莲再次晃动身形，竟然一分为三，分别袭向三公。三公大吃一惊，见躲避不及便纷纷出掌格挡。

"啪啪啪！"

三公各自与小莲对了一掌，三人皆不断后退，嘴里不停地喷着血。以一敌三并重伤三公，这是何等功力！

"可惜，我功力不够深厚，否则，这三掌就能要了他们的命！"小莲叹息着。

三才阵一破，三公又重新变成了二流高手，魏子文和枯树叟伤上加伤，几乎站立不稳。伤势最轻的是陈华生，他瞪大了眼睛，不敢相信地望着眼前的小莲，心中拿不准眼前的究竟是人还是鬼。

"来人，给我拿下！"袁客师暴喝一声。

衙役们准备上前将三人拘捕。张家大宅的弓弩手们望向张又学，张又学的脸上很平静，没有任何波动。

突然，陈华生眼睛像死鱼一般凸了出来，一手捂住胸口，一手抓着脖子，"扑通"一声倒在地上，四肢不断地抽搐，脖子被抓出一道道的血痕，胸前的衣服也被抓得裂开，已经躺在地上的魏子文两人也是同样症状，魏子文猛地抬起手指向狄仁杰，口中发出"嗬嗬"声。

袁客师见状急忙上前，趴在了魏子文的耳边，大声地问道："你想说什么，大声说出来！"

魏子文的手抓住了袁客师的衣角，努力地张大嘴巴，却无法说出一个完整的字，只是发出"嗬嗬嗬"的声音，很快，那只抓着衣角的手垂了下去，整个人仿佛空了的面袋子，软绵绵地躺在地上，再不能动弹。

袁客师探了探魏子文的鼻息，随即站起了身，对狄仁杰说道："大人，他死了。"

"大人，这两人也死了。"几名衙役验看了另两人的情况，向狄仁杰禀报道。

张又学立刻向狄仁杰拱手施礼，说道："狄大人料事如神，一出手便帮草民降服恶贼，实乃彭泽之幸，百姓之幸。"

狄仁杰看了一眼张又学，皱了皱眉头，转向众衙役："来人，将尸体抬回衙门，明日将此间的情况上报州府。"

"张管家，还要请你多多加强宅子的防守啊，免得让坏人再闯进来。"狄仁杰把"再"字说得很重。

张又学连忙点头，说道："是是是，狄大人，这次真是要感谢您，若非大人及时出手相助，这宅子又要遭到贼人洗劫，主人怪罪下来可不得了。草民上次说要去衙门看您，还没来得及去，就被主人召了去，这次无论如何草民也要上门拜访，以表谢意。"

"张管家好自为之吧！"狄仁杰扔下一句话后便转身离开。

望着狄仁杰等人离去的背影，张又学叹了一口长气，随即望着在场的众人，吓得众人连大气都不敢喘。

"杨头领呢？"张又学向周围的护院问道。

"杨头领昨夜将那人送往新月村的宅子了，说这里不安全。"一名护院小头目答道。

"为什么我不知道？"张又学脸上出现怒气，脸色变得铁青。

"头领说您正在闭关，就没去打扰，让小人等您出关时再禀报。"小头目不敢看张又学的眼睛，只是低着头回答着。

"禀报个屁！浪荡山三废物加上这么多弓弩手，竟然连一个女人都留不住，要你们何用！要不是我提前出关，大宅就得被狄仁杰翻个底朝天，到时候你们都吃不了兜着走！"张又学说罢便提起了掌，只见掌心突地变成了黑色，身上的衣袍也是无风自动。

"属下该死！"小头目说罢急忙跪了下来，急速地磕着头，其他的护院们纷纷放下弓弩，跪在地上磕头求饶。

张又学叹了一口气，将内力收回，手心的黑色亦渐渐褪去，甩开袖子，转身向中院走去。

说起验尸的本领，狄仁杰要是排名第一，袁客师绝对是第二。仵作因章旷发尸体被盗案被人袭击，封闭了穴道，直到现在也没解开，袁客师是仵作出身，自然便担起了这项工作。

县衙后堂充斥着一股血腥味儿，三具尸体平放在简易木床上，袁客师拿着验尸的刀具不停地比画着，齐灵芷脸上蒙着厚绒布，在一旁拿着本子做记录。

验尸结论很惊人，三公是因为心脏中充满了腥臭的气体，造成心跳停止而死亡。

狄仁杰在三具尸体前踱来踱去，皱着眉头低声嘀咕着。

"大人，这三人的死因和前任黄县令、章旷发的死因一致。奇怪的是，当初在章县尉家得到的那包药粉，我取了一部分掺着肉喂了一条狗，却没发现狗有异常。"袁客师说罢便用鲜血淋漓的手指着蹲在角落里的一条黄狗。

狄仁杰看了看摇着尾巴的黄狗，皱起了眉头，暗道：人和狗在体重上有很大区别，物种不同，对毒药的耐受力也有很大分别，袁客师用狗来试毒药，太过草率了。

想归想，狄仁杰并未责怪袁客师，转过头来向齐灵芷问道："灵芷，你见多识广，能造成心脏充满气体的毒药你听过没有？"

齐灵芷立刻摇头，说道："从未听师傅说过这种毒药，但可以肯定的是，能制造出这种毒药的就只有一个人。"

"毒手药王！"袁客师抢着回答道。

"我也知道毒手药王，却没人见过他的真面目，因为见过他的人都已中毒身亡，死于他手下的人没有死于同一种毒的，可见此人用毒亦是千变万化，绝不会重复。"狄仁杰说道。

众人之前讨论过毒手药王的事儿，现在浪荡山三公的死又把线索指向毒手药王。

"到目前为止，县令黄光行、章县尉、浪荡山三公都死于此毒，周琮虽未验尸，但从表面来看，也是死于此毒，已经有数人死于同一种毒药，这又违背了毒手药王绝不重复的原则。"袁客师说道。

"如何控制毒药发作的时间？"狄福问了一句没头没脑的话。

"这点不难，江湖上大部分的毒药是中了毒就发作，不过有的用毒高手可以用另一种药来克制毒性的发作，以起到延缓发作的作用，有的毒药还需要特定的引子才会发作，就像我们在榆林镇的那起案子一样，甚至需要两种引子才会毒发，凶手只需要安排好用引子的时间便可以控制毒发的时间。"齐灵芷说道。

"引子，诱发毒性而使人死亡，你们仔细回忆一下，这三人死前的情况。"狄仁杰又说道。

齐灵芷和小莲苦想了一阵，最终摇了摇头。

"这三人毒发之前没有任何症状，只是被我用掌力击伤，没有其他异状发生，要说内力是引子，魏子文和枯树叟内力雄厚，要发作早就发作了。"小莲说道。

"我和他们斗了一夜，也数次打伤他们，也没见有任何异状发生。"齐灵芷说道。

"啊，我知道了，一定是那个狗屁管家张又学还是张又问的，他古里古怪地戴个手套，手套里一定藏着什么，趁咱们不注意引发了三公的毒！"狄福兴致冲冲地说道。

小莲和齐灵芷几乎同时间"切"了一声，白了狄福一眼。

"老爷，我说得不对吗？"狄福立刻向狄仁杰求助。

狄仁杰叹了一口气，说道："好啦，这件事也不是一天能够解决的，灵芷累了大半宿，去歇息一下吧。"说罢便转身离开了后堂。

等狄仁杰等人离开后，袁客师很严肃地对齐灵芷说道："灵芷，以后无论何事都要和我说，要不是我醒得及时，就再也见不到你了。"

袁客师的语气虽然有些责怪的意思，可齐灵芷却能听得出来是在关心她。

"对不起客师，我只是不想你和我一同冒险，怕你……"齐灵芷话还未说完，便被袁客师用手指堵住。

"嘘，我不准你说这些！"

"唔！"齐灵芷赶紧闪开，红着脸说道，"你一身的血腥味，快去洗洗吧。"说罢便甩着头发红着脸匆忙离开了后堂。

"灵芷……"袁客师深情地望着远去的背影小声地说着。

第六十一章　毒郎中

黄昏，夕阳带着一丝不甘落入山中。

一阵急促的马蹄声将衙役从愣神中惊醒，扭过头一看，只见三匹快马急速向县衙大门处奔来，眼看着距离大门还有十几丈，可马上之人仍在催促着马儿前进，丝毫没有停下的意思。

两名衙役顿时来了精神，拿起手中的水火棍转过身来，瞪起眼睛吼道："下来，给我下来！"

三匹马到了县衙大门，骑手这才勒住缰绳。只见那马四蹄同时用力，之后更是将前蹄高高扬起，瞬间便停在衙役的面前，打了一个响鼻，喷出一股长长的白气。另外两匹马也同时站住，仿佛是训练有素的士兵一般。

"好马！"衙役甲的父亲就是给官府养马的，立刻便看出了此马的不凡。

衙役乙却没看出名堂，只知道所有人骑马经过县衙大门时都要放慢速度，像刚才这般行径就是对衙门权威的挑战，就算不治骑马人的罪，至少也要训斥一顿解解气。

衙役乙刚要上前，却被衙役甲一把拉住，随后衙役甲走到了三匹马前，一抱拳，仔细地打量着马上的三人。

为首一人大约有五十岁的年纪，穿着青色袍子，长得清瘦，眼睛炯炯有神，下巴上一缕花白胡子随风飘着，被黄昏的阳光染成了金色，整个人气质非凡，一副仙风道骨的样子。后面两人看起来孔武有力，虽说身上穿的是普通长袍，脚上穿的却是武将常穿的厚底官靴。

青袍老者没理会两名衙役，扭头看了看衙门大门上方的牌匾。

"彭泽县衙，就是这儿了，想不到老狄头儿竟落到如此境地。"青袍老者嗤笑一声，随后翻身下马。

"嘿，这人……"衙役乙嘴一咧，正要上前训斥，却再次被衙役甲拉住。

"狄仁杰在吗？"青袍老者气势不可一世，竟然直呼狄仁杰的姓名。

"你这老头儿，狄大人的名字岂是你这等人直呼的？"衙役乙终于忍耐不住，挣脱开衙役甲的手指着青袍老者。

狄仁杰来到彭泽之后，对下属非常关照，县衙众僚都爱戴他，谁要是敢说狄大人一个"不"字，玩命的人可不在少数。

青袍老者未理会衙役乙的无理，反而笑了起来，笑够之后才冲着身边两人说道："看来狄仁杰的人气很高啊。"

"是啊，狄大人一向如此。"身边那名不高却很魁梧的人说道。

"罢了罢了，既然到了他的地盘上，就按照他的规矩来。"青袍老者说罢从怀中掏出一张名帖递给了衙役甲，却看也不看衙役乙。

"劳烦你将名帖呈给狄大人，他看了会亲自来迎接。"说罢青袍老者便自顾背着手溜达，观赏着小镇秋景。

衙役甲不敢怠慢，嘱咐了衙役乙一番，拿着名帖向县衙内跑去。

不大一会儿，衙门里一阵脚步声响起，人还未到，声音却远远地传了出来："老伙计，真的是你来了！"

狄仁杰满脸激动地看着在大门处溜达的徐莫愁，同时也看到了另外跟随的二人。

"大人！"二人齐声喊道。

"凌峰、苗立，你们也来了。"狄仁杰见到故人眼圈中潮气闪现，急忙用大袖子遮了一下，生怕让徐莫愁看到笑话他。

凌峰、苗立是狄仁杰任宰相时的卫队军头，跟随狄仁杰走南闯北，经历过不少生死，感情胜似父子。

"你们的狄大人还是那么多愁善感，话还没说便要掉下猫眼泪了。"徐莫愁还是看到了，笑着调侃狄仁杰。

狄仁杰白了一眼徐莫愁，上前一把抓住了他的手，说道："你这老毒虫子，说起话来就是噎人，快随我进去。"说罢便拉着他向县衙里面走去。

"原来是江湖传闻中的徐莫愁，怪不得这么大的架子。"衙役乙吐了吐舌头，急忙和衙役甲两人将三匹马牵到了后院，吩咐马夫好生伺候。

徐莫愁的到来，出乎了狄仁杰的意料。徐莫愁擅长的是用毒和解毒，在御医中属于走偏门的那一类，但解毒这种事，用不着则已，一旦用到就十万火急，皇帝能够准假让他来到彭泽，就说明对彭泽这件事非常重视。

狄仁杰更加不能理解的是，徐莫愁来到彭泽的速度太快了，他的信刚刚送出去才半月的工夫，人便到了彭泽县。

两人没有多余的客套，径直来到客房密谈。狄仁杰这才得知，徐莫愁不是接到他的书信才来到彭泽的，而是另有原因。那封信还是在半路上驿馆给徐莫愁的，当时徐莫愁还纳闷，以为狄仁杰真的能掐会算。

狄仁杰将来到彭泽之后的事毫无保留地讲述出来，听得徐莫愁不时倒吸冷气，不时拍案叫绝。狄仁杰知道，他叫好是冲着下毒的手法。

听完狄仁杰的叙述后，徐莫愁也说明来意。

原来徐莫愁是奉旨来到彭泽，同时带给狄仁杰一份密旨，密旨用蜡丸包裹着。

"这……"狄仁杰手上一用力，蜡丸出现裂痕。

徐莫愁急忙阻止，说道："急不得，陛下说了，你所查案件涉及皇家时，才可以打开。"

说到这儿，两人几乎在同一时间想到了"内卫"，定是潜伏在淮南地区的内卫，将此间事情禀报给皇帝武则天，这才派来了"毒郎中"徐莫愁协助查案，这也间接说明武则天已经知道了有用毒高手在彭泽作案的事儿。

徐莫愁摇晃着脑袋，却不再说话，反而用眼睛不时地瞟着狄仁杰。

狄仁杰咂了一下嘴，说道："有话你就说，和我还玩什么深沉，我不求你说，你能憋得住？"

"你个狄胖子，有求于我还这么大声！告诉你，让心脏充满气体的毒药我知道。"徐莫愁抿了一口茶水，随即便将茶水吐到了地上，瞪着眼睛说道，"我说老狄头儿，这就是你招待我的茶水，连漱口水都不如！"

"将就着喝吧，这已经是我最好的茶叶了，彭泽不比神都洛阳，你喝惯的皇家贡茶，这儿可没有。"狄仁杰苦笑了一声。

两人多年的感情，相互掐掐嘴架，反而更觉亲近了。

"罢了罢了。"徐莫愁摆了摆手，将茶碗放到桌上。

任何成功之路都充满坎坷，徐莫愁能有今天的成就，自然也有一番惊心动魄的经历，故事要从他年轻时说起。

徐家是当地极为有名的行医世家，徐莫愁天分极高，十岁便学会了家传医术，后师从一名隐居山中的炼药师，十六岁艺成下山，独自行走江湖历练，用毒、解毒能力越发得心应手，他善于对毒药配方改进和变化，连最厉害的用毒行家也败在他的手下。无论是什么毒，只要碰到了他，便会化成无毒之物，人送绰号"毒克星"。

正所谓"高处不胜寒"，徐莫愁成名后，身边不但没了朋友，还结了不少仇家。江湖上提起徐莫愁，除了对其惧怕外，绝无半点尊敬之意。

游历到西北边陲的一个小镇时，徐莫愁遇到一件怪事。

当地一户富裕人家全家人得了怪病，请很多知名大夫诊治，却没有任何效果，其中一个走方郎中还以他们得的不是病，而是身中剧毒，只有找到江湖上大名鼎鼎的"毒克星"徐莫愁才能将毒化解。

江湖就是这么个东西，说大时，只听说过某某人的名字，却一辈子见不到；说小，也许前脚还说着这个人，后脚便会出现。

徐莫愁只是一个人，不是神仙，不可能知道所有人的疾苦，有人需要他，也要碰到他才行。幸运的是，富裕人家不差钱，找人的方式自然和普通百姓不同。

富裕人家开出了一千两纹银的价钱寻找徐莫愁，重赏之下必有勇夫，一个靠着买卖江湖信息的人找到了富裕人家，说徐莫愁很快就要来到这里。

果然，富裕人家等来了徐莫愁，信息贩子拿到了一千两纹银。徐莫愁发现富裕人家的人的确都中了毒，经过一番勘察，发现水井被人投了毒药。

解毒的前提需要知道毒药的成分，验毒是徐莫愁最擅长的，他的验毒丸非常灵验，可这一次却出乎了他的意料，三天时间过去，莫说解毒，连验毒的程序都未完成，无法辨出毒药的种类。

眼见着富裕人家几十口人的中毒症状越来越重，体弱的已奄奄一息。

此时的徐莫愁意识到投毒事件并不简单，而是有一定的针对性，针对的就是他徐莫愁"毒克星"的名号。下毒人掐算好时间，等徐莫愁到了小镇附近时才开始下毒。

对于下毒人的身份，徐莫愁思来想去，觉得那名走方郎中比较可疑，那么多名医都没有看出是中毒，偏偏一个小小的走方郎中能看出来。

此时，已经绞尽脑汁、用尽所学的徐莫愁变成了天天愁，在研究解药的同时，他暗中派人寻找那名走方郎中，可走方郎中却和徐莫愁较上了劲，消失在茫茫人海中后再也没出现过。

徐莫愁也上来倔劲儿，坚决不肯认输。在他而言，一名成名已久的江湖人，

第六十一章　毒郎中

349

认输就意味着失去江湖地位。

神秘下毒人和徐莫愁的斗法引起江湖上极大的关注，甚至很多赌场开了赌局。当富裕人家出现第一个因为中毒太深而死去的人，苦主们抱着尸体悲痛欲绝时，徐莫愁才意识到这场赌局的赌注实在太大了，可此时他想退出也为时已晚。

人性复杂，但做事总有目的，有人是为了名，有人是为了利，更甚者都不知道为什么，反正逼到了那一步，做也得做，不做也得做，用一句话说，叫"人在江湖，身不由己"。

徐莫愁突然顿悟，世上有很多事比他看重的江湖地位更珍贵。他明白了这个道理，下毒人却不明白。

徐莫愁认输了，在公开的场合承认自己输了，并恳请下毒人现身，给富裕人家解毒。

他的行为让所有关注这场赌局的江湖人大失所望，可惜的是，下毒人依然没出现，仿佛是在背后嘲笑他的无能。

江湖人终于明白，下毒人的目的并不是简单地将徐莫愁打败，而是让他身败名裂，绝迹江湖。

正当徐莫愁一筹莫展时，一位拄着拐棍的老人出现了，老人的出现使得胜利的天平很快倾向徐莫愁，因为老人带来了解毒方法。

当富裕人家全家平安无事后，徐莫愁不顾富裕人家的挽留，陪着老人离开了小镇，经过了三天两夜的路程，来到了老人隐居的地方——一个普通的小山村。

徐莫愁不单因为老人帮他解了困，还因为那一手出神入化的解毒术深深地吸引了他，就像是老饕遇到了美食。

老人本就喜欢聪明而又执着的徐莫愁，尤其是在徐莫愁公开认输后，老人看到了他的好生之德，所以才让他一路跟来。老人收徒弟的条件很简单，人品好、有天分，至于徐莫愁，老人又加上一条，拜师后不准追查下毒人的身份。

徐莫愁不愧是天才，短短数年后，学会了老人所有的解毒本领，他发现曾经引以为傲的解毒术实在不堪一击，也懂了天外有天人外有人这一道理。

在离开小山村重新回到江湖的前一夜，老人终于向徐莫愁说出下毒人的真实身份。

下毒人正是老人的儿子，从老人处学习了下毒和制毒，却不肯学习更为复杂的解毒术。老人心知肚明，儿子的心术有问题，便开始四处寻找合适的人选，欲教授解毒术克制儿子。

机缘巧合下，徐莫愁学到了举世无双的解毒术，成为了后来的"毒郎中"。

徐莫愁出山后，再也没见过老人的儿子。又过了两年，徐莫愁收到了一封信，是老人写给他的，看完信后，他马不停蹄地赶往小村庄，发现老人已经去世。

通过那封信，徐莫愁得知老人的真实身份，是在江湖上消失了近三十年的"毒手药王"任国娣。信中还说，要徐莫愁出手对付任国娣的儿子，确保那盖世无双的毒术不再流传于世，免得遗祸人间，同时他也知道了老人儿子的名字——任天翔。

第六十二章　心殇

虎毒不食子。

若不是迫不得已，任国娣怎么可能让徐莫愁去对付自己的儿子？

此后，徐莫愁云游天下，寻找任天翔，在他心里，既希望找到任天翔，又不希望见到他，因为两人见面之日，就是生死相搏之时。

值得庆幸的是，任天翔自此后再未出现过，行走江湖多年后，徐莫愁发现所谓的江湖名气、地位都是虚名，于是起了退隐之心，但无论他隐居在哪儿，都会有慕名的江湖人物找上门。正所谓大隐隐于市，于是他找到了狄仁杰，通过狄仁杰的举荐进了太医院，走进朝堂远离江湖。

江湖上少了一个"毒郎中"，太医院多了一个悠闲自得的御医徐莫愁。他最擅长的是解毒，几乎很少用到，太医院的生活稳定、安逸，加上所需各种药物极为全面，他每天沉醉于毒药的研究，若不是皇帝武则天秘宣他觐见，怕是他都忘了自己御医的身份。

这是他第一次这么近距离见到武则天，虽说她有些年迈，却不失王者威严。令他惊讶的是，武则天居然对他的经历如数家珍，包括他闯荡江湖时期的事儿，甚至毒手药王和他之间的师徒关系。

看似从不关心，实则密切地关注他的一切。

武则天并未说明派他去彭泽的目的，他有些困惑，却不敢问。在官场混迹多年，他懂得一个道理，皇帝想说的一定会说，不想说的，作为臣子绝不能问，更不能妄自猜测，当她把密封在蜡丸里的圣旨交给他时，直觉告诉他，这次的事儿一定和狄仁杰有关。

机缘巧合之下，他又在半路接到了狄仁杰的信，内容直指困扰他多年的噩梦——任天翔。

"让心脏充满气体，导致心跳停止死亡，单从症状来看，应该是'心殇'，至于解药吗……我也无能为力。"徐莫愁摇了摇头。

"你不是号称能解天下所有毒药吗？"狄仁杰问道。

徐莫愁咂了一下嘴，说道："那是江湖传闻，谁能解天下所有毒药啊？胡说八道！"

狄仁杰看到徐莫愁率直的模样笑了起来。徐莫愁年轻时号称能解天下所有奇毒，但随着年纪和学识增长，他意识到自己的渺小，变得谦虚起来。

"我和师父学艺五载，他老人家从未提起过这种毒药，后来师父仙逝，我整理他的遗物时，在师父的一本手记上看到过，上面只提到了这种毒药的功能，没有其他的。"徐莫愁摇了摇头。

狄仁杰略加思索后问道："难道毒手药王不希望你将他的儿子杀死，所以才留了一手？"

徐莫愁铁青着脸沉默不语。俗话说得好，人心隔肚皮，任天翔毕竟是毒手药王的儿子，有些私心也很正常。

狄仁杰又摇摇头否定了自己的推断，说道："也不对，既然毒手药王希望你克制任天翔，应该把全部本领教给你才对呀！"

徐莫愁眼神里透出一丝光彩，说道："正像你所说，我师父正直、果断，一生都在研究如何破解毒药，平时积德行善，到处游历帮助人们。师兄任天翔却恰好相反，自私、狠毒、隐忍、不择手段，师父他老人家很清楚师兄的为人，这才将全部本领传授给我，用来克制师兄，要说师父留了手艺瞒着我，这也不太可能。"

"还有一种可能，毒手药王也只是知道心殇，而无法制造和破解。"狄仁杰说道。

徐莫愁摇了摇头："可师父的毒术和解毒术达到炉火纯青的境界，对毒药已是一通百通。"

世上的奇毒千万种，配制方法五花八门，破解方法也不尽相同。可无论何种奇毒，只要到了徐莫愁手里，很快便会破解，这是因为他掌握了破解毒药的要诀，来自毒手药王的秘诀——七色解毒丸。七色解毒丸根据不同的数量、不同的搭配方式来解不同的毒。

但毒药在先，属于攻，解毒丸在后，属于守，七色解毒丸再厉害，在攻守方面先败了三分。

"因为只是听闻，连见也没见过，如何破解？"狄仁杰说道。

徐莫愁思索了一阵，才说道："有道理，这与我现在的情况差不多，我通过你的信知道这种毒药，却从未见过，是绝对配不了解药的……哎，你光在这儿说，倒是把你得到的白色粉末给我看看哪！"

狄仁杰摇了摇头，长出了一口气，说道："这事怪我，原本我是把药粉放在书房里，没想到袁客师破案心切，将药粉喂了狗试毒，剩的不多了。"

"喂狗试毒，他可真行！结果呢？"徐莫愁对于袁客师的做法有些哭笑不得，却碍着狄仁杰的面子没说什么。

"你进院时，冲过去咬你的那只大黄狗就是。"狄仁杰苦笑了一声说道。

徐莫愁白了狄仁杰一眼："狗仗人势！"

狄仁杰一笑，并未再出言对抗，冲着门外的狄福喊道。"狄福，去将袁客师请来。"

不多时，袁客师敲门而入，给狄仁杰和徐莫愁施了礼，然后一本正经地站着。狄仁杰平易近人，和众人打成一片，可徐莫愁不同，长得就一副冷冰冰的脸，加上常年用毒，使脸上布满了一层青色，脾气极为古怪，一个不高兴就会下毒折腾你一通。

袁客师是大理寺的金牌捕快，自然认识大名鼎鼎的徐莫愁。

对于擅自试毒这件事，袁客师心中有愧，脸上露出尴尬，从怀里掏出一个纸包递给徐莫愁，说道："大人，徐御医，还剩下一些。"

徐莫愁接过纸包用手指捏了捏，剩下的绝对不是袁客师所说的"一些"，而是极少，又放在鼻子下闻了闻，随后摇摇头。

袁客师眼珠转了转，说道："都说徐御医……"

"少废话，出去！"徐莫愁粗暴地打断袁客师的话，哼了一声，挥挥手示意让他离去。

袁客师勤学好问，求知欲非常强烈，想看看徐莫愁如何来判定白色粉末的毒性，却不想徐莫愁并不买账，无奈之下，只好红着脸抱拳施礼后离去。

"老狄头儿，我需要时间，你也可以走了。"徐莫愁性格直爽，一向看不惯凡俗礼节。

"好，那就有劳徐御医了。"狄仁杰知道徐莫愁用毒解毒厉害，却性情古怪，下逐客令也毫不客气，于是赶紧起身告辞。

徐莫愁未起身送狄仁杰，他立刻将纸包打开，将纸平铺在桌面上，当纸包完全打开时，纸中间那条蛇也清晰地显露出来。

"唔！"徐莫愁惊讶地喊叫出来，声音已经变了形，整个人也是浑身一抖。

这一下将走到门口的狄仁杰吓了一跳，急忙回过头看着一脸惊讶的徐莫愁。

"老徐，你怎么了？"狄仁杰转身回来，走到徐莫愁的身边问道。

此时的徐莫愁已是脸色煞白，按着那张纸的手指不停地抖着，"咕噜"咽下口水后，对狄仁杰说道："是他，真的是他！"

徐莫愁之前就预感这件事与任天翔有关，实锤之下，他依然无法控制内心的震惊，可见任天翔对他的影响有多大！

"任天翔？"狄仁杰问道。

徐莫愁艰难地点了点头，指着纸上的小蛇图案说道："当年我还未师从毒手药王时，在那个富裕人家与我斗法的便是他。我清楚地记得，当时在大户人家的门框上也画着这样一条小蛇，这种标记就是我师兄任天翔所特有的。"

"地支组织！"狄仁杰惊讶道。

"我只听说过地支，却不知是什么，你具体说说！"徐莫愁已经退隐江湖多年，居住在皇城附近，由于太医院御医的身份，无人敢上门打扰，所以对江湖上的事儿并不知情。

狄仁杰叹了一口气，说道："地支是个十分神秘的组织，共十二人，子鼠丑牛寅虎卯兔……首领是神龙，每个人都是各个领域的杰出人才，以生肖为代号，没人知道他们真正身份。地支原本只是一个江湖上不入流的杀手组织，不知道为何越做越大，近年来很多大案要案都与地支有关联。如所料不错，你师兄任天翔应该是生肖蛇的组织成员。"

"若不是我的经历，恐怕你也不会猜到任天翔就是生肖蛇的组织成员。"徐莫愁捋着胡子思索着。

"老徐，如果你还对任天翔有阴影，我劝你立刻回神都洛阳。高手间的对决一念定胜负，你心存恐惧，必败无疑。"狄仁杰看到徐莫愁这种状态，不免有些担心，他不想因为这件事情而让他丢了性命。

"没事，没事，你让我静一静。"徐莫愁挥了挥手示意狄仁杰离开。

狄仁杰明白他的意思，徐莫愁不是一个怕死的人，如果怕死，就不可能成为用毒解毒的高手。在他而言，应该是顾虑更多一些，如果真斗起法来，丢失性命就在转瞬之间，他犹豫着是否真的要与师父唯一的骨肉性命相搏。

"凡事要顺其自然，不可太勉强。"狄仁杰叹了一口气离开了客房。

徐莫愁一直盯着纸上的小蛇图案，喃喃自语："人在江湖身不由己，师父，您老人家一定不会怪我的。"

夜的静是白天无法理解的，空中的月亮使劲地眯着眼睛挂在空中，散发出谜一般的光晕，如同一幅美妙精致的画一般。

烛光不断跳动着，照得整个书房光影乱动，狄仁杰坐在桌案前发着愣，剪子停滞在蜡烛芯前，直到手有些发酸，这才剪短蜡烛芯，待蜡烛火焰稳定后，才缓缓地把剪断的烛芯吹落。

与徐莫愁一起到来的还有皇帝的密旨，达到一定条件后方可打开。狄仁杰猜也能猜得到，彭泽县境内所发生的案子定与神都洛阳有关系，甚至可能直接与皇帝武则天有关，否则她绝不会让徐莫愁前来，更不可能下这样一道奇怪的密旨。

从接任彭泽令以来，发生了张三、李四被杀案，县尉章旷发被杀案，周琼被杀案，之前发生过黄光行遇阴兵借道案，这些案子虽有关联，却还不至于牵扯到皇宫内院。

"二十一起碎头案的受害人身份不明，死因古怪，而且每名死者都是武林高手，从常理来讲，这些高手不可能出现在彭泽，很可能与皇家有关！"狄仁杰想通了这点，眼睛陡然一亮，急忙将二十一起碎头案的卷宗拿起来翻看。

第六十三章　盗神

任何一个行业的领军人物都具备一个基本的素质——专注。

狄仁杰专注于案情，而徐莫愁专注于研究毒药，两人从事行业不同，但对待专业的态度完全一致。两人好像进入了闭关状态，徐莫愁的房间里还时不时地有些动静，狄仁杰的房间却极为安静，仿佛与外界完全隔离，自成一个世界。

此时已进入初冬，寒冷对练武之人来说是最好的磨炼。凌峰、苗立还是习惯性地在狄仁杰的房间外坐着，和守在一旁的狄福一边聊天一边值守。

虽说狄仁杰被贬，武则天对这位三朝元老却照顾有加，任命汪远洋为千牛卫检校大将军，正四品的官秩，率领千牛卫队，守卫着洛阳狄府的每一寸土地。

狄仁杰离开神都洛阳后，狄府一直很平静，直到前些天，在狄府的周围多了一些陌生人，夜深时会有江湖人物不时地"偶尔"路过狄府，汪远洋是老江湖，明白这是江湖人物在踩盘子，按照江湖规矩，也只能警告来人。

"老爷一向清廉，府上除了地方大，也就一些字画还算值钱，按说不应该被人盯上啊！"狄福疑惑道。

"说的就是嘛，害得汪将军每天晚上都要亲自值守，有动静就得去应付。"凌峰言语中带着对汪远洋的敬仰之意。

"有没有可能是那帮佞臣？"狄福问道。

这一问不要紧，凌峰一脸气愤地说道："狄福兄弟，你是不知道，大人离开后，来俊臣和武承嗣不断地在皇帝面前告大人的黑状，说彭泽地区发生多起阴兵伤人事件，大人只顾着破案，不体恤民情，彭泽人衣不蔽体、食不果腹，大人却不闻不问，有负圣恩。要不是还有张柬之大人、姚崇大人等据理力争，大人怕是要身首异处了。"

"听说上一次在上阳宫吵得很凶，张柬之大人差点和武承嗣、来俊臣打起来，最后还是皇帝出面，说今后不准再提起狄大人的事，这才算平静下来。"苗立接着说道。

"想不到我们身在天边，命运却掌握在神都洛阳。"狄福一掌拍在石桌子上。

"我两离开洛阳之前叮嘱过兄弟们，有任何风吹草动，会第一时间通知大人。"凌峰说道。

三人正聊着，就听见县衙大门外面一阵脚步声响起，狄福耳朵一动，说道："是客师、灵芷回来了，和他们一起来的还有一个人，却不知道是谁！"

凌峰、苗立脸上现出喜色，急忙站起来向县衙外迎去，不多时，四人相互寒暄的声音传来，同时又传来凌峰的一声惊呼："师父！"

"盗神！"狄福向大门方向看去。

果然，一身黑色的盗神钟嘉盛站在袁客师和齐灵芷的中间，看到迎面走来的凌峰，不禁大呼一声，与凌峰紧紧地抱在一起。

"好徒弟，没想到能在这儿见到你！"钟嘉盛本身并不善谈，一脸的激动之色却难以掩饰。

"师父，您怎么来了？"凌峰急忙请钟嘉盛向里面走去。

狄仁杰在房间听到凌峰的喊声，从冥想中清醒过来，急忙站起身走出书房。

"狄大人！"钟嘉盛向推门而出的狄仁杰打招呼，随即小跑两步来到狄仁杰跟前，两人的手握在一起。

"真的是你！"狄仁杰看到钟嘉盛很惊讶。不知道小小的彭泽哪来这么大的吸引力，一天中竟来了两位大人物，一位是皇家的解毒御医，一位是江湖上大名鼎鼎的盗神。

"赶夜路可是大忌。"狄仁杰虽说是责怪的语气，却充满了关心。

"您又不是不知道，我这人是属老鼠的，就喜欢黑夜，哈哈哈！"钟嘉盛一番幽默让整个院子充满了笑声。

众人进入狄仁杰书房，各自取了茶水。

狄仁杰率先打破沉默："盗神所到之处，一定是有了王陵墓穴或是绝世宝藏！"

盗墓在历朝历代都是违法行为，可钟嘉盛不同，自打成名之后，他只是盗开墓穴看看墓葬品，绝不会把墓葬品带出墓穴，离开时还会将盗洞原封不动封好。否则，以狄仁杰的铁面无私，早就将他拿下了。

"哈，狄大人见笑了，不过，您只说对了一部分，我的经历呀……一言难尽。"钟嘉盛哈哈一笑，右手食指敲着桌子说道。

狄仁杰看了看钟嘉盛敲着桌子的手指说道："不管是为了什么，既然到了彭泽，那就是缘分。狄福，快去安排酒菜。"

"酒菜早就准备好了，别忘了您从昨天到现在还没怎么吃东西呢。"狄福提醒道。

狄仁杰一拍脑袋，说道："都怪我，害得你们跟着挨饿！"

"狄大人，我可真羡慕你，有这么多忠心耿耿的人守在你身边。可怜我喽，到老了还是孤零零一个人。"钟嘉盛羡慕狄仁杰，可真让他过狄仁杰这般日子，不出两天，他就得歇菜投降。

"师父，您不是还有我呢嘛！"凌峰在一旁急忙搭讪道。

"哎呀，我忘了还有一个千牛卫的好徒弟了！"钟嘉盛高兴地拍着凌峰的肩膀。虽说他未教过凌峰盗墓的本事，可徒弟却认下来了。

酒逢知己千杯少，屋子中充满了欢声笑语，整个县衙呈现一片喜庆之色。

自打狄仁杰任彭泽令以来，从未像今天这么开心过，一天之内来了两位旧友，一高兴便多喝了两杯。彭泽当地的酒醇厚而浓烈，刚喝下两碗，狄仁杰就觉得头晕脑涨，而钟嘉盛终于逮着一个比狄仁杰强的地方，不断地劝着酒。于是两人不顾众人的劝阻，大口大口地拼着酒，直到一头趴在桌子上人事不省。

狄福看了看昏睡中的狄仁杰，不禁叹了一口气，心道：老爷这么多年的起起伏伏，若是常人，早就郁郁而终了。醉了也好，至少可以睡个好觉。

狄福等人将狄仁杰和钟嘉盛分别抬回房间，又回到酒桌上饮酒聊天，正喝得来劲儿，就见一名衙役敲门而入，慌慌张张地对袁客师说道："袁捕头，您让我跟踪的大黄狗死了。"

用狗做实验这件事一直困扰着袁客师，他原本想得很简单，狗吃了毒药、症状发作死去、验尸，要是心脏出现与黄县令等人一样症状，就证明了这包来自章旷发的白色粉末是毒药。

"怎么死的？在哪里？"袁客师有些喝多了，可一听到这个消息还是打起了精神。这件事因他而起，要是没个结果，也交代不过去。

"死在三愣子家附近的街上，怎么死的不好说。"衙役挠了挠脑袋，一脸为难。

"怎么不好说？"袁客师开始痛恨卖关子。

"大黄狗走到三愣子家附近的街口，碰到了张屠户家的大狼狗，那条大狼狗在彭泽是出了名的凶悍，无论是人还是牲畜，都怕它三分。据说当年张屠户还是猎户时，带着这条狗到山里去打猎，就连山上的熊瞎子见着都会退避三舍。"衙役说话间流露出一丝恐惧，显然也是受害者之一。

"尸体呢？"袁客师是仵作出身，知道要想弄清楚狗的死因，必须得第一时间验尸才行。

"带回来了，放在您的房间里！"

衙役的话差点让袁客师将口中的酒喷出来，心道：这县衙里怎么还有比三愣子还愣的人啊，什么事情都干得出来，居然将死狗放到我的房间。

"好……你……真是辛苦了，剩下的事儿就交给我。"袁客师看了看身边的齐灵芷，无奈地挥了挥手示意让衙役下去。

齐灵芷喝了不少酒，脸上飞起红云，眼神中带着一丝媚意，见袁客师要离开酒局，硬是逼着袁客师陪她喝了一坛酒才算放过。

袁客师到院子中深吸了几口气，运转内力后感觉醉意渐渐消了，这才回到房间，定睛一看，狗尸体果然放在地上，他轻声舒了一口气，心道：看来这衙役还没有愣到一定程度，要是三愣子，弄不好会把狗尸体放到床上。

狗的尸体还有些温热，四肢未形成尸僵，应该是刚死不久。

他正要拎起狗到后堂，心里一动：用狗试毒的事做得唐突，现在私自给狗验尸，有了结果倒也罢了，要是没有结果，恐怕徐莫愁又要一顿臭骂。

想到这里，袁客师把狗尸送到后堂，便来到徐莫愁的客房，很有礼貌地敲了敲门，等了半天，才得到应声。

徐莫愁推开房门，看到是袁客师，不禁皱了皱眉头，语气有些不快："袁客师，你不知道我验毒时不能有人打扰吗！一旦出了岔子，不但验毒的事毁于一旦，连我的性命也会有危险！"

袁客师听到这里，不禁捏了一把冷汗，连声道歉。

"说，什么事？"徐莫愁挥了挥手，用眼睛盯着袁客师，右手悄悄地缩进了衣袖。

袁客师吓得一哆嗦。徐莫愁喜怒无常，无论是谁，只要招惹到了他，就要被他捉弄一番，轻则会中毒痛上几天，重则会大病一场，丢掉半条命。

袁客师急忙解释道："徐御医，之前是我鲁莽，私下用狗试毒，现在那条狗死了，我准备验尸，您是用毒解毒第一高手，所以才想请您出马！"

俗话说得好，千穿万穿马屁不穿。袁客师将马屁拍到了极致，就连一向冷脸的徐莫愁也露出了笑容。

徐莫愁自恃御医身份，自然不肯对尸体动刀。袁客师用刀将黄狗的心脏剖开，一股腥臭的气体冲出来，心脏中未发现半滴血液。

"心殇！"徐莫愁激动得连手套都没戴，就将狗的心脏拿起来仔细观察着。袁客师手疾眼快，急忙挥起刀，将与心脏连接的血管割断。

徐莫愁看了一阵心脏内部，随即又将心脏放下，捏着与心脏连接的那几根血管看了看，最后点了点头，说道："行了，去找狄仁杰！"

"徐御医，您擦擦手！"袁客师拿着一块抹布急忙追上去。

徐莫愁边走边擦手，满意地看了看袁客师。

"不过，大人喝多了正在睡觉，咱们现在去也没用啊。"袁客师提醒道。

狄仁杰平日勤于公务，好容易借着酒劲儿睡个好觉，要是被打扰了，岂不是可惜？

"我有办法将他唤醒，这一点无须你担心。"徐莫愁并未理会袁客师，径直向狄仁杰的房间走去。

袁客师叹了一口气，只得悄悄地跟着。

一直守候在狄仁杰房间外的狄福看到徐莫愁，便急忙上前打招呼。

徐莫愁便停住脚步，向狄福问道："什么事儿让狄仁杰这么高兴？"

狄福被问得一愣，急忙看向袁客师。

袁客师尴尬地笑了笑，回答道："啊……是神都洛阳来了一个朋友，大人高兴，便喝了些酒！"

徐莫愁听后脸上怒容顿显，说道："这个狄胖子，我来了就不给个好招待，弄一壶破茶给我喝，到现在我还没有吃上他一块肉！"说罢便要推门而入，看样子是非得找狄仁杰理论一番不可。

袁客师满脸赔笑地解释道："大人本来是说要请您的，可又考虑您做事专注的习惯，这才没让我们打扰您，说您如果没有这份执着的劲儿，就不可能有站在巅峰上的成就。"

徐莫愁正准备推门的手停住了，回过头问道："狄胖子真是这么说的？"

"千真万确，大人还说，等您出关，一定补一顿最好的酒。"袁客师知道这一番马屁又起了作用，急忙给狄福使眼色。

狄福急忙应着："是，老爷说您劳苦功高，却从不讲排场。"

"还是狄大人了解我啊！"徐莫愁笑着说道，脸上已没有了刚才的怒容，而且对于狄仁杰的称呼有了变化。

徐莫愁生气时就叫狄仁杰为狄胖子，高兴时就叫他狄大人，没什么情绪时就叫他狄仁杰，调侃他时叫他老狄头儿，这老顽童式的变化着实让袁客师一阵暗笑。

"咯吱！"徐莫愁将房门推开走了进去。

"哎，徐御医！"袁客师摇了摇头叹了一口气。

徐莫愁果然是解毒的高手，毒可以解开，更何况是酒，进屋后不出一盏茶，狄仁杰便翻身醒了过来，揉了揉眼睛，长长地出了一口气，可能是酒劲儿还没完全去除，他看徐莫愁和袁客师、狄福的眼神有些发愣。

徐莫愁又从怀中掏出一个小瓶来，打开瓶子塞放到狄仁杰的鼻孔下。只见狄仁杰一下子紧闭上眼睛，鼻子一皱，打了一个大喷嚏，随着喷嚏的打出，眼神开始灵活起来。

"老徐，这么晚来找我，一定是有了重要线索。"狄仁杰眼睛一亮，站起身拽着徐莫愁来到了桌子旁边坐下来。

"你倒是好，来了客人便好生招待，有酒有肉，却将我扔在一旁不管不问，哼！"徐莫愁的语气像足了一个没有得到糖果的小孩子，惹得狄仁杰哈哈大笑。

"好，好，好，都怪我，你这老毒物，还计较这些小事，快说说，发现了什么？"狄仁杰连忙说道。

"袁客师，去后堂把狗拖来。"徐莫愁的语气不容置疑。

袁客师不敢怠慢，急忙离开房间向后堂走去，不多时，便拎着那条狗尸回来了。

"那些白色粉末其实……"说到这里，徐莫愁停住话头，眨着眼睛看着狄仁杰。

狄仁杰等了一阵也不见徐莫愁开口，便明白了他的心意，对着袁客师说道："客师、狄福，你俩去弄些吃的来，我和徐御医好好喝两盅。"

袁客师和狄福对视一眼，转身便去准备酒菜。

徐莫愁露出笑容，又继续说道："狄仁杰不愧是神探，不但会破案，还会猜人心思，不错，不错。"

狄仁杰苦笑了一声，对于徐莫愁小孩子一样的性格，他还是了解的，也正是这种性格，两个人才能毫无芥蒂地走到一起，成为好朋友。

不多时，袁客师和狄福将酒菜端了进来。袁客师本想凑在一旁听听，却怎奈狄仁杰和徐莫愁一直盯着他看，看得他心里直发毛，这才找了一个借口和狄福离开。

狄仁杰已经酒足饭饱，加上有心事，只是应付着陪徐莫愁。而徐莫愁却是在桌子旁边大口喝酒大块吃肉，不亦乐乎。

"老徐，你说任天翔长得什么模样？常年用毒的人是不是都满脸青黑色？"狄仁杰突然想到了这一点。

"唔！"徐莫愁狠狠地撕下了一块鸡肉，放进嘴里不停地嚼着，又喝了一口酒，随后才慢慢说道，"我压根儿没见过他，哪知道？"

狄仁杰听后苦笑一声，暗道：世事真是难以揣测，线索随着徐莫愁而来，却又因徐莫愁而去。

"这狗死得也算是有价值，不过我还没有弄明白心殇的引子是什么。"徐莫愁喝了一口酒说道。

县令黄光行、周琼和大黄狗中毒在先，而后触发了毒发的条件，这才毒发身亡，触发的条件便是引子。

"这件事难不倒你。"狄仁杰的话算是说到了徐莫愁的开心之处，端起酒杯连干了三杯，若不是狄仁杰阻拦，恐怕会将一整壶酒喝下去。

两人又聊了一阵，徐莫愁便醉醺醺地回到房间，不多时，如雷般的鼾声便响了起来……

第六十四章　刺杀

子时一过，热闹的县衙开始冷清下来，除了值守的凌峰、苗立，大多数人都喝醉了，进入了梦乡。

三道身影像幽灵一般地来到了县衙外，轻轻一纵蹿上房顶，观察着县衙大院中的情况。夜很静，凌峰、苗立为了保证在值守时不睡觉，便小声地聊着天，不时地观察着周围的情况，却未发现这三名不速之客。

高明的刺客讲究的是一击毙命，而且只是针对行动的目标，目标之外的尽量不惊动。

人的命运往往不取决于自身，就像凌峰、苗立，碰到的要是普通杀手，定会首先将他们清除，之后再去刺杀目标。幸运的是，这三名黑衣人是江湖上顶级的刺客，根本没将二人放在眼里，只当作是看不见的空气。

很多喝过酒的人都知道，喝多了酒，晚上肯定要起夜，尤其像上了年纪的狄仁杰更是不会例外。

一流的刺客就得用一流的刺杀术。刺客需要做很多功课，比如狄仁杰从不在房间中便溺；比如狄仁杰喝了酒半夜会如厕；比如县衙中最厉害的高手是小莲，但由于是女性，在狄仁杰如厕时，不可能跟在身边，等等。

刺客们等待的是机会，只要狄仁杰出房间进入茅厕的一瞬间，便会展开雷霆般行动，而值夜的凌峰、苗立武功较弱，还来不及反应，刺杀任务已经完成。

时间一点点地流逝，三名刺客并未急躁，纹丝不动地伏在房顶，连呼吸都经过控制，随风声消散在空气中，仿佛三只潜伏着准备扑捉小鸟的猫一般。

"咯吱！"随着房门的响动，狄仁杰半眯着眼睛，披着棉袍走了出来，他一手拉住袍子，一手捂着嘴打着哈欠。

"大人，小心着凉。"凌峰急忙走上前关心道。

"喝多了，喝多了。"狄仁杰一面打哈欠一面说着，晃晃悠悠地向茅厕走去。凌峰、苗立一左一右地陪着，生怕狄仁杰走路不稳摔倒在地。

"旅途劳顿，你们快去休息吧，我现在一个正七品的县令，谁还会打主意？"狄仁杰又打了一个哈欠，眼泪随着流了出来。

凌峰、苗立二人干笑了一声，却并未答话，只是默默地跟着狄仁杰。

就在狄仁杰进入茅厕的一瞬间，三道影子终于动了，动作异常迅速，就像捕猎的老鹰一般，从房顶闪电般地扑向狄仁杰，三柄又细又窄的长剑分别刺向狄仁杰三人。

凌峰、苗立虽说武功一般，可从事千牛卫多年，警惕性很强，三名刺客一动，便立刻有了感应，急忙抽刀回头，两人迅速地靠在了一起，用身体挡住狄仁杰，大喝一声："大人小心！"

话音未落，三柄长剑的寒光已到了两人面前，长剑不但快，而且刺来的角度刁钻，若自救，二人之间必然会出现缝隙，第三柄长剑就会长驱直入刺入狄仁杰的后心。若不自救，一个回合下来，两人就会受伤失去战斗力，狄仁杰便会暴露在三名刺客的攻击之下，无论如何，今晚都是必死之局！

令刺客们想不到的是，凌峰、苗立并未死拼，两人挥刀格挡开两柄长剑，中间露出了缝隙，负责刺杀狄仁杰的刺客甲像一条泥鳅一样挺着长剑顺利地通过缝隙，直直地刺向狄仁杰的后心。若这一剑刺中，狄仁杰必会命丧黄泉。

刺客甲心中一喜，就在他以为刺杀计划成功时，突然从旁边"唰"地冒出一把刀，砍向他拿着剑的手腕。他看得清清楚楚，若保持冲势，还不等刺死狄仁杰，他的手腕便会连同手中的剑一起脱离身体。

刺客甲连道两声"可惜"，身形一顿，同时猛地向回缩手。长剑被那把毫不起眼的刀砍中，"铛"的一声，应声而断，一股巨大的力量随着断剑传到刺客甲的手臂上，震得他虎口发麻，险些没把手中的断剑扔掉。

"厉害！"刺客甲心中暗道。可他并未害怕，就算遇上绝顶高手，他也毫无惧色，因为他是刺客，"不成功便成仁"的顶级刺客。

"护送大人回房！"小莲挥起一片刀光，将三名刺客都笼罩在其中。

狄仁杰、狄福等人都知道小莲武功高强，却从未见她使过武器，今晚一见之下，皆大吃一惊。女子习武以优雅、轻灵为主，一般用短刀、匕首、长剑等兵器，招数多以刺、挑、削为主，小莲用的是一口厚背钢刀，刀身锈迹斑斑，显然是闲置很长时间造成的，刀法以砍、崩为主，大开大合，比很多男人用刀都要凶猛。

凌峰、苗立手持长刀来到狄仁杰身边，护着他向房间走去。

打斗声与喝骂声将县衙所有人惊动起来，齐灵芷、袁客师手持兵刃来到院中，与小莲并肩而立，一同对上三名刺客。

狄福也走了出来，虽说他武功差，仍摆着架势站在狄仁杰身旁，以身体挡住狄仁杰。盗神钟嘉盛手持着匕首从房间走过来，看了看打斗中的众人，并未参战，走到了狄仁杰的身后。

狄仁杰酒醒了八九分，却没有进入房间的意思，反而颇有意味地看着双方对战。

"大人，还是回房间躲一下吧，刀剑无眼！"凌峰劝道。

"对，狄大人不懂武功，万一误伤了如何是好？我陪您回屋。"钟嘉盛说道。

狄仁杰笑了笑，看向将他围起来的几人，说道："有你们在，那些刺客还能将我怎样？"说罢便将胳膊伸进棉袍，穿起来系上了扣子。

刺客行动讲究的是结果，他们不会在刺杀前发一个帖子，告诉你什么时间什么地点来刺杀，这种情节只会出现在说书人的口中，都是将刺客的行为艺术化或是夸大其词。小莲行走江湖多年，懂江湖规矩，但刺客就不是讲规矩的行业，所以小莲也并未客气。

她率先冲向刺客，上来便使出鬼影迷踪步，闪到刺客甲的近前，挥起厚背钢刀劈头盖脸地砍向刺客甲的脑袋，这一招可谓是占尽了优势。刺客所使用的窄剑只适合于刺，劈砍、格挡却大为逊色，若用窄剑格挡，会连同窄剑一同被砍成两半儿。

"来得好！"刺客甲并未因为小莲是女子而轻敌，他大喊一声，急速向后退去，同时将手中的断剑掷向小莲的面门，这一招不求伤敌，只求阻止小莲的突进。

果然，小莲为避免被飞来的断剑刺伤，挥刀格挡将断剑磕飞。趁着这个机会，刺客甲从大腿上抽出了一把寒光闪闪的长匕首，身形一晃，合身反扑向小莲。

齐灵芷与袁客师也与另外两名刺客战到一起，只见刀光剑影不断闪动，交战双方不断地变换着攻防位置。

刺客们知道，想刺杀狄仁杰必须要先过了小莲等人这一关，只要解决了三人，县衙中再也没有人可以阻止刺客的脚步。不过刺客现在的做法已落了下乘，用汪远洋的话说，刺客就是刺客，不是大刀阔斧战斗的武士和军人，需要潜伏并寻找刺杀的最佳机会，一击毙命，随即远遁，绝不拖泥带水。

曾是镖师的汪远洋明白，眼下的三名顶级的刺客更是明白，可他们得到的是死命令，必须杀死狄仁杰，哪怕顶着刺客的帽子大刀阔斧地战斗，也要完成任务。

刺客甲是三名刺客中的首领，功夫最高强，头脑亦不差，手中一把长匕首在微弱的灯光下闪着寒光，是淬过毒的，而且看他的身形就知道他的招式定是剑走偏锋，只要淬毒匕首划中对手，对手就会中毒毙命。

小莲看出了这一点，所以她并未打算给刺客机会，只见她拿着厚背钢刀合身而上，挥起一刀斜斜地劈向刺客甲的左肩部，这一招虽然朴实无华，可无论从速度上还是气势上，都占尽上风。

"好刀法！"刺客甲来不及退让，只好将手中的长匕首迎着厚背钢刀挡了过去。

"铛！"的一声，刺客甲感到手腕一阵发麻，一股巨大的力量从胳膊传入到身体，剧烈地冲击着五脏六腑，不由得倒退了两步，脸色变得煞白。

刺客甲知道小莲武功高，本来心中还有些不服气，今日这一交手才发现，比预料的还要厉害许多，仅凭借着这一招就将他击退并受了内伤，这是何等功力！

尤其小莲的轻功鬼影迷踪步，堪比大周第一高手李元芳的移形换影，哪怕刺客不顾性命冲向狄仁杰，估计连衣角都碰不到便会被斩成两截。

"天亡我也！"刺客甲知道今晚是无论如何也完不成任务了，就算逃出去，组织也不会放过他，想到这里，他咬着牙准备使出绝招。

每一名杀手都会留后手，以便于在危机时刻反败为胜。刺客甲作为一名顶尖杀手自然不例外，他的后手便是江湖上闻风丧胆的暗器——连环袖箭，设计理念来自三国时期诸葛亮的连弩，经改良后，可以一瞬间连续发出六支弩箭。每次在执行刺杀任务之前，都会将其上满了劲儿，蓄势待发，一旦需要，只要按动袖口的机关，弩箭便会连续发出来。

刺客的目的无非是杀人，所以也不用讲什么江湖规矩，弩箭的箭尖也是淬了毒的，一旦命中目标，便会使其立刻毒发丧命。

小莲不是杀手，可对杀手行业却不陌生，她知道杀手定有后手，只要给机会，就很有可能会反败为胜。

小莲做了母亲后成熟很多，再也没有年轻时不可一世的那股劲儿，从刺客甲的表情上已经看出端倪，自然不会给杀手任何机会。一招刚过，只见她又施展出鬼影迷踪步，闪到刺客甲身前，挥起厚背钢刀又是一刀斜斜地劈了下去。

招数仍旧是刚才的招数，刀还是刚才那把刀，可在刺客眼里，这把刀和招式却躲不开，迎着刀锋招架上去才能化解。

刺客甲来不及多想，挥起匕首架了上去，一股巨大的力量再次冲击着刺客甲的五脏六腑，他倒退了一步后，喉头一甜，一口鲜血喷了出来。

此时另外两名刺客在袁客师和齐灵芷的进攻下连连倒退，已被逼到了墙角，眼见着败局已定。

"合阵！"刺客甲大喊一声，按动了手上的机关，六支弩箭呼啸着飞向小莲。他心里清楚得很，只要小莲在，六支弩箭绝不可能伤狄仁杰分毫，他为的就是争取一点时间，好与另外两名刺客结成阵法。

果然，小莲不得不放弃已经蓄势的下一招，挥刀将六支弩箭磕飞。另外两名刺客纷纷以同归于尽的招数逼开袁客师两人，与刺客甲结成阵法。

"三才阵法！"齐灵芷立刻联想到张家大宅的护卫和浪荡山三公，他们用的都是经过改良的三才阵法，能对付功力高出很多的对手。

"客师、灵芷退后！"小莲猛地提起内力，内力瞬间布满全身，衣袍无风自动，只见她挥舞着手中厚背钢刀，脚下踏着鬼影迷踪步冲向三才阵。

刺客甲眯缝着眼睛，手中的长匕首开始颤抖，他感觉到小莲不可一世的气势和无懈可击的进攻，他知道，三才阵法不可能挡住这位杀神奶奶的脚步，等待着他们的必是死亡。

说时迟那时快，刺客甲思绪之间，小莲的刀已经砍到了另外两名刺客的脖子上，两颗大头颅飞上天空，两双血红的眼睛不敢相信地望着神一般的小莲，瞬间后头颅重重地落到地面上，两具无头尸体如空麻袋一般倒了下来。

刺客甲还没反应过来，就感觉小莲的身体贴近了自己，手中的长匕首还没等刺出去，便被一只有力的手死死地钳住，他感觉手腕像是被大象踩住一般，不能动弹分毫，一股剧烈的疼痛伴随着那股力量传到了大脑。

小莲倒转刀柄，戳在了刺客甲的两处穴位上，封住了他的内力，随即捏着刺客手腕的左手一抖，刺客的一条胳膊瞬间脱臼，手指一松，长匕首落在地上，整个人一软，瘫坐在地再也不能动弹。

"好快的身法，好厉害的功夫！不过，狄仁杰必死，动手吧！"刺客甲嘿嘿一笑，嘴里的鲜血随着话语喷出来，模样十分恐怖。

话音刚落，却见在一旁傻呆呆的狄福突然出手，一掌落在站在狄仁杰身后的盗神钟嘉盛胸部，发出"嘭"的一声。钟嘉盛中掌后连续后退，最后撞在房门上，将房门撞开跌进房间。

众人都被这一幕惊得目瞪口呆，惊讶地看着护在狄仁杰身旁的狄福。狄仁杰笑了笑，转过身来，冲着跌倒的"钟嘉盛"说道："想不到吧？"

"钟嘉盛"扔了手中的匕首，挣扎着站起身，双手捂着胸口，不停地呕着鲜血，脸色却没有任何变化，显然是戴了人皮面具或是用其他方法易了容，他的眼睛却仍露出凶悍，死死地盯着狄仁杰。

"你是怎么识破我的？""钟嘉盛"这话一出，令得所有人都大吃一惊。

狄仁杰并没有答话，只是笑呵呵地看着"钟嘉盛"。小莲飞起一脚，踢晕了刺客甲，衙役们一拥而上将之五花大绑起来。

小莲走到房门口，冲着摇摇晃晃的"钟嘉盛"说道："我可以替大人回答这个问题，也好让你死得瞑目。"

"大人高明，夫人武功盖世，我演技出众，骗过了所有人，也包括你！"狄福指了指"钟嘉盛"。

"没错，这个计划只有大人、狄福和我知道。"小莲说道。

第六十五章　千面郎君

聪明反被聪明误。

直到现在，假钟嘉盛依然不知道计划有什么破绽，他咳出一口血，惨笑一声："这么说，从一开始，你就识破了我？"

狄仁杰呵呵一笑："狄福，你说说吧。"

狄福只是一个管家，连他都能看出破绽，可见假钟嘉盛的计划有多失败。而狄仁杰的策略就是利用狄福来打击假钟嘉盛的自信心，以套取更多的信息。

狄福点了点头，说道："我做管家多年，练就了一双好耳朵，能够从脚步声分辨出来者身份。盗神钟嘉盛与老爷交情很深，多次到狄府拜访过，所以我能听出他的脚步声。当时我和凌峰、苗立聊天，你与袁客师、齐灵芷一同进入县衙，我却没听出来你的身份，从那时起我就开始怀疑你。"

假钟嘉盛暗自运气疗伤，同时又问道："单凭这个就确定我的身份，太草率了吧！"

"钟嘉盛并未练过轻功，但他常年在墓穴中与机关埋伏打交道，走路姿态、落脚动作和普通人绝不可能一样，这是常年养成的职业习惯，很难更改，但我发现你和他不一样，而且从你的气息和步伐来看，你内功深厚，轻功也非常不错。"狄福说道。

"钟嘉盛没练过武功是过去，不代表他永远不能练武功。"假钟嘉盛反驳道。

"我第二次怀疑你，是你和老爷见面后。你居然'忘了'自己还有一个徒弟凌峰，其实也不能说你忘了，是你根本就不知道钟嘉盛收过这个徒弟，所以在整个寒暄过程中没理会凌峰。"狄福说道。

钟嘉盛美其名曰是盗神，实际上就是盗墓贼，见不得光，所以收徒这件事非常隐蔽，除了师徒二人之外，只有狄仁杰、李元芳、狄福三人知道。

假钟嘉盛嘿嘿一笑："我和狄仁杰寒暄，没理会徒弟也是再正常不过了，这有什么！"

"你却说自己是孤家寡人。"狄福说道。

"这也算不得什么，本来钟嘉盛无儿无女，就是孤家寡人，这样说不算过分。"假钟嘉盛冲着狄仁杰说道。

狄仁杰冷笑一声，说道："钟嘉盛是盗墓界的高手，他在盗墓时有一个习惯，用手指不停地敲击洞壁，用声音来判别陵墓中的情况，这个习惯延续到生活中，就变成了用右手食指敲桌子，认识他的人都知道他这个习惯，却不知道这个习惯的由来。你模仿得很好，却忽略了一个细节……"

假钟嘉盛哼了一声，并未回应。

"常年喜欢用右手食指敲洞壁和桌子的人，关节一定有一层厚厚的老茧，而你的却是疤痕，为了伪造老茧而硬生生磨出来的疤痕！"狄仁杰笑着说道。

"原来是这样。"假钟嘉盛低头看了看右手的食指，惨笑了一声，又问道，"除了这个，还有什么破绽？"

"当然有。你只知道钟嘉盛喜欢喝酒，却不知道他一向只喝烈酒，味道稍淡的酒连碰都不会碰。这也和他的职业有关，墓葬是至阴至寒至邪的地方，贸然进入，会被阴邪侵体，轻则大病一场，重则丢了性命。所以他每次进入墓葬之前，都会饮下大量的烈酒，保证气血运行顺畅，阳气旺盛，久而久之，他的酒量变得非常大，味觉也迟钝了很多，低度的酒会像喝水一般索然无味。彭泽的酒虽说醇厚浓烈，也只是对普通人而言。"狄仁杰又说道。

"我以为对他了解得很透彻了，可还是露出了这么多破绽。"假钟嘉盛苦笑了一声，身体摇摇欲坠。

"假的终归是假的，做得再好也是假的！"小莲说道。

"还有一处是你们最致命的疏忽，便是钟嘉盛对我的称呼。"狄仁杰说道。

"称呼你狄大人？"假钟嘉盛有些疑惑。

"从身份来说，钟嘉盛是盗墓贼，而我是官，盗墓贼最忌讳的就是见官，他也不例外，除了在公众场合之外，私下里他一向叫我狄老哥，而不是狄大人。我与你饮酒时，你却一直称呼我为狄大人。"狄仁杰说道。

"原来是这样，哈哈哈哈哈，狄仁杰，在此之前我有很多机会对你下手，如果我不计后果动手，你们就不会在这里叽叽歪歪了。"假钟嘉盛说道。

"不错，可你没动手也是事实，因为你的顾虑太多。我、小袁神捕、灵芷一直在大人身边，就算你不顾一切动手，成功概率也非常低，反而还会提前暴露身份，令现在的计划落空。"小莲说道。

狄仁杰捋了捋胡子，笑着说道："这三名刺客虽然武功高强，却不是小莲、灵芷等人的对手，这一点幕后真凶应该知道，所以真正的刺客是你，在小莲等人打败三名刺客的那一瞬间，我们松懈的那一刻，就是你出手之时，可你却不知道，一直在你身边看起来人畜无害的狄福，在你准备对我下手时，他就会出手。"

"你就不怕我出手太快，他来不及阻挡吗？"假钟嘉盛问道。

"当然不怕。早年李元芳曾在地下洞穴中杀死一条千年巨蟒，得了几片巨蟒鳞片，鳞片不但柔软，且刀枪不入水火不侵。"狄仁杰用手指敲了敲身上，发出"咚咚"的闷声。

"好，很好。狄仁杰，你果然厉害。不过如果我今晚要是回不去，你就再也见不到钟嘉盛了。"假钟嘉盛特意将话中的"我"字强调了一下，意思是说三名刺客可以随意处置，但是他必须要回去。

"这正是我们把你留下的原因。"齐灵芷一个闪身来到了假钟嘉盛的面前，出手点了他数处穴道，使他动弹不得。

"狄仁杰，你不想要钟嘉盛的性命了吗？"假钟嘉盛语气中已有了一丝恐惧。

袁客师笑嘻嘻地走上前，仔细地打量着他，却没有任何动作，过了一阵才说道："你既然乔装成钟嘉盛来刺杀大人，就应该对我们在场的所有人都有个了解，以免露出破绽。"

"那是自然，就像你……"假钟嘉盛刚想说说袁客师的情况，却被他挥手阻止。

"先别说我，这位漂亮小姐你应该很熟吧，大名鼎鼎的白鸽门门主齐灵芷，江湖上人送绰号'女罗刹'，刑讯对她来说是家常便饭，比起我们这些捕快，花招可是多了很多哟。"袁客师向齐灵芷的方向竖了竖大拇指。

在"幽灵船"一案中，齐灵芷为了获取关键情报，对掌握机密的西北四煞施展百般酷刑，西北四煞以硬汉著称，连大理寺专门负责刑讯的捕快都拿他们没办法，却熬不过齐灵芷的酷刑，最终招了供，落下一身残疾后退出江湖，自此，齐灵芷便得了个"女罗刹"的绰号。

齐灵芷的脸上还带着笑意，可在假钟嘉盛的眼中却比任何刀剑还要可怕，因为在那张漂亮笑脸的背后，是数不清的恶毒手段。

"大人，今晚上就劳烦您住到客房，您的房间恐怕有一段时间都不能住人了。"齐灵芷说罢便从衙役手中接过一个皮质袋子，轻轻地放到了桌子上，袋子里发出金属器具碰撞的声音。

"大人关心钟嘉盛的死活，却和我没关系。我会用各种手段榨干你所知道的一切，这也是白鸽门的看家本领！"齐灵芷打开皮质袋子，从其中拿出一些锋利的刀具和不知名的刑具。

人都怕死，更何况在死之前还要经历一番折磨，假钟嘉盛也不例外。

"狄仁杰，我们可以做一笔交易。"假钟嘉盛冲着狄仁杰说道。

"看看你现在的处境，有什么资格和我做交易？我劝你还是老老实实地说出钟嘉盛的下落，免得受皮肉之苦。"狄仁杰冷笑一声。

"我若不回去，钟嘉盛真的会死。另外，他在哪我也不知道，你们再怎么折磨我也无济于事。"假钟嘉盛语速很急，连珠炮似的将话一口气说出来。

"我们押着你去换回钟嘉盛不是更好嘛！"袁客师又说道。

"你们不知道他的可怕，要是押着我去换钟嘉盛，谁都活不了。"假钟嘉盛眼中又流露出恐惧，比之前说到齐灵芷的酷刑更甚。

"我没有理由相信你。"狄仁杰说罢便转过身去。此刻，他内心剧烈地斗争着，放还是不放也拿不定主意，所以不愿意让假钟嘉盛看到他的表情。

"哈哈，老狄头儿，这事儿好办哪。"徐莫愁推开房门走了出来。

众人心中都吃了一惊，心道：外面打得这么厉害，他居然在房间坐得住，直到现在才慢慢悠悠地走出来，这得多大的心啊！

"我给他下一种毒，要是他不守信用，他会活得很惨。"徐莫愁一面笑一面走到假钟嘉盛的面前，话中将"活"字说得很重，这也是模仿刚才假钟嘉盛说"我"字。

说起刑讯逼供，徐莫愁的手段要比齐灵芷厉害百倍。假钟嘉盛霎时间脸色煞白、双腿直抖，若不是被点中了穴道不能动弹，恐怕会一下子瘫在地上。

徐莫愁从怀中拿出一颗药丸，伸手捏开假钟嘉盛的嘴巴塞了进去。药丸入口即化，还没等假钟嘉盛反抗，已经进了肚子。

徐莫愁既是解毒的高手，也是用毒的高手，制造出来的毒药千奇百怪，他说出来让人活得很惨，那就一定会很惨。

"放他走吧。"徐莫愁向狄仁杰说道，随即又转过脸冲着假钟嘉盛，"要是明天我见不到钟嘉盛，你就知道生不如死的滋味了。"

这一群人抓准了假钟嘉盛贪生怕死的弱点，如果他像那三名刺客一样不畏生死，事情就会变得非常棘手。

"好，我保证钟嘉盛完整无缺地回来。"假钟嘉盛连忙说道。

"还没有说出你的名字！"狄仁杰这样问是想从假钟嘉盛的名字上寻找一些线索。

"败军之将何谈姓名？"假钟嘉盛一声惨笑，不愿说出名字，毕竟现在他是以假面目示人，若说出名字，以后会很难在江湖上立足。不过看狄仁杰的样子，要是不说出来，也没那么容易走掉。

见狄仁杰并未松口，犹豫一阵后，他叹了一口气："杨清河。"

"'千面郎君'杨清河！"小莲惊道。

千面郎君杨清河是江湖前辈，小莲行走江湖时便听说过，杨清河不但有一身出神入化的武功，还能以不同的身份出现在江湖上，没人见过他的真面目。

"该说的我都说了，我可以走了吧？"杨清河看了看齐灵芷，显然是对她非常忌惮。

狄仁杰暗中舒了一口气，心道：从杨清河的话中听出，他所说的那个"他"一定非常强大，在杨清河心中是无可匹敌的存在。若逼得太急，杨清河很可能会自尽，钟嘉盛就真的回不来了。

想到这里，狄仁杰冲着齐灵芷点了点头。齐灵芷伸手将杨清河被封住的穴道解开，闪身让开了一条路。

杨清河看向徐莫愁，说道："如何解毒？"

"只要钟嘉盛平安回来，你的毒就会自行解开。"徐莫愁淡淡地回了一句。

"毒郎中从不食言，杨清河谢了！"杨清河不再纠结，疾走几步来到院中，飞身上房，一纵身便跳下房顶消失在夜幕中。

"任务失败，自裁吧，免得回去遭罪……"杨清河的声音微弱地传了回来。

晕过去的刺客甲却在此时醒转过来，听到这话后，脸上显出决绝的神色，用力一咬牙，发出一声闷哼，随即口中流出一股黑血，头一歪便不再动弹。

这一变化让众人措手不及，等徐莫愁上前探查时，刺客甲已经断了气。

"鹤顶红也不可能这么快，这毒好厉害。"徐莫愁立刻联想到了师兄任天翔。

"看来彭泽要掀起一场暴风雨了。"狄仁杰叹道。

第六十六章　平安归来

生命珍贵，若非迫不得已，没人会轻易放弃。例如这三名刺客，做杀人这档生意无非是为了生存，然而现在却为了生存而放弃生存，这是多可悲的一件事！

最后一名刺客的做法非常决绝，听到杨清河的话后毫不犹豫地结束了生命，这说明指使这场刺杀的幕后真凶手段异常厉害，在威胁方面，绝对超过狄仁杰、齐灵芷等人。

人的生命固然可贵，但在大利益之下，也会变得很卑微。

狄仁杰在院子中站了好久，直到一丝寒意从内心向外散发而去，这才裹了裹衣袍，抱歉地向陪着他的众人一笑："都怪我，又在胡思乱想，害得你们陪着我受寒！"

袁客师连忙摆了摆手，说道："我们都有内功傍身，这点风寒算不得什么，倒是大人，您得多注意才是。"

狄仁杰点了点头，环顾四周，尸体已抬到了后堂，院子打扫得干干净净的，要不是看到损坏的房门，仿佛什么都未发生过一般。

"老爷，客房已经准备好了，这一夜折腾够呛，您去休息一会儿吧！"狄福轻声劝着。

若早些年，这点辛苦根本不在话下，但狄仁杰年事已高，身体大不如从前。刚才在经历刺杀的过程中还比较亢奋，狄福一提醒，他顿时感到一阵阵倦意和酒意上涌，接连打了几个哈欠。

"咱们去房间聊吧！"狄仁杰向客房方向走去。

众人互相看了看，虽知道狄仁杰极为困倦，却也只得跟着他来到客房。

狄福早早把火炭盆弄得红红火火，一进入房间，一股暖意扑面而来。

"大人，刚才的事儿太冒险了！"袁客师说道。虽然整件事有惊无险，却还是吓了他一跳，毕竟假钟嘉盛离狄仁杰的距离很近，万一那带毒的刀尖刺中狄仁杰，后果不堪设想。

"从我识破假钟嘉盛的身份后，我就怀疑钟嘉盛很可能在他们手上，如果不冒险，钟嘉盛性命堪忧啊！"狄仁杰说道。

"可这刺杀来得太过蹊跷！"袁客师说道。

"一切皆有来由。这场刺杀没那么简单，也许和彭泽的这几起案子有关，甚至和神都洛阳有关……"狄仁杰说到这里一顿，思索后又说道，"如果和神都洛阳有关，狄府也不会太平。"

"凌峰说近段时间总有人有意无意地路过狄府，应该是踩盘子的！"狄福立刻明白了狄仁杰的话。

"大人为何如此说法？"齐灵芷有些不明所以然。

"二十一起碎头悬案、黄县令、张三、李四、章县尉、周琼等人的命案，虽说找到了一些线索，却并未对幕后真凶造成足够的威胁，而且在我身边还有小莲、灵芷等高手在，没有必要冒着这么大的风险酝酿这场刺杀。根据凌峰、苗立的叙述，很可能是来俊臣和武承嗣弹劾未果，害怕我将来回到神都洛阳任职，这才安排刺客前来刺杀。他们一贯的做法便是赶尽杀绝，若这场刺杀成功，洛阳狄府定会有此一劫。"狄仁杰说话间神色凝重。

多年来，他以一己之身和地支组织斗争，揭破了一个又一个悬案，但也和地支组织结下了梁子。又与朝中佞臣来俊臣等人斗智斗勇，得罪了不少权贵。家人时不时地受到各方各面的威胁，虽每次都能化险为夷，但在他心里，始终觉得亏欠家人的太多，若这次因为他的原因而使家人遭受伤害，他恐怕要背上一辈子的愧疚。

"大人无须担心，汪大哥武功高强，责任心更是无须多提，只要他在，狄府定会安然无恙。"袁客师安慰道。

狄仁杰点了点头，心中对随着他出生入死的后辈们充满感激，要不是他们拼死保护，他有九条命也要命丧黄泉了。

"大人，刚才我们和刺客交手时，刺客使用的是三才阵法，和浪荡山三公所使用的阵法如出一辙，这是不是说明三名刺客来自张家大宅呢？"齐灵芷在一旁问道。

在彭泽地区能够掀起如此风浪的，也只能是最为神秘的张家，不但张又学、张又问两兄弟非常古怪，神秘的张家主人更是神龙见首不见尾。

狄仁杰捋了捋胡子，说道："看这三名刺客的长相，应是本地人，如果你的推理正确，张家大宅很可能和来俊臣、魏王武承嗣有关联，说不定他们是在合谋一件事，而咱们所掌握的信息、线索触及到他们的利益，这才不惜血本弄出这场刺杀，若成功，自然就清除了障碍，若不成功，至少也不会暴露。"

众人听到来俊臣、武承嗣的名字，心中顿时一沉，连一向不畏权贵的徐莫愁也皱起了眉头，没人愿意和这两人接触，甚至不愿意听到他们的名字，房间中一下子安静下来。

"徐御医，钟嘉盛的事儿你真有把握？"齐灵芷打破沉默。

徐莫愁捋了捋胡子，微微一笑，说道："你这丫头，怎么和你师父一样，伶牙俐齿的，你见过我徐莫愁胡乱说话吗？放心吧，不出明早日出，钟嘉盛定会出现。"

徐莫愁的自信感染了在场所有人，众人只觉得精神一振。但徐莫愁却并未当回事，连着打了几个哈欠，眼泪都流了下来，冲着狄仁杰翻了翻白眼，说道："狄大人的哈欠都极具感染力，害得我困得睁不开眼睛！"

"折腾了一宿，大伙也累了，都回去休息吧。"狄仁杰的脸上突然现出疲惫之色，看得众人一阵心疼。

众人安慰了几句后，这才相继离去。

狄仁杰关上房门，慢慢挪到了床榻边，和衣躺了下来，闭着眼睛想着远在神都洛阳的家人。

次日早上，太阳刚冒出山尖，县衙外面便传来一阵熟悉的叫喊声。守在狄仁杰房间门口一夜未睡的狄福迅速地跑到县衙大门口，看见了一脸风尘的钟嘉盛。

"狄福，狄大人起了没？"钟嘉盛见到狄福未像假钟嘉盛那么激动。

狄福没有应声，反而上下打量钟嘉盛，过了一阵，才缓缓走上前，问道："你……是钟大哥？"

钟嘉盛眼睛一瞪，说道："我的狄大管家，我当然是你的钟大哥啦，光天化日下难道还是鬼不成！"说罢向县衙中走去。

狄福向钟嘉盛的右手食指关节看去，果然在食指关节处有着厚厚的一层老茧，这层老茧是常年积累所致，绝不是一朝一夕造出来的，这才松了一口气，跟着一起走了进去。

狄仁杰这一夜睡得并不踏实，一会儿梦到来俊臣、武承嗣在武则天面前弹劾他，一会儿又梦见很多蒙面人进入狄府杀人，还是钟嘉盛的声音把他从噩梦中拽了回来，他急忙走出房间迎向钟嘉盛。狄仁杰看到了钟嘉盛的第一反应，也是上下打量着他，弄得他不由得再次瞪起眼睛，大声问道："这到底是怎么了？难道我的脸上长了一头猪吗？"

钟嘉盛的话引起了众人的一阵大笑，任谁也想不到，一向沉默的盗神居然说出如此风趣的话来。见众人大笑，钟嘉盛先是一愣，随后也跟着笑起来。

"到底是怎么回事？"等众人笑罢之后，钟嘉盛问道。

从钟嘉盛的反应来看，他并不知道昨晚刺杀事件，甚至连他自身的经历也很有可能以为是一场意外。

在狄仁杰的授意下，袁客师把昨晚假钟嘉盛来访并策划刺杀一事讲述出来，听得钟嘉盛一会儿"哎呀"大叫一声，一会儿紧张得攥起了拳头，讲到狄仁杰戳穿假钟嘉盛时，他连呼过瘾！

"师父，您不是退隐江湖了吗？为何又来彭泽？"凌峰问道。

从目前的情况看，钟嘉盛并未受到任何伤害，不像是被人绑架的样子。

"说来话长，被一些宵小之辈算计了，困在一座墓穴中，幸好我有绝技傍身，经历一番生死后，还是让我逃了出来，等我闲时，得把这身本事教给你，否则，哪天我遭遇不测，这身本领就废了。"钟嘉盛拍了拍凌峰的肩膀。

对于一名盗墓者而言，被困墓穴是常有的事。令人意想不到的是，他被困的这座墓穴却成为了日后狄仁杰破案的关键所在。眼下见他安全归来，众人的注意力便没放在钟嘉盛遇险的经过上，以至于疏忽了这一点。

"看来幕后真凶把时间算计得很精确，几乎是分毫不差，他们知道无法困住钟嘉盛，掐算好了他从墓穴逃出来的时间，利用了这一点让我们放了假钟嘉盛，好厉害的心计啊。"狄仁杰说道。

狄仁杰很少夸赞别人，可对于这次的对手，让他不得不佩服，刺杀方案、推演逻辑绝不是一般人能够算计到的。

"只要人平安回来就好，其他的事儿不重要，嘉盛老弟，看你面如菜色，想必是又累又饿，让狄福给你做几个好菜，你吃饱了好好歇歇，等你休息好了，咱们详谈。客师、灵芷，你们陪我去一趟仵作家，他昏迷了这么久，我一直没能腾出空来去看他。"狄仁杰说到仵作时，脸上显露出愧疚的神色。

"我陪你去吧，顺便在路上聊聊。"钟嘉盛虽说一脸疲惫之色，却依然精神抖擞。

狄仁杰笑了笑，点点头，说道："客师、灵芷，就劳烦你们查验浪荡山三公和三名刺客的尸体，看看还有没有线索。"

狄福急忙从厨房捡了两个热气腾腾的大馒头，向狄仁杰和钟嘉盛追了过去。

仵作杨老实家位于彭泽县东郊一处偏僻之地，想是仵作收入不多，不能在繁华的地段买宅子，这才将家安置到了这个地方。

杨老实家几乎可以用家徒四壁来形容，四周墙壁到处漏风，房顶多处见了光亮，床榻遭受虫蚁侵袭，已经摇摇欲坠，家中唯一值钱的是梨木做的柜子，想必是妻子的嫁妆。

一个县衙的仵作尚且如此，靠种地和采摘为生的普通百姓会怎样？

杨老实的妻子是一名中年妇女，但由于长期营养不良，看起来要比实际年龄老很多，脸上除了皱纹之外，还多了一些忧虑之色。

家里虽说生活困难，但女人对杨老实却始终不离不弃，在他昏迷后，宁可饿着自己和孩子，也要把最好的喂给杨老实。

杨老实仍旧处于昏迷中，有时手指和眼皮会动一动，大声召唤他时偶尔会产生一些反应。

狄仁杰心中一喜，心道：好现象，随着时间推移，封穴的内力会慢慢被人体吸收，穴道自然就解开了。

他又问了仵作家收入来源的问题，得到的答案却令狄仁杰心感愧疚。原来仵作一家七八口人，仅仅靠着仵作微薄的收入度日，日子过得是吃了上顿没下顿。

"大嫂，你们可以去做一些小买卖呀，上山采摘、种地，做点什么也不至于如此困难。"钟嘉盛说道。

钟嘉盛其貌不扬，对穿戴也不讲究，从外表看毫不起眼，实际上却是一名巨富，光是他宅子中的那些古董，就比得上当年的洛阳首富黄百万了。

"家里上有老下有小需要伺候，哪还有精力去做什么买卖。"杨大嫂说到这里哽咽起来，眼中见了潮气。

狄仁杰叹了一口气，刚想从怀里掏些散碎银两，却被钟嘉盛阻止，只见他从怀中掏出两锭银子，递给杨大嫂，说道："大嫂，这些钱你先用着，等过些时间我想个办法，一定会让彭泽县的百姓们都富起来。"

狄仁杰看了看钟嘉盛，心道：这老小子不是要将一身的盗墓本领教给村民们吧？若真是这样，彭泽不就成了盗墓之乡了？

看到了狄仁杰的表情，钟嘉盛立刻明白他的疑虑，笑着说道："放心吧狄大人，我自有我的办法，而且绝对正当。"

钟嘉盛一向说到做到，狄仁杰从未质疑过，心中期待着他能够帮助村民们走出困境。

第六十七章　天下第一快刀

洛阳是都城，周边卫城有百万驻军拱卫，皇城中还有众多的千牛卫，有主管刑事的大理寺，有洛阳府衙下辖的捕快，加上武则天直属的内卫无处不在，已经达到夜不闭户路不拾遗的程度。

狄府坐落在青龙大街的一个胡同内，整条街几乎都是官员的宅邸，平时很少有闲人经过，黄昏后，整条大街上已很少有行人走动，与相邻的繁华街道相比，显得冷冷清清。

夜幕中，数十道身影掠过街道，纵身跳进狄府，来者身轻如燕，落地时甚至没有发出一点儿声音。

来者全身包裹在黑色紧身衣中，脸上也蒙着一块黑布，手中钢刀在微弱的灯笼光芒下，反射出一股股寒光，可比起这些人的眼神，这些寒光便算不得什么了。

黑衣人训练有素，行动迅速，进入府宅后便紧贴着墙根站着，未发出一点动静，呼吸均匀而绵长，显然都是内家高手。

在进入狄府之前，黑衣人早已将狄府摸了个熟透，防卫情况一清二楚，主要目标是狄仁杰的夫人和儿子们。黑衣人首领比画了一个手势，其他人不假思索地四散而去，黑衣人首领略加观察后，幽灵一样扑向正房。

汪远洋曾是最优秀的镖师，镖师最擅长的便是护镖，在他眼里，整个狄府就是一个镖，必须要全身心投入才能守护好，尤其是在狄仁杰被贬彭泽的情况下，他肩上的责任更重。他甚至将家眷接到了狄府，几乎全时守护。

黑衣人一进入狄府，汪远洋便已发现，指挥千牛卫按照事先预定的方案部署。

刺客的感官极其敏锐，黑衣人首领刚来到正房门口，便感应到身侧有股杀气来袭，来不及多想，他的身体以一个不可思议的角度弯了下去，恰好躲过了贴着脸飞过去的刀。

刀是汪远洋的蝉翼刀。

"汪远洋，来得倒挺快！"黑衣人首领面向汪远洋，眼神中散发出一丝敬畏之意。

"立刻带着你的人退出狄府，我绝不追究。"汪远洋一伸手将蝉翼刀收了回来，闪身来到正房门前。

"我既然敢来，就没打算空着手回去。"黑衣人首领并未慌张。

房间中传来窸窸窣窣的声音，汪远洋立刻说道："远洋在此，夫人莫慌。"

房间中的人应了一声，再没了动静。

"传说汪远洋的蝉翼刀法是天下第一快的刀法，我觉得这只是一个传言。"刺客首领冷笑一声，没有丝毫退意，迎着汪远洋的方向走了一步。

汪远洋摇了摇头，说道："那咱们来一场斗赌，你输了，就得说出这次袭击的幕后主使。"

"那你输了呢？"

汪远洋弹了弹手上的蝉翼刀："我不会输！"

"哈哈哈，汪远洋，你还真会打如意算盘，告诉你，屠杀已经开始了，你一个人再厉害，也无法阻止，我没必要和你玩什么斗赌。"刺客首领狂笑了一声。他并未打算斗赌，也没想急着冲进房间杀人，他需要做的就是牵制汪远洋，要等同行的杀手杀死其他目标后，再来杀死狄夫人。

"是啊，屠杀已经开始了，你阻止不了！"汪远洋波澜不惊，拎着刀慢悠悠地和黑衣人首领说着话，就像是两名多年未见的老朋友一样。

汪远洋知道黑衣人首领在拖延时间，但他却并未点破。按照汪远洋的部署，蒙面刺客应该陷入众多千牛卫的包围中，经过严格训练的每一组千牛卫，都已熟练掌握北斗七星阵，莫说是这些刺客，就连李元芳这等高手亲自破阵也不容易。

就在两人说话的当儿，狄府院内的喊杀声已在各处响起，两人便不再交流，紧紧地盯着对方，生怕对手会突然出招。

过了一阵，喊杀声渐渐地弱了下来，除了一两处还在打斗之外，整个狄府已经趋于平静。不大一会儿，一阵杂乱的脚步声向正房所在的院子传来。

当黑衣人首领看到千牛卫押着伤痕累累的刺客时，心神不由得一颤。

"汪将军，还有一组兄弟与刺客缠斗，其余刺客均已生擒，第二队的兄弟们接替了我们，恢复了正常的巡逻。"千牛卫军头看了看黑衣人首领，眼神充满了轻蔑。

汪远洋的表情依然没有变化，平静地说道："现在你可以考虑斗赌的提议了吧？"

黑衣人首领愣了一下，有些犹豫不决。

"这儿是神都洛阳，公然带人闯入大臣府邸刺杀，想必幕后主使身份极为尊贵，这才令你们底气十足，不幸的是，你们遇到了我，要是把你们交给皇帝……嘿嘿……"汪远洋冷笑了一声。

话音未落，另一组千牛卫押着两名刺客走了进来，冲着汪远洋的方向拱了拱手。

汪远洋的话极具威胁，加上最后一组刺客亦被生擒，击溃了黑衣人首领的心理防线，他看了看被五花大绑的刺客们，不禁长叹一口气，说道："都说狄仁杰的卫队长李元芳是大周第一高手，没想到你也不差。我可以和你斗赌，如果我输了，请你放过这些兄弟们。"

"好！"汪远洋点了点头。

汪远洋在江湖上极负盛名，说过的话定会做到，如今得到了他的承诺，黑衣人首领算是松了一口气。

"汪远洋，蝉翼刀！"汪远洋神色一正，大声地说道。

"柳成空，锯齿虎头刀！"黑衣人首领不再隐藏身份，伸手将蒙面巾摘了下来，一张冷峻而杀气十足的脸露了出来。

江湖上使刀的高手很多，李元芳的链子刀霸气无比，以攻为主，堪称大周第一高手。汪远洋的蝉翼刀灵动，以防守为主，目前暂无败绩。而快刀柳成空亦久负盛名，刀法极快，传言与人交手从来只用一招，人称天下第一快刀。

以快出名的柳成空对阵汪远洋，谁胜谁负实难预料！

"大名鼎鼎的快刀柳成空为何也做这等买卖？"汪远洋语气中带着惋惜，毕竟在江湖上能够将刀法练到极致的人并不多，而柳成空就是其中之一。

"人在江湖身不由己。"柳成空话音未落，便身形一闪，快速地向汪远洋突进，只见他纵身跃在空中，犹如饿虎扑食一般，手中锯齿虎头刀借着下落之势，夹杂着呼啸之声向汪远洋当头劈下，这一招"饿虎扑食"与锯齿虎头刀配合起来，无论是气势、速度还是招数，几乎是无懈可击，在众人的眼中，汪远洋除了使用蝉翼刀格挡之外，并没有其他办法可以化解这一招。

"能把五虎断门刀用到这种程度也只有你了！"汪远洋不敢大意，脚下倒乱七星步微动，居然以一种不可思议的角度闪出了锯齿虎头刀的攻击范围，手中蝉翼刀白光一闪，抹向柳成空的脖子。

术无高低，却因使用者的功力不同而不同。五虎断门刀在江湖上极为常见，可练到精髓的却不多，柳成空仅凭着一手出神入化的刀法便跻身于江湖一流高手的行列。

汪远洋用的是蝉翼刀，刀身轻盈，刀法轻灵，与其比速度，在兵器上就输了一截，所以柳成空就用刀式威猛的五虎断门刀法配合兵器锯齿虎头刀来克制汪远洋。

他早就听闻汪远洋的刀法、轻功极为了得，却没想到厉害到如此程度，不但躲过了自认为是无懈可击的一招，还能出手反击。

眼见着薄薄的蝉翼刀就要抹到了脖子上，柳成空心中大惊，收刀格挡已来不及，情急之下只好向后弯腰同时将头一仰，这才堪堪躲过致命的一刀，刀风却将他的脸颊刮得生疼。

汪远洋见一刀未能制敌，"咦"了一声，未等招式用老，手腕一转，刀锋又转回来，砍向柳成空的左臂，若砍中，一条左臂定会残废。

柳成空刚刚站稳，余光又见刀光一闪，隐约觉得是冲着自己的左臂砍去，无论是格挡还是闪避都已来不及，只好咬牙挥起手中的锯齿虎头砍向汪远洋的腿部。

柳成空的刀法绝不逊于汪远洋，他吃亏的是刀的重量，一柄锯齿虎头刀近十余斤，而汪远洋的蝉翼刀还不足半斤，两人功力相当的情况下，论刀速，自然是汪远洋要快一些，且汪远洋还有超绝的身法倒乱七星步傍身，占尽了优势。

无奈之下，柳成空才选择两败俱伤的打法，你砍掉我一条胳膊，我就砍掉你一条大腿，虽说慢了半拍儿，却不吃亏。

汪远洋冷哼一声，刀势未变，双腿一用力，身体像一只腾空而起的鹰隼一般离开地面，刚好躲过锯齿虎头刀的砍腿之劫，手腕再次一翻，刀身向柳成空的脸部拍去。

柳成空借此机会撤刀，将手中的锯齿虎头刀向上一架。汪远洋不肯兵器相交，身形一晃，退了回去，持刀而立。

"厉害！"柳成空暗赞了一声，表面上却不肯服输，再次猛身而上，只见他一声巨吼，震得在场人们的耳中回声不止，趁此机会，他挥起一刀削向汪远洋的肩膀，这一招正是五虎断门刀中的杀招"狐假虎威"。

汪远洋脚下踏着倒乱七星步，身体滴溜溜一转，退出半步恰好躲过了这一招，刀锋贴着胸口掠了过去，正欲挥刀出招，却见柳成空手中的锯齿虎头刀刀身与刀柄分离，闪电般射向汪远洋。

本来汪远洋是恰好避过了刚才那一刀，刀尖与身体的距离不过寸余，不想锯齿虎头刀刀身却射了出来，眼见就要刺中他的胸口。

临危之际，汪远洋将手中蝉翼刀自下而上向胸口一贴，身体微微向左一侧，锯齿虎头刀刀身戳中了蝉翼刀，发出"叮"的一声后，竟然飞了出去。

原来柳成空的锯齿虎头刀是子母刀，射出去的只是套在子刀上的母刀，这也是他的救命绝技，所有见过子母刀的人，都已不在人世。今天，子母刀的秘密光明正大地暴露在众人面前，而汪远洋仍然利用超绝的武功和反应躲过了这致命一击。

不等汪远洋反应过来，柳成空却再次合身而上，手中的子刀刀身又薄又软，与汪远洋的蝉翼刀有异曲同工之妙。只见他展开轻功连续闪动，闪动中从四面八方向汪远洋的周身要害砍去数刀，手中的子刀又轻又快，刀风犹如狂风暴雨般。

"好！"汪远洋只觉得眼前一花，数个柳成空的身影出现在周围，数十道刀风已经临体，若不能破解，就会被快刀剔成白骨。只见他脚下步法移动，手中的蝉翼刀霎时间舞动起来，仿佛飞动的蝉扇动着翅膀，同时也发出"吱吱"的鸣叫声，一股股的寒气从蝉翼刀射向四周，不断地与柳成空的子刀撞击着。

这招是汪远洋蝉翼刀法中的绝招，名曰"冰封千里"，此招一出，霎时间周围的空气跟着一阵颤抖，变得更加寒冷，不要说与之过招的柳成空，就连数丈之外观战的众人也感到一阵寒气扑面而来，不由得打了一阵哆嗦。

汪远洋的这一招没人见过，江湖上传闻此招非常厉害，却没人见过，如今被柳成空逼得使了出来，震惊了在场所有人。

柳成空只感觉挥出的每一道刀气都被挡了回来，而且蝉翼刀那绵绵不绝的刀式仿佛愤怒的江水一般，不断地冲击着他。柳成空的招式已尽，身形随着慢了下来，只感到脸上一阵冰凉。再看汪远洋，早已回到原来的位置持刀而立。

柳成空输了，围观的千牛卫和刺客们都没看出来，可他自己知道，无论速度还是刀法，他都略逊于对方，要不是汪远洋手下留情，只是用刀身轻轻地贴在他的脸上，他早已身首异处。

"我输了。"柳成空神色黯淡，将刀戳在地面上的青石上，柔软的刀身竟然深入青石达半尺，露出来的刀身与刀柄不停地颤抖着。众人都看得心惊，此人功力深厚，若非遇到汪远洋，狄府就要被满门屠杀。

身为一名刀客，放下手中的刀，就意味着认输。

"放他们走！"汪远洋命令道。

众千牛卫们犹豫了一下，最终还是将所有刺客放开。

"汪兄，谢了。"柳成空对汪远洋的称呼已带着九分敬意，随后又向刺客们说道，"你们……随我来。"说罢，他伸手将子刀从青石中拔起，又拾起母刀，合并成虎头锯齿刀后，身形飞纵而起，犹如一只飞翔的大雁跳上房顶。刺客们忍着伤痛，跟着跳上了房顶，随柳成空而去。

"请各位兄弟各尽职责，汪某去去就回！"汪远洋拎着蝉翼刀一纵身也跟了上去。

第六十八章　盗神货栈

放眼江湖，论轻功速度最快的当数李元芳的移形换影，缺点是需要大量的内力支撑，不能长久。小莲的鬼影迷踪步虽与移形换影相似，却在速度上逊色半筹。齐灵芷的冷月凝香舞奇妙无比，却需要练到极致才能发挥最大威力。而汪远洋的倒乱七星步则是靠着步伐的巧妙著称，速度快且消耗内力很少。

让柳成空惊讶的是，他全力施展轻功，居然无法与汪远洋拉开距离，与众杀手们飞奔到城郊的小树林后，便停下脚步，回头望着不远处的汪远洋。

汪远洋脸不红心不跳，一副悠然自得的模样，轻描淡写地说道：“我兑现了诺言，你呢？”

柳成空点了点头，说道：“我还要做一件事。”话音未落，就见他身影一晃，仍旧是袭杀汪远洋最后那一记绝招，刀光闪了几闪，人又回到原处，一众杀手却纷纷倒地身亡。

汪远洋作为局外人看得清楚，柳成空只凭这一招便可以纵横江湖，要不是自己有绝招“冰封千里”应付，早已死在柳成空刀下，可如今他却沦落为杀手，杀手便是杀手，永远改变不了冷血的本质。

“汪兄，斗赌我输了，可杀手也有杀手的原则，绝不能出卖主顾，这个规矩我不能破，不过我可以告诉你一些事。”柳成空一脸坚决，看样子就算将钢刀架到脖子上，他也绝不会透露半个字出来。

汪远洋叹了一口气，并没再说什么。对于一名杀手而言，能够做到言而有信已是不易，若再强求，怕会落得一场空。

“幕后指使是一位朝中重臣，不过，我们只是整个计划的一部分，若计划顺利，此刻的狄仁杰已命丧黄泉。”柳成空说到这里突然发出一声惨笑，笑声不但大而且瘆人。

“不会的，绝不会的，大人身边还有小莲在，没人可以伤得了他。”汪远洋喃喃地说道。

　　小莲隐藏得很深，却瞒不过同为高手的汪远洋，只是碍于面子，汪远洋从来没说破这件事，这也是他安心守在狄府的原因。

　　"哈哈哈哈，杀手的最终结局就是没有结局……"柳成空将刀一横，架到脖子上。

　　"柳成空，你今晚行动并未造成不可逆的伤害，以你的武功和智慧，可以弃暗投明，为朝廷效力，狄大人定会既往不咎。"汪远洋终于明白柳成空为何将所有的杀手杀死。

　　"狄大人大度，可惜，咱们走的是完全不同的两条路，若早些遇到汪兄，也许我不会是这种下场。但现在说什么都晚了。"柳成空欲言又止，看来心中一定是有苦衷不能说明。

　　"没有解决不了的事……"汪远洋还想继续劝说，话还未说完，就见柳成空手中的刀光一闪，虎头锯齿刀落到地上，一股鲜血从动脉喷涌而出，同时他又运起内力震断心脉。杀手便是杀手，自杀也是干净利落，这一刀不深不浅，刚好割断了脖子上的大动脉，又没有伤了气管。

　　"收下我的刀！"柳成空说完这句就缓缓地闭上眼睛，身体慢慢地瘫软下来，与众杀手的尸体一同躺倒在地上。

　　汪远洋冲着柳成空的尸体点了点头，长啸一声，捡起虎头锯齿刀，转身向狄府奔去，他目前要做的，是将此间事修书一封，送呈给狄仁杰。

　　盗墓在任何朝代都是见不得光的职业，掘人祖坟损阴德，若非迫不得已，没人愿意从事这种职业。也是因为职业的原因，钟嘉盛很少与人接触，时间久了，人也变得古怪起来。可他的怜悯之心却是天下少有，一路上见到彭泽百姓生活贫苦，再加上仵作杨老实的事儿，他决定做一些事改善当地人的生活，一来帮助狄仁杰解决民生问题，二来可以积德，让他的内心得到宽慰。

　　俗话说得好，有钱能使鬼推磨。

　　钟嘉盛在彭泽县的中心买下了一大块地皮，并立刻着手建造一座巨大的建筑，最后再请狄仁杰写一块牌匾：嘉盛货栈。

　　货栈收购彭泽地区的特产，其中包括当地人们的手工制品、山货和名贵药材等，再送到附近的各大城镇甚至是神都洛阳贩卖，从其他地区收来的商品亦可在货栈销售，以丰富当地的物产。

没人知道钟嘉盛究竟花了多少银两，只知道一旦货栈建成并开始运营，当地人除了种地外，又多了许多营生，成为货栈的伙计或者是成为货栈的供货者，彭泽地区的经济也会逐渐好转。

令人刮目相看的是，除了盗墓外，钟嘉盛还有着惊人的经商天分，他精确地计算过，三年后，货栈便可将所有本钱收回，并扭亏为盈，形成良好的商业循环，若将货栈开遍整个神州大地，甚至是大周朝的周边国家，说不定会出现第二个齐东郡，第二个黄百万，成为整个大周朝的首富。

袁客师、齐灵芷对钟嘉盛的行为抱着赞赏的态度，却未看好货栈的前景。钟嘉盛有经商的天赋，却没有经商的心。

无论人的意志力多强大，都要受到肉体的限制，疲累到一定程度，一旦睡下就很难在短时间内醒转。

这是狄仁杰睡得最久最踏实的一次觉，他从睡梦中醒来时，太阳已高高挂在半空。他长长地出了一口气，定了定神，这才缓缓地起床穿衣。他近来感觉到身体有些不听使唤，以往充沛的精力不知跑到哪里去了，也许是这些天发生的事让人费神，也许是真的老了。

想到这里，狄仁杰苦笑了一声，心道：毕竟一把年纪，不能再用年轻时的想法来看问题。

一直守在房间外面的狄福听见动静便敲门而入，一边帮狄仁杰穿衣袍一边嘀咕着："老爷，您这一觉睡得真吓人，连呼噜都不打。"

狄仁杰听后一笑，说道："我不打呼噜不好吗？省得吵到你们。"

狄福摇了摇头，说道："我听不见您打呼噜就睡不好，您一觉睡到大天亮，我可是整整守了一夜！"

狄仁杰看向狄福，只见他眼睛满是血丝，整张脸上写满了疲惫，心中不由得一疼。狄福跟随他多年，他早已把狄福视若己出，眼见狄福为了守护自己如此疲惫，如何不心疼？他强忍住眼泪，伸手给狄福整理了一下有些褶皱的衣袍，说道："辛苦你了孩子！"

狄福"嘿"了一声，说道："老爷您说什么呢，得嘞，我还得去给您弄吃的，免得您又嚷嚷胃疼！"

等狄福离开后，狄仁杰用衣袖抹了抹有些湿润的眼睛，朝着狄福的背影小声说着："好孩子，谢谢你啦！"

袁客师、齐灵芷走进院子，见狄仁杰的房门打开，便打了声招呼进入房间。狄仁杰急忙假装打了一个哈欠，又用袖子擦了擦眼睛做掩饰："这一觉睡得真好，年纪大了，感觉精力不够喽！"

齐灵芷和袁客师对视一眼，俏皮地说道："我看您精力充沛着呢，倒是感情丰富了不少！"

狄仁杰嗔怒道："你这孩子……"

齐灵芷微微一笑，冲着袁客师说道："小袁神捕得了您的真传，验尸结果出来了，说说吧！"

"浪荡山三公果然死于心殇，至于那名自杀的刺客，死于牙齿中藏的毒药，徐御医说这种毒药是多种顶级毒药原料经过极为复杂的工序炼制而成，剧毒无比，莫说是人，就是一头大象，也会瞬间毙命。"袁客师说道。

"这么厉害，竟比鹤顶红还要霸烈！"狄仁杰惊道。他知道刺客是服毒而死，却想不到药性竟如此剧烈。

袁客师呵呵一笑，说道："徐御医说了，您一定会拿鹤顶红比较。"

狄仁杰叹了一口气："这个老毒虫子，总能钻到人心里。"

"他老人家说，鹤顶红不及它的万分之一，只是服用鹤顶红，他和您联手便可保住刺客的性命。但服了这种毒，人的魂魄都会枯萎，所以称为'魂灭'。"袁客师摇头晃脑地说着。

"魂灭，心殇，太相似了！"狄仁杰说道。

"它们很可能出自毒手药王，徐御医说，他师兄任天翔很可能会炼制这两种毒药！"袁客师说道。

"另外，在杨清河的匕首上也发现了魂灭。"齐灵芷说道。

狄仁杰缓缓地点了点头，头脑中却不断思索着。现有证据表明，不但刺杀行动与任天翔有关，而且之前发生的几起案件也与他有关，也许任天翔就潜伏在彭泽，像等待出击的毒蛇一般，随时会发出致命一击，虽说有徐莫愁在，但敌暗我明，一旦任天翔发难，怕是没人能抵挡住一回合！

最可怕的是，没人见过任天翔的真面目，除了最熟悉的袁客师等人外，他可能是任何人。

想到这里，狄仁杰长出了几口气，缓解心中郁闷，转向齐灵芷问道："灵芷，有你父亲的消息吗？"

齐灵芷的神色一下黯淡下来，微微摇了摇头。

狄仁杰"呃"了一声，却不知道该如何接着说下去。

袁客师急忙接过话茬："对了，灵芷，刚才小莲姐说让咱们去找她。"

狄仁杰正尴尬着，见袁客师打了圆场，便急忙说道："正好我还有些事需要思考，你们去聊聊吧！"

看着袁客师和齐灵芷的背影，狄仁杰的神色逐渐凝重起来，他越发觉得齐东郡的失踪和彭泽发生的案件有关联，只是现在线索太少，还理不出头绪来。

第六十九章　声东击西

一旦心思变成执念，会导致茶不思饭不想，甚至连睡觉也不安稳。换作动物，得不到就放弃，放弃了就永远不会再去想。人则不同，总会想尽各种办法达到目标。

对于齐灵芷来说，眼前最重要的事就是父亲齐东郡，虽说第一次夜探张家大宅以失败告终，却在大门处发现了父亲留下的暗号，同时还拿下朝廷重金悬赏的浪荡山三公，给一向嚣张跋扈的张大户上了一课，算是小有收获。可她心里明白，第一次的失败也就意味着张家大宅的防守会更严密，更可能会将父亲转移走。

从这次被围困，齐灵芷看到了自己在武学上的差距，甚至不如隐退江湖多年的小莲。她与李元芳学习了移形换影的功夫，却很难寸进，因为李元芳的内功心法是煞天气功，至刚至阳霸烈无比，她的内功心法是月神心法，属于阴柔属性，属性不匹配导致无法发挥移形换影的全部威力。

至此，齐灵芷才悟透一个道理，就算是学了李元芳的灵蝠五式，悟出了移形换影，也很难寸进。这并非她练功不刻苦，也并非天分所致，而是受心法所限制。若将灵蝠五式和小莲教授的鬼影迷踪步结合一下，适应了自己的月神心法，也许会有突破。

齐灵芷武学造诣很高，此时的顿悟，使得她今后的武功突飞猛进，成就直追大周第一高手李元芳。

擅自闯入张家大宅的行为，令她懂得了什么是沉着冷静，这也是她做了白鸽门门主后第一次认真思考问题。

张家大宅的门客绝对不只浪荡山三公，一定还有比他们更加厉害的角色存在，若再次贸然闯入，就不会有上次那么幸运了。但张家大宅有父亲的线索，她却不能放弃追查，袁客师的小聪明显然用不上，所以她就打起了小莲的主意。

小莲的鬼影迷踪步不逊于李元芳的移形换影，而且她又擅长隐身术，最适合夜探张家大宅。但她早已退隐江湖，不愿意再涉身江湖琐事，只在狄仁杰有危险时才会出手，除此外，绝不多管闲事！

但齐灵芷现在唯一的希望就是小莲，经过一番软磨硬泡后，小莲终于心软，答应帮她再探张家大宅，但条件是需经过狄仁杰同意才行。因为彭泽近年来所发生的案件，几乎都与张家大宅发生了联系，若打草惊蛇，会对全局不利。

但在齐灵芷眼中，这些大案要案都不重要，她只要她的父亲。

小莲身为女性，自然能理解齐灵芷的心情，再加上袁客师巧舌如簧的游说，她很快就缴械投降，答应他俩可以不用经过狄仁杰同意，但必须有一个周详的计划。

见小莲答应下来，齐灵芷高兴得像个得到新年礼物的小孩子一样，姐姐长姐姐短地叫个不停。

张家大宅的防守太严密，容不得半点疏忽，袁客师经过数次修改后，拿出了一个相对合理的方案，三人又讨论了一番，最终敲定下来，既可以让小莲潜入大宅中，又不会造成任何影响。

"小莲姐，我父亲既然能在大门口的柱子上留下掌印，就一定会在其他地方留下记号。"齐灵芷将与父亲之间所有的联络暗号告诉了小莲。

"咱们可说好了，我这次潜入只负责探查，不负责救人，救人的事儿，需要和老爷商量后方可行动。"小莲郑重其事地说道。

"这是自然，我以白鸽门门主的身份做出承诺。"齐灵芷向小莲伸出手。

夜幕很快降临，当小莲身穿黑色夜行衣出现在齐灵芷的面前时，让她一阵赞赏。完美的身形在紧身夜行衣的衬托下显得更加完美，标准的东方女性美配上黑色，使她看起来英姿飒爽。

小莲更具有成熟女性的魅力，而齐灵芷则是标准的未出阁姑娘，两人不同风格，却都令人赏心悦目，看得袁客师发出一阵阵赞叹之声。

再次核对计划后，三人迅速地消失在夜幕中，向张大户的宅院飞驰而去。小莲和齐灵芷轻功卓绝，袁客师虽差了些，却仗着男人先天优势勉强跟着，时间久了，袁客师便感到有些吃力，心中连连叫苦。

女人会武功很好，但武功太好了也不是好事儿！

论张家大宅的护卫，就属守大门最没趣了，不但时刻要接受护卫首领的查哨，面临的危险也最多，若遇到小莲和齐灵芷这样的煞神，弄不好还要受一顿皮肉之苦。

疤脸就是上次因为得罪狄仁杰被管家张又学暴打一顿的护院，张又学是在做戏，疤脸是受难者，受了难就会有补偿。事后，张又学安慰疤脸后，升他为队长，负责看守大门的一个小队。

小人得志必忘形。

疤脸撇着嘴得意地哼着小曲，他满口的黄牙已经随着狄福和张又学的重击永远地离开了口腔，但荣升的喜悦却使他将掉牙的烦恼忘在脑后。他牵着一条狼狗坐在大门口的台阶上，粗糙的大手肆意地抚摸着狼狗的脑袋。狼狗惬意地享受着这种抚摸，将头放在两只前爪上，偶尔还哼哼一两声以表示舒服。

陪着疤脸的是两名与他年龄差不多的护卫，平时都以兄弟相称，自从疤脸荣升了小队长，因为身份地位不同，便慢慢地疏远了。

自打齐灵芷闯入以来，张又学便加强了护卫，原本只有两人值守的大门，现在变成了三人，其中一人为小头目，这也是疤脸出现在这里的原因。

"喂，你们想什么呢？"疤脸将那首熟悉的曲子哼哼了几十遍，就连趴着的狼狗都听得厌烦，两只耳朵耷拉下来，闭上眼睛。疤脸实在耐不住寂寞，想法子找些话茬来讲，可他满嘴漏风，说出的话有些模糊，让两名护卫一愣，反应了一阵后，才明白过来。

"哦，队长，我们没想什么，就是这漫漫长夜，熬得实在难受。"其中年纪稍长的护卫甲答道，但他心里想的却是疤脸那漏风的嘴，强忍住没敢笑出来。

"哎，你们还记得上次那姑娘吗？"疤脸终于找到了一个所有人都感兴趣的话题。以前他们晚上值守时，总是谈论着彭泽城哪家的姑娘好看，虽然摸不着碰不到，却会意淫上一番。

"队长，听说那女人是白鸽门门主，好像还是什么师太的徒弟，来头很大，咱惹不起呀。"护卫乙连忙说道。

"人真是漂亮，怎么会叫女罗刹呢，实在是……"疤脸的话还未说完，便见到一个鹅黄色的身影出现在不远处的道路上，身边隐约还有一个青灰色身影。

护卫甲瞳孔猛地一缩，用手指着远处，说道："队长，那边……好像是你说的女罗刹齐灵芷。"

狼狗腾的一下站起身，幽绿色的眼睛直直地望着来人，两只耳朵竖了起来，龇着牙低吼着。

疤脸虽说荣升了小队长，可他心里清楚，他凭借的不是武功和能力，只是受了些委屈，张又学权衡之下给他的补偿而已。

当他瞪大眼睛看清来者正是他讨论的姑娘后，心中一颤，原本的暧昧神色瞬间消失不见，取而代之的是一种恐惧，发自内心的恐惧。

"你们守着，我去喊人。"疤脸说罢将拴着狗的绳子扔给了护卫甲，一转身跑进大门，一溜烟似的向里面跑去，边跑边喊着："齐灵芷来啦，女罗刹来啦！"

声音在安静的夜间传出很远，像一滴水掉进了油锅一般，大宅院内立刻沸腾起来，叫喊声、脚步声、狗吠声不断地响起，不一会儿的工夫，大门处便聚集了几十号人，在门外列成一排。

当"女罗刹"三个字传进齐灵芷的耳朵里时，气得她差点将长剑当作暗器射出去。袁客师见状急忙出言安慰，这才让她渐渐地平息下来。两人并未施展轻功，而是手拉着手慢慢走到大门口。

诸多护卫中走出一人，身上所穿衣物与其他护卫略有不同，他向前迎了两步，冲着齐灵芷和袁客师一抱拳，笑着说道："哎呀，这不是袁捕头和齐大小姐嘛，鄙人追风腿闫子明，这两大晚上的，两位……嘿嘿。"

"追风腿是吧，就你这双罗圈腿能追上风吗？"袁客师毫不客气地讥讽着对方。

江湖上讲究的是面子，哪怕对方武功和名气再差，也要假装"久仰久仰"一番，让对方有个台阶，像袁客师这等说辞，必定会让对方恼怒。

"你……"闫子明本想发怒，但想了想张又学警告过他们，不得再惹狄仁杰以及他身边的任何人，这才硬生生地把怒气咽到肚子里，勉强摆出一张笑脸，说道："在下能追得上风，却追不上小袁神捕。"

"少和我臭屁，我找你们的管家张又学，让他出来！"袁客师依然没给对方面子。

"敢问小袁神捕因何事找我家管家呀？"闫子明在怒意中硬生生挤出笑容的样子非常难看。

"理论上次围攻我的事。"齐灵芷对追风腿闫子明有所耳闻，江湖上的二流角色，并未放在眼里。

"原来是这样，理论自然没问题，不过我们管家不在家，二位若是想见，至少得提前一天预约才行。"闫子明不冷不热地说道。意思是今晚上你肯定是白来了，想见到管家张又学那得看他的心情，若不高兴，他便会一直用不在家的理由拒绝。

"少废话，如果我见不到他，谁也别想安生。上次要不是看狄大人的面子，我定会召集白鸽门，与你们斗个鱼死网破。今晚不能给我一个说法，就算张又学躲在屋里也睡不香。"齐灵芷杏目圆睁，手中长剑已经拔出一半，看样子只要闫子明再说一句废话她就要动手。

"这……"闫子明有些为难，一时间竟然不知如何应对，呆立在当场。

"这个屁，快去把张又学叫出来。"袁客师挥了挥手说道。

"张管家真不在，这样吧，我去把大首领请出来如何？"闫子明试探着问道。

"本姑娘要的是说法，只要你们找一个能说了算的就好！"齐灵芷说道。

闫子明立刻点点头，转身进了大院。站在大门外的一排护卫看着齐灵芷，虽说有些畏惧，却没人退缩。

过了好一阵，大门处依然安静着，不但大首领没出来，连闫子明也避而不见。齐灵芷怒气顿生，拔出长剑准备硬闯，袁客师并未阻拦，反而也跟着拔出长刀。护卫们进也不是、退也不是，只能不断地安抚牵着的狼狗，以免惊扰到齐灵芷二人。

"让开！"齐灵芷向前迈进一步，杀气陡然放出，众护卫无法抗拒，不由自主地后退数步。

"齐门主，小袁神捕！"张又学懒洋洋的声音从院中传出来，让冷汗直冒的护卫们心落了地。

张又学以一副人畜无害的模样走了出来，整个人笑得像弥勒佛一般，双手连连抱拳施礼："哎呀，这件事都怨在下，在下回来时并未告诉闫子明，所以他不知道我回来了，这里到新月村一来一往得一天路程，疲劳得很，一回来我就睡下了，呵呵呵呵……"

张又学笑得很假，谁都能看得出来，他笑容之下是极度的厌恶。

"我们是来找你算账的。"齐灵芷并没给张又学面子。

"好说，好说。齐门主在张家大宅受到惊吓，算账是应该的，有什么要求，只要张某能做到，一定照办。"张又学应付着。

袁客师在一旁坏笑着，心道：看来张又学并不知道这位曾经是凉州首富的大小姐有多刁。

"好，那我就不客气了！"齐灵芷脸上一笑，开始与张又学交涉。

与此同时，一身黑色夜行衣的小莲从张家大宅的后院墙翻了进去，令人惊讶的是，她与黑夜几乎融为一体，哪怕有人面对面走过来，也绝不会发现。

在江湖上，论隐身技法，当年蛇灵之首虺文忠当属天下第一，擅长此道的汪远洋只能屈居第二，李元芳虽有幸学过隐身功夫，却因功法过于霸烈，已经不屑于使用隐身术，这才弃而不用。小莲所修炼的轻功鬼影迷踪步正合此道，尤其在夜间，隐身能力绝不逊色于汪远洋。

小莲如同幽灵一般，不停地穿梭于张家大院各个角落，躲避着一队队巡逻的护卫，加上齐灵芷提供的隐身粉，连嗅觉和听觉极为灵敏的狼狗也未能发现她的存在。

她毫无压力地将整个大院转了一遍，发现已过了半个时辰，在感叹着巨宅规模的同时，也佩服起袁客师与齐灵芷的机智，要不是他们在大门处将张又学和大部分高手引走，这次探查绝不会这么轻松。

当她来到后院探查时，突然发现一个门柱上印着一个不太清晰的手印，细看之下才发现是齐东郡用百花掌的手法印上去的。

"就是这里了！"小莲心中一喜，躲过一队护卫后，整个人贴在窗户旁，竖起耳朵听着房中的动静。

凭她的功力，短距离内莫说是人的呼吸声，就连心跳声也可以听得清清楚楚，若屋中有人，怎么会听不到动静？

小莲不甘心，轻轻地推了推窗户，发现窗户在里面被闩上了，又推了推房门，发现门也是从里面闩住，而且还是上下两道门闩。

房间中一定有人，否则，这不是成了一间无法进入的密室了？

小莲再次兴奋起来，用匕首拨开了两道门闩，打开房门后，一个闪身进入了房间，随手将门轻轻掩上。

第七十章　棺材

人类对黑夜有天生的恐惧感。

房门几乎严丝合缝，房间内几乎伸手不见五指，小莲一进入房间，便眉头一皱，恐惧感油然而生，在恐惧的同时她还闻到了一股非常怪异的味道，这种味道她似曾相识，却想不起来。

虽说小莲内力深厚，却也无法看清房间陈设。她进入房间后并未擅动，等眼睛适应黑暗后，才隐约看清房间中的一切。

房间面积不大，空荡荡的房间中央并排放着两口棺材，一个角落里放着一张不大的床榻，朱红色的棺材在房间中显得非常诡异，哪怕她不相信鬼神之说，也感到后背一阵阵的阴寒透进身体。

"难道齐东郡已经死了！"小莲心中一惊。

对于齐东郡的事儿，她从齐灵芷口中多少知道一些，齐东郡吃了长生不老药后已返老还童，武功达到至臻境界，但长生不老不代表有不死之身，要是他真被人杀死，不知道要怎样和齐灵芷说才好。

小莲走到棺材前，催动内力小心翼翼地推棺材盖，一推之下，棺材盖居然动了，打开三分之一，里面仍旧是黑乎乎一片看不清楚。

小莲从百宝囊中掏出一颗药丸，药丸是钟嘉盛送给她的，名曰夜光丸，平时不会发光，以内力催动会发出微弱的蓝光，钟嘉盛在盗墓过程中经常用到。

小莲双手一搓，药丸碎成粉末均匀地涂在双手掌上，分开双手，掌心散发出蓝色的微弱光芒。借着光芒，她终于看清了棺材里面的情况。

躺着的人穿的是普通青色袍子，而非寿衣，他双眼紧闭，脸色铁青，嘴唇和眼睑呈青黑色。小莲伸手探了探对方鼻息，又放在脖子处试试脉搏，气息全无、身体冰凉、没有任何脉搏，应是死亡已久。

小莲看清尸体的相貌后，暗中松了一口气。她虽然没见过齐东郡，却见过齐灵芷，与棺材里这具尸体的相貌完全不同。打开另一口棺材，发现里面也是一具尸体，也并非齐东郡。

"张大户家防卫这么严密就是为了看守尸体？"小莲百思不得其解。小心翼翼地把棺材恢复原样后，又仔细地查看了整个房间，除了墙角那张孤零零的床之外，并未发现其他线索。

她定了定神，趁着巡逻队刚过去的空当儿，迅速闪身出了房间，用匕首将门闩恢复成原样，又进入相邻的房间中。

令她惊讶的是，房间中同样放着两口棺材，打开其中一口棺材，里面躺着的尸体脸色铁青，气息、脉搏全无。

小莲接连探查了十几个房间，发现所有房间完全一样，两具棺材、两具尸体。除了齐东郡留有记号的房间之外，其他的房间中都没有床榻出现，这说明齐东郡很可能住过那间房，而且人应该刚刚离开，床还没来得及撤掉。

张府的后院面积很大，奇怪的是，后院并没有太大的空地，除了走廊外几乎就是连成片的房间。就在小莲准备离开张家大院时，发现在众多房间中，有几间巨大的房间与众不同。

"再去看看！"小莲带着期望进入其中一个较大的房间。房间大约是放棺材房间的三倍有余，房顶和其他房间一样高，但地面却低很多，属于半地下的结构。刚一进入房间，一股阴寒之气扑面而来，让她不由自主地打了一个哆嗦。

当小莲的手摸到墙壁时，她知道房间中温度低的原因了，砌墙所用的石头竟然是千年寒玉，每块寒玉不停地散发着寒气，令整个房间奇冷无比，如同堆满冰块的巨大冷库。

令人奇怪的是，棚顶坠下来很多绳子，绳子上挂着许多白条猪。白条猪是指仅仅去除内脏、头脚等部位后没有经过其他任何加工的猪肉，一般都会沿着背部的龙骨劈半处理，称为"白条"。

"有古怪！"小莲疑惑着摇了摇头。

小莲行走江湖时，在一次机缘巧合之下见过千年寒玉，同时也得知千年寒玉的来历。传说冰龙呼吸吐出冰寒之气，令岩石逐渐发生变化，千年后，部分岩石就会转变成寒玉，冰龙所居住的洞穴属至阴至寒之地，加上地理位置极为险峻，采集寒玉的人不是被寒邪侵体而死，就是摔下山崖而死，千年寒玉是用人命换来的，若无极具诱惑的价钱，没人愿意冒着生命危险去采集。

眼前的房间通体都由用寒玉制成，投入的财力物力不计其数，却只用于挂价值很小的白条猪，不可谓不怪异。

"一个房间内储存的白条猪肉，足够五百人食用一个月，纵观张家所有家丁、用人、守卫、门客，也不足两百人，储存这么多猪肉干吗用？"小莲心里嘀咕着。

带着疑惑，小莲又查探了几个大房间，除了储存的白条猪之外，并未发现其他线索。转了一阵，发现一个房间外有四人值守，看四人状态，太阳穴高高涨起，呼吸悠长，双眼散发出精光，绝不是大门守卫的层次，想悄无声息地接近房间都不可能，想必应该是张大户本人所在的房间。

她知道今晚不可能再有收获，心中暗叹一声，纵起身形化作一条幽灵消失在黑暗中。

宅院大门处，已经谈得口干舌燥的张又学仍耐着性子说着好话，毕竟眼前的这两人都不是他能得罪得起的，一肚子的怒火也不敢表露出来。

突然一声野猫的叫声传来，惹得几只狼狗立刻站起身，竖起耳朵向猫叫的方向望去。

齐灵芷脸上露出了一丝不易察觉的笑意，对张又学说道："张管家，我希望你能够说到做到，明天就将你刚才说的财物送到县衙，少一样，姑奶奶还来找你！"

张又学的耐心已经达到极限状态，却见齐灵芷突然松口儿，如释重负地点点头，笑得脸上的褶子增加了一倍："齐门主放心，明天我一定亲自将财物送到衙门。"

齐灵芷冷哼了一声，拉着袁客师的手一个闪身消失在黑暗中。

看着齐灵芷和袁客师离去的背影，张又学咬了咬牙，脸上露出了狰狞的笑容，喃喃地说道："等我大事一成，定要你死无葬身之地！"

他的表情和气势看得一旁的护卫们不由得打了一个寒战。

"看什么看，一群饭桶，都给我打足了精神，若再有闪失，我让你们生不如死！"张又学气呼呼地甩了甩袖子，背着手转身进入院中。

万法如常。

无论人间发生何事，太阳照常缓缓地钻出地平面，把阳光洒满大地。

狄仁杰走出房间，刺眼的阳光让他不由得眯起双眼，适应之后，他伸了一个懒腰，肆意地呼吸了几口带着泥土清香的空气，顿时精神了不少。

狄福从厨房中走出来，端着一碗热乎乎的粥："老爷，您今天可起晚了！"

狄仁杰接过碗，一边喝粥一边说道："老爷也是人，偶尔睡个懒觉嘛，我像你这般年纪时，这个时间已经读了两三本书了！"

狄福挠挠脑袋，说道："这些文人也是，好好的县志，能看懂就好，非要之乎者也地乱转一气，不实用。"

狄仁杰呵呵一笑，喝光了粥，便向书房走去，边走边说："平时让你多读书，多学习，你就是不听。整个朝廷用的就是这种写法，也有相应的读法，你不懂，自然就考不得功名，和实不实用没关系！"

撰写县志是有讲究的，既要写出当地发生的重大事件和人物，同时还要隐晦地歌颂朝政和当地官员，需要极深的文学造诣和政治头脑，所撰写的内容自然不是狄福能看得懂的。

狄仁杰翻看了数本县志，里面记载的大部分都是歌颂县令、州官们事迹的内容，令人奇怪的是，关于县令黄光行和二十一起碎头悬案的内容却很少。

狄仁杰突然灵光一闪，立刻走到书桌旁提起笔写了一封信，折叠后装进信封，在信封上写下了"上官婉儿亲启"，正想叫狄福来，门外响起了一阵脚步声，听声音便知道是小莲、袁客师、齐灵芷三人。

"回来啦？都进来吧！"狄仁杰还没等敲门声便率先开口。

齐灵芷推门而入，冲着狄仁杰施礼后说道："大人真乃神人也，光听脚步声便知道是我们来了，这份功力小女子可是自愧不如啊。"

"别调侃我这老头子了，哪来的什么功力，就是熟悉了。"狄仁杰颇有意味地看向三人，话锋一转，"你们三人昨夜是不是去张大户家了？"

三人从张大户家回来后，已经更换了衣袍，齐灵芷和小莲又梳妆打扮了一番，这才来见狄仁杰，没想到还是让他一眼看穿。

小莲曾答应过狄仁杰退隐江湖，齐灵芷撺掇小莲是因为自己父亲的事儿，所以两人心中有愧，不敢应答，倒是袁客师心无杂念，问道："大人是如何推理的？"

"你们三人皆两眼通红，满脸疲惫之色，小莲虽身穿普通衣袍，脚下穿着的却是软底快靴，靴底的泥是彭泽郊外张家大宅附近特有的红泥，你进行了清理，但并未清理彻底。"狄仁杰指了指他们走过的地方。

地面留下了很少的红色泥土，若不仔细观察，绝不会发现。

"灵芷在张家大宅发现齐东郡的线索，所以才有了第一次探查，但张家大宅防卫严密，单凭你们两人已经无法完成探查，狄福虽会武功，对付些寻常护卫还行，碰到高手反而成了累赘，所以你们选择了小莲。"狄仁杰笑着说道。

"小莲已经退隐江湖，按照她和我的约定，除非身边人有性命之忧，否则绝不能展露武功。从理论来说，小莲禁不住你们软磨硬泡，但一定会提出'经过我同意'的条件。"狄仁杰又说道。

不但袁客师和齐灵芷惊讶，跟随狄仁杰多年的小莲亦露出惊讶的表情。

"客师还好，但灵芷认准一件事就一定会做到底，所以她和客师定会继续纠缠你，最终，你权衡利弊后只得答应，从你们目前的状态看，应该有一套对付张家大宅防卫的完善计划，这才能毫发无损地回来，但看你们三人一脸疑惑之色，可能遇到了一个共同难题。"

"袁客师总说大人真乃神人也，我一直以为他拍马屁的成分多，今天算是让灵芷开了眼界！"齐灵芷瞪大了眼睛说道。

狄仁杰听后哈哈大笑，随后脸色一正，问道："小莲，快说说吧，有什么收获？"

小莲把夜探张家大宅的经历详细地讲述出来，说到房间中的棺材和尸体时，狄仁杰等三人皆是一惊，讲述到由千年寒玉建成的房间仅仅用于存放猪肉，齐灵芷忍不住倒吸了几口冷气。

齐灵芷是白鸽门门主，见多识广，千年寒玉在她眼里不算稀罕之物，但数间房子都是由寒玉制成，且只用于存放猪肉，这便极为古怪了。

"棺材、尸体……"狄仁杰小声嘀咕着。

自打到彭泽以来，弹丸之地却怪事频发，已经让人见怪不怪了。

"小莲，你能判断棺材中的人死去多久了吗？"狄仁杰问道。

小莲摇摇头又点点头，说道："说起验尸，我跟随老爷多年，也学到一些本领，看那些人应该已经死去有段时间，但奇怪的是，并没有任何尸臭味道，好像是刚刚死去一般。"

袁客师与狄仁杰几乎同时看向对方，不约而同地说道："食人魔关老二！"

关老二的状态与棺材中死尸的状态很相似，而且据关老二的叙述，他就是由一口棺材中逃出来的，守卫、狼狗、高墙又与张家大宅无不相似。关老二力大无比、刀枪不入，摔下悬崖后甚至还能存活好久，可见其生命力多么顽强。

齐灵芷也想到了食人魔关老二，心中灵光一动，问道："小莲姐，张大户家每一间房中都有两具棺材？"

"正是，不过我只是探查了十几个小房间，若无意外，其他房间应该一样，看张大户家中院和后院的规模，估计有两千个房间。"小莲说道。

齐灵芷也曾经进入过张家大宅，立刻点了点头。

"两千间！"狄仁杰惊讶道。都知道张家大宅巨大，却没想到有这么多的房间。

"两千个房间就有四千具棺材！"袁客师说道。

"我在打开棺材时闻到了一股似曾相识的味道，却始终想不起来在哪里闻到过。"小莲又说道。

"不要紧，既是似曾相识，以后一定会想起来。"狄仁杰安慰道。

随着一阵急促的脚步声，狄福慌慌张张地走了进来，狄仁杰一见便将手中的书信递给了他，说道："狄福，你替我将这封信送出去，让驿站尽快将信送给内卫大阁领上官婉儿。"

"是，老爷。不过，大伙儿的早饭只怕要推迟了。"狄福一脸愧疚。

"晚一些也不要紧，正好我们还有事要商量。"狄仁杰忙劝慰道。

小莲却满脸疑惑，问道："刘大哥没来吗？"

厨师刘大脑袋一向守时，天不亮便会来到县衙做饭，天一亮饭菜都已备妥，若临时有事或生病也会提前告假，并妥善安排好替班的人手。

"还没来，我一个人忙不过来，这才来向老爷请罪。"狄福说道。

狄仁杰略加思索后说道："不碍事，你先安排这封信，再去老刘家里看看。近来彭泽发生的怪事实在太多了，还是小心为妙。"

狄福拿着信走了出去，边走边叨咕着刘大脑袋不守时，刚走两步，一名衙役跑了进来，差点和刚要出去的狄福撞个满怀。狄福敲了衙役脑瓜子一下，这才离去。衙役扶了扶被敲歪的帽子，向狄仁杰施礼道："大人，外面有一个村民，自称是新月村的里正，说有要事向您禀报。"

"哦，是他，快请进来。"狄仁杰忙说道。离开新月村时，他安排里正监视新月村的张家大宅，一定是有了发现。

里正原本只是听说过狄仁杰的威名，新月村一行，才真正让他感受到狄仁杰的魅力所在，对狄仁杰更多的是感激之情。

一番礼数后，众人落座，里正喝了一口茶润润口，随后说道："大人，按照您的吩咐，我和两名亲信日夜不停地监视张宅。前天夜里，刚好轮到我去监视，半夜突然来了两个人，随后的事儿更是蹊跷。"

　　里正说到这儿咽下一口吐沫，嘴里发出"咕噜"一声。

　　袁客师听出里正话里有话，急忙上前给他续满茶水。里正一口将茶水喝光，长喘一口气后说道："两人穿的都是最普通的粗布袍子，依稀是一人青色，一人灰色，青袍人走进大门时，在右边门柱上扶了一下，因为是半夜嘛，视线不好，按说这是很正常的动作，灰袍人却停了下来，让门口的守卫把青袍人领了进去，他在门口的那根门柱前摸了又摸，随即向另外一名守卫说了几句，这才走了进去。"

　　听到这里，齐灵芷和袁客师对视了一眼，心道：青袍人可能是被转移的齐东郡。

第七十一章　人贩子

齐灵芷第一次潜入张家大宅完全是出于冲动，却意外惊扰了幕后主使，这才有了转移齐东郡的事儿，这样说来，齐灵芷一次冲动反而变成了敲山震虎。

"更奇怪的是，没过一会儿，从院子里走出很多人，他们都穿着守卫的衣服，手上却拿着木匠的工具，动作干净利落，只听得叮叮当当一阵响动，那根门柱被替换成一根新的，油漆也是现刷的，手艺没的说，可这大半夜的，就因为那人摸了一下门柱就换掉，有些太过分了吧！"里正说道。

齐灵芷从里正的叙述中早就推断出事情真相，齐东郡在大门柱子上留下的掌印被发现，他们才将门柱换成新的。

"大人，青袍人应该是我父亲。"齐灵芷急忙说道。

里正因为信息不对等，听得云里雾里，不明所以。

"事不宜迟，你俩随里正立刻前往新月村探查。"狄仁杰当机立断地说道。

齐灵芷和袁客师立刻起身，给里正使了个眼色。

里正说道："大人，张家大宅守卫森严，不可轻举妄动啊。"

"里正放心，他们自有分寸。灵芷、客师，此行万不可轻动，你们自己都出了问题，何谈救人？"狄仁杰说道。

"明白，大人。"话音未落，两人已不见踪影。

里正向狄仁杰拜了拜，转身朝二人追去，刚走到县衙大门口，险些将正在进门的黄梦曦撞到，里正退后两步急忙道歉，黄梦曦却只是笑了笑，并未计较，绕过了愣着的里正，向县衙里面走去。

小莲从县衙里迎了出来，拉着黄梦曦的手问寒问暖，两人向狄仁杰的书房走去。

"黄梦曦见过大人。"黄梦曦向狄仁杰施了一礼，她的脸上已恢复了以往的平静之色，身上穿的是一身素白，头上还戴着一朵白色小花。

狄仁杰看得心中一酸，本欲说些内情，最终还是忍住，只得安慰着："雀雀，节哀顺变……"

黄梦曦只是笑笑，说道："大人，这是周家密室中清点出来的财物，请您过目。"说罢便从怀里拿出一张纸，上面写满了娟秀的字迹。

狄仁杰并未接过来，反而问道："雀雀，这些财物本属于你，你确认要这么做吗？"

"我相信大人定会善用它，这样做也是替周郎做了一件善事。"黄梦曦平静地说道。看样子她早已想通了，才有今日的行动，在话语中对周琮的称呼也有了变化，称呼为"周郎"，言下之意已将他当作了自己的丈夫。

"好吧，我暂且先收下，日后若你需要，就来找我。"狄仁杰伸手将纸接了过来。

"大人，我总觉得周琮他并没死，您能不能让我看看他？"黄梦曦平静的脸上终于有了变化，眼中出现了一丝潮气。

小莲在一旁用胳膊肘碰了碰黄梦曦。

狄仁杰犹豫了一下，才清了清嗓子说道："周琮已经去世了，只是由于案件需要才未下葬，等案子破了，自然会给你一个交代。"

"可能这就是命吧！"黄梦曦终于止不住眼泪哭了起来。

狄仁杰不知道该如何安慰她，只好给小莲使眼色。小莲摊了摊手，意思是她也没办法。过了好一阵，黄梦曦才收住哭声，抹了抹眼泪，说道："我还有一个情况要向大人禀报。"

小莲倒了一碗茶递给她，示意她坐下来慢慢说。

黄梦曦接过茶碗，说道："在您上任之前，彭泽县有两股恶势力，我父亲极力想要除掉他们，可县衙中的官吏明里暗里反对，这件事便一直拖了下来。"

狄仁杰也听说过这两股恶势力，他们是盘踞在彭泽县城的两个臭名昭著的帮派，欺行霸市，坏事做尽，却因为种种原因，并未遭到官府打击。狄仁杰上任后，彭泽怪事连连，案件不断，还没来得及对两股势力下手。

"据我所知，这些人没有营生，长此以往便会入不敷出。我暗中调查过，他们虽不再欺行霸市，却依然花钱如流水，所以我才对他们产生怀疑，是不是有了其他的勾当。"黄梦曦说到这里，脸上显出了一股愤恨之色，看来对这些恶势力异常痛恨。

"一定是他们怕了老爷，这才改邪归正！"小莲说道。

狄仁杰却摇了摇头。自打来彭泽上任以来，恶性案件屡发不断，几乎牵扯了他全部精力，打击地方恶势力的计划并未提上日程，恶人们在没碰到硬茬子之前是不可能罢手的。

黄梦曦反驳道："应该和狄大人的威名无关，他们偃旗息鼓从两年前就开始了，这也是奇怪之处，所以我便暗中进行探查。"

听到这里，狄仁杰和小莲替黄梦曦捏了一把汗。她仅是一名柔弱的女子，若撞破了恶势力的买卖，恐怕要遭殃。

"你这胆子比姐姐还大！"小莲说道。

黄梦曦苦笑一声，说道："我暗中买通了一名小喽啰，听他说他们近两年来一直在做一笔大买卖，好像是做贩人的买卖，贩卖成年男子。"

"贩卖成年男子！"狄仁杰和小莲同时惊道。

自古至今，人口贩子大多都是贩卖妇女儿童，妇女自不必提，姿色好的卖给青楼妓院，姿色不好的就卖给大户人家做丫鬟、奴隶。男童一般都卖给那些不能生育或是没有男丁的夫妻，遭遇还不算太差。女童要悲惨许多，好一些的是卖到大户人家做丫鬟或是童养媳，差一些的则是会卖到妓院中培养，长大后就会变成妓女。

贩卖成年男子却还是头一次听说，先不说成年男子有没有人要，就以男子力量大，不会轻易就范而言，难度和风险要大上很多。

"就只有这些。"黄梦曦说道。

小喽啰毕竟是小喽啰，黑帮中很多核心信息不可能让这些外围的喽啰知道。

"我也听街坊们说过，好像这些人是送往彭泽县郊外张大户家的，估计是传闻吧！"小莲说道。

"不是传闻，是真的。"黄梦曦这句话一出，又让狄仁杰一惊。

"我一直觉得我爹、章县尉和周郎的死与张家有关，所以一直在关注张家。自打知道贩卖人口的事情后，我便暗中跟踪黑帮中的几名重要人物，发现了他们贩卖人口的事实。"黄梦曦说道。

小莲几乎倒吸了一口冷气。黑帮的重要人物定是武功高手，眼观六路耳听八方，个个江湖经验丰富，跟踪他们极为困难。

黄梦曦接着说道："黑帮贩卖的都是成年男子，没有妇女儿童。被贩卖的男子应该是外地的，每次运送的数量不多，大约三四辆马车，每辆车运载三到四名男子，那些男子非常强壮，但都昏迷着，可能是中了迷魂香。"

"强壮的男子……"狄仁杰立刻想到张家大宅中的棺材,里面的尸体很有可能就是被贩卖来的男子。

"我一路跟踪他们,最后见那些马车都进了张家。"黄梦曦说道。

"天下没有不透风的墙,除了你之外,应该还有其他村民看到,为何不报官?"小莲问道。

黄梦曦叹了一口气,说道:"彭泽出的怪事太多了,大家已经见怪不怪。另外,民不举官不究,没有苦主报案,寻常百姓谁愿意多事!要不是我怀疑张家与我父亲的死有关,我也不可能去管这些闲事儿。"

"老爷,是那些尸体,那些尸体一定与贩卖人口有关!"小莲也想到了这点。

狄仁杰点了点头,向黄梦曦问道:"之前就没有失踪男子的家人报官吗?"

古代通信并不发达,就算相距几百里的两座城镇信息也无法共享,更何况那个时代并不太平,失踪几个人也算不上大事。

"对呀,另外,你是如何判断那些被贩卖的男子是外地的?"小莲问道。

"其他的地方不知道,至少彭泽地区没人报过失踪案,就连震惊彭泽地区的碎头案都没有苦主。彭泽比不上神都洛阳,就这么大点的地方,要是有壮年男子失踪,早就知道了。"黄梦曦回答道。

狄仁杰思索一阵,向门外一名衙役喊道:"初九,你去把袁客师和三愣子叫来。"

名为初九的衙役应声离去。

黄梦曦幽幽地叹了一口气,说道:"大人,周琮的事儿……"

狄仁杰摆了摆手,说道:"请你相信我,我一定会给你一个交代!"

黄梦曦本欲再纠缠,却见狄仁杰一脸坚定,无论如何都不肯再多说一个字,也只好作罢!

"雀雀,以后万不可擅自行动,一旦被黑帮发现会对你不利。"狄仁杰到了此时才明白黄梦曦为何将宝藏交给他。她一直在从事一件极为冒险的事儿,万一被黑帮发现便会有灭顶之灾,那些财宝便成了无主之物。

黄梦曦知道狄仁杰是好意,点了点头。

三人正聊着,三愣子风风火火地进入房间,向狄仁杰施礼后站在下首位置。

"大人,袁捕头和齐门主好像去新月村了。"三愣子说道。

狄仁杰拍了一下脑袋，说道："我都忙糊涂了。三愣子，从今天起，你亲自带着三班衙役严密注意通往张大户家的那条路，一旦遇到可疑马车立刻盘查。"

三愣子脑子不够用，但执行力却超强，应了一声后转身离去。

"那我该做些什么？"黄梦曦问道。

狄仁杰说道："总之不能再冒险，这些事交给袁客师他们去做，牛书吏过世后，县衙还缺个书吏，我见你字写得不错，不如……"

"好，我先负责此事，直到大人找到合适人选。"黄梦曦明白狄仁杰的苦心，他不愿意她去冒险，更不愿意见她生活无依靠。

"你呀，就那点三脚猫的功夫，没出事儿真是幸运！"小莲责怪黄梦曦太过鲁莽。

在小莲面前，黄梦曦自然不敢谈论武功，只好低下头。

"好啦，雀雀，你去找账房先生，按照牛书吏之前的俸禄支些银两。"狄仁杰及时化解了尴尬。

黄梦曦并未再推辞，道谢后离开。

看着黄梦曦一身素白的身影，狄仁杰和小莲心中不禁一阵感叹。

"大人，咱们这样做究竟对不对？"小莲问道。

狄仁杰叹了一口气，说道："对不对不知道，但咱们只能这样做，这是唯一的路。"

两人正讨论张家大宅的事，听见门外一阵急促的脚步声响起，狄福焦急的声音紧跟着传了进来："老爷，老爷！"

狄福慌慌张张地跑了进来，抹了一把脸上的汗，说道："出事了！"

虽说狄福是一名管家，可追随狄仁杰走南闯北，也是见过世面的人，若非大事肯定不会如此慌张。

"狄福，你莫急，慢慢说。"狄仁杰出言安慰道。

"刘大脑……老刘昨天就没回家。"狄福说道。

刘大脑袋的老娘常年瘫痪在床，他是个大孝子，每天必须回家伺候她，多少年从未间断过，一晚上没回去是绝不可能的。

狄仁杰一听便知道事情有些严重，于是便问道："老刘昨天什么时候离开县衙的？"

"做完晚饭就走了，临走时还打了一些饭菜。"狄福说道。

老刘的孝心众人都知道，狄福便让他从县衙做好的饭菜中打一些，免得他回家再做饭。

"家里有需要照看的老娘，他一定会选择最近的路回家。走，咱们去看看！"狄仁杰说罢便起身向门外走去。

从县衙通往刘家的近路需要穿过几条小胡同，小胡同很窄，每一户人家的门口都堆放着柴草，几条小胡同就仿佛一座小型的迷宫，远没有宽敞的街道走起来顺畅。

狄福在前面走着，不时地向四周看，寻找着线索。好在天已大亮，太阳慢慢地爬上半空，驱逐着胡同中每一个角落的黑暗。

狄福突然停了下来，蹲在一堆稻草旁用手拨弄着。

"老爷，这是昨晚县衙吃的饭菜。"狄福从地上捡起了一块骨头，上面满是牙印，显然是被野狗啃过。

看到狄仁杰和小莲疑惑的表情，狄福接着说道："我昨天去张屠户家买肉，特意让他将大骨头棒子砍开，恰巧砍刀坏了，是用锤子砸的，所以在骨头上便留下了被砸的痕迹，您看这儿。"他指着骨头一端被砸过的痕迹说着。

狄仁杰点了点头，问道："老刘用什么打饭？"

"一个布袋子和一个瓷盆，袋子专门装馒头、米饭，瓷盆装菜。"狄福答道。

"再找找，袋子和瓷盆一定在附近。"狄仁杰说罢便向四周找去。

不多时，只听见狄福喊了一嗓子，狄仁杰和小莲急忙赶了过去，看到一只已经被撕得破烂不堪的布袋子，还有一个倒扣在地上的破瓷盆。

"饭菜被野狗给吃掉了，只留下布袋子和瓷盆。"狄福说道。

狄仁杰等人再次向四周搜索一番，却没有任何发现，只好迈步向刘厨师家的方向走去，直到刘家的大门口，也没有发现任何线索。

"没有搏斗、挣扎过的痕迹，人却毫无征兆地消失了。"狄仁杰一边思索一边说道。

"老爷，要不要进去再问问具体的情况？"狄福问道。

"老刘肯定出事了，狄福，你安排一名下人，每天定时给刘家送饭，在事情没查清之前，不要和老刘家人说这件事。"狄仁杰走到刘家大门口，看着破败的院落，不禁心中一颤。

远在神都洛阳的官员、皇亲国戚乃至皇帝，绝不会想到太平盛世之下，还有这么穷的人家。为了帝位，李氏诸王侯叛乱不断，搞得民不聊生，也不知恢复李唐社稷的做法究竟是对是错！

　　狄仁杰站在门前犹豫了好久，举起的手才落了下去。

　　"谁呀？我们家老大不在家。"一个老年妇女虚弱的声音传了出来。

第七十二章　恐惧为引

厨师老刘失踪的事很快被县丞谷钧成知道,他是商业世家出身,在他眼里,刘大脑袋只是一个地位卑微的厨子,失踪了就再找一个,并未放在心上。

狄福亦拍手赞同,若只是给狄仁杰做饭菜还好些,整个县衙三十几号人,他和小莲可忙不过来。

新来的厨子四十来岁,模样普通得不能再普通,手脚利索却沉默寡言,除了"嗯、好、哎"这些词语外,几乎没人听过他说话,初次到县衙时还有些害怕,看人的眼神闪烁不定,进入县衙大门后就一直待在厨房。

新厨子的厨艺非常不错,能做出一些老刘从未做过的高级菜,用的还是最普通的食材,刚来一天,就受到大家的一致好评。

夕阳的光芒将彭泽染成一片耀眼的橘红色,预示着一天即将过去。太阳的余晖还在,一名村民便跑到县衙来报案,说在城西一口枯井中发现一具尸体。

狄仁杰听后心里"咯噔"一下,预感尸体就是失踪了一天一夜的刘大脑袋。

当狄仁杰在狄福的陪同下来到那口枯井旁边时,谷钧成和衙役们已经将尸体抬上来,那熟悉的脸变得十分恐怖,眼睛圆睁,嘴巴张得大大的,表情像是遇鬼一般,惊讶中还带着恐惧。

"抬回县衙后堂,我要亲自验尸。"狄仁杰脸色变得很难看,强忍住悲痛吩咐道。

狄仁杰与厨师老刘接触并不多,为了让狄仁杰吃上合适的饭菜,他不时地向狄福和小莲讨教,为人和善,是县衙中的老好人,无论刮风下雨还是暴热天气,他总能让县衙众僚吃上可口的饭菜。这样一个好人突然死了,怎能不让人心中难受?

也许是常年不见太阳,也许是存放过的尸体太多,县衙后堂充满了阴冷的气息,进入后就会感觉不适。

老刘后脑淤肿、左臂骨折，除此之外再无其他伤痕，检查下眼睑、嘴唇和舌苔部分，并未发现中毒迹象。

当狄仁杰打开死者胸腔，触摸到那颗硬邦邦的心脏时，他便判断出老刘的真正死因是中了心殇，正要用刀将心脏剖开，却听见徐莫愁的声音传来。

"老狄，我想通了，我想通了！"徐莫愁连声喊着跑进来。

"老徐，你来得正好，这……"狄仁杰还未说完便被徐莫愁打断。

"先听我说，我终于弄明白了心殇的引子是什么，而且我还发现了一个巨大秘密，你定会大吃一惊。"徐莫愁兴奋得手舞足蹈，手中的那个包有心殇毒药的纸包险些被他扔向空中。

"好，你先说。"狄仁杰将心脏和刀放下，看徐莫愁兴冲冲的模样，若不让他先说，恐怕会憋出病来。

"心殇的引子非常奇特……"徐莫愁说到这里停住话头，盯着狄仁杰。

狄仁杰知道徐莫愁这是在卖关子，要是不应了他的调子，怕是他再不肯说，于是问道："是什么？"

"是恐惧。"徐莫愁语出惊人。

"恐惧？"狄仁杰没明白这句话的意思，在他的印象中，药引子可以是药物，可以是寻常的物件，但必须是实实在在的，恐惧是一种情绪，用情绪做药引子还是第一次听说。

"知识的贫乏限制了你的想象力。"徐莫愁不会放过任何一个调侃狄仁杰的机会。

狄仁杰叹了一口气。

"心殇很奇特，中毒后不会产生任何不良症状，直到产生恐惧，聚集在心脉的毒性就会发作，让毒气充满心脏，心脏不跳了，人也就死了。"徐莫愁说道。

"为什么毒手药王不会制造心殇，而你师兄任天翔却会？"狄仁杰问道。

"这个……"徐莫愁不知道该如何回答这个问题，毕竟师父毒手药王已经仙去，这个秘密恐怕也只有任天翔本人才知道。

"按照你这样说，只要心中无惧，就算中了心殇也不会有事！"狄仁杰说道。

"一语中的！那只被喂药的黄狗是遇到了张屠户家的大狼狗，产生了恐惧，导致毒性的发作，这才身死。"徐莫愁说道。

无论是前任县令黄光行还是章旷发、周琮，这几人都中了心殇，定是遇到事情，令其产生恐惧心理，引发心殇毒发。

"心殇略带酸味儿，只能通过口服来下毒，无其他下毒的途径。若放在水中，酸味便会转变成腥臭味，很容易被人发现，所以只能通过味道丰富的食物。"徐莫愁询问似的看着狄仁杰。

狄仁杰脸色一变，说道："是厨师！"

无论是黄光行、章旷发还是周琮，都在县衙吃饭，厨师有最好的下毒条件和机会，而这种毒并非立刻发作，以后毒发时，也不会牵连到下毒的厨师。

厨师老刘的死很可能是被人灭口！

狄仁杰盯着尸体默不作声。

"还愣着干什么，快去把县衙的厨师找来，只要将他抓住，就可以顺藤摸瓜抓到我师兄。"徐莫愁一脸焦急，见狄仁杰并未行动，便走上前准备拉他，经过尸体时，他抽了抽鼻子，又盯向了木板上的尸体，指着尸体半天说不出话来。

"你一定是闻到了他身上的葱花和油烟味儿，没错，他就是厨师老刘，他死了，是心殇。"狄仁杰神色黯然。

徐莫愁拿起锋利的小刀戳向了硬邦邦的心脏，只听得"刺"的一声，从伤口处喷出一股气体，心脏随即瘪了下去。

"看来我是后知后觉，师兄就是师兄，到底还是比我厉害。"徐莫愁想起了师兄任天翔，脸上现出愁容。

"都哪些人在县衙吃饭？"徐莫愁问道。

"除了谷钧成外，其他官吏都在这儿吃饭。"狄仁杰答道。

"难不成……"徐莫愁仔细想了想，又摇了摇头。

任天翔凭借一身毒功纵横天下，气质绝对要超人一等，谷钧成无论在形象和气质上都与任天翔完全对不上号。

"谷钧成吃不惯县衙的粗茶淡饭，所以他每顿都回家吃，人家是大财主嘛！"狄仁杰说道。

"狄胖子，我上了你的黑船了，真倒霉。"徐莫愁苦着脸说道。

狄仁杰知道徐莫愁的话是什么意思，于是干笑了两声，随即又问道："老徐，你刚才说还发现了一个秘密？"

"秘密就是我们都上了凶手的套，事情应是这样的……"徐莫愁开始缓缓地向狄仁杰道来。

一个时辰之后，徐莫愁终于讲述完毕。

狄仁杰边收拾验尸用的器械边说道："原来是这样，老伙计，这次又劳烦你和我一起受难了。"

"这老头儿，都什么时候了，还说这种话。"徐莫愁白了狄仁杰一眼。

"老徐，有没有破解心殇的办法？"狄仁杰问道。对于他这个年纪而言，早已看破生死，世间很少有让他产生恐惧的事儿，可其他人不一样，一旦产生恐惧，便会像周琼一样。

"我需要时间，而且这件事不能让任何人知道，否则，没人能挺过去。"徐莫愁用手指掐算着时间，又说道，"如果没有意外，半个月。"

狄仁杰想了一阵，一掌重重地拍在桌子上，说道："事情已到了这种程度，不拼也是死，那就拼一把。老徐，解毒的事就看你的了，能快则快。"

"放心吧，咱们现在在同一条船上，谁也跑不了。"徐莫愁苦笑道。

形势紧迫，狄仁杰的大脑已经运转到极致，以至于他都不知道何时回到了书房，手上拿着的毛笔停在纸上方很久，墨滴落在纸上，他却毫无察觉。

从目前的线索来看，杀死厨师老刘的应是任天翔。

任天翔对徐莫愁知根知底，心殇虽然诡异，却一定瞒不过他太长时间，所以当他感觉到负责下毒的厨师老刘要暴露时，便出手杀死他，至于手法，应该是让他感到了恐惧，使心殇毒发而死。

至于老刘什么时候被买通，却随着他的死石沉大海。

任天翔既然能买通厨师老刘，也可能买通其他人，看似平静的县衙，实则激流暗涌，众多衙役、捕快、官吏，都有可能是任天翔的眼线，甚至是他本人！

狄仁杰开始对县衙中的人逐个进行排查，不知过了多久，他才睁开眼睛，小声地说道："难道是他？"

"大人，是我，谷钧成！"敲门声和谷钧成的声音从门外面传来。

"进来吧！"狄仁杰从复杂的思绪中清醒过来，忙应声答应着。

谷钧成推门而入，脸上显露出一丝慌张，冲着狄仁杰施礼后说道："大人，现在城中百姓都在议论着阴兵借道的事，若任由事件发酵，光是舆论就会让我们顾此失彼。已经有些百姓离开彭泽，还有很多人响应，看样子这些人用不了几天也会离开。"

狄仁杰盯着谷钧成的脸好一阵，直到对方感觉有些不自然，这才收回目光，问道："谷大人，厨师老刘也是你雇来的吧？"

谷钧成点点头，说道："下官是当地人，人脉广一些，所以杂役、小吏等人事都是下官推荐给黄大人的，狄大人觉得不合适，下官可以把他们换掉。"

狄仁杰摆了摆手，说道："那倒不用，不过，厨师老刘那儿，你要好生安抚才是。"

"百姓说他是被阴兵勾了魂，这事儿是真是假？"谷钧成小声问道。

"你希望是真是假？"狄仁杰话中有话。

谷钧成听得一愣，忙作揖道："下官再不敢妄言。"

狄仁杰背着手踱来踱去，最后叹了一口气说道："好啦谷大人，你在彭泽颇有威望，安抚民众的事就交给你了，彭泽已经死了很多人了，这个时候不能再出现乱子，否则咱们不但无法向朝廷交代，更愧对彭泽的百姓。"

谷钧成使劲地点了点头，说道："狄大人放心，下官定会竭尽所能安抚百姓，不过，下官有句话不得不说，阴兵借道的迷信不破除，就不可能让百姓彻底安心。"

"看来我还得再走一次阴兵路了。"狄仁杰看了看门外阴沉沉的天空说道。

谷钧成使劲摇了摇头："此事万万不可。"

"你还有其他办法吗？"狄仁杰问道。

谷钧成犹豫了一阵，才说道："附近云雾山上有一名修道高人，据说能吞云吐雾、降妖除魔，不如把他请来，在进山小路做一场法事，一来可以超度死去的冤魂，二来能稳定众百姓的情绪，三来兼得破除阴兵借道。"

狄仁杰笑了笑，一脸正气地说道："我狄仁杰虽被贬彭泽，但心存一股正气，若让一名修道者来破案，岂不是让后世人笑话！"

"这……下官明白了。"谷钧成见狄仁杰坚决，也不好再说什么，施礼后离去。

狄仁杰盯着谷钧成的背影，直到他消失在视线中。远处的天空有些阴暗，云层压得很低，风夹杂着寒意不断地吹来，吹得他不由自主地打了一个寒战。

"看来，山城彭泽的风雨绝不比神都洛阳的小啊！"狄仁杰幽幽地说道。

冬季的雨虽然不大，却透着寒凉，天空中的云压得低低的，风夹杂着毛毛细雨飘着，不停地打在人们的脸上和身上，让人不由自主地缩起了脖子。

百姓们知道狄仁杰前往进山小路破除迷信的事儿，便不顾风雨前来送行。他们在赞叹狄仁杰的同时，也在为他的命运而担忧。继黄县令之后，狄仁杰也是一名好官，到彭泽后，他一心扑在困扰彭泽数年的悬案上，又推出一系列有益民生的政策，尤其是盗神钟嘉盛建造货栈的计划传出去后，更是让百姓们对这位曾经的宰相刮目相看。

可狄仁杰即将出发，到那条阴兵经常出没的小路上去，为的就是破除迷信让百姓们心安。

"老爷，都已经准备好了，您确定要骑乘黄县令的这匹马吗？"狄福担心这匹马真如传说的那样会妨主。

"狄福，你害怕吗？"

狄福把眼睛一瞪，拍了拍胸脯："怕，但是狄福会一如既往地跟在老爷身后。"

小莲亦走上前，拉住狄福的手，坚定的神情感染着同行的齐灵芷和袁客师等人。狄仁杰点点头，径直走向了那匹的卢马。

第七十三章　力战阴兵

死亡对人类来说，始终是一个谜，死亡后的世界究竟怎样，没有人知道。人类对死亡的恐惧，源于对死亡的无知。

人没有不怕死的，但有时候、有些事，怕死也要去做。

狄仁杰回头看了看身后的衙役们，众人脸上都有一丝畏惧，却没人退缩，就连经历过阴兵事件的谷钧成也是一脸毅然之色。

"家中孩子不满三岁的、家中有年迈父母的、家中只有一个男丁的退出。"狄仁杰向随行众人喊道。

有些衙役身体晃了晃，最终却没有一个人退出队伍。

"狄大人，让下官带队前去，您留下来坐镇。县衙可以没有谷钧成，却不能没有狄大人哪！"谷钧成走到狄仁杰马前大声地说道。

狄仁杰感激地看向一脸真诚的谷钧成，说道："谷大人，还请你留下来坐镇，县衙不能没有人做主，若本官……"说到这里，他停住话头，没再说下去。

"大人……"谷钧成眼中含着泪水喊道。

狄仁杰挥了挥手，说道："三愣子，你带两名兄弟陪谷大人在县衙主事。"

三愣子虽说一脸不乐意，也只好退出队伍。

"出发！"狄仁杰的声音虽小，却异常坚定。

随着乌云越压越低，天色渐渐暗下来，众人点起火把，骑着马向进山小路走去，目标是大山中的新月村。

山路崎岖，却阻挡不住众人前行的脚步。

出了彭泽城，众人加快速度，也逐渐拉开距离。小莲和狄福策马紧紧跟在狄仁杰左右，小莲小声地向狄仁杰问道："老爷，这次为何如此匆忙便做决定？"

狄仁杰笑了笑，看了看身后有些距离的衙役们，压低声音说道："县衙内部出了奸细，若所料不错，内奸已经将咱们的行程传了出去，那些一心想要我性命的人肯定不会错过这次机会。"

"所以您断定此行定会有阴兵出现，从而借这次机会抓住阴兵辟谣，同时也判断出内奸究竟是谁？"小莲似有所悟。

狄仁杰说道："事出突然，我没有来得及与你商量，不过三愣子知道这件事，这也是我将他留在县衙的目的。"

"您的意思是说谷大人……"小莲说到这里便停住话头。

"不好说，不好说。小莲，今晚的任务是生擒来袭者，也许来者非常厉害，刀枪不入、水火不侵、力大无穷，你要提前做好准备，能否成功全靠你了。"狄仁杰一脸正色地说道。

"老爷放心，小莲就算拼了性命，也要将来人擒住。"小莲说道，同时与狄福对视一眼。

如果把所有线索联在一起，他们此行可能遇到与食人魔关老二一样的存在，齐灵芷虽有过对敌经验，但并未胜出，小莲武功高于齐灵芷，但对阵关老二般的存在，能否胜出还不好说！

风雨飘摇之下，狄仁杰体会到前任县令黄光行的感受，蒙蒙细雨随着寒风不停地从衣袍的缝隙钻进身体，掠走体温。

细雨虽不如大雨猛烈，却延绵不绝，它慢慢地将众人的衣袍浸湿，就连火把也仿佛惧怕细雨的威力，变弱了很多，在寒风的吹袭下不断地扑闪着，随时可能会熄灭。

风刮过树枝，发出尖锐的叫声，像人在恐惧时发出的惊叫声，又仿佛是传说中的鬼哭狼嚎，让人不寒而栗。

队伍并没有被声音和景象吓倒，仍坚定地朝着山中走去，远远地望着，诸多的火把组成了一条长长的火龙，在山间小路上蜿蜒蠕动。

走在队伍最前面的小莲突然勒住了缰绳，马儿立刻站定脚步，四蹄不断地刨着地、打着响鼻，一股股白气从鼻孔中喷出。

细听之下，远处传来马车车轴的"吱吱"声，同时还有铁质盔甲相互摩擦发出的金属响声以及整齐的步伐声。

"来了吧？"狄仁杰小声地询问着。

"老爷，您和众兄弟后退百步。"小莲说道。话虽客气却不容置疑，随后又对众人下令道，"众人听令，立刻熄灭火把。"

“我陪着你。”狄福说道。

“你护送老爷。”小莲的话不容置疑，狄福不敢违逆，只好护着狄仁杰向后退去。

见众人已慢慢后退，小莲纵身下马，掉转马头，伸手向马屁股一拍，马儿嘶鸣一声，向狄仁杰的方向慢慢跑去。她知道今晚的对手是刀枪不入、力大无穷的阴兵，无论他们是不是真的阴兵，至少这是个事实，而之前齐灵芷与食人魔关老二的交手也给了她一些启示。

小莲不敢托大，抽出了厚背钢刀，刀身依然锈迹斑斑，但刀刃部分却多了一丝寒光，她把齐灵芷所赠的药拿了出来，抹在手心上，试着运了运气，忍住内心的激动，望着前方的小路。

齐灵芷对付食人魔关老二用的正是这种药，但关老二是个相对特殊的存在，药物能否对阴兵起作用还是未知数。

一辆马车吱吱扭扭地出现在小莲眼前，拉车的马儿要害部位披着盔甲。四个人两前两后守护着马车，这四人身穿盔甲，手中拎着一柄巨大铁锤，走起路来姿势非常僵硬。

赶车人端坐于车辕上，此人身穿极为普通的布袍，在黑暗中无法分辨是什么颜色，动作和普通车把式没什么两样，不像阴兵的动作那样僵硬。

“吼！”四名守护马车的阴兵发出一声低吼，却没发动攻击，只是按照整齐的步伐继续前进着，直到车把式发出怪异的声音，这才停住了脚步，那匹马仿佛能听懂怪异声音，也停住了脚步。

小莲将火把用力一掷，火把像羽箭一般斜斜地插入路边的树干上，借着火把的光芒，这才看清了阴兵的模样，只见他们的眼睛血红，灰色的瞳孔透露出一股凶狠之色，脸上没有任何生机。

赶车人又发出一声怪叫，只见四名阴兵脚下猛地一用力，势不可当地冲向小莲。

“来得好！”小莲也被阴兵的气势激起好胜心，她将内劲布满全身，身形一晃迎着阴兵冲了过去。

小莲虽说是女子，但习武天分很高，学艺下山后便凭着一口厚背钢刀纵横江湖数年，退隐江湖后相夫教子，但功夫却并未放下，随着心境的提升，她的功力日益精纯，隐隐有与大周第一高手李元芳一较高低之势。

她从齐灵芷口中听说过食人魔关老二，感到关老二应与阴兵有关，甚至可能就是阴兵之一，但未亲眼见到阴兵的厉害，始终无法相信。

见四名阴兵低吼着冲过来，小莲将内力提升至极限，布满全身各处，脚踏鬼影迷踪步，从四名阴兵之间的缝隙穿了过去，来到了四人背后，头也不回向最后一名阴兵劈出一刀。

这一刀正好劈在那名阴兵的后背上，锋利的钢刀将铁甲劈开。小莲感到刀刃已经与阴兵的皮肤接触，若所料不错，这一刀就算不能要了他的命，也会令其重伤。

可这一次却出乎她的意料，当刀势已尽，她感觉厚背钢刀像是砍在一段枯木上，并未对其造成任何伤害。

再看那名阴兵，被小莲这一刀劈得向前又奔了数步，才勉强停下来，将身体一抖，那身铁甲"哗啦"一声落在地上，转过身低吼着，双腿一用力，再次朝小莲冲了过来，另外三名阴兵早已转身挥起大铁锤向小莲冲来。

"怎么可能！"小莲被眼前的景象惊呆，厚背钢刀极其锋利，她全力一劈竟然没伤到阴兵分毫。

小莲的厚背钢刀曾在江湖上有个响亮的名字——流光追影刀，相传是隋朝一位极为著名的铸剑大师以天外陨铁所铸，刀身坚韧，刀刃锋利无比，能轻松砍断寻常刀剑、盔甲，传说甚至可以以流光的速度砍断影子。

小莲内功已达到至臻境界，若持此刀，几乎无物不破，没想到全力一击之下竟然未伤及阴兵分毫！

趁小莲愣神，三名阴兵已冲到近前，挥舞着大锤劈头盖脸地砸了过来，眼见着大锤带着呼啸之风，仿佛天上掉下来的陨石一般，给人以无可匹敌的压力。流光追影刀再厉害，也不敢与这等重兵器硬抗！

"厉害。"小莲瞥了瞥安然端坐在马车上的赶车人，身形一晃，脚踏鬼影迷踪步，一连几个转身，竟然像一条泥鳅一般从三名阴兵的缝隙间钻了过去，随即飞起身形，在空中猛提一口真气，身形暴长，似乎瞬息间长高了一头，整个人仿佛凌空扑来的猛虎一般，借此威猛之势，将流光追影刀一抖，使出一招"顶天立地"，向赶车人兜头盖脑地砍去。

她看得出来，阴兵受制于赶车人，只要打倒赶车人，阴兵便不攻自破。

赶车人并未躲闪，甚至连眼睛都没眨一下。只见冲在最前的阴兵极速飞奔，竟然越过小莲率先来到马车前，举起大铁锤向上招架。

只听得刀锤不断地撞击着，发出"叮叮"的声音，小莲借机收回刀势，脚下连换几个方位，左手变得暗红并突然暴长数尺往阴兵的胸腹间一搭一推，一股巨大的力量打进阴兵体内。

那名阴兵不断地后退，以缓解巨大的力量，足足退到快撞上马儿了才算止住，将大铁锤重重地放到地上，单腿跪在地上不断地喘息着。

"可惜！"小莲明知道阴兵的破绽在赶车人身上，却无可奈何，只得收起速战之心。

另外三名阴兵抢着大锤冲了过来，小莲展开身法滴溜溜在三名阴兵的进攻下不停地穿来穿去，却不急着出手伤敌，她只想看看那名阴兵会不会因为她全力一掌而受伤。

两招还未过去，就见中了掌的阴兵重新站了起来，拎起大锤朝着小莲走过来，眼中的红光更炽，口中不断地低吼着。

小莲心中又是一惊，她知道刚才那一掌的威力，哪怕是大周第一高手李元芳，也不敢硬抗，可阴兵却好像只是受了一些阻碍，没影响基本战斗力。

端坐在马车上的人冷哼一声表示不屑，却没有其他动作，仿佛是在看一场舞台戏一样，轻松、自如、惬意。

阴兵虽说刀枪不入、力大无穷，手上的大铁锤却没什么章法，只是随意地挥动着，目标就是小莲的脑袋，只要被大锤击中，就会落得个头碎人亡的下场。

幸好小莲的鬼影迷踪步步伐巧妙，利用身法不断地在四人间穿梭，每次都是有惊无险地躲过大锤，其间不断地用刀、掌、腿试探阴兵的罩门。

小莲认为阴兵定是修炼了金钟罩、铁布衫等硬功夫，这种硬气功再厉害，也总有一两处练不到位的情况，就是江湖人常说的罩门。金钟罩等硬功练成，全身可以刀枪不入，但罩门却非常脆弱，一旦被击中，轻则破功，重则当场死亡。

令小莲气馁的是，阴兵的刀枪不入不属于金钟罩一类的硬功，几乎试过所有穴道，并未发现阴兵的罩门。她又按照齐灵芷教给她的方法，以内力催动齐灵芷给的药，但阴兵也只是行动稍有滞缓，转瞬之后便恢复如常。

四名阴兵仿佛有无穷体力，越打越勇，将四柄大锤舞得密不透风，要不是小莲身法超然，恐已被大锤砸成肉饼。

插在树干上的火把渐渐熄灭，小路陷入了一片黑暗，对于小莲这等高手来说，黑暗算不得什么，令人惊奇的是，阴兵也不惧怕黑暗，手中大锤依然招招准确无误地砸向她的脑袋。

火把熄灭对交战双方没有影响，却急煞了远处观战的狄仁杰，原本看小莲在四人之间还算是游刃有余，渐渐地却看不到她的身影。

狄福心中焦急万分，正欲上前，却被一旁的衙役死死地拉住，只得侧着耳朵听着，只要打斗的声音还在，就说明小莲安然无恙。

小莲的执着是出了名的，虽说阴兵如同铁壁一般无懈可击，她仍尝试着各种方法破解阴兵，令她惊讶的是，阴兵仿佛不知疲倦的机器，已打斗了几个时辰，他们仍是虎虎生风，四柄大锤砸得起劲儿。

不知何时，雨已经停了，天色变得更加黑暗，有经验的人都知道，这是黎明前的黑暗，不久后第一缕阳光就会降临彭泽大地。

突然，在深山方向的山路上出现了两匹马，马上一黄一青两道身影，不停地催促着马儿前行，马蹄声距离战斗地点越来越近。

两人来到马车的后方，看到战斗中的小莲和四名阴兵，却并未急于上前助战，而是像赶马车之人一样，端坐在马上看大戏。

赶车人回过头，看到了袁客师二人后，心中顿时一惊，却并未在脸上表现出来，只是微微地笑了笑，便不再理会，转而看向那场惊世骇俗的战斗。

小莲属于遇强则强的那种人，越是艰难的战斗就越能激发她的潜能，内力从丹田源源不断地涌出来，已练到至臻境界的内功隐隐有了突破的迹象。

她暴喝娇叱一声，竟然令四名阴兵身体一震，手中的流光追影刀射出数道刀气，砍中阴兵身体后，竟然令其动作停滞。

赶车人见状急忙发出一声怪叫，四名阴兵听后，猛地向小莲攻出数招，待小莲闪转腾挪之际，便退回到马车的前后。赶车人又一声怪叫，披着铠甲的马突然四蹄用力，猛地向前冲去，四名阴兵也挥舞着大锤为其开道。

小莲心中暗道不好。狄仁杰此时应在不远处的小路上观战，要是让他们冲过去，狄福、凌峰、苗立以及众衙役肯定抵挡不住。

第七十四章 兽之在栟

小莲的武功以诡异出招为擅长，很少与对手硬碰硬，但她现在没有选择，猱身而上，冲向其中一名阴兵，并冲着袁客师二人喊道："快保护老爷回城。"

袁客师、齐灵芷身形一闪，瞬间离开马背，两人全力施展轻功向前方飞驰而去，速度竟然比马还要快上许多。

"砰！砰！"小莲连续两掌打在两名阴兵的胸口，发出两声闷响。阴兵的去势稍有停滞，却把小莲震得胸中一阵发闷，急忙卸去内力向后连翻两个跟头，这才缓解了反震之力。

这是她第一次与阴兵正面对抗，也让她明白了什么是力大无穷。

小莲身为女性，主要以修习内功为主，虽比不上李元芳内外兼修，却也凭借强大的内力和诡异的轻功独步天下。阴兵仅凭强悍的身体便轻松抵住小莲一击，若非小莲及时卸力，怕是要受到内力反噬而受伤。再看阴兵，除了身形停滞外，并未受到太大的影响。

疯狂状态下的阴兵就是一部战争机器，没有痛觉，没有恐惧，没人敢以血肉之躯硬抗阴兵！但阴兵只服从赶车人的命令，只要将赶车人拿下，阴兵立破。

小莲施展鬼影迷踪步，飞纵在半空中，挥起流光追影刀砍向赶车人。

赶车人并未作出反应，仍然悠闲地赶车，口中却再次发出怪异声音。两名守在马车前的阴兵两眼红光大盛，转过身来挥起大锤向小莲砸去。

小莲暗中叹了一口气，在空中身体一转，脚尖在两柄大锤上轻轻一点，借势飞了出去，再次稳稳地落在了阴兵面前，两名阴兵却并未停下，挥舞着大铁锤朝着小莲冲去。

小莲明白自己绝不是阴兵的对手，眼前这样做是为狄仁杰转移争取时间！

"啾啾！啾啾！"一阵鸟叫声传来，这是齐灵芷报平安的信号，意味着狄仁杰等人已经转移至安全地带。小莲听后脸上一喜，不再与阴兵纠缠，急忙纵起身形，向一旁闪去，又一闪钻进了旁边的树林，避开了阴兵的攻击。

幸运的是，阴兵并未对她进行追击，守护着马车一路离去。等马车过去后，小莲才重新回到小路上，捡起那件破碎的铁甲，顺着阴兵离去的方向追了过去。

阴兵和马车的速度越来越快，小莲全力追赶，也只是远远地看到一团影子。彭泽县的城门开得很早，这是狄仁杰上任后定下的，为的是让山里的百姓能早一点进城。

马车在四名阴兵的掩护下急速进城，城门守卫还没来得及看清是怎么回事，马车便风驰电掣地驶过城门，消失在空旷的街道上。

小莲来到城门口，向兵士询问马车的去向，守卫对马车的去向支支吾吾地说不上来，她正要再问，却见狄仁杰和袁客师等人骑马赶了过来。

"关闭南北城门，禁止一切人员进出。"袁客师冲着城门守卫喊道。

封闭城门是为了把阴兵和马车困在城中，这样做有一定风险，万一阴兵发起疯来，无端地攻击居民，会造成更恶劣的影响。

"老爷！"小莲看到狄仁杰安然无恙松了一口气。

狄仁杰亦同样松了一口气，说道："小莲，以后万不可再冒险。"

人人爱惜生命，但有时候情况危急，容不得人多想，若不是小莲拼死阻挡阴兵，怕是狄仁杰等人已经遇难了。

狄仁杰却心中有愧，本来小莲已经退隐江湖，却因为他重出江湖，并以身涉险，万一有个三长两短，他很难向狄福和孩子交代！

"大人，阴兵和那辆马车已进入城中，我命南北城门全部关闭，他们成了瓮中之鳖，不过咱们的速度要快，否则鳖发疯咬人，也是不得了。"袁客师说道。

"倒也没那么急，我听食人魔关老二说，他见到太阳时不舒服，且眼睛、耳朵都变得不好用，所以阴兵们在白天应该不会出来，也就是说，咱们还有一个白天的时间。"齐灵芷说道。

"好，灵芷、客师，你们和众衙役马上搜索全城，凌峰、苗立，你们马上出城，拿着我的官凭去找大营单将军搬救兵。"狄仁杰吩咐道。

驻守彭泽大营的单将军早年与狄仁杰有过交情，若非狄仁杰以理据争，单将军早已身首异处。现在狄仁杰虽被贬七品县令，危难之际求助单将军，他应该会全力帮助才是。

凌峰、苗立拿着狄仁杰的官凭骑上马向城外奔去。

小莲小声地问狄仁杰："老爷，我不在您身边守护，奸细会不会对您下手？"

"暂时还不会，他应该还有其他的使命，不会轻易暴露，而且我预感，我还有一定作用，不到最后，他们不会轻易再动我。而且，不是还有狄福在我身边吗？"狄仁杰说道。

小莲白了一眼狄福，小声嘀咕着："平时催他练功，就是偷懒，关键时刻可不敢指望他！"

狄福吧唧吧唧嘴，却不敢顶撞。

齐灵芷等人正要全城搜查，却见一个人慌慌张张地从街尾跑了过来，边跑边喊着："狄大人，狄大人，我看到阴兵了。"

"咱们过去看看。"狄仁杰向前疾走了几步，迎了上去。

来人相貌很普通，身材不高不矮，也没有显著特征，身上穿着一件灰色长袍，虽有些旧却很干净，头发梳得整整齐齐。

"大人，那些阴兵进了黄县令家的那条胡同最顶头的宅子，吓死我了。"来人指着一个方向说道。

关老二吃人的事儿令人震惊，要是这些阴兵发起狂来也如关老二一般，城里的百姓就遭殃了。

"那间宅子有人住吗？"狄仁杰问道。

一名衙役立刻答道："老张家，原本是做生意的，后来传出宅子闹鬼的事儿，全家搬到外地去了，有些要饭的经常进去住，但莫名其妙地失踪，时间久了，大伙儿真以为那里有问题，便再也没人住了。"

"快去看看雀雀！"狄仁杰急忙说道。

齐灵芷和袁客师立刻施展轻功向黄家方向奔去。

幸运的是，黄梦曦甚至不知道发生了什么事，当袁客师和齐灵芷带着她来到狄仁杰面前时，她还有些发蒙，脸上还有睡觉的压痕，头发并未梳洗，连衣袍也是刚刚系好扣子。

"灵芷姐姐，发生了什么事？"黄梦曦看到县衙的人几乎到齐了，知道一定是发生了大事儿。

齐灵芷说道："你先别问，现在立刻去县衙躲一阵，事情解决了，我会去县衙找你。"

黄梦曦想了想，摇摇头："我也是县衙的人，既然有事，我也应该有份儿！"

齐灵芷见无法说服，便向狄仁杰投去询问的目光。

狄仁杰并未回应，思索片刻后，才说道："刚才的报案人不对劲儿！"

刚才众人听到阴兵的消息后，都急于将阴兵找到，并未过多地留意报案人，这时听狄仁杰一说，袁客师第一个缓过神来，说道："还真有些不对劲儿！"

"哪里不对劲儿？"齐灵芷还是没想明白。

"天刚蒙蒙亮，大部分人还未起身，身上不可能收拾得那么干净利落。另外，这个胡同周围的墙很高，那人遇到阴兵时天还黑着，他是如何看清楚阴兵的？再说一个普通百姓，如果遇到阴兵，早就吓得慌神了，哪还能言语逻辑清晰，说话头头是道。"袁客师分析道。

"没错，而且阴兵处于疯狂状态，在那么狭窄的胡同他遇到阴兵，为何会毫发无损？"狄仁杰说道。

"难不成这是一个陷阱？"齐灵芷问道。

小莲说道："老爷，不管是不是陷阱，现在都顾不了那么多，不如我先进去探个究竟，之后再做定夺。"

除了汪远洋和李元芳外，小莲是狄仁杰身边武功最好、应变能力最强的，齐灵芷武功虽不弱，但江湖经验欠佳。

狄仁杰犹豫片刻，最后还是点了点头，嘱咐道："小莲，阴兵不同于一般的江湖高手，一定要小心，如果觉得事情不对，就立刻退出来，咱们再从长计议。"

小莲应了一声，一纵身跳上了黄家的围墙，顺着围墙向胡同最里面的那间宅子潜了过去。

太阳慢慢地升了起来，金色的阳光将整个彭泽照耀得非常漂亮。那辆怪异的马车被染成了金色，静静地停放在院中，拉车的马儿去掉了身上的披甲，在马棚吃着草料，发出巨大的咀嚼声。

小莲伏在黄家的房顶上观察着那间大院，过了一阵见仍没有动静，便施展轻功来到了那间宅院的房顶上，伸手将瓦轻轻地揭开一条缝，向里面看去。

可能是将门窗用厚纸糊上的缘故，房间内的光线很暗。赶车人坐在太师椅上慢悠悠地品着茶，四名阴兵则是背向着窗户和门站着，仿佛四尊石雕。

令人奇怪的是，房间的面积很大，却只有一扇窗户。

小莲虽然没和赶车人交过手，却感应到他的武功很高，她不敢擅自行动，把瓦片轻轻地放下，飞身离开房顶，顺着墙头回到胡同口。

待小莲离开后，赶车人冷笑一声，把茶杯轻轻放下，朝房顶上看了看，脸上露出诡异的笑容。

根据大周律例，擅自动用驻守军队轻则免去官职，重则按照谋反论处。

彭泽附近驻扎着一座军营，是历任淮南王所掌控的军队，后来淮南王的封号被取缔，大营却保留下来。

单将军早年在神都洛阳左威卫任职，因性情直爽与武则天的男宠薛怀义发生纠纷，被薛怀义诬陷，幸得娄师德、狄仁杰等人力保，这才免于死罪，后被发配至淮南大营，负责淮南地区的防卫。单将军对狄仁杰感恩戴德，与狄仁杰常有书信往来，成为忘年之交。

狄仁杰此番动用单将军的关系实属无奈之举，阴兵刀枪不入、力大无穷，已经不是小莲、齐灵芷、袁客师这几名高手所能克制，大营中仍保留着大量的攻城器械，用来对付阴兵再合适不过。

异乡游子固多情，得见故人泣相迎。

两人内心激动不已，却不及表述，狄仁杰急忙把阴兵的事儿讲出来，并恳请单将军帮忙。

"狄大人，您这样可就折煞末将了，只要末将还能为大周百姓做点事，愿追随大人肝脑涂地。"单将军说道。

袁客师带着众衙役早已将附近的百姓疏散，大营兵士推着重型弩车包围了整个胡同。

"末将未得虎符，不敢擅动投石器等攻城军械，只是将这些弩车带来，还请大人见谅！"单将军说道。

狄仁杰说道："事态紧急，有这些弩车已经够用了，想那投石器等大型器械，真要是打起来，这座小城怕是承受不起呀！"

太阳高高地挂在空中，往常已经开始劳作的人们被衙役们请到城外。聚在一起的人们议论纷纷，更有甚者不顾官兵的阻拦，跑上了城楼，向城中眺望着。

胡同被弩车围得水泄不通，还有许多盔甲鲜明的兵士们整齐地列队，手中不是惯用的长枪，而是刀盾和硬弩。

袁客师、齐灵芷来不及向狄仁杰禀报新月村的事，便与小莲商议如何对付阴兵，最后三人一致通过了袁客师的提议，由小莲出手对付阴兵，袁客师和齐灵芷负责对付赶车人，不到万不得已不使用弩车。

狄仁杰听了计划后摇了摇头，说道："计划太冒险了，一旦出了问题……"

"大人，您就放心吧，刚才我们已经商量好如何破解阴兵了。"袁客师一脸自信地说道。

狄仁杰心里依然没底，但看三人的表情坚毅，且目前并无他法，也只好点点头，回应道："好，一定要小心，若不敌，立刻退出，咱们再想办法！"

一场罕世大战即将展开，坐在屋里的赶车人却慢慢悠悠地将茶碗放下，走到窗户旁，从窗户缝向外看着，脸上再次闪现诡异的笑容。

第七十五章　局中局

与小莲和齐灵芷的高强武功相比，袁客师的智慧和见识独树一帜，算是三人中的智囊，为了慎重起见，袁客师再次与单将军等人核对计划，直到每个人都对自己所负责的内容熟知。

太阳的光芒给寒冷的冬日带来一丝温暖，也给袁客师带来一丝希望。

"朋友，你若束手就擒，我可以在狄大人面前为你说情，免你一死，否则等我们攻了进去，只有死路一条。"袁客师大声地喊着。

这是捕快们常说的官话套话，目的就是为了兵不血刃地解决问题，一般凶犯见了这种阵势，十有八九会吓得走出来投降，哪怕是砍头的罪，至少也能得个痛快，不会遭受捕快和狱卒的折磨。

赶车人却并未答话，只是"嘿嘿"地笑着，笑声越来越尖锐，以至于最后听不出那是人的笑声。

小莲冲着二人点了点头，手中流光追影刀护住全身要害，将内力提到极致，从一旁拎起一个水缸扔向正房的房门，只听得"嘭"的一声，房门支离破碎。

齐灵芷从百宝囊中掏出三枚燕子镖，呈品字形扔了进去。小莲不假思索，跟着三枚燕子镖同步冲了进去，暴喝声和兵器相交声同时响起。

按照原定计划，袁客师与齐灵芷第二批进入房间，目标是赶车人，两人刚想进入，却见一道身影从被支开的窗户缝蹿了出来，身形犹如泥鳅一般，可见此人的身法高明到了何种程度。随着此人的蹿出，支着窗户的短木棍落了下来，窗户"嘭"的一声关上了。

"赶车人！"

"嘿嘿，今天要好好和二位讨教讨教！"赶车人的声音很怪，应该是用了变声的功夫。

袁客师、齐灵芷已经达到心意相通的境界，两人出手配合几乎天衣无缝，然而他们的对手赶车人却更是难缠，武功好不好暂且不说，轻功非常高强，整个人像一条泥鳅一般，在二人之间钻来钻去，还能不时地攻出一招，造成了不小的威胁。

原本袁客师的计划就是让小莲牵制阴兵，他们集中火力对付赶车人，没想到的是，赶车人却主动出击，以一敌二，牵制住了袁客师和齐灵芷。

袁客师的计划居然在赶车人的计划之内！

一股不祥预感在袁客师心中升起。

在小莲进入房间的同时，赶车人便从窗户钻了出去。阴兵随即扑向小莲，大铁锤舞得虎虎生风，由于房间内的光线很暗，眼睛还没有适应过来，小莲来不及躲闪，只得以流光追影刀硬生生地格挡，巨大的冲击力震得她虎口发麻，内力翻涌不息。

待眼睛适应了黑暗后，小莲不敢再硬拼，见阴兵挥着大铁锤砸来，也顾不得颜面，矮身闪避同时向前翻滚而去。

"吼！"阴兵一声低吼，见一击没奏效，随即又挥舞着大锤朝着小莲砸了过来，而另两名阴兵也在两旁挥舞着大锤封死了左右两边的空间。

还有一名阴兵并未动手，只是拎着大铁锤站在门口，看样子是为了堵住小莲的后路。而刚才赶车人跃出去的窗户已经关闭，从窗户上方垂下一个古怪的布帘子，上面沾了一些红色的粉末，在阳光的照耀下显得十分妖异。

看到布帘子，小莲心里"咯噔"一下。从目前阴兵的站位上看，这个局就是特意为他设计的，一旦钻进来，几乎就是死局，若没猜错，布帘子上面红色的粉末很可能是任天翔制作的毒粉，毒性应该会很烈，否则也不能用一张布帘子挡住窗户。

趁着阴兵进攻的空当儿，小莲暗中将内力运转一番，发现内力在经脉中运行不畅，应该是中了毒。

"糟了，看来毒粉可能是通过呼吸使人中毒的。"小莲暗道不好。

她本来的任务是拖住阴兵，为齐灵芷和袁客师制造机会拿下赶车人，在内力正常运转之下，她也只能凭借高强的轻功游走于阴兵之间，而无法战胜，若内力运行受阻，便无法与四名阴兵抗衡，更何况这么狭窄的空间，又不便于躲闪，久战之下，必死在阴兵的大铁锤之下。

直到事后，小莲才通过徐莫愁知晓红色药粉的名字——"劲消"，寓意是让内家高手的内力消散，它与心殇、魂灭并称为三大奇毒，出处是一本秦朝时期的书籍，名曰《炼丹宝录》。

单将军在门外看得着急，向狄仁杰一抱拳说道："狄大人，不如由末将率众兵士冲杀进去，就算那人有三头六臂也经受不住兵士的冲击。"

大营将士久经沙场，都是刀头舔血得来的真功夫，都是直来直去的杀招，没有半点招式可言，在千军万马的战场上犹可，但在狭窄的院落里与江湖高手游斗，却不占优势。

狄仁杰只听到房间里搏杀的声音，却无法看到小莲的状况，心中亦焦急万分，但此刻他身为统帅，却只能做出镇静的模样，脸色一凝，说道："单将军少安毋躁。看这人的武功高强，再多的兵士也很难抓到他。我对此人有种熟悉的感觉，却始终想不起来他究竟是谁，先让袁客师二人与之缠斗一阵，视情而定。"

赶车人怪异的声音再次传了出来："哈哈哈……一炷香之后，小莲会死于阴兵之手，你们就等着收尸吧。"

赶车人对付袁客师二人游刃有余，想逃脱却有些难度。首先是齐灵芷、袁客师的武功与他旗鼓相当，胜负难定。再者，整个胡同已被弩车围得水泄不通，就算摆脱了二人，也很难在弩车的攻击下全身而退，所以他点破自己的计划是想让狄仁杰急躁，急躁之下才会有非理智行为，这样他才会有机会逃出生天。

"客师，不要分心，专心对敌，杀了他，小莲姐自然就解围了。"齐灵芷看破了赶车人的计谋，手中的长剑招数一紧，狂风暴雨般向对方刺去。

赶车人却哈哈一笑，身体以不可思议的角度躲开齐灵芷的剑招，向弱一些的袁客师攻去。三人你来我往，斗得旗鼓相当，谁也奈何不了谁。

屋中的小莲却已是险象环生，内力的滞涩使她的轻功受到极大影响，加上屋中的空间狭窄，三名阴兵配合得又非常巧妙，她感受到了从未有过的巨大压力。

袁客师的武功不高，是因为他在修炼武功上未投入精力，但他饱读武学秘籍、勤学好问，识众家武功之长，当他在进山小路为小莲掠阵时，便想到了用巧劲破阴兵的方法，借力打力，以阴兵攻阴兵而破之。

原本小莲认为任何功法都需要钻研数年，再勤加苦练，才会小有所成，但她亦赞同"顿悟"的说法，尤其是进山小路上与阴兵一战，使她重新认识到和阴兵之间的差距，仅靠她现有的武功没用，所以便接受了袁客师的建议，仓促间学了一种以柔克刚的功法。这种功法是袁客师早年与一名道家高手切磋时学到的，但他的内功偏阳性，始终无法领悟其中精髓。

小莲身为女性，内功心法摄气诀自带阴柔，使用此法再合适不过，但因缺少实战，首次尝试的危险性很高，一旦失败，就会被阴兵砸成肉饼。

"得先把遮挡住窗户的毒布帘破了！"小莲暗下决心。照目前的局势，短时间内很难分出胜负，但她所中之毒就会越来越深，早晚会丧命于大锤之下。四名阴兵冲出去与赶车人会合，就算有单将军和大营将士在，也无法抵挡刀枪不入的阴兵，狄仁杰性命危矣。

小莲脚下鬼影迷踪步一动，堪堪躲开砸向她的大铁锤，来到阴兵甲的后背，转过身与阴兵乙面对面站着。阴兵乙见状抢着大锤便朝着小莲的脑袋砸了过来。

小莲再次脚踏鬼影迷踪步，闪到阴兵乙的大锤攻击范围之外，只见她凝神运气，右手持刀护胸，左手掌心呈暗红，带着一股阴寒之气拍向阴兵乙的大铁锤。

"砰！"小莲的掌力毫无意外地击中了阴兵乙的大铁锤，在内力引导之下，将大铁锤引得偏离原本的轨迹，砸在阴兵甲的肩膀上。

只听得"噗"的一声，阴兵甲的半边身体被大铁锤砸个粉碎，同时整个人飞了起来，撞向布满毒粉的布帘。

随着"哗啦"一声，整个窗户被阴兵甲的尸体撞得支离破碎，阳光照了进来，屋中顿时变得明亮了许多。

"成了！"小莲暗自欣喜。

"吼！"两名阴兵惧怕见到阳光，急忙闭上眼睛，胡乱地挥舞着大锤。

小莲借机从窗户蹿出屋子，两名阴兵跟着冲了出来，仍是闭着眼睛凭着感觉胡乱地朝着小莲砸着。而那名堵在门口的阴兵转过身来，一动不动地站着，并未发动攻击。

赶车人见状，急速向齐灵芷和袁客师攻出几招，将二人逼开，口中发出几声怪叫。只见那名堵在门口的阴兵挥舞着大锤朝着小莲攻了过来，与之前的两名阴兵形成夹攻之势。

三名阴兵虽神志不清，行动和配合间却隐含着三才阵法！

小莲有了第一次借力打力的经验，胆子便大了起来，展开身法在三柄大锤之间闪来闪去，只要避开大锤的攻击，便将手掌贴在大锤的一侧，以内力引导大锤攻向另外一名阴兵，一时间院子内大锤相互撞击发出"当当"巨响，三名阴兵被大锤反震得嗷嗷直叫。

赶车人见状，便觉得有些不妙，用怪声给阴兵下了指令后，以搏命的手法向袁客师攻出了几招，将齐灵芷和袁客师逼退后，他身形一动飞上屋顶，再一纵，从胡同的另一方向飞驰而去。

"发射！"操作弩车的兵士得到了单将军的命令，纷纷向赶车人射出弩箭。

赶车人的功夫果然有独特之处，在众多的弩箭之间闪来闪去，竟然没有一支弩箭能够命中。

单将军大吼一声，从一名弓箭手的手中夺过弓箭，跳上房顶，弯弓搭箭，射出了一箭。这一箭是配合着漫天的弩箭射出的，恰好封住了赶车人闪避的路径。

赶车人感应到了危险，可与能将马匹射成两截的弩箭相比，单将军射出的羽箭威力便不值一提。两害相权取其轻，赶车人闪身躲过一支巨大弩箭的攻击，以左手臂挥挡单将军射来的羽箭。羽箭毫无声息地钉入赶车人的左臂，痛得他大叫一声，速度陡然加快，很快便消失在众兵士的视线之外。

"是他，假钟嘉盛杨清河！"狄仁杰眼中露出杀意。

第七十六章　弃卒保车

　　狄仁杰之所以能判断赶车人是杨清河，是因为当初杨清河假扮钟嘉盛刺杀狄仁杰时，被狄福击中一掌，也发出一声惨叫。

　　齐灵芷和袁客师也听出杨清河的声音，内心却震撼无比。

　　从今天的交手情况来看，杨清河的武功显然高于齐灵芷和袁客师两人，应该与小莲相当。但刺杀狄仁杰当夜，假扮成钟嘉盛的杨清河被狄福打了一掌后，便受伤倒地不起，反应判若两人。

　　第一种情况是杨清河中掌后，发现狄仁杰身边有小莲、齐灵芷、袁客师等高手守护，无论如何也无法完成刺杀任务，便示弱保全性命。第二种情况是杨清河压根没打算杀狄仁杰，暴露后便立刻示弱以保全自己。

　　第一种情况还好些，单纯的一场刺杀而已。第二种情况相对比较复杂，杨清河作为隐藏杀手刺杀狄仁杰，却轻易示弱放弃，说明很可能幕后黑手还有暗棋！

　　"来人，给我追！"单将军的怒吼声打断了狄仁杰的思绪。

　　单将军是行伍出身，布置了这么多的弩车和人马，居然没能将一个人留下，怒火由心而生。

　　"穷寇莫追，先把阴兵解决掉再说。"狄仁杰看到小莲对付三名阴兵已是游刃有余，看样子应该是为了适应新学成的功夫，否则早就将三名阴兵击败了。

　　齐灵芷和袁客师亦看出小莲的状态很好，便飞奔至狄仁杰身旁守护。

　　小莲听到狄仁杰的话后，手上便不再留情，用内力引导着三柄大锤击打着阴兵，不出三个回合，三名阴兵皆倒在对方的大锤之下。

　　打败阴兵后，小莲的脸色突然变得铁青，收起了流光追影刀后一下子瘫坐在地上，吓得袁客师、齐灵芷急忙上前查看。

　　狄仁杰也吓了一跳，小跑着上前给小莲把脉。过了一阵，他缓缓站起身，说道："小莲中了一种毒，她内力运行已全部停滞，加上刚才剧烈的拼斗，导致力竭瘫倒，从目前来看，并无性命之忧，只是暂时不能使用武功了。"

"咱们去找徐御医，他应该有办法。"齐灵芷急忙说道。

狄仁杰一拍脑门，自责道："我都糊涂了，现成的解毒高手怎么给忘了？狄福、凌峰、苗立，你们护送小莲立刻回县衙，去找徐莫愁解毒。"

"老爷，中毒的事儿我心中有数，不急于一时，我想看看阴兵究竟是怎么回事。"小莲在齐灵芷的搀扶下摇摇晃晃地站了起来。

话音未落，就见袁客师指着四具暴露在阳光下的尸体，惊道："大人，你看那些阴兵！"

院中的三具尸体竟然开始慢慢消融，黑色血液在阳光的照耀下不断地冒泡，很快便消散在空气中，地面上只留下一点轻微的痕迹，房间中的那具尸体消散得慢一些，一炷香后亦完全消失不见，只留下了三副铁质盔甲和四件黑色衣袍。

"怎么会这样？"狄仁杰看着盔甲摸不着头绪。

袁客师望向齐灵芷，齐灵芷也摇了摇头。

狄仁杰沉思一阵，说道："事情都已解决，让百姓们回来吧。"

众衙役得令而去。

狄仁杰和袁客师走上前，翻看盔甲。盔甲和衣袍散发着怪异的臭味，黑色衣袍上有液体阴干后的痕迹，盔甲的缝隙中有很少的颗粒，用脚一捻，颗粒变成了黑色粉末。

袁客师拿出手帕，把黑色颗粒收了一些，准备带回去给徐莫愁。

民众陆续从城外回来，见如此阵仗，便都凑过来看热闹。百姓们早从衙役口中得知战阴兵的事儿，又见院落物品七零八落，门窗破碎，便知此事为真。

狄仁杰高声喊道："乡亲们，阴兵危害彭泽多年，现淮南大营将士将其除掉，这些盔甲就是最好的佐证，请大家互相转告，好好在这里生活，彭泽永远是你们的故乡。"

百姓本就不愿背井离乡，阴兵之祸一除，谁还会离开？众人纷纷跪了下来，叩拜着这位青天大老爷。

狄仁杰却没有一丝胜利的喜悦，他心里清楚，这只是对手的一步棋，应该是针对小莲所设的局，如果推断不错，四名阴兵也只是诸多阴兵之部分，若要彻底清除阴兵之患，必须揪出幕后真凶才行。

徐莫愁"毒郎中"的绰号并非徒有虚名，他给小莲把了把脉，又观察了一阵，便推断出她所中之毒为劲消，越是内力雄厚，中毒后的症状就越明显。

"劲消这种毒很罕见，使用者需要提前服用解药，使用时需要将药粉涂在手掌上，再以内力催动，药便会迅速地挥发在空气中，通过呼吸使人中毒，需要相对比较密闭的空间。赶车人应该很早就把涂满劲消的布帘挂上，等小莲进入时，屋内已经充满毒气。不过可惜，你们拿回来的这块布帘上已经没了毒性，布帘上画着的这条小蛇我却认得，那就是我师兄任天翔特有的标记。"徐莫愁说道。

"下毒就下毒，为何要在布帘上留下标记？"狄福问道。

狄仁杰说道："应该是任天翔留给徐御医的，等同于挑战书！"

徐莫愁点了点头，脸上出现愁容。

"徐御医，我中这毒还能解开吗？"小莲问道。

"魂灭是烈毒，中毒即丧命，解药无从谈起。心殇聚集在心脉周围，若解毒，必伤及心脉，迟早还是个死，本来无解，但它需要引子，只要不心生恐惧，便不会引发，所以'无惧无畏'就算是解药。劲消只针对内家高手，不是让内力消散，而是停滞，无法在经脉中运行，按理说应该有破解之法……我需要时间！"徐莫愁说道。

小莲有些失望，但还是故作轻松地点了点头，目的是不想再给徐莫愁增加压力。

徐莫愁一边嘀咕着一边离开房间。

"狄福，你安顿小莲休息。客师、灵芷，咱们到书房一叙！"狄仁杰说道。

书房依然是那个书房，可今天的氛围却非常凝重。

狄仁杰进入书房后并未立刻说话，而是陷入沉思中，回忆今天所发生的一切。虽说很多事都在他的意料之中，可又有很多事出乎意料。

先说四名阴兵，刀枪不入、力大无穷，若非袁客师早有对策，今天能否活着回来都不好说。之前探查张家大宅的情况要是真的，可以推断出躺在棺材中的便是阴兵，再根据房间数量算出张家大宅至少有四千名以上的阴兵。

食人魔关老二生熟不忌，但只吃肉，这才引发桃源村食人魔一案，也可以解释张家大宅为何要囤积那么多白条猪肉了。

四名阴兵已有万夫不敌之勇，四千名阴兵足矣横扫整个大周！

狄仁杰观看了小莲与四名阴兵的交战过程，小莲的内功和轻功都已练到极致，虽不及李元芳武功霸烈，但亦有其独特之处，江湖上能胜过她的人并不多，与阴兵一战，要不是提前向袁客师学了借力打力的功法，必死在阴兵手下。能运用借力打力之法的除了小莲之外，齐灵芷勉强也算上一个，但充其量也只有两人，根本无法与四千名阴兵对抗。

"四千阴兵，四名阴兵！"狄仁杰对比着两组数字，突然想到了一个词：丢卒保车。

彭泽县内近年来所发生的案件几乎都与张家大宅发生了关联，张大户本人却非常神秘，神龙见首不见尾，从未听说有人见过张大户本人，从张大户家得到的那片玉简和周琮家宝库中的玉簪来自同一块玉坯，既然张大户那里不能查，那么就从周家老宅的宝库查起，也许会有意外收获。

想到这里，狄仁杰说道："灵芷，有个重要事情要拜托你。"

齐灵芷一笑，说道："大人，有事儿您就说，何必那么客气！"

狄仁杰点点头，说道："我需要你动用所有资源查清张大户的底细。"

白鸽门以收集和贩卖信息为主，门下探子无数，想要查清张大户这样的神秘存在，非它莫属。

"没问题，就算您不说，我也要把他揪出来！"齐灵芷说道。

"你们去新月村可有收获？"狄仁杰又问道。

一提到新月村，袁客师一脸气愤，说道："大人，里正的消息是正确的。我们在新月村的张家大宅发现了齐伯父的踪迹，可大宅防守严密，我们以县衙捕快的身份都没进去，考虑到之前的经历，便想着回来和您商量后再做定夺。"

"你们没有贸然行事，这很好。据我判断，神秘人拐走齐东郡定与他吃了长生不老药有关，他暂时应该没有危险。"狄仁杰说道。

"我俩也是这么分析的，否则，以齐伯父的功力，早就逃出来了！"袁客师说道。

"所有的事都与张家大宅发生关联，这个张大户已经成了关键……"狄仁杰说道。

"我们就先去查张大户的底细。"齐灵芷在大是大非面前还是能分得清主次的。

送走袁客师、齐灵芷后，狄仁杰又陷入沉思。他现在最担忧的是张家大宅中的四千多副棺材，一旦阴谋爆发，一场血雨腥风就要在彭泽这个小地方率先刮起。

大破阴兵之后，彭泽百姓恢复了正常生活，狄仁杰的声望也达到了前所未有的高度，人们走街串巷地歌颂着他的丰功伟绩，甚至茶余饭后的谈论对象也是狄仁杰力战阴兵的故事。

可狄仁杰却愁眉不展，连饭都吃不香，一副心不在焉的模样，狄福见状便拉着小莲陪狄仁杰在后花园中散步。

"老爷，很少见您愁眉不展，您的眉头疙瘩快聚成糖醋蒜了！"小莲说道。

小莲一番话逗得狄仁杰哈哈一笑，心中阴霾去了大半，说道："黄县令、章旷发、周琼、牛书吏、二十一具碎头悬案，太多的案子没解决，我怎能不愁？昨天虽剿灭了阴兵，却是幕后黑手提前安排好的，是抛出来的牺牲品，是丢卒保车的一种策略，他们可能正在酝酿一场更大的阴谋，我们却一无所知。"

"我也觉得有些不对劲，既然是阴兵，就只能出现在至阴之地，怎么可能冲进城里？"小莲说道。

"欲盖弥彰。"狄仁杰轻声嘀咕一句。

三人向前走了一段距离，狄仁杰便停住脚步，说道："对手是名极其厉害的人物，我们若有疏忽，便会万劫不复。"

"老爷，那下一步咱们该怎么办？"狄福问道。

"昨天剿灭阴兵也不是没收获，内奸的事儿至少有了眉目……"狄仁杰说道。

狄福向四周望了望，见周围没人，便欲问内奸究竟是谁。

"狄福，你不要问，现在还不到说的时候。"狄仁杰笑了笑，阻止了准备问问题的狄福。

狄福把已经快要出口的话硬生生憋了回去，咕噜一声咽下一口吐沫，模样相当滑稽，看得小莲在一旁偷笑。

狄仁杰心情舒畅了很多，又恢复了以往的神态，说道："下一步我们要化被动为主动，对张家大宅要采取主动，浪荡山三公不是在他们家抓到的嘛，就以包藏朝廷钦犯的罪名将张大户抓捕归案，如果他不出面，就将管家张又学和张又问抓来，封了他的宅子，把水搅浑了才好捉鱼。"

"那咱们现在就去！"狄福急着说道。

他身为管家，跟随狄仁杰多年，从未吃过瘪，可张大户却屡屡令其碰钉子，心中自然积攒了很多怨气。

"哎哎……"小莲急忙提醒着狄福。

"哈哈哈，我们的大管家性子还是那么急。"狄仁杰说道。

狄福憨憨一笑，挠了挠脑袋。

"咱们还要等一些消息，到那时，张大户的真正身份也会大白于天下。"狄仁杰自信满满地说道。

"老爷真乃神人也！"狄福学着李元芳的腔调说道，惹得小莲冲着他使白眼。

狄仁杰笑了笑，转身向二堂方向走去，没走几步，便见县丞谷钧成从二堂方向迎来，看起来一脸喜色。

"大人！"人还未到近前，声音却远远地传来。

"谷大人脸上喜色十足所为何事？"狄仁杰笑着问道。

"大人为彭泽除了一害，百姓都拿着礼品前来拜谢大人，若不是下官极力阻拦，他们都要闯进县衙了。"谷钧成满脸堆笑地说着。

狄仁杰笑了笑，说道："说来惭愧，此事乃上天安排巧妙，我只是借势而行，当然，也有一点点人为的因素在里面。"

狄仁杰说话时颇有意味地盯着谷钧成。

谷钧成一愣，他听出了狄仁杰的话中有话，急忙将话头岔开："大人神机妙算，这点小事儿都在您的算计之内，现在百姓们都在衙门外，您看……"

狄仁杰微笑着点了点头，说道："好，咱们去看看，也不能辜负了百姓的一片心意。"

百姓是淳朴的，只要对他们好，他们就会加倍还回来，百姓们的热情令县衙众人感动，同时也深深感到肩膀上的责任重大。

百姓送来的礼物都是当地的特产，狄仁杰亦不好拒绝，只好全数收下，登记在册。送走百姓后，狄福便开始清点物品做账，以便日后折成银两还给百姓。对于此事，狄福已是轻车熟路，用不着狄仁杰的吩咐，他也会这么做。

狄仁杰为官多年，送礼之人千千万，大礼一概不收。一些小礼，例如土特产之类的，狄仁杰却很少拒绝，这些东西虽不值钱，却代表着送礼人的心意，若不收下，恐会伤人心，若收下，会让别有用心之人找到借口，所以他就将这些小礼统统收下，做好流水账，折成银两如数奉还给送礼人。

等待最能考验人的耐心，有的人虽很急躁，却一直能坚持下去；有的人虽然很有耐心，却在即将等到的时候放弃；而有的人，想放弃却不能放弃，因为他要等的东西很重要，就算没耐心也要等下去。

狄仁杰悠闲地喝着云雾茶，看着徐莫愁在房间内鼓捣着瓶瓶罐罐。徐莫愁时不时地倒出一些药粉，时不时地倒出一些药水，甚至有些瓶子还装有奇形怪状的植物和虫子，偶尔还要伸出舌头品尝一下，看得狄仁杰瞠目结舌。

徐莫愁做事向来专一，可这次却有些不同，对于解小莲所中的劲消他并无把握，这种感觉就像当年与任天翔斗赌那次一样。

毒手药王传授给徐莫愁的主要是解毒术，制毒和下毒的本领大多都是徐莫愁自行悟出来的。

劲消与江湖常用的十香软筋散完全不同，效果更是迥异，没有毒药的样本，只能凭借小莲的症状来解毒，难度很大。

徐莫愁毫无思路，心中本就烦躁，听到狄仁杰喝茶水的声音后，便抬起头看他，看到他一脸悠闲的样子，气便不打一处来，冲着狄仁杰喝道："狄胖子，你要喝茶就到你房间去喝，我正在给小莲调制解药，你却跑到我这儿吸溜吸溜地喝茶，是不是想让我给你的茶里加点调料啊！"

狄仁杰本来还笑呵呵地看着徐莫愁，听了这话后脸色一变，险些将口中的茶水喷出来。徐莫愁是什么人他最了解，脾气古怪得很，心情若不好，真的会下毒整他。

"得得得，那我先走了。"狄仁杰放下茶碗准备离开徐莫愁的房间。

"等等！"徐莫愁放下手中的瓶子说道。

狄仁杰回过头，不解地望着徐莫愁。

"狄仁杰，你的脑子好使，帮我想想，我师兄是从哪儿学来的这三种怪异的毒药方子？"徐莫愁沾着药粉的手就要抓狄仁杰的袖子，吓得狄仁杰急忙一缩手。

"君子动口不动手。"狄仁杰又转身回来，坐到了桌子旁端起了茶碗。

第七十七章　替死鬼

"这个可不好说，单从你的叙述中可以判断，这三种毒药绝不是毒手药王炼制出来的。"狄仁杰抿了一口茶。

徐莫愁翻了翻白眼，道："这还用你说！"

"不过制造毒药的人心地还算不错！"狄仁杰说道。

"怎么讲？"

狄仁杰若有所思地看了看手中的茶碗："心殇本身无毒，有了恐惧后才会变成毒药，一旦引发毒性，几乎无解。制毒者虽技艺高超，可人性既单纯又偏激，他以为只要问心无愧就会无惧，而那些心存畏惧的人定是心中有鬼，心中有鬼便该死，所以也没必要去研制解药。"

"你这样说虽有些偏激，还算有道理。"徐莫愁故意把"偏激"两个字说得很重。

"至于劲消，只是针对内家高手，对于练习外功的人和普通人没有任何用处，然而劲消只是让内力运转停滞而非化解……"狄仁杰看向徐莫愁。

徐莫愁一脸疑惑摇了摇头："你就直说！"

狄仁杰一笑："咱俩都不会武功，如果遇到了会武功的人，他想害你，你怎么办？"

"当然是给他下毒，我下毒的本领虽然不如师兄诡异多端，但也是防不胜防的。"徐莫愁毫不犹豫地说道。

"要是你不想害死这个会武功的人呢？"狄仁杰又问道。

徐莫愁一副恍然大悟的样子："啊，我明白了。制毒者心地善良，不忍心将人家辛苦练就的内力化解，所以便炼出劲消，令其内力停滞，等药力一过，内力就会慢慢恢复。"

"所以劲消的解药就是时间！"两人几乎同时说道，说罢相视一笑。

徐莫愁脸上尽是兴奋之意，双手拍掌道："惭愧，惭愧，我与师傅学习解毒术，却不如你这一番分析。都说狄仁杰推理如神，果然不错！"

"哈哈哈，万事皆有源，我这么分析是有根据的。"狄仁杰说道。

"定是小莲的内力已开始慢慢恢复了，对不对？"徐莫愁歪着头问道。

看到徐莫愁一副老小孩的模样，狄仁杰开心地笑了起来，徐莫愁也跟着笑了起来，两个年纪加起来过百的老人在屋中笑了好一阵都停不下来。

"怪不得你能悠闲地在我房间喝茶，原来是心里有底呀！不过，我即将出炉的解药能让她复原得更快。"徐莫愁得意地说道。

"好啊，我就知道老毒虫子一定能行，这事儿就拜托你了。那个……心殇的解药……"

"心殇的解药已有了眉目，说不定他还有救。"徐莫愁将他字说得很重。

"好，好，到时候我请你吃面！"狄仁杰话一出口就有些后悔，因为他看到徐莫愁听见"面"这个字时，脸色变得有些发绿。

两人正聊得开心，听见房间外面一阵脚步声，狄仁杰急忙停止说话，竖着耳朵听着，随后又开口道："是内卫来了。"

等脚步声停止，敲门声响起，来人推门而入时，徐莫愁瞪大了眼睛不敢相信地望着眼前的人，又望了望一脸笑容的狄仁杰，说道："狄仁杰，你还真是神了，这也能听得出来？"

狄仁杰笑着说道："谁都有点看家本领嘛！"

来人果然是内卫，手中拿着一摞子卷宗，一番礼数后便将卷宗交给狄仁杰，又将淮南地区内卫的情况讲述出来，随后便告退。

狄仁杰给内卫大阁领上官婉儿写了一封信，索要的就是驻淮南地区所有内卫的资料，一共是二十二本卷宗。

"二十一起碎头案，二十二名内卫，为什么差了一个人？"狄仁杰自言自语道。

"什么？"徐莫愁没听清楚狄仁杰的话。

"没事，你抓紧研究解药吧，我得回去好好看看。"狄仁杰抱着卷宗向外走去。

内卫起源于酷吏丘神绩、周兴、来俊臣等人，武则天即位后，遭到众多拥护李唐社稷的大臣和李氏宗亲的反对，为了巩固地位，武则天开始鼓励告密，于是便涌现一批以告密为生的酷吏，但酷吏树敌太多，终不长远，于是武则天便收罗心腹，成立直隶于她的秘密组织——内卫。

经过数年的发展后，内卫成员千千万，可真正具有内卫身份的人却不多，大多数的内卫都属外围，接触不到国家级核心机密，每个地区的内卫数量是不变的，根据地域的大小和重要程度来决定内卫的数量。淮南地区的内卫数量为二十二名，自打建立内卫制度以来就没有变过，少了一个人便会及时地补缺。

内卫的首领官职为大阁领，正二品的官秩，因直接服务于武则天，因此必为武则天心腹，上官婉儿虽为罪臣之后，却忠心于武则天，表面上她任职"内舍人"，实则负责统领内卫府。

据上官婉儿的转述，淮南地区的内卫系统并未遭到破坏，情报仍旧按时报给内卫府，从未间断，首领为胡元雄，曾是一名江湖人物，后来投靠内卫，因为功力超绝，屡立奇功，很快便升迁为淮南地区的内卫首领。

当狄仁杰将胡元雄和一名叫林不顺的内卫卷宗看完后，心里"咯噔"一下，因为卷宗清楚地记载着，首领胡元雄的左手缺失，是早年在与人比斗时，被人控制住左手手腕。胡元雄也是个狠角色，竟然用内力震断了左手，摆脱了控制并将对手打成重伤。

林不顺的脚是在一次刺探江湖帮派时，被帮众抓住执行了帮规，留下了他的右脚，自此以后，便用一只木脚代替了右脚。

看到这里，狄仁杰走到房间门口，向狄福说道："凌峰、苗立，去将碎头案留下的两具骸骨抬来。狄福，把小莲叫来。"

凌峰、苗立应声而去。狄福很快叫来在厨房帮忙的小莲，随狄仁杰走进房间。

"小莲，你看看这两本卷宗。"狄仁杰指着桌子上单独放着的两本卷宗。

"胡元雄，林不顺，好奇怪的名字。"小莲拿起了胡元雄的卷宗看着。

"是内卫！"小莲行走江湖时便对内卫有所耳闻，内卫无孔不入，有的甚至为了利益还会捏造诬陷，以至于臭名昭著。

狄仁杰点了点头，示意小莲继续看下去。

"老爷，您留下的那两具骸骨正是这两具，断手的是内卫首领胡元雄，断脚的是内卫林不顺，这样说来，碎头案的被害者都是内卫！"小莲对于这个结果很惊讶，内卫的组织十分严密，而且个个身怀绝技，把这么多内卫害死，需要一个更为庞大的组织和严密的计划才行。

"我有一个问题需要你来解答，如果你的手腕被人控制并被折断，用内力将手腕震断后，断处的骨头会是什么样子？"狄仁杰问道。

"那自然就是断喽！"狄福在一旁抢答着。

小莲立刻明白狄仁杰为什么这样问，白了一眼狄福，才说道："以内力震断，断处的骨头一定参差不齐，绝不会像刀剑砍断那样整齐。"

狄福一副若有所悟的模样："原来是这样啊，嘿嘿！"

正说着，凌峰、苗立带着几名衙役把两具骸骨抬了进来。

衙役们离开后，狄福将白布掀开，仔细观察后说道："老爷，按照小莲所说，这具断了手腕的骸骨不是胡元雄的，是另有其人。"

狄仁杰沉思了一阵，说道："淮南地区内卫的人数为二十二人，碎头案的人数却是二十一人，还有一名内卫到哪里去了？"

"您的意思是胡元雄？"小莲说道。

狄福立刻接道："没死的那名内卫叫杨卫东啊。"

"是胡元雄。他知道内卫的事儿早晚会暴露，便找了一个替死鬼，用刀剑斩断其手腕，将其杀死代替自己，再杀死二十一名内卫，将其中一名内卫的尸体销毁，只留下二十一具骸骨，这样便给人留下错觉，还剩下的那名内卫便是凶手，但实际上那人已经死亡，查无可查。"狄仁杰说道。

狄福挠了挠脑袋，苦着脸说道："没听懂。"

"简单说，胡元雄还活着，很可能是幕后真凶，而且我觉得他并未离开淮南，甚至就在彭泽。"狄仁杰说道。

"按照您的推理，那胡元雄只能是一个人——张大户！"小莲说道。

彭泽最为神秘的人便是张大户，首先，他几乎富可敌国。其次，没人见过张大户本人。再次，张家大宅种种诡异都与阴兵案有关联。

"对，就是他，还有那俩管家，也颇为古怪。老爷，咱们再请单将军，把两处张家大宅围起来，将他们抓起来审问，就不信问不出来！"狄福说道。

"急不得，我已经请灵芝、客师查探张大户的身份，以白鸽门的实力，应该不会太久。另外皇帝的密旨也该是打开的时候了。凌峰、苗立，一切人都不得靠近房间。狄福，把房门关上。"狄仁杰下了一串命令，从怀中掏出密旨蜡丸，目光开始变得深邃起来。

密旨蜡丸有拇指肚般大小，蜡衣包裹得很匀称，里面是一张皇家专用的防水纸，上面写着密密麻麻的小字。

三年前，淮南地区内卫首领胡元雄奉密旨查淮南王英布的宝藏，其余二十一名内卫全力协助。三年已过，胡元雄仍按时向内卫府提供情报，却始终未向武则天提供淮南王宝藏的消息。

武则天感觉有异，便启动秘密内卫。

秘密内卫比一般内卫的职务更高，也更加隐蔽，是武则天早年培养的心腹，可以直接与她沟通。他们一般都隐藏在内卫的周围，主要任务是监视内卫以及执行武则天的密令，秘密内卫的名单和分布只有武则天和内卫大阁领才知道，密令通过一个极其特殊的渠道传达到他们手中。

淮南地区的秘密内卫便是前任的彭泽县令黄光行，启动黄光行后，他并未向武则天禀报过任何有价值的情报，而且在半年前不明不白地死在任上。武则天怀疑淮南地区的内卫出了问题，却又因秘密内卫的身份无法大张旗鼓地派人来查。

正当为难之际，狄仁杰被冤入狱，经过一番生死挣扎后从牢中释放出来，武则天便命他前往彭泽上任，目的就是为了查清淮南王宝藏和黄光行死亡一事。

看到这里，狄仁杰才知道他被贬彭泽的源头，也知道了皇帝的真正目的。

"老爷，皇帝为何不早说这件事？"狄福有些不明白。

狄仁杰摇摇头，说道："皇帝既然不说，就一定有不说的苦衷，猜不透，也不敢猜！"

说罢，狄仁杰从怀中掏出了一样东西——虎符，这是临行前武则天派人暗中送给他的，当初他还有些疑惑：一个小小的七品县令，要调集军队的虎符有何用？现在总算明白了。

"凌峰、苗立！"狄仁杰喊道。

一直在门外守卫的凌峰、苗立打开房门走了进来。

"你俩火速去淮南大营，将这封信交给单将军。"狄仁杰拿了提前写好的一封信交给二人，信封口用红色的火漆封着，以示紧急。

凌峰二人知道这封信的分量，立刻领命而去。

狄福看着狄仁杰手中的虎符十分惊讶，一名正七品的县令手中居然握着可以号令百万军队的虎符。

"老爷，这可是虎符，能够调集任何军队的虎符！"狄福看到虎符甚至比知道皇帝的密旨更震撼。

"临行前皇帝赐给我的，说是在关键时应该能用到，当时我还有些疑惑，现在却成了真事儿了。"狄仁杰说道。

武则天能以女子之身做到皇帝的位置，需要比男性皇帝更有魄力和先见之明，否则，在男性为尊的年代，女人怎能坐上皇帝的宝座！

三人正说着，便听见外面齐灵芷的声音传了进来，人也随着来到房间中。

"大人，我令白鸽门彻查张大户，却没有结果。"齐灵芷说道。

白鸽门是靠贩卖信息为生的江湖门派，想要查一个人的身份易如反掌，却在张大户身上栽了跟头！

"张大户是三年前突然出现在彭泽的，没人见过他，而且彭泽城郊和新月村张家大宅也是三年前同时建成，花了无数银两，日夜赶工，工程进展很快，仅用了一个月时间，宅子便建造完成。"齐灵芷说道。

"大人，张大户出现的时间和胡元雄死亡的时间几乎吻合。"小莲看着地下那具缺手的骸骨说道。

袁客师有些不解，问道："大人，这是怎么回事？"

狄仁杰便把之前所获信息悉数告知。齐灵芷和袁客师听后一阵惊讶。

"大人，灵芷有一个请求。"齐灵芷说话间脸色有些黯然。

狄仁杰一听便知她定是为了齐东郡的事，而他只顾着眼前的案子，却忽略了齐东郡的失踪，不由得心中愧疚，急忙说道："只要我能做得到，一定会全力以赴。"

"我的请求果然瞒不过大人。"齐灵芷说道。

"相信你父亲定会吉人天相。"狄仁杰说道。

齐灵芷微微点头，说道："除了动用白鸽门所有力量彻查张大户外，我俩也亲自出马，再次前往新月村探查！"

第七十八章　老宅的秘密

　　袁客师和齐灵芷年轻气盛，以官方身份第一次探查居然受到怠慢，自然心情不爽，借着狄仁杰让他们彻查张大户身份的事儿，再次来到新月村，潜到大宅子的附近，观察着张家大宅。令人奇怪的是，宅院的防守看起来很严密，却远逊于彭泽城郊的宅子，两名看守大门的护院竟坐在台阶上聊天。

　　聊天的内容是管家张又问，说张管家这几天不见踪影，听说是在忙着炼丹，应是到了比较关键的时刻，经历过齐灵芷擅闯彭泽县郊外大宅的事后，再也没人敢打两座张宅的主意，所以管家不在的情况下，防守就松懈了一些。

　　袁客师、齐灵芷听后，决定冒险进入大宅中探一探。他们绕到宅子的后墙处，正准备跳进去，却听见院内一支巡逻队的脚步声，巡逻队头目边走边发牢骚。

　　牢骚的内容自然也是张管家已经几天不见人影，因个别守卫生病告休，导致巡逻队的轮值乱了套，巡逻的家丁枯燥烦闷，盼着能够出现另一个齐灵芷到这里来探查，以便给众人找一些乐子。

　　齐灵芷听后心中更是有了底，正准备越墙而入，却听见一个熟悉的声音传来。

　　此人正是数日未出现的管家张又问，张又问不但将巡逻队头目狠狠地训斥了一顿，甚至还出手打了他。

　　有了前车之鉴，齐灵芷不敢贸然行事，与袁客师合计了一阵，决定先将情况禀告狄仁杰，之后再谋办法。

　　……

　　"你们做得很好，若贸然进入大宅，说不定会威胁到齐东郡的性命。对了，张大管家把给你们赔礼的钱送来了吗？"狄仁杰问道。

　　一提到赔钱的事儿，齐灵芷就气不打一处来，说道："连个影子都没见到，也不知道这家伙为何说话如同放屁一般！"

听到齐灵芷说粗话，袁客师急忙给她使眼色。

狄仁杰呵呵一笑，说道："这样正好，我正要实施一个计划，若成功，应该能把新月村大宅的大部分护院引到彭泽张家大宅，到那时，你们再去新月村将你父亲救出来。"

"什么计划？"袁客师好奇地问道。在他眼里，狄仁杰的计划几乎就是完美的代名词，若没有十足的把握，绝对不会轻易说出来。

"是这样的……"狄仁杰将计划说了一遍，听得小莲等四人拍案叫绝。

"你们先实施计划的第一步，只要成功，客师、灵芷便立刻前往新月村大宅，伺机将齐东郡营救出来。"狄仁杰说道。

"今晚吗？"齐灵芷心里有些着急。

狄仁杰点了点头，说道："就是今晚，你们各自去准备吧。狄福，你去把黄梦曦找来，我想到周家老宅去一趟，我预感那里一定有我需要的线索。"

"我已经准备得差不多了，老爷，我也陪你去。"小莲说道。

狄仁杰知道小莲的意思，现在已经到了最关键的时刻，说不定敌人会使出什么恶招，狄仁杰和黄梦曦几乎不懂武功，万一出了岔子，一切计划都将灰飞烟灭！

"也好，那就劳烦你啦！"狄仁杰说罢便陷入沉思中。

小莲等人知道狄仁杰定是在思考问题，便互相使了使眼色，踮着脚尖转身离去。

按照目前的线索推断，胡元雄应是神秘的张大户。杀同僚灭口，炼丹，装裹着阴兵的棺材，两座巨大的宅子，阴兵借道案，这些匪夷所思的事都集中到他身上，他究竟在酝酿什么？

既然胡元雄奉密旨寻找淮南王宝藏，他酝酿这一切都应是为了独吞宝藏，根本不至于弄出这么多诡异之事，完全可以拿了宝藏一走了之。

服用了长生不老药的齐东郡也被牵扯进来，这其中究竟有什么联系？

"当当当！"一阵轻柔的敲门声唤醒了正在沉思的狄仁杰。

黄梦曦一脸憔悴，比之前更加清瘦，一阵风便可以将她吹到天上，脸上缺少了健康人应有的血色，原本那双漂亮的眼睛变得黯淡无神。

"雀雀，我想去周家老宅看看。"狄仁杰本想解释一番，却发现黄梦曦没多少反应，只是微微地点了点头便转身向外走去。

小莲叹了一口气，摇了摇头，拽着狄福紧跟了上去。

"可怜的孩子，也不知道我这样做是对还是错。"狄仁杰心道。

当狄仁杰看到周家老宅密室时，他第一感觉是这里并不像是一个存放大量珠宝的地方，反而更像是一间用来议事的密室，因为无论从设计还是空间上看，这间密室并不适合存放这么多珠宝箱子。

当小莲将所有的箱子都打开时，就连视金银如粪土的狄仁杰也大吃一惊，二十几箱明晃晃的金银珠宝在火把的照耀下不断地闪出耀眼的光芒。

"小莲，除了这些箱子外，还有没有其他的？"狄仁杰很快恢复如常。

珠宝在世人眼里是稀罕之物，却无法让狄仁杰心动，他要的是阴兵借道的线索，第六感告诉他，在这里一定会找到！

"老爷，上次我俩来这儿，只是简单地看了看，并未仔细查找。"小莲将目光转移到呆滞的雀雀身上。

黄梦曦仍旧呆立着，过了好一阵才感觉到两人的目光。

"雀雀，上次你来这里清查财物时，有没有发现房间中还有其他东西？"小莲见黄梦曦有了反应便立刻问道。

黄梦曦想了想，摇了摇头，随后又点了点头，指着一处墙壁说道："我发现那堵墙上有一个暗格，却打不开，你说过密室里可能会有机关、埋伏之类的，我便没再触碰。"

狄仁杰走近一看，墙面上果然有些异常，大约有半尺见方的一块墙面与周围有些不一样，用手敲了敲，发出空腔的响声。

"咱们找一找，一定有控制机关。"狄仁杰开始寻找机关所在。

四人仔细地在房间中寻找了好一阵，也没找到控制机关。

小莲见黄梦曦状态不好，心中有些急躁，见找了一阵没有找到，便将一口箱子盖上，一屁股坐在箱子上，这一坐不要紧，房间中发出了一阵"咯咯"的响声，她正要站起身，却见狄仁杰摆手示意："别动！"

过了一阵，声音消失了，却没有任何事情发生。

"老爷，这是绞盘的声音。"小莲坐在箱子上说道。

狄仁杰听出了声音，走近墙面，将耳朵贴在墙上，说道："小莲，你现在从箱子上下来，动作别太急。"

"老爷，您小心些。"小莲没敢乱动，生怕她一动会触碰机关，引发毒箭等埋伏。

狄福走到狄仁杰身旁，随时做好用身体掩护狄仁杰的准备。

"不碍事，慢慢下来。"狄仁杰摆了摆手。

小莲慢慢从箱子上挪下来，人刚刚离开箱子，便又听得一阵"咯咯"的响声从墙里面传来。

狄仁杰看向屋子中的二十一口箱子，说道："你们看看箱子上面有没有记号。"

"不用看了，箱子上是有记号的，从一号到二十一号，却不是按照顺序摆放的。"黄梦曦说道。她心很细，当初清点财物时就发现了箱子上的记号，还以为是周家为了方便记录箱子中的财物用的。

"雀雀，你当初在清点财物时，有没有将箱子中的财物弄乱？"狄仁杰问道。

"没有，我是逐个箱子清点的，清点完毕后装好箱再清点下一口箱子。"黄梦曦说道，但心中却不明白这件事和开启机关有什么关系，她看了看小莲和狄福。小莲也是一头雾水，皱着眉头看着箱子上的记号。

狄仁杰松了一口气，说道："那就好，那就好，很快咱们就能打开机关！"说罢便走到房间的尽头处，蹲下来用手抹了抹地面的灰尘，指着地面的青石接着说道："你们看这青石上的圆点。"

狄福三人走了过来，借着火把的光芒看到青石上有一个圆点，像是用凿子凿上去的。

"狄福，你帮我把这两口箱子移开。"狄仁杰指着临近的两口箱子说道。

"让我来吧！"小莲虽说是女子，却拥有雄厚的内力，很轻松地就把两口箱子移开，定睛一看，箱子下面的青石上也有同样的凿痕。

"老爷，下面的青石上也有圆点，嗯……一个是三，一个是……十五。"狄福说道。

黄梦曦凑了过来，惊讶地看着青石上的圆点。

"我之前怎么没注意这些圆点！"黄梦曦惋惜道。她很聪慧，若是早些看到这些圆点，可能早就破解了机关之谜了。

"快把箱子挪在对应的青石上。"狄仁杰脸上一喜。

四人合力挪动箱子，按照箱子上的数字移动到对应的青石上，每挪动一口箱子，墙中便发出一阵绞盘的声音。令人奇怪的是，七号箱子挪动到位置上后却没发出任何动静。

一炷香的时间后，所有的箱子都移到了对应的位置上，绞盘的声音停止了，墙上的暗格却仍没动静。

"老爷，这是怎么回事？难道是七号箱子的问题？"小莲见多识广，却从来没有见过这么古怪的机关。

"机关定是能工巧匠所设计，巧合之下我才知道破解机关的办法。你可还记得刚才你不耐烦时坐到箱子上，墙中就发出了绞盘的声音？"狄仁杰说道。

小莲知道自己行为有些鲁莽，脸上一红，点了点头。

"每口箱子装的财物重量不一样，若能够对号入座，便可一一开启机关。周琮家人或他本人将箱子的摆放顺序打乱，这样一来每口箱子都与机关触动的重量不符，机关就无法开启。你坐到箱子上，恰好你与箱子的总重量符合触动机关的条件，这才引发绞盘上行，而你从箱子上跳下来后，箱子的重量不足以支撑机关的运行，所以绞盘便下行恢复原状。"狄仁杰说道。

"好神奇，居然能够想出这种办法，要是雀雀清点财物时把珠宝放置完全打乱，这暗格中的秘密将会永远埋藏下去。"小莲心中佩服着设计者心思的巧妙，同时想起了一个人，就是十二地支组织成员之一，硕鼠舒生财，他是鲁班门传人，手艺精湛，擅长制作各种机关埋伏。

"会不会是舒生财？"小莲向狄仁杰问道。

"天下能人如鲫，舒生财只是其中之一，单从这手技艺来看，应该和舒生财相当，但自打复州'鬼遮眼'一案后，舒生财便隐匿江湖，再没人见过他！"狄仁杰说道。

"是周郎，他除了当捕快之外，还喜欢鼓捣一些机关，设计极为精妙。"黄梦曦说到这里脸上现出甜蜜，整个人像是变了个样子似的，精神焕发、神采奕奕，完全看不出一点憔悴。

"周琮还会这个，怎么从来没听过？"狄仁杰问道。

"他只做给我，从不拿出来炫耀！"黄梦曦的脸上洋溢着幸福。

狄仁杰听得心中一动：若黄梦曦所说为真，周琮能有如此手艺，会不会与舒生财有关系？

"大人，除了小莲姐坐在箱子上引发机关外，您还依据什么判断机关设计？"黄梦曦问道。

"除了小莲引发的机关动作外，我发现了箱子中的财物种类不一样，都是金银珠宝混装。试想一下，若正常人家把财宝装进箱子，定会分类装好，以便于清点和使用。可这些箱子的财物却装得十分混乱,却又不像仓促装进来的。这样装箱的用意,应是为了让箱子的重量有所区别。另外根据箱子上的数字还有青石上的圆点,这才联想到把箱子放到对应的青石上,用以开动机关。"狄仁杰分析道。

"精彩,都说狄大人的推理能力天下无双,果然名不虚传。周郎临终前曾经对我说过,若狄大人能够推断出破解机关的方法,就让我将这个交给您。"黄梦曦说话时脸上多了一丝理性,随后从怀中掏出一张纸,递给了狄仁杰。

狄仁杰展开一看,果然是周琮的笔迹,上面写着几个字:"财宝的秘密就在墙中暗格,若强行启动,便会损毁。"

"看来你早就知道了这个暗格,却不知道如何破解,这才逐一清点箱子,以图找到打开暗格的方法。"狄仁杰佩服黄梦曦的沉稳,事情到了关键时刻才说出真相,若非经历过大风大浪,这哪是一名寻常女子能做出来的?

小莲亦惊讶万分。她陪着黄梦曦来过周家老宅,但黄梦曦却从未表现出知道珠宝和暗格这件事儿,小莲从前一直以为黄梦曦单纯,现在看来,她不但不单纯,而且心机很深。

黄梦曦点了点头,说道:"周郎的这笔财富太过庞大,我也想弄清楚它们的来历和其中的秘密,不过若狄大人都无法破解这些机关,就代表着天意不让我知道财宝的秘密,那就任它永远埋藏下去,这些财宝来自民众,自然归还民众。"

从目前来看,黄梦曦并非不在乎财宝,而是觉得这笔财富不但神秘,而且过于巨大,很容易引来灾祸,她一个女子之身,所爱之人已死,已经无欲无求,只求平安残度余生。

"老爷的推理是正确的,可七号箱子所对应的机关为什么没有启动?"小莲满心疑惑地问道。

狄仁杰看向黄梦曦头上的玉簪,说道:"是雀雀头上的玉簪!"

原来黄梦曦当日因为失去周琮而悲伤万分,对财物兴趣全无,所以取了一支玉簪作为周琮送给她的聘礼,而玉簪所在的箱子就是七号箱。

黄梦曦急忙将玉簪拔下,轻轻地放到了七号箱的盖子上,玉簪刚一放上,便听见墙中又一阵"咯咯"的声音响起。狄仁杰三人的目光集中到了墙上,紧盯着那处,生怕一眨眼睛就会错过精彩的瞬间。

随着绞盘声音的停止,只听墙上发出"咔"的一声,暗格随着声音弹出了墙面，小莲生怕有变，急忙上前将暗格从墙中抽了出来。

"精妙啊！"狄仁杰赞道。

三人出了密室来到了外面的书房，这才看清了暗格中的物品，居然是一本线装书，封皮上没有任何字迹，看样子应该是个人的手记。

暗格是青铜所制，内侧有几个小孔，小孔内侧有一个铜片压着。

狄仁杰把线装书拿出来后，小莲用匕首点了点小孔内侧的铜片，铜片打开一点缝隙，从里面冒出一些液体，她抽了抽鼻子，闻到了一股火油的味道。

若强行启动，便会损毁！

狄仁杰心中亦捏了一把汗，能得到这本书也算是机缘巧合，哪怕有一点鲁莽，宝藏的秘密就会灰飞烟灭。

翻开第一页之后，狄仁杰的眼睛陡然一亮……

第七十九章　死里逃生

手记所用的纸是当年最好的宣纸，所藏暗格密封很好，不与外界有任何接触，以至于过了这么多年，纸张看起来仍旧洁白稠密、纹理纯净。令人失望的是，手记中的字迹潦草，行间歪歪扭扭，莫说是书法大家，就连五岁的孩童也要比之强上很多。

内容是用第一人称来记述的，记录了许许多多的片段，有的片段与前后竟然不能相衔接，整篇读下来却发现相互间还有一定关联。以下便是经过狄仁杰整理过的内容，不过为了让人能更加体会到记录人的心境，仍旧用第一人称叙述出来。

大将军英布英勇无敌，我们的军队一路高歌，几乎是毫不费力地打败了前来清缴的刘邦军队。大将军意气风发，带着我们一直打到了庸城。庸城历来是兵家必争之地，两侧大山险峻且绵延数百里，城墙宽厚高大、固若金汤，守城的军械无数，易守难攻。

在此之前，大将军打了无数胜仗，早对刘邦军队嗤之以鼻，不顾众将劝说，率领前锋大营轻装前行，意在快速打破刘邦的战略布局。

我们的兵士已经疲惫不堪，加上缺乏粮草和军械的补给，很难完成大将军的战术计划。

正所谓强弩之末不能穿鲁缟。

看到城墙上随风猎猎飘舞的战旗，精神抖擞、盔甲鲜明的将士，寒光闪闪的枪戟，我预感这场仗定会失败，可我只是一名普通兵士，能做的就是尽量在战场上活下来，因为我还有年迈的父母、温柔的妻子、嗷嗷待哺的孩子。

果然，在连续三天三夜攻城不克的情况下，我们的军队已完全处于颓势，在数倍于我军的刘邦军队的冲击下，我们的军队溃不成军。幸运的是，我们还有大将军，他虽败不乱，在撤退过程中部署了几次小型阻击，为大军的撤退争取了时间。

刘邦哪肯放虎归山，亲率大军紧追不舍，企图将我们的军队完全消灭。

大将军不愧是打仗的高手，在撤退的过程中，依然打了几场小胜仗，却难以挽回败退的局势。刘邦军队源源不断的援军从四面八方赶来，不断地消耗着我们的军队。

我们军队的士气随着败退开始慢慢消散，对于一支军队而言，没了士气，失败是早晚的事情。

经过大大小小数次恶战，我们的军队终于又回到了大将军的领地。因为缺少兵员，许多将领已经无人可用，照这样下去，很快就会被蜂拥而至的刘邦大军吃掉。

大将军也意识到这一点，于是开始强制征兵，无论贫穷富有，无论强壮羸弱，只要还能拿得动刀就要被征到军中，成为军人。

因为刘邦的军队步步紧逼，新兵还来不及训练，便被迫上了战场。为了快速提高新兵的战斗力，便将所有的新兵分到老兵身边，让老兵带着打仗。战场上没有新兵老兵之分，有的只是生与死，一旦上了战场，老兵们自顾不暇，哪来得及教新兵如何打仗。

许多年轻而陌生的面孔一批批地倒下，又有一批批新面孔被征入军中，在这样周而复始的循环下，我的心逐渐变得麻木起来，对于刚来的新兵也变得冷淡，因为我知道，他们很快就会成为冰冷的尸体。

我已变成了一具没有魂魄的傀儡，唯一的信念便是活下去。凭借着多年的征战经验和运气，我活了下来，虽然伤痕累累，还是顽强地活了下来。可我知道，刘邦的军队已打到了淮南地区，其他地区的王侯们趁机率兵包围淮南，协助刘邦攻打大将军。淮南是大将军最后的领地，若再失败，将彻底兵败。

大军败退到彭泽，又有一批新兵入营。本来对这些新面孔已没有任何感觉，可一名新兵却引起了老兵们的注意，这其中也包括我。

他叫牛泰林，彭泽地区大财主牛家的独苗。对于牛家，土生土长于彭泽的我早有耳闻，不但是彭泽的首富，也是淮南地区的首富，家族生意遍布整个淮南地区。若不是这场战乱，我一辈子也不会有机会接近这位牛家的继承人。

可他在我们的眼里，只是一名即将死去的新兵而已，无论他之前是谁都没有关系了。牛泰林未经历过战争，不知道其中的残酷，以为拥有铁甲便可以活下去，于是提出用金子换铁甲。老兵们能够在战场上活下来，很大一部分原因就是身上有铁甲，没有人会为了金子放弃生命，我也不会。

可牛泰林接下来又用许多的承诺来换取铁甲，我动心了，因为我知道，就算他得到铁甲，没有真正的本领也一样会死在战场上，铁甲依然还会回到我身上。

铁甲穿到了牛泰林那瘦弱的身体上，我看得出来，他将这件铁甲当作救命的护身符，虽然很重，可他连睡觉都要穿着。

没过多久，家里便传来消息，牛家送去了很多金子、土地和房契，那是我这种小人物几辈子都赚不来的，命丢了也值了。另外牛家还额外给了一些金子，并承诺只要保住牛泰林的性命，以后还会有更多金子。

虽然我不知道下一次上战场自己能否活下来，可我还是尽力保护他，让他活下来，他活着就意味着还有更多的金子，而我，也要尽力活下来，好享用这些用生命和鲜血换来的财富。

当刘邦的大军杀来时，我听见敌军的喊杀声就知道大将军必败，因为我们的军队虽然也尽力地呐喊着，声音中始终是底气不足且稚嫩，没有对方如狮虎一般的气势。对方的军队盔甲鲜明、补给充足、人强马壮，都是有着丰富战斗经验的老兵，从声音中就能听出他们杀气十足。

人为刀俎，我为鱼肉。

虽然大将军用兵如神，可数量和气势上的差距，使得我们一触即溃。兵败如山倒，我们的军队再次溃逃，我拉着牛泰林随着大军向山里逃去。我知道，大将军的做法完全是自寻死路，山里全都是小村落，不能支撑起这么一支庞大军队的补给，就算刘邦的军队不再赶尽杀绝，我们的军队也会自行溃散，不是变成土匪就是饿死山中。

天空下起了小雨，大将军带着我们沿着山间的小路奔跑着。若不是看在金子的分上，我早早就将牛泰林扔在一边等死，这家伙是累赘，可我还得保护他，因为金子，黄灿灿的金子。

我看到了前面的树林有些异常，凭借着敏锐的直觉，我断定前面一定有埋伏，我拉着牛泰林躲了起来。这傻小子还不知道究竟发生了什么，以为我是懒人上磨屎尿多。

果然，一盏茶的工夫后，大将军的军队中了埋伏，前路后路被堵，整个队伍被滚木断成了数截各自为战，小路一侧是悬崖，另一侧的山坡上满是刘邦的大军。那是一场单方面的屠杀，我们的军队完全处于劣势。

　　大将军很勇猛，杀了不少敌军，可人毕竟是人，终究有力竭的时候。大将军最终不敌，向我们隐身的地方逃了过来。他看到我们俩时眼中喷出了怒火，愤怒令他疏忽了敌将射来的羽箭，因为在他眼中我俩是逃兵，比敌人更让人痛恨的逃兵。

　　逃兵总比战死沙场好吧，更何况我还要保护着我的财神，让我的家人过上富裕生活。

　　大将军高大的身躯终于倒下，仿佛一座小山，刘邦的兵士们却没追过来，不知道是太自信以为大将军死了，还是畏惧大将军而不敢过来。

　　我头一次近距离接触大将军，他高大、威武，同时也看到他眼神中的苍凉和眷恋。我决定救大将军，尽最大的能力，虽然我在他眼里只是一名逃兵。

　　我们一路逃了出来，可能是敌将以为他那一箭定能要了大将军的命，并未命人死命追赶，这给了我们逃脱的机会。大将军的生命力非常顽强，强大的生命力一直支撑着他没有死去。我们一路逃到了一座破旧的小庙，大将军伤得太重了，尤其是第二支射入后背的锯齿狼牙箭，若不将其取出，大将军很快就会死去。我需要将那支锯齿狼牙箭拔出来，那样会流很多的血，依然足以致命，所以需要一些止血的草药或是一些草木灰也好。

　　我刚出门没走太远，便看见了刘邦追兵，他们在四处寻找着。我立刻回到小庙，看了看牛泰林，又看了看重伤的大将军，为了帮助大将军摆脱追兵，也为了牛泰林能够活下去，我想出了一个大家都能活下去的好办法。

　　我让牛泰林去找一些柴火来生火取暖，这名傻傻的新兵只是愣了一下，便冲了出去，到外面找柴火，他也不想想，外面正下着大雨，哪有可以生火的木柴？

　　牛泰林入伍时，大将军的军队已拿不出正规军服，此时的牛泰林除了身上的铁甲之外，里面穿的就是老百姓的普通内衬，当我看到他将身上沉重的铁甲脱下来扔掉，我松了一口气，就算他被敌军抓住，也会被当作逃荒的百姓，至少不会死。

　　追兵向牛泰林的方向追了去，大将军暂时躲过了这一劫，可刘邦的为人我听说过，见不到大将军的尸体，他绝不会罢休。想那齐王韩信死后并没下葬，而是等到刘邦平定陈豨返回亲眼看到尸体后，才允许下葬。梁王彭越更是在死后被吕后剁成肉酱，分发给了诸侯们，这才使得刘邦的心安稳下来。

若我将昏迷中的大将军杀死，献出去一定可以获得大笔的封赏，可我不是那种人。

当我用刀割开大将军后背上的肉时，他醒了过来，以为我要杀他，口中骂了几句，却被我死死地按住无法动弹。无论他以前多厉害，多么天生神力，受了重伤也不过是一只被拔了牙齿的病虎而已。

锋利的刀将锯齿狼牙箭周围的皮肤割开，大将军也仅仅哼哼了两声。我小声地告诉大将军，要将那支锯齿狼牙箭拔出来，让他做好准备。大将军这才知道我是要救他，看我的目光充满感激，他把手咬在口中，微微点了点头。

我把箭拔了出来，鲜血喷涌而出，大将军仿佛失去了所有的力气，瘫在地上一动不动，鲜血顺着身体流到了地上，好像一个红色的湖泊，他昏了过去。

敌军早晚会找到这里，我必须带大将军离开这里，顾不上身体的疲劳，我把大将军的伤口包扎后便背着他离开了小庙。他身材高大魁梧，加上昏迷不醒，所以很重……很重……很重，好像一座大山。

看到这里，狄仁杰已知道这本手记的主人是老兵周庆伍，在牛书吏手记中也曾出现过，前面这一部分的记述与牛书吏的记述相吻合。不同的是，周庆武用的是第一视角，而且还有下文。

狄仁杰捏起书页继续翻了下去。

由于常年战争，淮南地区的男人大都已战死沙场，很多已婚的女人成了寡妇，彭泽附近的章家村也不例外。

当我背着大将军来到了章家村时，大雨停了下来，天空仍然飘落着雨星儿。

我的体力消耗得七七八八，大将军像一座大山般压在我的后背，我有些喘不过气来，可我必须坚持。

终于，我脚下一绊，摔倒在地上，大将军被摔出去很远，同时被这一摔给痛得醒了过来，躺在地面上呻吟着。当我爬到大将军身边时，一个女人出现在我们的面前。

女人很白很好看，当她看到大将军时，眼中闪出了异样的光芒，从她的眼神可以得出一个结果，我们即将有一个可以落脚的地方，大将军有救了。

在女人的帮助下，我背着大将军来到她家，将他安顿好后，我也昏昏地睡了过去……

当我再次醒来时，被一股香喷喷的暖意包围着，闻得出来，盖着的棉被是女人的，散发着只有女人才有的淡淡香味儿。

我钻出了被窝，发现身上穿的是一件宽大的袍子，看了看所用的布料和款式，想必是女人丈夫的衣服。

我走出房间，看到女人正在院子中晾晒衣物，那是大将军的衣袍，女人晾晒衣物时，脸上洋溢着一种难以言喻的幸福。我急忙将那些衣袍拿到手中，动作粗暴，吓得女人花容失色。

若被追杀大将军的刘邦军队看见，不但大将军和我会遭殃，女人也会没命，甚至会连累整个村落。

听了我的解释，女人捂着胸口后怕着。缓了一阵，女人说我整整睡了三天三夜，大将军也昏迷了两天两夜，现在就在正房躺着，伤势恢复得很好。与此同时，我知道了女人的丈夫死了，三年前死在了战场上，女人的丈夫与大将军很像，无论是身材还是相貌，因此女人一度以为是丈夫回来了。

大将军那么严重的伤势居然在两天内恢复了过来，可见他的身体有多么的强悍，说他是战神转世也未尝不可。

我不愿多说什么，也许女人知道了大将军的真正身份后，就不会是这个态度了，因为大将军杀人无数，很可能就是杀死她丈夫的凶手。

当看到大将军时，我愣住了。

第八十章　藏宝图

英布是盖世英雄，是威风凛凛的煞神，可现在他躺在床榻上的样子和病了的邻居大哥吴老二没有什么分别，脸上洋溢着一种从来没有过的笑容以及隔壁大妈般的慈祥。

吴老二和大妈的结合体，颠覆了我对大将军的印象，但他还是大将军，因为在他的骨子里有一股无可匹敌的气势。

女人走了进来，对大将军说："从此以后你就姓章，是我从战场上回来的丈夫。"说话间的语气不容置疑，脸上却满是幸福。

一向发号施令的大将军像是换了一个人，竟然微笑着点了点头。我看得出来，大将军应是厌烦了打打杀杀的生活，渴望着后半生能够过上普通人家的生活，而现在，他找到了属于他的归宿。

我成了多余的人，就向大将军告辞。大将军却将女人赶了出去，让我坐在他身边。

我知道，他一定有重要的事情要说。

果然，大将军告诉了我一件事，关于一个宝藏。他说他现在找到了世上最大最好的宝藏，那个宝藏对于他而言已经没有意义，说到这里，他的脸上洋溢着一种难以言喻的幸福。

英布勇猛无双，头脑却不简单，早知道会有今天的结果，所以便提前做了准备，命心腹建造了一座秘密宝库，将从秦皇宫和阿房宫中掠夺的宝物以及刘邦赏赐的金银藏到其中，一切安顿好后，心腹便将所有的知情人杀死，随后自杀身亡。

此后，除了大将军外，再无人知晓宝藏的存在。心腹为他留下了一幅藏宝图，以及进入宝库的口诀。藏宝图画的是宝库的位置，口诀是为了躲避宝库中的机关埋伏，缺少任何一样，都不可能得到宝藏。

英布本打算将宝藏送给周、牛二人，事情却偏偏多出了许多波折。在小庙时，周庆武出去找止血药，英布将进入宝库的口诀告诉了牛泰林，还未等说出藏宝图的事情便昏了过去，之后牛泰林被周庆伍支走。

而现在的英布，因为受了重伤昏迷了两天两夜，记忆受到了损害，已不记得进入宝库的口诀，却仍旧记得宝藏，还有身上的那幅藏宝图。

大将军告诉我，要进入宝库就必须要有口诀，没有口诀贸然闯入，会触动机关埋伏，千军万马走进去，也无法进入宝库，就算强行进入宝库，最后一道机关埋伏会启动，将宝库中最重要的一件物品烧毁。

口诀只有牛泰林知道，只有找到他才能得到口诀得到宝藏！

我没心思想宝藏的事，当初牛家给的那些金银已经够我家生活几辈子了，我现在最想的就是赶紧回家。

告别了大将军和女人，我几经辗转后才回到家中，家人并未受到战乱影响，皇帝刘邦为了安抚人心，对淮南地区采取了休养生息的政策，淮南的百姓们终于过上了太平日子。

由于牛家当初帮过淮南王英布，被皇帝下旨抄家，这件事在大将军英布兵败时就已开始，等我回到家中时，原本辉煌的牛家已成了一片废墟。

我派人找过牛泰林，也许是牛泰林知道了牛家被抄躲了起来，也许是当初离开小庙时就被追兵杀死，总之，他再也没有出现过。

后来，大将军英布和女人离开了章家村不知所终，也许是为了躲避刘邦的追杀，也许是为了躲避世俗，他们再也没出现过……

我老了，若再不将这件事情记述下来，恐怕这个天大的秘密就要与我同埋黄土，那张关于宝藏的地图就是这本手记的最后一页，若有缘，希望我周家的后辈们能够找到牛家的后辈，将宝藏挖出来用于正道，还有大将军所说的宝库中那件最重要的东西，也一直是我心中之谜，也许，大将军在失忆前将之告诉了牛泰林也说不定。

……

狄仁杰翻到了手记的最后一页，那是一张用牛皮做成的地图，过了这么多年，牛皮上的地图仍旧清晰，并未随着时间的流逝而损毁。

"这张地图看起来有些眼熟，却想不起来究竟是哪里。"狄仁杰指着地图说道。

小莲和黄梦曦忙凑过来看，过了一阵之后都摇了摇头。

"老爷，这些财宝怎么办？"小莲问道。

狄仁杰思索一阵，说道："这片区域人迹罕至,加上没有钥匙绝打不开密室,财宝放在这里要比县衙安全一些,等日后所需之时再来取吧。"

黄梦曦将密室关闭，与狄仁杰一同回到县衙，刚进大门，便见袁客师、齐灵芷迎了上来。

"大人，我们已经准备好了。"齐灵芷说道。

狄仁杰点点头，从怀中拿出了周庆武的那本手记，递给袁客师，又把发现手记的过程讲述出来。

齐灵芷和袁客师翻看着手记，从他们脸上的表情上看，亦是非常吃惊。世人都知道淮南王英布叛乱的故事，却想不到故事竟然还有这么一段曲折而感人的结局。

当翻到最后一页时，袁客师盯着那幅地图看了很久，皱着眉头不语。

"为什么周家留下了手记和地图，而牛家却只有牛书吏记载的故事，没有口诀？"齐灵芷问道。

"牛家所掌握的口诀可能是口述亲传，并未留下记载，想是先祖牛泰林怕周家的人为了寻宝谋害他的后代才这么做的吧。"狄仁杰分析道。

"有道理！"小莲行走江湖多年，深谙人性，非常赞同狄仁杰的看法。

袁客师还在不停地将地图翻过来掉过去地看着，不时地用手在地图上比画着，突然，他脸色一喜，说道："我知道这幅地图所画的位置在什么地方了。"

"哪里？"众人异口同声地问道，目光全部集中到袁客师的身上。

"新月村！"袁客师一语惊人。

狄仁杰恍然大悟，说道："是新月村，虽然现在的新月村扩大了很多，但基本轮廓依旧在！客师，你立大功了，淮南王宝藏就在那里！"

要是把宝藏或墓穴比作美食，盗神钟嘉盛一定是老饕。当路过的钟嘉盛听到狄仁杰说"宝藏"两个字时，整个人仿佛离弦的箭一般蹿了出去，几个闪身便来到狄仁杰身边，眼中精光四射地问道："狄大人，哪里有宝藏？"

狄仁杰把藏宝图递给他，他盯着藏宝图看了一阵，便耸了耸肩，脸上惊喜去了大半儿，说道："这个宝库我去过。"

他的话让众人大吃一惊，却没人敢不相信，因为他是盗神。

袁客师急忙问道："钟大哥，快说说，这究竟是怎么回事？"

"当初我就是冲着这个传说来的彭泽，这事儿说来可话长了。江湖上有一个传闻，说西汉初期的淮南王英布兵败前建造了一个宝库，里面的金银珠宝无数，可惜的是，没人知道宝藏究竟在何处。后来我从一个同行的口中得知，宝藏就在彭泽地区，具体位置却不知道。"钟嘉盛说道。

"接着说下去！"狄仁杰催道。

"我一听在彭泽，就立刻想到狄大人，本来是要先到彭泽看狄大人的，然后再去寻宝，却在半路上就被人截住了，那人一上来就将我的老底揭出来，又说有一个好买卖想与我合作。对于这种人我见得多了，无非就是想利用我的本领帮他盗墓而已，我本已准备要离开，他却说他知道淮南王宝藏的具体位置。"钟嘉盛说到这里双眼放出异样的光芒。

淮南王宝藏在盗墓人心中与秦始皇的陵墓一样神秘，若能找到宝藏，定会在盗墓界享有至高无上的荣誉。

"于是你便答应了他，陷入了圈套！"狄仁杰笑着说道。

钟嘉盛干咳了两声，用以掩饰内心的尴尬，随后说道："的确，我中了圈套，与那人来到一个村子，在村子外不远处，我发现了宝库的线索。"

说到这里，他指着地图上的一处，神情颇为激动："就是这里。"

众人一看，钟嘉盛所指的位置距离新月村张家大宅很近，在两座山之间的山洼中。

"那人应该预谋了很久，不但准备了所有的盗墓工具，甚至连吃喝补给也准备妥当，不过他提出的条件却十分苛刻，说是要三七分成，他七我三。我自然不干，最后经过反复商量，最终定下五五分账，嘿嘿！"钟嘉盛为他的谈判技巧得意地笑了起来。

狄仁杰也跟着大笑起来，笑罢之后才说道："钟嘉盛啊钟嘉盛，你这是上了人家的连环套了。"

"为何如此说？"钟嘉盛不明所以。

"那人若不提分宝藏的事，或者说将大部分的宝藏给你，你一定会起疑心，这桩买卖就做不成了。所以他用了欲擒故纵之计，先是将他定位为贪得无厌，然后再一点点地被你说服，这样就让事情变得更加像是真的，你才会中了圈套到宝库中去。"狄仁杰分析道。

钟嘉盛想了想，点了点头，说道："还真是这么回事。"

"若我没猜错，宝库中已经什么都没有了。"狄仁杰笑着说道。

钟嘉盛瞪大了眼睛望着狄仁杰，说道："狄大人真是神了，好像你随我一起进入宝库一样。不过你猜错了两件事,一是宝库中还有凶险无比的机关埋伏,二是我从宝库中得到了一样东西。"

听钟嘉盛这样一说,众人又被他吊起了胃口,将目光集中到了他的身上,看他究竟会拿出什么稀罕的宝贝来。

"我从盗洞进入了宝库后,那人便用大石头和糯米土将盗洞封死,要不是我留了后手,真的会闷死在里面。"钟嘉盛神秘一笑,却并没说出究竟留了什么后手。

"什么后手?"袁客师忍不住问道。

钟嘉盛哈哈一笑,说道:"想知道的话就得拜我为师,否则这个秘密是绝不会告诉你的,你只需要知道,这后手让我活了下来。"

袁客师身为大理寺金牌捕快,哪肯拜一个盗墓贼为师?得了个没趣,只好摇了摇头,不再言语。

"宝库中的机关厉害非凡,让我吃足了苦头,幸好我常年与墓葬中的机关埋伏打交道,懂得一些窍门,这才得以活命,却被困在宝库中。干粮和水很快就要没了,可我仍想不出办法逃出机关阵。我绝望了,以为就要死在那里。"钟嘉盛露出了绝望的表情,那种表情足以让在场的众人动容,完全不像戏里演的那样,可见他的确是有过绝望的那一刻。

院落中很安静,没有人愿意在这个时候出声打扰钟嘉盛,过了一阵,他才缓缓地说道:"直到几天后,我突然感觉到有大量空气流通,尝试着向空气来的方位走去,我找到了一个出口,钻出去后发现不知到了谁家的后花园,很大,很漂亮。我刚一出来,发现远处有几名牵着狗的护卫向我冲了过来,吓得我急忙向一处围墙奔去。"

听到这儿,齐灵芷、袁客师齐声说道:"是新月村张大户宅子的后花园!"

钟嘉盛并没接茬,又说道:"我跳出了墙,拼命地跑,后来就进了城,来找狄大人。"

"应是杨清河放你出来的,这点你还要感谢徐莫愁才是,等我以后有空再与你细说。"狄仁杰笑着说道。

钟嘉盛一肚子疑惑,本想问清楚,却被狄仁杰封住了话头,也只好作罢。

狄仁杰接着分析道:"通过钟嘉盛的叙述,可以推断出,发现并挖掘淮南王宝藏的就是张大户,只留下了一座空的宝库,本来是想利用宝库中的机关困死钟嘉盛,杨清河则是假扮作他来刺杀我,一旦成功,钟嘉盛就会永远留在宝库中，以后再有人发现宝藏，就可以将盗宝藏这件事栽赃到钟嘉盛身上。"

"可惜这毒计却被你识破，杨清河中了徐莫愁的毒，为了活命只好将我放了出来。"钟嘉盛说道。

"好歹毒的心计。"袁客师骂道。

众人沉默了一阵，狄仁杰又问道："钟嘉盛，你从宝库中得到一样东西，是什么？"

钟嘉盛哈哈一笑，仿佛将刚才的那些坏事忘得干干净净，从怀中掏出一块木板递给了狄仁杰。

"就是它！是我在一个隐秘的地方发现的，这块木板是一个抽屉的底，我见上面有些怪异，便破坏了抽屉将底板收了起来，不过我始终参不透木板上面的图案，这种动脑筋的事儿还是交给狄大人吧。"钟嘉盛说罢哈哈一笑，潇洒地转身离开。

除了宝藏和墓葬之外，钟嘉盛对其他事一概不感兴趣，见狄仁杰手中的藏宝图已没有了用处，便自行离开。

狄仁杰仔细端详木板，木板上有些模模糊糊的图案，一时间很难弄清楚图案究竟是什么意思。

天色渐渐地暗了下来，小莲见狄仁杰仍在苦苦思索，便冲着袁客师、齐灵芷挥了挥手。三人来到二堂，小莲才说道："天色已渐黑，行动吧，一旦我得手就给你们发信号。"

"小莲姐，一切按照计划行事，敲山震虎，谨记谨记！"袁客师脸上从未有过如此凝重的表情。

小莲点点头，和齐灵芷握了握手，说道："放心吧！"

第八十一章　尸变

半弯月亮静悄悄地悬挂在夜空，淡淡的月光洒在彭泽城的每一个角落，冬季的寒冷令人们早早就回到家中，享受着火炉的温暖。

由于受到劲消的影响，小莲内力还未完全恢复，在徐莫愁的调理下只恢复了五成左右，她想测试五成功力能否应付今晚的场面，所以一离开县衙，她便把轻功施展到极致，加上她身穿一身黑色夜行衣，在夜幕的掩护下，犹如幽灵一般，飞掠城门时，害得守城的兵士以为见了鬼。

出了城，沿着官道飞奔了好一阵，她的额头见了汗，又支撑了一段时间后，她终于力竭，停下来调息一阵后，竟然发现内力比之前又恢复了很多。

"果然如徐御医所说，劲消令内力停滞，最好的解药也是内力！"小莲心中不再有顾忌，毫无保留地将内力运转至极限，向张家大宅方向飞奔而去。

因受到齐灵芷数次骚扰和闯入，张家大宅防守更加严密，大门口的两条斗犬时而转头警惕地望着周围，时而耳朵抖动一下，听着周围的动静。两名护卫站得笔直，眼睛瞪得溜圆，远不像之前松懈的样子。

小莲不敢贸然行事，调息好内力后，便躲在远处观察着。

与此同时，齐灵芷、袁客师与众捕快来到张家大宅，来势汹汹，吓得那两名护卫急忙躲到两条狼狗后面，安抚着正准备咬人的狗。

"张管家人呢？"齐灵芷一脸冷峻地质问着。

"原来是齐门主和袁捕头，请问深夜到此可有事？"一名护卫看到二人来者不善，再加上一群凶神恶煞般的捕快，哪还敢怠慢？

"少废话，直接回答问题！"齐灵芷眼睛一瞪，杀气陡然放出，令两名护卫压力陡增，不由自主地后退了两步。

"这……"

"这什么这，张管家说要到县衙赔罪并解释浪荡山三公的事，可我们等了一整天，却不见他半个影子，为了公务，我们才深夜至此。如果再没个说法，狄大人那儿我们也交代不过去，就只好将张管家强行带到衙门审问了。"袁客师拿着一副官腔说着，把欺压百姓的捕头形象演绎得淋漓尽致。

"原本大管家已备好礼品，可主人旧疾复发，派人来请大管家过去，事态紧急，大管家和我们交代一番后，便骑快马到新月村伺候主人去了，估计得明早才能回来。"护卫的话说得很溜，显然是提前演练过。

"既然这么说，我们空手回去也交不了差。这样吧，你去备一些酒菜来，再弄几张席子，我们在这儿乘着凉风饮酒赏月，等他回来。"袁客师仍是一副无赖的模样。

"是不是他就在里面，不敢出来见人？"

"不给齐门主一个交代，就别想安生！"

"袁头儿，咱别跟他废话，不出来就进去抓人！"

一旁的捕快们立刻跟着起哄，有的还摆出一副凶神恶煞的模样，更有甚者抽出腰刀向护卫比画着。

"这……好吧，请众位稍等，我进去向头领通报一声。"护卫眼看糊弄不过去，又无法做主，只好与另一名护卫耳语了几句，将拴着狼狗的绳子交给他，转身向宅子里面跑去。

小莲飞纵到一棵大树上，已经将张家大宅的防守部署看得清清楚楚，防卫并没有实质性变化，只是守卫的密度增加了。

齐灵芷和袁客师这一闹，诸多守卫举着火把从各个防卫处向大门集中着。

"成了！"小莲身形微动，身影逐渐模糊起来，与所处的背景融为一体，飘动着向大宅的后院奔去，后院花园中的花草树木较多，有利于隐蔽。

她顺利地通过后花园，翻过一道矮墙来到中院，她的目标是距离前院最近的那间房。

狼狗无论嗅觉、听觉都远比人类发达，个别的狼狗在同类中出类拔萃，更加敏感。当小莲飞速掠过时，一只长相憨厚的狼狗疑惑地向她的方向警惕地望着，抽着鼻子使劲地嗅，并低吼着，若不是巡逻队的人拉着它，定会向小莲追去。

当巡逻队拉着狼狗过去后，隐藏在暗处的小莲松了一口气，继续在黑暗中潜行，来到目标房间。

她的计划很简单，先是潜入房间，利用巡逻队的空当，将棺材运到前院大门口处，然后将棺材打翻，发出巨大的响声，一直在门口的齐灵芷、袁客师等人便会发现棺材中的死尸，这样一来，袁客师便有了借口查案纠缠，甚至能进入大宅中搜查。

在进入房间之前，小莲仔细地观察了中院与前院之间的那道门，那儿有四名护卫和两只狼狗，四名护卫还好些，两条狼狗却难以对付，只要发出一点动静，那两条狼狗就会警觉。

上一次来探查时，前院与中院之间的大门并没有守卫，也许是上次的事引起了张大户的重视，这才在这道门增设了守卫。计划中最难以应付的就是这处守卫，因为他们是固定哨位，如果没有意外，是绝不会出现空当的。

而这间房距离前院大门还有一大段距离，若早早被发现，棺材就不可能运到大门口。

来不及多想，趁着两支巡逻队交错的空当，小莲打开房门进入房间，两具棺材仍旧静静地放着，暗朱红色的棺木让人不寒而栗。

"也许在两班守卫交接的时候会出现漏洞。"小莲现在需要的是机会，等两班守卫交接时出现漏洞。

袁客师等人在门口等了很久，正当急性子的齐灵芷忍耐不住准备冲进去时，就听见前院中一阵脚步声响起，很快，护院首领闫子明和报信儿守卫走了出来。

"齐门主，袁捕头，在下有失远迎，抱歉抱歉。"闫子明笑着抱拳远远地打着招呼。

袁客师听后脸色陡然一变，背着手仰起脸说道："你这个奴才，我乃堂堂的彭泽县衙捕头，你居然将一名女子的名号放在我前面，这要是传了出去成何体统？"

齐灵芷是白鸽门门主，代表民间组织。袁客师虽是一个小捕头，却代表着官方，民间组织再大也比不了官方，更何况这还是一个男尊女卑的时代。

齐灵芷一听，气得银牙直咬，悄悄将手伸向袁客师的腰间，狠狠地掐了一把。袁客师吃痛，却又不能表现出来，只好向前走上一步，躲过了再次被掐的危机。

闫子明哪知道齐灵芷和袁客师之间的关系，见袁客师的脸色不对，急忙上前施礼说道："是是是，袁捕头教训得对，小人这里给您赔罪了。"

"少废话，快让张管家出来，要不就给我们准备一些酒菜。"袁客师根本就不用正眼看那闫子明。

"明白，明白。"闫子明赔笑着，随后拍了拍手，只见院中走出了数人，有的手中拿着席子，有的手中端着盖着盖子的大盆。

仆人们一顿忙活，数个大盆摆在席子上，在月光下，盖子发出银闪闪的光芒，显然是银质的，奇怪的是，大盆中却并未散发出酒菜的味道。

闫子明笑着做了个"请"的姿势。袁客师的目的就是要刁难这些护卫，以吸引他们的注意力，怎奈闫子明脾气好，根本不按照袁客师的套路来。

袁客师无奈，只好找了一张席子坐了下来，将盖子掀起来后，发现大盆下果然不是酒菜，而是闪着金光的金条。

捕快们纷纷打开盖子，看到金条后发出惊呼声。

"还是张家的酒菜实在！"袁客师和众捕快的脸上显出贪婪之色。

虽然知道那是装出来的，仍看得齐灵芷一阵生气。她是凉州首富的女儿，又是白鸽门门主，自然不会将这些金银放在眼里，可众捕快都是贫苦人家出身，何时见过这么多金子！

"喂，你到底是来办案的还是来看金子的？"齐灵芷喝道。

"案子是要办的，金子也是可以看看的嘛！"袁客师说罢便抓起一块金条在手里掂着，趁着大伙儿不注意，悄悄地塞进随身的百宝囊中。

齐灵芷看得心中有火，便与袁客师吵了起来，两人吵得不亦乐乎，捕快们和闫子明在一旁乐呵呵地看着两人吵架。

两人正在恋爱中，悄悄话能连续说上一天一夜，就算吵架也能吵出众多的花样来，看得闫子明和捕快们都忘记了究竟是在干什么。

突然，院中一声巨响打断了二人的吵架，紧接着又一声巨响传来。闫子明正看在劲头儿上，却被巨响打扰，心中自然不高兴，回过头来准备骂人，却被眼前的景象惊得说不出话来。

两口朱红色的棺材斜斜地撞在大门上，棺材盖儿飞出很远，两具尸体从棺材中滚落出来，硬邦邦地躺在门槛上。

"这……"突如其来的变化令闫子明呆住。

众捕快按照提前安排好的计划冲上前，又是把脉又是扒眼皮，随后向袁客师大声禀报着："头儿，这两人死了！"

"哎呀！命案哪，这……太巧了吧，来人，保护好现场。"袁客师和齐灵芷对视了一眼，挪着官步慢悠悠地上前查看。

这时，众多的守卫牵着狼狗从院内奔到大门处，看着散落的棺材和尸体不知所措。

"看什么看，还不快收起来！"闫子明大声地喝骂着，可他清楚，袁客师不可能坐视不理，任由他们将棺材和尸体收起来。

护院守卫们刚想动手，却被袁客师阻止，只见他站到了两具尸体的面前说道："谁都不能动，人命大于天，谁敢动，谁就是凶手。"说罢还将双手背在了身后，摆出一副官老爷的模样。

"袁捕头，这是我府上的两名下人，病死后还未等下葬便发生了尸变，你看看他们的样子就知道了，张管家命我们准备了朱红色的棺材，先将二人装裹，等找来法师做法超度后才能下葬。"闫子明指着两具尸体苦着脸说道。

袁客师冷哼了一声，心中暗道：此人武功虽二流，但应变能力很强，戏演得也好，可惜走了邪路。

"尸变，据我推理，一定是你们杀死了这两人，他们冤魂不散才造成尸变的。"袁客师不知何时开始变得不讲理，两句话开始就给人扣帽子，不知不觉地让对方陷于牢狱之灾。

"吱吱！"院中突然传出两声怪叫，听得闫子明脸上一惊，随即又平静下来，说道："袁捕头，您看这月亮，尸体见了月光要尸变咬人的，若再不收敛起来，恐怕会出大事。"

话音刚落，那两具尸体突然站了起来，口中发出低吼声，向袁客师抓过来。

袁客师急忙一闪身，退出了数步之外，喊道："快将它抓起来。"

捕快们却没一个敢上前，抽出腰刀不断地后退着。齐灵芷见识过铁尸的威力，亦不敢抗衡，只得跟着捕快们向后退去。

"快将他们抓起来！"闫子明喝道。

话音刚落，院中立刻冲出来数十个人，他们手中拿着大网，向两具尸体撒了过来，正好罩在尸体的头上，众人上前用牛皮绳将僵尸困得严严实实，虽然僵尸极力挣扎，却还是被控制住，抬进了棺材中，说也奇怪，僵尸一进入棺材后便不再挣扎。

"袁捕头莫怕，这两副棺材外面朱红色的漆是朱砂和黑狗血调和制成，有克制邪物的作用。哦，对了，这些大餐袁捕头可以继续享用，小人先告退了。"闫子明说罢便转身进了院子，众多的护院和守卫抬着棺材进了院子，只留下愣在当场的袁客师等人。

"兄弟们，先将咱们的大餐收拾好，我们回去喝压惊酒去，明天我去请些和尚道士来，一定要将这些僵尸收服。"袁客师说罢便拉着齐灵芷的手奔了出去。

众捕快也从惊骇中缓过神来，拿着张家提供的"大餐"高兴地离去。不多时，袁客师、齐灵芷来到城门口，骑上早已备好的快马，向新月村的方向疾驶而去。

小莲趁乱离开了张家大宅，又回到大宅外的那棵大树上观察着里面的情况。

只见久违的张管家出现在中院，与他同来的还有很多护卫高手，他看向两具棺材，不等闫子明说话，挥手便给了他一个大嘴巴，要不是手下留情，这一巴掌定能将他打死。

闫子明被打得一个踉跄，险些栽倒在地，再抬起头时，脸上出现了一个巴掌印，半边脸迅速肿胀起来。

"废物，一群废物，这么严密的防守居然还是被人闯了进来。"张又学大发雷霆，吓得众守卫们大气都不敢喘一下，头低着，眼睛盯着地面看。

"查清是谁了吗？"

闫子明摇了摇头。

"一定是狄仁杰身边的那个女高手，一定是她。"张又学气急败坏地踱来踱去，随即又对闫子明说道，"马上对宅子进行全面搜查，别放过任何角落，不惜一切代价杀了她。"

闫子明被打得头晕眼花，却不敢作声，捂着脸急忙带人搜查。

张又学脸色缓和下来，冲着身边的护卫高手们说道："让你们连夜从新月村赶来实属迫不得已，旅途劳顿，就先歇着吧！"

护卫高手们抱拳施礼后离开。

一个人从暗处走了出来，拍了拍张又学的肩膀，声音很怪："莫怕，那女人武功高又怎样？中了我的毒，也就没什么可怕的了，至少在咱们的计划完成之前，不会有任何威胁。"

张又学对来人十分忌惮，急忙闪身躲到一旁，低声说道："好，事成之后我定会兑现诺言，将那本《炼丹宝录》送给你。"

第八十二章　突袭

"我紧急将新月村大宅的大部分守卫调集到这儿，以应付突然袭击，却不想齐灵芷却是草包一个，竟被两具铁尸吓阻。不过咱们俩都离开了炉鼎，那丹药会不会……"张又学皱着眉头说道。

"现在炉鼎中丹药几乎大功告成，就差把齐东郡的血放进去了，有杨清河在，应该没问题。再说，狄仁杰数次派人来打探这间大宅，棺材、尸体、千年寒玉吸引了他大部分的精力，哪还顾得上新月村？"来人说道。

"不过，经齐灵芷和袁客师这么一闹，铁尸的事儿已经暴露，计划得提前发动。要是再给我三个月的时间，就万无一失了。"张又学说道。

"那是你的事，我只要狄仁杰、徐莫愁的性命和《炼丹宝录》，其他的我一概不管，嘿嘿嘿嘿！"来人的笑声在夜间显得格外瘆人。

"前辈，我又弄来一批人，需要改良过的铁尸丹。"张又学说道。

来人哼了一声，从身上解下一个葫芦，扔给了张又学："要严格按照顺序和数量喂服，不要擅作主张，否则，还会发生铁尸逃跑的事儿。"

"放心吧，我又不是三岁孩子。不过，这狄仁杰的头脑太厉害，稍有破绽，他就会顺着摸过来，不如你在这儿坐镇，顺便帮我培养铁尸。"张又学说话间的底气有些不足。

"自己的事儿自己做，记住你的承诺。"来人拒绝了张又学，随后身形一闪，消失在黑暗中。

张又学叹了一口气，看着来人离去的方向，喃喃地说道："无论如何，也应该去县衙会会狄仁杰了。"

过了一阵，闫子明肿着脸又转了回来，向张又学汇报搜查结果。张又学却没再发火，只是挥了挥手。

小莲知道今夜不会再有收获，纵起身形向城中县衙赶去。

......

狄仁杰盯着那块抽屉的底板很长时间了，突然他的眼睛一亮，猛地站了起来，将站在身边伺候着的狄福吓了一跳。

"老爷参透了这块木板的秘密？"狄福缓过神来，看着狄仁杰脸上的喜色猜着。

狄仁杰走到桌子旁，说道："狄福，研墨！"

狄仁杰博学多才，不但精通医术，更是绘画的大行家，过了一阵，他将那张画有奇怪图案的纸冲着蜡烛，透过光亮仔细地看着翻过来的图案。

"原来是这样，原来是这样，这才是皇帝让我来彭泽的真正目的。"狄仁杰捋着胡子笑了起来。

狄福也跟着看画，却没看懂，好奇地问道："老爷，究竟是什么？"

狄仁杰并未回答狄福的问题，反而倒吸一口凉气，眉头皱成了一个疙瘩，说道："要是这样，齐东郡这次可有难了，但愿灵芝、客师能来得及。"

门外的敲门声响起，小莲的声音传了进来，狄福忙上前打开房门，看见一身夜行人打扮的小莲，立刻拉住她的手，说道："你可把我急坏了。"

小莲脸上一红，甩开狄福的手，白了他一眼，小声说道："老爷还在这儿呢！"

狄福只好假装咳嗽两声用以掩饰尴尬。

"老爷，客师、灵芝已快马前往新月村，不过，虽说今晚的计划已成功，但也逼得张大户提前发动。"小莲把张又学和任天翔的对话复述出来。

"张又学就是一个管家，怎么能有这么大的权力，竟可与任天翔直接交易，胡元雄真的甘愿做幕后人吗？另外从张又学和任天翔的话中能够听出，还有一批人要被做成铁尸。"狄福有些疑惑。

"虽然不知道张又学所说的计划是什么，但绝对不是好事儿。你的功力还未完全恢复，徐莫愁的解药也没研制成功，最重要的是，胡元雄和任天翔都藏在幕后，敌暗我明。"狄仁杰皱着眉头说道。

"大人，不如我与单将军联手攻破张家大院，将一干人等缉拿归案，不就都解决了嘛。"小莲说道。

"淮南大营步兵、骑兵加起来也就三万，阴兵以一敌百，咱们胜算很小。"狄仁杰摇了摇头，在屋中不停地踱来踱去。

"既然单将军的大营实力单薄，那就调集附近驻扎的其他军队呀！"狄福心直口快。

小莲正要批评狄福鲁莽，却见狄仁杰眼神一亮，从怀中掏出虎符，说道："狄福说得对，本来很简单的事儿，咱们想复杂了！既然有虎符在，就可以调动任何军队，至于时间问题，咱们可以拖延，这也是胡元雄想要的！"

狄福得意地看了一眼小莲，调皮地吐了吐舌头，手上却不闲着，从一旁拿来地图，平铺在桌案上。

狄仁杰手指在地图上点了点，说道："江州大营离彭泽最近，也许能来得及，狄福，你让凌峰、苗立带着虎符连夜前往江州大营搬救兵。"

"老爷，那我呢？"小莲问道。

"你好生调养生息，尽快恢复功力，恶战还在后头。"狄仁杰将着胡子说道，目光变得深邃起来。

山间小路上，两匹快马被主人全力催动着，急促的马蹄声在山间不断地回荡，马上一青一黄两道身影在月光下格外显眼。

他们正是赶往新月村的齐灵芷、袁客师，敲山震虎计划成功地把新月村张家大宅的守卫转向彭泽城郊的宅子，要救出齐东郡必须要争分夺秒才行。

大部分护卫高手和狼狗被调去了彭泽城郊的张家大宅，新月村大宅的守卫松懈了不少，大门口的两名守卫懒洋洋地坐在台阶上，望着天上的月亮发呆。

"只可惜喽，翠红楼的姑娘们又要独守空房了。"一名守卫长叹道。

"得了吧，就你，赚那点钱还敢去翠红楼！"另一名守卫讽刺道。

"哎，我说你小子……"守卫的话音还未落，就觉得一阵香气钻进鼻孔，一片鹅黄之色闪过，还未等反应过来，只觉得脖子上一疼，眼前一黑便昏了过去。

打晕了两名守卫后，齐灵芷与袁客师对视一眼，进入大门向院中潜了过去。

宅子中的防守已减少到最小化，整个大宅院只有一个巡逻队还在巡逻，空当儿很大。二人轻松进入中院，转了一圈，发现只有如大殿一般的那间房子灯火通明，门口和附近站着不少守卫。

"齐伯父应该在这间房子里。"袁客师说道。

齐灵芷小声地说出了她的计划："你引开周边的守卫，我进入房间救我爹！"

袁客师犹豫了一下，小声说了句："小心，如有意外，等我回来。"说罢他身形一晃，闪到了墙角处，从地上捡起一块小石头，朝着一名藏在暗处的守卫弹射过去。只听得"哎哟"一声，守卫被石子打中，扭头看到了躲藏在墙角的袁客师。

"有刺客！"守卫从潜伏处蹦了出来，向袁客师冲了过去。

袁客师也没客气，出手干净利落，一拳打在守卫的鼻子上，打得守卫鼻血直蹿，随后"呀"的一声怪叫。

众守卫看到了袁客师，抽出腰刀一窝蜂似的冲向他。

"不好！"袁客师装出一副被发现后的慌乱样子，身形一蹿，上了墙，猫着腰在墙上飞奔着，时不时地向守卫们扔一块石头，打得守卫们哇哇直叫。

袁客师的轻功很好，对付守卫们如同猫捉老鼠一般轻松，偶尔假装气息不够，停下来喘息，待守卫追上来再接着跑。

守卫们被袁客师气得够呛，喊叫着堵截袁客师。

大房间的门突然打开，杨清河站在门口向外面看着，并冲着两名行动较慢的守卫问道："什么事？"

守卫定了定神，答道："来了刺客，兄弟们都去追了，他跑不了。"

"一群蠢材，这是调虎离山之计了，快让他们回来。"杨清河气急败坏地喊着。

"的确是蠢了一些。"齐灵芷冷冰冰的声音传来，话音未落，只见一道黄影闪过，两名守卫竟然没来得及反应，便被点住了穴道动弹不得。

"齐灵芷！"杨清河惊道，随即转身回到大殿中，将门关上。

齐灵芷顾不得许多，伸手将守卫拎了起来，朝殿门的方向扔过去，随即又抓起一名守卫护在身体前冲向大殿。

只听得"咣当"一声，殿门应声而碎，大殿中突然响起羽箭的破空之声。

"噗噗噗！"守卫甚至连呻吟都来不及，便被数支羽箭射中断气身亡，尸体重重地落到了地上。

"挡住她！"杨清河的声音仿佛暴雷一般充斥着整个大殿。

大殿中埋伏着众多弓箭手，齐灵芷以守卫的身体为盾牌进入大殿，借着灯光，她看到很多的弓箭手在各个不同的位置瞄准她，齐东郡被绑在一根大柱子上，只见他双眼紧闭，脸色苍白，脚下的地面有一条深深的凹槽，凹槽通往前方一个地陷之处，地陷处冒着火光，不知是什么。

杨清河拎着匕首径直向齐东郡走去，眼中冒着凶光，口中发出嘿嘿的笑声：

"不知道吃了长生不老药之后会不会死！"

"爹爹！"齐灵芷见此情此景，陡然将月神心法提至极限，娇喝一声，将拎着的守卫掷向杨清河，随即抽出长剑使出移形换影的功夫，她的身影竟然一分为二，分别向两名弓箭手袭去。

情急之下，齐灵芷发挥出极限潜能，突破了移形换影的第二重，分出另一道影子用以伤敌。两名弓箭手只觉得眼前一花，胸口便被长剑刺穿。

另外几名弓箭手反应过来，刚要掉转方向，却闻见一阵香气，只觉得胸口一痛，低头一看，汩汩的鲜血从胸前喷涌而出，眼见丢了性命。

剩下的弓箭手急忙搭弓射箭，盛怒中的齐灵芷哪还会给这些人机会？只见她从百宝囊之中掏出一把铁砂，用天女散花的手法撒向众弓箭手。

"啪啪啪……"弓箭手们纷纷中招，挣扎了一下后便躺在了地上一动不动。铁砂淬过毒，是徐莫愁给齐灵芷保命所用。

杨清河听到了身后的风声，急忙向旁边躲闪，并挥起手中的匕首向抛来的守卫划去，匕首锋利异常，将守卫从腰间一分为二，尸体落到了地面上，大量的内脏混合着鲜血流了出来，守卫还没有死透，身体不断地抽搐着，眼睛却死死地盯着杨清河。

杨清河飞起一脚踢在了守卫的脑袋上，只听"噗"的一声，头颅竟应声碎裂。

齐灵芷借机来到齐东郡的面前，挥剑将绑着他的牛皮绳砍断。齐东郡身体一软瘫坐到地上，有气无力地说道："灵芷，你来了。"

齐灵芷手持长剑盯着慢慢逼近的杨清河，说道："爹，你这是怎么了？"

齐东郡苦笑了一声，说道："十香软筋散。"

齐灵芷左手从怀中掏出一个小瓶扔给了齐东郡，说道："这是专门解软筋散的药水。"

杨清河已经逼近，到了可以攻击的距离，只见他嘿嘿地笑着，从牙缝中挤出了一句话："既然你来了，那就一起来祭这炉丹药吧。"

只见他手中匕首中宫直进，一式"旭日东升"对准齐灵芷的前心刺去，这一式看起来简单，在那可怕速度的配合下，却威力惊人。

"封山剑法，你就是消失多年的封山派门主。"齐灵芷一语点破了杨清河的身份，手上也没闲着，使出一招"寒芳留照魂应驻"，长剑化为一道疾光刺向杨清河的前胸，所用的招数虽与对手不同，却有着异曲同工之妙。不过齐灵芷所用的是长剑，杨清河用的是匕首，在距离上她占尽了优势。

眼见长剑就要刺进杨清河的前胸，却见他倏地后退，身形滴溜溜一转，闪到了齐灵芷的左手旁，欺身上前，使一招"空谷秋虹"画出一道光弧斩向她的左臂。这一招不可谓不高明，若齐灵芷躲闪，自然砍不到她，可她身后还未恢复功力的齐东郡就要遭殃。

"呔！"齐灵芷用上了佛家招数"舌绽春雷"，尖细的声音爆发出来更加具有穿透力，声音不停地回荡在大殿中，震得杨清河竟是一愣。一声暴喝后仍使出回风雪舞剑法，只见她淡淡一笑，一式"攒花染出几霜痕"竟舞出无数幻影，让人分不清哪个是真哪个是假。

杨清河只觉得阵阵幽香四面袭来，却不知该如何闪躲，只好将攻向齐灵芷左臂的匕首撤了回来，一面向后退去，一面挥舞着匕首护住周身要害。

第八十三章　父爱如山

狭路相逢勇者胜。

只听得"叮叮当当"一阵金属相交的声音响起，杨清河借力退出数步，低头看了看被割裂的长袍，笑了一声，说道："青玄师太的徒弟果然有两下子，不过还是不够用。"话音未落，他手上突然出现了一颗小药丸，猛地向口中扔去。

就目前的情况看，杨清河的武功本来就比她好，她还要顾着齐东郡，绝对处于劣势。她现在要做的就是拖延时间，一是要等齐东郡的十香软筋散过劲儿，二是要等着袁客师将护卫们甩开，回到这儿帮助她。

杨清河吞下了药丸后，将匕首插回腰间，脸色开始慢慢变成了青色，眼中竟然冒出一丝红光，口中不由自主地发出低沉的吼声。

"关老二！"杨清河的状态让她想起食人魔关老二。关老二力大无比、神智混沌、不畏刀枪等特质给她留下了很深的印象。

"嘿嘿嘿，没错，这都要感谢那名叫关老二的人，若不是他，我们还不能发现药丸有这种功能。"杨清河阴笑着说道。

"什么药丸？什么功能？"齐灵芷问道。

"你无非是想拖延时间罢了。好，我就让你死个明白。"杨清河何等聪明，立刻看破了齐灵芷的意图，却仿佛胜利已被他牢牢地攥在手中。

齐灵芷摊了摊手。

"这种药丸叫铁尸丹，人吃了后会变成无敌铁尸，副作用是丧失魂魄，再不会有任何意识。所有被喂服铁尸丹的人都要记录过程，以确保每一个人被喂服的剂量准确无误。可有一个人却出了意外，他就是你所说的关老二。他吃了铁尸丹后，居然恢复了部分神智，还跑了！"杨清河说道。

"果然如狄大人所断，关老二与阴兵有关。"齐灵芷心中暗道。

"我们的追兵不但有人，还有听觉、嗅觉极为灵敏的四国斗犬，可惜还是让他跑了，这说明随着时间的推移，他恢复的不仅仅是一部分神智，而是全部！这给了我们一个很好的启示，改良铁尸丹，可以让人变得力大无穷、刀枪不入，又能拥有原本的神智。"杨清河说到这里竟得意地大笑起来。

"铁尸丹。"齐灵芷接着说道。

"经过了无数实验，终于大功告成，它比原来的药丸更加完美，没有任何限制，不但不会令人丧失神智，还能让人的头脑变得聪慧。"杨清河说到这里举起双手，得意地展示着变成铁青色的手掌。

"为了什么狗屁药丸，不知又害了多少人的性命！"齐灵芷咬着牙说道。

"一将功成万骨枯，这句话你不是没听过，如果药丸可以大量生产，天下将是我家主人的！"杨清河并不输口反而狂笑着。

"太狂妄了吧！"袁客师飞身来到大殿中，得意地望着杨清河，"想不到吧，你手下的那些蠢货，吃什么药丸也没用。"

"袁客师，袁天罡的儿子，号称小袁神捕，本来大好前途，啧啧……不过可惜了，今天你们都要死在这儿。"杨清河眼中的红光更炽，脸色变成墨黑色，衣袍竟然无风自动。

"糟了，原来他将计就计让我拖延时间，目的就是为了等袁客师，好将我们一网打尽。"齐灵芷本想等袁客师一起对付杨清河，却不料正中他的计策。

"嘿嘿嘿，不愧是白鸽门的门主，聪明，我答应你们，等你们死后，给你们一颗铁尸丹，成为我铁尸大军中的一员，助我家主人一臂之力。"杨清河将功力提升至极限，身形一晃，徒手朝着两人冲了过来。

齐灵芷从百宝囊中掏出一个小瓶，手腕一抖，小瓶"嗖"的一声打向杨清河。

此时的杨清河已变成铁尸般刀枪不入，却仍保持着神智，莫说一个小瓶，就算铁胎弓射出的羽箭也不能伤其分毫。他打出一拳，将小瓶击得粉碎，白色粉末飞溅出来。

杨清河却没顾忌这些，身形仍向离弦之箭一般冲向二人。

齐灵芷有过同铁尸战斗的经历，知道一旦铁尸已成便势不可当，可她顾忌身后的父亲，她不知道失去功力的父亲是否能自保，也不知道长生不老能否使他受伤害也不死。

她不敢尝试，因为生命只有一次。

"客师助我！"齐灵芷脚步一动，站到袁客师的前面。袁客师立刻会意，伸出手贴在了她后背，内力源源不断地输入她体内。

"砰！"四掌相交发出一声闷响，杨清河急速向后退去，退了近十步的距离才站住，嘴角流下了一丝鲜血。这毕竟是齐灵芷、袁客师全力一击，若不后退缓冲，纵是铁尸之体也会受伤。

齐灵芷更不好受，只觉得一股无可匹敌的力量从双掌透入体内，不断地冲击着她的五脏六腑。

"噗！"齐灵芷并未移动脚步，硬生生地用身体将那股可怕的力量挡了下来。

一击重伤！

袁客师也好不到哪去，虽说大部分力量被齐灵芷吸收，可那股力量仍然透过齐灵芷的身体冲进了他的身体，他觉得胸口像被一柄大铁锤击中一般，强忍住没吐出鲜血，两臂瞬间变得麻木。

"灵芷！"袁客师不顾自己的身体，将内力源源不断地输入齐灵芷体内，助她恢复疗伤。

"嘿嘿！小两口还是到阴曹地府去亲热吧！"杨清河双腿一用力，闪电般向二人再一次冲来，显然刚才那一击并没有对他造成实质性伤害。

齐灵芷欲提起内力做最后一搏，却发现经脉中内力混乱，根本不听招呼，眼见杨清河冲到近前，却无能为力，心中暗叹了一口气，小声说道："客师，对不起。"

"让我来！"

袁客师眼见齐灵芷无法使用内力，便咬着牙闪身到她身前，提起全部的功力，准备殊死一搏。他心里清楚得很，他俩合力都无法伤到杨清河，自己的功力远不如齐灵芷，这一下准是有死无生。

他是男人，是平时可以任由齐灵芷欺负，但关键时刻会挺身而出的男人！

"砰！"大殿中发出了天崩地裂的一声巨响，杨清河不断地后退着，边退边大口地吐着鲜血，脸上的黑色尽数褪去，变得煞白，与嘴唇边的鲜血形成鲜明的对比。直到撞到柱子上，才止住退势，将双手举到眼前，看着恢复了正常的双手惊叫着，口中的鲜血随着叫声不断地喷出。

"这怎么可能?"杨清河不敢相信眼前的事实，抬头看向袁客师，却看到仙风道骨的齐东郡站在袁客师身前。

"徐御医的药只能缩短铁尸丹的作用时间，并不能完全消除。"齐灵芷瘫在地上说道。

杨清河听后想起了刚才齐灵芷向他扔出的小瓷瓶，那些粉末应是徐莫愁炼制的专门克制铁尸的药物。

再看齐东郡，他的脸色亦变得铁青，眼中冒着红光，却是一脸威严，与那张年轻稚嫩的脸完全不符。

"没有徐御医的药，老夫也照样打得你满地找牙！"齐东郡背手而立，身上散发出的气势极为强大，一副君临天下的模样！

袁客师也看呆了，原本他也是强挺着搏一搏，眼见杨清河被打退，一口气松了下来，整个人变得萎靡不振。

杨清河不断地咳嗽着，同时暗运内力调息疗伤，眼中露出凶狠之色。

"灵芷，没事吧？"齐东郡看到杨清河利用内力调息疗伤，却并未放在眼里。

"我没事，您怎么样？"齐灵芷在袁客师的搀扶下勉强站了起来，从侧面看到了齐东郡的脸，惊叫了一声。

"不用担心，我好着呢，从来没这么好过，这丹药果然不错，效力强悍！"齐东郡脸色虽然变成了铁青色，却显得很轻松，仿佛刚才惊天动地的一掌是随意拍出的一般。

"不可能！你……你哪来的铁尸丹？"杨清河用袖子抹了抹嘴角的鲜血问道。他内功深厚，借着刚才的机会已调息完毕。

"你真当我是三岁的孩子啊，虽然我看起来年轻，可你别忘了，我都快六十岁了，你这点小伎俩是老子当年玩剩下的。"齐东郡的眼中流露出一种不屑，语气中透露出一股沧桑。

要不是袁客师受了伤疼痛难忍，怕是早就笑出声来。一名看着二十来岁的年轻人自称老子，还是六十多岁的老人，说出来还不让人笑掉下巴！

杨清河惨笑一声，又拿出一颗丹药放进口中，说道："我还以为齐东郡转性了，这么配合我们，除了当初你的条件外，难道还另有所图？"

"当然没有，我只是想弄一颗长生不老药给我的灵芷。可你们的计划出乎了我的意料，你们开始和我说想要几滴鲜血，可到了这里，我才知道错了，大错特错，你要的是我所有的血。只有将我全部的血液放进炉鼎中，才能将不死药的药性融入那炉药中，才会炼制成真正的长生不老药。只要我死了，你们也就不必给我那颗丹药，对吧？"齐东郡说到这里脸色一寒，本来已经铁青色的脸瞬间变成了黑色，显然是铁尸丹的药效发挥到了极致。

杨清河刚吞下了一颗铁尸丹，脸色再次变成铁青色，眼中的红光慢慢亮起。

"无论怎样，你今天都要给这炉药当引子，否则，我没法向主人交代。"

杨清河说罢便合身而上，双掌向前推出，打向齐东郡的胸腹，这一掌他已全力施为。

杨清河和齐东郡在武学造诣上原本是半斤八两，现在他受伤在先，若不拼尽全力，定落败无疑。

就算站在齐东郡的身后，齐灵芷和袁客师还是能感受到杨清河的气势和力量，不由得连续后退了几步，这才好过一些。

齐东郡冷哼一声，双腿成弓步站稳，腰肢一扭，双掌平着推出。

两人的招式非常简单，却隐含着巨大的力量，这股力量包含着他们原本的功力以及吞服了铁尸丹之后获得的神力。一旦拥有这种可怕的力量，所有的招式都将变得苍白无力。

"砰！"两人对掌再次发出巨大响声，却并未将对方震退，四掌胶着在一起，两人的头发根根竖起，衣服无风自动，向后摆动着，发出"啪啪"的声音。

齐东郡眼中的光芒更盛，只见他张口发出一声大吼，脚下的青石竟然一下子被震成了粉末，飞舞到空中，将两人罩了起来。

"爹！"齐灵芷刚想上前，却被袁客师一把抱住。

"砰"的一声巨响之后，烟雾中飞出两道身影，齐东郡在空中不停地用掌击打着杨清河的胸腹，而杨清河根本无法还手，双臂无力地耷拉在身体的两侧。

齐东郡一掌五式全部打在了杨清河的身上，随后使出千斤坠落回地面，而杨清河的身体却像断了线的风筝一般飞了出去，落向了凹陷在地面下的炉鼎。

"嘭！"杨清河的身体将鼎炉撞得四分五裂，身体重重地落到了炭火中。

"啊……"一声撕心裂肺的惨叫声后，便再没了动静。

齐东郡一个闪身来到了凹陷地面的边缘，看着下面的鼎炉。

"不死药！"齐东郡将身上的袍子脱了下来，用力一卷，使得整个衣袍变成了一条绳子，向鼎炉中一甩一卷，一个不知是什么材质制成的小盘子被卷了上来，落到了地面上，袍子随即被高温烤得着了火．他又是一抖一卷，将杨清河的尸体卷了上来。

齐东郡急忙上前将火扑灭，盯着盘子中的三颗丹药。

"爹爹！"齐灵芷和袁客师相互搀扶着走了过来。

"灵芷，爹对不起你，这炉丹药算是废了。"齐东郡的脸色恢复了正常，现出一脸愧疚之色。

齐灵芷笑了笑，伸手抓住了齐东郡的手说道："爹，生死由天定，怨不得您，走吧，咱们先离开这里。"

齐东郡想了想，微笑着点了点头，说道："我虽吃了长生不老药，却还是勘不破生死，落在了你后面，惭愧，惭愧。"说罢表情变得一片豁然，显然是得了顿悟。

"这些药虽然成不了长生不老药，却是上好的还魂丹，只要人还有一口气，就可以将其救活，不拿着岂不是浪费？灵芷，我看你受伤不轻，吃一颗下去。"齐东郡伸手将三颗药丸拿在手中，撕下一块衣袍包了起来，递给了齐灵芷。

齐灵芷接过丹药，霎时间眼泪在眼圈中不停地转着。父亲齐东郡所经历的生死之险，竟然只是为了从敌人手中换取一颗长生不老药，让她获得不死之身！

父爱如山！

第八十四章　不死之身

天底下没有不透风的墙，齐东郡服用长生不老药，变成不死之身的事还是被少数人知悉。

早年，齐东郡还沉浸于江湖侠盗的名气时，便与身为封山派掌门人的杨清河相识，虽没有更深的交往，却彼此惺惺相惜，他们经常在一起切磋武艺，饮酒作乐、谈天论地。

直到后来齐东郡在"不死人"一案中遭遇背叛，灰心之下退隐江湖，而杨清河也卸去了掌门人的位置，从此不知所终。

想不到的是，时隔多年，杨清河居然找到隐居在朱雀山道观的齐东郡。

齐东郡隐居地点只有齐灵芷、狄仁杰、李元芳、汪远洋四人知道，山下的几户渔民只晓得齐道长隐居在此，却不知道齐东郡的真实身份，多年未见的杨清河是如何得知他的隐居之所？更何况，齐东郡吃了长生不老药后，已变成二十岁的模样，外貌变化非常大。

可看杨清河的样子，不但一眼将他认出来，还知道他吃了长生不老丹的事儿。

杨清河以三枚金钱镖为引，约齐东郡比武。齐东郡成就了长生不老并以此入道，可他依然是人，一时技痒便答应下来。两人整整比试了一天一夜，都是点到为止，并未下狠手使绝招。

趁着休息的工夫，杨清河说出前来的目的：想利用齐东郡身上的血液炼制长生不老药。

齐东郡听后大惊，立刻拒绝了杨清河的提议。杨清河并未着急，反而微笑着讲述关于长生不老药的故事。

原来，杨清河偶然间得到一本古代炼丹秘籍，其中一个方子就是长生不老药，于是他按照方子找到了绝大部分原材料，又找了一名炼丹师尝试炼丹。

由于部分材料已经绝迹，炼丹师就用了其他的原料代替，经过一段时间的尝试，他最终炼出和长生不老药极其相似的丹药，令他遗憾的是，药草可以替代，唯独引子不行，若能拿到已经吃过长生不老药的人的血液做引子，就可以炼成不老药。

齐东郡对杨清河找到他这件事耿耿于怀，提出质疑。

杨清河却避而不答，只是说经过秘密渠道得知齐东郡曾服用过长生不老药，而且承诺只要少许血液即可，绝不会影响齐东郡的身体健康。

由于有些药材不可取代，只够炼制成三颗长生不老药。杨清河再次开出条件，若炼制成功，送给齐东郡一颗作为补偿。

齐东郡心动了，他现在唯一牵挂的就是女儿齐灵芷，他已长生不老，可齐灵芷却会随着时间而慢慢变老，直到死去。齐东郡经历过父母和妻子的死亡，他不想再失去女儿，就答应了下来。

杨清河在江湖上有一个绰号，叫作"封山飞鹰"，实则是作案后利用巨大的风筝逃走，又因是封山派的出身，所以便被江湖人称为"封山飞鹰"。

杨清河故技重施，利用巨大风筝离开朱雀山，给袁客师和齐灵芷留下了一个难解之谜。

齐东郡虽已出家修道，可骨子里仍是一名江湖人，行事极为洒脱，说走就走，未来得及给齐灵芷留下书信，于是就一路上留下记号。

杨清河是老江湖，自然瞒不过他，但齐东郡不但返老还童，就连功力也有了巨大提升，要是翻脸逃走，他亦无可奈何，也只好任由齐东郡留下记号。

直到两人来到彭泽城郊的张家大宅，杨清河已经有绝对把握控制齐东郡，这才翻脸不认人，命人把齐东郡软禁起来，却还是疏忽了他留在大门柱子上的掌印。后来齐灵芷、袁客师找上门，让杨清河发觉齐东郡的掌印。然而老奸巨猾的杨清河并未作声，只是将齐东郡转移到新月村的宅子中，同时把炼制长生不老药的地点也转移至新月村大宅。

当齐东郡再次故技重施，将掌印留在新月村大宅门柱上时，杨清河终于翻脸，不但将整个大门全部换掉，又联合两名高手施展三才阵法将齐东郡制服，并喂下了十香软筋散。

若非齐灵芷和袁客师及时赶到，怕是父女俩已经阴阳相隔！

"爹爹，除了杨清河，另外两人是谁？"齐灵芷好奇地问道。

在齐灵芷印象中，除了杨清河外，张家大宅中都是些二流高手，就算有三才阵，也很难制服同样是老江湖的齐东郡。

"不认识，那两人我都是第一次见到，一个人身材高大魁梧，好像是天生神力，不需要铁尸丹也可以舞动两柄巨大铁锤。还有一个人长相普通，在交手时我发现他的左手是假的，应该是铁铸的，虽然无坚不摧，却不够灵活。"齐东郡说道。

"缺失了左手的内卫首领胡元雄！"齐灵芷和袁客师异口同声地说道。

"内卫胡元雄！怎么扯上内卫了？"齐东郡有些不解。在他的印象中，那三人无非也就是江湖高手，想要炼制成长生不老药而已，至于铁尸丹，可能是炼制失败的废药而已。

"齐伯父，事情很复杂，等以后有时间我再慢慢讲给您听。"袁客师搭话道。

说话间，他觉得有些别扭，毕竟齐东郡看起来甚至比他还要年轻，一张口就要叫他齐伯父，心中总有些怪怪的。

齐东郡点了点头，他很欣赏眼前的年轻人，也知道袁客师与袁天罡之间的关系，欣赏袁客师并不是因为他的武功和智慧，而是敢于担当的勇气。

他与吃了铁尸丹的杨清河对决时，明明知道必死无疑，依然挺起胸膛挡在齐灵芷身前，但凭着这份勇气，足以赢得齐东郡的青睐。

"客师，你把那些守卫引到哪去了？怎么后来再也没有见到？"齐灵芷有些疑惑。

"那些酒囊饭袋啊，被我引到郊外的一处山洼中，用你的百花迷魂香迷倒了，怎么也得昏迷一天一夜吧，这可是大人特意交代的，不能让新月村大宅的人到彭泽大宅报信儿，我还在宅子里面也布下了一些迷魂香，如果那管家张又问回去的话，一定会中招。"袁客师得意地说道。

"喂，百花迷魂香可不是江湖上寻常的迷魂香，一年也就炼制那么一点点，你这样浪费可是很不好的！"齐灵芷皱起鼻子做打人状，吓得袁客师立刻举起双手先把耳朵护了起来。

齐东郡在一旁干咳了两声，二人的亲昵这才停止下来。

齐灵芷简单地向齐东郡讲述他们一路追寻的经历，当讲到食人魔关老二时，齐东郡几乎不假思索地喊出"铁尸丹"。当然，食人魔关老二吃的铁尸丹是最初级的铁尸丹，除了关老二外，其余实验对象都已变成毫无意识的阴兵！

"我从来没听说过有什么管家张又问、张又学的呀！"齐东郡疑惑道。张又学和张又问两人的身份让齐东郡迷惑，他虽说来张家大宅时间不长，却把整座大宅摸了个遍，哪个位置有几名守卫他都弄得清清楚楚，却并未听说张又问和张又学。

"他是张家大宅的管家，负责新月村的宅子，不过说来也怪，一个张又学，一个张又问，感觉这哥俩怪怪的。"袁客师解释道。

"好啦，先不说他们。爹爹，你哪里来的铁尸丹？"齐灵芷好奇地问道。

齐东郡一阵大笑，笑罢之后才说道："我的好女儿，忘记了你的父亲曾经是做什么的了？"

齐灵芷若有所悟地"哦"了一声，心中暗道：父亲定看出杨清河有了恶念后，就利用了妙手空空的功夫，从他的身上盗来铁尸丹。

袁客师特别想要铁尸丹，于是挤了挤眼睛，悄悄地向齐东郡问道："齐伯父，还有没有多余的铁尸丹，给我整两颗，等再需要保护灵芷时，我嗑上一颗，变得神勇无敌，咔咔……咔咔咔！"

袁客师手做刀状不断挥舞着。

齐东郡收起了笑脸，郑重其事地说道："想娶我女儿，就得好好地练功，什么时候打得过我，才能成婚！"

袁客师听后一脸呆滞，不知如何应答才好。

太阳高高地挂在半空，阳光暖暖地照在淮南大地上。忙于生计的人们趁着温暖偷得一刻闲，冷清的街市变得热闹起来。

狄仁杰与谷钧成在县衙后花园溜达着，虽说花园已是一片枯败，可园中的奇山怪石却在这种氛围下显得格外有味道。

"大人，自打破了阴兵案，咱彭泽的百姓生活安稳，加上今年夏天雨水充足，是丰收之年，入冬后并未出现粮荒，在狄大人的英明领导下，形势一片大好啊！"谷钧成笑着说道。

俗话说得好，千穿万穿马屁不穿，虽然狄仁杰知道这与他本无瓜葛，却并未点破，笑着说道："本官哪有什么功劳，谷大人是坐地户，对彭泽地区熟悉，为百姓做了很多实事，这些都是你的功劳，有机会我会向江州刺史禀报此事，并推荐你做县令后备。"

官场上就是这样，你来我往，你敬我一尺我敬你一丈。

谷钧成听后，脸上先是一喜，随后又现出为难之意，说道："狄大人，今日张管家托我一件事，却不知如何同大人讲。"

狄仁杰的心情格外好，没有丝毫不悦，呵呵一笑："你我二人同在一个衙门为官，应该相互支持相互帮助才是，哪有什么该讲不该讲的，说吧。"

"张又学曾说过要亲自来县衙登门赔罪嘛，可这些天张大户的身体一直不好，他在两头来回跑，这才耽搁了此事，恰好今天他想来，却又不敢贸然前来，所以便通过卑职问问大人的意思。"谷钧成小心翼翼地看着狄仁杰的反应。

"哈哈哈，我当是什么事，既然谷大人说话了，当然没问题。说实话，这些年我当朝为官，除了一身病痛和数次被贬，什么都没落下，甚至连个像样的朋友都没有，像张大户这样的朋友，交下几个可不是坏事。"狄仁杰意味深长地说道。

谷钧成打蛇随棍上："可不是嘛，朝廷发的那点俸禄还不够平时吃喝的，哪能养活一大家人？张又学虽说只是一名管家，却精通人情世故，给您准备了一些薄礼，准备一同送过来。"

狄仁杰并未拒绝，掐指算了算，说道："那就一起吃晚饭吧，也不能亏待了送礼人，对吧？"

"不能亏待，绝对不能亏待！"谷钧成见事情有了着落，随即找了个理由离开县衙向城郊的张家大宅走去。

谷钧成走后，小莲和狄福从暗处走了出来。小莲问道："老爷，张又学这是搞的什么鬼？"

狄仁杰呵呵一笑，说道："应该是想拖延时间，来县衙就是试探我的态度，同时也是试探我来彭泽的真正目的。若我露出破绽，今晚，他定会毫不犹豫地动手。"

"他已经怀疑您了？"小莲惊道。

"两次大规模的刺杀行动，虽说是两股势力做的，但显然都是针对我而来，这说明朝中一定还有人知道我来彭泽的目的，而这个人与张大户是一丘之貉。"狄仁杰说道。

"两次刺杀？"狄福问道。

"你们看看这个。"狄仁杰从袖中掏出一封信递给他。

狄福看到寄信人的署名是汪远洋，心里便"咯噔"一下，知道一定是洛阳的狄府也遭到刺杀。看过信中的内容，得知在汪远洋的护卫下狄府安然无恙，两人这才松了一口气。

"老爷，为什么您说是两股势力？"小莲问道。

狄仁杰捋着胡子，说道："刺客的行为不同，在彭泽针对我的刺杀，刺客是真想杀我。而洛阳府上的那场刺杀，实则是一次警告，刺客柳成空并不想真的杀人，否则，就算远洋再厉害，狄府也不可能丝毫无损。"

小莲点点头，说道："也是，若想杀人，先放一把火，趁乱再袭杀，汪大哥和千牛卫众兄弟定会措手不及，且狄府目标甚多，也很难防护周全。"

狄仁杰脸上显出决绝之色，说道："他们猖狂不了多久，现在该是收网的时候了。按照我的计划，江州大营的军队应该在今晚到达彭泽。"

"怪不得老爷要张又学晚上来，是鸿门宴吧？"小莲说道。

狄福听后咂了一下嘴，说道："鸿门宴这词儿用得不准确，怎么能用在老爷身上呢！"

"还有很多事是你想不到的，不过现在这些都已不重要了。对了，小莲，你的功力恢复得怎么样了？"狄仁杰关心地问道。

"差不多了，就算臧霸重生，我也有信心与他一战。"小莲信心十足。

当年臧霸功力卓绝、不可一世，以一敌四，与李元芳、如燕、袁客师、齐灵芷四人组合打个平分秋色，要不是李元芳和如燕临阵悟出克制臧霸的招数，恐怕狄仁杰等人早已死在臧霸拳下。小莲那时并未隐退江湖，听闻后心中对臧霸的武功满是钦佩之意。

"这次的对手可比臧霸厉害得多，臧霸修炼的是铁尸功，与现在的阴兵雷同，但他再厉害也就一个人，如今可不同，咱们面对的是四千名阴兵。哪怕咱们机关算尽，也很有可能被对手以强悍实力翻盘。"狄仁杰一脸正色地说道。

小莲收起笑容郑重其事地点点头，正要继续询问晚上行动的细节，却听见有人从后花园跳进县衙，刚想抽出流光追影刀，却见袁客师、齐灵芷领着一名年轻人飞奔过来。

"大人，我们回来了。"齐灵芷上前施礼道。

狄仁杰点了点头，微笑着冲着年轻人说道："齐老爷，还记得狄仁杰吧？"

"齐某多谢狄大人当年不杀之恩。"齐东郡说罢便要跪下来，却被狄仁杰拦住。

"老朋友，咱们之间就不用客气啦，你……还好吧？"狄仁杰上下打量着齐东郡。

齐东郡见到故人狄仁杰后，神色颇为激动，握着狄仁杰的手说道："好，还好，就是你老了！"

齐灵芷见两人眼圈有些湿润，便立刻岔开话题，将齐东郡的经历和如何打败杨清河的过程详细地叙述出来，听得狄仁杰等人不断称奇。

　　"按照您的吩咐，我们是悄悄地回到县衙的。"齐灵芷说道。

　　"好，太好了，所有的谜团均已解开，万事俱备只欠东风。"狄仁杰脸上写满了自信。

第八十五章　与虎谋皮

残阳如血，街市的安静与县衙的热闹形成鲜明对比。

一辆马车向县衙的方向驶去，马车前后有四名男子守护，四名男子高大魁梧，身上穿着黑色的袍子，头上戴着斗笠。马车很沉重，两匹强壮的马吃力地拉着前行。

张又学端坐在车厢中，身前放着四口箱子，箱子是紫檀木的，四个角用黄铜包裹着，箱子面上雕刻着很多精美花纹。他阴沉着脸，眼中流露出阴狠的目光，戴着手套的左手攥着拳头。

"主人，县衙到了！"

张又学下了马车，那一脸的阴狠之色立刻变成了人畜无害的笑脸，冲着在门口迎接的狄福抱拳施礼，四名高大的随从将四口箱子抬到县衙大门口便退回到马车前。

"张管家,咱把车停到后院马厩吧！"狄福立刻招呼府上下人,让他们引路。

"不用，不用，就在这儿吧，走，狄管家，咱们先去见狄大人，在下是头一次登门拜访，失礼啦！"张又学表现出来的是自来熟性格，和狄福勾肩搭背向县衙里走去。

与以往的冷清相比，县衙后厨格外忙碌，人们不断进进出出，炒菜和切菜的声音不断。县衙后院的凉亭周边点了很多灯笼，中央摆放着一张巨大圆桌，上面摆了一些做好的菜肴，人们不断地将做好的菜摆放在桌上。

冬天室外温度很低，幸运的是，今夜无风。

一番寒暄后，狄仁杰、张又学、谷钧成、钟嘉盛、徐莫愁等人按照相应的位置落座，小莲和狄福在一旁伺候着。

狄仁杰端起酒杯，一脸喜气地做了开场白。

"年关将近,张管家亲自到县衙慰问,本官提议,这第一杯酒敬天地。"说罢,狄仁杰便将酒洒在地面上。

"第二杯酒敬天下百姓。"狄仁杰端起酒杯一口饮下。

"第三杯酒……敬为彭泽建设做出巨大贡献的他们！"狄仁杰端着酒走到凉亭尽头，把酒浇在围栏上，随后又转身回到桌旁，端起第四杯酒。

"第四杯酒自然要敬一敬咱们的大财神。"狄仁杰面向张又学举起杯，说道："张管家，请！"

狄仁杰一饮而尽。张又学略加犹豫，亦端起酒杯喝了下去。

"厨师，上菜！"狄福在一旁喊着。

话音未落，就见县衙新招聘的厨师端着一个巨大的盘子走了上来，盘子上扣着一个大碗，众人的目光都集中到大盘子上。

厨师将盘子放下后，便欲离开，却被狄仁杰叫住。

"厨师老哥，你这道是什么菜呀？"狄仁杰问道。

"是扣肉，为了保证吃着热乎，这才扣着碗。"厨师说道，但脸上也露出疑惑，因为他一路端来，却并未闻到扣肉的香味。

狄仁杰给狄福使了个眼色。狄福将扣着盘子的大碗揭开，盘子中放着一颗血淋淋的人头，人头上大部分的头发和皮肤已被烧焦，但依稀可以辨认出模样：杨清河！

张又学看到人头后倒吸了一口凉气，正想站起来，却看到紧紧盯着他的小莲和狄福，于是又把人畜无害的笑容亮了出来，问道："大人，这是……"

"你不认得了吗？此人是杨清河，曾是封山派掌门人，大厨也应该认得吧？"狄仁杰笑着说道，说罢还瞥了瞥一旁站着的大厨。

大厨两眼茫然，神情呆滞，菜是他从厨房端来的，中间没有任何人接触过，为何好好的一盘菜却变成了人头？

张又学脸上显出疑惑的表情，向狄仁杰说道："狄大人，在下带着诚意而来，却不知道您这是何意？"

"当然是为了阴兵借道一案。"狄仁杰冷笑一声。

大厨终于反应过来，立刻跪在地上大声喊着："大人，这人头究竟是怎么来的草民真的不知道，刚才明明是一道菜，不知怎么就变成人头了，这件事和小人无关哪！"

"行了，别演戏了。在开席前我要给众位介绍一个人，县衙新雇用的厨师——任天翔。"狄仁杰将手指向了站在一旁一脸惊讶的厨师。

"在下不明白狄大人的意思，如若嫌弃，在下立刻离开。"张又学脸上已经有些不悦，仍旧忍着怒火。

"本官在巧合之下知道了一个惊天秘密，这才设宴与大家分享。"狄仁杰捋着胡子说道。

谷钧成瞪大眼睛望着狄仁杰，轻声提醒着："狄大人！"

狄仁杰笑着摆了摆手，接着说道："还有几个人特别想和大伙儿一起听这个秘密。"

话音未落，只见三个人从二堂方向走来，齐灵芷和袁客师自不必说，当齐东郡出现时，张又学的瞳孔猛地一缩，脸上肌肉抖动了几下后才又恢复了平静。

在杨清河的头颅出现时，张又学预感新月村的宅子已经被破，齐东郡的出现并未出乎他的意料。

一旁跪着的厨师任天翔却是一笑，站起身拍了拍土，毫不客气地坐到了桌子旁的空位上，盯着对面的徐莫愁。

"都说狄仁杰编故事的能力很强，今天我倒是要听一听。"任天翔承认了自己的身份，却像猫看到一群老鼠般，表情带着玩弄之意。

狄仁杰并未理会任天翔，开始娓娓道来。

当年刘邦意气风发，在张良的帮助下，率先攻入咸阳，自居"关中王"。项羽率四十万大军逼近咸阳，刘邦不得已只得将咸阳拱手让出。

项羽掠夺并火烧阿房宫，得了大量财宝，其中包括隐居高人鬼谷子所著的炼丹术，名曰《炼丹宝录》，是他多年来炼制丹药的心得，其中就包括炼制长生不老药的方法。

项羽雄心壮志，他要的是整个天下，为了拉拢猛将英布，便将所得财宝的一部分赏赐给英布。公元 203 年，英布投靠刘邦，并帮助刘邦打败项羽，被封为淮南王。

在整理财物时，英布发现了《炼丹宝录》，遂命人着手研究，由于缺少很多的稀有药材，加上天下形势有变，这才罢手。

淮阴侯韩信和梁王彭越相继被杀后，英布预感刘邦定会对他下手，便起兵造反。为给自己留一条后路，他秘密建造了一座宝库，将所得财宝放入宝库中，而负责埋宝藏的将领把所有参与藏宝的兵士杀死，最后在英布面前自杀身亡以表忠心。

英布兵败，被两名逃兵周庆武和牛泰林救下。英布以为自己濒死，便将进入宝库的秘诀告诉了新兵牛泰林，正欲拿出藏宝图时却昏迷过去，恰逢此时，周庆武返回。

为了保护大将军英布，周庆武将牛泰林支开，将英布带走。英布遇到在战争中失去丈夫的女人，并倾心于她，再无心江山之事，只想过百姓的平静生活。

于是，英布将藏宝图送给了救他一命的周庆武，并告之只有拿到进宝库的口诀才会得到宝藏。英布因头部受伤将口诀忘记，隐约记得将口诀告诉了新兵牛泰林。

周家因牛家的馈赠，成了当地数一数二的大户人家，牛家却因资助了英布被抄家，从此败落。但是英布、牛泰林两家都没有离开彭泽，而是隐姓埋名改头换面生活了下来。

得知牛家败落后，周庆武心怀愧疚，派人寻找牛泰林，却始终无果。周庆伍的生意越做越大，渐渐地对淮南王宝藏失去了兴趣，但他担心日后牛泰林或大将军英布会找他，便把所知内容记录下来。

彭泽县衙的捕头周琮便是周家的后代，掌握淮南王的藏宝图。书吏牛陌田是新兵牛泰林的后代，掌握着进入宝库的秘诀。二人共事多年，却并不知道彼此的秘密，一直相安无事，淮南王宝藏的秘密虽在江湖上广为流传，却没人知道真相。

五年前，皇帝武则天不知从何处得知淮南王宝藏的事儿，对于皇帝而言，财宝没有任何意义，她看重的是那部记载着长生不老药配方和炼制方法的《炼丹宝录》。对于年迈的武则天来说，长生不老药才是她最需要的。

武则天派出亲信内卫胡元雄，此人不但武功高强，且办事干练，深得武则天之宠。与胡元雄同来彭泽的还有二十名内卫，都是武则天亲自挑选的好手。为了监视胡元雄的行动，她又派出了秘密内卫黄光行任彭泽令。

胡元雄果然厉害，两年的时间内，便通过各种线索推断出周、牛、英布三家的关系，通过各种手段得知牛陌田和周琮所掌握的口诀和藏宝图。

胡元雄本欲将地图和口诀强取豪夺，却不想周、牛二人强硬得很，宁死也不愿交出，无奈之下，他只好另改策略，由威逼改为利诱。

自打牛家败落后，牛氏后代一直过着清贫的日子，牛陌田更是不甘心，所以平时也留意着关于淮南王的各种记载，以图从其中发现淮南王宝藏，可事与愿违，牛陌田虽然熟知各种野史传说，却因没有藏宝图而毫无进展。

胡元雄亲自找到牛陌田，讲述了他的计划，并承诺若成功获得宝藏，将拿出三分之一作为赠予。

牛陌田本就不愿再过清贫的生活，加上胡元雄软硬兼施，便答应了下来，藏了个心眼的牛陌田却未把口诀透露出来，只提出一同进入宝库的条件。胡元雄并未提出异议，欣然答应下来。

此时的牛陌田已被巨大的利益所诱惑，并未意识到他是在与虎谋皮！

周琼虽从父辈手里得到了一些遗产，却未能考取功名，无奈之下只得当了一名捕快，后经过自身的努力，加上做事踏实深受县尉章旷发的赏识，坐上了捕头的位置。他心仪黄梦曦很久，却苦于二人的家世不对等而始终不敢提亲。

胡元雄在周琼身上下了一番苦功，以至于他对周琼的了解甚至比周琼本人还多。他心中明白，想获得周家的藏宝图，就必须从黄梦曦身上打主意。

胡元雄苦口婆心劝周琼，讲出得到宝藏后的好处，并允诺，若能够助他得到宝藏，便会向皇帝武则天推举他，让他成为朝廷命官，这样周琼就可以门当户对地迎娶黄梦曦。

周琼对财富和功名不感兴趣，一心系在黄梦曦身上。胡元雄算是把话说到了他的心坎上，周琼动了心，与胡元雄、牛陌田达成一致意见，找一个合适的时间开启宝藏。

胡元雄通过周、牛两家的记载得知宝藏的数量巨大，周琼的不谙世事以及牛阡陌的软弱、贪婪，令他心中起了贪念。

胡元雄很聪明，知道内卫的身份最终带给他的并非荣华富贵，而是一场灾难。内卫本是伴随武则天而生，为了维护武则天的利益做尽坏事，一旦武则天驾崩，整个内卫系统势必成为众人追剿的对象。武则天年岁已大，长生不老药的事虚无缥缈，就算真有长生不老药，按照武则天的性格，丹药炼成的那一天也将是胡元雄等人的死期！

第八十六章　炼丹宝录

胡元雄不但有野心，也有超强的执行力。按照武则天多疑的性格，势必在二十名内卫身后还有内卫监视他的行动，他首先要做的，就是买通跟随他来彭泽的二十名内卫。

当他陈述了作为内卫的利害关系并说出他的计划时，二十名内卫竟然被他的巧舌如簧说动，与他歃血为盟。

遗憾的是，胡元雄和二十名内卫始终没查出隐藏在淮南地区的秘密内卫，所以他的计划一直在极其秘密的情况下进行。

胡元雄等人经过努力，终于进入传说中的淮南王宝藏。当众人站在宝库中时，才知道什么叫富可敌国，每一块宝石都能让人立刻变成大富翁，每一件古董都能让人衣食无忧地过一辈子。人们肆意地抓着金银珠宝，陷入了疯狂的状态。

兴奋过后，胡元雄觉得这笔财宝过于巨大，绝不能一分了之，否则一定会被发觉，天下是武则天的天下，无论跑到哪里最终还是会被抓回来。

胡元雄提议，在距离宝库不远的地方建一座宅子，挖一条通道，将宝藏分批次转移出来，这样便不会被附近的新月村村民发现，至于内卫的身份，他帮众人以失踪或死亡为由洗白，再加以新的身份，这样就可以带着一笔巨大财富安稳地过日子。

提议得到众人一致肯定，于是，他们先行拿出一部分财宝，用于建造大宅子。在大量金钱的作用下，张家大宅很快便建成。

当众人沉浸于大量金银财富带来的快乐时，胡元雄却在秘密研究一本从宝库抽屉中得到的残书《炼丹宝录》。当他看到长生不老药和铁尸丹这两种丹药时，野心再次膨胀起来，他不满足于武则天驾崩之后退隐的事，而是有了更加宏伟的计划，他要成为皇帝，能够统治天下千秋万世的真命天子！

胡元雄是一个拥有极大野心的人，不甘于为人奴，为人心狠手辣，办事干净利落，想做便会去努力做，绝不拖泥带水。

他又出资在彭泽县郊外建了一座更为巨大的宅子，众人对于他的做法并未在意。胡元雄不但做事有一套，对于相人也是颇有心得，他看得出来，周琮对名利财富没有太多计较，只是钟情于黄梦曦，但头脑极其聪明，说不定会给自己留一手，要是贸然对他下毒手，也许会坏了大事。

牛陌田欺软怕硬，得了财富醉心于享受，不可能与胡元雄为敌，只要得到该得的财富，便会做一名老实人。

至于二十名内卫，他却没有太大把握，就目前的情形看，这些人暂时不会出卖自己。但这种事知道的人越多，泄露秘密的概率就会越大，而且还有一名秘密内卫潜伏在彭泽，一个不小心就会万劫不复。

正当胡元雄为难时，县令黄光行盯上了高调的牛陌田，并着手进行调查，敏感的胡元雄推断秘密内卫很可能是黄光行。

幸运的是，牛陌田虽高调，却能自圆其说，在黄光行的调查下也没露出马脚，让胡元雄松了一口气。调查牛陌田的事儿，让他认清一个现实，牛陌田、周琮、内卫都不靠谱，要想成大事，必须清除这些人。

经过苦思冥想，胡元雄有了一个非常完美的计划，就是利用原本的内卫假死计划，真把他们杀死。内卫们并不知道胡元雄计划已变，应该还会继续配合原本的计划。

至于朝廷，他并不担心。内卫是依照按级负责的制度进行管理的，胡元雄是淮南地区的内卫首领，只有他才有资格向皇帝呈报，其他内卫只服务于他，绝不可能与皇帝接触。秘密内卫因受到身份限制和保密需求，行动上受到诸多限制，调查的效率低下。

胡元雄通知二十名内卫，秘密内卫已开始着手调查淮南王宝藏一事，让每人先拿了一部分的财物，暂时隐匿在彭泽周边镇甸，同时立刻执行假死计划脱身。

内卫们虽然有些怀疑，但真金白银在那儿摆着，不拿白不拿，且自打决定私挖宝藏的那一刻起，他们的命运就和胡元雄绑在一起了！二十名内卫带着财宝隐匿起来，遐想着今后的好日子，却不知一场针对他们的屠杀即将拉开帷幕！

胡元雄正要准备执行假死计划时，一个意外出现了。

一名内卫被人杀死在通往新月村的山路上，头颅被砸碎，外人无法辨别其身份。县令黄光行亲自介入此案，但受限于能力，并未破案。

百姓们却把此案归结到流传很广的阴兵借道传说上。

敏锐的胡元雄知道阴兵借道是个好借口，比硬生生地将内卫杀死名正言顺得多，于是他便开始巧借阴兵借道之名屠杀内卫。

与此同时，杀害第一名内卫的凶手仿佛与胡元雄比赛一般，依然屠杀着内卫，每次都是用大铁锤将内卫的头颅砸碎。

胡元雄花重金聘用了很多护卫守护张家大宅，其中一人无论从身材还是相貌都与其相似，所以这人便成了胡元雄的替死鬼。在一个雨夜，胡元雄命这名护卫前往新月村换防，他埋伏在小路上方的树林中，待护卫走到此处时，便跳出来将其杀死，并将左手斩断以说明此人是胡元雄。为了掩饰斩断手腕造成的新痕迹，将尸体推下了小路下的悬崖。两个月后又安排人发现尸体，并上报官府。此时尸体已完全腐烂，只剩下骨头，断骨处经过风吹日晒完全看不出痕迹。

黄光行觉得这些起碎头悬案定有蹊跷，可碍于身份，只能依靠县尉章旷发和捕头周琮调查，这样一来，通过周琮，胡元雄便完全掌握了黄光行的行动。

胡元雄假死也是为了麻痹幸存的内卫，让他们认为假死计划依然执行着。

但黄光行会将他身死的事报给武则天，武则天会立刻派人调查并顶替胡元雄，到那时，私挖宝藏的事情就会暴露。他深知武则天多疑的性格，所以他仍按照规矩定时给皇帝呈报，让皇帝先入为主，以为胡元雄还活着。这就使得黄光行后来的密奏成了废纸，甚至数次被武则天重言训斥。

对于杀死内卫的神秘人，胡元雄佩服得五体投地，却自叹没有舞动巨型铁锤的力量，只好用武功将内卫杀死后，再用铁锤将头颅砸碎，以伪造阴兵杀人的假象。这也是后来狄仁杰验尸时，部分受害者是死后被砸碎头颅的原因。

胡元雄对黄光行恨之入骨，本想将他杀死灭口，可又考虑到他死后皇帝还会派一名秘密内卫来，说不定情况会更加糟糕，便把杀黄光行的念头压了下来。

可惜的是，胡元雄对炼丹一窍不通，找来的炼丹师也都是酒囊饭袋，虽有《炼丹宝录》，却始终无法进一步突破。

当胡元雄准备放弃自己的宏伟计划时，一个号称"毒蛇"的人出现在他面前，向他展示了惊人的毒术，并提出要与他合作，炼制长生不老药。

胡元雄听后吓了一跳，正准备施出杀手，却还是冷静下来，先不说是否能够杀死对方，单是毒蛇如何知道这件事就非常值得怀疑。知道淮南王宝藏的人很多，却没人知道《炼丹宝录》，就连周琼、牛陌田和二十名内卫这些参与挖掘宝藏的人都不知道。

为了一探究竟，胡元雄答应下来，假意与此人合作，却不肯将《炼丹宝录》拿出来，只是将长生不老药的配方和炼制方法告诉了"毒蛇"。

此时，"毒蛇"才放下戒心，说出了他的名字——任天翔，毒手药王的嫡系传人，至于是如何知道《炼丹宝录》存在的，却始终不肯透露。

任天翔不断地展露自己的能力，让胡元雄的信心大增，两人的关系也由最初的试探，变成了真正的合作。

胡元雄非常重视任天翔，不但全力支持他炼制长生不老药，还将铁尸丹的炼制方法告之，求其帮助炼制铁尸丹。

任天翔立刻答应下来，条件是那本《炼丹宝录》。胡元雄急需任天翔的帮助，便毫不犹豫地答应下来，至于事成之后给与不给，主动权还是在他手中！

在炼制长生不老药的过程中，任天翔发现长生不老药所需药材皆为稀缺药材，只得利用所学用现有药材替代，但有几味药材无法代替，无奈之下，这才让杨清河出面将齐东郡骗来，用他的血来做药引子炼制长生不老药。

铁尸丹原本是习武之人练功所用，任天翔却加以改良，哪怕是普通人吃了铁尸丹，也会变得刀枪不入、力大无穷。胡元雄曾与两名铁尸搏斗过，若不是关键时刻任天翔控制住铁尸，他怕是早被铁尸撕成碎片了。

有了铁尸的助力，胡元雄不再纠结原本的内卫假死计划，也不再纠结杀死内卫的神秘人身份，利用铁尸迅速地杀光剩余的内卫。随着二十名内卫的死去，胡元雄在周琼和牛陌田的帮助下摇身一变，成了土豪张大户，立足于彭泽，开始了他的宏伟计划。

第八十七章　勾结

无论治安多好，每个地区依然会有黑帮的存在。

成为彭泽当地最大的财主后，当地的黑帮进入了胡元雄的视线。黑帮不断地上门侵扰、讨要财物，但胡元雄却看到了他们的价值所在。

要想成就大事，一个人的力量是远远不够的。黑帮本就与官府对立，所做的都是些伤天害理的事，目的便是利益。俗话说得好，有钱能使鬼推磨，胡元雄利用武力震慑和钱财收买，使黑帮心甘情愿地为其卖命。

县令黄光行虽有秘密内卫的身份，为人却正直，本想替彭泽百姓将黑帮除去，可胡元雄利益链上的周琮和牛书吏不但千方百计地阻止，更兼通风报信儿，以至于他的清剿计划屡次落空。

良心未泯的周琮给胡元雄提了一些建议，让黑帮贩卖人口时只对外地人下手，这样便会不露破绽同时又能让当地百姓得以安生，又能让县令黄光行不再盯着黑帮。

胡元雄是做大事的人，自然不会为了一点小利益坏了大计，他采纳了周琮的建议，用金钱供养黑帮，令黑帮只负责掠夺外来男丁，不准欺压当地百姓，这也是狄仁杰上任后并未发现黑帮作恶的原因。

除了后患，胡元雄开始实施自己的计划，他先是利用阴兵借道的传说让百姓不敢走夜路，再驱使力大无穷的阴兵，把财宝运到彭泽城郊的张家大宅。

正当胡元雄觉得百事诸顺时，意外再次发生。

黄光行在调查碎头案过程中，发现了死者竟然都是内卫，而且数量正好是皇帝派来淮南地区的内卫人数。他知道，将一个地区的内卫悄无声息地灭掉很难。黄光行也是内卫，知道内卫系统的弊端，所以便怀疑到内卫首领胡元雄身上。

可惜的是，由于内卫制度的限制，除非是上下级，否则很难相识。因此黄光行只知道胡元雄的名字，却不知其人所在。

张大户的突然出现以及张家两座大宅子的建成，使他开始怀疑张大户很可能是胡元雄。但怪异的是，张大户神龙见首不见尾，出面处理各种事宜的是管家张又学和张又问。黄光行想尽各种办法，最终还是没能见到神秘的张大户。

黄光行一直不知道，他身边最信任的两个人，周琮和牛陌田与化身张大户的胡元雄早已是一路人，周琮把黄光行准备调查张大户的事如实汇报给胡元雄时，胡元雄发觉黄光行已妨碍到他的计划，若不及时除去，定会坏事！

牛陌田拿到财宝后忍耐了一段时间，但禁不住钱财的诱惑，便开始少量使用财物，置办了一些家产。书吏本就没有太大的权力，月饷又很少，哪来的钱财置办家产？乡邻们不明所以，对牛书吏的变化是羡慕加上嫉妒，茶余饭后的谈论对象也由原来的阴兵变成了牛书吏。

牛书吏的变化引起了县令黄光行的注意，他原本以为牛书吏只是利用职权之便谋取财物，可仔细分析后却发现事情没那么简单，所以才将牛书吏单独叫到房间询问。

知道大事不妙的胡元雄乔装易容后找到黄光行，劝他不要多管闲事，两人在房间中做了很长时间的谈话，从后来的情况来推断，黄县令当时并未妥协。

胡元雄已经预料到交涉的结果，便令牛陌田用谎话骗黄光行去新月村的张宅探查，黄光行以为牛陌田畏惧他秘密内卫的身份而弃暗投明，便信以为真。

胡元雄让任天翔给黄光行下毒，所下的毒即为心殇。当黄光行带着县衙众人向新月村出发时，胡元雄便领着阴兵在小路旁的树林中埋伏着。

黄光行本来胆子极大，根本不相信阴兵借道事件，可他是人，人总是有所恐惧的，尤其当很多已经死去的人变成阴兵黑着脸站在他面前时，心殇发作了。

胡元雄看着倒下去的黄光行露出了满意的笑容，周琮却在一旁叹气。周琮没想到胡元雄真的要杀黄光行，此时的他内心很纠结，可黄县令的死已成事实，他无力挽回也只得作罢。以至于后来周琮并未对狄仁杰说实话，其中有了诸多的水分。

胡元雄对于周琮的表现比较满意，却非常痛恨牛陌田，因为牛陌田急于使用财宝，这才引起黄光行的怀疑，若不是周琮及时报信，背叛皇帝的行为已被写成秘奏呈给武则天了。所以，他不但要将黄光行置于死地，更要一石二鸟，将牛书吏除掉。

周琮却不想让胡元雄杀害牛书吏，因为一旦牛书吏死了，原本可以相互挟制的三角关系便会被打破，他会成为胡元雄的下一个目标。

在周琮的坚决反对下，胡元雄妥协了，但死罪可免活罪难逃，牛书吏被隐藏在暗处的任天翔悄悄下了毒，让他变成了疯子。见牛书吏变疯，周琮知道一定是胡元雄暗中下手，但又无可奈何，只好接受这个事实。

事已至此，胡元雄除掉了心腹大患二十名内卫，又杀了威胁最大的秘密内卫黄光行，顺便除掉碍事的绊脚石牛陌田，剩下的周琮没有太多欲望，构不成威胁，现在依然缠绕在他心头的就是用大铁锤击杀内卫的神秘人。

神秘人显然对内卫非常熟悉，这才有机会下手。但自从杀了二十名内卫后，神秘人再未出手，线索便无从查起。

地痞张三、李四破坏小路，致使运送金银珠宝的马车颠簸，从而获得金豆子。胡元雄心里明白，张三、李四这样的地赖子一旦沾上就永远纠缠不清，除掉他们才能解决问题。在胡元雄的指挥下，铁尸锤杀张三、李四，再嫁祸给子虚乌有的阴兵，这一切本已完美，却因为疏忽，使金豆子落到了狄仁杰手中。

狄仁杰彻查阴兵杀人案，胡元雄想借机寻找神秘人，便让周琮建议从查找大力士入手，得到同意后，便重金找来一向粗心又胆小的田大壮。

周琮知道，衙役们看到大力士表演定会喝彩，胆小内向的田大壮很可能会出现失误，就算他侥幸不出现失误，周琮也会想办法再次让他表演，直到出现失误为止。

果然，田大壮在第一次表演时就出现了失误，从而引出了天生神力的章旷发。狄仁杰等人曾怀疑过章旷发是阴兵的可能，可胡元雄却知道，章旷发正是那名锤杀内卫的神秘人。

从事内卫多年，胡元雄最擅长利用人性的特点，他知道章旷发为人粗犷，且眼睛里容不得沙子，凡事都自己一力承担，从不与人沟通。

随即，胡元雄便设计了一场令章旷发陷入阴兵案的阴谋，令章旷发不得不孤身一人夜探进山小路，欲抓到阴兵证明清白。

可事与愿违，章旷发等来的却是胡元雄和手下的铁尸，在铁尸的配合下，胡元雄轻松地打败了章旷发，却并未将其杀死。胡元雄爱才惜才，他看到已是天生神力的章旷发成为铁尸后的潜力，也许会脱离人的范畴，成为真正意义上的战神。

章旷发把倔强发挥到了极致，宁死不屈。

胡元雄再次利用了章旷发的弱点，以他家人的安危相威胁，这才让章旷发软下来，讲述了他杀害内卫的原因。

原来章旷发是淮南王英布的后代，当年英布与寡妇隐居起来，为了避免刘邦追杀，便用了女人丈夫的姓名，从此英布消失了，成了章家的先祖。

章旷发的高大魁梧和天生神力就是继承了英布天赋的缘故，他杀死内卫，是因为他通过黄光行知道内卫在打淮南王宝藏的主意，在他心中，淮南王宝藏是属于章家的，是祖先英布留下的，无论是谁，只要打了宝藏的主意，就是他的敌人。

胡元雄并不在意章旷发和英布之间的关系，对章旷发软硬兼施。权衡利弊后，章旷发选择了投靠胡元雄，成为了他的一名手下。胡元雄杀了田大壮，并将其头颅砸碎，成了章旷发的替死鬼。至此，章旷发彻底在人间消失。

章旷发在"死"后曾经回来过，险些被周琮看到，这也是周琮产生疑问的原因。章旷发回来的原因是他觉得胡元雄的计划有漏洞，他的家人对他非常了解，尤其是体貌特征上，虽说用大锤砸碎了尸体的脑袋，毁了容貌，可人身上的特征却无法抹除。

为了避免穿帮，章旷发要偷走田大壮的尸体，否则只要章夫人前来认尸，他的假死计划就会立刻被揭穿。

章旷发不忍心打死与其共事多年的仵作，便用了江湖上一种极其罕见的封穴手法，封住了仵作的穴道，等计划成功后，便会给仵作解穴恢复正常。

此时的周琮已感觉到了危机，怀疑章旷发的死是胡元雄设计的一场戏，在多次追查下，终于在一天夜里，他遇到了章旷发。章旷发已变成了一架杀人机器，为了保住假死的秘密，他决定杀死周琮。

在濒临死亡的恐惧下，周琮所中心殇发作，若不是与黄梦曦之间还有些事没处理完，他根本无法坚持到黄梦曦家。

第八十八章　假死

　　狄仁杰说到这儿停顿了一下,随即拍了拍手:"周琮,杨老实,你们出来吧。"此话一出,惊得在座的人无不惊讶。

　　周琮的死所有人都知道,人死不能复生,就算及时服用铁尸丹,也只会变成一具无意识的行尸走肉。

　　众人顺着狄仁杰的目光望了过去,只见三个人从暗处慢慢走出来,一人是县衙仵作杨老实,另外两人是黄梦曦和周琮。

　　周琮脸色煞白,走起路来摇摇晃晃,如大病初愈般。黄梦曦和杨老实一左一右地揽着他,一步一步缓慢地走到狄仁杰身边。

　　"狄大人,您说的都对。我当初是鬼迷心窍,帮胡元雄做了那么多不该做的事。"周琮虽说有些虚弱,却字字清晰。

　　"不可能,心殇无解。"毒蛇任天翔万分惊讶。在他印象中,心殇不发作便无事,只要发作必死无疑。

　　徐莫愁敲了敲桌子,冲着任天翔说道:"师兄,原本心殇是无解,不过世事无绝对,无解不代表着人就一定会死。"

　　"什么意思?"任天翔问道。

　　"金针渡命术是狄仁杰保命的本领,利用针灸刺激人体的穴道,从而激发人体最大潜能。也许是周琮命不该绝,当狄仁杰赶到黄梦曦家中,他还剩下一口气,所以他就用金针渡命术保住了这口气。心殇虽然无解,却有个弱点,就是毒发后所有毒性集中到心脉,我受到金针渡命术的启发,用针刺入心俞穴,用内力将毒性引出来。"徐莫愁说道。

　　任天翔听罢面如死灰,他无论如何也想不到,无解的心殇就这样被徐莫愁给破掉了。

　　"刚才所讲的,一部分是我通过线索分析出来的,一部分是周琮告诉我的,不过就像徐莫愁说的那样，世事无绝对，事事皆有可能。二十一起碎头案，黄光行被杀案，张三、李四被杀案，章旷发被杀以及尸体被盗案，周琮中毒案等算是告破，不知诸位还有没有要问本官的？"狄仁杰将着胡子说道。

"狄大人，你说的这些与我有什么关系？"张又学听后有些恼火，猛地站起身，一掌拍到了桌子上，用力之下竟然将桌子拍掉了一个角。

坐在他对面的小莲缓缓地站起身，眼睛紧盯着他。

狄仁杰笑了笑，冲着张又学挥了挥手说道："张管家，我的故事还没讲完，你先不要发火。"

张又学虽说在盛怒之下，却不敢轻易动手。县衙中不但有高手小莲，还有徐莫愁这个用毒的大行家，贸然动手，鱼死未必网破。

随着铁尸丹的成功炼制，一支庞大的铁尸大军被建造出来，这支队伍不但强大无敌，更重要的是，他们没有意识，只保持着最原始的机能。若上了战场，没有疼痛、刀枪不入、力大无穷的铁尸将会是无敌的存在。

被胡元雄收买的黑帮源源不断地提供着青壮年男子，在任天翔的帮助下，一批又一批的铁尸被制造出来。

至于铁尸的控制方法，便是一个小小的竹哨，是任天翔用特殊手段制造出来的。

与此同时，齐东郡被杨清河骗到彭泽，至此，长生不老药所有的配料均已齐全，只等时间一到，长生不老药便可炼成。

随着铁尸数量的增加，以及长生不老药的即将炼成，胡元雄称霸天下、千秋万世地统治这片大地的信心越来越足。

狄仁杰的威名始终让胡元雄放心不下，他怀疑狄仁杰被贬彭泽有内幕，一旦被狄仁杰抓住把柄，会破坏他的宏伟计划。所以，胡元雄便修书一封给朝中的某位重臣，让其对狄仁杰进行弹劾，借口便是彭泽境内出现了阴兵伤人事件，对朝廷对百姓都造成了不可挽回的影响，要皇帝严办狄仁杰。

那名朝中重臣本就想扳倒狄仁杰，见此机会当然不会放过，便联合来俊臣等人再次弹劾狄仁杰。

当弹劾未成功，这些人便制订了第二个计划——刺杀。前去狄府完成刺杀任务的是江湖上有名的杀手快刀柳成空，可惜，他碰到了比他精明、刀法更快的汪远洋。也许是心有顾忌，所以在败北后不愿说出主使人的姓名，只是告诉汪远洋，幕后主使人是朝中重臣，便自杀身亡。

而在彭泽方面则是派出了几位不知名的刺客以及擅长易容的高手杨清河，伺机将狄仁杰杀死，这里的布局看起来很简单，却异常凶险，只要一个不慎，便会被化身钟嘉盛的杨清河杀死。可惜的是，狄仁杰通过细节识破了杨清河。

杨清河事败并身中剧毒，他知道任天翔只擅长施毒，不擅长解毒，无法破解徐莫愁下的毒，无奈之下只得按照约定，放回了被困的盗神钟嘉盛。此时的杨清河已成为胡元雄的心腹，自然不是一个钟嘉盛可比的，就这样，钟嘉盛平安地回到了狄仁杰身边。

齐灵芷因为救父心切，与袁客师一路追查齐东郡的线索，虽有些莽撞，却屡次破坏了胡元雄的布局，这就使得他不得不改变战略方向。对胡元雄而言，征服大周成为皇帝才是重要的，不死药未炼制成功也没关系，只要有《炼丹宝录》和任天翔在，成为皇帝后，倾全国之力不愁炼不出来。

狄仁杰说到这里顿了顿，将目光放在张又学身上，说道："你很聪明，更清楚目前的局势，所以便安排了一场让我大破阴兵的戏，让彭泽百姓以为阴兵事件已被我破获，令我放松警惕。"

张又学摇了摇头，说道："狄大人，您说的这些事我都不清楚，就算是真的，那也是主人张大户的事，我不知情。"

狄仁杰微微一笑，接道："我明白你的意思，你向我示弱的同时，也是提示我你能够操纵一切，让我知难而退。可你想错了，就算你拥有无敌的铁尸大军，就算你拥有长生不老之身，可你将人命当作儿戏，肆意践踏，酝酿阴谋将整个王朝都卷入战争，像你这样的人我还能说什么，只有让你粉身碎骨！"随着语气的严厉，狄仁杰整个人变得威严无比、不可侵犯。

"狄大人可真风趣，我只是一个管家，若大人嫌弃在下的身份，在下就此告辞。"张又学脸上的怒意突现，甩了甩袖子转身就走。

张又学刚迈出两步，便见小莲一闪身出现在他面前，挡住了去路。徐莫愁的手也伸进袖子里，眼睛紧紧地盯着他。

张又学脸色变了又变，慢慢地转过身来，苦笑了一声："看来这是专门为我准备的鸿门宴，说说吧，你是怎么看破我的？还有他！"说罢又指了指一旁的任天翔。

狄仁杰捋了捋胡子，说道："那就先从那些内卫的骸骨说起。"

往日冷清的县衙大院此时依然安静，不同的是，院子中几乎集中了所有与淮南王宝藏有关的人，众人都静静地看着狄仁杰，侧耳倾听着惊天内幕。

狄仁杰背着手踱来踱去，与以往不同的是，他多了分自信和轻松。

　　"当初黄县令曾怀疑过冒充你的那具尸骸，可惜，他虽是内卫，却是一名很少见的不懂武功的内卫，能熬到今天的地位，全凭一颗赤诚之心，所以他无法分辨出被刀砍断手腕和用内功震断手腕的不同。若当时你不是用刀砍断那只手腕，而是用内力震断，也许破绽会小一些。"狄仁杰说道。

　　"原来是这样！"张又学有些自责，他既已经承认，神情反而轻松下来。

　　"当我在新月村第一次见到你时，你左手戴着手套，而我再次在彭泽县郊的张家大宅中见到另一个你时，他也是左手戴着手套，看似是你们兄弟习惯一致，其实是为了混淆视听，为了掩盖你左手残疾的事实——你的左手是假手，一只惟妙惟肖的铁手。"狄仁杰说道。

　　"哈哈哈，厉害。想不到仅凭这处破绽就让你有了这么多发现。"张又学笑道。

　　"还有就是那些山贼偷窃你两箱金银珠宝的事，你武功高强，若当时在新月村的宅子中，就算盗贼功夫了得，也不可能在你的手中盗走两箱财宝。所以只有一种可能，就是你当时并不在那里，而是在彭泽县郊的张家大宅中。而你的得力干将杨清河应该与齐东郡在一起，正在回彭泽的路上，所以才出现了纰漏。"狄仁杰说道。

　　张又学冷哼了一声，不再言语。

　　"你的计划很好，先让自己假死，再以张又学、张又问两兄弟的名义光明正大地出现，不过在我与张又问接触时，你再次露出破绽。"狄仁杰笑着说道。

　　"什么破绽？"胡元雄问道。

　　"当然是你要我从那两箱宝物中随便挑选一件的事，试想一下，主人再怎么信任管家，也不可能赋予你这么大的权力，而且在我走后，你一脚重重地踢在箱子上，这说明你后悔之前的决定，那时我便确定我的怀疑是正确的。"狄仁杰说道。

　　"有点意思！"胡元雄凶狠地盯着狄仁杰。

　　狄仁杰并未在乎他凶狠的目光，继续说道："也许是天意吧，正是我随手挑选的那块玉简，给我提供了线索。因为在周家老宅密室的财宝中，我发现了另外一根玉簪，与玉简的质地完全一致，是一块玉坯制出来的，世间真的有那么巧合的事吗？还有通过张三、李四案得到的金豆子，最后使我想到了用金豆子做成的帘子，而在这片土地上能有如此财力的，就只有分得阿房宫三分之一宝藏的淮南王英布。从而推断出你一定是得到了淮南王的宝藏。"

"你领了两箱珠宝后，急着赶回彭泽，想不到我却将名帖递上，准备在第二日上门拜访。你得到消息后不敢怠慢，只好从彭泽骑马返回新月村，所以才会让我在大宅外面等了那么久，没错吧？"狄仁杰捋着胡子问道。

"没错，好像所有的事情你都很清楚啊。"胡元雄叹道。

"你和弟弟张又问，还有主人张大户其实就是一个人——淮南地区的内卫首领胡元雄！"狄仁杰说道。

看着胡元雄一脸惊讶，狄仁杰又笑了笑："你还有最大的一处破绽。"

"什么？"胡元雄想不到自以为天衣无缝的计划竟然出现了这么多的破绽，不由得好奇心大起。

"当初小莲夜探张家大宅，她打开棺材的时候突然闻到一股熟悉的味道，却一直想不起来究竟是什么味道。在我们将杨清河与四名阴兵困在彭泽的一间宅院后，她和阴兵在同一个房间打斗，又闻到了那种熟悉的味道。破了阴兵后，她终于想起就是你身上的味道。我们与你数次接触，你身上的味道与阴兵身上的味道完全一致。我想，这是因为你长期与阴兵接触的缘故，或是因为你曾经碰触过喂服阴兵的铁尸丹，这才不知不觉沾染了味道。你长期接触，所以才觉察不到。"狄仁杰分析道。

"想不到竟然是这样！你说得都对，都对！要是我有你这样的帮手就好了，也许不会出现这样低级的漏洞。"胡元雄叹了一口气说道，神情变得有些无奈。

"天网恢恢，疏而不漏。就算你想到了，做到了，仍会有其他漏洞出现。现在我是该继续称呼你为张管家还是胡元雄？"狄仁杰问道。

第八十九章　破绽

　　"随便吧，名字只不过是一个代号，只要我成了皇帝，叫什么还不是一样。"胡元雄不屑地说道，仿佛并未将众人放在眼里。

　　"还在做你的春秋大梦，你还不知道，彭泽地区的屯兵已经配合江州大营开始攻击你的大宅了，铁尸大军虽厉害，却也只是针对人，攻城器械的威力却不是铁尸可以阻挡的。"狄仁杰看了看天色说道。

　　"江州大营？"胡元雄惊道。

　　"你一定会问，一个小小的七品县令怎么会有如此权力，我可以告诉你，是皇帝命我这么做的，我被贬来到彭泽的主要目的就是为了查清淮南王宝藏一事，同时还要查一查内卫首领胡元雄。"狄仁杰说道。话音未落，就听见轰隆隆的炮声从城外传来，应该是军队进攻张家大院的声音。

　　"看来皇帝早就怀疑我了。"胡元雄叹了一口气，脸上却仍旧自信满满，虽然听到了炮声，却并不着急。

　　"我本不知道皇帝为何将我贬到彭泽，只知道你应该是替皇帝办一件很重要的事。我想，皇帝拥有了天下，为什么还这么在意淮南王宝藏？宝物再多，也不可能多得过皇宫宝库吧。后来我得到了密旨，却仍无法揣测出皇帝的真正用意，直到钟嘉盛将从淮南王宝库得到的一块抽屉底板给我，我才知道了皇帝真正的用意。"狄仁杰说罢从怀中掏出了一块木板。

　　在场的众人都盯着这块木板，却无法从木板上得到任何信息，又将目光望向狄仁杰。

　　"你们看这块木板上的图案。"狄仁杰将木板放到桌子上，指着图案，又继续说道："其实这并不是图案，而是文字。因为潮湿，简牍上面的墨迹反印到了抽屉的底板上，本来这些字是用小篆写的，加上有些模糊，看起来便像是怪异的图案。"

徐莫愁将脸凑了过去，借着火烛的光芒认真地看着，过了一阵他发出了一声惊叹："《炼丹宝录》，它竟然真的存在！"

《炼丹宝录》在炼丹师中被誉为天书，传说谁得到了它，便可得道升天，虽然有些夸张，却体现了它的地位，真正让它拥有这般魅力的，正是其中记载的长生不老药的配方和炼制方法。

"皇帝拥有天下，年纪却渐长，拥有了世间的一切，自然更加渴望拥有长生不老之身。"狄仁杰说道。

话音刚落，便惹来众人一阵议论。

"难道这一切都是天意不成？"胡元雄叹道，语气中已有了悔意。

"武则天不过是做梦罢了，你们将最后的三颗长生不老药给毁了，由于几种罕见的药材已绝种，以后不可能再有长生不老药了。如果皇帝知道，定不会放过你们。"任天翔看了看桌子中间杨清河那颗人头叹道。

"生死由命、天理循环，这是亘古不变的道理，长生不老药本就是逆天的存在，怎么可能那么容易就得到？皇帝的事我自有处置办法，就不劳烦你们费心了。"狄仁杰说道。

胡元雄摇了摇头不再说话，任天翔却将话茬接了过来，问道："狄仁杰，我是哪里出了破绽？"

狄仁杰笑了笑，说道："你的破绽更多，就先从徐莫愁察觉县衙所有人都中了心殇开始说起吧。心殇的药性很古怪，引子是人心中的恐惧。人始终是人，总有令其恐惧的事物，至少很多人都怕死。不过下毒的手段却很单一，只能由口入，当徐莫愁发现我们都中了毒，便对县衙的水井和伙房进行了彻底检查。水井没问题，我们便将目光盯向了厨师刘大脑袋，趁着他晚上回家时，我们在厨房的灶台下发现了这个。"

狄福将一个包袱放在了桌子上，并将其打开，里面露出了金光闪闪的几根金条。

"一个县衙的厨师，哪来的这么多金条？显然是有人买通他，令他在饭菜中下毒，而下毒后众人没有任何异样，这使得他心安理得地继续在县衙做他的厨师，直到徐莫愁来。刘大脑袋通过了解，得知徐莫愁是当世顶尖的解毒行家，他下毒的事早晚会暴露，便生了逃跑之意。由于我们已经对他进行监视，而且事出突然，他没机会从灶台下面取走金条，只好只身逃走，却不料他自己也中了心殇。逃跑时，被突然出现的任天翔吓得毒发身亡，尸体被抛在了枯井中。"狄仁杰说道。

任天翔拍着手称赞着狄仁杰："不错，还有吗？"

"厨师刘大脑袋死后，刚好徐莫愁破解了心殇的引子是恐惧，同时也知道我们都中了毒，徐莫愁向我讲述了厨师下毒的详细过程，我得悉后便开始推理，正是那个时候，引出了你的第二个破绽。"狄仁杰接着说道。

"还有第二个破绽？"任天翔一副不相信的样子，对于计划他很是自信的，并不觉得有那么多的破绽。

"第二个破绽就是谷钧成。"狄仁杰将目光投向了稳稳坐着的谷钧成。

"大……大人，这件事和我有什么关系呀？"谷钧成一脸无辜。

"因为你就是胡元雄和任天翔安插在县衙内部的奸细。县衙的官吏都是凭着本事吃饭的，唯独你是用钱买的官，这一点你不会否认吧？厨师刘大脑袋所用的毒药都是由你的手传给他的，并用他全家性命相要挟，再加上你的身份，所以刘大脑袋并不敢揭穿你。"

谷钧成脸憋得通红，磕磕巴巴地说不出话来："这……这……"

"刘大脑袋死后，你新招了一名厨师，可这新招的厨师来得也太快了点，像是已经准备好了要到这里当厨师一样。"狄仁杰说罢看了看低着头一言不发的谷钧成。

"你的家族世代经商，积攒了不少财富，却苦于朝中无人，便花了重金给你买了一个不大不小的官。当黄光行上任时，你暗中得知他有背景，便百般讨好巴结他。可惜的是，黄光行为人正直，更欣赏性格直爽的章旷发。后来胡元雄找到了你，让你为他做事，成为卧底在县衙的奸细，这时候的你还不肯就范，直到后来黄光行被害，你才知道胡元雄的实力很强大。"狄仁杰说道。

谷钧成长叹了一口气，仿佛想起了当时投靠胡元雄的情形。

"当我上任后，胡元雄为了获得我行动的信息，再次找到你。这一次你没拒绝，因为你知道，我最痛恨的就是贪官污吏和买官卖官。你断定不可能从我身上获得任何好处，便答应胡元雄做了内应。还记得我们第一次去新月村吗？那时我并不相信阴兵借道，才找了一个夜晚出行，目的便是要看看这阴兵借道究竟是怎么回事。你迅速地将这件事禀报给胡元雄。由于我刚刚到任，胡元雄并未摸透我的情况，不愿过早地暴露阴兵的真相，这才命人立刻停止运送金银珠宝。"狄仁杰说道。

"狄大人不愧是当朝第一神探，虽然没有看到，竟然也能说得滴水不漏。"

谷钧成将伪面具撕掉，一副完全不在乎的样子。

"为了验证我的判断，我便安排了第二次新月村之行，也就是前几天。此时，刺杀我的行动已失败，我提高了警惕，又有徐莫愁在我的身边保护，所以任天翔没办法下手。我分析，一旦我离开彭泽，胡元雄就会对我下手，阴兵就是他的武器。阴兵威力无比，一旦动起手来可能会六亲不认，所以通风报信的那个人一定会找个理由留下来。"狄仁杰笑着说道。

"谷钧成假意让大人留下来，由他带队前往山间小路。他知道大人一定不肯，而且县衙中能够代替大人坐镇的只有县丞和县尉两人，县尉章旷发已死，只剩下身为县丞的他。就这样，他就顺理成章地留下来了。"小莲在一旁补充道。

"可这四名阴兵和杨清河的目标却不是我，而是小莲。想要将我除掉，除非能够杀了小莲，所以任天翔便设计了一个局，用'劲消'化解她的雄厚内力，然后四名阴兵再合力将其杀死。幸好在此之前，袁客师教了她一种以柔克刚、以小博大的功夫，这才将此局化解。胡元雄见此，便令谷钧成借此机会夸大事实，传出我已将阴兵案破了，好让我得意从而麻痹。"

"狄大人，这有些牵强吧！"谷钧成说道。

"你可以狡辩，不过县衙所有人都中了心殇，唯独你没有，这说明什么？"徐莫愁大声喝道。

原来，徐莫愁用金针渡命术给县衙众人清除心殇时，发现了谷钧成并未中毒，而自打狄仁杰到任以来，就没见谷钧成在县衙吃过饭。

"这……这……"谷钧成被问得哑口无言。

"这什么这？你知道刘大厨下毒的事，所以你找借口不在县衙吃饭，才没中毒。这说明你一定与下毒的真凶有关联。刘大厨死后，你立刻找来一名厨师，厨师的手艺马马虎虎，虽说你一再强调是他初到县衙，有些不适应，但是同样身为厨师的狄福却能看得出来，他有问题！"狄仁杰说罢便将目光投向了狄福。

第九十章　巨变

　　狄福清了清嗓子，走上前指着一盘菜说道："这盘菜叫水煮鱼，是剑南道的特色菜肴，从表面上看它没有问题。要是尝一口，就会立刻露馅。这道菜的做法说简单不简单，说难也不难。可任天翔还是疏忽了一点，就是鱼肉。"说罢便用筷子从大碗中夹出一块鱼肉来。

　　"这是一块鱼肚子上的肉，普通百姓做这道菜，在切鱼时一定是连骨头带刺一起切下来，吃的时候要小心鱼刺。可任大厨却将鱼刺一根根拔出来，这需要提前将鱼肉切好，下水焯一下，火候不能老，也不能轻，再将刺拔出来。这种做法只有神都洛阳为数不多的几家大酒楼才会，是大厨师精妙的手笔，可是能做到这一点的大厨，又怎么可能不清理鱼肚子里面的黑色膜筋呢？"狄福将这块鱼肉翻了过来，果然，鱼肚子里面的黑色膜筋还在。

　　"所以我便将我的推断告诉了老爷，新来的大厨看起来是大厨，其实只是刚刚学习厨艺的新手而已。"狄福说罢便将鱼肉放回大碗中。

　　"厉害啊，一个小小的管家都可以发现端倪。"任天翔到了此时也不得不佩服狄仁杰等人。

　　"胡元雄利用了我们都没有见过任天翔这点，让他潜伏在县衙。由于时间有限，任天翔匆忙之下学了一些厨艺用以应付我们，厨艺对于任天翔这种聪明至极的人来说算不了什么，他很快便学会了，可他最大的破绽也就在这里——没有经验。至此，我便断定他就是潜伏在我们身边伺机出手的任天翔。"狄仁杰说道。

　　"师兄，你之所以选择用心殇是因为它是最不容易被发觉的毒药，因为只要我在县衙，无论是'魂灭'还是普通的'鹤顶红'，都逃不过我的眼睛，尤其是'魂灭'，毒性巨大，入口人即死，很容易引起我的注意，所以这种毒不适合大面积投放。可师兄你忘了一点，狄仁杰等人为人正直，为国为民操劳，并没有一己私欲，他们问心无愧、正气十足，心中并无恐惧，心殇也就失去了作用。"徐莫愁说道。

"好个问心无愧正气十足，狄仁杰，你就没做过后悔的事吗？"任天翔厉声问道。

"我狄仁杰做事上对得起皇帝，下对得起百姓，何来后悔？"狄仁杰正气凛然地回答道。

"师兄，听我一句劝，趁现在还没铸成大错，收手吧！"徐莫愁一脸诚意地劝道。

"哈哈哈，收手？不可能，你们也许还不知道，小莲中了我的'劲消'，内力不可能完全恢复，就凭着你们这几个人，如何对抗胡元雄和他的铁尸大军？"任天翔喝道。

"狄仁杰，你的确很厉害，你应该知道，我们已经炼制成了可以让人拥有自主意识的铁尸丹，也就是任天翔给我的最后一批铁尸丹。你的军队再厉害，也不可能打过他们。现在对付你们，根本无须动用大队人马。"胡元雄说罢便模仿着竹哨怪叫了两声，只见四名铁尸快速冲进院子，手中拎着巨大的铁锤，站在他身边。

"等等！"狄仁杰脸色一变。

众人都看得清清楚楚，站在胡元雄身边的是四名铁尸，且这些铁尸的先天条件很好，身材高大魁梧、体格壮硕，远不是之前被杀死的四名铁尸的等级。

"其实我很早就洞悉了你的阴谋，你不想知道我为什么一直等到今天才揭破吗？"狄仁杰又转为笑脸问道。

"为什么？"胡元雄和众人一样，非常想知道答案。

"因为还有一件事我没弄明白，所以我必须要等。直到昨天，我将所有的线索重新捋了一遍，终于想出个大概。今天又得到了三颗九转还魂丹的帮助，让周琮和仵作恢复如常，他们的陈述使我的推断进一步被确定。如果我的推断正确，这将成为你失败的关键。"狄仁杰笑着说道，言语中没有半点紧张。

"狄仁杰，你少在这里装神弄鬼，我先将你身边的所有人杀了，再慢慢地审你，动手！"胡元雄厉声喝道，说罢又发出一声怪叫。

声音未落，便见四名高大魁梧的阴兵抡起铁锤便向狄仁杰等人砸去。

"动手！"狄仁杰气定神闲地说了一句，仿佛铁尸的四柄大锤并不会对众人产生任何伤害。

"噗噗噗！"其中一名铁尸竟然抡起铁锤将三名铁尸的头颅砸碎，三具无头尸体猛地停住脚步，鲜血喷溅出来，巨大的身躯随即轰然倒地。

"这是怎么回事？"现场中的变化令众人摸不清状况，本来占尽优势的一方瞬间失去了所有优势。最吃惊的当属胡元雄和任天翔，他们盯着仍站在当场的铁尸，下巴差点掉到地上。

"章旷发！为什么？"胡元雄终于缓过劲来，嗓子中像塞了一个鸡蛋，声音完全走了样，惊讶的表情久久不能消散。

铁尸将头上的斗笠摘掉扔到一旁，露出一张众人都熟悉的脸。

"狄大人真能沉得住气，好本事！"章旷发冲着狄仁杰一笑。

"章大人这番卧薪尝胆才是好本事。"狄仁杰冲着章旷发抱了抱拳。

"狄大人先说吧。"章旷发无奈一笑。

"我刚才说有一件事没想明白，指的就是你。我怀疑章旷发是从他救下大力士田大壮开始。通过一段时间的了解，我发现他踌躇满志，为人豪爽正直，又有天生神力和一身好武功，拥有这么多优势，为什么不去考武举，反而甘心在彭泽这个小地方做一名县尉？"狄仁杰引导着众人。

众人想了想，觉得狄仁杰所说的有道理，纷纷点了点头，竖着耳朵继续听着。

"后来，通过线索我推断出，章旷发就是淮南王英布的后代。可就算这样，他一名小小的县尉，是如何得知胡元雄带着二十名内卫来彭泽是寻找淮南王宝藏的呢？又是如何得知二十名内卫的名单甚至是隐藏后的地址？这一点胡元雄疏忽了。"狄仁杰又说道。

胡元雄听后点了点头说道："我只当是我的条件让他动了心，人嘛，追求的无非就是名利二字。"

"事实证明你错了。"狄仁杰冷哼了一声，又继续说道，"当初章旷发的尸体出现在进山小路，我前去勘查现场时就觉得不对劲儿。根据验尸结论，尸体应是在死后被大锤砸碎头颅。当时我并未在意，只是凭着身材和身上的衣物等便断定此人是章旷发。

"随后，仵作在验尸时被封穴昏迷，章旷发的尸体被人偷走。这样一来，我不得不怀疑这件事的背后还有故事。一个死人又能有什么用，为什么要偷走他？"狄仁杰问道，没等众人思索，便又接着说道，"偷走尸体的原因，自然是不希望苦主认尸时认出那并不是章旷发，砸碎死者的头颅也是为了避免被人认出身份，这个推断让我想起二十一起碎头悬案，应该也是不想让人认出死者的身份，这才将头颅砸碎。"

"而此时，我意识到除了胡元雄之外，还应该有另一伙人存在。"狄仁杰叹了一口气，脸上有些自责之意。

"章大人就是另一伙人派来的，我断定他还活着，后来周琼数次异常的表现也与他有关。"狄仁杰说道。

"的确是这样，我一直感觉章大人还活着，那日在胡同，我看到一脸铁青的章大人，这才产生了恐惧，进而引发心瘅的毒发。"周琼看了看面无表情的章旷发说道。

"从后堂偷走尸体的是章大人，他不忍心杀死我，便将我的穴道封住，令我昏迷不醒，还说穴道很快就会解开，不会对我造成任何损害。"忤作杨老实在一旁说道。

"章旷发身为县尉，与下属的感情很深，不愿意害死杨老实，又不能让他透漏真相，这才下手封住他的穴道。而当时我们没在后堂发现外人的脚印，也是因为偷尸体的人正是章旷发本人。"狄仁杰走到杨老实身边拍了拍他的肩膀说道。

"至此，我断定章旷发没有表面看起来那么简单，一定还有一层身份和特殊使命，所以我便请白鸽门进行调查，另外我还请了曾任内卫大阁领的贾威猛帮助我。调查一直没有结果，直到狄府的刺杀行动出现，汪远洋把情况写信告诉了我。"狄仁杰说罢便从怀中掏出一封信。

"快刀柳成空临死前说出幕后主使人是朝中一位重臣，却始终不肯透露其姓名。快刀柳成空自杀是死士行为，绝不是被重金收买的杀手。我怀疑幕后之人应该不是魏王和来俊臣等人，他二人手下绝无这等义士。更何况魏王等人只想让我死，绝不会不在乎我的家人，所以安排到狄府刺杀的绝不是他们。"狄仁杰说道。

"如果不是他们会是谁？"小莲有些迷惑。

"汪远洋的功夫朝廷上下都知道，在速度方面，甚至要超过第一高手李元芳。派出以速度见长的柳成空前去刺杀，是不是有些鸡蛋碰石头的嫌疑？"狄仁杰说道。

"柳成空武功很好，却不能和汪大哥相提并论。"小莲接道。

"我推断狄府的刺杀行动和刺杀我并不是一批人所为，那么第二股势力为什么要做出以卵击石的行为呢？我想第二股势力并不想杀我的家人，只是恐吓而已，用意是为了阻止我做一些事。"狄仁杰叹了一口气，仿佛为那几名刺客的行为所不值。

"直到我洞悉了皇帝派我来彭泽的真正目的之后，我才知道，第二股势力为什么要阻止我。"狄仁杰说到这里将目光望向了一言不发的任天翔。

"是为了不让我破案，不让皇帝得到《炼丹宝录》，得不到长生不老药的配方和炼制方法！"狄仁杰说道。

"是忠于李唐江山的大臣！是为了恢复李唐社稷才这么做的。"袁客师惊道。对于朝野之事，他也并不陌生。

狄仁杰清了清嗓子，却没接着袁客师的话继续说下去，仿佛是心中有所顾忌。

"他们通过某种渠道得知皇帝的真正意图，便以为我是带着特殊的使命来到彭泽的。其实当时我并不知情，这件事又事关重大，不好直言，这才想出用刺杀来提醒我。可惜了几条性命！"狄仁杰重重地叹了一口气。

"我通过调查，得知了章旷发早年曾经考过武科，却意外落榜。仔细想想，凭他的武功和天生神力，怎么可能在武科中落榜！因此，我对当年主持武考的主考官进行了调查，结果……"狄仁杰说到这里便停住了。

"狄大人，有些事还是不要乱说，这样对大家都好，该我承担的我会一力承担。"章旷发说道，脸上现出了决绝之色，将大锤拎了起来，看样子若狄仁杰继续说下去，恐怕他会全力将其击杀。

小莲身上衣袍无风自动，一伸手将流光追影刀拿在手中，准备与章旷发拼死一搏。

第九十一章　舍身

识时务者为俊杰。

狄仁杰点了点头，说道："好吧，我答应你，关于这个人，我从此不再提，只说你！"

胡元雄露出失望的表情，他本想看看吃了铁尸丹的天生神力和小莲到底谁会更厉害一些，可惜狄仁杰没给这个机会。

章旷发松了一口气，重新将大锤放了下来。

"章旷发在第二股势力的谋划下，成功地打入了胡元雄的内部，目的是为了销毁《炼丹宝录》和三颗长生不老药。可怜的胡元雄还不知道，就算你成功地将我们全数杀死，成功地制造出大批量的阴尸，最终你也坐不上皇帝的宝座，因为章旷发只要销毁了《炼丹宝录》和长生不老药，随时会将你击杀。"狄仁杰看了看仍旧一脸吃惊的胡元雄。

"想不到，真的想不到。"胡元雄说话的声音已有些发抖，他费尽心机，机关算尽，却还是落入别人的算计中。

"想不到的事儿还多着呢。胡元雄，你身为淮南地区的内卫首领，本应为皇帝做事，却私欲膨胀，利用职权做出伤天害理之事，劝你快快束手就擒，本官会向皇帝为你求情。"狄仁杰的语气变得严厉起来，这一嗓子竟然吓得出神的胡元雄浑身一哆嗦。

"求情？哈哈哈，你狄仁杰也是李唐旧臣，不是不知道武则天的手段。我从觊觎淮南王宝藏那天起，就没想过向她求情的事。你以为一个退隐江湖的高手和一个天生神力就能拦住我吗？让你看看什么是真正的实力！"胡元雄从怀中掏出一颗黑色的小药丸，迅速放进口中。

"不能让他吃下去！"章旷发拎着大铁锤朝胡元雄砸去。

众人看得清楚，大铁锤迎头砸在了胡元雄的脑袋上，转瞬之后却发现砸了个空，大铁锤和地面撞击冲起的气浪令周围的人站立不稳，不断后退，椅子被砸得粉碎，桌子掀翻，一片狼藉。

"厉害，身法竟然快到如此程度。"小莲惊讶着。她看得出来，胡元雄并未依仗轻功，而是硬生生地凭借速度离开原地，以至于章旷发砸到的只是他的影子。

瞬间之后，胡元雄整个人开始起了变化，整张脸变成黑色，身体在不停地抖动着，口中发出"嗬嗬"的声音。

"没人可以拦住我！"胡元雄大喝一声，挥起拳头向章旷发击去。

章旷发来不及挥舞大锤，只好出掌相迎，只听得"嘭"的一声响，章旷发的身体竟然向后飞了出去，重重地撞在一棵碗口粗的树上，树干竟然应声而断。

天生神力加上服用铁尸丹已经超越了人的范畴，却被胡元雄一拳击溃！

再看胡元雄，他竟然四平八稳、原地没动，瞪了一眼狄仁杰，随后双腿一用力，径直向外狂奔而去，那奔势好比一头愤怒的犀牛，无人可挡！

胡元雄亦是天生神力，对铁尸丹药力的掌控远远超过章旷发，加上本身具有深厚的内力，因此一击之下便将章旷发击倒。

"休走！"小莲大喝一声，一个闪身，使出轻功追了出去。

"小莲小心！"狄仁杰的声音未落，小莲的身影已经飘出县衙。

"老爷，我也去看看！"狄福说罢便向小莲的方向追了过去。

任天翔看着两人飞奔而去，不禁苦笑了一声，说道："狄大人，关于我背后的事你也不要提了，我有个请求，不知道你能不能答应？"

他本身并没有武功，不可能像胡元雄一样飞身离去，就算他吞吃了铁尸丹，还有天生神力的章旷发和徐莫愁在场克制他，他已成了瓮中之鳖。

"说吧。"狄仁杰说道。

"我想与徐莫愁进行一次比试，想看看父亲精心培养出来的人才有多少本事。"任天翔说道。

狄仁杰刚想出言拒绝，却见徐莫愁站了起来，说道："狄仁杰，我徐莫愁从来没有求过人，今天算是我求你，同意这场比试。"

见徐莫愁的脸上充满坚定，狄仁杰犹豫了一下，最终还是点了点头，挥手示意众人退出院子，随后将大门关上："老徐，我等你！"

众人聚集在县衙外，盯着那扇威严的大门，关注着究竟谁能从大门走出来。

这是一场无声的比试，没有胡元雄的霸烈，也没有阴兵的气势，可人们知道，要是任天翔胜出，在场的人都会死！

任天翔和徐莫愁的比试很简单，拿出自己的毒药给对方，两人可以先吃下一些解药以对抗毒药，随后在毒发之前将毒解开。若双方都解开了毒，便再次给对方一颗毒药……往复循环直到一方死去为止。

任天翔从怀中掏出一颗白色的小丸子，放在了徐莫愁的前面，徐莫愁也掏出了一颗黑色的药丸递给任天翔。

徐莫愁从怀中掏出一些药丸，药丸五颜六色的十分好看，只见他从中拣出四颗，放在口中吞了下去，随后又拿起任天翔给的药丸吞了下去，便闭上了眼睛。

任天翔嘿嘿一笑，拿起那颗黑色的药丸直接放到了口中，又从怀中掏出了几包药粉，打开后一股脑地倒进了口中。

"噗！"任天翔脸色一下子变得煞白，又一下子变得铁青，嘴唇和眼睑变成了黑色，口中喷出一口黑血。

徐莫愁睁开眼睛，发觉自己并没有中毒的迹象，望向对方，却看到任天翔已倒在地上，身体不停地抽搐着。

"师兄！"徐莫愁急忙上前，查看任天翔的情况。

"傻师兄，你为什么要这么做，我可以保你性命的！"徐莫愁急忙从怀中掏出刚才那些七彩的小药丸，从中挑选了六颗，准备喂服给任天翔。

任天翔强忍着毒发带来的剧痛，摇了摇头，用手抓住了徐莫愁的手，嗓子发出嘶哑的声音："我已经没救了，你给我的药丸没那么大毒性，我当然知道！不过我已服下了'魂灭'，无解。"

任天翔之所以还能坚持到现在，是因为他常年摆弄毒药的原因，身体对毒药有足够的抵抗力，这才使得他没有被"魂灭"立刻毒死，可"魂灭"无解，任谁也救不了。

"我去见我爹了，可惜，我最终还是没看到《炼丹宝录》。师弟，你跟着狄仁杰一定要小心，因为我背后的势力太强大，绝不是你们可以抗衡的，他们是……"话音未落，任天翔抓住徐莫愁的手猛地一松，无力地垂到了地上。

过了一阵，徐莫愁缓缓地从县衙中走出来，脸上充满哀愁之色。

看到徐莫愁安然无恙地走出来，众人都跟着松了一口气。

"他临终前让我提醒你，他背后的势力很大。"徐莫愁艰难地从口中蹦出了几个字。

"你该做的都已经做了，别太为难自己。走吧，咱们得去张家大宅了。"狄仁杰说罢便在袁客师的搀扶下上了马，向城外策马而去。

……

人类极其聪明，同时也极其残忍。为了猎杀动物制造出长矛、钢刀、弓弩、机关陷阱等。而为了相互残杀，还制造出许许多多伤害人性命的大杀器，投石车便是其中一种。

彭泽地区的驻军只是小规模的军队，所以没配备投石车这样的大型攻城器械，只有州府大营才会配备。远远地看去，数百架投石车不断地向张家大宅投掷石头，巨大的燃烧着的石头雨点般砸向大宅，房屋倒塌的"轰轰"声混合着人的惨叫声不断地从大宅中传出来。

投石车的前面是一排排穿插排列的车弩，小孩胳膊粗细的弩箭蓄势待发，站在车弩周围的是手持着大盾的士兵们，守卫着车弩。

从远处望去，整个战事仿佛大型的攻城战一般，不同的是，这里只是单方面的攻击，张家大宅并未做出任何有效的反击。

一员大将端坐在马上，观望着大宅的情况，不时地下令调整着攻击的频率和力度。大将旁边的则是彭泽大营的单将军，手中握着巨型大砍刀，目不转睛地盯着宅院。

"单将军，对付一间宅院，有必要这么兴师动众吗？这些攻城器械足够攻下一座中等的城池了，却用来攻击这间普通的宅子。"大将问着身边的单将军。

"这……末将也是见了虎符才带兵前来，将大营中所有的车弩都带来了，无论狄大人怎样，这虎符却是假不了的。"单将军也不知道如何回答，只好敷衍着。

大将刚想说话，便听见一阵急促的马蹄声响起，回头一看，正是狄仁杰带着众人来到了阵中。小莲和狄福从一旁飞奔过来，冲着狄仁杰摇了摇头。

狄仁杰皱着眉头叹了一口气。

"狄大人，末将已按照您的吩咐开始进攻，到目前为止，还未遇到真正的抵抗，是不是……"大将试探着问道。他的军队是被狄仁杰所持的虎符召集而来的，这就意味着狄仁杰是整个军队的主帅。

"厉将军，你进攻时，大宅中能够活动的都是一些普通护卫，真正强大的敌人还未出现。小心些，他们的反攻就要开始了。"狄仁杰掐算了一下时间，

狄仁杰之铁尸迷案

胡元雄逃出县衙后，若能够摆脱小莲的纠缠，现在应该坐镇宅中，开始组织铁尸反击了。

话音未落，就见大宅中奔出二十几道身影，他们非常迅速地向投石机的方向奔去，速度竟比受了惊的马还要快上几分。

"车弩手听令，自由发射。"随着单将军一声令下，车弩手开始向飞驰而来的身影发射弩箭。

这些弩箭本是在战场上用于对付战马或者是身披重盔甲的士兵的，因为威力巨大，往往会将战马射穿。

令人震惊的事情发生了，二十几人动作异常灵活，闪身躲开了密密麻麻的弩箭，身形只是稍微停滞了一下，又朝着车弩的方向冲来。只有一人躲避不及被弩箭射中，整个箭身射入了体内，却并未穿透，身体带着弩箭向前继续飞去。重重地落在了地面上后，他竟然挣扎着站了起来，用手硬生生地将箭杆折断，然后将其抽出身体。

中箭之人竟不顾伤势，身形一晃，继续朝着投石机的方向冲去，在速度上却比不了之前。

"这怎么可能！"单将军一时间竟愣在了当场。

"这些才是真正的敌人！"袁客师拔出腰刀说道。

"大人，这一批冲出来的定是拥有灵智的铁尸。"齐灵芷说道。

"嗯，幸好数量不多。厉将军，都按照我说的准备了吧？"狄仁杰转过头问道。

"都按照狄大人的吩咐准备了，士兵们没配备武器，只是准备了防守用的大盾和套马用的绳索。"厉将军回答道。

车弩是按照阵法排列的，第一批车弩发射后便会立刻装载弩箭，第二批弩车便开始发射，以此类推，这样一来，便会源源不断地对敌方形成攻势。

一批批的弩箭呼啸着射了过去，铁尸们纷纷躲避着。之前被射中的铁尸由于行动缓慢，又再次被射中……

铁尸们冲入车弩阵时，二十几名铁尸只剩下四名。可这四名铁尸就仿佛是虎入羊群一般，立刻开始对士兵展开残暴的攻击。

没准备的士兵们竟然被这四名力大无比的铁尸撕开，每一次动手，便会有四名士兵遇难。

"盾阵，绳索！"厉将军大声地下达命令，并将手中的长枪高高地举起，挥舞了一下。

只见拿盾牌的士兵立刻相互支撑，组成了一面面的盾阵，而拿着绳索的士兵则抡着套马用的绳索套向铁尸。

"砰砰砰砰！"铁尸不断地挥舞着拳头，将一面面的盾牌砸瘪。与此同时，绳索在兵士们的手中仿佛是有了生命一样，纷纷套在了阴兵们的脖子、四肢上。

"吼吼！"被控制住的阴兵不断地吼着、挣扎着，怎奈绳索还在不断地向他们套来，拿着盾的士兵纷纷用盾将铁尸紧紧地挤在一起，使之动弹不得。

正当士兵们努力地控制着四名铁尸时，就听见宅子的院墙内传出了一声怪叫，随后众多的低吼声也传了出来，被投石机砸得七扭八歪的高大院墙突然全部倒塌，众多的铁尸如同潮水般冲了出来。

车弩和投石机全力开动，疯狂地将石头和弩箭射了出去。这次冲出来的铁尸虽说速度依然很快，却不懂得躲闪，纷纷被弩箭和巨石击中。可他们人数众多，一批刚倒下去，后面的铁尸便踩着倒下的铁尸继续冲锋。

车弩阵中，一百多名士兵勉强将四名铁尸控制住。

指挥车弩的单将军从刚才的情形看，铁尸威力巨大，一旦被他们冲进车弩阵，整个战斗的局势将会改变。

铁尸们被射中，又挣扎着爬起来低吼着继续冲锋。车弩和投石机用最快的速度保持着发射频率，弩箭和巨石像是成群的蝗虫一般飞向铁尸群。

双方交战胶着，铁尸们艰难地向前推进着，距离车弩阵越来越近。

第九十二章　死战

　　小莲的功夫走的是诡异的路数，临战经验丰富，虽说胡元雄的功夫比她高出一些，却很难在短期内将其打败。

　　"胡元雄，你的铁尸军队就算强大，也不可能敌得过攻城器械，我劝你还是快快投降。"小莲喝道。

　　"先管好你自己吧。"胡元雄说罢口中发出一声怪叫。只见四名身材高大的阴兵走了出来，手中的大铁锤换成了单手镔铁棍。

　　"糟糕！"小莲心中一惊。她看得出来，这四名铁尸应该是有灵智的，甚至比第一批冲出来的阴兵还要灵活得多。

　　胡元雄猛地打出一招，趁着小莲招架的功夫，一闪身便跳出了圈外，四名铁尸趁机围了上来，将小莲围在中间。

　　"让他们陪你玩玩，我去会会狄仁杰！"胡元雄身形一闪，不见了踪影。

　　小莲正要追，却被四名铁尸阻挡。有了之前的教训，小莲并未力搏铁尸，仍采用以柔克刚的方法与四名铁尸战在一起。

　　狄仁杰等人正在马上观战，就听见不远处一阵霹雳般的吼声响起，一个人极速地朝着众人弹射过来。

　　"受死吧，狄仁杰！"胡元雄喝道，只见他脸色乌黑，双眼中冒着红光，仿佛一尊杀神般冲了过来。

　　齐灵芷、袁客师一看，便知道胡元雄一定是吃了改良的铁尸丹，原本此人的武功就非常厉害，加上吃了铁尸丹，一个回合就可以将二人击毙，但事态紧急，也顾不得那么多！

　　齐灵芷抽出了长剑，手腕一抖，使出一招"寒芳留照魂应驻"，手中长剑化为一道疾光刺向胡元雄的双眼。袁客师挥舞着手中长刀,砍向胡元雄的双腿，配合着齐灵芷的剑招。

胡元雄嘿嘿一笑，并未理会袁客师的刀，飞起一脚踢向袁客师的头颅，同时手迅速地伸出，将齐灵芷的长剑抓在了手中，五指一用力，只听"啪"的一声，长剑应声而断。

袁客师不敢硬拼，只好撤刀回防，胡元雄踢在了刀身上，他只感觉一股巨大力量由刀身传到身体，不由得连滚带爬地向后退去，化解着那股力量。

齐灵芷也不好过，长剑被震断，只好将剩余的残剑当作暗器抛射出去，随即一招百花掌打出，只见她嫣然一笑，双掌翻飞如花，一招"人面桃花相映红"当真是妙到毫颠。

"雕虫小技！"胡元雄挥手打落断剑，并指为掌直直地戳向齐灵芷胸腹间。

齐灵芷知道这一掌定会要了她的性命，但她避无可避，只好招式不改地冲过去，预期的疼痛并未到来，而她的双掌已经印在胡元雄的胸腹之上。

原来是齐东郡及时格挡开胡元雄的致命一掌。

胡元雄并未在意齐灵芷打中他的那掌，口中大吼一声，浑身内力一收一放，震开了齐灵芷和齐东郡。

父女二人同时向后跃开，不断地后退着，缓冲着震动带来的冲击。

"爹，你没事吧？客师，你怎么样？"齐灵芷已退到狄仁杰的马前，紧紧地盯着步步逼近的胡元雄。

"我没事。"齐东郡说话间有些颤抖，脸色变得煞白，显然是受了内伤。

"没事！"袁客师的声音绵软无力。

"狄仁杰，这次我看谁还能救你！"胡元雄黑着脸一步一步地向前走着。

当年破"阴阳变"一案时，狄仁杰曾与铁尸臧霸有过一次交集，臧霸只是把铁尸功练到小有所成，便以一人之力力敌李元芳夫妇和袁客师、齐灵芷四人，若非李元芳和如燕临阵悟出合气一击，破了臧霸的铁尸功，众人早已身死。

但从武功和气势来看，现在的胡元雄已经超过臧霸数倍。

狄福、钟嘉盛走到马前，与齐灵芷并排站着，面对着逼近的胡元雄毫无惧色。

"一起受死吧！"胡元雄猛地提起内劲，气势陡然增加了不少，令对面站着的众人感到巨大的压力，别说是招架，就连动一下都很难。

狄福站得最靠前，武功最差，被胡元雄压得气血翻腾，"噗"地喷出一口血来，整个人也像空了的麻袋一样瘫软下来。

"休得猖狂！"一声娇叱如晴空霹雳般从天而降，只见小莲自上而下借着下落之势双掌击向胡元雄的天灵盖。

"来得好快！"胡元雄心中一惊，他很清楚那四名铁尸的厉害，就算是自己吃了铁尸丹也要用尽全力才能打败其中两名。

两人四掌相交，发出巨大的响声，小莲被反震飞上了天，而胡元雄则是脚踝陷入了地面。

小莲却并未收手，在半空中向后翻去，脚尖刚一落地，便凝神运气，左手护胸，右手掌心呈暗红色，带着一股腥热之气拍向胡元雄的头部。

胡元雄吞食了铁尸丹，加上他原本内功深厚，胸腹之间已经是坚硬如铁，只有头部才是弱点，这是小莲数次与铁尸战斗得来的经验。

"功夫不错，看来你下了不少的苦功啊。"胡元雄身形一晃向左闪去，速度竟然不亚于小莲的鬼影迷踪步，同时飞起一脚踢向小莲的右臂，这一踢带着呼啸之声，力量非常大，若被踢中，小莲一条右臂就要被废。

小莲暗道一声"厉害"，却不等招式用老，脚下踩着鬼影迷踪步，身体滴溜溜一转，堪堪避开胡元雄的一脚，身形一晃，竟然同时出现了两个小莲，一左一右地向胡元雄攻去。

"居然学到了李元芳的移形换影，不错不错！"胡元雄伸出手挡住了左面的攻击，右面的小莲却趁机一掌击中胡元雄的后腰，打得他身体向前跟跄了几步。

小莲是狄仁杰身边武功最高的人，李元芳和汪远洋不在身边，保护狄仁杰的重任自然就落到小莲身上。与阴兵第一次战斗后，袁客师便把道家心法借力打力教给小莲，以对抗阴兵。齐灵芷则是把李元芳的移形换影口诀传授给她，以备不时之需用来保命。

可惜的是，小莲的内功阴柔，虽能模仿出移形换影，却无法使出其精髓，不能对胡元雄造成实质性的伤害。

"该我出手了！"胡元雄说罢脸色一正，身形一晃便变掌为拳冲向小莲，他使出的居然是江湖上难得一见的五行拳。只见他使出五行拳中的"金字诀"，提气沉马双拳对合，出拳的一瞬间居然"嗡"地发出金器交鸣之声，在对手心神一震之间，他的两只钵大的拳头已经砸到了小莲的胸腹前。

小莲见对手拳大力猛不敢硬接，只好使出鬼影迷踪步闪出攻击的范围，却不想胡元雄这一招竟然立刻变成了虚招。

只见他脚步突然变换不定，身形一晃再晃，竟然随着小莲的身形追去，双拳竟然瞬间打出无数拳影，向她的周身要害痛击过去！五行拳中的"水字诀"无孔不入，确是名不虚传。这一招一出，让对阵的小莲不禁大吃一惊。

无处可躲便不躲！

危难之际，小莲娇叱一声，将内力提至极限，瞬间布满全身，同时脚下使出了鬼影迷踪步，身形如流水，掌势若浮云，暗光流转中延绵不绝地拍向胡元雄，拳掌相交发出"砰砰"的闷声。

两人身上不断地被对方打中，不由得各自向后退去。

小莲只觉得数股巨大的力量打中了身体，竟将自己的雄厚内力硬生生地震散，五脏六腑钻心疼痛，显然是受了内伤。

胡元雄的脸仍旧黑着，看不出他的状态，不过从脸上的神情上看，虽然受了小莲的打击，但损伤很小。

停顿一瞬间后，胡元雄竟然再次合身而上，陡然使出"木字诀"，看似脚步沉滞，身法僵硬，旋即却大喝一声，带着一副刀枪不入的神态扑向小莲，双手成爪一前一后抓向她的胸腹。

小莲内力还未来得及调息，就见对手已扑了过来，只好勉强使出鬼影迷踪步，身形一转，堪堪闪过要害，却被双爪抓中了左臂，十条血道子出现在胳膊上，渗出的鲜血瞬间染红了袖子。

"嘿！"胡元雄一招得手，便身形连转，双拳交击，虽无一拳直接击向小莲，可五行拳中的"火字诀"却让他把拳势发挥得淋漓尽致，带出的劲气便如烈火般一道又一道地扑面而来。

狄福见到如此情况，也顾不得危险，勉强从地面上爬起，挥舞着拳头冲向胡元雄，他武功虽弱，但气势却不输。胡元雄并未理会身后的狄福，在出拳之际，飞起一脚向后扫去。

"啊！"狄福还未接触胡元雄，便被腿扫中，整个人飞了出去，重重地落到了地上，再一口鲜血喷出，脸色变得煞白，挣扎着想爬起来，却又瘫软下去。

小莲和狄福数年夫妻，感情深厚，眼见狄福为了救她身受重伤，心中不由得一痛。

夫妻连心！

"狄福！"小莲躲过了所有的拳风，身上衣裳被炽烈的拳风扫中，变得破烂不堪。

"我没事！"狄福硬挺着站了起来，脸色苍白，身形左右摇晃。狄福心中清楚，这一脚已经击溃了他的护身真气。

"做一对鸳鸯鬼也很好！"胡元雄一闪身，竟然抛开小莲，冲向狄福，只见他真气暴涨，身上的衣袍鼓涨了起来，双腿便似钉在地上一般，接连五六个直拳一气打向狄福。这一招五行拳中的"土字诀"既不高妙，亦不凶险，却有一股必中的狠气。

就算狄福没受伤，被打中一拳也必死无疑。

小莲眼见着狄福危在旦夕，却来不及救援，心急如焚，正欲提起内劲冲过去，却听得半空中一身惊雷般的暴喝声响起，一个巨大的身躯挥舞着巨型铁锤向胡元雄头上砸去。

此人正是章旷发，他在暗处观察许久，却一直没有机会出手，见狄福有难，这才显露身形攻击胡元雄。

胡元雄被这惊雷般一声震得一愣神，瞬间变拳为掌改了方向拍向空中的铁锤。

"当当当当！"令人震惊的是，胡元雄的双掌不断地拍在铁锤上，竟然令砸下来的铁锤改变了方向。

只听"轰"的一声，铁锤重重地砸在地面上。借着这个机会，胡元雄又使出"土字诀"，挥舞着拳头打向章旷发："都给我死！"

章旷发眼见躲不过去，又来不及舞动大铁锤，只好硬挺着身躯受着拳头的冲击，同时放弃大铁锤挥舞着拳头砸向胡元雄。

"砰砰砰砰砰砰……"两人的拳头不断地打在对方的身上发出巨大声响。

章旷发被打得退后了数步，身体一软便瘫在了地上，口鼻中不断地喷出血来，目光涣散，显然是受了极重的内伤。

"天生神力也不过如此！"胡元雄嘿嘿地笑着，一步一步地走向狄福。

任谁也想不到，胡元雄吃了铁尸丹后竟然厉害到如此程度，章旷发以天生神力加上服用铁尸丹后，已达到半人半神的境界，居然还是抵挡不住胡元雄的攻击。

"既然你们那么愿意为狄仁杰死，我就成全你们！"胡元雄双眼射出凶光，散发出的气势无比霸气，令人不由得心生畏惧。

狄仁杰、徐莫愁等人立刻挡在狄福身前，虽说这些人不会武功，却并不怕死。

"滚开！"胡元雄一声暴喝如同春雷绽放，众人被震得不住倒退，狄仁杰脚下一个趔趄跌倒在地。

狄福慢慢站起，抹了抹嘴角的鲜血，双眼中散发出一股狠劲儿："左右是一条命，老子和你拼了！"

徐莫愁趁机把一个小瓷瓶丢给小莲，小莲毫不犹豫地打开瓷瓶，把里面的药丸一股脑吞了下去。

"吃一颗即可……"徐莫愁未来得及阻止，眼见小莲把所有药丸都吃了下去。

瓷瓶里面装的是徐莫愁模仿铁尸丹炼成的丹药，药力虽不及铁尸丹，却也没有铁尸丹的诸多副作用。

小莲脸色由白变红，又由红变紫，最后又恢复如常，她呼出一口气，睁开双眼，眼中精光四射，丹田一动，内力源源不断地涌入经脉中。

"休得猖狂！"小莲飞身而起，整个人如流星一般俯冲向胡元雄！

"找死！"胡元雄并未把小莲放在眼里，在他看来，放眼整个江湖，已无人能够与他对抗！

他头也不抬，双掌向天打去，霎时间与小莲的双掌相交，只听得"砰"的一声闷响，小莲被震得飞上了天空，而胡元雄的双脚也再次陷入了泥土。

"再来！"小莲自天而降，仿佛一尊杀神一般，双掌再次砸了下来。这招是当年李元芳大战地支成员神龙裘天聪时所悟，借用身体下坠的力道对抗强敌，退隐江湖前，他把此招传授给小莲。

胡元雄咬着牙准备跳出来，却见小莲再次俯身冲下来，只好提起真气硬抗！

"小莲姐的内功突破到了大成境界！"齐灵芷惊道。

"砰！"两人再度交掌，胡元雄身形一矮，双腿已全部陷入土中。

小莲翻身落地，内力从丹田处源源不断地汇集至双手，眼神深邃无比，仿佛浩瀚的宇宙般："你的死期到了！"

第九十三章　结局

人的力量再大，也无法与自然抗衡。

小莲服用了徐莫愁的丹药，内力增大了数倍，内息运转之下，她临阵顿悟，皇帝诸侯、文臣武将、普通百姓、江湖高手，人的能力再大也有限，若借势而行势必事半功倍。人通过修炼武功、内力，发挥身体的潜力，但潜力对比自然来说，如沧海一粟，如果能借来自然之力，将所向无敌！

小莲以自身内力引导着自然界原本存在的原力，缓慢地走向胡元雄，右手食指和中指并拢，点向胡元雄的丹田。

胡元雄感觉到一股强大无比的力量涌了过来，想纵身避开，却发现无法动弹分毫，眼见着那手指点中了他的丹田。

自打他服用铁尸丹后，还是第一次感到自己渺小，力量与对方相比仿佛一滴水与大海的差别一般。他感到了绝望，一股发自内心的绝望。

没有惊天动地的响声，没有滔天海浪般的气浪，只是"噗噗"几声微微的响动，却见胡元雄口中喷出了大量的鲜血，脸色由黑色变得煞白，双臂无力地耷拉在身体两侧不受控制地摆动着。

"不可能！"胡元雄丹田受到重创，他身体一软，却因为双腿陷在土中的缘故一屁股坐在了地上。

小莲见胡元雄失去了战斗力，也松了一口气，脸色一下子变得煞白，瘫坐在地上，整个人像是被抽干了精气一般，变得萎靡不振。

自然原力强悍无比，哪怕是以雄厚内力加以引导，也会耗光全部内力。

狄仁杰见状急忙跑了过去，查看小莲的伤势，见她受伤虽重又耗光内力却并无性命之忧，这才放下心来，拿出银针包为她施展金针渡命术。

铁尸们的攻击已完全占据了上风，部分铁尸冲进车弩阵中，与士兵们肉搏。士兵们的盾阵起不到任何作用，霎时间地面上残肢乱飞，鲜血飞溅，同时部分车弩和投石机遭到了破坏。张家大宅中的铁尸们还在潮水般地涌出来，奋不顾身地冲锋着。单将军和厉将军已将兵器拿起，准备冲向铁尸与之肉搏。

"胡元雄，你恶事做尽，我劝你赶快命那些铁尸停止攻击，也许还可以饶你不死。"狄仁杰喝道。

"狄仁杰，你就等着被铁尸五马分尸吧……"胡元雄大笑着，口中的鲜血仍旧不停地喷出来。

"废话真多，受死吧！"齐灵芷闪身上前，将手掌贴在了胡元雄的天灵盖上，内力一吐，胡元雄便立刻停止笑声。

之前还疯狂拼杀的铁尸们像是被施了定身咒一般，一动不动地站在那里，任由兵士们砍杀，投石机和车弩发射的声音再次响起。

寒冬一过便是阳春，太阳高高地挂在空中，努力地散发着热量，温暖着春忙的人们。

狄仁杰回头看了看已经渐远的彭泽感慨万分。人都有欲望，皇帝武则天有，佞臣来俊臣有，内卫胡元雄有，甚至狄仁杰自己也有，有些人被欲望控制，产生邪念，最终成为欲望的奴隶。有些人能控制欲望，把欲望化作动力，以正能量影响着身边的人们。

欲望无错，错的是人！

"大人，《炼丹宝录》和长生不老药的事您怎么和皇帝解释？"袁客师在一旁问道。

狄仁杰一笑，说道："世上本来就没有《炼丹宝录》，也没有长生不老药，何谈解释？"

袁客师一愣，随后竖起大拇指："大人高见！"

齐灵芷听后松了一口气，刚才她还在为父亲的性命而担忧，现在《炼丹宝录》已不复存在，父亲便没了威胁。至于齐东郡长生不老是怎么被杨清河知道的，也无从查究，朱雀山道观已经不能再回去，但天下之大，何愁安身之所？

"大人，章旷发背后的那个朝中重臣究竟是谁？为什么您在奏折中没有提及？"齐灵芷不甘落后也问了一个问题。

"这件事应该难不倒白鸽门的门主吧，你想想，章旷发参加武举是哪一年？武举主考官是谁？至于为什么没有提及他，呵呵……凭着你的聪明应该会明白！"狄仁杰笑着回答道。

"是他！敬晖。大人不想将李唐的忠臣推到断头台，这才不愿提起他的名字。"齐灵芷得到了满意的答案，笑得像一朵花，拉着袁客师的手催马向前走去。

"老爷！"小莲和狄福催马来到狄仁杰的身旁。

"小莲，你的伤势怎么样了？"狄仁杰关心道。

"有徐御医在，我这点伤算什么，不过，内力怕是很难恢复了。"小莲说道。

"还有我在嘛，要是再碰到胡元雄这样的坏蛋，我一掌将他拍死！"狄福双手比画着。

狄福本身就是狄府的开心果，平时就嘻嘻哈哈没正经，此时把狄仁杰逗得哈哈地笑着。狄仁杰平日里操劳政务，忧国忧民，很少见他笑得这样开心，小莲便没再说话。

过了好一阵，狄仁杰收起笑意，捋着胡子向小莲问道："你不会也有问题要问我吧？"

"我比不了灵芷他们，没那么大的好奇心，只是有些担心周琼和雀雀。"小莲说道。

"不必担心，周琼心殇毒发时已做出了最好的选择，就是他的那部分淮南王宝藏，雀雀已替他捐献给了朝廷。所以，大人便网开一面。周琼的捕头是做不成了，不过，钟大哥的货栈那里正好缺人手……"狄福在一旁说道。

"可怜的雀雀，养父是内卫，亲生父母也随着黄大人的死成为了一桩悬事。"小莲言语中透露着些许伤感之意。

"真相不一定好，现在的结果对于雀雀不是很好嘛！"狄仁杰笑着说道。

小莲听后松了一口气，脸上露出笑容，回头看了看走在队伍最后面的徐莫愁，悄声向狄仁杰问道："老爷，任天翔真正的身份是什么？我总觉得他绝不是光找您为地支成员复仇那么简单。"

狄仁杰叹了一口气说道："任天翔的事很复杂，不是一两句话就能讲清楚的。不过有一点可以肯定，他隶属于地支这个神秘又诡异的组织，是十二地支的成员之一毒蛇。这些年来，地支的成员不断地出现在我们的身边，做了许多惊天动地的大案子，这背后究竟隐藏着什么，到现在我仍是毫无头绪。"

"老爷，从表面来看，两次刺杀您和夫人的元凶都已伏法，可实际上真正的主使者还逍遥法外，难道此事就这样罢了不成？"小莲脸上浮现了一丝不易察觉的杀气。

"若我推断正确，应该是魏王武承嗣和来俊臣。可惜胡元雄死了，没有足够的证据指证他们，就算有，恐怕皇帝处理时也会手下留情。罢了，事事小心些也就是了。"狄仁杰抬起头将目光望向了远方。

"倒是你们让我很担心。"狄仁杰心疼地看着小莲和狄福。

小莲说道："我耗尽功力也未必是坏事，也许能促进你的大管家狄福苦练武功也说不定，以后保护老爷的重任，就交给他了……"

狄仁杰哈哈一笑，说道："也好，狄福在这次案件中，表现得极为英勇。"

狄福脸上露出得意之色，刚要说话，却被小莲一眼瞪了回去。

"狄老头儿，你们三人背着我叽咕什么坏话呢？"徐莫愁从后面策马赶了上来，歪头看着狄仁杰。

"没什么，没什么。"狄仁杰笑着说道。

小莲见状急忙策马向前奔去，狄福也紧跟其后。

"你这老家伙，老了老了身边还有这么多的人陪着！"徐莫愁看着齐灵芷、袁客师、小莲、狄福等人的背影心中有些羡慕。

"老徐，你看这群年轻人，有朝气，有活力，正直勇敢。唉！年轻真好。"狄仁杰望着前面的四人说道。

"狄大人，圣旨到，请下马接旨！"内卫大阁领上官婉儿骑着马火速奔来，人还未到，声音却远远传来。

狄仁杰和徐莫愁对视一眼，来不及多想，两人下马跪倒在地。

"兹有狄仁杰破阴兵案有功，本应大力褒奖，但契丹李进忠与孙万荣起兵造反，攻陷冀州，杀害刺史陆宝积，屠杀我大周官民数千，以至血流成河，契丹叛军挺进，剑指魏州。偏逢上天不公，魏州大旱，民不聊生，饿殍遍地，原魏州刺史独孤思庄涉嫌贪污并离奇死于任上，朝廷下拨赈灾粮在魏州城外清水河道被劫，负责押运的三百铁甲军一夜之间成为干尸，民间传言为旱魃所为。为挽救苍生，特任命狄仁杰为魏州刺史，平定叛乱、破除迷信、安抚民心，接旨后不必回京，即刻前往魏州任职。"上官婉儿宣读完毕后扶起狄仁杰，把圣旨交到他的手上。

"微臣定当竭尽全力，为朝廷、为百姓破除此难！请大阁领将此话转呈陛下。"狄仁杰双手接过圣旨。他知道，这是武则天对他的信任，不但是能力上的信任，更是人品上的信任。

上官婉儿又小声说道："恭喜狄大人，陛下还说，那虎符就放在狄大人那儿，以备不时之需。"

狄仁杰又向洛阳的方向拜了拜。

上官婉儿又宣读了另一份圣旨，让徐莫愁、齐灵芷和袁客师等人回神都洛阳接受褒赏。此时，内卫大队人马才缓缓而至。

"狄大人，婉儿还有任务在身，不送了！"上官婉儿带着内卫向彭泽方向飞奔而去。

狄仁杰和徐莫愁、袁客师、齐灵芷告别后，带着狄福等人向魏州方向策马而去，花白的鬓角在风中不时地飘荡着，可那苍老的身躯却依然挺拔。

（全书完）